小说的
隐秘花园

张学昕　著

作家出版社

图书在版编目（CIP）数据

小说的隐秘花园 / 张学昕著 . -- 北京：作家出版社，2025.3

ISBN 978 - 7 - 5212 - 2883 - 0

Ⅰ . ①小… Ⅱ . ①张… Ⅲ . ①小说评论 – 中国 – 当代 – 文集 Ⅳ . ①I207.42–53

中国国家版本馆 CIP 数据核字（2024）第 103864 号

小说的隐秘花园

作　　者：张学昕
责任编辑：李亚梓
封面设计：琥珀视觉
出版发行：作家出版社有限公司
社　　址：北京农展馆南里 10 号　　邮　　编：100125
电话传真：86 - 10 - 65067186（发行中心）
　　　　　86 - 10 - 65004079（总编室）
E – mail: zuojia@zuojia. net. cn
http: // www. zuojiachubanshe. com
印　　刷：唐山玺诚印务有限公司
成品尺寸：152 × 230
字　　数：356 千
印　　张：25
版　　次：2025 年 3 月第 1 版
印　　次：2025 年 3 月第 1 次印刷
ISBN 978 - 7 - 5212 - 2883 - 0
定　　价：58.00 元

本书系国家社科基金重大项目"中国当代作家写作发生与社会主义文学生产关系研究"（项目批准号：22&ZD273）阶段性成果

目录　Contents

第一辑

贾平凹与中国当代长篇小说的发展

一

在我长达二十余年追踪、阐释、解读贾平凹文本的评论实践中，曾对贾平凹的乡土书写与中国现实之间的关系、作家及其写作发生做出过系统梳理。当然，以我的能力和认知，自觉还有诸多未尽之言和"应有之义"需要探讨和发掘。因而，在这篇提纲式的小文之中，仍觉这是令读者同时也令我自己并非满意的论证过程，或者说还未完全抵达我对贾平凹创作的更好理解、盘整的实现。然而，出于对贾平凹及其文本的热爱和敬仰，我依旧想努力做出尝试和努力。

自"五四"新文学以来，中国的乡土叙事大体可以分为冷硬与荒寒并生、文化回望与检视自我并举的"鲁迅之路"，以及从田园中升起人性理想之光的"沈从文之途"。但无论是哪种"路"与"途"，都是与中国社会的发展变迁相伴相生的。我们发现，在二十世纪三十年代直至五六十年代，巴金、老舍、茅盾、张恨水、李劼人、路翎、沙汀、叶圣陶等作家投入到既能反映社会问题和时代变迁，又不乏生动民俗风情、地域特质的长篇小说叙述之中，他们不约而同地将长篇小说文体作为承载时代、人心、现实的载体。在诸多长篇巨制中，有研究者视茅盾的《子夜》为中国现代长篇小说的经典，称之为现代长篇小说创作的圭臬："二十世纪下半叶中国长篇小说，在《子夜》的基础上，开掘出更复杂的长篇叙事操作的是路翎的《财主底儿女们》和李劼人的《死水微澜》。《财主底儿女们》将史诗叙述和心理叙述相结合，创作了中国本土的长篇复调叙事。而《死水微澜》将《子夜》中表现得并不算成功的广阔的社会生活面，叙述得细致生动韵味绵长。但《子夜》的影响力更多的在于它对于革命现实主义长篇叙事传统的开创。无论是《太阳照在桑干河上》《暴风骤雨》，还是《青春之歌》《三家巷》《红旗谱》等革命历史小说，还是《创业史》等农村题材小说，都是站在《子夜》的肩膀上，进行一种更为有力的文体的推进。宏大历史观念的奠定，以及宏大叙事的构建，都是茅盾早已规划好了的。"[1] 论者强调茅盾创作出了"中国本土的长篇复调叙事"，是"一种更为有力的文体的推进"，充分肯定《子夜》在中国现代长篇小说发展中的里程碑意义和价值。

茅盾在《子夜》的创作中，状写 1930 年代上海都市生活，全景式呈现、冷峻而深刻地剖析社会问题。其宽广格局、史诗气魄、宏大题材，都开现代小说之先河。此后的诸多长篇小说文本，在这几个方面很难出其右。同时，它也为此后文学史中长篇小说的写作建立起难以逾越的标高。在茅盾看来，"主要是描写现实人生，必须有精密的结构，活泼有灵魂的人物，并且要有合于书中时代与人物身份的背景或环境。我们现在研究的对象，就是这个。从历史方面，我们要研究这个新的独特的形式——所谓近代小说者，是怎样一点一点儿达成的；从理论方面，我们要研究'结构''人物''环境'三者在一部小说内的最高度的完成。"[2] 在这里，茅盾强调的是，长篇小说写作的成败和高下，皆取决于"结构""人物""环境"三者在一部小说内的最高"完成度"，显然，这三个"要素"，主宰、统领、决定着一部长篇小说的水准、价值和存在意义。实质上，无论是书写历史，还是叙写当下现实，贾平凹的创作，都能在以上"三要素"的互动和有机链接中，找到推动叙述前行的坐标和导向，这就是富有"意境化""语境

---

[1] 方维保：《长篇小说文体生成与当代长篇小说主流美学》，《扬子江评论》2019 年第 3 期。

[2] 茅盾：《小说研究 ABC》，《茅盾全集》第十九卷，人民文学出版社 1991 年版，第 13 页。

化""意蕴"的营构和空间建构。同时，在情节、细节、人物、叙述所链接的时间的行进中，超越传统小说时间模式的叙述逻辑，并尽可能地发挥叙事形式本身的力量，从另一条道路向现代小说形式逼近。对于人物，茅盾亦有鲜明的叙事主张："我们所要明白的，即小说中不能没有人物；一篇小说能给人以深刻的印象，大抵因为它有特殊的人物的缘故。人物创造之如何，系乎作者天才之高下，本无所谓法式；即使有法式，而知之者未必即能之；知与能，原为两事。但是我们若就历来大作家已创造的人物，或就其创造时的方法来研究，则关于人物描写一事，所应论述的，也就很多。"① 我们从茅盾的文学观念中得到了关于长篇小说叙事的诸多典范之义，在其成功的实践之中，或许也可以撷取其神思，在乡土风俗、现代景观、历史的维度之间架构关于长篇小说与时代相携的气脉与神韵。

因而，我试图以此为起点和标尺，从历史的纵深处来梳理贾平凹及其长篇小说文体的实践，并将其与时代的同气相生做以探究。从茅盾及至"新世纪"以来这个具有较大时间跨度的叙事场域里，梳理、整饬、追溯贾平凹长篇小说写作的漫漫长路，发掘其如何以二十余部长篇小说文本的体量，拓展了长篇小说叙事的新空间，如何不断地为这一文体增添新的元素；勘察其创作的得失，尤其是思考贾平凹对中国现代长篇小说的杰出贡献和文学史意义。

在贾平凹的持续性叙述中，我们看到了这位持续写作五十年的中国当代乡土史中的"同时代人"，对于乡土变迁，文化的传承、失落、赓续，以及人性及身份的选择进行了精深、宏阔的关注和描摹。可以说，贾平凹的写作，始终追踪、契合他所处的时代，自出道以来，他从未离开过当代中国社会的历史和现实：一方面，他在命运多舛的年代出生、成长，与文字结缘，痴迷、沉迷写作，而且沉浸极深，几乎"不可自拔"；另一方面，正当他的文学写作进入良好状态的时候，也迎来1970年代末中国"新时期文学"的开启，贾平凹与同时代的写

---

① 茅盾：《小说研究 ABC》，《茅盾全集》第十九卷，人民文学出版社 1991 年版，第 56 页。

作者正所谓"生逢其时"，喜交"文运"。就这样，他一写就是五十年，迄今皇皇数千万言，尽领文坛之风骚，由此，贾平凹的写作与研究，始终是中国当代文学的主干话题之一。重要的是，自1970年代末期开始，贾平凹的文学叙述，就显示出与当时文学不同的"调子"和叙述语态，颇为显示出他与同时代作家的迥异之处。此后，贾平凹愈发舒展地、有声有色地拓展地域性文化厚实的"地盘"，延展开自己的路数。他悉心经营自己的"血地"——商州山地、泾渭岸边的皇天厚土，它们构成了贾平凹小说的血肉，其中蕴藉着生活、生命的存在形态；地貌的偏远、奇崛，已经超越日常性地理经验和时空的意义范畴。小说的结构渐渐从存在世界的本体结构，向着作家审美的"感觉结构"延展、伸张，也愈发富有文化、哲学意味。就是说，贾平凹较早地让自己的写作获得了生命的"元气"，文本所体现出的气韵、语境、格局，既沉潜于事物的肌理，朴实、厚重而隐逸，又溢满性情，抒情、悠远而空灵，使得小说的韵味十足，文字里密布着无限的可能性和叙述的张力。

从贾平凹的文本叙事中，我们能够真切地触摸到作家写作的"神性"，品悟东方神韵和意境，并在与西方现代主义精神实质的比较中，感知到贾平凹创作对现代主义文学的世界图景虚构性的文化超越。也就是说，那时候的贾平凹，一出手，就展露出要竭力贡献"新文本"的非凡禀赋与气度。我们不难想象，像贾平凹这样，扎根于西北这个极富古老文化氛围"风水宝地"数十年的写作者，始终守护这块生命的"血地"，而陕西的生活原生态也不断地触碰、激发着他的情感，并赋予他独特而无尽的精、气、神。我们知道，诗歌或小说叙事的艺术对生命、人生、现实和历史的表现是一场轰轰烈烈的语言和形式的活动，无论对于一位杰出作家还是普通的写作者来说，它都处于无止息的变化之中，其结果很难由某种逻辑或意识形态所预见，并做出武断的判断和界定。但是，从文学史的层面，从审美价值或者文本创造的层面甄别、审视作家及其文本存在的意义，即如何辨析或辩证地看待一位作家理解、形塑世界的能力，揭示其语言、结构、文体和诗性的表达品质，则是文学研究与批评必须认真对待的重要问题。孙犁在给贾平凹的几封信中，就曾谈到贾平凹的文字、文体诗学的风格及其源头，并不在我们的传统惯性里，而是蕴藉着更古朴的东西。而对于贾平凹早期的写作，胡河清也曾做出极富见地的判断、评价："贾平凹的创作美学，表现了一种把西方现代主义文学的精神深度模式和东方神秘主义传统参炼成一体的尝试。""当文学真正达到东方神秘主义的同步操作时，就会显示出'青青翠竹，郁郁黄花，无非般若'的神性境界。这，也许就是贾平凹的当代文化意义所在吧。"[①] 可以说，胡河清较早地意识到贾平凹写作的反模式性和反逻辑性，其实，这也正是对其叙事在描摹事物之上的抒情超验性的褒扬。贾平凹试图塑造中国现代小说内在抒情的主体性，追求叙事的有机性和能动性，同时，彰显出其对历史和现实缺憾的把握。从贾平凹的长篇文本中，我们不仅读出了他在若干历史时期的文字"般若"和精神"炼狱"，而且，也看到为当代生活和历史留存的精神档案。在陈晓明看来，贾平凹的长篇小说是"重新进入当代思想史和文学变革史的一种努力，如同是做一次历史语义学的阐释"。实际上，陈晓明在此以贾平凹的《浮躁》《废都》《秦腔》小说为中心，特别是通过对《废都》的阐释，审视其如何实现赓续《西厢记》《红楼梦》文化传统的理想。现在看，《废都》纵然存在诸多问题，仍然需要进一步商榷、研讨和再思考。但贾平凹始终坚守自己的文学信仰和美学信念，尝试接续、建构中国传统美学风格的自觉，却是不能被忽视和抹杀的。

在当代中国作家中，贾平凹的写作，无疑是汉语文学的奇观，如此庞大的作品数量，如此卓异的文字风格，无不令人称奇。不用全盘性地梳理他的全部作品，只要从他的《浮躁》到《废都》再到《秦腔》，所喻示的路径，贾平凹几乎是中国当代文学史内在变异的见证。那样的历程，是他的心路历程，也是中国当代文学最微妙精深的一段精神传记。他身上汇集的问题、矛盾与启示是如此之多，以至于我们如果不

---

① 　胡河清：《灵地的缅想》，学林出版社 1994 年版，第 52 页。

认真对待贾平凹的这些作品，我们就没有脚踏在当代中国汉语言文学的坚实的土地上。

当然，在贾平凹的写作史中，最绕不过去的就是《废都》，它不只是理解贾平凹创作的轴心，也是理解中国当代文学的关键作品。它所汇聚的矛盾，它所引发的争论事件，实际上就是上世纪九十年代初中国文学面临的困局，也是九十年代社会转型、知识分子重新出场的标志性事件。今天重读贾平凹这"三部"作品，也是重新进入当代思想史和文学变革史的一种努力，如同是做一次历史语义学的阐释。岁月如此荒凉，只有从历史碎片里攫取微言大义，我们才能勉强保留一份历史谱系，或许可以从中看清面向未来的道路。[1]

可以看出，陈晓明对贾平凹创作的总体性评价极高，却毫不为过。他以《浮躁》《秦腔》等作品为例，以《废都》为核心，审视其个人写作史的来龙去脉，做出"汉语文学的奇观""中国当代文学史内在变异的见证""中国当代文学最微妙精深的一段精神传记"的评价和如此高度的认定。贾平凹通过《废都》写出了一座古城的"精、气、神"，抒写出上世纪九十年代中国文人的性情和存在状态，当代都市中俗世生活的气韵和性灵，写法上极力追求古典美学的空灵、飘逸且绵柔、细腻的风格，虽然"因为性描写招致激烈批评，贾平凹也不得不放弃了这一美学追求。他转向了另一面，回到泥土和大地的写作，随后写下《秦腔》《古炉》《山本》等一系列小说，但这三部作品可视为贾平凹的秦地三部曲。这些故事关乎乡土中国的文明在现代的生存方式，它们剧烈、血腥、暴力，这里的人们都是拿生命去换取现代的生存"。[2]

此后，贾平凹的若干部长篇小说，持续性地书写了历史和中国当

---

[1] 见陈晓明为贾平凹《废都》所写代序《穿越本土，越过"废都"——贾平凹创作的历史语义学》。

[2] 陈晓明：《建构中国文学的伟大传统》，《文史哲》2021 年第 5 期。

代社会生活的现实。可以说，一位当代历史和现实的亲历者，能够时常跳出历史的旧迹，眼光定然会不同寻常。而且，可以肯定，贾平凹的长篇小说对现实或历史的表现，就是作家将生活、存在、人物、事物等纳入到一个属于他自己的审美框架之中，即贾平凹近五十年来终究都以自己的审美判断选择文本的结构，以自己的审美"感觉结构"来重组生活、经验，以文本重构现实和存在的可能性、或然性，直至超越现实，不为现实本身所囿，进入叙事和虚构的自由王国。那么，这样的愿望、目的是如何才能够得以实现的呢？在这里，任何叙事策略、叙述模式，都必然要在作家这一写作主体对存在世界的感悟、体味、判断和取舍中，获得属于作家自己的独特选择或改造。也就是，一方面，作家必须要用个人化的叙述方式，把我们所处世界或者说人类生活的现状、情形、集体经验、集体想象以及集体梦想，重新纳入自己叙事文本的构架之中，进而构成文学经验，构成社会生活无限的多样性和可能性。另一方面，巴赫金认为，长篇小说是一个整体，对于小说家来说，在叙事对象身上揭示出来的，不仅仅是对象自身的内在矛盾和可能性，同时也是基于作家叙事发生的对生活、存在世界的辩证认识，是作家介入生活所生成的内心深处的自我对话。这种对话来自写作主体对世界结构的清晰审视和判断。许多时候，叙述中那些没有引号的独白和对话，或许就是作家个人的直抒胸臆，是作家自觉或不自觉对现实的想象和精神超越，或对人与世界的"感觉"和发现。

　　总之，我们在这里要思考和阐发的是，贾平凹半个世纪里文本叙事的原创性贡献所抵达的水准和高度，特别是，他的叙述技术对于当代小说写作方法的推进和革新；他的长篇小说文本写出了多少具有鲜明、独特个性，令我们难以忘却的人物形象，从而丰富了当代中国文学乃至世界文学的画廊。通过对文本最基本的勘察和考量，也探索、体察贾平凹作为一位杰出作家其创作主体的生命意识、生命情怀、美学思想、人格力量和社会良心、良知，以及他对于中国当代文学尤其长篇小说创作的独特贡献。

二

在论及中国当代文学史时，洪子诚曾提及戴锦华的一个观点，即"疑窦丛生的当代"，虽然其论述的重心集中在影视层面，但也与对中国当代文学的追踪和关注关系密切。当代文学的时间界定、意义始终存在异议和不同的理解，直至现在也依然有需要商榷和探讨的部分。但正是这样的争议，反而为我们提供了更大的探索空间，它使得诸多维度都更具弹性，也更有阐释的必要和价值。不仅是文学史，充实文学史内部的诸多作家作品，则更是"疑窦丛生"或者说"异彩纷呈"。一如贾平凹的长篇小说审美、叙事方法，很可能会被人误解为对叙事理念的偏执，细节上呈现出自然主义倾向，而我觉得这恰恰是贾平凹朴拙而智慧的选择。在这里，我们回眸二十世纪五十年代至今的中国"乡土文学"叙事，无论是"十七年"的"红色史诗叙事"、八十年代乡土文学建构，还是二十世纪九十年代以来对乡土的寓言化书写，对乡村世界和当代"乡土"的想象与表达，无不有种种意识形态、文化沿革及传统思维的烙印。因此，它们在叙事形态上也就难免表现出趋同甚至雷同的叙事视角、结构方式、话语语境。无论是投入还是淡出，溢出抑或沉潜，我们从文学性的视角来探讨文本的时代价值及其审美旨归，都是极为必要的。

二十世纪八十年代，在寻根文学风潮出现之前，曾有汪曾祺、林斤澜、邓友梅等作家在小说中尝试书写乡土间的风俗、风情和风味，也就有了我们所说的"津味小说"和"里下河书写""矮凳桥系列"等地域空间构筑，可以说，这是对以往乡土文学叙事传统的一种尝试性找寻。丁帆曾在《中国乡土小说史》中就这一类书写进行细致分析，并将其称为"三风"，即风情、风俗和风景。随着研究的深入，以及乡土小说的发展变迁，有关于"三风"的创作和研究也逐渐深化和变化。不仅出现了现代性特质的元素，同时，随着时代的变迁生成了生态关注等主题。八十年代中后期，寻根小说逐渐形成风貌，值得注意的是，贾平凹、莫言、阿城、李杭育等作家的创作，更是逐渐在技法、母题、结构等方面形成各自的特质，尤其是形式感、结构等要素，更加成为作家写作中重视的关键所在。

我们说，长篇小说的形式感，主要体现在叙事结构上，而结构的形态和美学力量，在很大程度上决定着作品的成败高下。尤其是长篇小说的结构，绝不是可以肆意把玩、可有可无的花架子，它是时间、空间、人物及各种复杂关系相互交织、共存共生、互渗互嵌的存在形态，是作家智慧而灵动的捭阖。真正好的文本结构，绝没有任何无厘头的、流水账般的"嫁接""拼贴"，没有刻意人为的"重置"，而是那种浑然天成的本然形态。既自然又逻辑，既朴素又游弋，结构本身就是叙事的"回廊"，峰回路转，始终连接格局高远的气脉。一如莫言所说，"结构从来就不是单纯的形式，它有时候就是内容。长篇小说的结构是长篇小说艺术的重要组成部分，是作家丰沛想象力的表现。好的结构，能够凸现故事的意义，也能够改变故事的单一意义。甚至好的结构，还可以超越故事，更可以解构故事。前几年，我说过'结构就是政治'。如果要理解'结构就是政治'，请看我的《酒国》和《天堂蒜薹之歌》。我们之所以在那些长篇经典作家之后，还可以写作长篇，从某种意义上说，就在于我们还可以在长篇的结构方面展示才华。"① 这段话，透出他的审美标准，或者说审美走向。莫言对于结构高度重视，在自己长期的长篇小说实践中，总结出"结构就是政治"的经验。这位"讲故事的人"强调"好的结构"可以超越故事，解构故事，凸现故事的真正意义。我们看到，贾平凹的长篇叙事结构正是做到了既"凸显出故事的意义"，又"超越故事""解构故事"。他不安于小桥流水，也不刻意宏大叙事，更不肆意漫溢思想，而是从"深谷""峡谷"中不断突围，找到属于自己的本土表达方式，从故土的语言、叙事传统里不羁地生发出故事、意象的结构。就是说，贾平凹始终是长篇小说形式、叙事结构、环境和人物书写的探索者。其长篇小说文本"结构感"或"感觉结构"的生成，无不充分地显示着其内在的"贾氏"叙事的结构玄机。由此我还联想到，莫言、

---

① 莫言：《捍卫长篇小说的尊严》，《当代作家评论》2006 年第 1 期。

贾平凹这两位当代小说大师，长久以来，都喜爱、善于书法、绘画丹青，这是否也是他们的艺术触觉和文学味道愈发浓厚、庄重、沉潜、灵动、谨严，继而养成或闲静、或激情、或悠然、或汪洋恣肆等情愫、风格、秉性，并在叙事性文字中生发出的潜在影响和作用力呢？由此形成作家自己独特的美学风韵、气势。贾平凹的文字，可谓宏细而注意收放，虚实相生，疏朗中隐逸着绵密、杂糅，有时是随意的走笔，叙述少有隔膜，阳刚中渗透着阴柔，细微处也尽量和文本整体高远的气脉相接。既有"史诗"的意味，又兼具抒情和写实的和谐妙意和凝重意象。贾平凹曾谈及他对这一文体实践的理解："《易经》里讲象，譬如说，'仰观象于玄表'，抬头看时要取这个象，从哪儿取？从天上的日月星辰，象在天上。'俯察式于群形'，群形就是杂七杂八的琐碎事情。从这些杂七杂八的东西中得到你的形式。"① 那么，是否可以说，这里所言之"象"，既是物象、意象，也是人之"象"？"群形"之于"玄表"需要"仰"，也需要"俯"。对"人事"的表现，也需要作家的叙事入木三分、淋漓通透，直指人心向背。对于文学叙事而言，"人"带动着"事"，相互促进，完成对现实、生活的审美把握。在《废都》中，贾平凹借小人物周敏之口道出想象、虚构与生活的内在关系："现在社会，你能在家想象个什么，就有可能在现实中发生什么"，也从这个角度，呈现出人物自身的自主性、主体性。贾平凹塑造人物的匠心所在，就在于他们都是具有对应天、地、物的存在关系，且彼此相生相克，相互依存，或纠结不清，或对冲、或相互制衡，人物神智、人性样态各有其状，这些，却又并不完全依赖社会结构及其道德、伦理场的法则，而是别走一路，各有千秋和独特情状。这是1980年代之前长篇小说中人物大不相同而另具一番异趣、异禀的特性。在这里，似乎人物在人间与天地万物皆有寄托，互有所指和暗示，人性、命相无一例外都在限制与超越之间徘徊、游弋。

回顾贾平凹在完成《废都》《白夜》之后，尽管作家在艺术思维

---

① 贾平凹、韩鲁华：《穿过云层都是阳光：贾平凹文学对话录》，北京联合出版公司2016年版，第3页。

层面没有特别大的变化，对社会、现实和人生的思考，依然是这样的认知理路，但是在文体、形式层面却发生了重大变化，内在结构感中开始不断地充满了现代小说意识的渗透，由此，贾平凹进一步形成了自己长篇小说叙事的"结构政治"。尤其是《秦腔》的结构，可谓构思独到，不同凡响。至今，我还记得最初阅读《秦腔》时的感受。这部小说开始读起来时非常困难、难读。我读到第二十页和第三十页的时候，还没有找到进入文本的阅读感觉，琐屑、碎片、流水般平缓的叙事，几乎令人处于阅读的混沌、飘忽的状态。可以说，这部长篇完全打破了我以往对贾平凹小说的阅读惯性，几次都想放下来、暂停阅读。但作家既然有如此叙事耐心，我也必须要辨识其新的叙事样貌背后的"真面目"，不能轻言搁置。直到我坚持读过五十页，文字逐渐地开始引人入胜，令我手不能释卷。我坚信，它征服我的恰恰就是文本的结构对于故事、人物和情节的"包容"或"瓦解"。这时，我也更加体悟到，贾平凹在寻找更大的叙事自由度和语言、结构的开阔"场"，以及氛围的营构。毋宁说，这是在谋求现代长篇小说叙事的艺术新变。正如秘鲁小说家略萨说的，"当一部小说给我们的印象是它已经自给自足，已经从真正的现实里解放出来，自身已经包含存在所需要的一切的时候，那它就已经拥有最大的说服力了"，并且"最大限度地利用包含在事件和人物中的生活经验"，在这里，我认为有一个重要的因素同样不可或缺，那就是文学写作时的勇于担当和坚韧创造。唯如此，一部小说才能够实现文本及其价值的"自给自足"。

我曾将阅读《秦腔》的体会写进《回到生活原点的写作——贾平凹〈秦腔〉的叙事形态》，并从叙事结构层面论及贾平凹艺术创作思维理念的转变和发展：《秦腔》选择的就是简洁、富有质地、裸露"经验"和"原生态"的叙事形态：它用近五十万字的密集的流水式的生活细节，表现一个村落一年的生死歌哭、情感、风俗、文化、人心的迁移与沧桑。同时，我也曾从叙述视点、小说结构、叙述语言即文体的角度分析《秦腔》：

　　这部长达四五十万字、不分章节、大河般汪洋恣肆的长篇小说，众多的人物，数不清的日常生活琐事，若干个大大小小的情节、细节，没有高潮，没有结局，没有主要人物，没有叙事主线，无需情节推动叙述，看上去竟然有条不紊、严丝合缝且没有任何刻意雕琢、造作之感，这就不单单是得益于从生活本身出发、以历史"牺牲"逻辑的艺术思维和美学立场，还在于贾平凹尽力以自己的文体生命和气度与真实的、神秘的、形而下的存在对接起来，这是话语的修辞学，更是作家的一种心灵气质、叙事的才能和叙事的耐心。①

我们还会注意到，贾平凹尤其擅长以人物塑造来拉动、推进叙事，结构文本。贾平凹在小说人物的塑造方面，也堪称当代大家，早期长篇小说《浮躁》《废都》中，就已有能够让我们牢牢地记住的许多人物形象，至今难忘。可以说，贾平凹借助金狗、庄之蝶这样的人物，较早地摆脱了曾有的对于现实的幻想和早年的唯美主义叙事倾向。他逐渐以荒诞取代幻象，以现实主义，或者说是以批判现实主义的笔法为底色，让金狗、庄之蝶等回到实实在在的日常和日子里，回到人本身，彻底还原、呈现存在世界和人的本性、本源、可能性和不确定性。特别是在《秦腔》中，那个穿针引线的人物"引生"，表面上看是故事的讲述者，但同时又是作家的"替身"。他简直是无所不知，一方面，俯视芸芸众生，无所不在，明察秋毫；另一方面，他又是一个"受难者"，仿佛背负着诸多的责任和使命，逼视着人间苦乐，选择自我阉割以求解脱。从叙述方面讲，引生又可以看作是作家选择的一种非常纯粹、简洁的结构手段。作家开篇不久就让引生自我阉割，隐喻出对小说叙事的一种达观的理解：无论怎样完整的结构或叙事，都不可避免地会遭到被生活本身阉割而带来的缺陷，这也是小说叙述的宿命。我们感到正是这种有缺陷的叙述或审美观照立场，才让

---

① 张学昕：《回到生活原点的写作——贾平凹〈秦腔〉的叙事形态》，《当代作家评论》2006 年第 3 期。

我们真正信任和敬畏他所叙述的并不完美也不可能完整的生活过程。从这个角度讲，叙事结构就是叙事立场或姿态，决定着叙事的方向和形态。可以说《秦腔》中所有的叙述可能性，都是由引生打开的。这是贾平凹对小说叙事的一次坚决的革命性改造，正是《秦腔》叙事的创新性、关键性所在。像《山本》中的陆菊人、《古炉》中的狗尿苔、《带灯》中的带灯，不仅都是中国当代小说人物画廊中的新形象，也都具有引生这样的角色以及叙事功能，而且，他们都在文本中起着重要的结构性力量和作用，从而建构起自己的诗学世界。

也许有人会认为，《秦腔》的写法，介于自然主义与写实主义之间，更兼具"魔幻现实主义"色彩，这些恰恰构成贾平凹创作的独特审美形态。不能不说，写实主义，曾一度是贾平凹在最初十几年的写作中始终坚守和践行的路径。尽管近四十年当代中国的社会生活变化迅猛，但我们从其文本中可以感知到他在叙事、写实的底色上，都持续地营构着存在、生命的自然形态。无论是人物，还是环境，都不具有所谓"典型性"特质。但是，自《废都》开始，他的叙事元素开始日渐丰富和多元，"超现实"元素在文本中纷至沓来。隐含叙述者如具佛性，超然洞察和描摹，呈示出生活和人性的多面性，凸显芸芸众生相和生命不能承受之轻。而且，《秦腔》和《山本》这两部长篇，都是"散点透视"，刻意打碎所谓"完整性""整体性"的曾为意识形态规约的现实生活结构。需要强调的一点是，"流水一样的生活"，并非"流水账"式的叙述结构或貌合神离的叙事逻辑，而是在或舒缓、悠长的时间缝隙里，或星罗棋布的空间范畴中，人物、人事、现实、历史和自然，尽显无遗地从容呈现、叙事，在如此细腻的存在世界的缝隙里，找到妥帖的对应。正所谓靠近生活，才有意义。其实，这样的长篇小说结构框架和体式，早已经在其早期创作中显露端倪。回顾最早的长篇《商州》，它实际上就是秦岭的"人物志""风物志"，也是人与自然的"山海经"。那些镶嵌、附着在叙事结构中的人物，就是贾平凹后来许多小说人物的"雏形"或"原型"。这些小人物，也有的成为许多长篇小说中的"大人物"。那么，他为什么要写这么多小人物？在贾平凹的经验世界和想象空间之中，为什么会有这样多的人物和故事？这些人物，被分别置于各个叙事单元，每个故事相对独立，自成一章，看上去像是一组组短篇的聚合。仔细揣摩，感觉在文体上是迥异于以往长篇小说中的人物和结构架构的。我们在《商州》中不仅看到了贾平凹最初的平实、平和，叙事的平易、自然，而且，作家早年对于生活和人性的理解，将感受和经验转化为文本时的那种小心翼翼和低调，让我们窥见了他诚恳的文学叙述的"初心"，他叙事伦理最初的生成，其中的故事、人物都"辗转"衍生成后来大量文本中的"人脉"。

现在看，在《秦岭记》和《山本》《河山传》这几部"阶段性、标志性文本"之间，无不有《浮躁》《高老庄》《怀念狼》《秦腔》《带灯》《高兴》《古炉》《极花》等十几部长篇小说，以及大量的短篇、中篇和随笔的印迹。这期间，贾平凹的叙事伦理、叙事结构的选择和变化，不可避免地呈现出"时空抛物线式"的状态。特别是，从《山地笔记》到《定西笔记》，让我们明显感受到作家文学叙事的美学延展和精神、心理衍变的轨迹。所以，我们可以将贾平凹五十余年的写作，在整体上概括为"世纪写作"的大结构。这些文本蕴藉了棣花、丹凤、商洛的一百年，整个秦岭的一百年，也是一个民族的一百年。我们还注意到，从《商州》到近些年的《秦岭记》之间，呈现出很大程度上的叙事学层面的"轮回"。这种"轮回"在叙事伦理、文体意识、处理经验的方法等层面，又都生发出了新的认知。表面上看，贾平凹似乎一直是在写实的道路上，实际上他始终在寻求叙事上的变化。这一点，或可以像陈晓明所称之的"贴地飞翔"，当然，这无疑也是贾平凹叙事层面所发生的文本的结构性变化。

在《浮躁》后记中，我说过以后再也不写《浮躁》这样的书，以后我将写自己感兴趣的。从那以后，我的小说故事性就少了，但在过渡期还有一些遗留。《秦腔》相对圆熟了些。这种写法更适应自己的审美，传统的写法，《浮躁》那种写法即传统的写法（"五四"以后的写法，20世纪50年代以后），要求有大的情节、层层推进、故事，后边大家都按照这套路写作，以故事以情节取胜，这样下来，一些作品中虚假的东西就产生了，鲜活性就没有了。这种大量的复制，没有了生活。就像把一棵树的根在水里涮得干干净净没有土了，读者就会感到厌烦，就感到虚假，虚构的东西夸张的东西编造性的痕迹就多了，这种写法掌握不好就离文学精神远了。自己不满意于这种，就有意识地很固执地改变下，结合这种试验，到《秦腔》起码已经试了十年。[①]

其实，文体的调整和变化，无不取决于对作家写作发生动因机制的重新梳理，因为"任何一种文体，并不仅仅存在于形式主义的表层结构和情节安排等，也并不仅仅只是某一个作家在创作中的创作安排和设计，它一定与创作主体在历史中形成的文化心理结构有着密切的关系。因此，要确立长篇小说作为文体的美学，我们必须从长篇小说形成的历史中，来考察其作为文体的属性"。"因为长篇小说表现内容的特殊性，面对着如此繁复的内容，创作主体必须具备处理这些内容的能力，整个社会也必须具备驾驭如此内容的经验。在各文类中，长篇小说作为一种修辞，一种文体，取决于创作主体的长篇叙述能力的养成和经验的积累。"[②]

还有，如果深入谈及人物、故事、时代与小说叙事结构的内在联系，我们不难从贾平凹每一部作品中感受其良苦用心。在《河山传》中，我们几乎看不出主人公罗山对生活沉湎的深浅，但我们却能深深体味到在大时代的风云变幻中，贾平凹扎实地深描、发掘时代浪潮中属于"这一个"的人物存在及其价值。我曾想，贾平凹为何要在这个时候，写罗山这个人物及其命运的传奇和多舛，而且选择从他安身立命的时空伸展度和人性维度切入时代生活，进而，让这位深深嵌入社

① 贾平凹、韩鲁华：《穿过云层都是阳光：贾平凹文学对话录》，北京联合出版公司 2016 年版，第 46 页。
② 方维保：《长篇小说文体生成与当代长篇小说主流美学》，《扬子江评论》2019 年第 3 期。

会深层的罗山"角色倔强,顺着它的命运进行,我只有叹息"?罗山这个形象的生前或"前身",从贾平凹小说的人物谱系考察,有着一长串人物的影子和底色,他们的骨子里都隐藏着相同或相近的血性和基因,他们的人性,在激烈、挤压的生活现场,没有变得狭窄,而是不断竭力地挣脱自身和外在的枷锁,总是真实地"在场"。也就是说,作家在思考人物的命运之余,同时还表现出对人物更大的悲悯之心。在行文中,贾平凹感慨时代生活的变动不羁、泥沙俱下,勘察在这万千变化生活的潮涌中,人物无法摆脱的多舛命运。那么,"河山"的隐喻义到底是什么?不就是时代和社会吗?人物的所有,哪些不与时代密切相关呢?在《河山传》后记里,贾平凹坦言:"深陷于淤泥中难以拔脚,时代的洪流无法把握,使我疑惑:我选题材的时候,是题材选我?我写《河山传》,是《河山传》选我?"也就是说,贾平凹在写作这部小说、塑造这个人物的时候,所描摹的一切细节,都在他的"感觉结构"里纷至沓来。作家在对几十年过往岁月的回眸和反省中,竟陡然生出"庄生晓梦"之虞。这时,我们不禁又会想起那位"庄之蝶",看来,"我是谁"的问题,不仅仅是一个哲学命题,同时也是对激荡在其内心深处的时代精神、社会撼天动地的变化和人的心理嬗变的自我整饬。在当下这个新时代的历史节点,如何找寻到新的叙事维度摹写、呈现纷繁的、充满不确定性的生活,以"新文本结构"过滤、审视河山这个人物几十年来的"岁月"之殇、灵魂之殇、人性之殇,确实构成了当代作家的写作难度,也由此可见,贾平凹描摹人物的可信度、成熟度之高。因此,这毋宁说既是作家又一次自我更新,脱胎换骨,也是将所谓"老题材"演绎为"新故事",产生出"新语境",同时,迸发出"重构"历史和现实的激情、热情和豪迈之情。《河山传》这种写法,既是"重构"也是"解构",作家以新的视角和叙事维度,抒写1980年代迄今四十余年的中国当代史。这里面既有回望、眷顾,也有对"可能性""不确定性"的猜想,有惆怅,也有惊悸和哀婉,但是,其中却没有虚幻、虚妄的东西。叙事着力让罗山和洗河贯穿整个小说,支撑其文本的结构,贾平凹试图让他们一起穿越俗世、欲望的黑洞。不妨说,这两个人物,几乎成为他写作这部长篇小说的重要"寄托"和叙事推动力。通过他们，贾平凹完成了对时代、社会生活的潜心整合。

《秦腔》《古炉》和《山本》中的故事和情节，都被铺展成"细节的洪流"，也仿佛散落在沙滩的贝壳，但是，无论各自以怎样的姿态呈现于"光天化日之下"，但终究都沉溺在我们目力所及的海滩之上，相互眺望，在日光照耀之下熠熠生辉。也许，这样的比喻或形容不尽妥帖，但是，这样的结构形态，的确是"开启了另一种叙述学"[①]。可以说，长篇小说就是要给作家更多的机会、时空和篇幅，任由他自由施展自身所能，既可以构建整体的浩瀚，也能够增强细节的密度，让小说的长度在叙事时间的统摄下，敞开日常生活本身的疏密度，延展出人物、故事和结构相互之间杂花生树般的张力。在相当长的一个时期以来，长篇小说的最高叙事境界，被认为是"百科全书"式的叙事或非个人化的叙事。但我们看到，在这些作品里，贾平凹的视角政治学，聚万物于精雕，览胜万里于沟壑，仿佛已经无意间为作家个人叙事构筑了"掩体"。但是，像"引生""狗尿苔"等故事中人物直接参与叙事，便最大限度地消解了"百科全书"的"奢求"，使得贾平凹的"作者视角"叙事滑出宏大的边界，走向文本的细部修辞。我相信，优秀的作家，可以看到存在世界的各个角落，作家的眼睛，作家的视野，都是精神、灵魂的越界。在文本世界里，贾平凹的眼睛，能够看到家乡实实在在的山峦、土地、河流，甚至地上的花草、蚂蚁，男性和女性的身体、毛发以及那些无法道出的内心的隐秘，那些外在于宇宙的所有具体的存在，能够看到每一个人物的内宇宙。这是一个能逼视包罗万象存在的视角，它开阔而精微，疏朗而绵密，这个文本所重构的世界，就像宇宙一样宽广、无穷。接近于庄子《齐物论》所描摹、表述的境界，俗世间的善恶、是非、贵贱、高尚与卑微等等二元对立的事实，都渐渐从大视野中消遁，随风飘散。

回望1990年代的"新写实主义"小说，刘震云的《一地鸡毛》、方方的《风景》、池莉的《烦恼人生》等中短篇小说是在有限的叙事、

---

① 南帆：《剩余的细节》，《当代作家评论》2011年第5期。

时空维度里，展现生活片段里的细密纹理，细节的可信度可谓达到一定的"峰值"。而《秦腔》《古炉》和《山本》，则在更大的社会生活和历史原野上，追逐并建立起人性、生活、情感、自然和存在世界之间无尽的张力场。贾平凹长篇小说文体中出现的创造性特征，我们不妨称之为"聚散两依依"。他的写作初衷和浮出题材层面的"宏大叙事"愿望已然实现，但细节、细部、个人的故事，无不在绵密、黏稠的貌似流水般的时间链条和相互"填充"的空间位移中，栩栩如生，枝繁叶茂，不一而足。这就是"贾平凹式"的"生活流"。仔细想来，贾平凹整体的文学叙事，从未有对历史、现实、人性和存在世界的激烈的质问，或裸露地揭示人性可怕的深渊和黑洞，而是在特定视角下，依照自己的审美、叙事伦理和价值判断，让文本叙事充满内在意蕴和哲性内涵，产生更大的真实感，令我们在生活和文本的双重世界中，体味到小说叙事里的文学的隐喻和生活的浮世绘本相。

三

纵观中国当代长篇小说创作，可以发现，在文本中呈现玄奥的意象和叙述场域，并由此逐渐形成个人创作的审美特质，同时也蕴蓄地域、时代的变化频率，与人性和内心体验相呼应的作家，几乎都成为了小说创作的"大师"。因为这种宏阔的书写不仅呈现了中国土地上原有的美学传统，同时，也将本土性、民族性在文本中呈现出来，人文精神风骨、民族品格蕴含于事物的"神象"之中，在审美感受的加持之下，中国传统和中国故事的独特讲法通达了走向世界的路径。与中国现代长篇小说相比较，贾平凹的小说创作，呈现出更多对多义性的追求与营构意象世界的自觉。在一定意义上，这是贾平凹有别于诸多中国作家的关键特质，也是他长篇小说内在精神结构的特殊性表征。长期以来，贾平凹有着自己最朴素的写作意识和艺术追求。他竭力地让文本蕴蓄多义性，具有多层次感，从而丰富作品的厚度。他擅长使用象征手法，充分体现、展示中国语言尤其现代汉语的暗示性，将隐喻的、象征的意味，通过某种"象"发散出来。从《商州》《浮躁》《废都》《怀念狼》《病相报告》到《秦腔》《古炉》《老生》《极化》《山本》，以及《酱豆》《青蛙》《河山传》，每一部文本里面，都潜在地存有一个特殊的"场"，或神秘的存在，它体现在人物与环境之间，体现在物质性存在及心理、精神性意识层面。当生活、事件的诸种现象、表象发生或被呈现的时候，总是有某种超验性事物和情境的出现、呈现，仿佛冥冥之中都左右、操控着人事。"仰观象于玄表，俯察式于群形"，被喜爱阅读、揣摩《周易》的贾平凹朴素地理解为"形而上"和"形而下"，抑或是"天人对应"。实际上，这就是贾平凹的叙事伦理和写作姿态。

另外，前文就曾提及"意象"。意象作为一个概念，或者一种叙事元素，对处于写作最初阶段的贾平凹来说，完全是朦胧的、模糊的意识和感觉。他自己不会刻意地去从理论上深究，或者，对如何将这种策略或手段作为修辞去付诸实践，却从另一个思维向度，即考量人与事物之间隐秘联系或者神秘学角度，去寻找事物与事物之间的暗示性，相互的启示性。贾平凹相信"弄得太清，意念化，给人感觉就明显化了。这恐怕是久而久之形成的，不再深究。如果作品大量采用这种东西，就产生一种神秘的东西"[1]。"为啥会这样？我为啥后来的作品爱写这些神神秘秘的东西？叫作品产生一种神秘感？这有时还不是故意的，那是无形中扯到上面来的。"[2]一方面，贾平凹更愿意在自己的文本里存有更多能够"不言自明"或令人萌生神秘感的东西。所谓"不言自明"的"神秘"，无疑就是我们所说的人、事物，或人与事物之间存在的隐喻、象征关系。至于说神秘感是"无形中扯到上面来的"，或许，这就是贾平凹写作时经常袭来的灵感及其难以自明的审美暗示，作家唯有发现隐秘的"事实"，才可能进入存在世界的底部。

---

① 贾平凹、韩鲁华:《穿过云层都是阳光:贾平凹文学对话录》，北京联合出版公司 2016 年版，第 18 页。

② 贾平凹、韩鲁华:《关于小说创作的答问》,《当代作家评论》1993 年第 1 期。

可以这么说，我本身有这一种土壤。那时接触到一位评论家，他有一次和我谈创作要有几维。比如说同样一个问题，我是怎么看的，你是怎么看的，他又是怎么看的，神是咋看的，人是咋看的，狗是咋看的。这是从《龙卷风》《古堡》那一批作品开始。我当时想，这还有启发。当时的启发还不是说有意象，还没有真正产生意象这个名词，只想尽量叫作品多义性、多层次，增加作品的厚度。从这以后，慢慢习惯成自然了。一般说写出生活层面、灵性层面，而灵性层面就是神，实际不是神，是宗教、哲学这一层面。比如和尚、道士，是哲学层面上的。当然咱表现上不一定是哲学，就是那一类怎么看这个问题。

不停地写这个东西，后来慢慢就清楚要形而上、形而下，归到这方面来了。一步一步往上归，脑子也慢慢清晰了。一旦有意识以后，这东西慢慢又变成潜意识、无意识了。无意识习惯以后，就成了自然。①

我们看到，早期的贾平凹，无论是在中短篇小说，还是在散文、随笔写作中，对意象的揣摩和实践都有明显的端倪和表现。比如在散文《丑石》中，就引发出巨大的隐喻义和象征义。而长篇小说《浮躁》《废都》《怀念狼》《土门》《秦腔》《古炉》《山本》，亦可视作自1949年以来中国当代长篇小说较早具有整体性象征意蕴的经典之作。马尔克斯曾经说过："只要逻辑不混乱，不彻头彻尾地陷入荒谬之中，就可以扔掉理性主义的遮羞布。"② 就像马尔克斯笔下的魔幻世界，贾平凹的小说叙事也有许多"超验性"体验、经验和非理性的直觉感官现象的呈现。实际上，这正是由于贾平凹艺术思维、审美策略、创作

① 贾平凹、韩鲁华：《穿过云层都是阳光：贾平凹文学对话录》，北京联合出版公司2016年版，第17页。

② 加西亚·马尔克斯、阿·门多萨：《番石榴飘香》，林一安译，生活·读书·新知三联书店1987年版，第39页。

方法和认知的调整、变化，所产生的文本形态。在贾平凹身上蕴蓄着无限的艺术创造的潜能，这也使得他常常能出神入化地游弋于古典传统和现代小说美学的融合之中，形成"贾氏"艺术风貌。一方面，《世说新语》《唐人传奇》《浮生六记》《聊斋志异》等中国古典小说，让他充分地体悟、承继中国古典文学中"东方神秘主义"的魅力和底蕴，并接续近现代白话小说的现代质素，这些已然成为他写作的"底气"和"地基"；另一方面，他个人性格心理，即黏液质、忧郁质的特征，在一定程度上也成就了其对人情世态、存在世界的敏锐体悟和幽独思考。不能不说，贾平凹是当代作家中内心世界丰富但又较为柔软，性格偏于内向、孤独和敏感的作家，但他对于社会和"人事""物事"的情怀饱满，内觉敞亮丰厚，毋宁说都是经历过心理烛照而生发出来。

写作主体自身潜在的、自觉和不自觉的"内宇宙"运动，与"外宇宙"存在的强烈"对冲"，引发了贾平凹强烈的探索存在世界隐秘的欲望，成为写作发生的重要动因。他天然具备精神逻辑和艺术感知力，似乎始终都在捕捉、寻找大千世界、宇宙万象中的物理和"神道"，解锁中国文化基因谱系中"反逻辑""反理性"的基因密码。这就必然令他的文字里贮存起其他作家少有的"氤氲之气"。但同时，叙述中也不时流溢出禅趣和"空灵"之气，甚至，无论长篇还是中短篇，还是散文、字画，都弥漫着某种说不清、道不明的"鬼气"。实际上，这正是写作者"惊天地泣鬼神"般对存在、历史、现实和人心、人性的对话与叩问，是对人事、物象的"究天人之际"，也是对一切生命、时空的敬畏。从这个层面看，贾平凹的审美倾向和叙事风格充满了浪漫主义的品质和底蕴。在宏大的天地、宇宙与时代中，生命个体虽然显得渺小，但在生命本然的神奇与伟大之处，必然可以产生传奇的故事。很少有像贾平凹这样的作家，在近半个世纪以来，都如此潜心地书写当代历史和社会变迁及其对人性和命运的影响。我们在贾平凹的长篇叙事里，看到像金狗、小水、庄之蝶、阮之非、龚靖元、引生、夏天智、夏天义、夏风、白雪、傅山、狗尿苔、带灯、井宗丞、井宗秀、陆菊人、罗山、洗河等等人物群像，加之中短篇小说中的诸多小人物，共同构成他小说的人物形象谱系，为当代小说人物画廊塑造了众多有审美价值和社会意义的形象。贾平凹将他们从文化拉回到日常，让写作之心，永远从国情、世情、民情、人情出发和落脚。像《老生》就是以《山海经》作为叙事的引子和导言，以唱师为叙述人，表现自然与人的共生及关系，指向着历史、生命和人性，书写一百年来中国人在苍茫的历史进程中从何而来、如何走来、走向何方。

实际上，我所说的"神秘元素"，在贾平凹的长篇小说《商州》里早已大量出现。叙事中，看似在写"奇人轶事"或乡野传奇，实际上，他是想以别样的目光打量世界，探寻把握世界神秘性的方式。在贾平凹看来，与生活和存在世界接触的最佳方式就是诗学、审美地呈现其真实的生命形态，这其中体现着广义的文化方式和文化精神，彰显着人的生命智慧。而诗学、审美的方式及其呈现，则体现出人与万物之间和谐的生命样态，是"还宇宙以本然神秘的一种世界观，诗与神秘主义的本体同一""诗以本真的方式把握世界，它不自命能够理解世界，正相反，它把世界以本真的样貌呈现出来，它宣告自己对世界的不理解"，而"诗的使命就在于呈现这种神秘"。①

在《废都》中，贾平凹开篇就叙写了1980年代西京城里发生的诸多桩"异事"：游人从杨贵妃墓地带回一包坟丘上的土，撒入花盆之中，花儿开得就格外鲜艳；另外还有人将土放在没有花籽的黑陶罐里，数天后花盆里"兀自生出绿芽，月内长大，竟蓬蓬勃勃了一丛"。其后，"古历六月初七的晌午"，人的"影子的颜色由深入浅，愈浅愈短，一瞬间全然消失"，"人们全举了头往天上看，天上果然出现了四个太阳，四个太阳大小一般，分不清新旧雌雄，是聚在一起的，组成个丁字形"，由此对应庄之蝶、龚靖元、阮知非、汪希眠这"四大文人"的生活、存在和人生遭际，表征庄之蝶等当代知识分子的精神上的茫然、寂寞、虚无与危机、挣扎。其中，在《废都》里还有一段细节描写令人叫绝：在庄之蝶的酒局上，唐宛儿在庄之蝶夫妇将要喝

---

① 毛峰：《神秘主义诗学》，生活·读书·新知三联书店1998年版，第39页。

"交杯酒"时，一只苍蝇的飞行轨迹神秘而神奇，它竟然能顺着唐宛儿的心思，最终落在牛月清酒杯里，给了唐宛儿取悦牛月清的机会。前面的"怪事"正是呼应了一个时代文化的错位和乱象，充满着哀凉的气息。那么，前面的"无籽生花"和"四个太阳"的神奇、神秘所营构出的虚拟情境，就成为人物的心理、灵魂之幻象，正暗隐所谓"物是人非"的存在困局。如此看来，《废都》所描摹的许多世相就变得愈发不足为奇，一切社会和世俗的诡影，透射出冰冷的色调。孙郁称之是"妖道里的隐喻""指示了一个宿命的王国"。①

那么，回过头来看，《秦腔》里"引生"的视角，本身就是借神秘而诡谲的特异功能，织就无法遮掩的目光，穿透乡土世界里绝望的残梦，构筑乡间民俗的图腾。"引生"的自我阉割，更是乡土社会"命根子"被粗暴阉割的隐喻，孱弱、无奈、空漠、苦涩，终究无法获得自救和解脱。"清风街"不清，汇聚着乡土世界的纷繁、困扰、焦虑、苦涩、无奈和萧疏，而缠绕其间的究竟是怎样的力量，令这个世界生成这般模样？不能不说，贾平凹的文字里，有着难以遮掩的忧郁的、愁苦的成分，以及强烈的宿命感和使命感。但是，贾平凹让我相信了我以往不曾理喻的观念：真正的写作一定是通灵的写作，作家的确是上帝派来人间给我们"捎口信的人"。倘若在一本书里，能够写出天、地、人之间的贯通，那么，这位作家就赋予文学虚构以某种神秘的力量。贾平凹在《山本》的开端写出作为陆菊人陪嫁的三分胭脂地，使之成为贯穿全篇的一条"暗线"和"无形的手掌"，直接或间接地影响、"掌控"着诸多人物的命运。这部长篇的重要人物之一井宗秀，也是一位与涡镇共命运的人物。因为父亲遭到绑票，被勒索放在家里的"互济会"公款，人赎回后掉进粪尿窖身亡。井宗秀为父亲料理后事，寻找被父亲藏匿起来的另一半互济款。这期间，他做了一个奇异的梦，梦里传递出"银"和"齐门生""我到齐门生家去"的声音。井宗秀沿着这个"声音"，走到杨掌柜家里，恰逢杨家儿媳妇陆菊人生产。杨掌柜将作为陆菊人陪嫁的那三分胭脂地送予井家安

---

① 孙郁：《贾平凹的道行》，《当代作家评论》2006 年第 3 期。

葬井掌柜，而后来井宗秀就是在这块胭脂地里发现了意外的"宝藏"。就是说在涡镇，在这个存在场域里，存在着某种神秘力量，冥冥之中牵引着这里的"物是人非"，从某种意义上说，这也给文学虚构注入了意想不到的活力和灵气。

那么，我们前面所探讨的神秘力量，在作家的写作中，是否会"嫁接"到带有民俗气息的"野狐禅"的层面上呢？在有关贾平凹和汪曾祺的创作及其影响关联的研究中，孙郁曾有过精彩的论述：当代小说家里喜欢"谈狐说鬼"的是贾平凹，他在作品里总要搞些离奇的幽魂和神仙类的元素。不过贾氏总被黑色的东西缠绕，枯寂的灰影使其文本有些怪异，氤氲着巫气。汪曾祺不是这样，他的小说流动的是清妙的韵致，从头开始，皆被优雅的旋律笼罩。贾平凹说他是"文狐"并非没有道理。这或许可以看出他唯美的倾向。《受戒》的笔法代表了其基本审美色调，传奇和唐诗式的流盼，增添了诸多悠然的风韵。他写离奇的故事，不都含巫音，可谓甜意的播散，美感把黑暗遮掩了。同样是向传统回归，汪曾祺还保留了一丝旧文人的洒脱的意象，时有诙谐之笔。贾平凹看到了他的野狐禅气，是有一点内在呼应的。① 每谈到《聊斋志异》，汪曾祺都颇为佩服："中国的许多带有魔幻色彩的故事，从六朝志怪到《聊斋》，都值得重新处理。"从这一点来看，小说叙述"神秘感"的生成其来有自，都承接着中国古代小说的叙事传统，这也是贾平凹写作始终向传统致敬的根源。或许喜欢徜徉于乡土叙事中的作家都热衷于对神秘因子的凝视，我们也不免想起将"耙耧山脉"作为"神实主义"实践场的阎连科。"在创作中摒弃固有真实生活的表面逻辑关系，去探求一种'不存在'的真实，看不见的真实，被真实掩盖的真实。神实主义疏远于通行的现实主义。它与现实的联系不是生活的直接因果，而更多的是仰仗于人的灵魂、精神（现实的精神和实物内部关系与人的联系）和创作者在现实基础上的特殊臆思。有一说一，不是它抵达真实和现实的桥梁。在日常生活

---

① 孙郁：《革命时代的士大夫——汪曾祺闲录》，生活·读书·新知三联书店 2014 年版，第 261 页。

与社会现实土壤上的想象、寓言、神话、传说、梦境、幻想、魔变、移植等，都是神实主义通向真实和现实的手法与渠道。神实主义既汲取二十世纪世界文学的现代创作经验，而又努力独立于二十世纪文学的种种主义之外，立足于本民族的文化土壤生根和成长。"① 无疑，这样的理论说法，不能不说是作家之间的写作和思考的相通与相惜。

贾平凹写作的中国传统文化和文学影响，与他早年所接触和沉迷的传统文化、中国传统小说有直接的关联。中国传统小说作者的叙事伦理，包括主导写作的宗教信仰、文化理念、文学观念，许多还囿于诸如"因果报应"甚至"迷信"的层面。即使为数不少的作品能够正视人生和存在世界，具有极强的写实性，但仍然不免为其宗教思想所制约和牵制。因而，我们不能不正视贾平凹长篇文本中所蕴藉或表现出的"神秘性元素"，既在很大程度上具有强烈的"冒犯性"，但也开拓了长篇小说叙事的边界，生成叙事文本的多重意味和内在的文化力量以及思想、智慧。我们看到，贾平凹在寻找并竭力呈现人在存在世界和情感中最本真的力量，捕捉物理、心理时空中或温暖或苍凉的气息。其中，无论是表现乡间信仰的民俗和古风，具有图腾意味的诡谲，充满阴阳色彩的世相，还是都市"文化人"的灰色欲望、清冷的心理苦涩、灵魂现场，贾平凹的文字里都既有掩抑不住的几分快意，也弥散、杂糅着些许无尽的悲怆。但是，另一方面，这也让贾平凹的叙事保持着某种平衡或宁静。我想，这可能是因为在他的内心和意识层面，有他个人强大的认知上的自信，有他"穷极物理"的"道"和"识"。贾平凹的"道行"，直指中国哲学中"道只是隐含着场的观念，而其却明确地表达了场的思想""新儒家把气看成是一种稀薄的、无法直接感知的物质形式"②。进一步说，在存在世界里当这些人事、故事发生的时候，作为所有现象基础的"实在"往往就会超越了所有的形式，而且，这是很难描述、界定的事物存在。它们常常被说成是"无形"或空无。但是，"这种存在并非一无所有，而是所有有形体的

① 阎连科：《发现小说》，南开大学出版社 2011 年版，第 181—182 页。
② 灌耕编：《现代物理学与东方神秘主义》，四川人民出版社 1983 年版，第 176 页。

基础，是一切生命或存在的源泉。"① 因而，贾平凹从古典文学中尝试贯通的是精神气脉与中国现实的链接，他的"神秘性叙事"所关联起的是对现实人生的关怀。

纵观贾平凹近五十年的写作，我们看到，他的几乎每一部长篇小说，都试图在挑战批评家和读者的阅读。他总是以不变来应对写作发生和灵感的万变，将一切彻骨的体验进行平淡的过滤，在创作中逐渐将主体情感隐匿，以"零度写作"的姿态与心境，超然直面人间万物。他的叙事，有时空幻，有时朴素而踏实，有时变形，偶尔也演绎为人间的寓言；有图像，也有幻影，思想和想象力相互攀援；有存在世相的直录，破解日常的枯燥和怪诞，也有"无中生有"的神来之笔，疑似空灵的文字在舞蹈。他知道，作家的使命和功力就在于永远向陌生化挺进，"贴地飞翔"，入俗而又脱俗，拘小节而不畏大节，让文字保持在诗意和智慧的层面，缓缓前行。特别是，现实感、历史感始终贯穿于贾平凹的叙事之中，让我们看到他在当代长篇小说创作中矢志不渝的坚持和努力，也让我们对中国当代长篇小说创作的现在和未来充满信心和期待。

---

① 灌耕编：《现代物理学与东方神秘主义》，四川人民出版社 1983 年版，第 174 页。

苏童——重构"南方"的意义

一

二十世纪七十年代末以来，中国文学的发展变化，经历了若干不同的阶段，因为文化、文学语境的不断变化，直接影响到每一个不同的阶段或时期的文学形态，自然也就会有不同的作家和作品在不同时期各领风骚。但是我们都会注意到，在三十余年的"新时期"和"新世纪"文学历程和时空跨度内，有为数不多的一些作家，能够坚持几十年"可持续性写作"，而且迄今创作力不衰，一直在保持、积蓄、聚集更为稳健并使创作走向成熟的力量，不断地拿出有影响力和可能成为经典的作品。虽然，我们还不能判断这个时代究竟可能出现多少堪称经典的杰作，但从这些作家、作品的面貌、品质和格局看，他们已经成为中国当代文学不可或缺的重要构成，成为一个较长历史时期文学写作的中坚。无疑，苏童就是这些作家中的一位。梳理和"整饬"苏童三十余年的文学写作，我们会深感这位出生于南方古城苏州的作家，他提供给我们的文学世界，呈现出诸多灵动隽永、不可复制的美学风貌和精神个性。我们也可以将苏童置于中国现代、当代文学，乃至世界文学发展的范畴内，来考察苏童写作的独特贡献，审视这位成长于二十世纪八十年代中国社会、文化转型期的中国作家，其写作中所触及的现实、经验、问题和意义，发现他的"变"与"不变"，发掘他与"文学传统"、古典精神、现代美学之间的神秘联系，还包括他的想象力、审美判断的视野与表现现实的幅度，考察他在特定文化环境下的叙事，其文本美学价值对现代汉语写作所做出的贡献。苏童数十年"沉湎"甚至"沉溺"于中国"南方"，在对于"南方"生活世界的描述中，他不断地引申出当代生活剧烈颤动的形态和人性，灵魂的曲折、精微变异。在"南方"生活的表象背后，苏童并不是仅仅叙述某种"地方志"般的生活样态、负载或格局，而是以文学的叙述方式和结构，彰显了一个时代的文化、历史记忆。这种记忆，传达着精神、想象、虚构与其共同"发酵"的力量，在"写实"的基础上，让虚构制造出最接近生活、现实的可能性。对此，我曾经有过这样的疑问：苏童小说的"题材"，或者说，他所表现的生活，都"发生"在江南，不论是沉重的命题，或者有关日常生活的"没说什么却令人感动令人难忘的作品"，或者是关涉人性的窘迫与困境，其叙事的激情，缘何几十年来在写作中都源源不断、经久不息地释放出来，成为我们这个时代文学创作的重要构成？其叙事的动力何在？显然，苏童所叙述的南方，在很大程度上，已经不仅属于苏童这位作家，它已然属于当代，属于纯粹中国化的"东方"，是一个迥异于西方文学世界里那个"南方"的所在。"南方"，是如何成为苏童书写"中国影像"的出发地和回返地的？

关于"南方"及其写作的基本内涵，在这里，我认为"南方"已然是一个文化意义上的概念或称谓。从地域的层面考虑，虽然很难以一个概念就准确界定某种文化的命意，但在更宽广的范畴和意义上理解南北文化所造成的人文差异性，还是十分必要的。实际上，苏童的这个"南方"，更准确地说，应该是接近长江流域、以江浙为中心和为代表的"江南"。这个"江南"又可以更确切为：包括了苏、松、杭、太、嘉、湖地区。盛唐、南宋以降，强烈的阴性文化色彩和诸多地域因素，在文化地理上，"完成"并形成了迥异于北方以及其他地域的文化征候和生活气息。其中包括日常的生活形态，在文化的视域上既有空间上的发散性，也有时间上的纯粹性。我们甚至可以通过文本，通过充满文化、文明气息的江南的每一个生活细节，在一个特别纯粹的时间状态中、特别感性的空间维度里，触摸到它非常诗性化的、充满诗意的柔软质地，感受到近千年来在种种"词语"中完成的个性化的"江南"。"江南文化不仅体现了南方文化的魅力，也曾在较长的时期里成为一个民族文明的高度，而其中的文学则真正地表达出了它的个性的、深邃的意味。"① 在此，我们可以追溯中国现代作家鲁迅、周作人、沈从文、叶圣陶、朱自清、郁达夫、钱锺书直至当代汪曾祺等人的写作，其想象方式、文体及其与之形成的形式感所呈现的独特风貌，与中原、东北、西北甚至江南以外的文学叙事判然有别。江南文化、南方文学绵绵不绝、世世相袭的传承，更加显现了自身精神上的相近、相似性和地域文化方面的一致性。有所不同的是，新一代的"江浙"作家，在他们的身上出现许多新的禀赋、气质和气韵。同前辈作家相比，学识、才情、心智构成，对文化、文学精神的体悟大多都个性十足、鲜活异常，毫无疑问，他们已经成为自二十世纪八十年代以来崛起的中国当代作家中最有影响力的代表。他们大量的小说文本，在一定意义上，已经构成记录南方文化的细节和数据，成为用文学的方式抒写南方、表现家国命运、描述世道人心及民族文明的灵魂秘史。在对南方漫长历史时期的表现中，南方的生态，在苏童文学文本中演绎出许多家国神话、现代寓言，其中，既能令我们感悟到东方文化的神韵，也能捕捉到以西方文本作为叙事参照系的东方意象。

其实，很早我就隐约地意识到，苏童最大的"野心"，就是试图为我们重构一个独具精神意蕴的真正的"南方"。南方的意义，在这里可能会渐渐衍生成一种历史、文化和现实处境的符号化的表达，也可能是用文字"敷衍"的南方种种人文、精神渊薮，体现着南方所特有的活力、趣味和冲动。与此同时，他更想要赋予南方以新的精神结构和生命形态，这些文本结构里，蕴藉着一种氛围，一种氤氲气息，一种精神和诉求，一种人性的想象镜像。"我的南方在哪里呢？我对南方知道多少呢？我的南方到底是什么？"② 苏童经常如此叩问自己，是否曾经真的有过一个南方的故乡，令他如此魂牵梦萦？对于

---

① 　张学昕：《南方想象的诗学》，复旦大学出版社 2009 年版，第 6—7 页。
② 　苏童：《河流的秘密》，作家出版社 2009 年版，第 138 页。

那条他不断地描述以至无法自拔的南方街道，他了解得究竟有多深？对它固执的回忆，是否真会在文本的张力中触及南方最真实的部分？进而，苏童的"南方"究竟是什么？只是"枫杨树乡村""城北地带"和"香椿树街"的故事吗？我认为，恐怕绝不仅如此。这时，我们会想起美国作家福克纳，他所虚构的位于美国密西西比州北部的约克纳帕塔法——"家乡的那块邮票般大小的地方"，他寄寓在那个地方的情怀悠远、沉郁，仿佛是以个人记忆和个人历史呼应着两个时代的"轻与重"。或许，对苏童来说，那条横亘在记忆中二十世纪六十年代的南方街道，正在逐渐隐匿掉一个孩子对世界的模糊认识，召唤出那些与旧年代相关联的事物。而苏童在面对那些已经不确定的细节时，仍然能够以自己感悟生活的方式，对生活和历史进行有选择的接受和容纳，表达对生活的一种诚实看法。那个时代究竟失去了什么，留下了什么？显然，他在曾经熟悉的事物里看见了"经验"所不熟悉的事物。进而，苏童构造的文学南方意义何在呢？"我同样地表示怀疑。我所寻求的南方也许是一个空洞而幽暗的所在，也许它只是一个文学的主题，多年来屹立在南方，南方的居民安居在南方，唯有南方的主题在时间之中漂浮不定，书写南方的努力有时酷似求证虚无，因此一个神秘的传奇的南方更多的是存在于文字之中，它也许不在南方。"[1]于是，这个"南方"，开始以属于苏童的方式出现在苏童的文本里。我们猜测，是南方"遇到"了苏童，抑或是苏童真正发现了南方？或者，最终连苏童自己也"自叙传"般地成为这些故事中主人公的影子。

苏童的"南方"，由三百余万字的小说文本组成。从最初的成名作中篇小说《妻妾成群》《红粉》，以及《1934 年的逃亡》《罂粟之家》《刺青时代》《飞越我的枫杨树故乡》，到长篇小说《米》《城北地带》《我的帝王生涯》《蛇为什么会飞》《河岸》《黄雀记》，还包括大量杰出的短篇小说，除极少数作品外，基本上都以"城北地带"和"香椿树街"为背景。这些长篇、中篇和短篇小说，本身是各自独立的，但彼此又有衔接、交叉、相互的内在通联，许多人物在各部作品

---

① 苏童：《河流的秘密》，作家出版社 2009 年版，第 139 页。

中，也时有穿插出现。叙述的线索，林林总总，并非一条。家族、暴力、逃亡、死亡、欲望、人性，社会历史变迁和南方地域文化特性，给人物带来的命运浮沉，精神心理的变迁，伴随着南方的浓重印痕和"胎记"，丝丝缕缕，在苏童的笔下浸淫，弥漫四溢，若隐若现，层出不穷。这个南方，在"旧"上做足了文章，"怨而不怒"之旧，流风遗韵、慷慨悲凉之旧，在一个写不尽的"旧"里检视着时代之秋、灵地的苍凉之气。如果从上世纪八十年代"先锋时期"的写作算起，苏童有关"城北地带"和"香椿树街"的叙述，实际上已绵延或"延宕"了三十年，苏童非但没有丝毫的疲惫，反而是"愈演愈烈"。可以看出，苏童小说的重要因素，基本都有实际生活的"原型"，他是从印象深刻的地点和人物出发，旁生出各种枝节，并衍生出无数南方的故事和情境。苏童对南方的理解和文学建构，都是在他所有关于南方的感悟、理解和叙述中完成的，他的小说组成一个耐人寻味的美学意义上的南方，构成"文学南方"苏童的独特魅力和意义。

对此，我们还会进一步思考：支撑苏童小说叙述的动力是什么？南方，对于他而言，难道存在着某种理念、信念上的暗示和指引吗？也有人曾怀疑、批评苏童："一个作家怎么可能一辈子陷在'香椿树街'里头呢？你走不出一条街，算怎么回事？"其实，对苏童来说，他所担心的问题，并非是不是要深陷在这里的问题，而是陷得好不好的问题，是能否守住"一条街"的问题，是陷在这里时究竟能够写出多少有价值的东西的问题。要写好这条街，对苏童已经是一个非常大的命意，几乎是他的哲学问题。

有关写作的发生，苏童曾经讲过："写作这个姿态本身也改变着我的生命状态，我能感到打量世界的时候自己的目光，也看见了自己的力量，写作就像是一面镜子，借助它可以看到自我和他人的两个世界。因此对自己的生命质量也会更满意一些；还有，写作也可以借助纸上的时间，文学的虚拟世界，拥有一个物质生活之外的另一个精神空间。"①

---

① 苏童、张学昕：《回忆·想象·叙述·写作的发生》，《当代作家评论》2005 年第 6 期。

我们在苏童大量具体作品里，看到苏童沿着这样的美学习惯，将叙述的道路，引向了所谓经验已知世界之外的存在世界，在能够感知到的空间里寻找叙述所能抵达的真实，在那里，让事物呈现可能或应有的形态，这是小说家的使命和责任。"我从来不相信我看世界的目光是深刻的、深厚的，但它绝对是个人的。这个个人的就是价值所在。我觉得他是天生有残缺的。如果一个作家对世界的认识始终是很坚定的，我觉得这恰恰是可疑的。我觉得一个比较好的作家要与真实相处，必须要与疑虑相处。"[1] 这时，也就注定了苏童的"南方"是一个充分个性化的南方。苏童从自己的童年记忆出发，从熟悉的南方的一条街出发，寻找最切近生命体验的渊源，踏实地叙述存在世界的可能性，大胆不羁、不揣任何意识形态价值修复欲望的初衷。对南方世界人性的幽暗、挣扎和生生不息力量的感知，既有怀疑也有猜想。另一方面，苏童不是那种一定要刻意去"表现"什么、证实什么的作家，也不是那种有志于"挥斥方遒"、犀利地拿世界和人性"开刀"并且精于"算计"的作家，他写作的过程，有灵魂的坐标和沉郁的思索寄寓其间。他对小说的独特理解，使得我们能够立即将他与平庸的作家划清界限："小说应该具备某种境界，或者说朴素空灵，或者说诡谲深奥，或者是人性意义上的，或者是哲学意义上的，它们无所谓高低，它们都支撑小说的灵魂。实际上我们读到的好多小说没有境界，或者说只是一个虚假的实用性外壳，这是因为作者的灵魂不参与创作过程，他的作品跟他的心灵毫无关系。小说是灵魂的逆光，你把灵魂的一部分注入作品从而使它有了你的血肉，也就有了艺术的高度"[2]。苏童表达出他对小说更具深远意义的理解。其实，若想以一种理论、学理的方式，来总结、概括苏童这样的作家及其写作，是非常困难的。因为，苏童小说叙述的精神重心，总是沉潜在故事、人物、语言和结构的背后，虚构的热情，裹挟着幻想，有时也隐藏着寂寞，将对

---

[1] 苏童、张学昕：《回忆·想象·叙述·写作的发生》，《当代作家评论》2005 年第 6 期。

[2] 苏童：《河流的秘密》，作家出版社 2009 年版，第 188 页。

时空变幻中的事物、记忆进行美学把握，赋予阴鸷、俗世的存在以抒情式的悲悯。一种超越理念束缚的审美判断和把握，超越个人有限的思想、视野，捕捉生活新的生长点，这样，文字所涉及的历史、现实和记忆，也就成为个人心灵的历史，在文本的空间里敞开，意味隽永，生发开来。南方生活的无限生机和活力，滞涩和酸楚，来自于他对未来的激情遐思，也来自对历史的沉淀和缅怀，但都为着撞击出现实的灵魂真相。与同辈作家、同时代作家相比，苏童是在遥远的记忆和乡音里，找到不同凡响的有关"南方"的修辞，而且，这个"南方"是东方的南方，完全是自己呈现出来，而不是"他者"的表述。

二

在提及"南方"及其写作的概念时，我们会想到福克纳。他所虚构的位于美国密西西比州北部的"约克纳帕塔法"县——"家乡的那块邮票般大小的地方"的故事，它由十五部长篇和几十个短篇组成，叙述了若干家庭的兴衰荣辱。福克纳表现这种生活时，也多是选择通过无数生活片段，构成美国"南方"世界整幅图景的方法。这些片段，有着朦胧不清的故事起源，但他的想象总是像新生的世界，将我们的经验和阅读包容和覆盖，不断把我们已经知道却无法磨灭的经验传递给我们，在作品中一丝不苟地表现美国南方的生活、南方社会的时代演变以及"一战"后的"荒原意识"。也许，这就是福克纳努力想从人的精神材料中创造出某种过去未曾有的东西的愿望。可以这样讲，福克纳的"南方"，与苏童的"南方"，在文学的空间视域内，构成一个富有深层文化意味和写作学价值的"互文性"网络，体现出他们各自对生活和世界的美学把握。有所不同的是，在虚构的道路上，福克纳笔下的南方是炎热的，阳光是灼人的，光线亮得刺目，热带的昏晕构成镂刻般的意象；苏童的南方，多水多雾，水雾伴着袅袅的烟云，罂粟和水稻，黑瓦白墙的房屋，造就了阴暗、迷离、烟花春雨的图像和情境。在苏童看来，虚构不仅是幻想，更重要的是一种把握，一种超越理念束缚的美学审视。虚构，为一个作家有限的思想提供了新的写作生长点。可以说，虚构是一种精神，是"重构"世界时写作的途径。

无论是福克纳还是苏童，他们所倚靠的叙述途径和方法，无疑都是虚构。我非常赞同王安忆对虚构的理解："虚构是偏离，甚至独立生活常态之外而存在，它比现实生活更有可能自圆其说，自成一体，构筑为独立王国。生活难免是残缺的，或者说在有限的范围内是残缺的，它需要在较大较长的周期内起承转合，完成结局。所以，当我们处在局部，面临的生活往往是平淡、乏味、没头没尾，而虚构却是自由和自主的，它能够重建生活的状态。"[①] 在苏童的写作中，或者说，在他虚构的世界里，天分可能会不断地战胜发生学上的逻辑、实证意义，从而"还原"和重构出新的精神价值。

仔细体察苏童的"南方"生活，具有强大的"阴柔"文化的弥散性，扩展出独特的"唯美"品质，它在虚构中发掘历史，考量家族兴衰，发掘人性的复杂，直指文化本身的质地，这也可视为文学的虚构的本然及其伦理承担。而我们在苏童小说里所获得的"南方形象"，无疑是现代以来中国文学与文化独特、重要的组成部分。这其中，不仅是风物、人物书写上独具格调和色彩呈现，而且，它有别于其他中国作家的"南方"情结，他铺张了南方既有的精致、细腻、轻曼、祥顺，也放大了暴力、粗鄙、凶险和叛逆。我们从中能够清晰地爬梳出自二十世纪二十至三十年代迄今的南方经济、文化、历史等人文变异的一条轨迹，南方的城乡市井及其神韵，"苏童式"的南方文体，赋予这个地缘视景以文化诗学的维度。一路过来，正是这种"文化弥散性"，使其对历史的诗意描摹、对家族之罪和苦难的铺排，对生命、世象的颓败感表现，包括对"城北地带"少年血的惊悚逼视，对孤独"红粉"的剩余想象，等等，在叙述的"古典性"和"抒情性"张力中，树立起一个记忆修复中的南方、需要"救赎"的南方、一个充满种种想象性与可能性的南方，借此探触生命最实在的层次，呈示家国

---

① 王安忆：《虚构》，《东吴学术》2012 年第 1 期。

往事、个人命运的伤痛多舛和历史的迷魅，并进而演绎为文学的记忆。

苏童早期短篇《桑园留念》《U形铁》《沿铁路行走一公里》《古巴刀》《游泳池》，中篇《刺青时代》等，表面上看，仿佛是苏童对少年生活一种深情的自我回味，或者是精神上令生活本身所作的扩张。它们始终保持着苏童对逝去生活的鲜活感、现场感。记忆丛生的地方，应该最容易唤醒沉睡的事物，但是，充斥其间的"底色"，却激荡着暴力和残忍。《刺青时代》将二十世纪六十年代的"稚气少年"的单纯，演绎成兄弟之间的冷酷寡情，其间少年团伙无端的肉搏和厮杀，显然隐喻"文革"年代成人世界身体、心理双重暴力朝向外部的肆意蔓延，这个中篇与短篇《古巴刀》构成一种内在的呼应，让我们不由得想起切·格瓦拉时代的革命。那个年代意识形态给空虚少年的心理暗示，编织成红色梦想，"古巴刀"成为叙事展开人物必不可少的功能性道具，它既是特定历史时期的"历史化石"，蕴含着那个时代的尖锐、锋利与沧桑，也是人物所处年代"暴力情结"的"见证物"，它完全逸出了"刀具"本身的含义，进入人的政治心理范畴。一般地说，苏童的故事经常有意无意地回避叙事深度，依靠人物的行动直接判断心理和精神，这既是短篇小说的要求或限制，也是作家放弃"居高临下"的普遍审美视角的智慧选择。写于2005年的短篇小说《西瓜船》格外引人注目。这部短篇小说虽然也是以"香椿树街"为叙述背景，细腻地描写了一个懵懂少年寿来因为一件小事杀死乡村青年福三的暴力事件，但叙述已经越过了一般人性冲动的事件描摹，关注点开始移向城乡纠葛及其冲突，其中福三的怪吝、种种不可思议的心理背后，隐藏了城乡世俗观念的巨大差异，故事给我们带来对那个特殊年代的深层文化思考。

人物的个人命运和家族的兴衰，如何在历史和时间的框架内凸显出来，是涉及作家历史感、审美判断力的结构性选择，苏童自然不会轻视这一点。因为发现人性的张力，才可能呈现生命最极致的层面。无论是《罂粟之家》《南方的堕落》《园艺》，还是《米》《我的帝王生涯》《河岸》《黄雀记》，苏童写出的不仅是"衰世""乱世""转型期"人的生存状况，而且是渗入南方内在肌理的风俗，还能够在人物命运中传导出世事的沧桑、沉浮。王德威曾精到地概括苏童的写作姿态："作为南方子民的后裔，苏童占据了一个暧昧的位置，他是偷窥者，从外乡人的眼光观察、考据'南方'内里的秘密，他也是暴露狂，从当地人的角度渲染、自嘲'南方'所曾拥有的传奇资本。南方的堕落是他叙事的结论，但更奇怪的，也是命题。他既迎合又嘲仿'南方主义'的迷思，从而成为当代大陆文化、文学论述中的迷人声音。"[①] 即使苏童的"重构南方"没有自身太多的"主体意识"的"介入"，历史、人物、精神的重心也于不经意间成就了苏童小说的题旨。

特别是隐蔽的强大而复杂的精神张力，在字里行间无尽地蔓延。尽管他的"南方"只有"枫杨树"和"香椿树街"两处主要的地理标志，但其中生生不息的人群，在不同时代背景下，演绎的个人或家族历史的腐朽、颓废及人性图景，为我们提供了更宏阔的历史、人性的想象奇观。一个值得注意的现象是，苏童这位"说故事的好手"所讲述的故事，大多是不能轻易地"复述"或进行"口语化"讲述的，尤其是他大量的短篇小说。他的叙述，完全是依靠人物、语言、情节结构的整体性力量，获得叙事的节奏、张力和缜密的细节。我们考察苏童小说主题时，特别强调挖掘"性""罪恶""暴力""逃亡"等生命极致状态下人的现实困窘，但同样不能忽略的是，苏童小说人物在日常状态里强烈的"南方性"特征，人物在"欲望""原欲"驱动下呈现的悭吝和乖张，以及在苏童所营构的"艺术氛围"中人物内心涌动的人性风暴。《舒家兄弟》中的舒工和舒农，《米》中的五龙，《河岸》里的库文轩，《黄雀记》里的柳生，他笔下人物所负载的命题，常常就是苏童设想的人类的种种困境，或者宿命般的归属。在他的文本里，我们可以体味到作家所赋予人物的气质、面孔和行动的美学效果，在一种压抑、阴翳的潮湿氛围里隐隐凸现。也许，我们会发生疑虑，苏童小说的人物身上，缘何总是弥漫着阴郁、怪诞、死亡

[①] 王德威：《当代小说二十家》，生活·读书·新知三联书店 2006 年版，第121—122 页。

之气？他文字中的南方，缘何总是流淌着颓败、肮脏、浑浊、幽暗不明的氤氲之气？苏童又为何在如此时间长度内痴迷南方人物的形态及其幻象的书写？我想，苏童之所以以三十余年工夫小心翼翼、煞费苦心地让人物成为他优雅、精致、忧郁叙述中的重要元素，主要是因为他需要表达对生命记忆的尊崇，对他赖以生长的南方的坚守，对南方满怀宿命的神秘猜想和不遮掩的诚实。作为小说家，他并不想极力地宣扬什么，更不会有意地回避什么，他所关心的，永远是人的存在形态甚至困境，种种孤独、寂寞、忧伤、惊悚以及自我救赎。因此，从这个角度讲，苏童在他的"南方小说"中表达出人类生活中许多重要细节。我们在苏童不同阶段写作的文本中，也会发现他内心的微妙转移，人物所透示的存在经验和文化、生命，变动不羁的世间万象之间，存在着隐秘而密切联系的踪迹。我认为，苏童的文本里，南方人物，生死忧欢与颓败行径，记忆中的历史与想象中的世间风情，它们之间一定存在某种"镜与灯"的互为映照。难道这就是那个"阴柔的南方"吗？那个鼓荡着颓靡、欲望、神秘的南方吗？我们在颂莲、秋仪、小萼、织云、绮云、慧仙以及那些"妇女生活"中找到了"性别南方"的骚动和焦灼吗？可以相信，苏童自然不会"迷思"掉自己的感受。

从对于人物的表现看，苏童并不是一个"传统"小说家，当然也不是那种喜欢刻意标新立异的小说家，他不想只是通过人物的敏感来发掘和启悟人类灵魂与良知，以此体味人类生活，但他却智慧地在人物身上不惜气力地试探人性的秘密、存在的世象和生命最深层的幽暗。他始终注重讲故事的方法，凭借对生活可能性的有力推断和审美想象，在一个更具有寓意的文本空间展示人性的"函数最大值"。小说中，他虽然并没有特别地倾心人物的塑造，但我们还是能够感觉到他十分注重人物作为小说结构性功能的作用和意义。海明威主张，作家要塑造"活的人物"，他认为："如果作家把人物写活了，即使书中没有伟大的性格，他们的书作为一个整体也有可能流传下来。"[1] 黑格

① 海明威：《午后之死》，《春风文艺丛刊》1979 年第 3 期。

尔也认为："一个真正的人物性格须根据自己的意志发出动作，不能让外人插进来替他作决定。"[①] 苏童的小说人物大多属于这种"心理性人物"。像《红粉》中的秋仪，《米》中的五龙，"城北地带""香椿树街"系列中的少年小拐，《黄雀记》里的保润和柳生，他们都没有所谓"大的性格"，但算是极活跃的"人物"，他们参与到作家营构的生活里面后，集叙述视角、线索、性格等于一身，具有自己相对"独立"的扩张性。

与众不同的是，苏童小说的这些相对"独立"的人物，常常具有作用于情节和故事的结构性功能，是作品重要的结构性元素，也就是说，这些人物倘若离开了叙事结构，即特定的"上下文"，人物的力量将会失去自身的生命力。人物的独特个性和心理特征是伴随故事和情节"被讲述"而显示出来的。苏童喜欢通过小说人物，审视南方现实及其历史存在的来龙去脉，包括人物与小说叙事、人物的人性及其生活的意义。苏童小说叙述与人物有复杂的关系，这些，可能会从另一个层面或美学维度，呈现苏童小说的另一种魅力。所以，如果继续沿着美学的路径，来考察苏童"南方小说"的话，我们也许会注意到苏童小说内质中的"浪漫性"和"唯美"品质，无不是通过悲剧的形式和蕴藉美学完成的。我们会在他几乎五分之四甚至更多文本里，看到悲剧是如何层出不穷地涌现在"香椿树街"的"城北地带"，悬浮于"枫杨树乡"这片乡野。悲剧往往发生在故事的内核和靠近人性的深层部位，比如说，在《妻妾成群》中陈佐千的深宅大院里，在《红粉》的老浦与秋仪、小萼的相互关系及其命运里，在《园艺》的父子关系中，《刺青时代》中"惶惑年代"少年小拐们懵懂、扭曲的心灵世界，还有，《米》中五龙在逃亡、混迹江湖、"还乡"的漫漫旅途，在《河岸》的混浊的河水和斑驳的船体上，在《黄雀记》中保润、柳生和小仙女在两个不同时代的身体和情感的纠葛中，甚至，在"唯美"感极强的《碧奴》中，碧奴的身体和心灵，处处闪耀着悲剧的光芒，令万里长城的传说散发出历史和个体生命交汇、撞击的訇然奇

---

① 黑格尔：《美学》第一卷，朱光潜译，商务印书馆 1996 年版，第 307 页。

景。可见，苏童小说的悲剧性，虽由唯美、哀婉或宿命不断衍生，但"南方性"早已潜在地蕴藉于叙事中，跳荡在人性的"深水区"，起起伏伏，如同一次次"仪式的完成"。虚构的力量，不断呈现出来，历史与现实同生，哲理与沧桑共融，显得亦真亦幻。

三

如果从"古典美学"的角度考察苏童的小说，就会强烈地感受到文字中张扬出的不同凡响的小说气象、文化气息及其与之相契合的美学特征。实质上，它是"先锋"和"古典"的合谋。我感觉，蕴藉在苏童文本中的气象和气息，可以用古典文论中论及的"体志气韵"来描述。苏童的叙述面貌和气度，始终鼓胀着一脉贯通的气象、气息。所谓"体""志""气""韵"，其含义可意会却难以言传。这在苏童叙述中体现为隽永，隐含着悠远、幽怨和绵密。这些因素，渐渐生成他叙述的总体意绪和意象，这在美学层面上恰恰是符合或者属于南方的。也许，每个人都有自己喜爱的"意象南方"，当代作家中与苏童同时"出道"的江浙籍作家余华、格非、孙甘露等，他们叙事中的南方与苏童有大体相近之处，又有很大区别。尽管他们的叙事背景，铺排故事也都涉笔江南，或隐或显，但终究还只是"背景"成分占去很大比重，而让我们感到"剔除"背景因素后，即便算是"发生"在北方的故事也并不牵强。而苏童小说中的风物、人物，背景和故事，"历史和记忆"，都散发着充足、充沛的气息，既具备"南方心绪"，又突破了具体的"区域"界线。它以自己的气息、色彩诠释、吞吐着南方铅华。就是说，苏童写的既不是"经典化"的"南方"，也不是纯然"个性"的南方，倒像是具神话气质的有气度、有血性、有阴柔、有规模、有历史的南方。许多作家都可能写出一个地域性较强的风貌、魔力、神奇和传奇，但让气息"统治"叙事主体，进而在接近或"浸淫"南方文化的同时，超越"固体"南方，创建想象的南方，重构精神性南方，这不仅要依赖能超越意识形态规约的创作主体的美学精神，还倚仗对"地气"的衔接，更要避免干扰和影响个性写作的"潮流"的影响。

二十世纪九十年代，人们曾将马原、余华、格非、苏童、叶兆言、孙甘露、北村等人的创作，笼统命意为"先锋小说"，实际上，不仅这些作家的创作与此前刘索拉、徐星等人的"现代主义写作"大相径庭，即使这些作家之间的写作差异性也非常之大。苏童的美学感觉、叙事面貌、文本结构和叙事姿态，与格非、余华的个性就有很大不同，苏童的古典主义底色和浪漫主义韵味，既不是马原的路径，也非其他"先锋作家"所能取代。特别是，当人们津津乐道的小说叙事姿态是小说背后有无坚定的文化、意识形态、精神价值取向时，苏童的叙事早已走在"新写实"的道路上。他的写作，既没有"启蒙"的压力和道德的负载，也非刻意制造"价值中心的空缺"，以体现历史的"无根"和文化的悬浮感，但他对存在世界诚实的呈现，具有"扭转力"的虚构或"重构"，则不受控于任何"符号"系统和语言"代码"的指派。富于质感的想象，对个性修辞的喜爱，给这位深得南方水土浸润的中国作家以无穷的激情和活力。《罂粟之家》和《1934年的逃亡》的想象、叙事是神奇的，遍布南方土地的罂粟的"吊诡"气息，在当代小说中实属罕见；在《红粉》《妻妾成群》《园艺》以及大量的中短篇、长篇小说中，他不仅写出了跨度超过半个世纪、地域性特征凸显的南方，而且，还让我们细腻和真切地感受到一个充满氤氲气息的、诡谲的、有湿度的颓靡南方。能写出这样一个文学世界，既是对自己体温、气味和情绪的追寻，也是挣脱地域局限在虚构世界创立小说这座建筑"穴眼"的固执选择。而悲情、沧桑和荒寒，在他的文字里缓缓弥散。看来，一个作家的想象力和虚构，与他写作的环境和位置有密切关系，虚构的才能和技术，到一定的时候可能因娴熟、练达而形成某种惯性，但最终也可能成为作家写作的障碍。我无法知道苏童写作小说时，是否真能够突破感性、理性和神秘主义的多重制约，自觉地进入一种极其自由的写作状态。但我想，即使是非理性的写作方向，也是对一个很自然的存在状态的呈现，它也应该是一种比较真实的状态，具有扎实、朴素的内涵。因为，只要沉浸在自由自在的写作状态里，无论经意或不经意，自觉或不自觉，都会体现出一个作家固有的天分。而其中的"体志气韵"，更会在其间尽显无遗。因为文本"气韵"的最终生成，取决于作家与地域性元素浑然一体的"中和"。

我在描述苏童小说创作总体特征时，曾试图用"南方想象的诗学"，界定苏童小说的地域性想象面貌，同时，也有意深入发掘童年生活的经验和记忆对苏童小说写作的重要影响。虽然，我无意去苏童的虚构世界里寻找其现实存在的"对应"经历和确切的地理依据，但一个作家在对世界和生命深入感知后，自然生成的种种"情结"，必然在他的心理上形成某种"机制"，对写作产生各种暗示或指引。苏童有大量散文、随笔记叙他童年生活旧事：《过去随谈》《城北的桥》《童年的一些事》《三棵树》《露天电影》等。我们从中感受到他那种强烈的怀旧、恋旧意绪和意象。我猜测，他的许多小说都是从这些感伤、珍爱和意象中衍化而来，甚至都可能寻找到其中的必然联系，这就在相当程度上决定了他小说的取材方向和想象源头。短篇小说《桑园留念》，则是最能体现苏童"整理"自己心理、身体的文字，苏童曾多次表达自己对它的喜爱。这篇表现少年成长的小说，浓缩了苏童少年时代的"街头"生活，可以说，它是苏童此后"香椿树街"系列小说的起点或"引子"。"街头"，一定是只有二十世纪六七十年代出生的孩子才可能有的一个身体的、精神的和心理活动的空间，成为那个年代童年、少年的青春期被"启蒙"的场所。这个小说中的"我"，后来就像影子一样飘荡、隐现在《沿铁路行走一公里》《伤心的舞蹈》《刺青时代》《回力牌球鞋》《游泳池》《舒家兄弟》等作品中。这些小说的故事、人物、叙述语言包括情境、氛围，构成了浑然一体的动态画面，给人以身临其境之感。即使其中有些作品的风格非常散文化，叙述的仿佛是一段童年、少年记忆，或是一些散漫、惆怅、幽怨、平淡的思绪，但它表现出少年走进现实世界时的懵懂、冲动、敏感、孤独。同时，小说还表现出他们成长途中与那个时代芜杂、零乱、荒唐的成人世界之间的隔膜和猜忌。苏童在他的随笔《城北的桥》和《南方是什么》中反复提及、描摹的那个桥边茶馆，显然是他的著名中篇小说《南方的堕落》中"梅家茶馆"的原型。虽然发生在那座两层老楼里的生死歌哭、爱恨情仇是苏童的虚构、想象和演绎的产物，但小说中喜爱幻想的少年，必定带有苏童自身的影像。那个桥边茶馆，一定是苏童心理、生理发生变化过程中，不可或缺的地理标记。它承载起的不仅是具有某种南方氛围的隐喻，恐怕还充溢着南方柔腻、脆弱、虚幻和颓靡的宿命味道。《红桃Q》实际上是苏童的亲身经历的文学记叙。"我"的形象明显意象化、朦胧化，在"香椿树街"这个虚拟的空间里踯躅、游荡，张扬着从"身体诉求"到"精神诉求"的主体萌动和向往。《刺青时代》中少年血的黏稠，更是富于文学意味，面对"少年血"在那个混乱无序年代的流淌，苏童细腻而耐心地梳理出它的曲折轨迹。苏童小说虽触及"文革"，但他并不以成人视角进入那个年代，而以单纯孩子的眼光，表现灾难生活中少年们生活的些许阳光，这很像知青作家所描绘的自己在"蹉跎岁月"中对青春的缅怀。这些，在叙述上无意构成了对当时主流、宏大叙事话语的某种反拨。由于苏童对少年生活体验的敏感与细腻，使他不经意间本然地走出了当时风靡的"80年代"的文化想象。他不去附着任何具有理性色彩的启蒙话语，只有对存在本身的自由姿态和对欲望与人性的感知，小说的道德向度则处于中性的摇摆状态，更绝少有某种意识形态色彩的价值判断。因此，他小说中的地理空间很单纯，避免了更复杂的文化压力的纠缠。而在《南方的堕落》《园艺》等作品中，由于叙述人"我"与作家的经历脱离，出现双重视角的巧妙收束，于独白中透露出冷静的沉思或批判，亦不乏对"南方"的另类打量。这时的"叙述人"大胆地浮出水面，以高于人物的姿态，以既熟悉又陌生的面孔，越过人物生长的平面，成为"孤独"的讲故事者。相形之下，在长篇小说《武则天》中，叙述人就"腾挪"到故事的背后，虽未达到罗兰·巴特所说的那种"零度写作"，但明显已无"亲历性"经验的复现。多个视点交叉，不断地复现一个人物的种种侧影，人物心理过程处理简单，刻意营造人物内在神秘感或疑团，故事游弋在现实与虚幻之间，获得与"全知全能"视角迥异的"陌生化"效果，使苏童的叙事跃出狭隘的文体边界，彰显出绵绵无尽而且独特的个性

"气韵"。

作家库切说过："所有的自传都是讲故事，所有的写作都是自传。"[①] 其实，最初那些"香椿树街"少年小说的地点、背景、故事和人物，就有很强的"自传"性和"原生态"味道，关键是，苏童擅长"挤压"出乳汁般的生活原味，让"纸上的王国"渗透着强烈的文化"气韵"和力量。而 1996 年以后，苏童陆续写作的《古巴刀》《水鬼》《独立纵队》《人民的鱼》《白雪猪头》《骑兵》《点心》《小舅理生》《茨菰》《桥上的疯妈妈》《西瓜船》《拾婴记》等，已将"香椿树街"衍生、"预设"成他小说持续、恒久的叙述背景。而"枫杨树乡"却在他后来的文本里，渐行渐远，若隐若现，"知天命"的苏童，开始将记忆的血脉灌注在更实在的"香椿树街"，叙述愈发平静，不再过于缥缈。苏童三十年的小说写作，以"香椿树街"为背景的小说，超过了他创作总数的一半，可以看出，苏童特别喜欢、迷恋在这个背景下展开他的文学想象，在叙事中淘洗他记忆里的生活铅华，不断地对记忆中的生活、感受进行再体验，创造出新的有意味的"南方世界"。他以自己更加成熟的小说理念和心性感悟，重新照耀过去的生活，在新的艺术表现层面上，通过意象、意绪、场景、人物，摆脱传统写实情境而达到对现实具象的超越。在这组小说中，记忆和想象铸就的意象，已经很少在小说中有明显外在的痕迹，过去的生活、当下的故事已存在于"南方"这一重要的地理"背景"之中，融进小说的灵魂。苏童在以小说整理世界、整理情感的时候，格外注重叙事背景和地点，他对自己的"约克纳帕塔法"是一种极端的迷恋。他自己也意识到自己是一种近乎病态的"沦陷"，不能自拔。对此，苏童曾坦言："'香椿树街'和'枫杨树乡'是我作品中两个地理标签，一个是为了回头看自己的影子，向自己索取故事；一个是为了仰望，为了前瞻，是向别人索取，向虚构和想象索取，其中流露出我对于创作空间的贪婪。一个作家如果有一张好'邮票'，此生足矣，但是因为怀疑这邮票不够好，于是一张不够，还要第二张、第三张。我的短篇

---

① 转引自王敬慧：《库切评传》，北京大学出版社 2010 年版，第 101 页。

小说，从八十年代写到现在，已经面目全非，但是我有意识地保留了
'香椿树街'和"枫杨树乡'这两个'地名'，是有点机械的、本能
的，似乎是一次次的自我灌溉，拾掇自己的园子，写一篇好的，可以
忘了一篇不满意的，就像种一棵新的树去遮盖另一棵丑陋的枯树，我
想让自己的园子有生机，还要好看，没有别的途径。其实不是我触及
那两个地方就有灵感，是我一旦写得满意了，忍不住地要把故事强加
在'香椿树街'和'枫杨树乡'头上。"① 我同意王德威的看法："在
苏童的虚构民族志学中，他不仅描述了南方的空间坐标（枫杨树与香
椿树），而且有意赋予某一种时间的纵深——虽然所谓的纵深将证明
为毫无深度。"② 王德威所讲的"时间纵深将证明毫无深度"，我以为，
苏童倾情倾力所叙事的重心，从民间市井生活、生命个体的细微颤动
的气息，到家族、国族兴衰与变迁，"醉翁之意"皆在于保持记忆，
"改写"表象浮尘为寓言意义，因为苏童断然不会被现实功利影响到
自身的审美的路线。所以，历史、现实的时间维度，在苏童的"文学
南方"世界的骨骼里，自然就变得无足轻重了。

人的生活都是在物质世界的空间里建立的，每个人的日常生活
实践，也要依赖一个能支持其活动的有效、有益的物理空间以及
与之对应的人文空间。小说叙事的空间，最重要之处就是地域和地
理，但需要写作者的精神对其进行有效的超越。文学所呈现的物理空
间，实际上是一种自然的空间，是我们能够切近和感知的具体的、物
质的、具有地理和地缘意义的客观存在，作家对它们的选择，不仅体
现为地理性，而且体现为创造艺术、美学空间文化内涵的需要，也是
揭示人性心理空间、呈现无尽意蕴的需要。这样，文学才能在其间生
发出无限的想象，建立一个多层面的、可阐释的空间和新的、自由的
空间，"香椿树街"和"枫杨树乡"就是承载了"灵龟般苏童"试图

---

① 张学昕、苏童：《感受自己在小说世界里的目光》，《当代作家评论》2008 年第
6 期。
② 王德威：《当代小说二十家》，生活·读书·新知三联书店 2006 年版，第 121—
122 页。

隐喻的南方、飘逸的南方。苏童的小说，看上去处处弥漫着一股特殊的"空气"，仿佛是"烟化"的境界，叙述仿佛就放在江南古巷的缕缕似隐似现的"烟"里，其中的人物、故事、场景真实可感，体现了一个杰出小说家细节刻画的才能。而他最特别之处则在于，能在细节中制造出一片迷离的"烟带"。那是一种迷离的"烟化"般的场景或意蕴，如韦庄的"江雨霏霏江草齐，六朝如梦鸟空啼。无情最是台城柳，依旧烟笼十里堤"的"烟"的世界。水乡的江南，"烟笼十里堤"的特殊意境，是只有依赖"线"与"墨"的"中国画"的"皴法"才能表现出来；而在文学作品里，也只有中国"南方"的诗人、小说家长于表现这种特殊的"东方"之"南方"神韵。能接续这种中国古典的东方神韵的，新文学史上自然要数"京派"一脉作家最为明显，但在"废名、沈从文、汪曾祺"之后，当代作家中有这种气质的十分罕见，苏童无疑是难得的继承者。而同是出生于江南的小说家余华，因为受西方文学浸淫太深，他的东方神韵在很大程度上被大大压抑，只是在最近的新作《第七天》中才稍有隐现。与余华相比，苏童自成名始，就以《1934年的逃亡》《妻妾成群》等文本，将中国古典的东方神韵播散出来，此后就一直没有断绝过。苏童在叙述技法上，神奇地将"中国画"的"线""墨"笔法转化成了一种语言上的意味，无论怎样写故事，怎样写人物，叙述情节，营构场景，仿佛都是在"烟"的里面进行。这种"烟"一样的中国画中才有的"西山有时渺然隔云汉外，有时苍然堕几席前"的"迷离"感，弥漫在他小说的所有叙述元素中，"对话""描写""叙事"，甚至"节奏""情绪"，承受着江南之"轻"，使人感到"烟"里才有的那种"远而近""真切而恍惚"，呈现充满矛盾的经验。也许，这也是苏童小说给人印象最深的颇为"古典"的地方。

这里必须提到苏童小说的语言，它体现了其个人才情对叙述、虚构和重建"南方"的表现力。语言的力量在于能充分再现经验，苏童再现生活和虚构生活的力量，与语言的表现力具有极大关系。从一定意义上讲，汉语写作的魅力，在苏童对南方的想象中，就显示出充分的张力。苏童无疑是中国当代作家中语言感极好的作家之一，从某种意义上讲，现代汉语的"暧昧性"，很大程度上给苏童的叙述提供了灵动的契机。苏童文字，被赋予了情感、想象功能、诗的感觉，而想象的功能和诗意就在于将文字中有限的东西引入到无限。在这一点上，苏童语言的浪漫品质，使得他竭力将不透明的、沉抑的、散文化的客体世界变成活的、灵性的、飘忽的、摇曳生姿的诗意图景。因此，苏童常常能在看似朴拙的叙述中制造出令人心碎的场景。巴赫金在谈到"诗的话语和小说的话语"时指出："任何一个活生生的话语同自己所讲对象相对而处的情况，都是各不相同的。在话语和所讲对象之间，在话语和讲话个人之间，有一个常常难以穿越的稠密地带。活生生的话语要在修辞上获得个性化，最后定型，只能是在同上述这一特殊地带相互积极作用的过程中实现。"[1] 巴赫金所说的这个"稠密地带"，应该是语言最难以抵达的区域，即"人"与"物"之间精神对话的现场，它是作家经由心灵建立的语言和事物之间的同构关系。笔触所至，我们能够意识到作家尽力地通过语言传达出对世界的神秘体验。苏童的语言具有令人着迷的梦幻性质，含混性和朦胧性，在文字之外获得延伸和回响。

张新颖在概括莫言的创作时，认为莫言的写作，是一个经由别人发现自己的过程。[2] 我想，有才华、有作为的作家，都是在前辈作家的影响下超越自身。苏童的写作就是在福克纳、博尔赫斯、纳博科夫等大师启发下，把自己的写作从既定的文学理念和艺术表达惯性里解放出来，发现自己所确认的、独有的世界的价值和意义，对自己的实感经验和感悟，做出丰厚的重组，进行美学"重构"。三十年的写作，这个世界已经鲜明而独特地描摹在苏童文学创作的版图上，作为一个杰出作家的痛感，他的爱憎，他的超越，他的"宗教"，甚至才情，都已经充分自由地帮助他获得自己的构建方式，看到并重新塑造一个世界，使这个有着"异己"性力量的存在，通过文本叙事实现作家的

① 巴赫金：《小说理论》，河北教育出版社 1998 年版，第 55 页。
② 张新颖：《莫言的短篇："自由"叙述的精神、传统和生活世界》，《文汇报》2012 年 12 月 15 日。

精神和叙事伦理。作家内心深处和外部世界的诸多异己性力量在文本里终获扬弃，生活中异质的和离散的成分因作家的叙事美学，奇特地融合成文化的有机关系，呈现出独特的精神品质。这样的写作，对于我们的时代，无疑具有重要价值和美学意义。

阿来的意义

一

在我这些年的阅读体验中，阿来是一位极其睿智的作家，是一位无可争议的天才作家。我所说的这种"睿智"，是指他对写作本身超强的悟性和天分，乃至他面对存在世界和事物时所具有先天的"佛性"。这些，显然是许多中国作家无可比拟，甚至难以企及的。从二十世纪八十年代的诗歌创作开始，阿来就已经显示出他对事物充满诗性的精微的感悟力，审美个性，以及以艺术的方式整体性地把握世界或存在的艺术天赋。可以说，他是二十世纪九十年代最早意识到时代和生活已经开始再次发生剧烈变化的作家，也是最先意识到文学观念需要及时、尽快调整的作家。因此，当他在 1994 年写作《尘埃落定》的时候，许多作家其实还沉浸在八十年代文学潮流的嬗变和以往的文学叙述方式、结构方式的惯性里面。而这个时候，阿来已经在使用另外一种新的、与生活和存在世界更加契合或者说"默契"的文学理念开始写作了。回顾一下当时，尽管许多作家在自己的写作中寻求突围，但仍然在本质上因循着试图将"中国经验"进行"马尔克斯化"一类的表达。而阿来、莫言、贾平凹等杰出作家思考的是，如何让文学写作的民间资源在异质性文化之间穿行。因此，阿来在文坛一出现，就呈现出极高的写作起点，就表现出一个"好作家"成熟的叙事品质，深邃的思想和完美的个性化语言、文体和结构。或者说，他是以一位能够改变人们阅读惯性、影响文学史惯性的"重要作家"的姿态出现在文坛的。他不排斥而且充分汲取外来文化和文学的养分，却始终保持着自己的行走方式，在自己喜欢的"大地的阶梯"上攀援。

阿来从开始写作到现在，理论界和评论界始终无法为他贴上任何的"命名""标签"，无法对他肆意地进行某种界定。这一方面说明阿来创作的独特性、丰富性和复杂性，他始终不被任何潮流所遮蔽和涵盖；另一方面可以看出，理论阐释的乏力，早已应该令我们这些读者和评论者汗颜。我猜想，阿来在写作的时候，或是灵感突来，或者苦心孤诣、蕴蓄已久，他都仿佛在寻找着一种声音，或者是在等待一种声音。而这种声音一定是一种天籁之音。同时他也努力地在制造着一种声音，其中凝聚着一种非常大的力量，那是一种能够扭转命运的日益丰盈的精神力量。他曾借用佛经上的一句话表达他写作的梦想："声音去到天上就成了大声音，大声音是为了让更多的众生听见。要让自己的声音变成一种大声音，除了有效的借鉴，更重要的始终是，自己通过人生体验获得历史感和命运感，让滚烫的血液与真实的情感，潜行在字里行间。"[①] 这种声音，因为聚集着血液与情感，定然会平实而强大。我甚至想，一篇好的小说，一定是获得了某种神示的诗篇。所以，从阿来的小说中，在看似漫不经心、汪洋恣肆的朴拙的叙述中，我们既可以领受到他作为一个作家天性的感性表述能力，还能从这些篇章中体味到旷达的激情，和饱含"神理""神韵"的宽广与自由。

阿来的藏族身份，自觉或不自觉地提供给他一种与众不同的文化意识，也给他提供了别一种审美维度，这是一个很重要的视角。文化和语言的特质决定了阿来在使用汉语写作时的独特优势。这一点，在他早期的小说写作中就已经有明显的表现。1987年发表于《西藏文学》上的短篇小说《阿古顿巴》，是阿来早期短篇小说的代表作，也是他小说创作中最重要的作品之一。在这篇小说里，我们可以发现阿来最初的小说观念的形成和成熟。在这里，我们甚至可以说，阿来小说所呈现的佛性、神性、民间性的因子，在阿古顿巴这个人物身上有最早的体现。从一定程度上讲，这篇取材于藏族民间传说故事的小说，也

---

① 阿来：《就这样日益丰盈》，解放军文艺出版社2002年版，第294页。

体现了阿来自身对一个民族的重新审视。他对这位民间流传的具有丰富性、复杂的、智慧的平凡英雄的理解和艺术诠释，令人为之震撼。这是一篇重在写人物的小说。试想二十几年前，阿来就打破了以往民间故事的讲述模式和基本套路，打破了这种"类型"小说的外壳，对其进行了重新改写和重述，这的确需要相当大的勇气。因此，时至今日，我始终没感觉到这是阿来的一篇"旧作"。看得出，阿来这篇小说的写作是轻松而愉快的。他笔下的这个人物阿古顿巴，就是一个有着高尚智慧和朴拙外表的"孤独"的英雄。"阿古顿巴是具有更多的佛性的人，一个更加敏感的人，一个经常思考的人，也是一个常常不得不随波逐流的人。在我的想象中，他有点像佛教的创始人，也是自己所出身的贵族阶级的叛徒。他背弃了拥有巨大世俗权力和话语权力的贵族阶级……用质朴的方式思想，用民间的智慧反抗。"[1] 阿来在这个短篇中努力赋予了这个人物丰厚的精神内质。事实上阿来做到了。他没有在这篇小说中肆意进行类似故事"新编"那种"新历史主义"的虚构，而是在一个短篇小说的框架内，进行自然的讲述。主人公的"拙"与小说形式的"拙"相映生辉。阿来给阿古顿巴的出走找到了一条非常轻逸的道路。阿古顿巴就像是一头笨拙的大象，更是在人和神之间游弋的自由而朴拙的英雄。这个内心不愿听凭命运安排又坚韧、执拗的藏族版"阿甘"，仿佛连通着宇宙间神灵与俗世的一道灵光，"他都选择了叫自己感到忧虑和沉重的道路"，"阿古顿巴知道自己将要失去一些自由了。听着良心的召唤而失去自由"。我想，阿来写这篇小说的时候，他一定还没有读到过辛格的《傻瓜吉姆佩尔》，但他同样在几千字的篇幅里写出了阿古顿巴的一生。阿来的叙述让阿古顿巴人生的几个片断闪闪发亮。就像辛格叙述的吉姆佩尔，"这是一个比白纸还要洁白的灵魂"[2]，阿来通过阿古顿巴表达了憨厚、善

---

[1] 阿来：《文学表达的民间资源》，林建法主编：《中国当代作家面面观·汉语写作与世界文学》，春风文艺出版社 2006 年版，第 248 页。

[2] 余华：《温暖的旅程》，《温暖而百感交集的旅程》，新世界出版社 1999 年版，第 8 页。

良、忠诚和人的软弱的力量，这是一种单纯或者说是纯粹的、智慧的力量，当然，这也是来自内心和来自深远的历史的力量。阿古顿巴正是凭借他的"朴拙"、孤独和异禀而催人泪下。

我感到，在一定意义上，《尘埃落定》是对《阿古顿巴》的一种延续。与《阿古顿巴》一样，《尘埃落定》中朴拙而单纯的人物，都不同程度地潜伏着一定的文化的深度，在单纯、朴拙与和谐之中表达深邃的意蕴。在傻瓜少爷的身上隐藏着作家阿来的灵性，特别是还有许多作家少有的那种佛性。那种非逻辑的、难以凭借科学方法阐释的充满玄机的智慧和思想，在文字里荡漾开来。不经意间，阿来就在文本中留下超越现实的传奇飘逸的踪影。从文化的视角看，《尘埃落定》无疑为汉语写作大大地增加了民族性的厚度。他在作品中承载了一种精神，这种精神里面，既有能够体现东方文化传统的智慧者的化境，也有饱含朴拙"痴气"的旺盛、强悍生命力的冲动。这些超越了种种意识形态和道德规约的理念，构成了阿来诚实地面对人类生存基本价值的勇气。所以，《尘埃落定》就像神话那样古老而简洁有力。阿来为我们营造的奇特、陌生、神秘而浪漫的康巴土司世界，让我们在他的文字中，深深地感受到了一个藏族作家出色的想象力，象征、寓言的建构能力，诗意的氛围，细腻的描述能力和弥漫在字里行间的"富贵"的典雅之气。同时，《尘埃落定》还很好地处理了小说形式与精神内核的密切关系，不仅是讲故事的方式，而且包括小说叙事空间的开掘。我们能够意识到，阿来在努力地给我们呈现一个真正属于阿来的世界。当然，这需要小说家具备真正的实力，阿来显然具备这样的实力。

二

如果说，《尘埃落定》是阿来选择了一种更契合藏民族历史文化情境和虚构策略的话语方式，创造出一种既有别于启蒙话语和革命话语，又迥异于后现代话语的叙事情境，为我们建立了一个真实存在的文化空间和民族心理空间，那么，距离《尘埃落定》写作十年之久的《空山》则开启了阿来小说创作的另一个起点。正如阿来在《大地的阶梯》中所谈到的："我想写出的是令我神往的浪漫过去，与今天正在发生的变化。特别是这片土地上的民族从今天正在发生的变化得到了什么和失去了什么？"可以说，《空山》向我们讲述的正是藏民族今天正在发生的变化。它是对一个个生命、一个村庄、一个族群、一种文化的生成和变异，做出心灵化的诗性呈现。从卷一《随风飘散》到卷六《空山》，阿来始终沉浸在他对生命和存在的体验的深远境地，竭力地发掘生命与自然原生态的质地，呈示在一种文化行将消失之际，时代的沧桑巨变给那些无所适从的人们带来的悲剧性命运。阿来十分自由、"任性"地进入或者说营构这个"机村"，以现在进行时的叙述时态重现这个村落数十年的生活场景，也极写几代人的旷世苍凉，从表面上看，仿佛是为旧时代吟唱的一曲挽歌，推演的一幕悲剧，实质上却是一种虔诚而庄重的反省，而且这种反省是全然面向未来、指向未来的，更是超越了一般性社会意识形态的规约，对存在世界的充满悲悯情怀的坦然、率性审读。实际上，《空山》所讲述的，是一个村庄或是事物存在和即将消失的故事。但在其中，我们既可以感受到人的生存和人性的状况，体味到生命沉重的力量，内心的坚韧和羸弱，以及文化的兴衰，又可以感受到来自村落外部和内部两方面力量的汇集和冲撞，尤其是，在一个荒诞或者说是多元的年代里，人的梦想、欲望，变异和虚无的交织、错位。同时，我感到，阿来在试图表现人类整体的一种存在形态，表达人类在面对世界、面对自然也面对自己的时候，他的茫然、冲动，甚至乖戾、嚣张、孤独和绝望，以此揭示深层次的人类的孤独感。

这样看来，机村，既是一个具体的村庄，又是一个巨大的存在的隐喻体。他写的看似是一个村庄，但绝不止这一个村庄。他写出了这个村庄的贫瘠和荒谬，也写出了这个村庄的智慧和善良，焦虑和孤独，还呈现了这个村庄在遭遇社会政治、现代文明的浸入时惶惑的神情。显然，阿来将"机村"置于近半个多世纪中国社会政治、文化复杂多变的动荡中，细腻描述几代人的生死歌哭，他们在天灾和人乱中的蒙昧、破坏、滞重、苦难、灾难和期冀。我认为，阿来是在清醒的理性中对抗着一种又一种事物的本源和归宿，努力地发现、探寻一种可能的文明的秩序。因此，整部小说的叙述节律和基调，都给人一种既单纯、删繁就简而又沉郁、延宕的感觉。这个虚构的"机村"，可能与更多的人并不存在某种经历、经验方面的渊源，但它却与我们每个人的真实存在相关。那么，在我们尚无法更加清晰地看到未来时，正是这种具有深厚文化意味的深沉反思，赋予了历史和存在以无限的文化和精神价值，才使文学叙述具有了深刻的意义，我们也由此才能领略这部《空山》的深刻意义。

三

尽管《尘埃落定》《空山》等长篇小说为阿来带来无数的荣誉，但我却更加看重阿来的短篇小说写作。我一直认为，在这个喧嚣、功利和物质化的时代写作短篇小说，是一件极其奢侈的事业。因为，就它可能给写作者带来的收入而言，根本无法作为一种职业进行选择。写作短篇小说，在我们这个时代，更像是一种纯粹的精神信仰和道德诉求。所以，在此我想更多地谈谈阿来的短篇。我感到，这些短篇，除了具备其长篇小说所具有的那些基本品质外，还拥有着长篇小说不可取代的更强烈的诗学力量和沉郁的魅力。这些作品，给我们别一种诗意。他所描画的"异族"，光彩炫目，含义无穷，甚至远远超出文学叙述的框架。每一个短篇，都是一线牵动远近。在他对世界的诗意的阐释和发掘中，无论外在的叙述激昂与宁静，宽厚与轻柔，还是飘逸与沉雄，我们都感受着隐藏其间的闪烁着的佛性的光芒和深刻。那种与汪曾祺小说不尽相同但格外相近的抒情且沉郁的"禅意"，透迤而来，纯净而纯粹。而且，有趣的是，他的长篇小说和诸多的短篇小说在写作上，时间的先后和故事、人物、情节之间，还有着颇具意味的神秘联系，可以引申出无尽的诗意和叙事资源方面的内在纠结。可以说，阿来短篇小说的路径、取向，深厚的佛教影响，显现出的不同凡响，这是我们在其他作家的短篇小说中很难看到的。那是一种独到的选择，也是一种极高的文学境界。那平静、平实的叙述告诉我们，文学的魅力不只是轻逸的虚幻，而且有如此厚实的朴拙。

其中，《格拉长大》无疑是阿来短篇中极为精彩的一篇。在这个小说里，除了继续保持朴素的叙述气质之外，阿来开始捕捉人性内在的深度和广泛的隐喻性。格拉同样是一个"拙"气十足的人物。这个后来在长篇小说《空山》中被舒张、深入演绎的人物，在这个短篇中则体现出阿来赋予他的超常的"稚拙"。据说，这篇小说是阿来在写作《空山》的间隙中完成的，我不知道关于格拉的叙述，阿来在《空山》和《格拉长大》之间有着怎样的设计和考虑，也许这个短篇就是阿来对格拉这个人物格外偏爱的产物。这就像是好的音乐总会有余音绕梁，一些细小的尘埃仍然会在空中飘浮一段时间。阿来写《格拉长大》或许是将《空山》里意犹未尽、未能充分展开的部分进行了丰沛的表现，使其在这个短篇里成为一个新的中心。这样，短篇的格局就会使小说呈现出一种新的可能性。正是这个短篇，将格拉的"朴"和"拙"聚焦到一个新的状态或层面。我们惊异格拉这个"无父"的少年，与母亲桑丹相依为命的从容。他与阿古顿巴一样，也从来没有复杂的计谋和深奥的盘算，"他用聪明人最始料不及的简单破解一切复杂的机关"[1]。在小说中我们好像看到了两个少年格拉，一个是那个憨直、能忍受任何屈辱、能学狗叫、对母亲百依百顺的格拉，另一个是勇敢、强悍、不屈不挠、坚执的格拉。在"机村"这个相对封闭、自足，还有些神秘的世界，道德和伦理似乎都处于一种休眠或暧昧的状态。格拉就像是一只高傲的雄狮，在斗熊的"雪光"和母亲生产的"血光"中，以本色、"朴拙"而勇敢的心建立起人性的尊严。其实，格拉与《尘埃落定》中的"傻子"，与《阿古顿巴》中的阿古顿巴都有着极深的血缘关系。实质上，这几个人物形象正是阿来汲取民族民间文化的内在精神力量，超越既有的具体的"现实""历史"格局，探寻人物形象"原生态"状貌所进行的有效实践。

---

[1] 阿来：《文学表达的民间资源》，林建法主编：《中国当代作家面面观·汉语写作与世界文学》，春风文艺出版社 2006 年版，第 249 页。

可以说，从早些时候的短篇小说《群蜂飞舞》《狩猎》《蘑菇》《声音》《槐花》《银环蛇》，到近年的一组有关"机村"的小说，将阿来朴拙的叙事美学推向了极致。《水电站》《马车》《脱粒机》《瘸子》《自愿被拐卖的卓玛》《少年诗篇》《马车夫》，每篇的结构都可以称之为自然而奇崛，朴拙而没有丝毫的匠气。一个有良好小说基本素养和严格训练的作家，永远能摆脱别人和自己的"类型化"套路，不拘一格，不断地寻找新的叙事生机，这既需要智慧和才情，也需要某种机缘。在连续地重读了这些短篇小说之后，我对作家阿来有了更进一步的认识和理解：阿来的写作姿态或者说他的文学精神是一种感悟之后的宽容。在貌似"拙"的结构里面暗藏着某种秘不示人的叙事的"禅机"。《狩猎》和《蘑菇》两篇都表达着很深厚的意蕴。《狩猎》表现三个不同民族或有着三种不同民族血缘的成熟男人与大自然的一次"亲密接触"。这三个有经验的猎手，正是在狩猎这个短暂的伙伴关系中，展示出男人的血性与情怀。银巴、秦克明和"我"，在一次狩猎中向我们演示了人与人、人与动物之间的爱恨情仇，思索在自然面前人与人如何越过隔阂，进入相互的内心。这篇小说在叙述中不断强调人物的"动作性"，极力捕捉灵魂深处的爱意。《蘑菇》的情节虽不繁复，但在"嘉措在外公死了很久的一个夏天突然想起外公在幼年时对他说过的话""现在，放羊的老人已经死了"这样的句子引导的时间之下，平淡的叙述产生些许超越写实的意外的回旋，使"蘑菇"串联起历史、现实和生命的本然关系。另外两篇《声音》和《槐花》，是非常散文化、抒情化的叙述文字，其中，我们能够在声音里闻见气味，从罂粟般的槐花的气息中感受自然的、神秘的生命节律。可以看出，写作这一组短篇时的阿来，就已经不想凭借"技巧"来大做文章了，而是似乎有意在略显"粗粝"的叙述体式中，寻找让故事升腾起较深意蕴和诗意的生机。及至《水电站》《报纸》《马车》《马车夫》《少年诗篇》这一组短篇小说的出现，阿来小说内在的"禅意"开始在字里行间若隐若现了。其中，勘探队"那些穿戴整齐、举止斯文又神气的人"，绝对不仅是给了机村一个纸上的水电站；一张报纸，却能直接决定了一个人一生的命运；马车夫的失落竟然同时伴随着一个极平凡生命的终结……无疑，这些题材，这些视角，这些眼光有些特别，但行文的磊落使阿来的叙述不断地发散着骨子里的朴拙之气，却也不脱离精英本色。这些生命景观和生命形式，是宿命的、飘动的，也是禅意的、诗性的。仿佛阿来天生就知道哪些生活和想象可以写进小说。而且，我们在阿来的短篇小说中，几乎看不到任何刻意雕琢的戏剧性结构，也许阿来觉得这样肯定会将小说写假。所以他不求谨严，貌似"天马行空"般散淡，但平衡而和谐。情节、故事的线索明显，拴住了人物，铺张了细节，却没有缠住复杂的生活和灵动的感觉。在这里，我觉得阿来的写法很像法国作家罗布·格里耶。后者对小说技术的革命性探索，被指责"损害"了小说的文体。但我觉得，也许正是他那种"损害"技术，成就了他的小说。实际上，阿来短篇小说的"拙"，在一定意义上讲就是"反技术"的。他的文字在虚构的空间里自由地奔跑，有时，他难免会忘记、忽略种种限制，只感受到自己的体温，听见自己的呼吸。简约、素朴、儒雅、诗性的语言，自然而不求绚丽，尤其是"拙"，"拙"得老到而且敦厚。因此，这样的"拙"，也就难免不带着诡谲的、不时也会越出叙事边界的"禅机"。

我记得阿来曾经说过，他一直在打磨一块镜片。实际上，作为一个作家，他始终在打磨的这个镜片，就是照耀历史和现实的一种方法、策略和工具。现在，我们在他的新长篇《瞻对》里，看到了阿来写作的"新思维"。在这里，文学成为一种"纠错"的工具。在历史之维，他洞悉了现实之度。他发现了历史这个镜子和角度，找到了文学与历史、文学与现实发生关联的方式。实际上，用所谓"非虚构"，并不能涵盖这部作品。我感觉，阿来在今天这个"最没有个性的时代"找到了一个新的视角，以及如何写作的途径。他通过"一切历史都是当代史"这个维度，不再对现实刻意地用力用劲，而是进行自然的呈现。也就是说，阿来发现了历史之"新"和现实之"旧"。这才是一个真正有担当、负责任的作家的气度。正因为如此，阿来的写作，已经不仅具有简单的文学史价值，还具有思想史和历史学的意义。无论是虚构，还是所谓"非虚构"，在杰出的文本里所呈现的，都是一个伟大作家的不朽的良知。

麦家论

一

　　两年前，我在一篇文章中讨论麦家的短篇小说创作时，就曾特别强调我对于麦家小说创作的重新体认。当然，这首先是基于我对麦家大量短篇小说的阅读，以及对其长篇小说代表作《解密》《暗算》的"重读"。特别是，去年对麦家长篇小说新作《人生海海》的阅读，真正令我产生进一步悉心地"接受"并"阐释"麦家写作的愿望；其次，这次重新考量麦家小说创作，还基于我对于小说理念尤其文学接受美学、接受心理等相关问题的认真反思。许多年来，我曾一度与许多人一样，对麦家的小说及其写作有一种很大的误解，武断地认为麦家是一位优秀的"畅销书作家"，是一位经典的"类型作家"。而这样的作家，似乎难以进入所谓"纯文学"之列，很难进入"当代文学史"的书写范畴。最多，可能会像金庸、梁羽生、古龙等"武侠大师"那样，成为中国当代"谍战小说"的传人，或者，成为张恨水似的某种"类型"的"鼻祖"。现在看来，这种由来已久的误解，完全是来自于对某种文学理念的趋同性，也是由于自身长期的文学思维惯性和固执使然。因此，对麦家文本的接受心理始终微妙地占据着我的内心。当然，还有一个十分重要的原因，就是上个世纪末麦家在文坛出现后，他的一系列作品如《暗算》《解密》《风声》等，很快被成功地改编成影视剧，迅即成为收视率之王，形成一股麦家影视剧的狂潮。继而麦家成为"中国当代谍战剧之父"，小说文本也开始成为畅销书，吸引大量读者，交口荐誉。这几本小说的印数和销量，更是长期位列图书排行榜之首，渐渐由热卖、"畅销"变为"长销"不衰。但最可怕的是，其文本也就随即被归入畅销的"类型小说"之列，于是，评论界、读书界开始对他"另眼相看"。另一方面，书一旦畅销，就意味着赚了钱。所以，有些人的心理就会变得复杂、吊诡，甚至"嗤之以鼻"，似乎麦家占了"纯文学"好大的便宜。由此而来，许多评论或"说法"，就基本不太考虑他到底写的是什么，究竟是怎么写的。但凡是出自他之手的作品，或论及麦家的创作时，一律按照"谍战小说"的模式来判断，即使他变换了其他题材写出的文本，也被轻易断言其写得不会成功。现在冷静地想想，重新阅读和考量麦家的那几部畅销的长篇小说，到底是否应该划入"谍战小说"这一所谓"类型"，也确实需要我们用心去重新斟酌。我觉得，很大程度上，我们现在仍然不自觉地在受"题材决定论"陈腐理论的影响和限制。当然，麦家的《解密》《暗算》《风声》等文本，题材独特，属于传奇、悬疑、智力博弈，尤其描述隐蔽战线的生死和命悬一线，题材类型被归于民间对"谍战"类型的界定。但是，我们也大可不必过分纠缠其小说题材的基本层面，纠结或诟病麦家洞开的一种叙事风气，而应该从文本的内在精神和品质入手，审视麦家的写作策略和审美表现力的丰富与否。问题关键在于，我们若不仅仅从题材以及相关文学元素考虑，重新审视麦家的文本，即从文学写作的审美层面看，其叙述语言的精致，叙述的克制，文体结构、格局的大气洒脱，以及情节、故事逻辑的严谨，还有人物形象不仅个性鲜明，也实属当代文学人物画廊之鲜见，文体格调优雅，没有"类型小说"的固化、模式化的样态。而且，麦家的文本，还不仅仅具有以上这些元素，他在文本中的主要叙事重心，如美学家桑塔耶纳所说的审美"第二项"，实际上是直指政治、人性、命运、宿命、自我等等纯文学母题，呈现，探测人脑、智力、人自身和存在世界之间关系的深层隐秘。另外，麦家的写作，可谓我行我素，并没有考虑从迎合读者口味去悉心地"取悦"大众，当然，他似乎也根本没有考虑过评论家们的感受。无论长篇小说，还是中短篇文本蕴涵的丰富，叙述意境和语境充满复杂的氤氤，如果不从"谍战"视角思考麦家的小说创作，我们的审美视域和审美感受，是不是将会更加开阔、丰腴和充分呢？所以，我在阅读过麦家这些长篇小说，特别是细读他的许多短篇小说之后，我更加惊异麦家的想象力和写实功力，他不仅能够大胆地处理人物的生死歌哭、俗世生活和伦理现实，并对当代历史中的细节进行细腻的"还原"式重构。而且，他还擅长以极其简洁的方式，讲述荒诞、吊诡的故事，探触生命最朴素实在、有"落地感"的细部，他既擅写情感、悲情、人生悲剧，更有返璞归真的气魄和雄心。由此看来，我倒是觉得现在真正是已经到了所谓为麦家"正名"的时候，对他的写作，终究应该有一个恰切的审美判断，以辨析麦家写作中的真实质地和品性，他文学叙述的变与不变。他对于诸多文学元素的发挥余地，或者，在文学史层面，梳理和审视麦家的叙事美学及其精神谱系。尽管这些年来麦家专注写作，对这些并不太以为然，因为在他看来，文本写作意义、价值和评判，从来都不是由自己的叙事动机开始和决定的。对此，麦家本人有着很洒脱的理解："是不是误读没关系，误读也是一种读法，一部作品被误读的概率，我认为往往大于被正确解读"。[①] 几年前，麦家作品入选"企鹅经典"，也获得来自世界文学出版和阅读接受较高的认可度，证明其"纯文学"地位的"合法性"或"国际认证"。不管怎么讲，麦家的名气，在一定程度上似乎多半得之于所谓"谍战小说"及其影视改编的风生水起，这也不可否认，或者姑且说，倒也不必为此纠结。因为他的才华绝不会为"谍战小说"所局限。包括前面提及的那些长篇小说在内，他的许多作品都早已突破"谍战"、悬疑、传奇、智力等元素的局限，写出真正所谓"纯文学"的艺术水平。[②] 我们若是细读他的所谓"谍战系列"和大量中、短篇小说，就足可以见出他的小说给予我们个人带来的强烈的阅读感受。应该说，麦家小说的叙事，可谓张力十足，《解密》《暗算》《风声》几部，在叙述层

---

① 季亚娅:《麦家之"密"——自不可言说处聆听》,《芙蓉》2008 年第 5 期。

② 请参阅拙文《富阳姑娘、日本佬和双黄蛋——麦家的几个短篇小说》,《长城》
2019 年第 2 期。

面精雕细琢、刻意求工，绝无粗枝大叶、纵情而肆意的滥情。驾驭这种题材时，麦家能够表现出一种特殊的写作情境和生命状态，竭力自由地书写出生命的激情和自在的语境。当他文本中的人物、情节、故事超越我们感官、心理承受的峰值，起伏着四面杀声的时候，我们便可以看到人性的张扬、宁静、感伤和单纯，我们与这样的作品相逢，就如同得到了精神和意志的别样的体验。虽然，文本本身谈不上是什么宏大叙事，但其中却包含着丰富的人生命运和生命本源，直面人间那种生命意志和智慧的格斗，这种表现，在现当代的文本空间里，也是稀有的存在。而且，我们从麦家文本中体验的奇崛的人性，要比其他作品可能更多、更深刻和细腻。还有，麦家叙事所显示出的恰切的"紧实度"，避免了这类题材本身的极端性所带来的过多"戏剧性""传奇性"等通俗化倾向，规避了题材、故事的褊狭、极端意绪和场景的僵硬感。由此，我们可以更加充分地感知麦家驾驭写实小说艺术的功力，同时，窥见他把握生活的另一个路数和面向。因此，从文学的维度上讲，"麦家密码"或者"特情小说"等标签，仅仅是评论者们对麦家小说题材之于中国当代文学叙事进行拓展的认定而已，但并没有解锁麦家小说精神性品质和文体之间的隐秘关系。麦家小说写作的真正"密钥"，究竟隐藏在文本的缝隙和"空缺"处，还是潜伏在这类小说整体的"文本互文性"背后？《人生海海》的出现，则赫然帮助我们打开了麦家叙述的"文本性"暗道，以往的误读或者"误判"，就像影子一样，随着审视视角的调整，逐渐消逝。我感觉，麦家《人生海海》的写作，更像是一场人生旅程或探险中遭遇到的曲径通幽，一种简洁而朴素的对于历史、人性的探秘，历史渐次地呈现于我们面前。所以，"整体性"地阅读麦家，考量他近二十年的写作，我们就会发现一个"不一样的麦家"，会发现麦家是一位拥有自己"倔强的"小说理念和文化认知的小说家。这样，我们就可以清晰地看到，麦家文学叙述中的存在、世相与文化，以及文体创造性之权重。所以，揭开麦家的写作之谜，消解掉血色"谍战"对于麦家近乎"颠覆性"的覆盖，还原一个作家写作的"原生态"美学面貌，就显得异常必要和必需。

二

我清楚，重新面对麦家并试图解析麦家的小说创作，需要一个新的阐释视角和思考维度。对一位由"畅销"到"长销"的小说家来说，其中埋藏着多少想象和叙述的隐秘，并非一件可想而知的事情。从写作发生学的角度看，麦家之所以能够写作出像《解密》《暗算》《风声》这样充满悬疑、怀疑、犹疑的破解人性和存在本质的小说，其中肯定有着属于他自身的、有别于他人的个性因素。麦家旷日持久的写作，他近三十余年创作的成果，已经在中国大陆形成一种独特的文学、文化现象，引人注目。人们对麦家的接受和喜爱，都显示出庞大的读者群的阅读期待。这里面固然有传播机制和麦家小说文本体现出的思辨性、智性，但是，我相信，决定一位作家写作趋向和气质体现的因素，还是心灵的模样。麦家的文学观和价值观，以及他个人对于文学意义的理解，也在一定程度上决定着麦家文学叙述的方向。他清楚，"文学没有这么高的功能，但是文学有一个基本的功能，是软化人心"。因此，对于命运和心灵的揭示和言说，早已成为麦家人性探索的关键。心灵之谜，就成为叙述之谜的首要之入口。

早在 2000 年，麦家在阅读博尔赫斯的时候，曾经受到某种巨大的影响和启示性，"我现在要说的是：当你们懂得怀疑时，就等于喜欢上博尔赫斯了。因为怀疑，或者说制造怀疑，正是博尔赫斯最擅长并乐此不疲的"[①]。另一位作家余华也曾在《博尔赫斯的现实》一文中这样写道："在他的诗歌里，在他的故事里，以及他的随笔，甚至是那些前言后记里，博尔赫斯让怀疑流行在自己的叙述之中，从而使他的叙述经常出现两个方向，它们互相压制，同时又互相解放。"麦家认为，倘若真的失去"怀疑"及其叙述方式和艺术思维结构，很难想象博尔赫斯的作品还会让人感到如此浩瀚和深邃，如此"山重水复

---

① 麦家：《博尔赫斯与我》，《接见奈保尔的两天》，浙江文艺出版社 2016 年版，第 16 页。

疑无路"。固然，"怀疑"，肯定是一个作家的可贵品质，唯有向这个世界发出有关存在的"天问"，对于存在世界的谜团才可能构成人的思考依据、理由和动力之源。麦家深情地回忆阅读给他带来的那个令其迷醉、感动的下午：

> 如果说迷醉、感动我一个下午，不是件太难的事，那么要彻底迷醉、感动我，让这种迷醉和感动日以继夜、夜以继日地衔接起来，流动起来，风雨晨昏永不停歇，像某些传说里的爱情一样经典，这肯定是困难而艰巨的，"要比用沙子搓一根绳还要难"，"需要悟透所有高级和低级的谜"。现在看博尔赫斯就是这样一个人，一个悟透了所有高级和低级的谜的人，他把我心灵的无数个白天和夜晚都以一种感动、迷醉的方式维持下来，流动起来。他甚至改变了我的形象，我不再是那个桀骜不驯的什么主义者，而是一个懂得了天高地厚的崇拜者。我敢说，我身边一个个自以为是的名作家也不乏这种感受和变化，只不过他们更喜欢在私下说而已。[1]

我现在还在猜想，一九八七年的春天，麦家在南京作家鲁羊的家里阅读的情形。博尔赫斯究竟是怎样启发麦家"悟透所有高级和低级的谜"。博尔赫斯何以有如此强大的影响力、引导力和"训诫力"，让一位初出茅庐、跃跃欲试又自以为是的年轻写者如此膜拜这位叙述大师。进一步说，麦家实质上特别膜拜的是博尔赫斯制造"迷宫"的气度、格局、能力和手劲。同时，能够彻底地消解麦家早期桀骜不驯的极端主义写作的根本，还在于他真正体悟到博尔赫斯强大的叙述力量，以及无与伦比的超越自我的神秘意识。我认为，这正是麦家后来真正切入博尔赫斯式的审视世界、探索存在两极——既有古典的幻想与理念，又崇尚现代的怀疑与冥想——的开始。我也相信，此后，麦

---

[1] 麦家:《博尔赫斯与我》,《接见奈保尔的两天》, 浙江文艺出版社 2016 年版, 第19 页。

家索源历史和人性，在文本中发掘自己的才华，张扬智慧，就是从对博尔赫斯精髓的感悟中认祖归宗的。无论是《解密》《暗算》，还是《风声》，在麦家建立的智力、智慧、人性和命运的叙事罗盘上，既有与博氏相近的时间感、永恒、命运、死亡、隐喻等母题及其叙事逻辑，也有自身重新开启的有关智慧和人性的叙述起点，写作主体自身，人为地为文本预设出相当高的技术难度。而且，由于文学的职业操守和道德感，在麦家内心所占据的重要位置，也决定了麦家在依托叙事展开丰富人生、人性的深刻性和诚实坚韧的文学品质。或许，麦家与博尔赫斯在文脉上，真的有着某种神秘的精神接续？若由此看去，"迷宫"和"密码"所建立的智力系统，其间埋藏着人类的自我测试和博弈，仿佛人类给自己预设的隐蔽陷阱，正可谓"风声鹤唳""捕风捉影"，天才和精英，沉潜其中，将人性链接起国家利益、安全维系的重大使命，在神秘的符号魔咒里，完成出生入死的"原型"和"赋形"的智慧矩阵。

在这里，我们不由得想起博尔赫斯那篇著名的短篇小说《小径分岔的花园》。这是一篇有着"凌乱"而繁复的人物、故事和情境的小说，具有丰富的题旨，充满玄秘、隐喻和寓言性。但是，我们却可以从中清晰地分辨出博尔赫斯叙述的最终指向——时间。叙述在时间的统摄之下，存在就仿佛是一个巨大的迷宫，博尔赫斯像一位哲学大师，一开始就迅疾地展开运用叙述论证糅合抽象的思维和神话，竭力在自觉或不自觉的状态里，超越自身所意识到的领域。其实，博尔赫斯想要阐释的一个重要的思想，或者说，他所要表达的就是关于叙事、虚构与存在的隐秘关系。那么，这一切，他都想通过这个复杂的叙述，不折不扣地呈现出来。小径分岔的花园，是一个庞大的谜语，或者是寓言故事，谜底是时间。"在大部分时间里，我们并不存在；在某些时间，有你而没有我；在另一些时间，有我而没有你；再有一些时间，你我都存在。""因为时间永远分岔，通向无数的未来。"我们会感到，博尔赫斯在呈现时间的存在方式时，他想给我们呈现的还有空间的多维性，人的思维、意识能够体察的事物的原发性。在博氏的"叙述"里，存在像是一座迷宫式的花园，而且，这个花园竟然是梦的花园、智慧的花园。如此看来，这篇小说所凸显的，不仅是时间的多维性，而且强调了空间的多维；时间和空间，以及时空中的我们，都是一个不可思议的幽灵。那就是生命之谜、历史之谜、命运之谜、存在之谜，说到底，原本都是时空之谜、智慧之谜。吊诡的是，它们都蕴藉在博尔赫斯文本的修辞里，在谜中发现世界，感悟世界，这样，也才能将我们的感受和目光一起引入非常态的世界，在那个时空中，发现自我的多维性，认识自我的丝丝微茫。如此说来，博尔赫斯的欲破解之谜，与麦家想洞悉之谜异常地接近，它们都深度触及人的智力、品质、存在感、灵魂，触及特定时空中人性或心理病灶的真实状态。表面上看，两者有很大不同，实质上，他们所关注的都是人类精神生活和存在世界的终极问题。我感觉，正是他们精神气质的接近，让麦家的叙述，愈发自信而沉实。尤其博尔赫斯对叙述形式、语言的雕琢、精微和"陌生化"，这些，都成为麦家小说结构的种子。渐渐地，麦家开始在自己的素材和经验的土壤上，精心地耕耘和收获。

这时，我似乎渐渐明白了，麦家为什么要不断地"重写"自己同一内容的文本。我认为，《解密》是麦家迄今最重要、最杰出的作品，是最能体现麦家叙事功力的文本。这部写了十年的小说，最早是1991年构思，直到1994年从六万多字的草稿中，整理出一部两万字的短篇小说，以《紫密黑密》之名发表；1997年，麦家又将其写到十一万字，又把它整理成一个四万字的中篇《陈华南笔记本》发表。2002年，在这个文本的基础上，写出长篇小说《解密》。这个过程，像一场不折不扣的自我接力赛、拉力赛，作家本人在不断调整理念和目标之后一次次上路，它体现为一种执拗、一种坚韧，也是不断在新的审美视域下增加叙述自信的结果。"我多次说过，《解密》折腾了我十一年，被退稿十七次之多。这过程已有限接近西西弗斯神话：血水消失在墨水里，苦痛像女人的经痛，呈鱼鳞状连接、绵延。我有理由相信，这过程也深度打造了我，我像一片刀，被时间和墨水（也是血水）几近疯狂的锤打和磨砺后，变得极其惨白，坚硬、锋利是它应有的归宿。说实话，写《暗算》时，我有削铁如泥的感觉，只写了七个月（甚至没有《解密》耗在邮路上的时间长），感觉像在路边采了一把野花。"① 那么，用十一年的时间写作《解密》，麦家究竟想在路上种植和采摘一把什么样的花朵？这里，其实还有一个为叙述寻找新路的可能性、实验性问题。他并非将自己局限在某种囚笼里，而是试图突破自己已知的困境以进行新的腾挪。这时，作家可能愈发接近那个情感的"隐秘结构"，发现那个人物最内在的核心力量。这样，叙述距离存在的谜底才可能更近一步。对于呈现人以及存在世界而言，叙述或虚构最重要的是战胜以往那些轻车熟路的"套路"，也就是挑战我们曾经固有的、依赖的惯性，挑战经验或常识。借此，发现人性和存在的隐秘。我感觉，解析了《解密》，就会清楚麦家的纯文学叙述方向和美学风貌。简言之，《解密》的写作，是麦家文学创作过程的重要节点，它是一部具有独创性品质的杰出叙事性文本。

三

重视人物塑造，是一个杰出小说家不容忽视的写作诉求和难题，它又可以作为一部成熟的杰作、经典的标志性元素。一些具有特殊性格、品格和行为方式或从事特殊职业的文学人物，在中外小说史上也算屡见不鲜。拉伯雷《巨人传》、塞万提斯《堂吉诃德》、卡夫卡《城堡》、萨马拉戈《里斯本围城记》、阿来《尘埃落定》、阿城《棋王》、韩少功《爸爸爸》等等，不一而足。其实，麦家的每一部长篇小说和中短篇小说中，都有一些独特的人物形象引人注目。尤其《解密》《暗算》和《风声》在当代小说林中独树一帜，其中的几位人物形象都可以跻身这一序列。

我认为，从所谓"英雄""天才"和"小人物"的视角考量麦家小说里的人物"属性"，实在是简单而粗暴的、僵化的划分方式。像容金珍、阿炳、黄依依这样的人物，最好称之为"奇人""超人"。他们身上具有"超现实性""反日常性"和"反经验性"，这类人物都有

---

① 麦家：《暗算》，北京十月文艺出版社 2018 年版，第 354 页。

比较相近的性格或心理特征：孤独和脆弱。他们内心的常态，往往是自信却焦虑、不安、充满无助感，或身不由己地遁入自我和人性的幽暗之处。他们所具有的异禀，或从事的特殊职业，使得他们以一种与众不同的方式存在着，行走在神奇、传奇的人生荆棘之路上。作家们努力要做的是，书写他们"复杂、泥泞、宽广的人性"，而"人性只有在极端的条件下才能充分地体现，这个人物我觉得奇人应该比常人更容易出色完成。这是我要写奇人的'思想基础'"①。而这些人物，在中外文学史上已有许多作家为他们画像，作品也借此而成为不朽之经典。

无疑，容金珍是当代文学史中人物画廊里的一枝奇葩。《解密》这部小说，最表层的叙述者，"裹挟"着"容先生"和"郑局长"的访谈录，还有疑似作为档案的"附录"《容金珍笔记本》，作为"后记""补记"，构成一个"众声喧哗"的"复调性"文本。这与另一位当代作家李洱的长篇小说《花腔》，有异曲同工之妙。后者，一个负载重要责任和使命的生命个体——葛任（个人），完全是作为一个被讲述的影子存在着，具有强烈的叙述的暧昧性、不确定性；而前者则不同，容金珍本身就是故事内部一股强大的推进动力，戏剧性、悬疑性、深邃性的因素，存在于几方面谈话的机锋回转之间，而整体的叙述结构存在于一种宏观检视的远景之中。这恰恰就是存在本身和人性彰显的自然结构状态。拉近距离，直抵细部时，诸多细枝末节裸露出来，逼近生命的纹理；远观事件和人物之间的复杂纠结，容金珍的故事又具有不可转译的浑然、缥缈的品质。真实和虚构，都在挣脱于现实、历史和人性的紧张、荒唐、危险之中，极力让人物的心力摆脱某种抽象的引力。这种对政治、国家利益的遵从，使得容金珍沉浸于思想或幻想，愈发孤独而疲惫。他破译密码的过程，似乎常常会使自身的心智、心理、精神和灵魂飘离肉身，在梦中去捕捉制造"紫密"和"黑密"的魔鬼。因为制造"黑密"的人，是一个魔鬼，具有和常人不一样的理性、思维，那么容金珍作为一个常人，只能在梦中接近

---

① 麦家、骆以军：《关于创作的三段对话》，《扬子江文学评论》2020 年第 1 期。

他。现在看，能与魔鬼角力的，也断然不是常人，他一定是可以与魔鬼博弈的"奇人""超人"。在一定程度上，这也铸就容金珍的神性或"怪力乱神"之智。在这里，我们会联想到博尔赫斯的一篇小说《博闻强记的富内斯》，它描写一位拥有超凡记忆力的人物——富内斯，以前是一个视而不见，听而不闻，忘性特大，什么都记不住的人。但他十九岁时从马上摔下来，苏醒之后，虽然已经瘫痪，但他的记忆力却让他变得无所不能，无所不知。富内斯说："我一个人的记忆抵得上开天辟地以来所有人的回忆的总和。"①　就是说无论是人间世相，还是古老的知识和语言，各种各样的存在世界的细节，都能在他的脑海里呈现出来。而容金珍与《暗算》中的阿炳、博尔赫斯笔下的富内斯一样，都可谓智力或精神超人，他们在身体或某些器官受限的状态下，上帝眷顾地为其打开另一扇"天窗"，让他们获得另一种独步天下的自由。

　　在对《解密》《暗算》的阅读和阐释，尤其分析容金珍、阿炳、黄依依这些人物形象时，我感觉，巴赫金在《陀思妥耶夫斯基诗学问题》中提出的有关主人公形象塑造的理论，与麦家的写作策略和精神如出一辙。容金珍、阿炳和黄依依的世界，各自构成巴赫金所说的是由麦家作为非"独白型"作家"供自己用来创造十分完整的作品和十分完整的作品中世界的所有手段"，麦家将其"全部交给了自己的主人公，使它们成了主人公自我意识的内容"。在这里，文本叙述直接通过"郑局长访谈实录"，来解析容金珍这个形象的大致性格轮廓："说实话，我在破译界浸泡一辈子，还从没见过像他（容金珍）这样对密码有着超常敏觉的人。他和密码似乎有种灵性的联系，就像儿子跟母亲一样，很多东西是自然通的，血气相连。这是他接近密码的一个了不起，他还有个了不起，就是他具有一般人罕见的宠辱不惊的坚硬个性，和极其冷静的智慧，越是绝望的事，越使他兴奋不已，又越是满不在乎。他的野性和智慧是同等的、匹配的，都在常人两倍以上。审

---

① 博尔赫斯：《博尔赫斯全集·小说卷》，王永年、陈泉译，浙江文艺出版社 1999 年版，第 141 页。

视他壮阔又静谧的心灵，你既会受到鼓舞又会感到虚弱无力"。①

接下来我们可以从巴赫金关于人物的理论中，看到麦家创作主体意识与这位理论大师的神遇，而麦家文本散发出的独特的感性气息，则十分契合作者与人物的心灵密语。

> 不仅主人公本人的现实，还有他周围的外部世界和日常生活，都被吸收到自我意识的过程之中，由作家的视野转入主人公的视野。它们与主人公已经不属于同一层面，不是并行不悖，不是处于主人公身外而同主人公共存于统一的作者世界中。因此它们也就不可能成为决定主人公面目的因果和根由，在作品中不能发挥说明原委的功能。能与囊括了整个实物世界的主人公自我意识并行不悖而处于同一层面的，只有另一个人的意识；与主人公视野并行不悖的，只是另一个视野；与主人公世界观并行不悖的，只是另一种世界观。作者只能拿出一个客观的世界同主人公无所不包的意识相抗衡，这个客观世界便是与之平等的众多他人意识的世界。②

> 在独白型构思中，主人公是封闭式的。他的思想所及，有严格限定的范围。他活动、感受、思考和意识，都不能超出他的为人，即作为特定的现实的形象而局限于自己的范围之内；他只能永远是他自己本人，也就是不超出自己的性格、典型、气质，否则便要破坏作者对他的独白型构思。这样的形象是建立在作者世界观里的，而作者世界对主人公意识来说是个客观的世界。要建立这个世界，包括其中不同的观点和最终的定评，前提是应有外在的稳定的作者立场、稳定的作者视野。主人公自我意识被纳入作者意识坚固的框架内，作者意识决定并描绘主人公意识，而主人公自我意识却不能

---

① 麦家：《解密》，北京十月文艺出版社 2014 年版，第 162 页。
② 巴赫金：《巴赫金全集》（第五卷），河北教育出版社 2009 年版，第 63 页。

从内部突破作者意识的框架。主人公自我意识建立在外部世界坚实的基础上。陀思妥耶夫斯基对独白型的所有这种种必备前提是拒不接受的。独白型作家供自己用来创造十分完整的作品和十分完整的作品中世界的所有手段，陀思妥耶夫斯基全部交给了自己的主人公，使它们成了主人公自我意识的内容。①

显然，《解密》和李洱《花腔》的叙述，都明显地"符合"巴赫金有关"复调小说"理论的框架和内涵。在这样的文本里，不是众多性格和命运构成一个统一的客观世界，也不是主人公变成作家意识的单纯客体，他绝不受作者思想支配，其个性和意识很少处于与"他者"进行对话的状态，那种"慎独"，直接将其带入常人难以抵达的、莫名的玄思冥想。问题的关键在于，如何保持作家、叙述人或隐含作者，与人物之间的对话张力，相互冲突和对撞，以免人物的独立性、个性锋芒遭遇削弱、毁损？在这里，主人公"只能永远是他自己本人，也就是不超出自己的性格、典型、气质，否则便要破坏作者对他的独白型构思"。就是说，在相当大的程度上，容金珍这个形象时刻都在与自己的内心进行"对话"，与"他人意识"（包括作家、叙事者、其他小说人物）对话。这个问题，已经不仅仅是叙事学层面的技术性考虑，而是作家叙述的精神哲学。从这个角度说，麦家叙事的自觉性也充分地表现出来。

无疑，容金珍已经成为一个独特的人物形象，一位不可复制的个性化存在。麦家通过大量的细部呈现，凸显这个人物不可思议的存在力量，他有种抓住事物本质的本能和神性，而且抓住的方式总是很怪异、特别，超出常人想象。麦家写出了容金珍这个人物对职业、专业无可比拟的穿透力和领悟力。容金珍（或者说，是麦家）已经将对密码的理解，与生命融合一处，连成一体，他相信世间的密码与鲜活的生命是一样的，一代代密码、同一时代的各部密码幽幽呼应，而密码

---

① 巴赫金：《巴赫金全集》（第五卷），河北教育出版社 2009 年版，第 66 页。

无情而神秘。容金珍介入世界密码史，将其诉诸心灵进行冒险和挑战破译的禁忌。其实，从这个角度看，容金珍已被麦家塑造成一位历史瞬间的个体创造者。因此，这部《解密》也是容金珍的心灵史和人性揭秘。

"麦家的写作对于当代中国文坛来说，无疑具有独特性。《暗算》讲述了具有特殊禀赋的人的命运遭际，书写了个人身处在封闭的黑暗空间里的神奇表现。破译密码的故事传奇曲折，充满悬念和神秘感，与此同时，人的心灵世界亦得到丰富细致的展现。麦家的小说有着奇异的想象力，构思独特精巧，诡异多变。他的文字有力而简洁，仿若一种被痛楚浸满的文字，可以引向不可知的深谷，引向无限宽广的世界。他的书写，能独享一种秘密，一种幸福，一种意外之喜。"[①] 这段关于《暗算》的授奖词中，"封闭的黑暗空间""被痛楚浸满的文字"这两组词句，基本上概括出麦家小说《暗算》以及另外几部长篇小说《解密》《风声》等人物的处境，以及作家表现身陷这种特殊处境的主人公时，精神和灵魂的自我状态。人类健全的心智和理性及其俗世、习俗编织的肌体，如何受到现代生活、政治和国家利益的挑战和博弈。其实，人能否释放出不可思议的能量，摆脱个人性格、心理的局限和危机，以神性击败人性，就像一把尖锐的双刃剑，像怀揣巫术和魔力，一切都并无坦途和捷径可言。

对于《解密》中的容金珍来说，最后的神经错乱或强迫性"失忆"，应该算是一种生命的"疯癫"状态。他完全进入一种类似"冷却"的生命状态，它是由一种无节制的、脱离了限制性的物质基础后形成的智力、神志"抑郁"。从这个层面讲，容金珍早已形成的自身的神秘逻辑，已经无法在俗世的温度里体会到快乐和悲伤。在那种思维的有序和无序之间，平静和躁动共同发酵出难以安置灵魂、精神、才气、想象、记忆等各种感觉。这时，梗阻就必然会出现。麦家借《容金珍笔记本》渗透出人物的玄思和冥想状态，那些如箴言般的，富于思辨性、哲理性的词句，反射出具有异禀品质的天才的思

想游丝："所有的存在都是合理的，但不一定合情——我听到他这样说。说得好！""工作既是你忘掉过去的途径，也是你摆脱过去的理由。""天光之下，事物都是上帝安排的。如果让你来安排，你也许会把自己安排做一个遁世的隐士，或者一个囚徒。最好是无辜的囚徒，或者无救的囚徒，反正是没有罪恶感的。现在上帝的安排基本符合你的愿望。""梦啊，你醒一醒！梦啊，你不要醒！"这些句子，仿佛从精神的异域散落下来的灵魂碎片，隐讳的、抒情的、思辨的，甚至也是错乱的，但是，却是真实的。对于这样的异禀之人，现实世界的门永远是关闭的，兀自蜷居在自我灵魂的暗室里，将孤独留给测量自己与上帝之间深邃的密码。

四

仅仅从人物形象塑造的角度看，麦家也不是只写"奇人""怪人"而少写"常人"的作家。写出"常人"一般性的同时，发掘出其"异质性"，是麦家一直以来的叙事追求。因此，探讨麦家的短篇小说，也是描述麦家小说世界整体价值和意义的必要选择。

像驾驭复杂的叙事结构一样轻松，麦家的短篇小说文体文风，依然自由洒脱，故事、结构简洁朴素而不华丽。就连小说的题目也是信手拈来，顺其自然，毫不纠结，《两位富阳姑娘》《日本佬》等一大批短篇小说，都取其叙事中表现对象——人物的特征、特性等作为称谓，并不做任何故弄玄虚的设计和玄想，更不会选择那些具有视觉冲击力的尖锐视角，而是在平实的叙事节律中彰显人物的个性。我没有想到的是，短篇小说这种通常被"宠幸"、可以直面现实，保持对于现实特殊敏感度的文体，麦家不断选择它，并以此进入当代历史，讲述上世纪五六十年代的中国故事。想必喜欢选择这种题材，喜欢这种"历史叙述"，这对于 1960 年代中期出生的麦家，可能更容易产生拉开时空距离之后的想象和审美张力。

这些短篇所表现的生活和人物，其骨子里着实还都是具有传奇性的人物，命运的叵测，暗合时代和如烟生活中人所遭遇的突发的转折，人生的道路并非线性，像《暗算》中的 701 人，极可能就是由一念间的偶然，被促成、被酿就乖戾或危机，尤其前面提及的叙事的悲情，不可思议的悬念和结局，常常渗透着彻骨的森然之气。所以，历史、现实的畸变，人生的窘境，世事如烟中的偶然与必然，相倚相生。书写那种吊诡衍生出的传奇，甚至光怪陆离的个人历史，这样的文学元素或特质，或许正是麦家一直以来的制胜法宝。短篇小说《两位富阳姑娘》《双黄蛋》《日本佬》等作品，并非都是十分"单纯"的小说，而是一种具有集体记忆和独特个人性经验的叙事文本。它对1970 年代的中国社会的政治、文化、道德、伦理思维方式，都是一次次深刻的触及和反省，或者说，是麦家在时隔多年以后，经过沉淀、回忆，重构出的几个鲜有的能够以悠长的凝视直面人物的人生、命运，直面历史并"打捞"这类被生活和时间淹没了的小人物，重新整饬和回顾历史的幽谷，麦家搅扰着时间和记忆的细流，追讨着梦魇的延伸，再现历史消弭之后的传奇和呓语。也许这才是短篇小说的使命和责任，它简洁地横切了历史的断面，由此可见，短篇小说不仅仅是可以直面现实的，它更能够发掘历史湮没扭曲的斑斑遗迹。这种叙事所产生的张力和修辞力量，正可以重现出那个年代底层人群的生死之契，乱世偷生。一个情节，一个细节，或者一个情境，看似是在给历史"做减法"，实则在实践一种重现历史和现实之荒谬、孤愤、怅然的感伤美学，以此表现那个年代被湮没、遗忘人群的疼痛。

确切地说，短篇小说《两位富阳姑娘》，初看上去，是一个有关个人命运的残酷的故事：叙述一个人在生存中所面临的困境，揭示那个年代所倍加珍视的一个女性"贞操"的重大问题。说白了，就是"作风问题""道德问题"。"破鞋"，是那个年代里一切不"贞洁"女性的指代，这个极其通俗的名词，混杂着那个时代的政治、道德和伦理判断，这个词语，可以否定掉所有关于情感、婚姻、自由恋爱、隐私的自由选择。往现在看，一条"道德红线"就变得清晰可见，不同年代的"道德"变迁史，奇妙吊诡，因时而异，令人忍俊不禁，继而沉思，也让人感到沉重。这个小说呈现了一个初涉人生之路，一切都还没有开始的女孩子，刹那间就遭遇到人生的"畸变"，尚在懵懂之际命运就从浪峰直跌入谷底，构成特定历史时空里命运突如其来的无形的暴力。至今回顾，既让人惴惴不安，令人不胜唏嘘，更让人对那个年代仍会感到空虚寂寥，沉痛不安。小说叙写出那个年代从军入伍后的政审和体检，是那个年代（当然也包括现在，但女性入伍体检，似乎已经没有此项）普遍认定一个人是否值得信任，其贞操、忠诚的两个尺度，是必备的程序。这里要考察的，是人的最根本的政治属性：思想立场和道德标准，同样也涉及政治观念和伦理。在这里，这两个层面构成了悖论和极大的反讽。小说中，这位单纯、淳朴、性格内向、懦弱而倔强的富阳姑娘，被"体检"出"处女膜"破裂，未婚处女的不贞洁，踏上回乡之路后，深切的悲伤和凄楚从身体深处涌出。她体检之后被立即遣返，送回原籍，这样的命运，实在是还不如没有这样的过程要好。在一个完全没有个人隐私的年代里，一个荒谬的逻辑，随时就可以摧毁任何尊严：处女膜在什么时候破裂，决定了对一个女性的道德判断，一个人的个人身体的"异常"，直接决定了对一个人的思想品质及其伦理的判定。可见身体在禁欲主义时代是如此重要，政治赋予了身体一种特殊的能指，说明连身体也是由政审把握和控制的，这在一定意义上，毋宁说具有人格阉割的意味。"体检"在那个时代，也意味着由身体到道德、灵魂到政治的"人肉搜索"。难以预料的是，这个富阳姑娘入伍后被遣返的结果，立即使得这一家人的面子被彻底撕碎。恰恰就是这个"面子"，就是这一家人的现实存在的理由。最终，这个女性意识尚未觉醒的富阳姑娘，由沉默到爆发，生成走投无路的绝望，在无法隐忍中引爆人物性格或品质中最深处的解脱执念，以死来建立起一个小人物的尊严。麦家不露声色地写出了她的绝望，让这种无法落地的绝望，缓缓地从父亲的暴力中滋生出来，并且，细腻地让我们目睹父亲是怎样捍卫自我强大的尊严——面子。那个传统的礼教般的道德感，让他在暴力的刀刃上行走，最后血刃了自己女儿的生命。显然，父女两人属于两种倔强，但是，他们在尊严的道路上并驾齐驱。麦家在情节的处理上，既体现出他的想象力和爆发力，也施展出其设置"悬疑"的本领。也许真的没有人想到，新兵队伍里会有不老实的撒谎者，令富阳姑娘被"张冠李戴""冒名顶替"以恶名，移花接木，轻而易举就将厄运送给无辜的富阳女。于是，让来自组织、乡邻以及亲人的重压，酿成一个无辜者的生死大祸。

看得出，麦家深怀悲悯之心，叙写这样一个懦弱乡村女子的自我控制力。我感到他是在用迟到的文字为她申冤，更是在潜心思考那个时代的政治、道德和伦理。这样的故事，也许是那个年代的一种生活的常态，因为若干年来，类似这样的情境和故事不知曾经发生过多少。问题是，我们是否都还有这样的记忆？我们显然已经遗忘了，我们真该想一想，为何作家麦家到了2003年还要写早已属于那个时代的往事？保持记忆，反抗遗忘，也许，只有文学才可能这样完整地留存那些卑微者的历史，它就像是无字碑，即使是沉默的痕迹，谁也无法肆意地将其抹去。

作家张炜曾说，一个短篇小说不繁荣的时代，必是浮躁的、走神的时代。而一个时代价值观的变化，则会直接影响到作家创作取向和审美判断的重新选择。重建短篇小说叙事的尊严，在新的政治、文化和历史语境中，从新的美学向度出发回到历史深处，"还原"艰难时世中的灰色图景，省察存在真相，向生活和存在世界发出新的质询和诘问，我想，对于作家，这是任何时代都需要的无畏的气魄。短篇小说《两位富阳姑娘》就是要写出那个年代的小人物，因为另外一个人的"谎言"酿就的严酷悲剧，得出在特定历史环境中人的命运的无常和脆弱的真谛，一切仿佛完全是一个不幸的偶然。通常，谎言说上一千遍就成了真理，可是，这里的一句谎言就结束一条无辜的生命，这既表明谎言的强大，也显示一个时代道德秩序的混乱。也正是这种撼人心魄的残酷叙述，造就短篇小说叙事强大的内爆力。来自富阳的麦家，在世纪之交的时空维度，眷顾、回首故乡大地上的历史悲歌，在记忆深处淘洗时间的铅华，这无疑是历史在作家的经历、经验、情感、时空感、艺术感受力，以及全部的虔诚与激情中的重新发酵。十一年之后，写于2014年的《日本佬》，可以看作是《两位富阳姑娘》的精神延续，只不过这种历史意绪的时间间隔，显得有些漫长，但是，这也让我们进一步感知，麦家对历史依然是如此耿耿于怀，如此眷恋。

《日本佬》这个短篇，讲的是一个被称为"日本佬"的父亲的故事。说是"日本佬"，但写的并不是真正的日本佬，而是写一个普通中国人，抗战时，十五岁的父亲曾经被日本人抓了"壮丁"，当"挑夫"，有过在鬼子阵营里打杂干活的经历。小说讲述的仍然是小人物的历史，随时就可能被湮没的人物的个人生活史。当然，"只要给鬼子做事了，就是汉奸"，依据这样的逻辑判断，"日本佬"的经历在1960年代，就成为一个极其敏感、极其"原则"也必须调查清楚的经历，那个年代里人的政治"清白"是最重要的做人原则，否则就可能被划入"黑五类"。问题的关键在于，日本佬"父亲"对自己的经历还有更大的隐瞒，这样的隐瞒就构成了叙事最有噱头的"爆破点"。"父亲"在被抓壮丁、当"挑夫"期间，最大的隐秘，就是竟然救过一个掉到江里险些淹死的十岁日本孩子，他为了保护自己，多年来并没有向组织报告，隐藏并虚构了自己个人生活的历史，直到这个被救命的长大成人的日本人，前来寻找恩人，"日本佬"的这个历史隐秘才暴露出来。实际上，这就等于当年的日本男孩真正害了"日本佬"。事实上，当时还存在着另一种情形和可能，那就是，如果父亲"日本佬"，不救上这个与他一起去江边给狼狗洗澡的日本男孩，父亲也难辞其咎，必然会被日本人杀掉。当然，这里的情理和逻辑自难辩说，重心还在于要写出一个人处境的两难，小说就是要将人的逼仄处写出来。所以说，这篇小说不仅仅是想写一个普通人骨子里的善良情怀，说重了，也许还有他天性中与生俱来的人类的悲悯和良知，还有一个人选择的无奈，然而，从另一方面看，这又关涉到民族大义与人性之间的一个悖论。在抗战年代里救一个日本人的命，无论是成人还是十岁的孩子，在任何时候评判，可能都是"天大的罪"。这算不算是一个人在个人生命危急时刻，选择了自己的偷生和苟活，或者，就是一个人存在本能和"个人无意识"？小说叙事，显然试图要将人性置于历史、民族、伦理的锋刃之上进行考量，特别是，刻意将这样尖锐的问题，置于"敌我二元对立"的场域来审视。因此，这个小说叙事的背后，隐藏着一个家国、民族和人性之间的深刻主题，也是一个有关民族大义的"大伦理"。与《两位富阳姑娘》相比，这篇小说，似乎可以归结为有关"政治贞洁"或"民族立场"贞洁与否的小说。也就是说，这依然是一个有关"政审"，或者说，一个人是否"纯洁"的故事。这一次，麦家把故事背景依然置放于1960年代中后期，也许，对于这样具有传奇色彩的故事，发生在这个历史时段，正是可以将人物、故事和叙述推向极端或极致的状态。

父亲——"日本佬"，这样的叙事称谓，本身就隐含历史的玄机和继承关系。在某种意义上，这段历史也是"家世"或"家史"。这与历史的"大叙事"逻辑形成了对照。日本佬这个人物形象，也有十足的象征意义。"日本佬"说是一个绰号，在中国现当代汉语词汇中，实则是一个具有特殊意义的词语，它凝结了历史的激烈、沉重和乖张。但父亲这个"日本佬"所负载的，原本就是"抗战"史中构不成传奇和悲壮的一段往事，却在1960年代演绎成一场新的"人性的战争"。麦家从一个极其伦理的视角——"儿子"的视角，来观照"父亲"的历史，而且，小说叙述了包括爷爷在内的三代人，同时直面"父亲"这段极不光彩、理应遭到"严惩"的历史。家族的小伦理套在国族的大伦理之中，麦家耿耿于怀地反刍历史中小人物的命运，纠结个人与历史的吊诡、错位，实属是对"抗战"和"文革"双重历史记忆的摩挲与思辨。进一步说，任何时期都不存在所谓"绝对正确的人道主义"，这就可能让我们深入思考下去，在什么样的情况下，才可能逾越人类社会人道主义的道义底线？文学叙事的历史张力和现实诉求，都体现出当代人所应有的超越性，以及对历史逻辑演绎的推陈出新。

有趣的是，这一次，麦家没有让当事人"日本佬"选择"自绝于人民"，而是"爷爷"无法忍受，对父亲"日本佬"的行径愤怒、气恼至极，为保持家族和个人的尊严，喝了农药要服毒自尽。麦家在叙事中始终让"我"保持一个中性的姿态和立场，让三代人共同走进历史的现场，人物的性格、心理、精神、伦理，多种元素在文本中呈现张力十足，举重若轻。看上去，这个小说整体叙事上轻松、诙谐，充满夸张和调侃的语气，鼓荡着那个时代的特有的生活氛围和政治气息，但叙述中人物、故事和环境的凝重感显而易见，最后，"祖辈"喧闹的悲剧性的结尾，颇具隐喻性，足以体现那个年代的政治、道德、人性的伦理，给人们造成啼笑皆非的遭遇和种种不堪。历史的风车，犹如堂吉诃德一般，生命个体的存在，在大历史的了无理性中充满自我解嘲的玄机。

在前面的叙述里，我还始终在想，麦家为何在2003年还要写早已属于往事的《两位富阳姑娘》这样的小说，2009年，他写出《汉泉耶稣》，在2014年，又写出《日本佬》。现在似乎更清楚了，《日本佬》中的"日本佬"颇像《人生海海》里的那个"上校"。我们在"上校"的身上，几乎可以看到麦家小说人物之间的某种深刻的"血缘"关系。由此可见，一位作家叙事的主题、人物，包括文本结构方式，都有自身的延续性，这是艺术创造过程的审美延展，或者说，是作家写作正在走向自觉和自由的状态。

五

如何处理、表现人性、人的本能、特异经验与存在世界的隐秘关系，无疑会是麦家在内的所有作家充满兴味的写作问题。另一方面，作家的经验以及传达、呈现的艺术思维逻辑，与表现对象之间同样构成表现策略层面的技术难度。因此，如何洞悉、呈现人性的复杂性，处理好经验到文本的转化，成为作家写作的重要因素。

经验一般是值得回忆的，所以表现所赋予它的魅力的外在根源，即使对于它所从出的意识也十分清楚。例如，一个字往往只靠它的意义和联想而显得很美；但是有时候这种表现力的美还加上这个字本身的音乐性。所以，在一切表现中，我们可以区别出两项：第一项是实际呈现出的事物，一个字，一个形象，或一件富于表现力的东西；第二项是所暗示的事物，更深远的思想、感情，或被唤起的形象、被表现的东西。这两项一起存在于心灵中，它们的结合构成了表现。假如价值完全在于第一项，我们便没有表现的美。阿拉伯纪念碑的装饰性的铭刻，对于不识阿拉伯文的人是不可能有表现之美的；它们的魅力完全是物质的或形式的美。或者，假如它们有一些表现力的话，那也是凭借它们可能暗示的思想。[1]

致力于审美"第二项"的营构，是作家创作一部杰出作品的必要途径之一，它直接决定文本的艺术、精神的双重价值系统。

我看到，《解密》的叙事在完成了起、承、转、再转四个部分之后，麦家的文体意识似乎比此前更加强烈。有趣的是，写到"合"这一章时，作家在自信中逐渐变得"闪烁其词"起来，我们明显感觉到，这是作家试图"伪饰"自己的策略而有意为之。这是否就是作家致力于"第二项"的审美意图所作的努力？

> 和前四篇相比，我感觉，本篇就像是长在前四篇身体上的两只手，一只手往故事的过去时间里摸去，另一只手往故事的未来时间里探来。两只手都很努力，伸展得很远，很开，而且也都很幸运，触摸到了实实在在的东西，有些东西就像谜底一样遥远而令人兴奋。事实上，前四篇里包裹的所有神秘和秘密，甚至缺乏的精彩都将在本篇中依次纷呈。此外，与前四篇相比较，本篇不论是内容或是叙述的语言、情绪，我都没有故意追求统一，甚至有意作了某些倾斜和变化。我似乎在向传统和正常的小说挑战，但其实我只是在向容金珍和他的故事投降。奇怪的是，当我决定投降后，我内心突然觉得很轻松，很满足，感觉像是战胜了什么似的。[2]

---

① 桑塔耶纳：《美感》，中国社会科学出版社 1982 年版，第 132 页。
② 麦家：《解密》，北京十月文艺出版社 2014 年版，第 223 页。

元叙事策略，就是叙述者或者作家，忍不住站出来说话，其目的无非是作家想进一步强调虚构中无法抵达的层次，或者麦家已经开始在"真实与虚构"之间徘徊，纠结于人类的"设密"——"解密"之间最内在的智力诉求、功利选择，以及极端状态下人性与现实的激烈冲突。整体上讲，在《解密》《暗算》《风声》中，真实、历史与虚构、想象之间，都处于某种撕裂的状态。我们在文本的字里行间，感受到作家本人叙事时自我呼吸空间的逼仄，那种难以遏制的直奔英雄、智者灵魂深处的渴望，无法比拟和形容。看得出来，麦家对其笔下的人物，都充盈着轻柔的宽容和细腻的谅解，这种叙事姿态，体现出麦家对自己笔下每一位人物的尊重。我们已看到，即使在那些中短篇小说中，"我似乎在向传统和正常的小说挑战"，麦家浓郁的"元叙事"色彩和氛围，拉近了叙述者与人物的关系，制造出强烈的"非虚构"情境。使得文本的传奇性和"传记性"凸显出来。麦家似乎要将人物、故事的水分拧干。我能感觉到，麦家在描摹、呈现人物时，不愿让虚构的强制性影响、干扰人本身所固有的深层丰富性，也就是说，麦家在根本意义上对人的纯然本性的把握怀有充分的信心。他要通过对隐含作者、叙述者、人物关系的处理，将人的本性擦拭出来，进而呈现"灵魂的实体"。于是，所有的叙述，都在言行连绵的展开中，寻找人物在真实世界里"坚硬如水"的再生性力量和价值。

麦家在谈及《暗算》写作发生的时候，曾提到2003年《暗算》初版的问世，及其此后这部小说初版版本与电视剧本、小说人文社的"修订版"，2013年北京十月文艺版，还有其间部分章节的"重写"和修订，电视剧《暗算》的热播，构成一部小说生动、复杂的写作发生史和接受史。这种现象，再次让我们看到麦家写作所遭遇的纠结状态，以及强烈的叙事欲望。对于小说题材、个人经验的灵动处置。如我前面提到的"寻找人物在真实世界里'坚硬如水'的再生性力量和价值"，这是麦家写作的内在动力之一，也体现出作家真诚、自觉地处理小说人物时的机智。这部小说及其电视剧中的阿炳和黄依依，成为麦家最"费尽心思"的叙述部分。进一步说，人物的"再生性力量"，源自人性与世界关系的偶然、必然的轴心，其个性、独特性和审美价值，都取决于心理、精神逻辑的推衍。我知道麦家致力追求的叙事目标和境界，是那种超越现实和虚构临界点的真实性。

> 我曾经想，作为一个故事，让人相信，信以为真，并不是根本的、不能抛弃的目的。但这个故事却有其特别要求，因为它确实是真实的，不容置疑的。为了保留故事本身原貌，我几乎冒着风险，譬如说有那么一两个情节，我完全可以凭想象而将它设置得更为精巧又合乎情理，而且还能取得叙述的方便。但是，一种保留原本的强烈愿望和热情使我没这么做。所以说，如果故事存在着什么痼疾的话，病根不在我这个讲述者身上，而在人物或者生活本身的机制里。那不是不可能的，每个人身上都有这种和逻辑或者说经验格格不入的痼疾。这是没办法的。①

其实，这里涉及到的，还是那几个重要的写作理念：人性、英雄、天才和日常性。正是这些理念及它们之间构成的隐秘关系，构成麦家叙事的纠结和难题，也构成叙事的魅力。以往对于天才和英雄的叙述惯性，直接影响作家想象、捕捉、描述其人性的日常性。像容金珍、阿炳、黄依依作为叙事的核心，从普通人到天才或英雄并没有鲜明的界限，但是如何探秘他们人性的复杂性、"超人性"则成为关键。王尧认为，麦家"赋予了'人性'和'阶级性'一种新的关系"，"'英雄'一方面存在于人间，然而日常性又丝毫没有磨损英雄身上负载的传奇性光环"。② 所谓"阶级性"隐匿在人性的自我对应性的背后，英雄和天才的价值，被人性、性格层面的特质所覆盖。那么，这在很大程度上，就解决了在意识形态层次进行伦理判断的难度，增加了人物的真实性。即使是他们身上的"超人性"特质，也是以"肉身

---

① 麦家：《解密》，北京十月文艺出版社 2014 年版，第 223 页。

② 王尧：《为麦家解密，或关于麦家的误读》，《扬子江文学评论》2020 年第 1 期。

性"为基础和前提的。至于"每个人身上都有这种和逻辑或者说经验格格不入的痼疾",在叙述的层面讲,就成为构成文本丰富性、奇崛性的必要元素或成分。麦家直言不讳:"破解密码,是一位天才揣测另一位天才的'心',这心不是美丽之心,而是阴谋之心,是万丈深渊,是偷天陷阱,是一个天才葬送另一个天才的坟墓。"[1] 实质上,这就构成了天才、英雄身上的分裂性和"原我"品质,在文学叙事文本里,成为人物不可抗拒的、莫名的"魔性"。表现在《暗算》的阿炳身上,体现为脆弱和天分一样出众,一样的无与伦比,"他像一件透明的闪闪发光的玻璃器皿一样,经不起任何碰击,碰击了就会毁坏"。黄依依更是如此,情感层面的脆弱和隐忍,使得她的性格成分更多了些许可以捕捉到的东西。但是,容金珍和阿炳所具有的独一无二的"异禀""天资",确实是一种不可理喻的存在,这也许是科学的"雷达"探测不到的幽深、隐秘的所在。他们的大脑,仿佛是一枚"果壳中的宇宙",如莎翁笔下的哈姆雷特认为的"即使将他关在果壳中,仍然自以为是无限空间之王"。容金珍和阿炳,之于爱因斯坦、霍金这样的科学巨匠,虽然都属于人类社会的天才、奇才,但又自然有其本质上的巨大差异性。前者从俗世出发,因为某种特殊的机遇,成为走向探秘之旅的疯癫人物,从此,任由天性、自我本能的驱使,从神秘走向神秘,从俗世的平静、平庸的状态,走向生命的新状态。而爱因斯坦和霍金自觉追求的,是发现世界本身的隐秘,依据强大的科学逻辑、推论和引证。在不断激发的创造性中避免、摆脱人类精神的枯萎和死亡,窥探宇宙和生命的奥秘。因此,科学家的神经都是坚忍的,他们可以不断地抛弃一个观念,不断地建立新的观念,有假定,有预言,有理论建构,不乏猜想但较少随机性。他们是对整个宇宙观呕心沥血的重新建立。这一切都基于最可操作的科学、哲学之上。时间和空间,都成为科学的想象存在的元素之一。而容金珍、阿炳和黄依依们,虽然也是依靠天分进行奇思妙想,可是他们所面对的是存在世界中人为预设的秘密和可能性。他们的记忆、推论和猜想的对象,

---

[1] 麦家:《谈解密》,《捕风者说》,作家出版社 2008 年版,第 165 页。

都是由他们的同类布下的精密的迷阵，它将他们引向一个可能迷失自我的危境。因为这是人类自己预设的企图超越上帝的狂想。也就是说，如果做个不够恰当的比喻，牛顿、爱因斯坦和霍金，他们的大脑可能是"宇宙的果壳"，而麦家的小说人物的大脑或思维模态，则是"人脑的果壳"。若对这类人物做出超越文学审美阐释的话，最终可能会指向哲学、心理学和医学，而想要对科学家的人格、品质做出判断，则需要依赖思维科学。人脑毕竟是一个神秘的存在，在文学和科学两个维度上，有着不同的描述方程式，同样具有冒险性和挑战性。

我认为，麦家的故事既具有浓郁的具象性、形象性，也包括、渗透着独特个性的理性经验。一个作家的全部作品，一定是隐含着一种想象方案显形的逻辑，具有作家个人的统一性美学取向。我想，麦家在叙事或呈现人物存在状态时，他常常携带着自己的理念来处理素材和经验，构思情节、完成细部修辞。传奇性和悬疑性，都隐匿在貌似浓重的戏剧氛围里，以完成他对这个特殊人群的生命探秘。在很多叙述中，我们也明显感受到麦家的谦卑和敬畏之心，他向文本中的人物致敬的尊贵品质。如果说，同情和悲悯是作家最重要的品质的话，人道主义的优雅，更能凸显出写作的价值所在。而且，我们还能够体会到麦家驳杂、厚实的知识谱系，尤其是"密码学""破译学"诸如此类的专门知识和经验。麦家一旦进入这样的文学世界，就会"神与物游"般沉浸其中，大有"思接千载"的叙事气度。也许，面对这样的故事和人物，只有麦家可以做到，聚焦于这些存在于类似"黑洞"般境遇里的迥异于常人的"半人半神"者，麦家必须寻找并建立起一种新的叙事法则。

六

其实，长篇小说《人生海海》，也是麦家处理、呈现某种特殊的人生经验，展开一个人宿命般复杂人生场景的一部力作。这部长篇，无疑也是麦家走回自己的故乡、重新走进历史纵深处的一次人生演绎，是对故乡的一次深情眺望和如约"回归"。毋宁说，《人生海海》呈现的也是一次有关人生、自我反思的精神苦旅。同时，这里的主要人物"上校"，也是麦家延续、调整前期小说人物塑造基本理念的重要实践。麦家在这部长篇小说的写作中，逐渐回到历史与日常性的"亲和"与"整合"状态。这种写法既是策略，也是历史观、价值观以及叙事美学的升华，选择依然如前文提及的"个人的统一性美学取向"，人物性格及其价值都具备唤醒历史和现实的必不可少的冲击力。而叙事的结构，仍然是隐讳地凸现"审美第二项"的意蕴和个人性经验。我始终坚信，叙事的力量就在于审美"第二项"的坚实存在。无论是人物、故事、情节，还是文本的整体结构，只有穿越表象的层面才能构成"镜像"的复杂意蕴。这是作家淬炼生活和经验的成果。"上校"作为一个历史的符码，被麦家借以其在时间之流中的人生痕迹，像熨烫衣物一样剥开了历史可能性的褶皱。

在世人眼中，"上校"传奇性的人生是荒诞不经的，仿佛是一个善于"变形"和"隐形"的孤独的人物。时代、岁月的刻痕在他的身上不停地"发酵"为一种历史的镜像或隐喻。"我心里早就有了上校这个故事，慢慢在酝酿，在这个过程中写了一系列短篇，比如《日本佬》《畜生》《汉泉耶稣》《杀人者》等，基本上都是以故乡为圆心展开的系列短篇。某种意义上，这些短篇都是在为《人生海海》的写作热身"。[1] 由此，我们看到麦家的经验积累和重新整合的过程。"还有多少秘密可以被挖出来？"作家骆以军曾直面麦家发出如此设问。[2] 这个"秘密"是什么？不惟所谓"谍战""秘密战线""破译""解密"，才可能有"秘密"可挖，才有麦家叙事"奇崛性"、神秘性的存在可能。显然，大家普遍所"热衷"的这种题材上的纠结，对于麦家似乎已经不够重要了。关键是，在这里存在着一个作家如何讲故事，如何面对历史和虚构的问题，即历史叙事和文学叙事之间的暧昧性和真实

---

[1] 季进、麦家：《聊聊〈人生海海〉——麦家访谈录》，《当代作家评论》2019年第5期。

[2] 麦家、骆以军：《关于创作的三段对话》，《扬子江文学评论》2020年第1期。

性。"我想通过《风声》，人们能看到我对历史的怀疑。什么叫历史？它就像'风声'一样从远方传来，虚实不定，真假难辨"①。看得出来，麦家无意以历史之重"证实"自己故事的可靠性，也不想做"解构"历史的后现代叙事，他所自信的还是虚构的力量。我感觉麦家始终在精心营构自己的叙事结构，铸造文本情节编排结构，讲述自己的"特种故事"，甚至试图将历史想象成寓言。麦家清楚历史所使用的虚构形式，所以，他的"元叙事"策略，对世界、人性的判断和描述，似乎在竭力蜕掉特定历史观、意识形态的规约，依靠个性化的经验去"还原"、发现存在的价值和意义。因此，麦家从《解密》到《暗算》《风声》，再到《人生海海》，"历史"仅仅是作为叙事的大背景，影影绰绰，而绝不将其作为历史仿制品的文学文本。就是说，麦家高度警觉历史、叙事、故事与小说修辞之间的微妙关系。麦家的历史感，隐藏在一个小说家"诗意智慧"的逻辑链条上。而小说人物所负载的重心，不是历史的"精确性"，而是故事和人物的现实性、情感真实性，这也体现为麦家小说结构的谨严和细部修辞的讲究。我们可以将麦家的叙事，界定为"命运叙事"，或"命运结构"，而且，由于这些长篇小说独特的写法，存在于传统写实主义之外，政治性、日常性、传奇性、神秘主义、哲理感悟、心理分析、悬疑、梦魇、笔记、日记和谈话录，诸多元素充斥其间，使叙事跨越了传统文体的边界，如果从这个维度来审视麦家的文本，我们就会体悟到这些人物个体的生命经验，就跟整个宇宙一样，神秘、阔达而莫测，尤其具有深刻的哲学意蕴，他们的沉浮、生死、压抑和张扬，被上升到人生哲学的高度，它的核心其实就是自由、幻影和无处逃遁的悲剧人生。《人生海海》之于上校，也是通过三个"被讲述"的层面展开对人物的梳理和发掘。选择一个时间段的三个隐蔽性视角，"剥洋葱"般把人物的人生形态和生命轨迹立体化，避免以单一向度的"平扫"手段描摹，而是"多声部"地进行交叉式想象、"互证"、辨析、补充。相对于大历史，一个渺小的人物，怎样在"海海"的生存空间和现实维度，获得自己的人生

---

① 麦家:《与姜广平对话》，《捕风者说》，作家出版社 2008 年版，第 181 页。

坐标？任何个人的生命，无论是英雄还是普通小人物，在时间和空间里的流淌或消失，都只能被"反抗遗忘"的文本记忆打捞上来。

麦家眼里的世界是一个英雄、天才、奇才被毁损、遭遇命运戕害的残酷的世界，也是一个悲剧丛生、出离现实又难以逾越现实的世界。我们时刻都能感到人物命运的多舛和动荡。这不仅是因为"这不是一个职业，而是一个阴谋，一个阴谋中的阴谋"，而且，天才、英雄自身的脆弱，上苍赋予他们异禀、才能同时绑缚给他们的致命的缺憾，构成苍凉命运中无法避免的灾难。"英雄"是超出对天才本身的，具有政治、意识形态意义的评估。作为国家利益的维护者，舍生取义、赴汤蹈火，理应在所不辞，这是麦家叙事的伦理前提。"组织"所安排的一切，都是神圣的不可有任何犹疑的使命。但是，麦家并没有忽视或"省略"英雄们的世俗性，比魔鬼还道高一丈的神人阿炳，他在"宣誓"时对组织提出的"悲壮"的要求，竟然是"妥善地解决母亲的柴火问题"，"决不允许任何人割下他的耳朵去做什么研究"。而黄依依这位"有问题的天使"，在竭力追求俗世性爱、欢愉时，则被视为危险的越界。与身体残疾、没有生育能力的阿炳相对照，黄依依的悲剧色彩看上去更为强烈。天才的悲剧，犹如一次次坎坷命运的写照，他们相近的宿命般的结局，似乎源于神性和世俗性构成的内在矛盾和难以抵御的冲突。记得史铁生在《我与地坛》中说过这样一句话："命运不是用来打败的；关于命运，休论公道。"[1]我觉得，这恰好暗合麦家小说人物在特定历史环境、现实背景下逼仄的存在状态。看得出，麦家小说人物的命运结局，大多不是"从噩梦中醒来"，而是从噩梦到噩梦，或者从噩梦到彻底崩溃。

从一定的意义上说，《人生海海》是关于命运的小说。小说里的上校也是一个天才。他的命运与几十年的现当代历史紧密相连。"上校"——蒋正男是这个村落最神奇、无法为"常识"所接受的古怪的、极其"复杂"之人。他不仅当过国民党军官，也参加过解放军，是一个可以称之为"英雄"的抗日战士。而且，他竟然还在国民党特

---

① 史铁生：《我与地坛》，人民文学出版社 2011 年版，第 86 页。

务机关里游刃有余，在昔日的青楼里寻花问柳。这就使得他在此后特殊的历史年代，成为被审查、被质疑、被"清算"的对象。面对这样一个拥有复杂个人史的人，很难对其做出任何"阶级"或意识形态的界定。如何书写和"讲述"他，是一个巨大的难题，对于作家是一个挑战。可以说，这个人物同样是当代文学人物画廊里的一朵"奇葩"。在文本里，"上校"代表一种复杂的大历史的风云际会，无疑也代表一种英雄的传奇身份。而"太监"则代表着个体生命的遭遇或命运史，这是历史雕刻在英雄身上的羞怯和耻辱。小说的叙述人选择了"我"——一个孩子的视角，他凝望、审视着父辈和祖辈。从孩童直到长大成人，"我"不断地回忆，与父亲、老保长等一起讲述这个"太监"或"上校"的"前世今生"。这些纷繁驳杂的视角和"众声喧哗"的声音，向着历史的纵深处勘探。描摹、反思一个乡村青年的生命之旅，勘察他如何卷入二十世纪风风雨雨、动荡不宁的令人惶恐的历史。他既有不可思议的传奇生涯，身上又被刻写毁损生命尊严的耻辱印记，因此，这样的一个人物魂归何处，就成为麦家叙述最强大的动力。归乡的爱似乎才有人之安放心灵的归属，可是，"上校"最后却只能选择逃离。小说取名"人生海海"，来自闽南方言，喻指人生复杂多变，命运多舛。个体人生常常就像一叶扁舟，在大海的激流中漂荡、沉浮。所以，什么事都要像大海一样宽容，人生就是要坚忍地去生活。生长于烟波浩渺的历史之中，每个生命都在经历冲击、磨难。在这里，对于上校或太监，甚至对于每一个孤独的个体，是很难将生命再度展开的。任何生命都可能被历史或现实断然终结，所以，麦家选择让上校最后疯掉，退化成一个儿童，或许是一个"明智"的选择。表面上看，历史、记忆和讲述都遭遇了"梗阻"，实质上，这既隐喻着历史的断裂、时光的倒错、感性和理性的纠葛，也有人作为历史主体的尴尬和无奈。或许，麦家笔下的上校最后的"疯癫"，可以视为是对其个人尊严的保持。麦家的叙事诉求，明显是想从历史里生生地拔出个人的时间体验，触及被压抑的生命个体，以及救赎的愿望。这个几乎很少人知道他名字的人物，在历史和文本之间的沉浮，正是个体性悲剧处境的象征。

我极为看重王德威教授对这部长篇小说的评价和感受："细心读者不难理解麦家如何利用叙事方法，由故事引发故事，形成众声喧哗的结构。居于故事中心的上校始终没有太多自我交代——他在'文革'中受尽迫害，其实疯了。反而是周遭人物的臆测、捏造、回忆、控诉或忏悔层层叠叠，提醒我们真相的虚实难分。然而《人生海海》不是虚应故事的后设小说。麦家显然想指出，写了这么多年的谍战小说，他终于理解最难破译的密码不是别的，就是生活本身。"[①]王德威从这部长篇里，体悟到麦家整体叙事的"隐秘"。他"纠正"了以往阅读接受中对麦家的误读和褊狭理解。就是说，麦家写作的精神内核，不是表层的有关密码的"物语"，而是麦家超越题材，处理经验的终极目的——破译人生的秘密。麦家在《人生海海》中，通过"上校"与周遭人物的纠结，含蓄地举证出人生、存在和价值观的巨大差异，自我与"他者"的错位和龃龉，深入地凸显出不可避免的人生、生命的内在悲剧性。或许，这也是我们所身处的世界，如此丰富却又难以解码的原因。

七

是否可以说，麦家给自己的几部重要的长篇小说取名为《解密》《暗算》和《风声》，都是他执着于对"秘密"的事物、生命的发现以及求解的冲动。每个人都有自己需要对付的魔鬼，而这个魔鬼可能就潜伏在自己的内心。麦家在对人的天性、神性、魔性的勘察中，洞悉人的灵魂和品相及其隐秘。

从叙事策略层面看，这几部长篇小说都具有极强的结构感。像《暗算》的叙事结构，有意无意中生成一股文体力量和叙述张力。这部小说，表面上看是三部中篇的组合，实质上是几个故事和人物的"不期而遇"。"《暗算》是一种'档案柜'或'抽屉柜'的结构，即分

---

① 王德威：《人生海海，传奇不奇》，《当代作家评论》2019年第5期。

开看，每一部分都是独立的、完整的，可以单独成立，合在一起又是一个整体。这种结构恰恰是小说中那个特别单位701的'结构'。"[1]如此说来，它构成"701"的历史长廊，也构成"秘密史"的整体性、场域性的关联。当年莫言的《红高粱家族》、高晓声的《陈奂生上城出国记》就曾经采取这样的文本形式，"分而合之"为"组合拳"，具有整体的精神趋向和意蕴，而绝不是随心所欲的几记"散打"。《解密》和《风声》的结构，则是封闭的、密不透风的叙事环境、背景和氛围。

我们会注意到，麦家在处理文本中人物关系时，尽量保持平衡之中的内在冲撞和对峙状态。容金珍和希伊斯、阿炳和林小芳、黄依依和安在天，"上校"与爷爷，可以说，麦家在他们之间，真正找到了"关系"。这些大多都是"囚禁"于某一特殊环境和精神状态的人，几乎被现实、环境、职业和内心压力逼近"绝境"，如何在人物关系的层面呈现人性的冲突和裂变，正是小说叙述的难度所在。

另外，麦家在写作中极其重视小说的叙述语言。无论是长篇还是短篇，麦家都讲究叙述语言的凝练和诗性、文学性的浓度，因为麦家深知文学叙述的力量在哪里。他清楚，写小说就是"写语言""语言是思想的直接现实"。所以，我们看到麦家小说语言的精致、灵动和谨严。这些语言特性，充分地体现在文本的叙述语言、人物语言、对话几个方面。尤其像《解密》《暗算》和《人生海海》，明显具有极强的"复调小说"特征，麦家注意到语言的神奇性和半透明性的意义。我感觉，麦家在文本叙述上像打磨镜片一样打磨词句。容金珍的"独语"，《人生海海》的人物语言的个性化，《暗算》和《风声》的叙述语言，麦家尽可能地丢弃包裹着"意识形态"的历史，蜕掉地域或隐喻的共鸣语境，积累和叠加"双关语"或词语的弦外之音，尽力不遗漏任何有价值的事物的描述或具有思想性的心理、精神空间。每一个词语的使用都有可以围绕的核心，制造出叙述的能量场，实现对故事、人物、情感和文本结构的有效控制。

---

① 麦家：《形式也是内容——再版跋》，《暗算》，作家出版社2011年版，第272页。

可以肯定，不存在所谓"彻底"的现实主义，只有独具匠心的写实。在人的身上发现人性的底色，才是叙事的终极目的。那么，现代小说叙事的出路究竟在哪里？这成为作家和评论家们争议多年的话题以及困扰。我始终认为，现实主义，或者说写实主义，除了在理论上存在诸多观点的纠缠，它们在"逼近"现实、重视"真实性"方面是一致的。近些年来，由于现代社会和生活的复杂性和奇崛性，作家的想象力愈发显得逼仄、匮乏，现实和历史本身的独特性日益丰盈、奇诡，作家"讲故事"或叙事的难度不断增大，超越现实成为一个艰难的工作。但是，作家只要诚实地"叙述"，就可能刺破现实的幻觉，抵达文学应有的样子。麦家小说现实与虚构之间的界限，其实是非常模糊的。这不仅是因为我们前文提到的"元叙事"策略的运用，而且，麦家始终保持着对待故事、人物崭新的态度和叙述故事的热情、技巧，使得这些隐秘、陌生的故事重获生命。

麦家在《答王德威教授问》中，坦率而饱含激情地表述了自己对现代社会、世界的整体性理解和思辨。这些，完全可以视为麦家写作的叙事伦理、精神宣言和价值观取向，当然，这也是铸就了麦家进行文本结构、保持其持久原创力的思想基础。

英雄也好，死敌也罢，斯诺登也好，容金珍也罢，他们是被上帝抛弃的人。可悲的是，不论是哪个国家都有相当一部分这样的人。我不会站在容金珍角度嘲笑斯诺登，也不会以斯诺登的目光去鄙视容金珍。我很遗憾无法选择做宇宙的孩子，但我很荣幸做了文学的孩子：这是最接近上帝的一个职业。文学让我变得宽广坦然，上帝在我身边，我敢对魔鬼发话。听着，如果没有文学、艺术、宗教、哲学等人文精神的代代传承，科技这头怪兽也许早把我们灭了，即使不灭，恐怕也都变成一群恐龙、僵尸，只会改天换地，不会感天动地；只有脚步声，没有心跳声；只会流血，不会流泪；只会恨，不会爱；只会战，不会和；只会变，不会守……以文学为母体的人文艺术，像春天之于花一样，让我们内心日日夜夜、逐渐又逐渐地变得柔软、饱满、宽广、细腻、温良，使科技这头怪兽至今还在我们驯养中。[1]

麦家是一位对现实异常清醒的作家，他在文学与科学、人脑之间，找到了一个重新打开人性黑洞的密钥。因为清醒，所以眷顾"迷局"和"计中计"的解密和"暗算"。麦家乐于将叙事、人物置于极其特殊的环境和背景下，或生死智斗，或命运多舛，或慎独煎熬。也就是让人物或事物经受令人意想不到的变局或困局。如此，无论人本身的尊严，还是人性、道德的底线，就被拉到一种极致或悬浮状态，变得已经无足轻重，因为，这些人物的存在，就是为了彰显、肯定他们所天然具有的另一种实用性价值——以阴谋击碎阴谋，以天性对抗魔性，不知道这是否可以视为文明外衣下的另一种疯癫？"破译他国密码，本身就是一个阴谋，一桩阴暗的勾当，是国与国之间，或不同的政治集团之间，你死我活的隐蔽斗争。"于是，人物和事物，都隐藏在封闭的密室之中、隐形之中，困兽犹斗，志在必得。看上去，容金珍、阿炳、黄依依等人除了相信自己的智力和异禀之外，劳动的义务与对职业追求的信念毫无关联，若是劳动和投入其间的事业出现奇迹，他们也仿佛处在某种苦修般的漫游里。什么是"高级隐形处理"？它不仅是表象的修饰，而是心理、精神、灵魂的"人工过滤"，甚至梦境或梦的暗示、提示，对于破译者来说，都已成为智慧竞技者抵达胜利彼岸的秘密通道。"破译密码是听死人的心跳声"，则一语道破事物的本质。其实，麦家文本所表达的经验，总是散发出一种"怪异"的感觉，因为，只要从人性的复杂层面考察身体，尤其大脑器官渗透出的隐秘的精神、心理编码，我们就可能发现人性的幽暗之处。这也许就是科学、技术、天分所忽略的伦理学和宗教的部分。麦家的价值观也是异常清晰，我们从他进入作品时的视角，可以窥见他内心的宽广和执着。因此，麦家在一种更接近"宇宙视角"或"上帝视角"的层次或境界上，能够以常人的角度看待"超人""异禀奇才"，也能

---

① 麦家：《接待奈保尔的两天》，浙江文艺出版社 2016 年版，第 41 页。

够以上帝的视角审视、裁夺魔鬼的异端性。如果我们站在另一种维度看，麦家小说的人物，都似在梦中。当然，只有将叙述置于似真似幻的整体性梦境，作家才会有更大的虚构悬疑和秘密的能力。打破线性的思维模式，模糊人、魔、天才之间的边界，让智慧无处不在，让生命的神秘性充斥于理性和非理性之间。不唯此，就很难解析、穿透人性的"危险地带"、发现海德格尔说的"存在的被隐蔽"，就会失去总览人性存在的最佳视觉、方位。

其实，麦家谈到自己的时候，也非常刻薄，毫不隐讳自身的特性和存在的缺陷：

> 也许是身世不幸，也许是遗传基因不好，或者别的什么原因，我这人总的说是个堆满缺点的人：任性，敏感，脆弱，孤僻，伤感，多疑，胆小，懒散，怕苦，缺乏耐心，意志薄弱，羸弱多病……一大堆贯彻于血脉中的毛病，常常使家人感到失望。小时候，父母对我最不抱希望，似乎料定我不会有甚出息。想不到我这人运气不错，在几个决定命运的关键时刻，仁慈的老天都恰到好处地佑助了我，结果弟兄三个，还算我活得"光荣又幸福"。这是命。旁人都说我命好。
>
> 但命好抹不掉我的缺点，而且随着年龄长大，我的缺点似乎也一道长大、滋多了。尤其是结了婚，我的缺点明显地又增加了对妻子不温存（太粗暴），不宽容（严厉得近乎刻薄），不谦让（大男子主义），不糊涂（什么事都要弄个水落石出），不克己（从不委屈自己）；对家庭没有责任心，没有抱负；缺乏生财之道，且常常乱花钱；等等。①

在麦家深刻的自我解剖和反省里，我们深切地感受到他天性里的善良基因。加之他自己"总结"的任性，敏感，脆弱，孤僻，伤感，多疑，不能不说这统统构成一个人成为作家必备的"天资"。一位作

---

① 麦家：《非虚构的我》，花城出版社 2013 年版，第 59 页。

家能否在一个特殊的题材领域，从容不迫地驾驭故事和人物，对叙述有强大的控制力，取决于他审视生活、处理经验的能力，也与其个人情感"雷达"能否对人性探测并做出文学判断密切相关。文学写作本身需要一位小说家有责任感和担当，需要用心写作。麦家在接受"华语文学传媒大奖"的获奖感言中就谈到"用心写作"的问题："要想留下传世之作必须用心写，我们平时谈论的那些经典名著大多是用心或者是用心又用脑写成的，光用脑子是无论如何写不出这些传世巨作的。但用心写经常会出现两个极端：好的很好，差的很差，而且差的比例极高。那是因为大部分作家的心和大部分人差不多，荣辱要惊，爱恨要乱，欲望沉重，贪生怕死。相对之下，用脑写可以保证小说的基本质量，因为脑力或者说智力是有参数的，一个愚钝的人总是不大容易掌握事物的本质，分辨出纵横捭阖的世相。我很希望自己能够用心来写作，同时我的智力又告诉我，这可能不是一个用心写作的年代。用心写作，必须具备一颗非凡伟大的心，能够博大精深地去感受人类和大地的体温、伤痛、脉动，然后才可能留下名篇佳作。"[1] 在这里，我们看到麦家的叙事"野心"，也看到了他叙事的雄心。因此，我们对麦家的写作，也就始终抱有更大的期待。

---

[1]　麦家：《接待奈保尔的两天》，浙江文艺出版社 2016 年版，第 121—122 页。

班宇论

一

近几年来，开始有越来越多的文字论及"东北文学""新东北文学""东北文艺复兴""新东北作家群"。这些话题，在近一两年来成为学术界、评论界热议的焦点，并与此后被迅速倡导的"新南方写作""新南方作家"构成一时的热闹和喧嚣。我觉得，无论对于作家还是文学本身，凡是冠之以"新"的事物，既可能令人耳目一新，同时也许会令人心生疑窦。"新"在何处？新的文学元素究竟是什么？当然，不可否认的是，班宇、双雪涛、郑执"沈阳三剑客"和更年轻的黑龙江作家杨知寒四位的横空出世引人注目，成为近年来文学界非常重要的现象或潮涌。但对此我们也不一定非要冠以给东北带来"文艺复兴"的高位赞誉，尽管他们的出现的确给"僵硬""板结"的当代东北文学引发出生机和活力，尤其是那部产生重大影响的电视剧《漫长的季节》，文学策划班宇为其注入的"文学性"，是它获得巨大成功的关键要素。此后，根据班宇同名小说改编的《逍遥游》，又在平遥国际电影节走红，再度让小说艺术发挥出助力影视的文学基石作用。虽然，这些还不足以奢谈"东北文艺复兴"，但是，由此，当代东北文学版图，继1980年代以来持续写作四十余年的迟子建、阿成等作家之后，在班宇们的接续下，不能不说已经形成一种强有力的、令人充满热切期待的延续和扩展。

此前，我也曾经从"东北文学"或"文学东北"的整体视域，考量 1970 年代末、1980 年代初的"改革开放"时代，在黑、吉、辽的文学地图上，"东北文学"作为一种整体板块，那些曾经有过的"喧嚣"和繁荣的景象。很难忘那时曾经涌现出的许多在"新时期文学"命名下的重要的、有广泛影响力的作家，正是因为他们的存在，方才显示出"大东北"广阔的文学视域和对 1930 年代萧红、萧军、端木蕻良时期文学传统的继承，使得东北文学的文脉得以延续。值得我们深思的是，进入新世纪以来，能够持续写作的东北作家却已经寥寥无几。像迟子建、阿成这样持续写作四十余年的作家，已经成为 1980 年代以来东北文学的旗帜和常青树。就是说，从整体上看东北文学的现状，实际上是堪忧的。对此，我不想做太多的分析和评价，因为有着文学和非文学的多重因素，在一定程度上限定和困扰着一些东北作家的写作。这些，并不是本文要讨论的主要话题。但是，我们必须清醒地意识到，在今天，应该如何书写东北的历史和现实？当代东北的现实如何才能进入作家的内心？也许，这需要更高文学"段位"的"比拼"，才可能让好的叙述、真正的"东北故事"浮出当代中国文学的地表。有一次我与迟子建交流东北文学的现状时，我们都无限感慨和忧虑：东北作家是否在一定程度上，愧对了东北这片雄浑、辽阔的土地和近百年复杂多变的沧桑历史，以及广大东北人民在变动不羁时代的社会生活中不断迸发出的激情与活力？显然，当代东北作家要具有使命感和文化担当，这应是文学写作义不容辞的责任。应该说，百年东北的历史，是一部漫长、复杂的精神、文化变迁与发展的历史。东北地域及其文化精神的蕴藉，承载着这幅文学版图之内的政治、经济、军事、宗教、伦理和民俗，呈现出东北的天地万物、人间秩序、道德场域，还有人性的褶皱、生命的肌理。在许多作家的文本里，我们已经看到现代、当代中国的"大历史，如何进到东北作家的内心，又是怎样地开掘出宏阔的历史深度，呈现出东北叙事的雄浑和开阔，形成具有东北品质的'北国风物'美学"[①]。王德威教授在《文学东北与中国现代性》一文中，对东北地域文化、东北文学及其相关问题

---

① 张学昕：《班宇东北叙事的荒寒美学》，《扬子江文学评论》2022 年第 2 期。

做出拓展性分析和富于激情的阐释。他将东北作家的写作置于"家族""国族""民族"场域之中，分析文学写作中的"跨界叙事的眼光"，"从东北视角对内与外、华与夷、我者与他者不断变迁的反省"评判"文学东北"所承载的和可能承载的潜在的叙述力量、地域经验和具有中国特性的现代性诉求。他强调要打开充分而饱满、深邃而旷达的文化及审美思辨空间，进而启发我们发现、发掘出"东北故事"文字背后所蕴藉的广阔、复杂、变动不羁的大历史积淀和沧桑。王德威认为："在如此严峻的情况下，我们如何从文学研究的角度谈'振兴'东北？方法之一就是重新讲述东北故事。我所谓故事，当然不只限于文学虚构的起承转合，也更关乎一个社会的如何经由各种对话、传播形式，凝聚想象共同体。换句话说，就是给出一个新的说法，重启大叙事。我们必须借助叙事的力量为这一地区的过去与当下重新定位，也为未来打造愿景。"①

　　那么，如何"借助叙事的力量为这一地区的过去与当下重新定位，也为未来打造愿景"？王德威的"诘问"中蕴含着期待和憧憬，自然也不无忧虑。我们看到，近百年来，"北国风物"美学，始终为东北作家们所坚守。字里行间，东北的地缘、地域、审美"地标"和精神"地平线"，在几代作家的笔下起伏、回流和反复。但问题应该还在于，"重新定位""为未来打造愿景"，已经成为振兴东北文学的新起点、新征程，更成为一种深切期待。同时，当代东北作家的叙事冲动、理想信念以及诗学境界的追求，如何与这片阔大、豪迈、沉重的土地形成内在的共振，呈现出其深刻的变化？而且，如何从新的视角抒情性地描摹出历史的纹理，能否跟上当代现实和未来的步伐，这似乎已经成为当代小说的使命。叙事与现实的对冲，首先必须消除理念的陈旧，迈出跨越时空的步伐。面对社会巨变，加之文化消费主义的兴盛，必须在相当大的程度上，另辟蹊径，甚至踽踽独行，这对每一位作家的写作都是一种挑战。写作主体只有避免美学和伦理内涵的迷失或错位，从新的维度想象历史和人的能动性，将内在情感和外部

① 　王德威：《文学东北与中国现代性》，《小说评论》2021 年第 1 期。

世界相互交融共生，才能够"有情"而又超越历史和现实的种种羁绊。

近年来，在对班宇小说的阅读中，我总是隐隐地感觉到每一篇都有着坚硬的骨骼。他的叙述有劲道，有蕴藉，有冲击力，或许，这也正是一股新的美学力量在崛起。因此，班宇的出现，可以说是一个文学史的必然。班宇的写作发生令人感喟。他最早一批小说书写的大多是共和国在社会变革时期所遭遇的阵痛。大东北的这一代人，都在以一己之力承受、承担着国家在图变图强过程中的裂变，甚至物质和身心的双重困境。班宇通过一种平实、抑扬顿挫、沉郁而粗粝的叙述，将人物的善与恶、隐忍与抗争，镌刻于纸上。日常生活中极具悲剧性的至明或至暗时刻，拒绝沉沦的勇气，人直面存在、现实、命运、苦难、艰辛生活时所亟须的执着、坚韧、隐忍、深藏的孤独和梦想，自强不息，这一切，都令人读罢不胜唏嘘。无疑，这也是一位作家做出审美选择和判断的情感、伦理前提。这些，早已经构成班宇写作的精神与逻辑起点。其实，近年来我在对许多东北作家，包括迟子建、阿成小说创作的思考和研究中，就注意到当代北方作家在精神气质、文化积淀和美学风貌上与南方作家存在的明显差异性。北方，或者说东北，作为一个特定的历史、文化和自然地理的场域，生活于其中的作家在审美叙事过程中所呈现的性格"内核"和"硬核"，在很大程度上似乎更加率性。而那些象征的、隐喻的物象或情境，或者说，一种隐匿在叙事里的感觉、直觉、映象，都构成叙述中"审美的第二项"，被巧妙地融入叙事的根部。其实，那种"经常有神经病似的荒寒的感觉"，就是一种大意象生成的根由，构成东北文学叙事全部的"情感与形式"。由此，强烈的意绪奔涌，在"坚硬如水"的结构里若隐若现，此起彼伏。而"冷硬与荒寒"，"这样一个介乎心理感觉或美感之间的审美意识或'意念'，就成为我阅读文学作品时经常关注、用心体味的一个审美层面。我们能够意识到这种'荒寒'感，经常隐约出现在许多当代中国作家的文本中，显露出叙事对现实和人性的冲击力，逐渐成为经验世界里具有神秘、幽微、沉郁的美学元素和精神范畴"①。尤

---

① 张学昕：《班宇东北叙事的荒寒美学》，《扬子江文学评论》2022年第2期。

其是，写好"大历史"中的"小人物"，写出最能映射、指涉一个时代的环境和心灵触角，写出世道人心、人性的复杂性和不确定性，这些才是深描历史与现实的最坦荡的路径。在这里，我赞同历史学家王晴佳关于"大写历史"和"小写历史"的说法：

> 区别"大写历史"和"小写历史"，其实也是后现代主义兴起之后的工作。"大写历史"指的是对历史进程的思考和总结，而"小写历史"与历史叙述有重合的地方，但不完全一样。我现在就谈它们两者之间的关系，特别注重我们为什么要区分两者。这个区分表现在几个方面，主要的有两个方面。一个就是这个"大写历史"在后现代主义或当代思想家看来是18世纪启蒙运动思想的产物，与启蒙思想家对历史的观察有很大的关系，可以说是启蒙运动历史观的一个反映。这个"大写历史"的特征是什么呢？就是：第一，历史是一个有头有尾的过程，这是一个很重要的、根本的概念，或是一种基本的假设；第二，历史总的方向是进步的，是向上、向前发展的；第三，历史是有意义的，或者说，历史事件或历史人物的行为都是有意义的——每个历史行为都是有意义的，而每一件历史事件的发生都有意义。这个第三点跟前面两点是有关系的。为什么历史事件，这个单个的、看起来偶然发生的会有意义呢？那就是说，你如果用第一个观点看待历史，把它看成是一个过程，一个有头有尾的过程的话，那么自然而然地就形成历史不是无止无终的想法。意思是，历史有一个起点也有一个归宿，是一条直线似的往前演进。当然这个过程可以呈现出波浪式，有时也有退步的情形。但总体方向是往上发展的，会变得越来越好，即使有波折，每一个波折都是有意义的。

可以说，班宇的小说正是在"小写历史"，即在与"大历史"叙述重叠的地方，呈现出小人物的心灵史，发掘出他们个体生命的存在价值和意义。班宇对大历史中小人物的历史的深描，看似"生命不能承受之轻"，但小人物的历史，在"小写历史"的过程中并未有丝毫被遮蔽。班宇在文本叙述中，"把它看成是一个过程，一个有头有尾的过程"，思考："为什么历史事件，这个单个的、看起来偶然发生的会有意义呢？"我感觉，班宇是在从个体生命、命运的变故中，谋求个人史与大历史之间的隐秘关系，破除我们未曾清晰触摸、能够意识到的那段特殊历史时期生命个体生活与精神困境的盲区。班宇这一代作家大多愿意从"小写历史"的层面回望、返回到一个更为朴素的"大历史"的维度，从而深挖出历史深处的心灵之血，以朴素、动情的话语，讲出最感人心魄的心事，表达最欢乐、最心酸、最荒诞的体验和见地。或许，所谓"历史的方向"就隐匿在个体生命行走的影子里，当然，这些话语无法负担宏大的民族国家命运等问题的全部内涵，但是，班宇对历史和现实的思考与感悟，格外耐人寻味。我们看到，班宇在"小写的历史"里走进了"民间"，在"往前演进"的、呈现出波浪式的历史进程中，底层大众的质朴、宽厚、惘然、隐忍、尴尬和自强不息，都跃然纸上。尽管面对苦难，这些不安的灵魂，仍然在道德自省和精神自我救赎中不时地闪露放射出耀眼的高光。说实话，班宇并不是那种在写作中有强烈历史感的作家，他的每一篇小说的叙事，都很快就让故事、人物和语境迅速转入内嵌的讲述层面，"大历史"背景和作家叙事主体的动机，都被浓郁的叙事情境和生活本身的氛围所弥漫或隐没。但由此，故事、人物和时代生活的呈现，也便具有了极强的可信度。作家班宇作为讲述者、叙事主体的形象也或隐或现，他对叙事节奏、语气、结构的有效拿捏，更是弥补了文本所表现的两代人的生活在时间上的断裂。因此，叙事中不断前行的历史时间，在文本的时间和空间里获得重新整合。

二

我认为，《盘锦豹子》《冬泳》《肃杀》和《逍遥游》四篇，迄今仍然是班宇文学写作的第一个"制高点"，甚至可以说，这些文本对其后来的写作，构成了一个难以逾越的高度和难度，尽管班宇仍在不竭地寻找更大的突破或突变。这些文本，无论从故事、结构、语言，还是作品"审美第二项"的文本隐喻意层面，抑或对1990年代和世纪之交共和国的经济体制改革所引发的种种阵痛的独特呈现，都具有班宇写作个人里程碑意义。这些"班宇式"叙事审美坐标和话语形式的文本，能够让我们从文字呈现的表象背后去发现或发掘出近几十年来东北文化和人文生态的新质、新变。我想像班宇这样对地域文化和东北地方方言、文字极度敏感的人，在处理个体经验、描摹并透视1990年代前后东北那段历史沧桑的时候，追求叙事的独立性必然会成为他内在的追求。这种独立性，在叙事中就是要自觉或不自觉地建立起道德感、伦理感极强的人格价值理想，竭力地发现、判断、书写每一个生命个体世俗生活的合理性、复杂性和艰难性。我们看到，班宇已经在这几个文本里书写出了时代的隐性骚动和人性的波动、不安、隐忍、刚烈、柔软。

应该说，《盘锦豹子》既是一个伦理、道德叙事文本，也是一个在相当大程度上能够凸显地域性文化和个性化人格的文本。小说开始时，孙旭庭穿着向朋友借来的大衣到"小姑"家拜见未来的岳母，为他们制作电视"天线"，与"我爸爸"对饮，后来又送给"我"小礼物，与"我"建立起联系。从此，叙述开始以"我"的视角为切入点展开，观察这个家庭的一切变故。孙旭庭在父亲丧事中的"摔盆"，对妻子的"出轨"、抵押房产贷款，从包容、隐忍直到爆发，表现出极大的血性。特别是结尾，因妻子私自拿走房产证抵押贷款，引发两个陌生人来看房，孙旭庭终于大爆发，冲天一怒，举起菜刀的一瞬，体现出与"犬儒主义"相对立的抗争性人格，进而展现出他生命内在的尊严。

　　他的父亲便扑过来，像真正的野兽一般，鼻息粗野，双目布满血丝，他拼尽全力一把搂住失控的父亲，孙旭庭撞在儿子怀里，两人跌落在楼梯上，打了好几个滚，但始终紧抱在一起。两人落地后，孙旭庭几番挣扎想要起身追赶，却被他的儿子死死搂住，不敢放松，我的表弟几乎是哭着哀求说，爸，不要追了，我求求你，不要再追了，爸啊，爸。孙旭庭昂起头颅，挺着脖子奋力嘶喊，向着尘土与虚无，以及浮在半空中的万事万物，那声音生疏并且凄厉，像信一样，它也能传至很远的地方，在彩票站，印刷厂，派出所，独身宿舍，或者他并不遥远的家乡里，都会有它的阵阵回响。终于，力竭之后，他瘫软下来，躺在地上，身上的烙印逐渐暗淡，他臂膀松弛，几次欲言又止，只是猛烈地大口喘着气。这时，小徐师傅的哭声忽然从头顶上传过来，他们父子躺在楼梯上，静静地聆听着，她的哭声是那么羞怯、委婉，又是那么柔韧、明亮，孙旭东说，他从来没有听见过那么好听的声音，而那一刻，他也已看不清父亲的模样。

其实，孙旭庭在丧礼上第二次"摔盆"时，班宇已经隐隐约约开始慢慢释放出孙旭庭这个东北汉子的厚实和坚韧。他在厂里的工作、做人做事，都是在不断地挑战自己。他安装那台冒牌德国印刷机，为盗版光碟印制封面，这些，让我们看到孙旭庭在生活的迷雾中顽强地行走，踽踽独行地对抗着生活的艰辛。而"父一代"承受生活苦难的过程，也是"子一代"逐渐觉醒、成长的过程。在"父一代"爆发的那一刻，两代人真正热血偾张地交融一处，他们复杂的内心和情感发生了电流一般的对撞。显然，班宇的创作，在表现人物之间的"代际"差异时，已经越过了所谓"代沟"的思考层面，而是聚焦在诸如生存、情感和生活变故等维度。"拽住"父一代，异常冷静地直面现实，"我的表弟几乎是哭着哀求说，爸，不要追了，我求求你，不要再追了，爸啊，爸"。这是一幅心酸的场景，自律、畸形、抗争，充溢其间，我们感到在那令人窒息的理性中，"子一代"实现了对父辈的超越。可以说，班宇小说的穿透力，正是通过对现实生活和人性的深度勘察实现的。

《逍遥游》一篇，则以人性荒寒中的幽微之光，照亮人生、生命的幽暗时刻。就是说，我们看到的是，所谓"逍遥游"并不逍遥。

《逍遥游》里，班宇不断地让我们从一个女性的内心，体察出温度"内外"的荒寒之意。"荒寒""肃杀"之气，弥散在文本的字里行间。这也与《肃杀》《盘锦豹子》等文本中大量呈现的东北地域特有的"寒冷"再次构成呼应。外部世界之冰冷、寒气，成为渲染荒寒之意的空间场域。许玲玲对冬天的记忆，更是蕴含着丝丝缕缕的恐惧感。这也是她对于世界的整体性感受。

> 凌晨温度很低，像是又回到了冬天，空气里有烧沥青的味道。我迷迷糊糊，想起以前许多个冬天，那时候我和谭娜跟现在一样，拉着手，摸黑上学，一切都是静悄悄的，但走着走着，忽然就会亮起来，毫无防备，太阳高升，街上热闹，人们全都出来了，骑车或走，卷着尘土；有时候则是阴天，世界消沉，天边有雷声，且沉且低且长，风自北方而来，拂动万物，一天又要开始了。

很难想象，一位正在接受透析的病人，究竟会有一个怎样的快乐的旅行？许玲玲的内心，或者说，她的身心，正在同时经受着阵痛和被撕裂的状态。在这里，隐忍，再次成为班宇赋予人物的基本面貌和特征。因此，赵东阳、谭娜和许玲玲，一男两女三位昔日发小，三人行结伴出游，这也成为病中的许玲玲人生最奢侈的一次旅行。显然，他们都不是娇生惯养的一代，他们的父辈没有给他们任何可以"啃老"的资本，个人发展的道路由于诸多原因，刚刚步入社会就坎坷不断，遍尝底层的艰辛和磨砺。赵东阳和谭娜，也都有着各自艰难的生活处境。虽然他们对生活仍然具有那种青春余温尚存的冲击力量，但是年轻一代应有的诗意和浪漫，则与他们渐行渐远。此时许玲玲的生命处境，更是几近于人生的"至暗时刻"。这篇小说，可谓是凸显出个人孤寂、孤独和荒寒心境的力作。其中许多叙述的细部，我们几乎不忍卒读。班宇笔下的人物，特别是这部《逍遥游》里的那个东北女孩——"病女"许玲玲，虽然处于极度困境之中，年轻的生命正缓步奔赴死亡，但个体的冲动、欲望和存在的勇气仍难以消解，于是，她索性将自己视为一个"幸存者"。在与她两位昔日发小出游山海关时，仍不想欠下同伴太多的人情，认为大家都很不容易，总是特别善解人意地处理好人情世故。班宇试图通过这位处于人生、存在困境中的年轻女性塑造，写出"子一代"生命个体在遭遇荒寒时苦涩、善良而"勇敢的心"。

此前，我曾通过深入体悟大量的东北文学、东北叙事概括出与阎连科创作极强的相似性、相近的美感特征和样貌，对班宇小说进行了"荒寒感""荒寒意绪""荒寒叙事"的界定。我们能够深切感受到潜隐在文本深处的骨子里的孤寒已经构成叙述的内在精神元素，由此，叙述"像一股股幽光，释放出人性的、自然的，尤其高寒气候所带来的刺激和疼痛。我以为，我们能够在其间触摸、切入人性的、生存的创痛和精神的困顿，从生活史、心灵史、地域性和灵魂的维度，体味到作家精神关怀和生存思索的深度"①。

在这里，我想重提文学叙事中"视角的政治学"。由班宇、双雪涛、郑执这一代作家对"父一代"的"旧事重提"，比上一代作家的文本更少那些难以抗拒的负累。沉重的日子，在叙事中慢慢衍生出隐性的寓意，文本中呈现出镜像复映的、被"改写"和变异的"感觉结构"。这让真实获得另一种显现的形式。在《冬泳》和《逍遥游》这两本小说集中，不同文本中常常出现人物命运和性格的回环、转换或重复，人物位置、身份和空间环境偶尔还会产生某种对称性的位移。班宇式的"镜像"、氛围、语境，以及独特的"感觉结构"，仿佛都始终隐匿着一个"前叙述"的存在。如在《盘锦豹子》里，班宇选择"我"作为叙事视角。"我"是小姑的亲侄子，是"盘锦豹子"孙旭庭的妻侄儿，与孙旭东是姑表亲。这样的人物关系，构成一种既亲近又可以保持一定距离的伦理关系。选择这样一个叙事视角，让叙事变得没有太大的伦理压力和审美压力。我感到，在一定程度上说，故事与记忆，经验和转喻，也是班宇小说叙事得以充满深邃蕴涵的支撑点或"硬核"。由此可以看出，班宇一上手就表现出其出色的叙事天赋，他

---

① 张学昕：《班宇东北叙事的荒寒美学》，《扬子江文学评论》2022 年第 2 期。

善于处理经验并将其转化为记忆，并清醒地意识到其中的隐秘关系。而这些，正是他们这一代作家最需要的重要能力。

戴维·洛奇在他的《现代主义小说的语言：隐喻和转喻》中认为："对我来说，雅各布森最有意思的论点是，本质上由连接性所促成的散文往往倾向于转喻——而有格律押韵和强调相似性的诗歌则偏向于隐喻，他还提出现实主义作品是转喻性的。"在这篇文章结尾处，戴维·洛奇还引用杰勒德·杰内蒂在论述普鲁斯特的论文中的见解："普鲁斯特说，没有隐喻就根本没有真正的记忆：我们为他和所有的人再补上一句，没有转喻，就没有记忆的联系，没有故事，就没有小说。"① 程德培在讨论苏童小说叙事问题时，在引用了戴维·洛奇和普鲁斯特的观点后却特别强调，"一个真正的小说家总是力图使我们切身体验到他的创作矛盾""什么是小说叙事赖以生存的条件的确是个难缠的问题，何况本质论在很长时期本身也受到了责难。如同有时候不知人生的意义正是人生意义的一部分，说不清楚的纠结之处也许正是本质所在。小说总是依靠着我们难以理解它的根本意义而不断变化的"。② 他指出作家的创作矛盾性正是作家想竭力张扬的，并且认为"说不清楚的纠结之处也许正是本质所在，小说总是依靠着我们难以理解它的根本意义而不断变化的"的说法，无疑是想表达作家在面对这样的叙事情形时，必然会运用隐喻和转喻，而这两者所依赖的恰恰是记忆和故事。而《冬泳》和《逍遥游》都具有隐喻和转喻性。这是指文本所提供给我们的"另外的意义"。

班宇在讲述"故事发生的时代"时，多将叙事者设置为"我"，"我"以直接参与者或目击者的身份入戏，直击"父一代"悲凉命运和人生尴尬。《肃杀》便是这样一篇经典之作，也是班宇小说中悲剧感最强的一篇。这里的目击者同样有着侵入骨髓的苍凉之气，此时，他们年轻的内心开始布满那种"细到看不见的血丝"，镌刻成为一代

---

① ［英］戴维·洛奇：《现代主义小说的语言：隐喻和转喻》，吕同六主编《20世纪世界小说理论经典（下卷）》，华夏出版社1995年版，第362页。

② 程德培：《黎明时分的拾荒者》，作家出版社2019年版，第83页。

人的生命记忆。

> 我爸下岗之后，拿着买断工龄的钱，买了台二手摩托车拉脚儿。每天早上六点出门，不锈钢盆接满温水，仔细擦一遍车，然后把头盔扣在后座上，站在轻工街的路口等活儿，没客人的时候，便会跟着几位同伴烤火取暖。他们在道边摆一只油漆桶，里面堆着废旧木头窗框，倒油点燃，火苗一下子便蹿开去，有半人多高，大家围着火焰聊天，炸裂声从中不时传出，像一场贫寒的晚会。他们的模样都很接近，戴针织帽子，穿派克服，膝盖上绑着皮护膝，在油漆桶周围不停地跺着脚，偶尔伸出两手，缓缓推向火焰，像是对着蓬勃的热量打太极，然后再缩回来捂到脸上。火焰周围的空气并不均衡，光在其中历经几度折射，人与事物均呈现出波动的轮廓，仿佛要被融化，十分梦幻，看的时间久了，视线也恍惚起来，眼里总有热浪，于是他们在放松离合器后，总要平顺地滑行一阵子，再去慢慢拧动油门，开出去几十米后，冷风唤醒精神，浪潮逐渐消退，世界一点一点重新变得真实起来。

这个班宇小说中的经典场景，感人至深，让我们形象而深切体察到那个年代特殊的生命存在状态。这群谋生者每天都一起上演一场场"贫寒的晚会"，而那确实是一个真实的世界，它裸露出那个年代或岁月人与事物残存的"波动的轮廓"。"人与事物均呈现出波动的轮廓，仿佛要被融化，十分梦幻，看的时间久了，视线也恍惚起来"，这明显是班宇"灵魂附体般"地回到记忆中故事发生的年代，童年、少年的经验闪回到往日的时间，感怀、惆怅而诗意聚拢，深情地向"父一代"致意。显然，这个人群在被"买断"之后已经无法顺应时代洪流，只能够聚拢相伴，围炉取暖。"大家围着火焰聊天，炸裂声从中不时传出，像一场贫寒的晚会"，这简直就是"底层人"的"欢乐颂"。在这里，叙事将他们推至前台，这是毫不空洞的众声喧哗，是支撑落魄一代人的精神补给和凌空蹈虚的美妙感觉。我想，班宇在书写这样的句子时，一定是掩抑住内心的感伤，用能够升腾起温度的火苗，映射出昔日底层人群的真切的容颜。这似乎也是一种涅槃的仪式，不经意间生成出一种烧灼感、无奈感，并在感性的场景中肆意地涌动着，不由得引发起我们对生命、命运的思辨。也许，我们都会更加强烈地体会到，"这是一个经典的'肃杀'意象或特殊的情境。在东北极其寒冷的冬天里，'围炉取暖''抱团取暖'，成为谋生者的街头'盛宴'。班宇泪中含笑，将其描述为'驱寒'的'贫寒的晚会'。我想，或许是班宇为这篇小说取名《肃杀》时，脑海里呈现出的最真实的情境。现实生活、人生境遇在每个人伸出双手'缓缓推向火焰'之时，融化成冰冷的梦幻。此时，我仿佛看见写作者的悲悯之心，正喷薄而出。现实是时间也是感官之旅，更是班宇一代对前辈的苦涩记忆。'下岗者'们没有蜷缩在逼仄的空间顾影自怜，而是开始夜以继日地延宕对明天的承诺。一句'冷风唤醒精神，浪潮逐渐消退，世界一点点重新变得真实起来'，班宇刹那间用文字点亮了人物内心的幽暗。无疑，我们也可以将这样的叙事冲动，理解为班宇对肃杀般困境的一次'肃杀'，一次隐忍对现实的炸裂。一伙已届中年的同伴们'像是对着蓬勃的热量打太极，然后再缩回来捂到脸上'，这个细部的描摹，让我们的阅读，在瞬间获得一丝暖意和宽慰。显然，这也是班宇对温暖的期待和善良的模拟。这些直接受到生活重创的中年人，成为班宇'肃杀'氛围的主要承受者和突围者"[1]。而他们之间，也因同处于"肃杀"困境中的彼此理解，达成了和解甚至谅解。

> 肖树斌在桥底的隧道里，靠在弧形的一侧，头顶着或明或暗的白光灯，隔着车窗，离我咫尺，他的面目复杂，衣着单薄，叼着烟的嘴不住地哆嗦着，而我爸的那辆摩托车停在一旁。十月底的风在这城市的最低处徘徊，吹散废屑、树叶与积水，他看见载满球迷的无轨电车驶过来时忽然疯狂地挥舞起手中的旗帜，像是要发起一次冲锋。

---

[1] 张学昕：《班宇东北叙事的荒寒美学》，《扬子江文学评论》2022 年第 2 期。

我相信我和我爸都看见了这一幕，但谁都没有说话，也没有回望。我们沉默地驶过去，之后是一个轻微的刹车，后面的人又都挤上来，如层叠的波浪，我们被压得有点喘不过气来。

　　这一段叙述，令此前相对平缓的节奏开始发生转折和突变。其中的一个父亲——肖树斌，以借的名义骗走了"我爸"的摩托车，那么，"我爸"将会选择怎么做？这位父亲与"我爸"原本也是"同是天涯沦落人"的超级球迷、下岗工人肖树斌，却对同是生存在社会边缘的"我爸"发动了一次令人错愕的欺骗，对"我"的一家仿佛是一场突如其来的重创性偷袭。关键在于，这完全是一次信任的危机，也是对自我尊严的消解。值得注意的是，班宇在处理"我"与"我爸"对待肖树斌的态度上，显示出非同寻常的选择。父子俩的态度惊人地一致和默契，令人体味到生活在同一困境的同病相怜者，他们的同情心和悲悯情怀。这令小说的结局有些出人意料，也意味深长。温暖，开始充满了这篇小说，它与前面的"围炉取暖"形成绝好的呼应。它祛除了叙事的因果照应，更让我们感到俗世人生中的温暖、悲悯、同情的力量。"我相信我和我爸都看见了这一幕，但谁都没有说话，也没有回望。"多日遍寻不见的肖树斌，就在眼前，父子俩究竟会做出怎样的选择，似乎应该是一个悬念。但是，父子俩都不约而同地选择放肖树斌一马，他们同时有意地模糊了车窗外的场景。仔细想想，这分明又是令人难忘的、内心遭受重创的"肃杀"情境或存在意象，直逼灵魂。在这里不妨说，这也是面对俗世大地上的"荒寒"和"冷硬"，生活在"底层"的人们的尴尬、逼仄，是对无奈的无奈。无疑，这更是对人物内心的一次极其凶狠的"绞杀"和考量。班宇的文字里表现出他面向失意者时的神情，充满同情、悲悯，甚至是崇敬。可以说，"子一代"的身份让他获得了一种平视甚至仰视视角下的大悲悯与大情怀。而这，正是班宇们回望大历史中直抵人心最柔软处的"肃杀"与"温情"相交织的东北"荒寒美学"力量。

　　由以上的阐释可看出，班宇偏爱第一人称，以作为"我"的子一代视角呈现"父一代"在历史阵痛中的个体生存之殇。但难道仅仅是一种单纯的聚焦吗？这里边"视角政治学"下隐含的还有怎样的深意？我想，他这是在一定程度上凸显"视角政治学"下的结构中"子一代"的主体性，父亲母亲的形象总是不离左右，但是从本质上讲，他们常常是永恒的背景。在这个背景之下，班宇演绎、反思的却是他们自己这一代的人生。在《漫长的季节》里，除了面对病榻上的母亲，女儿一方面无私地极尽自己的孝心；另一方面，与丈夫的情感危机不断升级，以至于水火不容。夫妻之间的认知、"三观"和生活习惯都是拧巴的，因此，离家出走，或对前男友小雨的思念和幻想，就成为她对婚姻、理想的再度期待和现实寄托。《我年轻时的朋友》里，主人公怀着"总有一个人要离开"的冲动和意念，但他又不断地让自己惴惴不安："你所惧怕的事物总会来临，跑是跑不掉的。"所以说，这一代人的自我纠结，生命不能承受之轻，使得他们与"父一代"再度成为"陌生人"。

其实，在写作中，通过叙事反省、思考，呈现这些道德、伦理、人性的变迁等问题，是一件极其痛苦和艰难的事情。许多作家都可能产生某种窘态，叙事难以做到理直气壮，价值判断吞吞吐吐，刻意修饰，九曲八折，文无真情实感，思维方式亦无法调整。仔细想想，班宇这一代作家，能够以极大的勇气，凝视大历史阵痛中个体小历史生存与灵魂的困境，并以新的叙事话语、结构、美学风格呈现出来，确实在东北文学历史甚至是当代文学历史中书写出了浓墨重彩的一笔。

三

可以说，班宇的"东北叙事"文本，充分呈现出其审美的宽广度、自由度和独特的美学面貌，由此我们不免还会联系到班宇小说创作的叙事语言。从一定程度上讲，正是叙述中对沈阳或东北的地方方言的强力渗透和凸显，才使得班宇的"东北故事"获得更谙熟、浑融的承载。我想，对于一个作家的写作来说，最重要、最核心的问题就是语言，倘若语言不够到位，其整个创作必然是失败的。一个作家无论具备怎样厚实的文学感受、亲历的生活经验，具有怎样的想象力、结构力，但是，最终仍然需要他具有那属于自己"声调"和韵味的某种特定话语方式。作家阿来就特别强调作家写作时叙述语言及其"调性"的建立，他认为语言是魔法，它充满魅力，总是令其神迷目眩。我想，"好的语言，是写作者对事物、对生命、对现实充满朴素感知的语言方式，而语词是叙事的地基，叙述的声调，又会形成文本的质感，这些推动着叙述的踽踽独行"，可以说，"班宇是一上手就找到了自己叙述'调性'的作家。也许，正是叙述里东北方言的强力渗入，弥散出既粗粝又绵长的'空旷'之音，加之，班宇个人经验具有一种自明性的执拗，叙事中班宇式的语式、语调、节奏，跌宕起伏，使得班宇的叙事形态不拘一格，引人入胜"。[①]

那么，班宇文学语言的"调性"是什么？我想，就是叙事人话语和人物语言的交织错落，圆融一体。如果以声乐的音域层级分，应该时而是低沉的男中音，时而也有男低音的徘徊，还蕴藉着那种无法抑制的诗的抒情性。这种抒情性、音乐性常常呈现于情感的直接抒发，也有从日常场景切入某种人生体验和精神、心理空间中的自然婉曲流淌。

> 有一次她还问我女儿有多高，想要送件衣服，我想了半天，横起手掌，在半空中切割出一个位置，对她说，也许这么高。她撇撇嘴，转身走掉，我坐下来，目光平视，望着那个虚拟的高度，感觉过往时间忽至眼前，正在凝成一道未知的深渊。

无疑，在《双河》的这段描述中，"我"无限惆怅的情绪和隐约潜藏在其间的寓意，共同形成了"悲伤的诗意"。显然，"我"现在已经无法确知女儿的高度，关键是，此前的叙述仿佛一下子将日常生活

---

① 张学昕：《班宇东北叙事的荒寒美学》，《扬子江文学评论》2022年第2期。

的琐事拉扯到某种生命的终极体验。

> 我和言言靠在栏杆上，向山下望，葱绿之间，有一道灰白印迹，仿佛被雷电劈开的伤痕，那是我们行过的路径，如一段阶梯，开拓盘旋，不断向上，也像一道溪流，倾泻奔腾，不断向下。言言在我身边，我却想起彼处的赵昭，那时我们刚结婚不久，有一次同去海边，风吹万物，浪花北游，其余记忆却是混沌一片，旋绕于墨色的天空，但在这里，一切却十分清晰，山势平缓，如同空白之页，云在凝聚，人像大地或者植被，随风而去，向四方笔直伸展，淹没在所有事物的起点里。
> ……
> 言言在一边哭得很凶，我们谁都没有去管。我半闭着眼睛，在哭声里，却感受到窗外季节的行进，它掠过灰暗的天空侧翼，发出隆隆巨响，扑面袭来，仿佛要吞噬掉光线、房间与我；远处的河流在融化，浮冰被至瀑布的尽头，从高处下落，激荡山谷。在噪声与回声之间，我听见赵昭说，我有点事情，想跟你商量。我说，什么都不用讲，什么都不用，不需要的，赵昭，我们不需要的。

这也是《双河》里的两个段落。叙述的都是由当下的别样"风景"，即由自我之外的世界，引向别样的人生体验，选择走进"我"个人的世界，或走进与现实相反的另一个可然世界，而这正可能就是人生的真相。叙述转入近似抒情式的升华阶段时，文字就呈现出刻骨铭心的力量，同时又有一种低沉的喃喃自语的沉浸和隐痛。

与此相类似，"我赤裸着身体，浮出水面，望向来路，并没有看见隋菲和她的女儿，云层稀薄，天空贫乏而黯淡，我一路走回去，没有看见树、灰烬、火光与星系，岸上除我之外，再无他人，风将一切吹散，甚至在那些燃烧过的地面上，也找不到任何痕迹，不过这也不要紧，我想，像是一场午后的散步，我往前走一走，再走一走，只要我们都在岸边，总会再次遇见"。这是《冬泳》的结尾，充分表现出主人公在浮出水面之后"从水中扬起面庞，承接命运的无声飘落"的心境与情境。"我"与天空、云层、地面融为一体，我想，这时的主人公的心里涌动的一定是《命运交响曲》深沉的旋律，那种交织、缠绕着复杂情感的意绪，油然而生。

班宇诗性的语言源于他潮湿柔润的内心。在他的笔下，大雅大俗，互文互映；朴素到极致，诗性亦到极致。正所谓好的文学语言总是在事物的两极游弋，内在优雅的质感不断唤醒存在世界的寂寥与宁静。就像被称为糙米的语言，会让你在咀嚼中深感细腻丝滑，柔和沁香。班宇就是那种具有粗中有细、厚实而轻逸的品格、品位的东北汉子，他的灵秀灵动是任何外部事物都难以掩抑、遮蔽的。

最重要的是，我们感到班宇的写作是如此充分的放松，似乎没有任何框架的限制，这不仅形成他的文本风格，也显示出他自觉书写的愉悦和松弛。而正是这种放松、松弛，给班宇的叙述带来极大的自由。唯有自由的书写才是开阔的、宽广的和坚实的。我在想，为什么班宇在每一本书或作品发表时的作者简介里都是这样写的："班宇，1986年生，小说作者，沈阳人。曾用笔名坦克手贝吉塔。已出版小说集《冬泳》《逍遥游》《缓步》。"这个简介看似简洁，其实，它正体现出班宇的格局和自我认知的维度。班宇没有将自己写成"作家"，我感觉，这个"小说作者"的自我称谓，不仅体现着班宇个人的谦逊和内敛，而且，也说明班宇对于小说内涵及其文本与作者之间的隐秘关系，有着更自我、更清晰的理解。在《双河》中，班宇借用"元叙述"的小说策略和手段，坦诚地表达出他对"小说""虚构"的另一种理解。

　　我的心绪颇为不宁。一方面是因为刚才叙述的这篇小说，其实我已经想了很久，依照以往经验，我心中大致有数，既然故事讲述得如此清晰，那么往往也就不必再写了，几乎是不可能写好的，我从来都不是一位缜密规划再逐步实施的类型作者，将写作这种玄妙的智力活动当作项目施工进行分解，于我而言，多少会丧失一些趣味，所以整个故事到今晚为止，言言也许是唯一的读者，这没有什么了不起，我也能接受，并不觉遗憾，所有关于它的疑问可以告一段落。我也放松一些，不必为填补其中一个缺陷，再去完善说辞、牵引线索、编造情景，而这些混搅在一起，盘根错节，相互浸没，又会构成新的缺陷，最终落入往复的黑洞之中。今夜的讲述使我避免了这样的遭遇。

另一方面，在这样一个普通的山中夜晚，我竟然非常想念刘菲，当然，并不是小说里的虚构角色，而是我的那位朋友，不可否认的是，二者的形象在某一时刻是重合的，交错之后，又逐渐分离，互为映象，在时间里游荡，在讲述的过程中，有时我竟也十分恍惚，将对于这位虚构角色的情感转移到我的那位朋友身上，这是十分隐秘的经验，难以启齿，也没办法解释，我极力想要将二者分开，却无济于事。

班宇在上面这段文字里，看似是在讲述写小说的过程、既往规则、方法，以及作者需要如何处理经验的问题，但我认为他特别强调的却是："既然故事讲述得如此清晰，那么往往也就不必再写了，几乎是不可能写好的，我从来都不是一位缜密规划再逐步实施的类型作者，将写作这种玄妙的智力活动当作项目施工进行分解，于我而言，多少会丧失一些趣味。"在班宇看来，讲故事，或者说，叙述是不能"如此清晰"的，因为"我从来都不是一位缜密规划再逐步实施的类型作者"，也就是说，班宇最警惕自己成为一个"类型作者"。说到底，在一定程度上，这种"类型作者"往往就是遵循着某种叙事模板的"工匠"，正是班宇所不愿成为的。现在，我们愈发清楚，班宇叙事的自由度仍然在无限地放大，正在进入属于他自己的写作的"漫长的季节"。因此，班宇在小说故事、结构、细节、人物关系及其细部修辞层面，积极探索，在"词与物"的错位中寻找、获取小说写作的奥秘和真经。

在《双河》中，"我"与前妻赵昭、周亮是高中同学，在"我"

与赵昭之间，周亮始终充当知心好友的角色，而且，"他对我们的秘密了如指掌，而以我对他的认知，只要有乘虚而入的机会，他也一定是不会放过的"。班宇继续写道："反复盘旋在我脑中的，则是另一个可怕的想法。那便是，我忽然意识到，多年以来，我所了解的关于赵昭的私人生活，可能完全是周亮编造出来的（在与言言偶尔聊天时，我发现有些事件对应不上，她毫不知情也从未听说过母亲结交过男友），换句话说，我怀疑周亮在我的世界里重新塑造出来一个远方的赵昭。而这个形象，与现实中的赵昭，并不完全相符。

"我联想到的是，这些年来，我个人史上的许多重大时刻，诸如学业、工作或者婚姻等，在关键节点上，好像都有周亮参与，他的声音尖锐、激昂并且不容置疑，支持也好，反对也罢，总是有办法使我屈从于他的选择。也就是说，我仿佛一直在被周亮挟持着去生活，他或许才是我人生的隐秘驱力，想到这里，我有些不寒而栗，不敢再继续往下想了。"

在这里，作者对人物关系处理的纠结和质疑，成为人物"人生的隐秘驱力"，也成为叙事的动力。在这里，班宇借人物关系故意拆穿虚构的秘密，造成叙述中的回旋和枝蔓，从而让叙事变得更加扑朔迷离，而不那么清晰。也许，这恰恰构成、彰显了小说的智慧，产生出叙述的张力。小说就是要呈现生活、存在世界的可能性，因为叙事艺术所表现的很少是外部世界中任何单一的事物或事件、经验的摹本，它有时会向读者显示存在世界或现实生活中从未有的实质。周亮这个人物的设置，就是班宇有意让自己的叙述偏离现实、常识层面的意义，打破以往生活摹本的惯性，在写作中质疑道德、伦理和理性。正是这种具有"元叙述"意味的审美选择，让班宇的写作呈现出灵动的生机和活力。

进入《缓步》这部小说集的写作之后，班宇小说的实验性、探索性形态更加凸显。一些文本中复杂的叙事面貌，不时地显现出来。其中，肯定有班宇想突破包括"铁西区""下岗""底层""代际差异""子一代"等题材限制的叙事冲动，还有进一步打开自己叙事的空间维度，进一步写出历史和现实的宽度与厚度，拥有不断探索叙事新天地的美学追求。而且，这些书写中隐含着这一代作家的现实人生选择和价值、伦理取向，文字的后面，有现实，也有历史；有人性的微光，也有生命的脆弱；有炽热人心的烤灼，也有明暗交织、冷热相间的纠葛。在《缓步》里，班宇似乎完成了一次自我的穿越，筑牢了属于自己文学建筑的深层地基。

以《于洪》一篇为例，可以看出，《缓步》比前两部集子有了更大的延伸和拓展。"子一代"自己的故事，俨然成为叙事的主体。我感到，班宇的写作聚焦点，开始转向逆向思维地判断人和事物，诗意的氛围更为充盈，且常伴有哲学的顿悟。小说的文字让人置身于奔流的生命海洋里，从人物不安却自由的人生状态里，深切体味一代人的生命状态，感受动荡的生命之流。

《于洪》中，"我"和妻子郝洁讨论"辽宁""沈阳""于洪"等地名的来历和寓意，提到"于洪"之"于"是由"御洪"之"御"变更而来，意为"人于洪水之中"。于是，"水"在这里，便拥有了更大的隐喻意味。

我不知该说点什么，只好沉默。郝洁说，我也总怀愧疚，过去的事情，以为真的能过去，其实不行，不是说你，我自己也很艰难，迈不动步，多少年了，就困在这里，有时做梦，走在夜里，身后是水，一点一点不断迫近，只能朝前走，不敢回头，前面又是一片黑暗，什么都看不见，就想放弃，等着洪水吞噬，可怎么等也不来，人要是一旦不抱希望，等待死的降临，反而很漫长，不太好熬，这种守候没有尽头，后来你在我身边，拉着我的手，试着往前迈几步，我转头看着你，也看不清楚，人在咫尺，却又无比模糊，身边一切都是影子，自我之外，空无一物，什么都没有。我说，对不起，对不起。郝洁说，所以，今天你一说，我反而轻松一些，人与人之间，没那么亲密，花了不少力气，想往一起走，还是不行，以前不理解，现在体会过了，就能明白一些，你照顾我这么长时间，我很感激，现在时候到了，水往上升，奔涌

115

过来，将我们冲散，避也避不过，但我想，总有一天，它会再次变得舒缓、宁静，水面如镜子，阳光照不透，我从水中站起身来，低头看见自己。

　　郝洁在与"我"相识之前，曾经历过一段人生的灰暗期。为了生病母亲的医疗费和艰难生活窘境代人受孕却生子不成，成为她生命中不可饶恕的一次"劣迹"。这件事始终阴影般缠绕着她，也令"我"愈发地难以释怀。郝洁在生活的芜杂里寻找生命内在的清净，但现实始终令她生于梦境和困境之间，几经辗转之后，仍无法从情感、婚姻的死角中走出，深深体验到生命、命运的无奈。对于两个人来说，困顿、艰难时的人生、爱情或婚姻的选择，也许并非恰当，但是，唯有真实的过往，才能让人生沉潜而不虚妄。所以，郝洁的感慨需慢慢咀嚼，才有味道，她的悄然离去，更是充满生命的感伤。从班宇笔下的人物里，我分明嗅出了这一代比我们更艰难、更忧患的气息。就像三眼说的："这些年啊，谁过得都像一场梦"，但是"咱都得把梦做完"。文本叙述的最后，班宇通过三眼讲述的"故事"，将真实、梦幻、悬疑和杜撰聚合一处，以至于产生出"庄生梦蝶"的虚幻，"他的眼神至为恳切，恍惚之间，我甚至觉得他说的一切都是事实"。可以想见，这一代人的现实和梦想，也许会构成更大的生命、灵魂和命运的落差，在这样的跋涉里，甚至很少会出现可供灵魂停靠、歇息的精神驿站。

　　现在，我感到，班宇的文本所描摹的作为表象的世界可能更富于质感，小说的细部也会更清晰和分明。在班宇的小说里，我们很少看到自我纠结和惘然，其精神取向和审美选择是极其公允的、极富悲悯之心的。这种写作的自由度，让班宇能够破除叙事之中种种隐蔽的、小说模式可能有的预设、规约，从而让文本真实地获得朴素、自然的显现形态。而且，班宇的写作，让我们看到了写实的无限可能性，也看到他叙事的逻辑方式和认知事物的角度。他讲述的故事的背后，总是有着班宇式的低沉而有力的声音。而且，伴随其间的每一个动作、每一个声响、每一个物体、每一个空间、每一个幻象、每一场对话，都极有可能直接影响到文本叙事的转折。

　　归结起来说，虽然班宇只有五六年在当代文坛崭露头角的写作经历，但是其对个人经验的处理、叙述的策略，即"讲故事的方法"，却已经日益表现得既质朴又老到，既入俗又脱俗。文本"形而上"和"形而下"的美学形态，在叙述中已经得到很好的审美的、艺术的融合。他对许多情感、心理、伦理、灵魂层面的描述，也十分大胆，不妨说，有些已经溢出俗世边界，在放诞中营构出小说结构自身的某些张力。班宇应该算是那种既有天赋又勤奋的小说家，其文本叙述介于故事和"说话"之间，叙事结构、情节上也不做过分的渲染。叙述可谓大大方方，本真而率性，舒舒展展，毫不羁绊，文字里有的是无拘无束的性情，一切都仿佛顺其自然，洒脱无束。他写生命和情感的苦楚、悲伤，但又带有"含泪的微笑"，描摹人物的隐忍中不时渗透出人性的微光。他总是以一种坦诚的目光打量人，没有特立独行地去刻意建构所谓"叙事结构"的谨严、完整，却是保持着文本自由、自足而坦然的姿态。对于一位当代青年作家或者说写作者而言，能够以自己的书写深描当代社会以及人的心灵，以动人的文字力量影响当代人的灵魂本质和精神形态，实在是难能可贵。或许，班宇未来的写作，需要从传统的叙事方法和经验中翻出新意，从而拥有、保持独创性的品质。这就不仅要打破既往中国小说的叙述逻辑，实现自己的叙事革命，更加需要有正确的价值观、审美观和认知，唯此，才可能进入文学写作的自在自为的自如境地。

弋舟论

一

毫无疑问，弋舟是当代最重要的小说家之一。二十余年来，他以自己的小说写作实绩，不断地在小说叙述上进行自我挑战，日益引人注目。而且，弋舟文学叙事的潜力和韧力尤为惊人，他的长篇、中篇和短篇小说，均可谓运思敏捷、奇诡，文本内外，持续呈现出具有强烈文本建构意识的耐心与从容。近些年，弋舟在西安、兰州一带游走，使得这位极具天赋的作家，更具俗世的"触感"和"警觉"。从根本上讲，他不仅竭尽一己之力，在文学叙事和个人生命体悟之间"仰观象于玄表"，而且，常在落墨之际，张扬起梦想与现实对话的活力。弋舟的写作，彰显出灵魂观照、审美精神、小说意识的自觉。这种自觉，让他的写作，悄然走到我们时代文学叙事的前列。

在阅读弋舟几乎所有的小说文本之后，我们更加坚信，弋舟是那种倾心于心智、敬畏小说本身的智慧，将叙述本身诉之于情感、心理和灵魂的作家。多年以来，他执着地以自己的价值观、世界观、美学观来感悟和解析存在世界，以及自己内心所感悟到的真实维度。让叙事深入到人与事物及其关系的肌理，既察纳"微妙不可言传之物"，又沉潜人性、心理幽深之地，细吟密咏，捕捉生活的内在性质和本色底蕴，破解社会、生命、命运、身体、意识的多重谜语。可以看到，弋舟始终坚持在自己的精神趣味里，选择自己认识和表现生活的叙事视角和策略，确立逼视人物情感、灵魂的方向。实际上，他并不想利用自己的文字或任何"乖巧"，来为复杂的现实做出某种预设，或重新对存在世界、人性肆意进行"编程"。因此，"如何借助叙述，穿透人的表层生存状况和生存行为，沉潜到作为存在主体的人及其人性、灵魂的最深处，并生发出具有深刻感悟力的文字，就成为弋舟写作的最大伦理目标。无疑，这也成为弋舟对人的存在本身极富质感且执拗的生命解码过程"①。

　　显然，在漫长的写作过程和不菲的文本体量中，弋舟所体现出的对生活、对生命状态的感悟和沉思，他举重若轻的讲故事能力，他自觉的文体意识和富于变化的语言策略，包括他设置、处理个人与现实关系的隐喻，使得他成为"70年代出生"一代作家的翘楚。尤其是，弋舟作为一位小说家的职业操守和虔诚之心，他对小说创作的痴心和迷恋，对叙事文学的不竭探索，宿命般地决定着属于他自己感知世界、进入世界的叙述方式。令其深怀并饱有如此"自觉"之心，又进一步将想象力和语言天赋，转化为文学"教养"、审美立场和精神信仰，充盈在美妙的文字和叙述的秘境里，使得文本变得更加熠熠生辉。可以说，1980年代末苏童、余华、格非、孙甘露等之后，弋舟的出现，在很大程度上"延宕"、充实、丰富或光大了"先锋"一脉的虚构、修辞和诗学品质及其浪漫奇诡的"流风余韵"。而且，近些年弋舟"有过之无不及"地走上另一美学路径，这就使他与他的"同代"作家得以区别开来。所以，弋舟一出现，从他文本体现出的"手筋"和格局，我们就将其视为最可期待的好作家。在此，我们想用"跋涉"一词，来描述和形容弋舟的写作形态。我们能够感受到弋舟最初写作时内心的苍凉、警觉、审慎和犹疑，"弋舟"，甚至可以被理解为"游弋之舟""犹疑之舟"。社会变革与人间潮流，喧嚣世界和人性畸变，不时地激发弋舟的情怀与担当，冲出时代灵魂土壤上一块块"生荒地"。因此，"跋涉"也就构成弋舟写作的心理、精神状态，成为他在现实与梦想、感性与理性、具象和抽象、沉湎与腾挪之间，释

---

① 张学昕：《短篇小说的"随园"——读弋舟的两个短篇小说》，《长城》2021年第5期。

放幽思、体味生灵、揣摩和悟道的常态。弋舟是一个严谨的作家，十余年来，始终在寻找自己的叙事话语，对现实深思熟虑，直面存在而"凌空蹈虚"。他在叙述中思辨，努力建立富有个性化的诗学；在困厄中体悟生命、人性和命运，摆正自己作为写作者的"角色"；在描摹人物的时候不断确证自己的身份，也不断地重申自己的审美立场。

二

《跛足之年》和《蝌蚪》，无疑是弋舟两部重要的长篇小说，它们体现着弋舟叙事的美学追求和哲性沉思。我们坚信，这将是弋舟未来可以"留下来"的、不可忽略的重要作品。当然，它们也是我们赖以深入弋舟的写作，探讨其整体审美面貌和特性时，永远也绕不过去的关键性文本。显然，这是两部极具"自传性"色彩的文本，其中蕴藉着大量弋舟个人与现实的"对话""博弈"的成分。也可以说，是一代人的灵魂心电图和精神成长史。它们从各自不同的两个较大的叙事"界面"，从容地展开人物、生活和存在世界的场景，敞开枝繁叶茂的心理空间和精神维度。我们在此所说的"自传性"，是意在试图打通弋舟个人经验、精神性历程和写作发生之间种种隐秘关系等潜在因素。因为，这是进入任何作家的文本世界的大门，是破译作家、叙事者和"主人公"关系的重要途径和渠道。实际上，我们从他的大量中短篇小说里，早已感受到他对生命、命运、情感的沉潜性表达。不可否认，弋舟是探索、书写生命本真状态和情感世界的高手。其文字切入人性深处，从发掘人与人最隐秘的精神和心理关系层面，洞悉命运的玄机，拯救灵魂的轨迹，这更是弋舟所擅长。他能够在这里悉心地开垦出许多"生荒地""熟荒地"，踏勘"盲区"。我们一直想探寻，弋舟这两部长篇小说《跛足之年》和《蝌蚪》，与余华的《在细雨中呼喊》和苏童的《城北地带》《河岸》《黄雀记》等文本之间存在怎样的精神联系。当然，生于1972年的弋舟，与前面两位在"代际"上的"黏着度"不言而喻。《蝌蚪》描摹的年代，与苏童、余华文本叙述的年代具有不可逾越的连续性。弋舟的叙述，更是将"文本讲述的年代"和"讲述文本的年代"做出"穿越"性处置。我们感觉，弋舟似乎从未有过长篇小说写作的压力，那些有着一定叙事长度的文本，更像是弋舟边走边看，从容不迫，沉浸于广阔生活深处的"长考"。所以，尽管他的《春秋误》《巴格达斜阳》《战事》等问世后，并没有受到应有的关注和研讨，没有产生较大的"轰动效应"，但弋舟仍然"我行我素"地执着探索，寻找并建立属于自己的叙事结构和话语方式。

从长篇小说《蝌蚪》的表现题材看，弋舟选择个人性较强的视角，细腻地再现和描摹人物成长中的心理、情感变化，在书写人物关系及其纠结时，深度地呈现着人性的变化和命运的无常。心理、个性、人性与现实处境的对峙或交融，构成叙事的重要因素。初读这部作品时，我们可能会以为这是一部"成长小说"，感觉它旨在表现"生命的觉悟"，甚至还会将其作为弋舟另一部小说《刘晓东》的"前传"。以为郭卡"后来的生活"，恰好可以"延续"刘晓东作为中年男性知识分子的未来生活道路。而弋舟宣称"刘晓东"恰恰是对"自己"的书写。"写作《刘晓东》时，我的生命状态处在黑暗的低谷中，它唤醒的，是我的'肉体感'，而这'肉体感'，只能依靠切己的现实经验来还原。'刘晓东'太像我，那么好吧，这一次，我写写自己吧。"① 说到《刘晓东》，这部由三个中篇小说《等深》《而黑夜已至》《所有路的尽头》组合而成的"小长篇"，虽因一个人物"贯穿"起故事和叙述，但它力图表达的却是超越个人性的社会和时代的难题。可以说，它要写出个人在时代的风云际会里的沉浮，成功或溃败、尊严和无奈。弋舟强调这部小说是对自己的反省，是一次强烈的叙事诉求。他的写作目的就是要写出"一个时代的个人"。现在，我们面对这部《蝌蚪》，虽然它疑似《刘晓东》的"前传"，但是，我们认为它所涵括的精神意义、肉体和灵魂层面的深度思考，已经充分地显示出叙事诗学或哲性诗学的高度。当然，这也是我们认为、判断弋舟已经进入到更高叙事层次的理由。

---

① 弋舟：《犹在缸中》，甘肃文化出版社 2016 年版，第 196 页。

那么，《蝌蚪》究竟是一部怎样的小说？它想告诉我们一个什么样的故事呢？弋舟在这部长篇小说里，究竟想要呈现怎样的"生活"？他为什么要如此地呈现，价值何在？我们这个时代，到底需要怎样的灵魂的修缮和整饬？回过头讲，关于"生活"的内涵，当然可以有无尽的感慨、诠释和阐发。在常人看来，生活就是所有生命的社会性活动，其中有"自觉性"的、自然性的、本然的或本能的；对于个人来讲，涉及生命主体的心理、精神、灵魂、自由、尊严、道德、法律、伦理和人性等等。在这里，它绝不等于一棵树、一只鸟、一条鱼的生物性生活，也不等同于缺乏自我意识的庸庸碌碌的生活，甚至也不是指一般的社会生活。作家们所意味的生活，往往是基于生命的个人创造，或者说业已被艺术化、"被改造"、被重构的精神生活。《蝌蚪》里郭有持、郭卡、徐末、马斯丽、管生和庞安的"生活"，就是弋舟笔下被"还原"和"升华"进行双重"再现"的生活。这些人物，在时代生活、现实的强力裹挟下，个人生活及其心理、灵魂状态呈现难以自持的反叛性和自我颠覆性，与存在世界和"他者"均呈现为"断裂"式龃龉。主要是，我们感觉弋舟还要写出至少两代人的"空茫"。

在《蝌蚪》中，弋舟警觉地意识到我们生活中最大的难题和纠结所在，就是人自身"认识你自己"的难度。郭卡的成长，早年始终处于被笼罩、被遮蔽的"顺从"状态，生命的主体性、自我意识几乎是不存在或"懵懂"的。他的父亲郭有持则是一个在特定年代里逡巡、游弋在社会边缘的人。他在那种惯性的行为模式和思维状态里，无法自拔。在这里，"蝌蚪"很明显是一个极其特别的意象。它可以恰切地描述、形容生命"初始"状态的神奇，并能够呈现生命蜕变前的趋向和动物的本然意味。生物学在研究这一幼体时，主要是关注到它们作为两栖类个体发育的初级阶段，它们在行将成为蛙或蟾蜍时，已经具有的质的微弱差异和成体过程中的变态发育。通过"蝌蚪"这种自我演化、自我分裂的过程，喻示生物与人在"混沌期"时相近的、自然的暧昧状态，其心理、情感、行为方式的种种吊诡，以此深入发掘、呈现人性濒临边界时的空茫。可见，这里的"雌雄同体"，就成为另一种用来形容人性"原初"状态的比喻。我们感觉，弋舟就是想细腻地呈现人作为社会存在物，在大世界的动荡变迁中的命运沉浮。人在社会生活这个"巨流河"的汹涌波涛里，或随波逐流，或逆旅而行，或被生活的潜流唤醒并激发起生命主体直面存在的心理和精神自觉。郭有持、郭卡、徐未、李鸣鸣、马斯丽、管生，这些人物都仿佛溪流里的蝌蚪，虽然都有各自的"染色体"，但在历史、现实、生活的大江大河里不免会狼奔豕突般挣扎。或许，弋舟为我们提供了在一个特殊层面，对人性及其可能性进行"反观"和省察的新视角。关键是，弋舟重在发掘生命本身的内在之变与外在环境等因素的抗衡、相互制约。在此，弋舟偶尔会"暂时"放弃或"忽略"对人物的道德、伦理考量，只是通过对他们内在隐秘的呈现，凸显其欲望和理性的互渗。小说中人物错综的"连环式"或"叠加"关系，增加了对生活的复杂性表现的难度。我们注意到，弋舟笔下的人物，大多被"放逐"于社会生活的旋流，但他们在有限度的生存维度，几乎很难做出有意义的事情。他们都努力了却几乎没有成功，这仿佛命中注定。弋舟写出这些不成功人物的生活无可非议，因为他表达了支撑他们生命的大事和小事，写到了他们在破碎生活面前的不安、困顿，也表现出本色的状态。在这部长篇里，我隐约看到了苏童《城北地带》和《南方的堕落》的影子。同时，疑似余华的《在细雨中呼喊》《许三观卖血记》的语境，也不时在叙事中若隐若现。显然，这种"氛围"，在当代小说文本中已不多见。近十几年来，作家的审美趣味和叙事伦理的变化，直接影响到文本形态的发展和转变。可以说，弋舟在故事的密度、结构和叙述的精致、情感和灵魂发掘层面的呈现，已经做出不凡的、令人欣喜的努力。

三

　　无论是短篇小说《赋格》《随园》《会游泳的溺水者》，还是《如在水底，如在空中》《平行》《夏蜂》《出警》，包括早期的短篇小说《赖印》《谁是拉飞驰》《空调上的婴儿》和长篇小说《跛足之年》，弋舟的大量文本，都是在表层叙事的背后，隐逸着一种特别敏锐的精神主线，拖曳出超越现实本身那种"实在"故事之外的深刻"意味"。在这里，我们不妨再度考量弋舟叙事的"先锋性"品质。就是说，弋舟叙述所呈现的文本形态，都较少充分地展现、"深描"具体的生活场景和存在图像，更多的却是沉浸于人物精神状态的投射，特别是捕捉人物心理层面的内在变动。弋舟似乎决意要在故事、情节和细部之外，寻求和呈示出具有高度概括性的"抽象"理念。叙述中，经验、反思和生活现场的描摹融为一体，"合成"或构建出新的情境——一种被过滤、整合、衍生的"现实"。或许，这也是许多具有"先锋"情结的作家都试图选择的叙事策略和叙事路径。看上去，弋舟似乎没有做出什么极端的、反传统的叙事策略，而只是赋予"原材料"以独立于故事之外的奇特的想象和"塑形"，传统现实主义的根底并不削弱。只不过弋舟"制造"出的"新现实"，试图剥离掉现实的"伪善"和欺骗性，切入存在肌理，并超越"自然主义"的平庸，让喜剧和悲剧因素杂糅，让人物或事物在现实情境里生发出寓意积存的反讽性。就是说，虽然一个小说文本应该具有更大的引申义和宽广的包容性，却并非以所谓彻底"切割"写实主义来重新链接、搭建叙述结构。小说精神、义化、哲学"意味"的获得，就是让具象的细节、细部，渐渐退居幕后，成为存在、事物的氤氲。这样，我们就会在阅读中抽象、剥离出事物的诗性价值。因此，虚无，被弋舟本人认定是自己最顽固的生命感受，也是他所理解的最高的审美终点。这似乎构成弋舟叙事的一个基本的面向："以虚无至实有，这不但是写作诉求，也是我生命本身的企图。我想拯救自己，想有更为朴素的审美能力。"① 正如前文所提及的，《蝌蚪》叙事中所有的人物、情节、故事及其"铺排"，都是弋舟要抵达"洞见和广度"所做出的精心设计和具有"仪式感"的置放。虽然"道具"、背景、人物身份等都是从生活和想象演化而来，但小说家以其"化腐朽为神奇"的本领，已经给它们赋予了全新的意义。叙述使得"现实之实"变成某种"虚拟之在"，而后

---

① 弋舟：《犹在缸中》，甘肃文化出版社 2016 年版，第 207 页。

者同样令"凌空蹈虚"的隐喻、寓言和比拟,成为弥漫着抽象、理性之思的"实存"和现实。

弋舟的叙事格局、气象、智慧或抱负,就是要摆脱平庸的叙述,"扭转"现实对可能性的覆盖和消弭,超越以往"忠实""臣服"于所谓"现实"的"犬儒"姿态。一方面,他既想将人物、故事、经验、生活朴实地聚焦在写实的路数上,让其保持最基本的存在框架;另一方面,他更愿意"凌空蹈虚",把一切彻骨的体验和想象进行整饬、升华、过滤,这些故事或叙事,就演化为奇崛的人生故事或人间寓言,对世间万物的理解蕴含隐喻,以空幻与变形的笔法直面俗世人生,使人的命运于平淡中见出奇异。当然,叙事的张力就缘此而出,作家的"自我",也与文本一起幻化成朴素的、根深蒂固的叙事尊严。或许,这也是作家区别于常人的"第三只眼"的"冷眼旁观"。其实,这是一个"孤独"的视角,它的可贵在于,叙事常常在"若无其事"的状态里就完成对现实令人惊悚的"扭转"。

在弋舟最重要的短篇小说《随园》里,弋舟的叙述让杨洁这个人物的个性在文本中从容不迫地展开。他描述一个迷恋戈壁滩、皑皑雪山、雪峰和"白骨"的女性,杨洁崇尚自然,在生活和现实面前,摈弃虚伪,自由奔放。她仿佛只有在大自然的雄浑、伟力和壮丽中,才能感受到生命内在的自由和美好。杨洁的天性里,向往地老天荒,寻找亘古的意义。她幻想在戈壁滩的某处,找到那块传说中的弃尸之地,在粗沙砾石之间,发掘出如枯死的胡杨一样的白骨。显然,弋舟试图将其对人性的探索,引向最接近自然的"原生态"层面。而在杨洁眼里,俗世人生的一切都是虚有其表,充满"戏仿"的喜剧元素,她只要做出"不折不扣一副女人的样子"。初涉生活的杨洁,好像没有"学步"阶段,大学时代就特立独行,有自己的价值取向和人生哲学,始终在找寻属于自己的生活道路。她对于"诗和远方"似有自己与众不同的理解,她既可以风风火火"闯九州",也可以随遇而安,平静地生活。她在自己的生存状态里,感受、追索意义和价值,或诗意地沉醉于自我的生命本体,在"此刻"的怀古之幽情中,穿越时间和空间的心理隧道,率性、浪漫地游走世界;或"凌驾"于俗世生活之上，抵抗任何伪善和虚妄，摆脱现实的惆怅，遁入玄思，在形而上的疆域自由地驰骋。可以说，弋舟在这个单纯而复杂的人物身上寄予着"非现实"的期待，因此，弋舟始终让她与自身、与环境维系着基本"平衡"的状态。这样，我们在杨洁这个人物身上，也就不会过于在意其道德呈现状态，而会特别关注她如何在理想、浪漫与现实、俗世人生之间，怎样不断地腾挪。从一定意义上讲，自由不仅是个人的天性、禀赋，更是与众不同、对待现实生活的能力。在现实生活里，我们受到很多的束缚和限制，诸如道德、伦理、法律、世俗，约定俗成的规矩、惯性，无时无刻不对人的行为和思想做出无条件的规范。由此可以引申出，"时髦""时尚"也应该算是一种自由的能力。对每一位生命个体而言，世俗既无悲观，也无乐观，本应该是"无观"的自在。一个人到底能在多大程度上获得身心的"自在"？我们认为，这不外乎内外两方面的因素：自身和环境的对峙或和谐，打碎宿命的囚笼，消除失败感；坚忍、坚韧地直面存在世界的庸俗和卑贱，甚至不惜放逐自身。这恰恰是杨洁隐秘的人生诉求。半只乳房的缺失，令她必须面对生命被"切割"之后的残缺，但杨洁自有其执着地与俗世抗衡的勇气。这与另一个人物薛子仪的形同囚徒、自暴自弃的挫败感，形成鲜明对照。直面而不龟缩，这是在张扬存在的勇气。显而易见，这篇小说并不仅仅是对身体的思考，更是对信念、存在理由和依据的终极寻找。杨洁的未来境遇，似乎并不是弋舟叙述所要关注的焦点，叙事的重心当然在主人公当下的主体活动过程。叙述一直朝着让杨洁摆脱人生的虚妄、怅然若失的同时，获得生命的尊严感的方向渐近。而这一点，却是我们所没有预料到的。那么，弋舟要塑造这样一位女性的目的和理由，便可想而知。

我们已经看到，近些年弋舟的许多短篇小说，除了呈现出自信、"圆熟"的状态外，故事和人物在文本结构里，兀自产生强劲的"内爆力"，也是构成弋舟叙事重要特征的主要方面。而且，其内在的精神、价值趋向就是要"将'死寂'努力写出生机，将欢宴写出残局，这肯定不是在彰显自己与众不同，它不是噱头，它是世界观。怎样写出这样的效果，是技术，有这样的自觉，是'腿长'"①。所谓叙事的自觉，在弋舟这里，已经体现为既有理论自信又有践行策略的写作状态，或者说，这也体现为一个作家的责任。前文提及的《随园》里的人物杨洁，就是在表面喧嚣、实则"死寂"的，复杂的现实生存境遇里，在灵魂上打破束缚和限制，撞击着现实的"荒寒"和苦涩的情感、精神世界，最终走出自己的灵魂苦境。弋舟的另一个短篇小说《夏蜂》，也是在貌似平静的文本形态下，舒缓而从容地演绎出极具"内爆力"的沉重至深的情境，撼人心魄，催人泪下。无疑，这是一个"摄取"自所谓最"底层"的、看上去也并不新鲜的叙事。这篇作品叙述一位在"有钱人"家里做保姆，与男主人丁先生"发生关系"并怀孕的女性，如何领着未谙世事的孩子，去找主人讨个"说法"的故事。显然，小说的叙述刻意选择一个孩子的视角。这个父亲长年在南方打工的孩子，懵懂地跟随着母亲奔波到省城。在途中，在丁先生家里，他都隐约地感到母亲以及丁先生以及成人世界的种种古怪。整个行程，或者说全部的"过程"，男孩都是在困惑、不解和被"压抑"的状态中度过的。弋舟似乎就是有意地将这个男孩置放在未知、迷茫的维度里，"切割"掉他与成人世界的真实联系。这并不是说成人世界的"隐秘"有多么不可告人，而是我们觉得弋舟恰恰想撕碎人性中虚伪和无耻的面具。进一步讲，我们觉得弋舟是在描述一个社会里灵魂的"堕落"。从客车上那个猥琐的男人的好奇、打探开始，旅途就是一个巨大的悬念。这个悬念不仅关乎母子此行的目的，更在于母亲与丁先生见面可能遭遇的情景和结果。吊诡的是，丁先生和他的太太竟然都寡廉鲜耻般与这位保姆——"母亲"，做了一次平静的"和谈"，丁太太给予"母亲"一只牛皮纸信封袋之后，一切都得以顺利"解决"。弋舟这样"处理"男主人使得保姆意外怀孕这一"事件"，难道是一件顺理成章的事情吗？丁太太与这位受到伤害的前保姆在楼上"谈判"的时候，丁先生正与男孩调侃："你想不想要一个小弟弟？""你可能会有一个。""不过很快应该就又没啦。"这位丁先生，进一

---

① 弋舟：《犹在缸中》，甘肃文化出版社 2016 年版，第 169 页。

步无厘头地要求男孩能否"替我跟你妈妈说声对不起，给她道个歉"。这分明是极端恶劣的、流氓式、令人发指的得意忘形。读到这里的时候，我们想到了鲁迅的一系列小说，也想到莫言的《拇指铐》和余华的《黄昏里的男孩》——这些书写恶人如何"屠戮"人性之善、人之赢弱的文本。问题是，直到最后男孩依然处于极度迷惑、恍惚的状态，成人世界的诡异，无法形成令人清晰地判断人和事物的逻辑。当男孩在省城巷子里看到，从小诊所出来的穿白大褂的护士，将一桶血糊糊的垃圾倾倒在一堆鸡下水里，随之生发出的恶心、呕吐。这与母亲一路的"呕吐"，共同形成一个富有"通感"的隐喻表达。

无论对于《随园》里的杨洁，还是《夏蜂》中的这位母亲，尽管前者看上去是"向上的"，后者体现为向下的、压抑的、沉重而又缺失尊严感的，两者都是现代社会滋生、繁衍出的心理、精神的病症，都是直指灵魂的，都是具有悲剧性的存在。所以说，无法知晓自己命运的个人，身处复杂、残酷的现实之中，或遭受毁灭性的孤独，或做出无奈的隐忍，都是不可忽视的悲剧性存在。这些，不仅唤醒了我们的悲悯之心，也让我们在对俗世生活的惊悸中，省察自身存在的理由。也许，恰恰是这种叙事伦理和逻辑，体现出作家想象力、结构力之高妙。

四

一位优秀的小说家，一定是一位文体家，既能够恰切地把握好"叙事"和"叙述"之间、细节和"细部"之间微妙的差异，自然也是擅长"细部修辞"的高手。从一定意义上讲，细节、细部的捕捉和描摹，也是判断一位作家是否具备驾驭题材、结构和语言"内功"的前提。或许，因为他们早就意识到"细节"以及"细部"更具有内在的震撼力，作家虚构和想象世界的空间才会飘逸而浩瀚。实质上，作家在发现生活和表现生活的时候，是根本不需要虚张声势地给生活、时代过分地命名的。我们的时代，很多时候就不需要制造出那么大且多的声音甚至是"噪音"。那些能够发现生活真正价值和美好的人，如同挖掘到黄金一样，是不会虚张声势、大声喊叫的。人人都在生活，在每一位行路者的旅途中，最终留下的，都是自己独特而鲜明的印迹；他们所发出的声音，也不一定都要遵循某种固定的样式和模板。因此，"谁能够发现一种富于个性的细微的声音，谁能洞悉到一个个生命方向上的正路、岔路、窄路和死路，谁能在一个大的喧嚣的俗世里面，感受或者感悟到一个普通心灵的质地，就可能产生一种驾轻就熟、举重若轻的大手笔。这是一种能剔除杂质的目光，这种目光才会发现一种眼神，这是一种大音希声的声音，这种声音才能传达细节的气氛和气息，这也是一种大象无形的抚摸，这种抚摸会在一种事物上面感知大千世界、万物众生"①。这样的话，作家的写作，他的叙事，就不担心细小和琐屑。因为，世界就是由无数琐碎的事物构成的，作家只要把点石成金般的才华、质朴、心智、关怀和良知，与现实生活中无数细小的东西连起来，就会形成一个巨大的张力场，作家在这样的场域中写作，给人的感觉就会非常特别。从某种意义上讲，作品中充满生活细节的文本，都与作家对生活的感情和爱密切相关。在弋舟看来："对于'细节'的重视，对于'观察力'的要求，大概算是毋庸置疑的基本素养吧？这是否也是我性格里'循规蹈矩'那一面的反映？我的性格多面，大概只有写作之事能够将其统摄成一个相对完整与稳固的状态，这也是写作对于我的矫正。"②弋舟在分析卡夫卡短篇小说时，还特别注意到卡夫卡一贯的创作手法——"在整体的荒诞之中，每个细节却是煞有介事地非常真实"。这是否可以说，无论作家要呈现什么样的存在和语境，唯有细节或细部才是能够焕发"存在感"的实存。就是说，当一个作家知道自己写什么的时候，他在一定程度上就已经拟定或预设了叙事的空间维度，而发现应该聚焦的生活，洞悉其间或背后潜藏的价值体系，对时代生活做出深

---

① 张学昕：《细部修辞的力量——当代小说叙事研究之一》，《中国现代文学研究丛刊》2013 年第 7 期。

② 弋舟：《犹在缸中》，甘肃文化出版社 2016 年版，第 201 页。

刻判断，可以视为从整体到细部最基本的文本编码。其中，其实已经"潜伏"着怎样叙述的倾向。因此，修辞是一种发现的能力，"细部修辞"，则是用心地发现存在世界"痛点"的途径，是整饬生活的独到选择，是一种最为朴素的策略。虽然在文本里细部、细节无处不在，但绝不仅仅是作为语言层面问题来加以考量的。而且，作家的细部修辞，在生活面前并不是无处不在的，经意或不经意的遗漏、"留白"和"空缺"，往往也可能就是最重要的细部修辞。可以说，弋舟的小说，格外注重叙事过程中细部呈现的力量与品质，是因为弋舟在写作中早已意识到细节和细部，是支撑叙述的坚实的"物质外壳"和洞幽抉微的本体元素。不妨这样讲，细节和细部，是叙述中最能够揭示与呈现人物、事物品质的"物语"。在长篇小说《跛足年代》和《蝌蚪》中，主要人物马领、马袖和郭卡的生命状态、存在意识、主体认知、话语方式，以及人物之间的种种微妙关系，都被渗透在无数细小、传神、灵动而经典的画面和冲突里。《跛足之年》被认为是一部具有存在主义意味的长篇小说，对于人与事物"原生态"甚至有些粗粝的描摹，俯拾皆是，凸显出人如何和怎样沉陷挣扎于困顿、"空茫"、琐屑的日常生活。

马领开始打扫房间。地上有很多头发，长短混杂，不是他的就是罗小鸽的，扫到一起居然有那么多。看着这堆头发马领不禁呆了，他震惊于毛发从他们身体上一落千丈地离去和因此揭示出的不可遏止的颓唐之势。马领拼命忍回了即将流下的眼泪，如果在这间屋子里同时有两个男青年像狗一样地哭泣，会是种什么样的局面？

马领继续用抹布擦拭灰尘，擦到人造革的沙发上，他推推老康，后者让开一点，头继续埋着哭泣。老康不知道是马领把这个权利让给了他一人独享，哭得心安理得，等马领擦拭干他流在沙发靠背上的涕泪，接着又把脸贴上去干干净净地哭。

在《蝌蚪》里，依靠细部支撑情境的场景更是比比皆是。文本中人物敏感的神经、细小或夸张的动作、难以捉摸的复杂情态和情感、迷离的眼神，人与人之间的纠葛，都多元、多维地呈现出来。它们都遵从人性、欲望、冲动、梦想的驱使，成为字里行间的精神敏感点和叙述爆破点，如文字的精灵、精神的闪电，充盈着人物感性、理想、浪漫的活力。我们相信，弋舟所言的"煞有介事地非常真实"，一定是直抵事物细微之处的修辞，"容纳了对生命最敏锐的察觉"[1]，这无疑是作家弋舟与他笔下的人物，一起钻探出来的生命隧道。这条隧道的"端口"盘桓着人的孤独、忧伤、自信、勇敢、犹疑和梦幻，散发着寓言的意味。在这里，需要我们目光如炬，耳朵灵敏尖细，时刻葆有对这个繁复、神秘、严峻或时而习焉不察的生活、存在世界的惊奇，发现事物和人性的多面性，注视、凝视并思考它。在弋舟的短篇小说《发生笛》《巨型鱼缸》《但求杯水》《巴别尔没有离开天通苑》等大量文本中，都彰显出弋舟沉潜"细部"的叙事才华，他总是能通过细节、细部来再现生活和人最本色的质地和样貌。那些灵动的文字，充满智性、智慧的光泽，有力地驱散存在于人物内心颓靡、消极的阴影。

可以说，弋舟有着强烈的文体意识，这一点毋庸置疑。良好的结构感、语言感，使得弋舟在现实、生活和文本之间找到充分的意义表达空间。细节描摹、细部修辞弥散出人物真实的生命气息，弋舟与人物有着真切的情感"沟通"和智力沟通，让小说的意义来自小说，避免叙述中个性化的矫情和自以为是，这种意识在弋舟文本里表现得异常强烈。而他对细部呈现的重视，使得叙述显示出他把握、描摹事物本真形态的"手筋"，既主动去周密地"转换"生活经验，不做华而不实的铺排，又尊重小说叙述本身的智慧。我们应该相信，"任何一个时代、任何一位作家的写作，无不追求以一种独到的文学叙述，表达历史和现实、人生与世界的存在及相互联系。也就是说，作家们无不努力以'历史地''美学地'呈现，'说'出他们所处时代生活、现

---

① 弋舟：《跛足之年》，安徽文艺出版社 2015 年版，第 329 页。

实、人性的丰富性与复杂性，包括一个时代的精神性存在状态。在当代，当我们面对一个时代复杂的精神状况、一个时代的灵魂状况的时候，必然涉及如何面对存在世界形而下和形而上的种种问题，如何去表现和把握，其中最重要的就是作家怎样才能摆脱和超越以往文学表达、文学想象的局限性，以及传统艺术模式、惯性的束缚和制约"①。对于弋舟而言，叙述，不仅是"历史地""美学地"呈现存在世界和事物本身，而是进入"人的世界"。所以，弋舟就更愿意"心灵地""灵魂地"淘洗生活。所以，弋舟的叙述富有激情而常常沉溺情境，游弋并耽于心理和灵魂深处。他甘于渺小，只去写自己知道、喜欢的东西；本乎心性，源于灵魂，按照自身具有个性的审美体验表达自我。前面论及弋舟写作对叙事及其细部修辞的重视，"细部修辞"是对文本进行整体性把握的关键要素。除此，弋舟还将小说的命名视为不可忽视、随性的写作策略。"说句狠话：小说即命名。一个作家的气度，抱负，审美，都在命名里了。"②显然，命名是作家对世界做出整体性观照之后生成的一种判断，命名是判断的结果和呈现存在世界的形态。像短篇《随园》《平行》和长篇《蝌蚪》的名字，俨然已成为一个个重要的意象。可以假设一下，倘若不是现在这样的命名，叙事所创造的氛围、语境和引申义都将无从落实。从一定意义上讲，命名具有宿命的味道。像苏童的若干小说：《妻妾成群》《园艺》《妇女生活》《西瓜船》《桥上的疯妈妈》，都透出一股股不可抗拒的灵气。其实，无论是文本命意还是叙述过程，除了埋藏着作家的睿智和"灵气"，还体现为沉浸生活时审美迷狂状态的那股"痴气"。这是一个悖论性的状态。一方面，它可以将叙事诉诸现实本身的本然形态、"原生态"，如影随形，描摹肌理；另一方面，作家的"自我"会占据、覆盖生活，主宰叙事的内在审美法则。我感觉，这样的状态一直伴随着弋舟的写作。

弋舟这一代作家，在精神气质方面，与"1960年代出生"作家

---

① 张学昕、徐可：《短篇小说、唯美叙述与文学地理》，《当代文坛》2021年第5期。
② 弋舟：《犹在缸中》，甘肃文化出版社2016年版，第203页。

具有可贵的承续性。这一点，至今仍然是我们深感欣慰的品质。弋舟们注重"学养"，愿意从文化传统和文化"源头"上思考社会、人生有直接关系。弋舟的叙事伦理和道德感，以及他倾慕的"中国式的端庄乃至中国式的放荡"，都不啻为一种文化选择。由此，作为小说家的弋舟，便不断地修炼自身，注意"扬弃"也重视"养气"，以文化作为媒介和载体，努力学会把握中国人的内心生活。还有，弋舟从不忽略自己的"文学地理"，以及文学叙事的"出发地"和"回返地"。"兰城"在作品中若隐若现，虚虚实实，有时它是叙述的背景，有时是人物的腾挪空间，这让弋舟的文本蓄满文化地气和底气，形成其叙事的精神动力。因为，一位作家写作发生的源头活水，必定是其在变动的生活旅程中获得和汲取的哲性诗学，永远不可或缺。弋舟也是阿来所说的那种作家中"语言的信徒"，在现代汉语的语词丛林里，他也像阿来一样，长久以来都在打磨一块镜片。他始终都在打磨着这个有着魔幻意味的神奇镜片，这是审视世界和现实的一种方法、叙事策略，弋舟更笃信它是测量心灵如何才能抵达事物的工具。因此，弋舟对文学的虔诚之心、赤子之心，自觉而满怀敬畏之心的写作，就成为我们时代文学的重要风景。

第二辑

短篇小说的"异禀"和"气理"

　　我在谈及小说写作的时候，常以作家叙事的"感觉结构"的概念来思考、分析作家处理现实生活的叙事策略和方法。我觉得，面对历史、现实世界和生活自身的存在结构，作家一定都会有他富有个性化的理解、辨析和判断，以及基于此建立起来的自己的小说叙事结构，表达、呈现出他对于世界的理解。而这种"感觉结构"，实际上就是作家自己的艺术追求在整合生活世界并做出整体性判断时，自觉或不自觉地体现、贯穿、渗透、流溢出来的气息"云团"。而这个"云团"蕴藉着作家的"气理"和"异禀"，当然，这也是"这一位"作家区别于其他作家的重要艺术特征和文本风格、标志。

　　那么，短篇小说，同样是通过想象和虚构建立、完成作家理想的叙事文体，它的文体需要作家的叙事更加精微、缜密，要求"于无声处听惊雷"的修辞力量，它也要求作家必须实现"个性化"的书写，需要作家的叙述风格，具有属于自己的"异禀"或某种独特的"气韵""气理"，来重建、重构我们所面对的业已熟悉的日常生活形态，来描摹我们所看到、所理解的人间烟火。有的作家和评论家，还将这种叙述和文字的风格、韵致、格调、氛围称为"小说的味道"。其实，这些"异禀"或"气韵""气理""味道"，并不容易被阅读者所察觉，它需要阅读者在感受、体悟文本时，与文字或与作家产生心灵的对撞，即我们常说的心理的、精神上的共鸣。就是说，作家和文本的个性、情感，都深深地蕴藉在文字的"气理"之中，别有一番滋味。而作家的"异禀"，实际上就是富于个性化的文化素养在创作中的体现，也就是作家文本的某种"别致"。我曾这样评价短篇小说大师汪曾祺："迄今，也没有什么人敢轻易给汪曾祺的短篇小说进行'定位'，肆意将其归到某一类当中去，只能小心翼翼地面对它。对于汪曾祺来说，其写作的'异禀'在哪里呢？早有人想发掘汪曾祺创作与他生长的故乡——江苏高邮的某种联系。这个有着很深的古文化渊源的地方，历史上颇有些'王气'的所在，虽说'王气'丝毫也没有铸就汪曾祺的'王气''霸气'，相反，平和至极的汪老，倒是在相当大的程度上沾了这个古文化中心区域的地势和性灵之缘，'地气'则使得他对历史和生活的感悟，获得了一种独到的文化方位和叙述视点。一个人的写作，一旦拥有了属于自己的精神'方位'和叙述视点，才有可能形成与众不同的气势、气脉、气象。而且，他对文字的轻与重，把握也极其到位，仿佛浑然天成，叙述里总有一个目光，起起伏伏，不时地射出神性的色泽。"尽管，在汪曾祺的小说里面，我们一时还看不到那么明显的哲人的影子，但是，汪曾祺对生活、存在世界的体味都非常自然地浮现出来，难以掩抑。叙述的单纯性，涵义的适量，像是有一股天籁之声，在文字里荡漾、回响。它无须用文字刻意地给生活打开一个缺口，使生活的运转在手工的刻意操作之下，而是让现实世界本身，就凸显出那种裸露且极少能被遮蔽的样态。汪曾祺的短篇小说，可谓形态飘逸、率性、自然，但却扎实牢靠，不折不扣，文字简洁、清晰、凝练，有着不同寻常的艺术感觉和功力。在这里，我们所说的生活的结构，已然自然地衍化成叙述的"感觉结构"，其中，仿佛有一位秉持、携带"异禀"的老者，面对俗世生活，有调侃、戏谑、温婉，也有严格的批判，同时，叙述中也蕴藉神采的飞扬，使作品具备令人尊敬的艺术品质。那种"气理"，在汪曾祺的短篇小说里，则构成能够支撑其个性化叙述之"异禀"的重要因素。

或许，很多时候，大时代和社会的面貌，在叙事里偶尔会显得模糊，需要作家悉心地去辨认，但人性、人心的力量，确实始终坚实地存在。生活、生命的存在形态，消长枯荣，具有超然于政治、社会、意识形态的定律，其中荡漾着恒久、持续的话语气息，必然会呈现出活生生的激情和活力。唯有这样的叙述文本，才能够让我们拿起来放不下，既令人沉浸其中，又常让我们对生活世界感到无限欣慰，并在恍然间有所感悟。也许，叙述真正是朴实到了极处，才会境界全出，闲话闲说，大道至简，大雅小雅，从容道来，即便是俗世的云影水光，都会带着神韵。可以说，阿来的短篇小说文本，其品质就富有一种浩瀚的"天籁之气"，富有神韵。一方面，是他小说写作内在气质和气韵上的"朴拙"；另一方面，是短篇小说本身天然的结构谨严的要求，使得阿来力求自己的短篇小说具备完整、和谐、平衡的文本形态。而这些，在阿来这里自然而然、顺理成章地统一起来。基于短篇小说艺术自身对叙事技术层面上近乎苛刻的要求，阿来的叙述，竟能产生出朴素、率性的结构和散淡、本然的风貌，可以说阿来在作品中呈现出空前的淡定和自由。可以肯定，阿来在他的短篇小说中，真正地获得了自如和舒展、朴拙，这一点，完全是因为阿来小说的"拙"是"大拙"，这个"拙"不是感觉、感受的迟钝，视野的局限，思路和写作语言的僵硬刻板，而是一种小说内在结构和气势的大巧若拙。更是属于阿来的"异禀"和"气理""气韵"。我曾这样概括阿来的小说美学形态："诗意埋藏在细节里，历史的细节、经验的细节、写作和表达的细节，自由地出入于阿来叙述中的虚构和非虚构的领域之中，在单纯、朴拙与和谐之中表达深邃的意蕴。这种'拙'里还隐藏着作家的灵性。"

我也特别喜爱林斤澜的短篇小说。若干年前，我曾这样分析他的短篇小说文本："从一定角度讲，文学文本的含蓄、形象和符号性质，使得它具有极大的包容性，即它可以'藏污纳垢'，具有'混沌感'，虚中有实，具象中含着抽象，灵魂附体，以实写虚，体无证有。许多作家声称，自己写作的作品其实就是在写自己，虽然我们会觉得未必尽然，但作家的世界观、美学观包括精气神，定然是难免渗透其间的。但我认为，林斤澜却难在此列。也许，我们会感慨，许多杰出作家的作品，有细节，有细部，也非常接地气，生活化'原生态'，而林斤澜走的则是别一路径。他的小说情境、细节和人物，也许都没有贴切的'原型'，人物和细节，都是他'编织'虚构的。这一点，也是符合短篇小说文体的简洁、精致和匀称品质的。但晦涩、玄奥、若隐若现的隐喻，也不同程度地会构成叙事上的滞涩和羁绊。"我想，这也正是林斤澜写作值得褒扬的"异禀"吧。

像莫言、贾平凹、苏童、迟子建、阿城等作家的短篇小说，都有自己满满的"气韵"和"气理"，以及叙述的"异禀"。正是因为他们的写作及其文本，都有自己的"异禀"，都有各自的叙事的"气理"，短篇小说也才得以呈现出不同的风貌和品质。

形式感、结构，或短篇小说的逆光

苏童认为："形式感的苍白曾经使中国文学呈现出呆傻僵硬的面目，这几乎是一种无知的悲剧，实际上一名好作家一部好作品的诞生在很大程度上有赖于形式感的成立。现在形式感已经在一代作家的头脑中觉醒。"进而，他又特别强调："一个好作家对于小说处理应有强烈的自主意识，他希望在小说的每一处打上他的某种特殊的烙印，用自己摸索的方法和方式组织每一个细节每一句对话，然后他按照自己的审美态度把小说这座房子构建起来。这一切需要孤独者的勇气和智慧。作家孤独而自傲地坐在他盖的房子里，而读者怀着好奇心在房子外面围观，我想这就是一种艺术效果，它通过间离达到了进入（吸引）的目的。形式感是具有生命活力的，就像一种植物，有着枯盛衰荣的生存意义。"

努力地控制文字、控制叙述的节奏，同时有效地"控制"想象力。对于一个有艺术天分、有天才想象力并善于虚构的作家，虚构就不仅是幻想，更重要的是一种把握，一种超越了理念束缚的把握。苏童对此也十分自信："虚构不仅是一种写作技巧，它更多的是一种热情，这种热情导致你对于世界和人群产生无限的欲望。按自己的方式记录这个世界这些人群，从而使你的文字有别于历史学家记载的历史。有别于与你同时代的作家作品。"苏童在想象和虚构的热情中寻找短篇小说的叙事方式。多年来，苏童在他的短篇小说创作中，始终追求并保持其想象的奇特、风格的优美、故事的魅力，基本形成了独特的美学形态，尤其是，他不遗余力地对小说文体主要是结构、语言、叙述更进一步的精心结撰和探究。在近些年创作的短篇中，无论是小说的故事层面，还是人物、语境都更加精致，对叙述的有效把握、控制，使他的短篇小说越来越接近纯粹的小说。苏童认为，小说艺术尤其是短篇小说就是戴着镣铐舞蹈，在控制中叙述，在叙述中控制。

苏童总是让他的人物为生活的某种力量，甚至某种怪异的力量所左右，也可以说，苏童具有在小说里"扭转"生活的力量。所以，我们也就很难说清楚在苏童的小说里，是人物控制着叙事结构，还是叙事改变或直接影响着人物。看上去，人物与结构、叙事层次的变化，都浑然一体。还有，叙事视点或切入生活的角度的选择和腾挪，也是一篇小说具有坚实结构同时具有无限活力的关键性要素。这些，我想短篇小说《西瓜船》足以印证这一点。

可以说，我对苏童的这个短篇小说《西瓜船》情有独钟。我认为，它是苏童短篇小说中最具有形式感的一篇，它的叙事结构非常独特。之所以说它独特，主要是因为它结构的起承转合，自然而幽远，叙事焦点的转换、变化，充满智性而奇诡。这篇小说，看上去是讲述进城卖西瓜的松坑乡下人与城里人的一场激烈冲突。陈素珍所买的一只坏西瓜欲换不能，遭到卖瓜人福三的讥笑、拒绝，儿子寿来听到后，潜在的暴力倾向突然扩张，用刀捅死福三，从而引起一场血案。接下来，福三家乡亲人蜂拥来到"香椿树街"，大动干戈地对寿来一家实施报复。叙述到这里，即使立即终止、结束，它也已经是一篇结构非常完整的作品。但是，苏童接下来又用大量的篇幅写了福三母亲来城里寻找西瓜船的故事。这显然给这部小说建立了又一个叙事单元。小说写福三母亲如何在城北地带的"香椿树街"寻找西瓜船，并得到大家的热心帮助，先后许多人物出场，为福三母亲找船而奔走，最后，福三的母亲将"西瓜船"摇离了"香椿树街"，这个故事令人异常感动。我们注意到，若将小说划分成两个叙事单元的话，那么前一个单元，讲述的就是一个"暴力的故事"，后一个单元写的则是一个极其"温暖的故事"。在一个短篇小说的结构里，如此处理人物和事件的迅速更迭，极为鲜见。前面的那个单元，人物的行动是迅速的、激烈的，叙述话语也具有强烈的冲击力；后一个单元则由于人物行动性的减弱而放慢了叙事节奏，叙述间隙里弥漫着细腻的情绪性，这时的叙述话语使文本充满抒情性风格，形成了自己新的叙述秩序和场域。从另一个角度讲，小说的叙述完全跨过了"道德的边界"，人物与情节就像自我与世界一样，它们所建构的意义，是由它们两者在一条"路"的位置和方向决定的，人物在静态中充满了张力，在动态中拉动情节的进展。这里，作家虽然没有刻意去寻找人物与现实的某种隐喻关系，但结构的独特，却开拓了小说新的表现空间和维度。可以说，这是小说写作经由"故事"转向"叙事"的经典范例，而完成这种转换的内在推动力量则是结构的支撑。实际上，这篇小说的现实和虚构的界限是相当模糊的，叙述写出了几个人"梦游"般的现实情境。卖瓜人福三在梦游，行凶者寿来在梦游，事件的"始作俑者"陈素珍在梦游，而寻找西瓜船的福三母亲也在梦游，但是，他们在这个小说的结构里的痛苦、茫然和"被放逐"，以及他们的心灵状态，在纷杂的世态里却愈发清晰，令人感慨万端。我们也由此可见苏童的视野、格局是如此广阔，当然，这也体现出一种能包容万象的情怀。

王安忆曾细读并评价苏童的这篇小说："苏童的《西瓜船》，他就写一个乡下的卖瓜人到城里面，这个城就像木渎这样的水网交织的小城，河里有很多西瓜船，和岸上居民做买卖。这个卖瓜的青年为西瓜的生熟问题和城里人发生纠纷，打了起来，城里人无意当中失了手，就把这个男孩子扎死了。最最好的是结尾，他的母亲，一个老人，从乡下跑过来，来找她儿子的船。我觉得，有的时候，前面的所有设置都是为了最后把你引入一个空间，是引渡的工作。此时，这个母亲就找这条船，找到居委会，很多人帮她打听，然后顺着河去找，找的人越来越多，一程一程问过去，终于在一个油厂的废旧码头找到船，船上的西瓜被人吃掉了，船搞得很脏，老太太就撑着船回去。你就会觉得她摇的是她儿子的摇篮，一个空了的摇篮。城里人站在岸上送她，你知道，这是一个致歉的仪式，就像意大利电影《西西里的美丽传说》，最后，那个美丽女人回到小镇，走在路上，袋里的橘子撒了，那个男孩殷勤地帮她一个一个拾起来，他是代表小镇居民在向她致歉，这也是一个仪式，小说就是要从日常生活走入仪式。苏童这两年短篇也写得很好，我觉得他越来越好的地方，在于他已经不到怪的里面去找，他开始走到朴素的材料里面。"这句"小说就是要从日常生活走入仪式"，精准地表述出小说的本质或品质。叙事内涵、主题意蕴、人物形象，都不是某种道具与借助性的意义，而是实实在在的"角色"和元素，它们经由小说家的架构和"重组"，成为一种有力量的结构，仪式感生成了，这就等于作家在这个仪式里面创造、建立起一个想象的世界，借此跃出生活的边界，使得文本成为一个双重世界。所以说，在这里我们看到了一个杰出的小说家对另一个杰出小说家的悉心阅读和独到的阐释，就是说，王安忆读出了评论家们不易觉察的叙事的幽微。

那么，是否可以说，小说，尤其是短篇小说，形式感和结构，可能会形成短篇小说的"逆光"，它能够整合、折射出存在世界的万千变化和包罗万象的形态，而且，文本结构里呈现出来的纷纭复杂的生活，绝不是简单的二元对立的，而是充满宿命般的玄机和无限的可能性。

短篇小说的浩瀚与写作宿命

　　写作是一种宿命。一个作家终其一生，究竟能够写出什么样的小说，有多大的创作量，或者说，具有多大的生产能力，其实是一种难料的宿命。小说家能写出什么样形态的短篇小说尤其是一种宿命，这是因为与长篇小说写作相比，短篇小说写作，常常是一种灵感触角延伸至生活纵深处的一次闪耀，或者是，在一种经验、精神和感觉之间，故事、人物、语言、结构相约之后的不谋而合，或不期而至。同时，短篇小说写作，也是作家与存在世界、与自身的一次次激烈的对峙、博弈抑或某种"合谋"。从这个角度讲，作家有时又可能是被动的，冥冥之中是被某种事物本身所牵引。

　　余华在谈到他的写作过程时，就经常说起作家进行小说叙述时的某些失控状态，"写着写着，人物自己开口说话了"，作家在这个时候，只能遵从这种"声音"继续展开他的叙事。莫言也曾说过：小说在写我。但这里面有一个重要的前提，那就是作家一定拥有对生活和现实进行寻找、发现和选择的自信。大江健三郎在论及小说写作的时候，曾引用《圣经·约伯记》里的那句话"我是唯一一个逃出来向你报信的人"，他以此作为小说写作的最基本的准则。贾平凹也常说，并非是我在写故事和人物，而是他们都在前面等着我。其实，这些，都是非常需要一种开天阔地的书写勇气和智慧的。文学本身，自然不会轻易给一个作家装模作样地拯救世界的机会，那么，如何发现并且能够通报存在世界的奇妙和隽永的意味，绝不仅仅是一个小说家的道德良知，其中还涉及某种叙事的伦理和法则，而且，其间还与作家对存在世界、生活的感知力、判断力和呈现水准密切相关。就是说，在短篇小说这种篇幅相对短小、叙事空间相对逼仄的文本里面，作家作为写作主体的自主性如何能发挥至一定程度，又能与外部世界生成精神对流、融会和切割。

我喜欢"简洁而浩瀚"的文本艺术形态，这种叙述，无疑是从作家挥洒自如的书写中流淌出来的。

在这里，我想以拉克斯奈斯的短篇小说《青鱼》为例，来体味短篇大师的叙述魅力。可以说，作家几乎将叙述的篇幅压缩到了最小的极限，同时，他也给它选择了一种无法取代的最简洁的文本叙事结构。拉克斯奈斯似乎丝毫不理会当时风行的那些魔幻、象征手法与层出不穷的小说叙事技巧，他骄傲得竟然连略显深邃的心理描写也不使用。只是通过简洁的叙述与对场景，对人物的外貌、语言、动作、神态的直接描写，去完成他的这篇杰作。我感到，这些最老实而古旧的方法，一定会让那些追求现代小说技巧的作家瞠目结舌，因为，拉克斯奈斯使用那种看起来最笨拙的方法，为我们发掘出一个如此浩瀚的文学世界。他自己完全地站在小说人物的外在世界里，他也仅仅是把一双眼睛能看到的东西描述出来，但在这只有六千余字的篇幅中，他却几乎把人类几千年来的悲苦都倾倒在纸上了。九十岁的老卡达脊背要弯折了，她诅咒着她的"希古里昂"，她委屈地呜咽着，当她毫无办法地沿着江岸走回去时，这个可怜的九十岁的老太婆，终于像一只衰老的母牛一样，发出了震动大地的悲苦的哀鸣。这时，我们也许会对文学写作产生另一种更大的期待：叙述就应该是"核能"，它细小的体积或身躯，却具有无限的巨大能量和动力。仔细地看，拉克斯奈斯的描写，也异常准确而有分寸。他既然选择站在小说人物的外在世界，就坚定地丝毫也不踏进他们的内心深处，他只是描写了他们的语言和眼泪是怎样从他们的身体里流淌而出。但他最了解自己笔下人物，不仅仅是了解，还极度同情他们。我坚信，在平静而浩瀚的小说之外，这个寒冷岛国上的作家一定是在写下"上帝永远也不会宽恕你的，希古里昂！……"这样的句子时，流下感动而滚烫的泪水。小说叙述的力量，由此倾泻而出，无拘无束。

这时，我们还会想到鲁迅著名的短篇小说《孔乙己》，汪曾祺的《受戒》《大淖记事》，还会想到契诃夫和欧·亨利的作品，这些短篇小说大师的叙述，无不是简洁而浩瀚。这些伟大作家的存在，一定既是才华的涌动，也是某种不可理喻的宿命的安排。

最后，我想用作家余华的话作为本文的结尾："《青鱼》差不多是完美地体现了文学中浩瀚的品质，它在极其有限的叙述里表达了没有限度的思想和情感，如同想象中的红色一样无边无际。"这种"有限"与"无边无际"的边界，正是我们在面对杰出短篇小说大师文本的时候，必须深怀敬畏之心的理由。

短篇小说的危机与生机

　　十几年前，我就曾对当代的短篇小说写作的危机与生机进行过思考。我们十分清楚，在喧嚣、功利化、物质化的时代，写作短篇小说是一件极其奢侈的事业。因为，就它可能给写作者带来的收入而言，它根本无法作为一种职业选择。写作短篇小说，在我们这个时代更像是一种纯粹的精神信仰和道德诉求。早在三十年前，美国作家厄普代克就曾做过这样的描述，他说这是"一个短篇小说家像是打牌时将要成为输家的缄默的年代"。由此可见，短篇小说的落寞，绝不只是一个中国问题，而是世界各国作家都面对的一种困局。美国、俄罗斯、法国等都普遍呈现出短篇小说的凋敝状况。短篇小说的写作、出版、阅读已在不经意间陷入一种令人惊异的非常尴尬的境地，在写作和阅读之间，也出现了莫名的龃龉。缄默，成为短篇小说甚至整个文学写作的实际样态。显然，在很大程度上，文学外部环境的深度制约，干扰着短篇小说这种文体的生产活力，限制着这种文体应有的迅速捕捉生活的敏感度和力度。而且，由于在长达数十年的社会物质、文化、精神、娱乐的巨大的转型过程中，人们在专注物质水准和自我生存状态调整的同时，整体上却大大地忽略了对自身新的文化标高的需求。人们的文化兴趣、阅读兴致的分化、分割，造成文学阅读群体的减少。这也从一个侧面造成小说市场尤其是短篇小说需求的大幅度下滑。我们不祈望文学能在具体的空间和时间内立竿见影地影响和改变生活，但至少，这种文体所具有的扭转精神生活的张力和纯净心灵的庄重感、仪式感，不应被销蚀和淡化。

难能可贵的是，在这种表面的困顿和缄默状态下，短篇小说写作也仍然孕育着新的生机和活力。因为，今天的作家，可以在更宽广的文学背景和审美视域中写作。可以看到，在世界文学的范围内，最优秀的作家，都在以自己坚实的写作，探索着人类的种种问题和困境，并以最为精到和深刻的叙事梳理着人类生活中最重要的细节。尤其是短篇小说写作，众多中外文学大师都在这种文体上留下了不朽的声音和足迹。无数的短篇小说经典，像纪念碑一样，耸立在文学的山峦之间。我们的作家若是清楚地看到了这一点，就会清醒地发现作家表现生活和世界的不同层面和境界，就会看到我们与大师之间的距离。因此，我们有必要对短篇小说这种文体在世界范围内的写作做一个重新的回顾。我们不仅可以由此获得域外短篇小说的文学史图景及其带给我们的冲击和反思，更重要的是，我们还会充分体会到，一二百年来短篇小说这种文类所具有的真正魅力。

我们无法忽略近一二个世纪外国短篇小说大师们在这一领域所创造的辉煌成就。举世公认的俄国短篇小说大师契诃夫，他的短篇小说风格轻柔、朴素、从容，体现出无与伦比的现实主义功力，他与欧·亨利、莫泊桑、马克·吐温、爱伦·坡等一道，成为二十世纪世界短篇小说的奠基人物；阿根廷小说家博尔赫斯布满圈套的叙事，使故事简单而富于冲击力，呈现着现代短篇小说表现人类存在与命运的现代叙述技术力量，他优雅、精致的文体风貌，给短篇小说增添了新的元素；二十世纪后期，美国天才的作家雷蒙·卡佛，在巴塞尔姆彻底革新了短篇小说形式之后，以"极简主义"的笔法，令短篇小说作为可以充分阅读的文学样式获得了新生，其独特的魅力，为当代短篇小说写作增进了痛快的幽默感和强大的驱动力。可以看到，这些前代大师的作品构成了当代中国作家写作的背景。

我们可以发现，前辈大师的文学叙事，不再沉浸于文本间的交叉互文，而是重新回到现实与文字的缠绕之中。对生活与存在世界的审视也不再武断，故事的虚构也不再令人费解，进入生活、存在世界的触角细腻而凌厉，小说家们以自己更自信、更从容得体的方式，表现着这个世界以及身处其间的人和事物的颜色、气味、温度和质量。而中国当代短篇小说写作，也同样在寻求着新的可能性。我们发现，因为写作视域的打开和日益宽广的文化、精神背景，尤其近几十年来，中国短篇小说也出现了一些令人欣喜的变化。作家们逐渐找到了自己与现实、存在对话的方式，形成了各自特异的美学风格。与此同时，在小说叙事上，作家们也始终没有停止探索，许多小说呈现出非常巧妙的构思、结构，作家们把语言的可能性也发挥到了一个新的高度。

我们有理由相信，当代短篇小说的整体创作，必将会有更大的发展空间。

短篇小说的"隐秘花园"

——读王啸峰的短篇小说

一

五年前，当我接触到王啸峰小说的时候，我立即感到这是一个文学叙述的"怪胎"，面对他"驳杂迷幻"的小说文本叙述，在阅读、接受的层面，很容易就会令人在审美上产生"慌不择路"甚至不知所措的感觉。我想，为此我必须调整自己的阅读方式，或者重新整饬自己的小说理念，以及自己对事物的认知和理解方式，来仔细地面对他的文本。王啸峰两本重要的小说集《隐秘花园》和《浮生流年》，分别由王啸峰的"乡党"汪政和王尧两位江苏籍评论家作序。我在系统地阅读这两本集子时，刻意地先规避这两位评论者对王啸峰小说的判断和评价，我担心我没有"定力"，轻而易举地就被他们的阐释和判断"先入为主"地"同质化"。现在，我也许可以竭力地首先获得相对"自我"的、独立的个性化感受，这是我近些年做文学批评时特别注意的。因为，对于文本"第一时间"的阅读反应，可能更接近作家的自我，接近符合文本自身的合理性认识和理解。或许这样，小说作为"本体"的魅力和隐秘才能由此被踏勘而出。我知道，接受美学是一件十分奇妙和吊诡的事情，正是因为有所谓"见仁见智""一千个读者有一千个哈姆雷特"这样的说法，文学文本的魅力才得以充分地显示出来。那么，当然也存在这样的问题：一千个读者就有一千种自觉或不自觉的读法。问题的关键在于，读者也好，评论家也好，我们的阅读是否沿着文本最内在、最本质的线路行进，我们是否真正能够到达文本的"彼岸"？毕飞宇也说，"读者不是万能的，他也有知识上的死角"，其实，作家也一样，他的叙事也有"死角"，但这个"死角"，也许恰恰是文本"张力"的发生。也许，我们正是在作家叙事所留下的"死角"里，找到了文本的生机和价值、意义所在。对王啸峰的阅读过程中，我意识到其间存在着无数的认知上的"死角"。我感到，正是由于这些与我的阅读"尴尬"并行不悖的"死角"，才让我体悟到王啸峰短篇小说的奇诡和与众不同。

汪曾祺说，有的作家自以为对生活已经吃透，什么事都明白，他可以把一个人的一生，来龙去脉，前因后果，原原本本地告诉读者，而且，还能清清楚楚地告诉你一大堆生活的道理。其实，人究竟为什么活着，又是怎么活过来的，真不是那么容易明白的。我想，汪曾祺老先生的意思是，作家不可能有那么大的本事，能够在小说里把人物和故事讲述得清清楚楚，无所不知，就是我们所说的那种"全知全能"地看世界，每一个角落和细部，都尽收眼底。也就是说，作者有时候是硬撑着，现在看来，全知全能，不仅是一个叙述视角，它其实是一种叙事态度。许多人都说，林斤澜的小说不好懂，林斤澜自己也说："我自己都不明白，怎么能让你明白呢？"那么，如此说来，一个作家写作的态度，可能主要就有三种：一种是他可能"自以为是"地告诉你一切，他知道的以及并不知道的，对于他不清楚的那部分，他往往采取虚构来补足，也就是装作明白；另一种是对于他想不清楚、没有搞清楚的，他就"搁置"它们，这就是林斤澜自己说的，"自己都不明白"，也就没有办法让读者明白。可以说，这是真不明白。还有一种，作家是有意不让读者明白。作者写的是什么，心里非常清楚，但故意闪烁其词，云山雾罩，扑朔迷离。几年前，我曾写过一篇关于林斤澜短篇小说的文章。我感到，这位作家的确是当代小说史上的"怪才"。对于林斤澜的短篇小说，简直无法将其作任何"类型"的归结。他究竟属于哪一种呢？我感觉主要是林斤澜自己所讲的第二种和第三种。就是说，他明白的，写得有时明白，有时却故意不写明白；他自己不想彻底明白或没有搞清楚的，也就随它去了。无论是聪明的读者，还是憨厚的读者，都要在林斤澜的叙述道场里用心用力地折腾一通，才可能试探出究竟。那么，是林斤澜先生存心如此，刻意制造阅读障碍吗？看上去也不是。

现在，我们仔细想想，小说家的使命到底是什么？作家对自己的叙述，或者说，他对自己所创造的文本，究竟应该承担什么样的责任？对于一个作家的内心与文本间的内在关系，应该怎样判断和测量？哪些叙述是自觉的？哪些想象和描述具有强烈的不可遏止的虚构性？这个话题其实是非常复杂的。既涉及作家的审美观，也牵扯到作家的世界观。好像昆德拉说过，小说自有小说的智慧，世界上许多事情是"唯有小说才能发现的"。在这里，我们需要注意，他讲的是"唯有小说"，而不是"唯有小说家"，这就是说，小说自有其自身的功能。深明此理的小说家，可能就会说出"作家的写作不必去迁就读者"这样的观点。我也相信和同意，小说本身就是作家精神、心理和灵魂的"蝶变"，王啸峰的小说，给我的总体感觉，就是他这一路走过来时，留给我们的不仅是时间，还有空间的张力。我总觉得在一定程度上，王啸峰似乎是得了林斤澜先生的真传。在这里，我并不是说，王啸峰也在自觉或不自觉地要将小说写得"不太让人明白"，我在想，王啸峰的叙事姿态或叙事伦理，也并非清清楚楚、了然于心，因为小说家在思维上的"盲点"，往往与情商和智力无关。

那么，王啸峰小说的怪异或"不好懂"的原因究竟在哪里？我想，也许就在于文本叙述的含蓄、隐喻、象征及其"不可求证"。

时间有形状吗？空间的维度又究竟是"几何"？天体物理学、宇宙学、量子力学、思维科学等等，或者说，我们对于存在世界的认知和把握到底能够抵达到什么程度？实际上，这在根本上存在着极大的未知。只是在文学叙述的层面，我们尚可以认为，时间和空间，伴随诸多存在的谜团。当然，这些也构成王啸峰小说创作的重要元素。但是，这些元素或是文本蕴藉的"谜团"，与王啸峰小说的整体美学趋向的关系到底又是怎样的？我感到，王啸峰的小说，就是在努力地超越我们在现实的心理、精神和认知的羁绊，抵达某种叙述"模型"之外的"不透明"的模糊区域。

无疑，王啸峰的小说是一个叙述的"隐秘花园"，在一定程度上，它也是一座类似博尔赫斯式的"小径分岔的花园"。王啸峰小说与博氏文本的不同，更多地体现在东方神秘主义诗学层面上，兀自生成的隐喻和象征。王啸峰的叙事，似乎是先从时间和空间的缝隙里挤对出存在世界和人性的罗盘。他的许多小说，都是在现实、梦境和历史的记忆里，找寻时间和空间维度中的隐秘。在这里，"隐秘花园"，是某种存在世界的情境或结构，也是王啸峰小说叙事的结构。我们能够在这个"花园"里感受到他的小说叙事的灵动、迷离、玄妙和虚实。博尔赫斯那篇《小径分岔的花园》，拥有着看似凌乱而繁复的人物、故事和情境，但是，我们却依稀分辨出博尔赫斯叙述的最终指向——时间是存在的迷宫。其实，博尔赫斯想要阐释的一个重要的思想，或者说，他所要表达的，就是关于小说、虚构与存在的关系。那么，这一切，他都想通过这个复杂的叙述，不折不扣地呈现出来。小径分岔的花园，"是一个庞大的谜语，或者是寓言故事，谜底是时间"。"在大部分时间里，我们并不存在；在某些时间，有你而没有我；在另一些时间，有我而没有你；再有一些时间，你我都存在。""因为时间永远分岔，通向无数的未来。"我们会感到，博尔赫斯在呈现时间的存在方式时，他想告诉你的还有空间的多维性，人的思维、意识能够体察的事物的原发性，在博氏的"叙述"里是一座迷宫式的花园，而且，这个花园竟然是梦的花园。在这里，时间和许多事物一道，也构成故事的"果核"，令文本自身状若弯曲的、具有无限引力和动力的美学场域。如此看来，这篇小说所凸显的，不仅是时间的多维性，而且强调了空间的多维；时间和空间，以及时空中的我们，都是一个不可思议的幽灵。那么，生命之谜、历史之谜、命运之谜、存在之谜，原来都是时空之谜。吊诡的是，它们都蕴藉在博尔赫斯文本的修辞里，在谜中发现世界、感悟世界，这样，也才能将我们的感受和目光一起引入非常态的世界。在那个时空中，发现自我的多维性，认识自我的丝丝微茫。我相信，这部仅仅几千字的短篇小说，完全可以被视为博尔赫斯小说美学和叙事伦理的总纲。我以为，如果真正地理解了它，就可以找到进入博尔赫斯所有叙述之门的钥匙。我也曾武断地认为，博尔赫斯哪怕只有这一篇《小径分岔的花园》，也足可以被称为"短篇小说大师"。虽然，我还不清楚王啸峰对博尔赫斯的看法和理解，但后者叙事的时间感，肯定直接或间接影响着王啸峰小说结构的形态和时空变化。时间，是博尔赫斯文本中幽灵般的存在，它已成为虚构现实的叙事坐标和灵感之源。而王啸峰的许多小说，也大都是以时间为杠杆，打破存在世界既有的惯性和思维逻辑，并以此撬动人物、人性里那些既难以辨识又无法澄清的事实。

二

　　无疑，《井底之蓝》和《隐秘花园》是王啸峰最重要的文本。前者是一篇关于声音、色彩、时间、童年、历史的"穿越式"小说。其中包裹着诸多新的、复杂的元素，这就使得小说的叙述充满了氤氲、诡谲的感觉。表面上看，小说要写一个"涉世不深"的少年，试图循着奇诡的声音，发现世界的某种隐秘或玄机，或者说，他试图要触碰生命之谜、历史之谜、命运之谜、存在之谜这一类形而上的、晦而不明的事物，并展开冥想玄思。整整一条街上，夜晚的声音究竟是谁发出的？大杂院、"黑屋"、铁线弄、那口井、神龙见首不见尾的"老万头"，成为一个古怪而神奇的传说，令人不安。若隐若现的"蓝衣人"到底是不是"老万头"，而"老万头"究竟是谁？还有那个在特殊的年代里"正朝我走来"，但很快落入干涸的双井，随即就被突涨的井水冲走的女"工宣队员"，被蓝色的影子笼罩着。"蓝色幻影"，仿佛在江南苏州经典的阁楼、天井场域里，幻化出无尽的猜忌、犹疑、恐惧和寂寥。无论是外公、二舅和东东的猜忌，还是整条街的人们的惶惑，以至人们之间的流言，在人物生活的逼仄的空间结构里，在人们的内心不断地兴风作浪。人们都在不停地寻找一种真实，缥缈的声音，存在或根本不存在的声音，井栏上的蓝衣人，搅乱了人们正常的俗世生活。老街的怪异现象接连出现：张家屋檐塌陷，李家井水漫过井栏，王家马桶两根铁箍同时断裂，马家花狸猫一胎四只全是死胎。在阴雨连绵、路灯几乎全部坏掉的弄堂，黑屋成为一个神秘、令人恐怖的存在。小说中一个重要的情节是："我"被一个声音"呼唤""诱导"，并深陷于虚幻的恍惚状态之中，掉入井底被魔幻般的世界所吞没，出离了现实。在蓝衣人的引导下，迷失了方向，穿过井下的道路，遭遇无数个蓝衣人，他们出现又消失，头上的井口先后有人落入井中。迅速"收拾起惊慌"的坠落者，渐显轻松自如，"走着走着，身上起了变化，越来越蓝""与蓝衣人混为一体"，而且，这样的情形反复出现。最终，"我"抓住机会，借助一把铁链拼命爬出井口。这是一个令人毛骨悚然的过程，尚且有些懵懂的少年"我"，在忽明忽暗的现实与幻境之间穿越了"变形"的时空。直到最后，王啸峰的叙述，才让外公引发文本结构性"内爆"。外公讲述的洪武年间"蓝衣人"营救"姑苏王"张士诚的故事，一下子"抖搂出"这条街和整个城市的"双重性"和历史形成的隐性"夹层"，终于"卸掉"了现实的包袱。同时，小说的"故事"不仅昭示出历史的忧郁，而且让一个少年在捕捉浑浊的声音或"杂音"时真正地觉悟。在这里，声音警醒当代人的犹疑，时间错置，历史位移，但曾有的荒谬、善良和正义，依然在时间、岁月的积淀里发出回响。可以说，叙述本身最终自己洞穿表象，消解掉非理性的、被时间和历史惯性所控制的"窥视"冲动。无疑，"井底"和"蓝衣人"这条历史的暗线，充满揶揄性地颠覆着现实的无端的惊悸，破解出存在之虞引发的惶惑。王啸峰式的"魔幻"，在虚实之间，经由时间的通道，实现了一次充满智性魅力的"超现实"的逾越。

　　显然，这篇《井底之蓝》的一个较大的意象"井"，构成一个巨大的隐喻，空旷而幽深，像是蕴藉着时间和历史之谜的偈语，"集体无意识"般焦虑如同神秘的、颤动的疯癫的镜像，造成恍若隔世的心理错乱，纠缠于人心。或者说，王啸峰并不想将其写成一个离奇的故事，这篇小说由声音串联起记忆，重构一条老街以及一座古城的内在结构。"我"自信地觉得"已经站在谜团的边缘，真相正在向我招手"，而且，在这里，对真相的寻找，选择通过"梦境"或"似真似幻"实现曲径通幽。唯有链接或聚集起暧昧荒诞、氤氲缛丽的"鬼气"，才能使阳光乍泄。所以，这完全是一种小说的新理念的作用力，仅仅以灵异、神秘命意，实在是不足以阐释其文本的精神内质，唯有不断去发现、发掘一种可能性，重新考量事物的因果关系，以此确证时间难以构成声音的毁灭性力量。一个历史记忆能否被找回来，并且与现实形成"互文性"，关键在于需要审美辩证的祛魅、除魅和招魂。

《隐秘花园》这篇小说，可以视为王啸峰的短篇小说代表作。这的确是一篇谜一样的小说，文本显示出作者文学叙事的探秘诉求，大胆地"窥视"生命之谜、历史之谜、命运之谜、存在之谜，也就是呈现、发掘出时空缝隙中所蕴藉的事物的内在隐秘。这个"隐秘"，最终指向了历史、事物、内心和存在的可能性。

表面上看，小说借助江南苏州建筑的结构特性，在视觉、感觉上架构了一种心理"隔断"。从"我"和小伟对"后天井"的想象开始，老宅、后宅和院子成为叙事不断重叠的物象，缠绕起时间、历史和传说的悬疑。"想知道隔墙和墙背后的故事吗？"这句话似乎预示着叙事的"穿越"。

空间维度或者时间，以一种"弯曲"的力量，将现实的种种悬疑引入历史。不同的时间或地点，所发出的扑朔迷离的、古怪的声音，终于在外公的讲述里找到了渊源。原来，一切都可以被叙述"打开"，甚至，隐秘花园也无法隐藏少年心中的秘密。"我"和阿强、小伟在"藏宝"中，感受到这座花园和建筑中的"黑洞"和声音的悠远。阿强的"宝物"属于少年的心理、精神隐秘，是那个年代少年走进生活和世界深处的秘密"参照物"。作家不言自明，我们都心照不宣地猜测着所谓的"宝物"究竟是什么。若想翻看"那些图片"——花园的地图，每个孩子需要交给阿强五分钱。或许，那是在那个年代不能触碰的禁忌。无疑，在前宅与后宅的咫尺之间，仿佛存在一个巨大的、时间和空间的鸿沟。最初，"我"掉进了一个完全陌生的天地，"脑子里定时炸弹的读秒声嚓嚓作响""我渐渐失去根基，游荡在未知时空"。这一切，试图想让少年在自己梦中隐约完成，似真似幻，虚实相生。少年的"我"竟陡然生出"庄生梦蝶"的穿越。接着，两个少年的探秘过程，被描述为一次心理、精神的历险，他们在"藏宝"中意外获得的隐秘，颠覆了他们对存在世界的认知，填补了他们对老宅的想象空白，也爬梳出人生、命运，以及人与自然万物、空间维度的不确定状态。王啸峰有意混淆现实和梦境、真实和虚幻之间的界限，两个少年的行踪，使得外公和白袍老人所讲述的故事，这个花园半个世纪前的历史，曾住在老宅院落里人们的命运，上吊的女戏子，凄切的歌声，"冲撞"花园的警察的遭遇，诡异、怪诞，凸显出沧桑变化、生死歌哭。甚至埋藏在花园、隔墙的声音，如交叉分岔的小径，仍可能以想象去还原。小说的叙述将我们引向过去，再拉回到现实。

　　"我和你，年纪只相差一个甲子，口音已有微小差别，再往下，差别会拉大，直到完全听不懂。"外公说到这里，双手摊开来，缓缓指向远方。"幸好有汉字，读音变了，内涵没变。就像那些房子，多年之后，都会倒塌重建，但是曾经赋予的内涵不会变。所以打破平衡后最直接的后果，就是以前发生过的事件的镜像会不停地重复出现。你不要以为只有人才有灵魂灵性。只要承认现实宇宙的存在，就应当承认动物、花木、水土等万物都有魂魄。只不过人类的显性，其他的隐性，或者说，我们感知不到的东西，并不代表不存在。"

　　我闭上五官，无知无觉。打开五官，繁杂信息扑进我的感知系统。但是，这都是来自过去，像恒星的光芒，有的是千百年前发出。

　　"幸好有汉字，读音变了，内涵没变"，这仿佛就是一种充满灵异之光的奇诡的心理、精神、灵魂穿越。文本借外公的话，道出了人与时间、事物之间难以想象的隐秘关系。变与不变，构成整个世界基本秩序的"延伸"定律。因此，在王啸峰的小说里，我们体会到了"真实"这个词的分量，以及它如何真正体现在小说文本里。他的叙述，给我们布下了一个炫目的迷宫，其中的故事及其人物，在这座花园里找到了一个重叠在一起的时间，这个时间，"淘洗"出那个"不可预知的时空"。在这里，花园，就是历史、文化和器物，它们在文本里被叙事所重构，重新敲响人们的记忆之门。而少年直觉的、身临其境的捕捉，在遇到诡异的事物时，必然产生不可遏制的冲动。这个世界的变与不变，不仅在于物理的"花园"，更在于潜伏在人们心理和灵魂深处的"隐形花园"。这里存在着某种宿命的意味。

若从王啸峰这几个短篇小说的"套路"看过来，王啸峰与苏童最接近的地方，就是他们在叙述的时候，都是采取打破时间边界和反日常生活逻辑的策略、他们都不按照生活本身的逻辑去发展小说里的一切。实际上，在现实和时间的交汇过程中，在时间的长度里面，价值判断的变化概率是很大的，因为这里面有历史、时代、文化和道德诸多因素的存在。而不同时代的人们，也会在时代的变动不羁中发生认识论、审美观的修正和变异。从一定角度讲，文学文本的含蓄、形象和符号性质，使得它具有极大的包容性，即它可以"藏污纳垢"，可以吊诡，或具有"混沌感"，虚中有实，具象中含着抽象，表象仿佛是灵魂附体，以实写虚，体无证有。这样处理生活或存在之虞，对其进行"陌生化"处理，可以使叙述生长出引力和张力。许多作家声称，自己写作的作品其实就是在写自己。虽然，我们会觉得未必尽然，但作家的世界观、美学观包括精气神，定然是难免渗透其间，主导叙事对存在世界的取舍，令其不确定性在奇异点里释放出来。尽管它只是一篇小说，但是，虚构的力量往往足以让我们瞠目结舌。因为那些悬疑本身，隐藏着生活无尽的秘密。说到底，他们的小说并不只是"讲故事"，并非依赖这个层面上构筑文本，他们所倚重的则是叙述。叙述，超越故事本身而跃居到整体性把握存在世界的层次。

王啸峰的许多"成长小说"中，也依稀可以看到苏童"城北地带"和"香椿树街"系列小说的影子。但是，王啸峰的"文本苏州"与苏童小说在叙事上的差异性，还是显而易见的。他的《米兰和茉莉》这篇小说的"故事"和叙述，首先让我联想到苏童前期的一些小说，《刺青时代》《古巴刀》《桑园留念》。前者与苏童这几篇小说有着极其相近、相似的"氛围"和语境。我曾经以"'城北地带'少年血的黏稠"为题，描述、概括苏童这类小说的形态。苏童的《刺青时代》，主要表现少年内心世界的极度浮躁和紊乱，孩子们之间暴力事件时有发生，如同家常便饭，肆无忌惮。小拐、天平、红旗这些少年，对结盟、帮派和械斗的迷恋，相互之间的不信任和仇恨实际上就是成人世界惊人的翻版。现实世界文化的凋敝、萧条与荒诞培育出一些少爱而冷漠、残酷的心灵。他们的成长只有悖逆而缺乏内在的精神恐惧。究竟是什么力量塑造和培植了他们在那个特殊年代里内心的阴郁、凶狠、荒唐、颓废的质地，难道是南方的湿闷、荫翳、混沌和紊乱，构成他们缺乏理智、理性以至于无端产生冲动的理由？少年们仿佛在人性的荒原，狼奔豕突，匍匐在堪与那时的成人世界相比照的灵魂渊薮。无疑，苏童的小说，是一代人的心理、精神记录。而在王啸峰的《米兰和茉莉》中，小说叙事借"我"与米兰和茉莉的"暧昧"情感，同样演绎出又一代人之人生初始的骚动、茫然、偏执、颓唐，我们能够从中体悟到他们的生命形态，以及他们的选择和"生命不能承受之轻"。可以说，小说写出1990年代少男少女的青春懵懂、感情萌动和选择的困窘，王啸峰叙述的依然是"少年血"的流淌，也可谓是一篇动人心魄的"少年启示录"。

我以为，王啸峰的小说，在另一个层面或精神面向上，试图以自己的方式"复原"真正的"原味、原态姑苏"。这个"姑苏"充满着个性叙述的氤氲。这座古城的岁月年轮上，布满阳光下的刻痕和暗夜的清辉、寂寥，摇曳生姿。而且，小说的字里行间还悬浮、飘荡着意符和意指的裂隙、断裂。南方的蛊惑力，在许多莫名其妙的故事里伸展开来。人性不是一成不变的，甚至可能出现颠覆性的改变。尤其是人性的差异性和隐秘性，以及人性的变化的状况，在近几十年中国当代社会中的复杂多变，前所未有。这也就给我们时代的作家提供了叙述的可能性，也提出了挑战。如何把握这样的"新现实"，如何以小说的方式，解析、演绎变化之下的俗世的日常生活，也就是作为一个作家如何讲述有关人心、人性的故事，正视生命中人性的蜕变，构成对每一位有探索精神的小说家的巨大的挑战。因此，人的内心结构，人性中向上的坡度和向下的滑行趋向，或人的自我救赎，存在的幽灵般的错位，或对生命自身的自我、本能的诉求，生存缝隙中的挣扎，都使得人性的故事，在王啸峰的短篇小说里呈现出自己独有的姿势和形态。我感觉，王啸峰正在"打捞""刺探"，或逼视存在世界中人性的"新状态"。

三

我感觉，文学与历史、哲学最本质的区别，就在于文学叙述是呈现某种事物，而不是说明或论证什么道理。但是，文学的呈现及其目的，依然是体现某种道理，只不过这种道理是经由情景、结构和形象共同实现、完成的。那么，在很大程度上，叙述方式的独特性，往往导致、决定文本结构的逻辑、故事的因果关系，以及时间、空间格局的形成，同时，也成为启动、推进小说的叙述动力。王啸峰的大量小说，有着与众不同的语境、情境和意蕴。而且，这种语境和情境，常常与情思、意蕴重叠、契合一处，生成妙趣横生的艺术构思。

看得出来，王啸峰格外喜欢选择单纯的目光或"少年视角"。其实，这是一个限制性视角。也许，选择这种视角，虽然无法清晰地洞悉事物诸多难以廓清的隐秘的玄机，但是，却更能够增加叙事的张力和对事物不确定性的探寻。当然，这种"限制"或有意的限定，如我在前文提及的，并不是一个作家自身能力受限的问题，而是因为很多时候我们对事物的认知，始终存在着必然无法超越的局限性。这样，必然影响或导致我们对叙事文本的深度解读。但无论怎样，都不啻是一个小说家对生活的挑战。

《独角兽》是王啸峰小说中文本结构、叙述、意蕴都相对较为"稳健"和具有"平衡感"的文本。我感到，这篇小说，特别注重刻意去发掘那种能够决定、延展人物命运轨迹的嘈杂变异的成分和元素，对心理上微妙、细部感觉的发生、变动和惊惧，表现出"咬定青山不放松"的追踪的力度。小说从颇具缠绕性的叙事空间和维度，进入少年阿斌的精神、心理和"自我"空间，而且，以阿斌为叙述的"切入点"，呈示人性世界里最为隐秘的情景，捕捉最为真实的身体的、欲望的、人性的特异状态。与《井底之蓝》很相似，叙述的开始，也是让人物被一种声音"呼唤""诱导"，直到在自我的"虚张声势"之后，深陷于虚幻的恍惚状态中。在这里，声音的存在，可能是一种唤醒，可能是一种警示，也可能是某种事物本然的律动，它令人惊惧或令人迷恋，或神奇，或飘溢，若隐若现，充满灵异之气。对这种声音的"寻找"，使得少年阿斌的成长在迈向俗世生活的过程中，始终保持着好奇的天性和不羁的性格。而"自我启蒙"的勇气，又让他渐渐获得对祖父、父母两代人深切的认知。小说将故事发生的具体背景，置放于一座出现"裂痕"的危楼，这是一个最容易凸显人性状态的空间维度。居住环境危机和窘迫，必然导致人的内心的焦虑和虚妄。叙事由此展开人们在这种特殊生存环境里的心理与情感的波动、震荡。许多人家选择搬迁，逃离这样的环境。因为寻找那种诡异的声音，阿斌怀有巨大的好奇心和勘探生活的冲动，不时地"探访"那些裂缝更大的房间。这些昔日不能造访的空间，留给阿斌对"他者"曾有生活的想象。虽然阿斌寻找到三颗弹珠，实际上，少年阿斌就是本能地想厘清自己与所处世界的微妙关系。而祖父像讲述童话故事一样，将所经历的有关生命的"独角兽故事"讲给阿斌，让阿斌获得极其重要的启示。

这篇小说的布局精妙，意图深远，循着"声音"的线索，阿斌揣摩着外部世界的奇诡、声光色相、不可知性，自觉或不自觉地梳理出属于自我、内在心理颤动的曲线。在叙述阿斌探寻"声音"过程中，还穿插着祖父、梅子阿姨、父亲、母亲成人世界的"扭结"，透射出人性中的种种"角力"，杂糅着狼奔豕突般的生命状态。王啸峰似乎特别喜欢让人物在"粗粝"的存在状态里，不断地纠结、迷茫、相互冲撞，表现存在世界的某种莫名的、"异质性"力量。最后，"独角兽"的意象，水落石出。显而易见，"角"是一种生命的内在的、放纵的力量，是欲望和冲动，是一种执念和偏执，也是人体内可能令人不能自已的"怪力"。阿斌"将成为祖父的传人。他没有选择，只能跟着角指引的方向跑"，他无法遏制生命本身需要获得理解、尊重的原始之力。而且，那只小白羊在生活、存在世界里，也灵动在人的精神、灵魂深处，构成无数的无法求证的、有灵异意味的精神性存在，正可谓"羚羊挂角，无迹可求"的"了无痕"意境。可见，走出生命的幻象，呈示生命主客体的心理、精神落差，拆解出身体、生命内部的沉迷，就成为小说家不容忽视的责任。

在这里，我有一种深切的体会，读王啸峰的小说，不能有丝毫的懈怠和马虎，漏掉一句话甚至一个词语，都可能发生阅读的迷失，无法链接起叙述的细密针脚，造成对小说的蕴涵深度理解，以及潜心爬梳叙事技术方面的前功尽弃。因此，我们更加无法忽视王啸峰小说在叙事层面有意或无意虚拟出的诸多悬疑，故事、人物、情境、细部和幻象。特别是，小说的结构，文本叙述的逻辑，总是被一种无形中存在的"怪力"所改变或重构。有时，我们甚至会深度怀疑自己的认知能力，因为面对这些文本时，我们常常是茫然无措，捉襟见肘，甚至迷失阐释和解读的方向。但无论怎样，我们还是能够从另一个维度，强烈地感受到王啸峰小说里那些庸常的俗世生活，正在被虚构的力量撕碎，发出震动、碎裂的声音，打破历史或现实悠远的寂静。

我曾阐释过王安忆的短篇小说《酒徒》，认为"这篇小说最大的特色，就是王安忆有条不紊、从容不迫的叙事节奏，与小说故事、叙述或情节推进的节奏产生了和谐、'共振'，也是近年来人们喜欢讲的所谓叙述的'及物'形态。在这里，王安忆显然找到了一个日常的外部形式，或者说，发掘到一个能够与想表达的内在东西非常和谐的'物质外壳'。这个'物质性'的东西，就是俗世里的、能支撑起作家灵魂高蹈起来的信念。所以，王安忆并不满足对于'人间烟火气'的俗世层面做精确的表达，她最终还是要将叙述推向理性的哲思。对此，若干年前曾有学者指出王安忆叙事上的审美'偏离'，质疑其小说表现的具体感性与哲学思考的抽象思想，在创作中生成的'理性化倾向'"[1]。来颖燕在评价毕飞宇的小说时，也提出"及物"和"不及物"的问题"牵扯起一个作家与日常、与俗世的切近和疏离，也昭示着一个作家对于如何令外在世界与自己的笔下世界谋得交融的策略和倾向"[2]。

---

[1]　张学昕、于向华：《短篇小说的"物理"和"神界"——王安忆的短篇小说》，《当代文坛》，2021 年第 2 期。

[2]　来颖燕：《小说家要懂这个世界——从毕飞宇〈青衣〉谈起》，《当代文坛》，2021 年第 1 期。

在王安忆和毕飞宇的文本里，形而上的意味是极其内敛的。他们在小说中的具体的细节和形象，以及抽象性的概括力，或者说，在人物与叙事的时间和空间关系的处理上，并非为人物刻意设置什么隐喻，而是"为我们体验生命的秩序和无序而设置"[①]。叙述的机杼及其变化，在王啸峰的小说里，通过对经验的想象性整饬和重构之后的再度发酵，形成一个自为的文本空间，生成文本自身一套起承转合的叙事逻辑。而且，我们面对王啸峰的小说，还能更多地感受到文本所蕴藉的神秘主义美学形态，以及精神、意义重心的沉潜度，这些，同样显示出王啸峰写作的独特性品质。显然，破解或破译生活、人性，即存在世界的深层隐秘，发现"唯有小说才可能发现的"，哪怕是日常生活的某种"声音""气息"，或者探勘人生僻陋、荒诞、幽暗的层面，发掘尚存于记忆中的历史湮没、扭曲的遗迹，已成为王啸峰的叙事诉求和审美"惯性"。而在文本结构、叙述的尽头，破碎的、五味杂陈的俗世场景，陡然带出的小说的历史、现实、人性关怀，呼应着叙事的初衷和精神起点，游走其间的情怀，更催生出近乎寓言式的文本张力，兀自形成虚构力量对生活本身的大胆逾越。

另外，如何演绎、重构苏州这座古城悠远的历史和今朝，王啸峰表现出对历史和现实的"穿越性"尝试。我感到，在这里，仿佛一个执拗的、虔诚的"叙事者"，本然地被赋予某种不可思议的虚构的力量。可以说，王啸峰修建起属于自己的短篇小说的"隐秘花园"。在这个园子里，他精心、细心地设计小说叙事美学这座建筑，勤劳、悉心地修剪与浇灌其中的每一个叙述元素的枝丫。他的文本叙述空间里，充满了弹性、丰富性和"非逻辑性"，以近乎"另类叙述"的笔法和构思，发掘出存在世界和人性的吊诡。尽管有时我们未必能完全说清他的意向，但有一点是明确的，作为一个说故事的人或者一个充满个性气质的小说家，王啸峰的叙述的本领和才华，早已轻灵地越过存在的表象和叙事技艺的层面，释放出时时隐现的智慧的光芒。

---

① ［英］迈克尔·伍德：《沉默之子》，顾钧译，生活·读书·新知三联书店2003年版，第106页。

小说的“倒立”，或荒诞美学

——莫言的几个短篇小说

一

在今天，我们该怎样面对作家莫言及其文本？如何重新阐释其近几十年的创作？这恐怕是当代小说研究和评论界所面临的一个新问题。莫言获得“诺奖”之后，我也曾撰文表达过类似的忧虑。我认为，莫言获得“诺奖”，难免构成当代社会的重大文化事件，因为它所蕴含的种种复杂的政治、文化、精神、民族心理、大众传媒等等因素，必然会造成诸多文学的、非文学因素相互杂糅的“轰动效应”。这就在很大程度上使得莫言从一个“有限度”的著名作家，跻身于一个民族的“文化英雄”的行列。这些，对于我们时代的文学和文化，就显得过于“奢侈”，衍生出极具个人性的“喧哗”，而且，这些外部因素带给我们的认识和效应，不免使得莫言有可能成为一个文化符号而已，甚至，也许令一位依然可以不断地、继续创造新的文学可能性的莫言，变成一个僵化的、固化的、世俗化的存在。现在，我们所关心和重视的，更应该是那个与文学本体密切相关的莫言。所以，在面对莫言及其文本的时候，我更愿意思考有关莫言写作本身的种种文学价值，因为无论莫言获奖与否，他所创作的作品，都是当代中国文学最具有阐释性的文本之一。从莫言几十年具体的文学创作实绩看，无论从精神性、文化性，还是文本蕴含的丰富性、奇崛性，莫言无疑都可能成为一位“说不尽的莫言”。从我知道莫言起，他在我的阅读印象里，就从未间断过对于他叙述方式和形态的思考。我们应该深入思

165

考莫言作为一个"中国故事""中国经验"的讲述者，他为什么能够如此变化不羁地、不停顿地讲述有关历史和人性的故事？他的身上有着一种怎样的精神美学的"气力"和"气理"？他对现代汉语写作的真正贡献是什么？他给中国文学乃至世界文学所提供的新的文学元素是什么？究竟是什么因子在最初的写作中，或者在数十年来迄今的写作中，依然能不断地点燃莫言的写作激情？他持续表现这个民族的历史以及人性的存在生态和灵与肉的变异，其叙事的动力何在？也就是说，我们需要探究的是，莫言的想象力是如何借助他天才的表现力，穿越历史和我们这个时代的表象，创造出一种独特的语境和想象的世界。还有，莫言通过如此大体量的叙述，他在文本中所提供的关于整个存在世界的图像，究竟有多少深层的"意味"？也就是说，莫言是凭借什么力量和灵感，写得如此狂放不羁，文字像江河一样自由而不息地流淌？

我想，自称自己是"讲故事的人""诉说就是一切"的莫言的叙述，首先最能打动人心的，是具有一种超越历史尤其超越时代的激情和强大的精神力量。他仿佛永远都有叙述的激情，永远有自己独特的艺术表现能力和方向，他从不站在自以为是的立场和角度进行艺术判断。这个世界需要怎样被讲述，有什么东西最值得讲述，讲述它的时候，作为一个讲述者，他的内心该有怎样的方向和选择，决定了故事的方向，同时也决定了故事的价值和意义。那么，讲述的方式和出发地就显得非常重要。聪明、智慧的讲述者，未必能讲述出世界的真相，但能够真诚面对历史和现实的作家才有可能道出存在的种种玄机。莫言曾经说出了一个作家自身强烈的写作欲望和需求："所谓作家，就是在诉说中求生存，并在诉说中得到满足和解脱的过程"，我最能够理解莫言说的那句"许多作家，终其一生，都是一个长不大的孩子，或者说是一个生怕长大的孩子"。我感觉，莫言格外喜欢这种"皇帝的新装"式的"看见"和盘诘，在他的文字里，诡异的世界之门对他訇然中开，让他刺探虚实。其实，莫言，包括许多试图发现生活内在质地的作家，都愿意具备一双孩子的眼睛，因为文学的叙述是不能使用谎言的。

我曾在《谁发现了荒诞，谁就发现了历史和现实的"扭结"》文中提到："是否可以说，莫言是中国最早、最成熟地表现历史、时代和生活荒诞的作家之一。他在发现了中国历史和现实的荒诞之后，以一种'狂欢式'的倾诉呈现这种荒诞，而且，持续地表现这种荒诞。我觉得，莫言的发现，其实是发现了历史和现实生活本身的惯性和日常性，他所选择和表现的生活，实际上就是当代中国的日常生活。所以，在这个时代，谁发现了荒诞，谁就发现了日常生活的'扭结'，或者说，谁发现了日常生活的变异性，谁就能真正建立起关于这个世界最真实的图像。我想到另一位杰出的作家余华，想到他的长篇小说《第七天》。许多人认为他利用了新闻和媒体的材料，'串烧'了当下中国的现实和新闻案例。其实并不是这样。余华小说中的现实，就是荒诞的现实，但在我们这个处于高速变异的时代，以往荒诞的概念已经被彻底颠覆了，荒诞不再是荒诞。与莫言不同的是，余华还是把以往的荒诞当作荒诞来呈现，以荒诞击穿荒诞，而莫言始终将一种整体性的荒诞当作日常生活，并继续将这种荒诞进行变形。面对荒诞的时候，莫言选择的是更大的荒诞，魔幻、民间的志怪方式和手段，走的是一条用力敲碎生活和历史逻辑的道路，而余华是贴着现实，触摸荒诞中人性的无力和现实的绝望。我在理解莫言意义和价值的同时，也理解了余华的强烈介入现实的勇气。"

我们能够体会到，莫言较早就具有与同时代作家有所不同的"酒神精神"，必须承认，这是莫言小说所具有的一股强大的美学力量。这种来自作家创作本体的力量，使他在上个世纪八十年代较早而迅速脱离被种种文学潮流所裹挟的叙述惯性，迅速地摆脱和突围，特立独行，不再被文学之外的因素所干扰和束缚。这就使得他以一种新的叙事美学形态，呈现出与众不同的艺术风貌，创造出许多令人叹服的文学意象，进而生成神奇的文本气息和文本形态。上世纪八十年代的文学环境和意识形态场域，使许多有才华的作家脱颖而出，但也使得一些作家深陷"潮流"之中而不能自拔，那个时候，只有具有强劲的、狂放不羁的想象力和艺术勇气，才能调整好自己写作的美学方位，在"诗与真"的艺术取向上砥砺前行。这从他早期的《红高粱家族》以及后来的《酒国》《丰乳肥臀》《檀香刑》中逐渐充分显示出来。现在看，这种贯穿于莫言写作始终的内在美学驱动力，显然已经不能简单地从所谓"民间视角""民间审美""民间想象"来笼统认识。许多人喜爱他的长篇小说《生死疲劳》，其中，莫言的叙事气度，直抵那种对人性的愿望、精神、灵魂的终极诉求，这是生命大于任何社会和时代的感觉、意识和寓言，是人类存在的终极理由。他在历史幽深的隧道里，在现实、存在世界的不同角度，在人与自然和所谓"轮回"中，发掘出人性的困境和存在本相，发现人类的秘密，生存的秘密，个体的、集体的秘密，洞悉世界的丰富、苍凉和诡异。在这里，生命大踏步地跨越了政治、经济和文化的规约，一气呵成，实现了彻底的自由和解放。而他对"土地"的理解，对母亲、大地和生命的内在联系，完全是基于"母亲"伦理并超越了任何道德规约的人性本原，充满着母性和神性的光辉。这是一种大视角、大胸怀、大气魄和大智慧。这样的感怀和叙述，必定是大于一切意识形态的事物的"还原"，是充分尊重世间万物的包容，是任何功利美学所难以企及的。而作为故事讲述者的莫言，无所不在，无所不能，像是一个精灵，自由、洒脱。所以，莫言是一位最尊重生命本身的作家，是一位书写荒诞又超越了历史和现实荒诞的作家。

莫言的叙事特征，主要体现在他对经验和想象的处理上，他被认为是"通约"了马尔克斯、卡夫卡和福克纳的艺术元素和精神取向，而他与众不同的地方，正是他最出色的地方，这就是他能够将现实、历史的真实形态，独特地转化成另外一种"非现实的形态"。这也使他能够让想象力超越现实，进入一种自由、宽阔的状态。他对历史、现实和人性的叙述，可谓有节制、有内敛，也极其开阔。他能够找到多种视点变幻的方式，恰切得体，在文本中有着挥洒自如、张弛有度的自由而平衡的叙述状态。

在这里，具体涉及的是文体创新的问题。一种叙述方式的选择取决于想表达的主题意蕴，但文体的限制和规约常常窒息作家的情感和叙述。有胆识的作家就会无所畏惧地挑战文体的局限，开始他精神和文体的双重扩张。文体的扩张，在莫言的写作中，突出地表现出一种文体的革命性的延展，这是美学的延展，也是一种超越现实的审美的感性，审美的观照，审美的物化，审美的静观，审美的化境。在写作的激情和"酒神精神"中，莫言让叙述改变了或变形了以往的固化呈现生活、存在世界的方式，做到了形神兼备的艺术表达，一泻千里的语言气势。任何固有的、被规约的文体，都被强大的精神性表达需求所冲破，中国人精神的盘诘，焦虑和不安，灵魂的沉重，彻骨的荒寒，无际无涯的复杂情感，人性的逼仄和悲情，早已不能被传统、惯常的表现样式和模态呈现出来。莫言仿佛"通神""通灵"般地发现了人性的秘密，关于土地和生命的奥义，他都以一种不同凡响的、"异端"的、荒诞的体貌，让寓意在叙述中自由地溢涨出来，撑破文体的局限，原创性地奇诡地"喷薄而出"。小说、戏剧和寓言诸种元素相互交融，既有魔幻与志怪的交合，也有写实和浪漫的对撞。在机智、智慧的叙述中自由如天马行空，汪洋恣肆。以旷达的情怀，"狂欢化"地容纳、叙述历史的记忆和想象，凭借充分的自信和艺术能量超越现实，以修辞的荒诞，击穿了现实和历史的荒诞。对于莫言小说的荒诞美学，王德威认为，莫言的《十三步》"情境荒诞无稽，每每使读者有不知伊于胡底的危机感，但莫言正要借此拆散我们安身立命的阅读位置"[①]。《蛙》同样是绝好的例子，在这里我无须赘述。在荒诞叙事中凸现存在的真相，将人引向机智和机警，引向自觉和高尚。

归结起来说，莫言小说的美学形态，也是对所谓"雅和俗"规约的实践性超越。我相信真正的文学，不仅能登所谓大雅之堂，更能潜入阅读者的内心。莫言写作有着宽厚的审美视域，为我们提供了更为广阔的写作和审美的可能性。莫言的叙述，即他所讲述的"经验"，是新的叙事美学的建立和汉语写作的新实践，这也是我们对莫言的阅读和喜爱不会感到倦怠的原因。

下面我想阐释的是，莫言创作的这种美学风格和叙述策略，尤其他所呈现的历史与现实的荒诞以及他的叙述对生活的"变形"能力，不仅体现在他的长篇小说文本中，而且表现在他的短篇小说中，进而

---

① 王德威：《当代小说二十家》，生活·读书·新知三联书店，第219页。

深入探究莫言在短篇小说文体上所体现出的艺术创造精神和审美价值。

二

阿来说："一个人所以要成为一个作家，绝非仅仅要对现实作一种简单的模仿，而是要依据恢宏的想象，在心灵的空间用文字建构起另外一个世界。而建构这个具有超现实意味的世界的最重要的目的之一，便是能通过这种建构来探索生活与命运另外的可能性。因为任何一个人在内心深处，绝不会甘于生活安排给我们当下的这个唯一的现实。也许，生活越庸常，人通过诗意表达，通过自由想象来超越生活的愿望会越强烈。"① 王安忆也认为："小说是目的性比较模糊的东西，它不是那样直逼目的地，或者说，它的目的地比较广阔。"② 也许，杰出的小说家都能够超越我们所能看到的庸常的生活，以自己的叙述建立自己的也是读者的"目的地"。这里，一个重要的方面，就是阿来说的"建构这个具有超现实意味的世界"——文本世界。当然，从文体上讲，它可以是有一定叙事长度的长篇小说，也可以是一个精致的、令人拍案叫绝的短篇。

我们相信，一种经验，即生活中的"片段"或"噱头"，一经作家灵感的激活或者叙述的调制，在文本中就会生成想象力的爆发，创作出令人震撼的小说文本。在莫言看来，小说叙述就是对生活边界的彻底打破，他就是要将历史和现实、人的种种表演、人的传奇及人与现实的错位呈现给我们。既揭示现实的荒诞，又解剖人性的复杂、内心的幽暗，奇观化、戏剧化、魔幻性地表现人的生存本相和精神本相的丰富和复杂。同时，在叙述的技术层面，无论是长篇还是中短篇，他都尽量地体现出作为写作主体对世界和生活的认知方法和艺术表现策略；无论是长篇小说叙事的大开大合、跌宕起伏，还是短篇小说的

---

① 阿来：《看见》，湖南文艺出版社 2001 年版，第 205 页。

② 王安忆：《王安忆读书笔记》，新星出版社 2007 年版，第 217 页。

细腻、精致、简洁，他都试图在相应的时间和空间维度，任由叙述的河流奔放自如，那种叙事的自由、"任性"、感觉的碎片，消解着拘谨、"工匠化"的结构。因此，他的小说结构、细节和语言，往往是最"随便"的，信手拈来，率性而为。这一点，就像王蒙所言："真正好的小说，既是小说，也是别的什么。"那么，"别的什么"究竟是什么呢？我想，它一定是小说家的智慧，或者说是小说本身的智慧。莫言早期的短篇小说《倒立》和《与大师约会》可以算是这方面的代表作，它们都不同程度地体现出莫言短篇小说独特的叙述结构和风格体貌。

短篇小说《倒立》以一个修车师傅的视角，讲述了一次同学聚会的过程。这个具有个人性的"私人聚会"所蕴含的强烈现实性，对人性和社会心理机制的反思，既令人感到惊异，也让我们倍感沉重。在这里，"倒立"仿佛一个隐喻或象征，折射出一个时代生活的镜像，寓意深远。当年极端调皮的中学同学孙大盛，现已成为省委组织部副部长，他荣归故里，衣锦还乡，大宴宾客，以此显示自己的地位和威望。那些企图以此荣身的同学，则在聚会现场纷纷露出丑态。在这里，权力的大小，穿透了真正的同学情谊，过去的校花虽已呈现出几分老态，却在孙大盛的强烈要求之下，为同学们当场表演"倒立"，并由此露出肥胖的大腿和红色的内裤。这个场景如此滑稽，如此丑态毕现，权力和地位竟然可以使同学变成"大圣"或小丑，时间可以使人变得如此荒谬不堪、不忍卒睹！莫言用戏谑的语言，为我们呈现出一个充满笑闹的场景，它是如此欢腾，却又让我们感到如此无言和忍俊不禁。我们从中可以看出莫言对当代精神衰变的现实的关注，权力与情谊，似乎也已经本末倒置，世道人心被功名利禄熏染得惨不忍睹。无疑，《倒立》的深刻寓意，就在于透过一个平庸至极的、荒唐的场景，揭示人性的粗鄙和生活的荒诞不经。这不得不让我们产生一种深沉、真切的怀旧的情愫，这其实也是对近年来社会愈来愈浮躁，愈来愈功利的一种叹惋。

这个短篇小说最重要的地方，就是其所描绘的宴会场面，这也可谓书写荒诞的登峰造极之笔。仔细想想，短篇小说要写好大场面，确有极大的难度，道理很简单，因为没有充分展开场面的足够的篇幅。但是，莫言的这个短篇，却刻意地选择让叙述在大场景中实现最后的高潮。宴会场面之前，叙述就已经做了大量的铺垫、铺排。作为孙大盛的同学——修车师傅，与他的妻子和修鞋师傅老秦的一场笑谈和吵闹，包括修车师傅修车时收到的假钞，修车师傅妻子送来孙大盛宴请的"信息"，这些看似"闲笔"的场景，实际上是莫言将一个场景推进到另一个场景，进而产生特殊情境的有力链接。整个社会生活的外在环境和个人心理，尽显其中。这样，后面"聚会"中每一位人物的心理畸变和状态，都不会显得突兀。修车师傅既是其中一个人物，是"参与者"，也是一个叙述的视角，是穿插在叙述中的一条引线，是一双帮助我们细腻观察、体味场景的眼睛。莫言在一双眼睛的缝隙中也洞见出俗世的滑稽和荒诞性。

> "放屁！"谢兰英骂着，拉开了架势，双臂高高地举起来，身体往前一扑，一条腿抡起来，接着落了地。"真不行了。"但是没有停止，她咬着下唇，鼓足了劲头，双臂往地下一扑，沉重的双腿终于举了起来。她腿上的裙子就像剥开的香蕉皮一样滑下去，遮住了她的上身，露出了她的两条丰满的大腿和鲜红的短裤。大家热烈地鼓起掌来。谢兰英马上就觉悟了，她慌忙站起，双手捂着脸，歪歪斜斜地跑出了房间。包了皮革的房门在她的身后自动地关上了

从整体上看，莫言在通篇的叙事中，始终"一意孤行"地任由各种嘈杂的声音、复杂的表情和心理"众声喧哗"般泥沙俱下，不厌其烦地为这场聚会做了大量的"预热"，看似没有任何叙述的"章法"。而直到小说尾部，叙述在"倒立"中戛然而止时，我们才恍然顿悟，叙事中真正的"包袱"原来就是一个充满隐喻性的"身体活"。恰恰是这个"行为艺术"，凸显出人性的扭结和变异。原来，此前所有的叙述，都是为让这个有失人格、体面、尊严的令人惊诧、令人心碎的"夸张"举动，做出如此漫长的、有耐性的铺垫。由此，也将短篇小

说原本封闭的空间彻底打开，叙述进入到心理学、伦理学、灵魂的层面，探触生命最实在的层次。

另一个短篇小说《与大师约会》，也是莫言一篇内涵非常丰富、非常精彩的小说。在这篇作品中，莫言不断地对"大师"的表现、存在和真伪进行着质疑与解构，牵扯出时代、社会生活的重要侧面，揭示另一种世俗的怪诞，某些支离破碎的精神的投影，心理主体的自我疏离和游弋状态。开始，几个艺术青年是作为行为艺术设计"大师"金十两的崇拜者出现的，他们在展览会之后，深陷在狂热地对"大师"的盲目的追逐之中。他们苦苦地寻觅那位神秘的"金大师"。但在酒吧里，他们却听到了艺术学院的学生们对金十两"大师"大量的负面议论。特别有意味的是，酒吧的老板对"大师"也进行了更彻头彻尾的解构。一个突然出现在酒吧的长发男子，自称是一个杰出诗人的桃木橛，先是拼命地贬抑和攻讦了众人期待到来的"金大师"，接下来便是满口诗篇，如同是口吐莲花，表达要像普希金一样，与"伪大师"及其伪艺术、情敌进行殊死的决斗。这些举动，也仿佛是另一种形式的"行为艺术"，立刻引发了艺术学院学生们的狂热的追捧和崇拜，随即，这个"长发男子"诗人桃木橛就被供奉为新的"大师"。至此，那几位"艺术青年"与这些艺术学校的学生，在对"大师"膜拜的狂热里已经不能自抑。

> "是谁在呼我啊？"随着门响，金十两大师站在我们面前，眼睛一亮，蔑视地问。"桃木橛子，你个流氓，又在勾引纯真的少女！你们——"金大师用食指划了一个圈子，将我们全部圈了进去，语重心长地说："你们，千万不要上了他的当，他方才念的诗，都是我当年的习作。"金大师端起一杯酒，对准桃木橛的脸泼去。浑浊的酒液，沿着桃木橛的脸，像尿液沿着公共厕所的小便池的墙壁往下流淌一样，往下流淌，往下流淌……

这样的场景令人惊诧而又颇为滑稽，我感到，莫言叙事的"荒诞美学"再次来到文本之中。我们也注意到，这里的整个情节，或者说整个场景叙述，一波推动一波，一波"否定"并解构着另外一波。每一个环节都由人物、细节拉动，借着"声部"的形式，像是一场"独幕剧"，叙述过程就是逼视人物内心世界的过程，这也正是莫言叙述的魅力所在。面对一个在理念中所形成的"光环"，关于这个"大师"的概念，他要不断地推倒前面的叙述，在"否定之否定"中，消解既定的观念或"秩序"，重新整饬、呈现生活现场的真实镜像。开始是学生们试图解构掉金十两"大师"，同时也在解构几位"艺术青年"的狂热和崇拜，在小说结尾，"大师"金十两出现，又竭力地解构了那个桃木橛子。我们可以感觉到莫言这篇小说浓烈的反讽色彩，他不断地翻转叙事的方位和走向，以一种"错置"或"倒立"的姿态，目的就是要拆解掉"大师"这一称谓的确切的意旨。所以，这里的感觉和表现上的"错置"或"倒立"，切中肯綮地表达了一种生活与现实的荒诞，让我们感知到生活充满了有趣的讽刺和悖谬。在一个艺术风格相对色彩纷呈的时代，我们看到艺术合法性的来源如此依赖于叙事，或者说，依赖于"讲述"和传说。而究竟谁是"大师"，竟然会变得如此捉摸不定。莫言写下这篇小说，或许就是要反讽当时艺术的所谓"后现代"状态，以及"大师"满天飞的"艺术"现状。其实这也告诉我们，莫言始终和现实保持着一种警觉的、"紧张"的关系，他的写作绝不只是形式主义的艺术探索，在他小说的形式背后，其实始终保留着一种对"形式的文化"和"形式的政治"的有效探索。也许，这是那些粗心的阅读者所未能察觉的。莫言所触及的，不仅是日常生活的荒诞，还有文化、艺术和存在世界的荒谬。

不能不提及莫言新近的短篇小说《等待摩西》。这个短篇在一定程度上仍保持着书写现实荒诞的美学惯性，与以往小说有所不同的是，这篇小说更具叙事的"现实的历史感"和"沧桑感"，以及那种"等待"所衍生出的时代大踏步演进过程中个体生命的无尽苍凉和戏剧般的宿命感。这篇小说叙述的依旧是"东北乡"的故事，主要是写一个人自上世纪七十年代中期直到新世纪初几十年的生存、奋斗的经历，其叙述时间的跨度之大，几乎让这个短篇小说难以承载。曾经名为柳摩西的乡村青年，在不同的年代里两次更名，基督教徒的父亲给他取名柳摩西，在那个特殊的年代里，他改成了柳卫东，但几十年后又改回叫柳摩西。无疑，这个名字的"变迁史"，蕴含着一个人命运的沉浮史。整体上看，柳摩西是沿着"时代的召唤"和"情境"，在不同的历史阶段竭力地奋斗并且小有成就，随之，柳摩西的社会"身份"和真实境遇，也在不断地发生跌宕起伏的变化。吊诡的是，柳摩西在上世纪八十年代"暴富"之后竟然神秘失踪三十年。"失踪"这个过程始终是令人匪夷所思的，而他的妻子、女儿和同胞兄弟，尤其柳摩西的妻子竟然对他违背常理的行为能够"忍受着巨大的痛苦坚持到最后"。小说叙述，给我们留下一个难以想象和判断的结局：柳摩西最后"皈依"了，成了虔诚的基督徒，很难猜想他最后的选择是在怎样的人生"炼狱"中完成的。"信仰"在浪淘沙般的岁月里真的能够淬炼成金吗？在这里，何以如此，似乎已经并不重要。也许，在生活中，像柳摩西这样的人物比比皆是，荒诞也好，世俗也罢，潜在的悲剧性从字里行间蔓延滋长出来。平实、貌不惊人的第一人称叙事，不断让文本生成奇特的感受，故事的深层内核，隐藏在充满传奇性的故事之中。小说潜在的，有关时代、个人、命运、信仰和选择的深层主题，在跳跃式的"闪回"中碎片般纷纷扬扬。看上去，这个小说由若干相互接续的生活片段或"横断面"连缀起来，故事性也不是很强，而其中却蕴蓄着丰富的多义性，细密的生活流，款款流入时间和空间的容器，令人深思。尽管莫言没有在小说中流露出自己的任何看法，但个体生命在时代潮涌中的动荡、尴尬、不安、飘浮，尽显其荒诞性、不可确定性。

莫言不愧为擅写场面的高手。我们在他的长篇小说《红高粱家族》《檀香刑》中早有深刻的感受。但是，在一部短篇小说中，让叙述在一种平缓的铺排、预设和潜在的"递进"过程中，在一种意绪的蔓延和弥散中，实现最后的"内爆"。这里面自然有一个极其重要的叙事逻辑问题，它是作家文学观念、结构方式、人物塑造和叙述策略的体现。就人物而言，无论是《倒立》中的孙大盛、谢兰英、修车师傅，还是《与大师约会》中的"艺术青年"、桃木橛和金十两，《等待摩西》中的柳摩西，他们的行为、心理上都有着缠杂不清、复杂微妙的"扭结"，莫言都以一种不同凡响的"异端"的、荒诞的体貌，让寓意在叙事中自由地溢涨、凸现出来。可见，莫言擅长于"草蛇灰线，伏脉千里"，人物、情节、故事甚至细部的修辞，先与后、详与略、轻与重、深和浅都处理得体，有杯弓蛇影、水落石出之惑，也有举重若轻、水到渠成之快。

那么，我们是否可以将莫言短篇小说的结构，理解为一种"倒立"式？在结构、形象、叙事的"错置""倒立""延宕"的形态下，我们更加深入地看到了莫言的叙述逻辑，也窥见了存在于世界和生活本身的荒诞。

三

所谓"非虚构写作"，在今天，再次成为对虚构文学，更包括对于短篇小说写法的一个强烈挑战。具体说，"事实""新闻"与故事之间生发出不可调和甚至不可理喻的冲撞。显然，对于叙述来说，这已经不再是一个简单的技术问题，而是对小说理念和作家个人智慧重新审视的开始。虽然小说的力量并不只是揭露、暴露的力量，也不是依靠寓意和象征就能够立刻深邃起来。也许，只有坦然地揭示灵魂深处的隐秘，探查、揣摩人类不可摆脱的宿命，才是最终的目标。那么，面对有时看上去很"粗鄙"的现实生活，一个作家究竟该如何下笔？尤其在当代，现实的问题已包裹起整个人类的精神形态，如何表现生活，是作家面对的最重要、最复杂的问题，其实，这就是一种叙事姿态的选择。

我始终觉得，叙述永远是小说写作中一个最基本的问题。叙述方法和策略，包括叙事视角，最终决定着一部作品或一个文本的形态和品质。这不仅体现为写作主体的一种叙事姿态，它也直接决定着一部作品的整体框架结构。作者的叙事伦理、价值取向和精神层面诉求，都能够由此显现出来。实质上，就文本的本体而言，没有叙事视角的叙述是不存在的，视角是作家切入生活和进入叙述的出发地和回返地，甚至说，它是作家写作的某种宿命或选择。选择一种叙述视角，就意味着选择某种审美价值和写作姿态，也意味着作家已经确立了一种属于自己的阐释世界、重新结构生活的角度，也就决定了这个作家呈现世界、表现存在的具体方式，这是一位作家与另一位作家相互区别的自我定位。小说的叙事视角，就是小说写作的文体政治学。因此，视角的选择，也就成为作家写作的一个重要的问题。它不仅涉及叙事学和小说文体学，还是一个作家在对存在世界作出审美判断之后所选择的结构诗学，其中，当叙述视角所选择事物或者载体具有了隐喻的功能时，也就是，作家试图通过一种经验来阐释另一种经验时，视角的越界所带来的修辞功能，必然使文本的内涵得到极大的主体延伸。

数年前，我就曾将莫言的《拇指铐》和余华《黄昏里的男孩》进行过比较："如果说，我们从《黄昏里的男孩》中感受到的是敏感、脆弱、屈从的忍受形态，而莫言的《拇指铐》一方面将人性的罪恶、仇恨、放纵和邪恶这种非理性的人性异化演绎得极其充分，另一方面，它呈现出对灾难和困扰的反抗，以及努力在苦难中建立存在的希望和爱的责任。基于试图表现生存的本真状态的强烈冲动，呈现'绝望'、冲决'绝望'似乎是一个更合适的范畴，这也许能够用来描绘出生存个体的生存和人格状态。"其实，从某种角度讲，莫言的这篇小说，并没有超越鲁迅小说中惯用的"看"与"被看"的叙事模式。我们在阅读中已深深地感觉到《阿Q正传》《孔乙己》《祝福》那种沉郁、压抑的叙述语境和氛围。前面提及，莫言的很多长篇小说如《红高粱家族》《檀香刑》等，都以擅写酷刑、擅写看客著名。莫言在谈到《檀香刑》的写作时曾说，人类有这种局限和阴暗，人类灵魂中都有着同类被虐杀时感到快意的阴暗面，在鲁迅的文字中我们也可以看到。但这篇《拇指铐》更有许多独到之处，它触及人生存状态与本相，人道精神匮乏的问题，绝望的问题，拯救的问题，也表达着对苦难的主动承担，意志对绝望的反抗。

这篇小说的主人公是一个未谙世事的少年。叙述以阿义为病重的母亲去典当、买药、返回为基本叙事线索和内容。在从黎明到夜晚一整天的时光里，阿义历经了世态的炎凉和人性、人心的残暴。莫言在这篇万余字的小说里，无法掩饰他内心的悲凉和忧伤的生存感悟，向我们清晰而绵密地展示了人在那个时代溃败的危险及其真实面貌，并昭示了某种群体性的危机。《拇指铐》不似余华《黄昏里的男孩》那样，表面冷静，骨子里却异常沉郁悲痛，而是在整体叙述上有意张扬看似平静实则惊心动魄的生活场景。莫言为何选择一个八岁的男孩阿义，并让"他"承担人生的道义、善良、软弱、恐惧、焦虑、希望、血腥和残暴？

显然，莫言和余华一样，在小说中选择了一种"双重视角"：小说的叙事者和主人公。小说的叙事者像一个传感器，是以少年主人公的心灵去感受小说所描写的人物、事件和情景的"参与者"。主人公阿义"被叙述"着，同时也作为"我"进行着自我倾诉。在一整天的经历中，阿义遭遇到无数的冷眼、嘲弄、鄙视、奚落和无端的残害。莫言惯于运用文字营构充满生活质感的氛围，将人物的感觉推向极端的境地，造成对阅读强大的感染力和冲击力，甚至有令人窒息的感受。

问题在于，为什么这一切竟然都是如此的无端和无奈？！

他这时清楚地看到，坐在石供桌上的是一个男人和一个女人。男人满头银发，紫红的脸膛上布满褐色的斑点。他的紫色的嘴唇紧抿着，好像一条锋利的刀刃。他的目光像锥子一样扎人。女的很年轻，白色圆脸上生着两只细长的笑意盈盈的眼睛。

男人用一只手攥住他的双腕，用另外一只手，从裤兜里摸出一个亮晶晶的小物体，在阳光中一抖擞，发出清脆悦耳的声音。"小鬼，我要让你知道，走路时左顾右盼，应该受到什么样的惩罚。"阿义听到男人在树后冷冷地说，随即他感到有一个凉森森的圈套箍住了自己的右手拇指，紧接着，左手拇指也被箍住了。阿义哭叫着："大爷……俺什么也没看到啊……大爷，行行好放了俺吧……"那人转过来，用铁一样的巴掌轻轻地拍拍阿义的头颅，微微一笑，道："乖，这样对你有好处。"说完，他走进麦田，尾随着高个女人而去。

满头银发的老者，仅仅因为阿义的回头一顾，便对其施行了令人发指的现代刑罚。因此，年幼的阿义被置于"希望中的绝望与绝望中的希望"之中。也正是这样，阿义一天里的遭际逼出了人性的隐秘部分：残暴的、阴冷的、非理性的、疯狂的、黑暗的。在常态生活中，这些因子都隐藏在人的内心深处，一旦有一点点机会或释放的可能，它们就会从内心里爬出，泯灭良知和天性，"把人身上残存的良知和尊严吞噬干净。人变成非人，完全失去人性应有的光辉"。所以，在人的内心深处寻找一种力量摆脱人性的黑暗是非常艰难的。可怜的阿义陷入了人性的黑暗，正是"偶因一回顾，便为阶下囚"，如此荒诞，如此绝望！

鲁迅是一个首先觉醒的人，甚至他的彷徨、苦闷、阴冷都是觉醒的表达，历史和现实都要求他有这样一双觉醒的冷眼。鲁迅早已洞悉中国人国民性中最劣根的实况，尤其"虚伪的牺牲"的"畸形道德"。人所共知，鲁迅对国民性的分析和揭露最令人惊异、令人推崇。因此，他选择了一个深刻的切入生活和现实的视角。

在《拇指铐》里，这位银发老者很轻松、快意地让幼者阿义无端地做了"长者的牺牲"。莫言的叙述，使我们伴随着阿义在灼目的正午开始苦熬。这期间，老 Q、黑皮女子、大 P 等一伙人的到来，让阿义的希望在他们的嬉笑谩骂和不以为然中销蚀。背婴儿的女子在表达了她仅有一点本能的善意之后，发出了愚昧的疑问："你也许是个妖精？""也许是个神佛？您是南海观音救苦救难的菩萨变化成这样子来考验我吗？您要点化我？要不怎么会这样怪？"

阿义感到绝望，但又不能绝望。于是，莫言让阿义在想象和噩梦中顽强地支撑着自己的存在。作者用"托梦"的手法，将少年阿义推入生的绝地，并发出已超越他年龄、阅历的幻想与玄思："我还活着吗？我也许已经死了"，"他鼓励着小妖精们，咬断我的拇指，我就解放了。小妖精，你们有母亲吗？我的母亲病了，吐血了，你们咬断我的手指吧，让我去见母亲"。西边的天一片血红，阿义咬断手指吐出时的那一道血光，连同母亲的血一起飞扬起来，演化为对人性异化和堕落的倾力控诉。在这部小说里，"断指"是莫言设计的一个具有悬念的故事结构，"血珍珠"和田野上的歌声，女子的哭声，中药的药香交织成视、听、味觉的盛宴，加深着这部深刻的具有强烈悲剧性作品的动人的悲剧效果。阿义万般无奈之下别无选择的选择，竟然是如此悲壮惨烈，一个年仅八岁的孩子的行动能唤醒我们吗？会打动人吗？会撕咬当代日渐物化、麻木的世道人心吗？我们几乎无力也无法选择沉默和拭目以待。

同属发掘生存本相、昭示人性扭曲与世态炎凉的小说《黄昏里的男孩》和《拇指铐》，都选择"断指"，这一情节，直指人心。在叙述风格上各有独特追求，一个是冷静、沉郁，一个是活泼、激越，一个冷硬，一个悲怆，但它们都智慧、冷峻、犀利，都具象征、寓言的属性和色彩。莫言和余华两位作家关注人性，"反抗绝望"的文学审美立场，体现出对大师鲁迅的自觉继承。而"拯救"的道义情怀，在叙述中毫发毕见，呈现着与众不同的当代思考。作家拯救人性、关注人文的责任感、使命感使小说叙述的母题内涵得到强化，可见其帮助人们走出磨难和困境的执着信念，在当下浮躁、焦虑的表意语境下，实在是弥足珍贵。

张新颖曾经写过一篇《从短篇看莫言》的文章，特别提到莫言写作的"自由"叙述的精神，讲到上世纪八十年代中期的"先锋文学"潮流如何让莫言解放了自己，发现了自己："很多作家更多地感受得到短篇的限制而较少地感受短篇的'自由'，是件很遗憾的事。莫言获得了这种'自由'，由'自由'而'自在'。他这样不受限制的时候，我们更容易接近和感触到他的文学世界发生和启动的原点，或者叫作核心的东西"。[①] 汪曾祺在谈到小说写法时，所强调的是写小说就是"随便"。所以，我们前面谈到的莫言小说的"逻辑"，其实是指小说叙事的策略之一，实质上，小说在写法上有着多种内在的结构和"逻辑"，这样才会有"各式各样的小说"，才可能有叙述的多种可能

---

① 张新颖：《从短篇看莫言》，《当代作家评论》2013 年第 1 期。

性。进一步说，小说，有时可能正是一座向下修建的铁塔，在"词与物"的某种错位中完成对存在世界的深度认识和判断，所谓"执正驭奇"，所谓"真正的好小说，既是小说，也是别的什么"，都是对小说切实而深刻的理解。

文学叙事的轻与重，清与净

——李云雷小说阅读札记

一

人们说起李云雷，都会谈到他为人的真诚、宽厚、朴实，作文章的才气和气度。新世纪以来，他参与对"底层文学""中国故事""中国经验"的话语建构，理论文字的气魄一洗世纪末的颓废，让人们在众声喧哗中，隐隐地听到饱含激情而清澈的宏阔气度，感悟到一颗对文学赤子般的坦荡之心。而读他的小说，心中也常常为之一振，仿佛"云中之雷"，沉雄，响亮，令人感奋、惊喜；又仿佛是一种能够立得住、压得住的沉实力量，直面现实和存在。但是，李云雷的心灵世界却不是只有这种"重"，读他的小说，一定会让人感受到在"重"的背后，他还有"轻"的一面。就是说，如果他的批评是"仁者乐山"，有浑厚的气象，那么，他的小说则是"智者乐水"，有一种文字和叙述的"轻逸"之美。实际上，在这"轻"与"重"之间，我觉得还有一个非常重要的元素，就是他的文字品质里蕴藉着"清与净"的美学韵味。无论是他的小说还是文学评论，都有一种洗尽铅华、不藏心机和算计的率直，具有与生俱来的本真的质地。我觉得，在当代文学的创作与研究中，"干净"，是最应该值得我们珍惜和尊敬的一个词。它对于汉语写作来说，不仅仅是词句清丽或醇厚深沉、表意真切、不浑浊、不浸淫、不矫揉造作，抵达一种语言的修辞境界，而且，好的文字，干净的书写，都是气正道大，鄙视污秽，讲究叙事伦理，积极地发现美好，诚实地以文字建构理想生活的情境。显然，这是对写作者较高的审美要求。我感到，这是李云雷从事文学批评时所竭力追求的目标，也是他从事小说写作以来遵循、恪守的信条。其实，这也是作家立意、行文和精神诉求的品质。作家王祥夫这样评价李云雷的小说："云雷的小说，我个人认为最突出的特点是它的'质朴温婉'之气，他的小说让我感受到一种青春的处子般的清净。"①近来，我开始注意探寻、思考：李云雷在文学批评和小说创作之间，存在着怎样的隐秘关系？在写作风格上，质朴也好，温婉也罢，我总以为，云雷小说最重要的品质，还是以写实主义的本色姿态，铺排、沉潜出对真实的一种见证或再现。在这里，我用写实主义界定李云雷的小说，似乎较现实主义有更大的阐释空间。那么，李云雷小说的创作个性究竟在哪里？这位"半路出家"的小说家，写作的灵感、激情来自何处？他在评论界畅言"如何讲述新的中国故事"，强调"中国故事"在我们时代的复杂性、丰富性，那么，他在自己的写作中又是怎样"身体力行"的？显然，现在他已经拥有了文学叙事和文学评论两套笔墨：一方面，他要审视、思辨、阐释作为"他者"的叙事文本，在别人构筑的文学风景里，发现存在世界和人性本相；另一方面，他又要在自己的小说写作中，实现他所推崇和信服的美学理想，这必然会与他的评论文本形成富有精神意味的"互文"。无论他的小说表述、呈现什么，文本的建构过程中，既考量他的理论根基和思想能力，也需要充分地印证他的文学信念和审美选择之间的关系。因此，我们都愿意切实地去感受李云雷小说的个性魅力和独特意义，相信李云雷"彻头彻尾"、踏实、笃信的理想主义情怀，永远不会将我们引入某种虚空，而是会让我们体验到朴素的、美好的人性的力量，向虚浮、驳杂、喧嚣的现实张扬起庄重和沉实，生机和活力。

---

① 王祥夫：《云里藏着一个雷》，李云雷小说集《再见，牛魔王》序，作家出版社 2017 年版，第 2 页。

二

　　与第一部小说集《再见，牛魔王》相近，在李云雷的新著《富贵不能淫》这部小说集中，乡村经验，再次构成非常重要的叙事内涵和叙述风景。后者无疑是情感、经验、叙事空间的进一步延展和扩张。在这里，"记忆重构"，仍是近年李云雷小说写作不可"逾越"的乡村叙事"惯性"，但这种"惯性"并不是自我重复，而是叙事伦理上的不断超越。就是说，这种乡村经验，早已经不是启蒙视角下蒙昧的乡村苦难书写，也不是由隐忍和饥饿构成的凋敝图景或乡土挽歌。在李云雷的笔下，乡村有一种纯粹和明净之美，人性的清纯和厚实，童年和往事、成长的记忆都像种子一样，重新洋溢在文本叙述的字里行间。小说的细部，更加注重描摹乡村四时的变化、田野的气息、万籁的响动、动物的潜跃、农事的兴作……凡此种种，都弥散着自然性的品质和诗性的光泽，让我们在聒噪的喧嚣里，感受到一种"史诗时代的抒情声音"。这种声音，构成一种唤醒、"还原"的力量，让我们重新获得有关乡村的想象性体验。在这里，愈发"旧"的事物，愈可能呈现出新的价值和意义。我感觉，这一切都得益于小说所采用的回忆语态和"少年视角"。我们能体会到，这个少年，一定是一位"阳光男孩"，他看世界的目光，仿佛已经穿越时间的隧道，呈现出留存于内心的悠长而美好的世界。这些图景，镜像般地构成凸现、映衬当下我们现实生活的参照系。我们都知道，苏童写过一系列少年小说，"城北地带""香椿树街""枫杨树故乡"这些叙事背景都是他小说叙事和精神的原乡。那些街头的成长记忆和少年行迹，造就了苏童小说唯美的叙述风格元素。云雷笔下的乡村图景，也是由少年视角所过滤过的，因而它显得格外具有抒情性。苏童被誉为"天生说故事的高手"，而且，苏童在回忆和记忆的"重构"中实现对南方和童年的再度想象和虚构。李云雷与苏童有着相近的取材和叙事策略，以及"讲故事"时选择的基本结构方式，都一任"记忆之流"汹涌流淌，在"记忆"和"回忆"之间，寻找那些深深嵌入生命深处的情感和故事。

在"故事"中，情感、情绪和意蕴，都在写作主体的"自我"沉浸中滋生、发酵出潜藏在时间和空间深处的、始终不变的东西，构成历史和现实交错的共振，也构成叙事的深度。苏童生于六十年代，李云雷生于七十年代，有趣的是，十二年的年龄差距，并没有让他们产生文字"代沟"，或思维方式的"代际差异"。因为两人的笔下，都有少年的"街头"，这是他们之后的"晚生代"无法企及的。一代人有一代人的成长方式，上世纪六七十年代出生的人身上有一种自然的"街头气"，不管孩子们各自的性格是怎样的，是温和的还是刚烈的，但却是在街头和学校之间建立起一种特别的联系。所谓"街头"，实际上就是指的少年时期，孩子从小就跟人打交道，可能是孩子与孩子、孩子跟大人，关键是他们的心灵深处是开放的状态。这绝对是这一代人的独特的经验和精神财富。所以，我更加相信，因为有这样的"街头"，他们才可以与现实交融，与生活对话。他们的生活、经验因此也就不会被"掏空"。其实，这也是我格外喜爱李云雷小说的重要理由之一。我也能够隐约地感到，苏童、李云雷两者不同之处在于：苏童重意象和隐喻，语境诗性、诗化，重虚拟；李云雷则重写实和素描，更加迷恋诗性的田园、土地、乡情，更重存在和事物的"实体"。在这里，我之所以要比较苏童和李云雷的基本写作形态，重要的原因，还在于我所感受到的两者叙事上相近的抒情性、文字的清澈、意蕴的丰沛，以及他们都能够在时间和背景下，重新审视个人经验，将自己曾有的生活记忆进行重构，并且执着而细腻地将其引向叙事，以此对世界、生活和人性作出诗性审美判断，以及精神、灵魂的伦理分析。

《界碑》是一篇典型的具有"街头气"的小说。可以说，这篇小说是李云雷"少年系列"的代表作，是李云雷最重要的短篇小说之一。这篇小说，让我想起苏童的"香椿树街"的那些少年故事：《刺青时代》《沿铁路行走一公里》《舒家兄弟》《桑园留念》等。不同的是，《界碑》写的是北方少年的日常生活，北方的俗世、人文和乡村格局，这些，都直接影响着少年个性心理和生活状态。少年的孤独和"青春期"来临时的冲动和迷惘，他们最本真的稚气，都写在每一位少年的脸上，挥之不去。尽管只是邻近的两个村子，"我们"这些被认为是"外来者"的存在，与邻村少年之间的冲突，"裸露"出少年的"斗志"和天性。大刚、黑五、四海、高秀才之间，断断续续地亲疏远近，隔阂消除，又很自然地生长出友情，成为少年成长中难忘的趣事。尤其是那个写有"309线706"的"界碑"，似乎别有意义在其中。"我"对它竟然有着莫名的迷恋："我不知道它的起点在哪里，它要往哪里去，它要经过多少个岔路口，它的终点将会走到哪里。"在人生的道路上，可能矗立着无数无形的界碑，界碑可能是一个分界线，一个分水岭，一个成长的界碑，标识出不同的、不断变化的生命状态和悠长的里程。

　　这时天色暗下来，又飘起了雪，我看着在雪中匆匆赶路的人们又想起了黑五和四海，想起了大刚和高秀才，想起了在直隶村那一年的时光，我看到了整个世界在变，所有的人都在变，而我自己也在变。幸好309线706还在，让我看到了一点不变的东西，让我看到那逝去的一切并不是虚空。我轻轻地闭上眼睛，似乎嗅到了青色麦子的芳香，似乎听到了丝丝细雨正在浸透我的衣裳，我想当我睁开眼睛，就能看到一个小孩踢着小石子向我走来。

　　此后，几位少年走上迥然不同的人生道路，呈现出人生的正道与"歧路"。李云雷以平实、细腻的叙述，写出了他们的孤独、迷惘、沧桑和生命曲线。"我"没有让自己心灵的品质处于盲目的状态，始终保持自己精神的健康，做一个醇厚的、踏实的人。在这里，我们能够感到一种乡土的纯正的力量，正是这股力量，让一代人尚能拥有理想的状态，而永不终止内心向上的渴望。其实，这种心思升华为信念，让人们最终热爱自己的渴望。

三

　　李云雷的小说，除了描摹这种少年的"街头"故事，乡村少年们还有许多"另类"的精神的"街头"。无疑，这个"街头"就是广阔的、丰富的乡村世界，乡村"市井"，乡土田园。而李云雷叙事的个性特征，就在于小说文本叙事的"原型"选择，主要是基于自身的乡村经验的"记忆"打捞，这几乎构成他这一阶段写作的塑形或原点。也可以说，性情铸就的叙事方面的"异质性""跨人物性"，使得李云雷的小说实现了从典范性到独特性的"逆反"。在《流水与星空》里，李云雷用了大量笔墨来叙写乡村风物。我们看到，一旦进入乡村，李云雷就仿佛获得了一种无限而无畏的自由。他的笔触在乡村的天地间点染、勾勒、辗转，仿佛随时准备落地成形。他非常从容地向我们细腻地讲述浇地的流程、玉米的味道、星空的变化、流水的声音。这些乡村细节，在小说中俯拾即是，李云雷信手拈来，以至于我们担心它是否会漫过小说的情节。但李云雷处理得非常老到，他在慢慢向故事的核心迂回、掘进，好像若无其事，但故事的筋骨就这样渐渐显露出来。"我"和猴子、黑糖一起浇地，猴子和黑糖十七八岁，比"我"大四五岁。这个年龄差，刚好构成了小说叙事的张力点。我们常说，人的成长，是天真和经验的相遇，而少年无疑正处于天真世界和经验世界的临界点。小说充分地利用了这一点，由此产生故事的强大推动力。"我"无意中听到猴子和黑糖谈论美兰嫂，说想亲美兰嫂一口，这样暧昧的言辞，让"我"觉得不妥，但又无法对成人的隐秘世界作出清晰的判断。一次偶然的机缘，"我"把这件事告诉了美兰嫂的丈夫"五哥"。"五哥"因此对他们有所提防，在浇地时也无法安心。结果防来防去，谁也没想到是"我"亲了美兰嫂。这倒像是一个叙事的猫鼠游戏，却显露出李云雷的叙事功力，他一方面从容地叙述乡村的农事与风物，与故事若即若离，却早已草蛇灰线，布下心机，早为结尾的突转做好伏笔。更重要的是，他通过这样的故事，写出了少年懵懵懂懂的成长状态。康德说："世界上唯有两样东西能让我们的内心受到深深的震撼，一是我们头顶浩瀚灿烂的星空，一是我们心中崇高的道德法则。"不知道李云雷在写作时，是否也想到这句话，在星空之下，李云雷展现的是一个道德法则尚处于生成状态的少年形象：一方面出于正义去"告密"，一面"冒犯"者就是他自己。这种吊诡非常有趣，把少年的柔软与未成形的状态写了出来。由此，我们看到，李云雷对小说叙事有种极强的驾驭能力，他对视角的选择、语态的把握，以及对叙述节奏的掌控，都让我们感受到一种轻逸灵动之美。在《荒废的宅院》这篇小说中，这种叙述美学也表现得更为明显。这篇小说，看起来是讲几个少年在乡村闲荡，写他们如何捅马蜂窝，如何拯救青蛙，如何与"四叔"从陌生、熟悉到离别，好像是一篇简单的乡村少年生活的即景，但实际上，在这篇小说背后却隐藏着一个更复杂、更深层的故事。这个故事就是"四叔"的命运，生命之不能承受之轻，其实，在这里，人物重新回到了现实。他为何会回到乡村，为何又会重新被起用，成了新闻里的大人物，这里面其实有历史的"惊雷"。但李云雷却有意留下"空缺"，他看似若无其事地写了一个少年故事，却自然而然地就把这样的"惊雷"埋下了，用力很轻，但背后却有历史的景深。可见，这种以轻击重是非常智慧的。在此，我更加感受到写实主义"无尽的功力"具有广阔的延展性，叙事就像"冰山"一样，已将深刻和厚重的题旨都隐藏于水下。

《两个沉默的人》和《双曲线》两个文本，让我们感受到，李云雷小说所彰显出的现实之上的历史的沉重。在这里，我们看到李云雷选择的叙事视角更容易将"故事"引入隐喻或象征的层面，这样，就构成了看似滑行中的历史和存在的深度。

《两个沉默的人》中的"我"，看到家族有一个奇怪的现象，家族的小孩子都很活泼，话多到说不停，而到了一定的年岁就开始沉默了。这仿佛是一种莫名的"噤语"。伯父出去闯荡的时候，日本人还占领着中国的大片土地。他刚刚十几岁，不仅要赚钱养活自己还要给家里补贴，沉默的伯父，以前应该也是一个爱说话的小孩子，不过是生存的苦痛、磨难积压得太多太久，沉重得超出了语言的范畴。因此，伯父的沉默才更冷峻、更沉重，给人窘迫感和紧张感。在这里，沉默代表的是语言的形式，也构成一种生命难以承受的方式。所以，沉默是父辈的性格所致，老实本分、纯朴无华；沉默是父辈的历经沧桑，困苦与岁月相伴。"老哥俩／一宵无言／只有水烟锅／咕噜咕噜"，这是海子的《麦子熟了》中的两个诗句。诗歌中的三叔和父亲，与小说中的大伯和父亲如出一辙，"沉默"，不仅是他们心照不宣的兄弟之情，沉默也是三叔背回来的麦子的重量，是伯父与父亲经历的坎坷人生的厚度。那么，这就不仅仅是"两个人的沉默"，而是一个时代的"沉默"；它是历史在乡村留下的疤痕，更是一代又一代人伤痛过后无言的结局。《双曲线》，则将视线引向个人的、性格的命运。一般地说，双曲线是平面中的两条平滑曲线，相互对称，却没有任何交集。故事中的"我"和"她"之间的命运曲线就仿佛这对双曲线。他们看似在各自没有任何联系的人生轨道上前行，相知不相识，却成为彼此的镜像。初中时，他们是学习的"对手"，"形成了彼此较劲的交错局面"；而之后，他们就成为了彼此的参照系，询问着对方的近况，却从未联系。在他们看来仿佛只要知道这个与自己有着某种联系的人的存在，生命就依然是完整的。双曲线的特点是顶点相连距离最短，他们的最短距离不是初中那次的二十米，也不是多年之后异国他乡的擦肩而过，而是几十年以来他们内心的无限接近，遗憾的是，这两点从未重合，之后的人生状态也只能是渐行渐远。人的一生中会遇到很多人，总会因为一些原因与某个人产生这种"双曲线"的缘分，或许会留下一些遗憾，但是，在顶点之间的留白，何尝不是想象最好的温床？当轨迹的延伸终究绘成一个圆，时间的轮回之处谁又能知道会发生什么奇妙的变化？《双曲线》看似是一场青春的遗憾，其实却蕴藏着人生的无限可能。

看得出来，《到姐姐家去》依然是李云雷非常用心用力的一部作品。多年以来，有许多有乡村生活经验的作家，大多会在写作中重返时间的河流，回到精神记忆、情感记忆的深处，尝试着实现精神的"返乡"。并且，他们愈发用心地将自身的经历、体验、情感，对乡土和故乡的关注呈现在文本。因此，这类文本既构成我们对乡土文明演变、溃败的一种读解方式，也开启了抒情、审美之门。李云雷的短篇小说《到姐姐家去》，在不长的篇幅中，再次将故乡的风情、风俗、风景容纳进来。可以说，它是一部精巧的文本，小说的故事围绕童年时期的"我"与三见哥一时兴起决定要去外村的三姐家拜访展开，也正是这一次经历为长大之后的"我"敞开了更多可供回忆的画面和情结。当"我们"朝向"想象中的苹果园"走去，沿途遇见青色的小麦，奔跑的野兔，暗白色的残雪，构成田埂间最为简洁而动人的"剪贴画"。虽然，故事中有大段对自然风物、景致的点染，呈现出一种散文化的风貌，但故事情节的安排，并不是平铺直叙。"我"与三见哥这一路上遭遇许多"风波"：姐家没人时将钥匙藏在窗台上鸡窝里是乡间才有的习惯，姐夫特意从单位回来炒菜摆酒款待两个"亲家"来的小家伙，白天小朋友砸伤"我"的头之后傍晚又带来了鸡蛋给"我"消肿，这些都构成了人们淳朴善良、不设防等美好品质在内的乡村伦理"风俗画"。在小说中，作者并未过于突显主体的声音，文本中既没有对故乡夸大性的美化、对其"正在消失"的强烈悲伤，也没有就城乡差异、城市化进程作以过度比较与阐释，只是如实地通过分享儿时探访的细节，将丝丝缕缕的感伤情愫氤氲其中。应该说，《到姐姐家去》是主人公的又一次精神还乡，也是对往昔岁月的一种缅怀，故事中的细节成为"我"不断在故乡记忆中驻足的理由。虽然故乡在不断地消失，但它的气息将伴随着那朵为姐姐摘下的小黄花永久地摇曳在"我"的梦中。

无疑，李云雷不断在叙事中"递进"自己对童年、成长、乡村、人性、风俗诸多元素的理解，并进行叙事性渗透。在一定意义上，它构成了"另类"的"生态叙事"。这些，令我们摆脱功利性的焦虑或惶惑，在朴素的情感和美好、纯净的人心里，展现真正的、质朴的崇高境界。

四

现在，回想我与李云雷的相识，以及李云雷"如何写起小说来"，实在是十分有趣的两件事，感觉简直就是一种宿命。十几年前，在海南的一次文学会议上，我第一次见到李云雷。那时的李云雷，刚刚从北京大学博士毕业，三十出头。我听他说话隐隐带有山东口音。我们相互问起各自"出身"，竟然非常巧，他的出生地、成长地竟然与我的祖父辈是一个县，而且竟是相邻的两个村子。乡情，一下子拉近了我们之间的距离。这些年来，我与云雷经常在一些研讨会和学术活动中遇见，他给我的印象，就是一位年轻的、有活力有思想的评论家。七八年前，在我的母校人民大学一个名为"滴水穿石"的咖啡厅，我、李云雷与作家蒋一谈，还有正在北京大学读博士的刘伟，晚餐后来这里闲聊。那时，蒋一谈正迷恋短篇小说的写作，势头甚好，佳作连连。我们谈及短篇小说的创作问题，云雷突然跃跃欲试地对蒋一谈说，他最近也在准备写短篇小说。于是，他们俩开始"打赌"，并且相约次年都要各自拿出三至五个短篇。若拿不出来，对方甘愿受罚请大家吃"大餐"。当然，并非这个不经意间的玩笑，使得李云雷的小说一发不可收，而是云雷内心的情怀和强烈的"怀乡"情结，加速了他成为一个小说家的进程。

在我八九岁和十几岁的时候，就曾跟着父亲从东北回到老家，去探望年迈的祖母，每次都会住上半个多月。我记住了老家的村庄、房屋、街道、菜地和麦田，也算熟悉了那里人们的生活状态。后来，我渐次在李云雷的小说里，看到他描述的那些村庄和道路，那些乡里乡亲以及孩子们的童年、少年生活，倍感亲切。我相信，像《界碑》《电影放映员》《并不完美的爱》《乡村医生》《红灯笼》等许多篇章，都是李云雷的"自叙传"。在很大程度上，我更加喜爱《再见，牛魔王》和《富贵不能淫》这两个短篇小说集里所叙写乡土、乡村生活的作品。实际上，李云雷到目前的写作，基本上都没有离开过这块充满亲情的土地。这里有他的深刻记忆，有他浓重的"乡土感"，也是他赴京求学，继而在京城生活数年，提笔写作时仍然挥之不去的、真切的乡土情怀。关键是，我们能够在这些虚构和疑似"非虚构"的文本里，体悟到李云雷人到中年时"不吐不快"的悠长的情思和情结。也许，我们会调侃李云雷，一个风头正健的评论家，怎么突然就开始

"写起小说来"？现在看，这似乎早已经不再是一个令人惊诧的话题或秘密。写作的种子，早已经埋下。我只想说，李云雷的小说写作，绝非是要"赶"一个时尚或者蹭现实的热点。在喧闹的文坛，不同的写作者都有着各自不同的"心机"，而我们在李云雷小说里看到的，则永远充盈着一股股向上的力量。他写作伊始，就有着清晰的小说理念和叙事追求。在这方面，作为评论家的李云雷和作为小说家的李云雷，形成了惊人的默契和自我的呼应。

> 我们强调"文学"与创作者生命的内在联系，以及文学的演化的时候，主要是想对这样的文学创作现象提出批评：创作上的毫无个性，千篇一律，以及固守某种边界。将小说写得太像小说了，将诗歌写得太像诗歌了，以所谓"文体"的要求禁锢了创作者的个性及其创造力、想象力。如果说这种文体及其美学在最初形成时，是具有革命性与冲击力的，可以充分表达当时人们的思想、情感与情绪，但是当这种美学成为一种统治性力量的时候，也便会对创作者的个性造成压抑与损害。在这样的情形下，一个创作者是按照个人真切的生命体验与情感体验去写作，还是按照既定的美学标准去写作，便成为一个不得不认真思考与选择的问题。只有按照个人真切的生命体验与情感体验去写作，才能使创作者生气勃勃，才能使作品元气淋漓，这样的作品或许并不"成熟"，但与创作者的生命体验密切相连。[①]

无疑，李云雷在文学理论层面上，特别强调"创作者按照个人真切的生命体验与情感体验去写作"，因此，他大部分作品叙事的主体构成都源于对生命的心理、精神体验。所以，我在阅读李云雷小说时，常常是不自觉地"勾勒"并想象他在故乡的成长印迹或地图，因

---

① 李云雷：《如何讲述新的中国故事》，北京十月文艺出版社 2017 年版，第 79—80 页。

为在这记忆和回望中的故乡，蕴含着他浪漫的情思和富于强烈伦理感的美学理想。他的人生轨迹，已经与他的文本重叠在一起。

在我们这个时代，究竟什么才是"重"的事物、什么才是"轻"的存在，而"清"和"净"的境界，又缘何成为我们生活、精神世界最值得珍惜的存在？一个作家所呈现的事物和生活，究竟在多大程度上能释放出"本质"或意义，不仅在于他能否描述出时代生活的真实面貌和语境，还取决于写作者的精神维度和审美格局，以及忠实于生活和美好人性的良知。无疑，作为评论家和小说家的李云雷，始终秉持并坚守着这样的信念和诉求。

光影里的声音是怎样流淌出来的

——读葛亮的短篇小说

一

就在两三年前，最早读到过葛亮的几个短篇小说，竟然感觉葛亮像是一位经历过世间风霜的老者，蹚过了许多磕磕绊绊，日渐变得从容不迫。然后，他开始选择文学叙述，选择一个正在成长的少年的视角，开始讲述一些令人感动的故事。叙述的文字，平实而老到，清淡的故事中还透出沉郁，人生的些许况味尽藏其中。尤其，字里行间仿佛流淌出丝丝缕缕的声音，像是水里的声音，也像是静夜里树木的婆娑，有时疏朗，有时稠密，有清脆，有洪亮，有青涩，也有嘶哑。阅读的时候，会在文字所呈现的图像和风景中，辨别出不同奇妙的声音和旋律，我感到，这不是一种简单的可以被称为"通感"的东西，而是一种新的叙述、呈现生活的方式。这种感觉，在我还是第一次。我感到，这些小说中，能够牢牢地抓住我们内心的东西，不是别的，而是不同的、丰富的声音。小说的作者，文字叙述的感觉、文学的感觉是如此之好，如此老到，我想，必定是一位娴熟的隐匿许久的老作家。现在，我知道了，葛亮，原来是一位非常年轻、俊朗的人，饱含才情，叙述文字同样质地绵密，激情内敛。这使我一下子将他与二十世纪八十年代成名的苏童联系起来，当时也居住在古都南京的二十六岁的苏童，一上手就以娴熟、老练的笔法，写出了具有"先锋"意味的《妻妾成群》和《红粉》，堪称杰作。我在葛亮的小说中，看到了当年苏童的影子，看到了一个文学信徒对自己文字的虔诚经营和快乐向往，优雅的姿态，神圣的情感，没有太多的矛盾与残酷，没有孤独的深层结构。我意识到了他正不断地在写作中放大自己的目光，正从一个与苏童那一代作家所不同的起点上，迈开自己的步伐。

近些年，不断有年轻的、更年轻的小说家出场，而现在的情形是，许多这样的小说家，常常是被裹挟着，作品在时间的激流中冲撞和震荡。一些人成了名，作品却可能从此平庸下去；另一些人，在自己年轻的、还没有立稳脚跟的文学中，鲜活的、充满生命力和颖慧的文字尽显天赋和才华，其中，文本里还有许多赋予他的独创才能的深刻印记。而葛亮没有轻飘如云一样的"青春写作"的逃逸感，也没有超现实的虚拟意识，却有脚踏实地的扎实和执着。在我们这个时代，能有这个年龄段的作家追求这样的写作风范，那么，这样的作品和作家，即使在时间的流逝中也不会从我们的记忆中轻易滑过去。我敢断言，葛亮最有可能成为这样的小说家。

葛亮将他的小说集命名为《七声》。我忽然想起葛亮这位年轻的叙述者，他所感受和讲述这些故事的年龄，早已离我而去，那么，现在，我何以能在想象的图像里发掘出"声学"的价值？这些小说，这些零落的声响，如何才能凝聚为大的和音？也就是在这次集中阅读他的短篇小说时，我在其间捕捉到一种新的小说叙事美学，虽然一时很难用几句话来概括和归结，但使我想到许多问题，也唤起对小说写作的种种猜想和兴趣。我们在小说里，究竟想看到什么？想听到什么？而且，又真正能够看到什么或听到什么？以往，曾听说很多作家和读者，试图在小说中闻到不同的气味，他们认为小说中藏有不同的气味和气息。现在，可能还有更确切的感受方式，也就是你的目光和耳朵，通过阅读，到底能在那些文字里得到多大的延伸？生活本身是有内容的，也是有形式感的，种种人、种种事物，形形色色、林林总总，但都有各自的形态和形状，这些，指示着小说家怎样发现和感受这样的形态，又如何选择小说的形式或形态。实际上，每一位作家都在不同程度上，想在这形状的正面和背面，发现事物以及事物之间清晰的或者模糊的影像。生活本身，究竟是一个整块儿，还是一堆碎片？其实，我们所看到的，就是作家如何把大小不一的、形状各异的碎片拼贴成相对完整的图景，并感受他想从中找出怎样的历史脉络，勘察人性和命运的踪迹。有时候，这种寻找和勘察，究竟蕴含着多大的价值和意义，有多少特殊性，有什么是属于自己的叙述秘密，就成为每一个作家和读者同时面临的问题。因为，写作对于小说家而言，最忌讳的就是借用别人的语言和方式表达自己的意思，而没有自己的声音。

前几天，读批评家张新颖的随笔集《此生》，有一段文字令我着迷和喜爱。新颖描述他三岁的儿子张健尘，比比画画对他无意中说出的让我们瞠目结舌的话："你知道水的形状吗？用瓶子装水，瓶子的形状就是水的形状。瓶子是圆的，水就是圆形的；瓶子是长形的，水就是长形的。"被问的人是个书呆子吗？在他还没有回过神来的时候，三岁的小屁孩又问："水在水里是什么形状呢？你知道吗？"小孩其实不需要你来回答，自己就说了："水在水里，就是水的形状。"我联想到小说的形状。那么，小说究竟是什么形状呢？我像三岁的小孩一样发问了，接着，又自己回答：生活、经验、故事或者情感，装在了小说里，于是，就推导出小说的形状就是生活的形状。生活是什么形状呢？我就实在是说不清了。但我还是愿意找到并描述出一个作家写出的那些小说的不同"形状"。可是，我们可能会猜测或玄想，形状的最高境界是无形状，所谓"大音希声""大象无形""大道无门"，人们一下子就把某种具象的比拟或隐喻提升到哲学的层面。实质上，这与小孩子张健尘对事物的感觉在智力和悟性上并没有多大差异，只不过在抽象事物的目的上有些大相径庭而已。在这里，我们成人世界的很多纠结，常常被孩子的单纯和简洁映照得羞愧难当，甚至很轻易就会被自我解构。这似乎不是一个智力问题，仅仅是一种近于宿命的选择而已。

这时，我感觉自己及小说家们，有时真的就会像孩子一样自以为是，有时会将简单的事情想象得很复杂，也常常将复杂的事情想得过于简单了。在一个独自拥有的世界里，无中生有，似有还无。但仔细想想，这些，都没什么不好，都对。其实，许许多多的小说家，已经给我们建立了大量的有说服力的例子。

葛亮的小说必然也有自己的"形状"。葛亮将自己第一个小说集取名《七声》，就是想为自己的叙述找到一种形状，他可能没有想到，声音会成为影响他小说风貌的重要元素，于是，这种声音就产生了形状。这声音并非来自葛亮，而是来自葛亮所描述的生活，来自他所看到和选取的世间的种种光景。有人在评价他的小说时，用"写人生的一个小小的光景"来界定他小说的整体面貌。他对此表现出一种颇为满足的心境："光景一词我认为用得很不错，因为光景总是平朴的，没有大开大阖，只是无知觉地在生活中流淌过去，也许就被忽略了，但确实地存在过。人生也正是一连串的光景连缀而成。虽然稍纵即逝，确实环环相扣，周而复始。"[①]"目光所及，也许亲近纯净，也许黯然忧伤，又或者激荡不居。但总有一种真实。这种真实，带着温存的底色，是叫人安慰的。"[②] 读到这些话的时候，我听出了沉重的沧桑感。因为我们在光景里听到或者"看到"许多渐渐发出的声音，这些声音，被葛亮自己描述为"一均之中，间有七声"。"七声"里面包含多少种声音，肯定不是一个定数，必然是驳杂、交错、舒展、急促或乖张、幽远、浩渺的集合，以声音论短长，以品质论高雅与粗俗，以气势谈沉重或飘逸，都可以管中窥豹，但只要想充满生气，都需要赋予现实以浪漫的奇想。这样，声音，在文字里和感觉里迅疾就变成了"生音"。生的光景，里面的意义和无意义都会噼啪地呈现出来。想想看，光景是没有形状的，声音也是没有形状的，光景是时间和空间的聚合与弥散，流动的生命汁浆在其中冲突、溢涨，浮生的人间烟火，平实与苍凉、绵长与急促，都在字里行间丝丝缕缕，从容地铺展开来。

二

我感觉得出来，《泥人尹》和《阿霞》是葛亮最用心也一定是他

---

① 葛亮：《小说一说》，引自葛亮的新浪博客，2011 年 1 月 28 日。
② 葛亮：《七声》自序，作家出版社 2011 年版，第 3 页。

自己最喜爱的两个短篇。如果以前文提到的，以声音或者"生音"的视角来诠释这两篇小说的话，《泥人尹》和《阿霞》的主人公都是有微弱声音的顽强发声者。《泥人尹》中的尹师傅，算是一个有沧桑感的"古旧人物"。这个泥塑民间艺人，有着坚忍、清冷的性格和品质，他的存在让人感觉有种力量，他做人极其克制，"隐忍"这个词，一定能够彰显出他的某种力量，平凡且坚忍不拔。也许很难想象，具有这样性情的人，他手中的泥塑作品，竟然可以呈现出"江湖"形形色色的风貌中最有风骨的姿态，尽管细小、卑微，但面貌、气度、精神、意象杂糅合一。

读这篇小说时，心里似乎憋着一股劲，渐渐地，可能还会有种疲倦感。因为，葛亮写出了一个人最终的疲惫，声音的倦怠和困顿，甚至包括玩于股掌间的泥塑，栩栩如生，也张扬着与尹师傅相近的倔强品格，即使因为变得疲惫，因为外贸大量的订单，也没有失去最初的"原味"。可以说，任何人都无法蔑视尹师傅的存在，无论是在朝天宫的地摊，还是在后来的作坊里，谁都无法小视他说话时哪怕略显微弱的声响。尹师傅经历了几个时代的流转变迁，一门掌握娴熟、出神入化的手艺，算是经过了"江湖"的洗礼，他厮守着它，它也陪伴着他。世间有许许多多的事情都变本加厉在变，我们所说的物质和精神都在疯狂地衍变，在光景的流转中，世道人心也变得快要面目全非，唯独尹师傅的手艺和他对这门手艺的情怀丝毫没有变。只是，当英国教授凯文出现以后，尹师傅的手艺所创造的中国民间艺术，才在一夜之间大放异彩。从此，尹师傅以及他的民间艺术，产生了另一种与艺术有关的价值。一个人天分里的东西，在恪守了几乎一生的时候，突然发生了变化，这对于一个有骨气的、将"穷则独善其身"视为自己道德水准的弱者，难免一时会缓不过劲儿来，生活又一下子将他裹挟进一种洪流中。

尹师傅由平凡和平静，迅疾地腾挪至急促和疲惫，最后耗尽了最后一丝气力，虽然他不是为了艺术本身，而是为了一门手艺，拼出了一种匠人才有的功夫。但是，这篇小说没有令我们感到疲倦。我想到了葛亮要写这样一个人物的真实用意和心态。他并不是想要发掘什么深度，而是想写出一个人的存在，想写出一个人在世间的光景里的沉浮。这里面有他自己的选择，有他的无奈，也有他的宿命。主要是，葛亮更想写出他的平静。这种平静，依然渗透出一种强大的力量，这种力量是借助于"泥塑"这种民间艺术向外张扬的，无声音的泥塑作品，栩栩如生，传导出生命、文化和历史的信息，它的魅力从尹师傅的手里发散出来，产生巨大的征服力。尹师傅是为了他残疾的儿子，还是为了拯救濒危的寂寞的中国民间艺术，这些似乎都不重要了。他是与他的手艺同在的，沉默和寂寞就是伴随尹师傅的不朽的声音。尽管生活变质了，可是，在尹师傅的手中，这种古老的民间艺术，这种艺人的情操却没有变质，他的作品在世间流转和传扬时，尹师傅的声音就变成绵延不断的绝响。

《阿霞》是一篇令人感到酸楚的小说。这种酸楚，伴随着一种意想不到的叙述的跌宕。其中的主人公阿霞，在今天，可能会被看作是一个极容易被生活淹没的人。容易被淹没的人，也会发出意想不到的声音，或者微弱，或者顽强，或者诡异，或者尖利。这种声音可能从很小的、很狭窄的空间里发出，有的时候，它的意思也许我们一点都不懂，但我们又必须面对，必须倾听。"缺了一根筋"、有些病态的阿霞，究竟算是怎样一个人物呢？在一个非常世俗的社会和群体里面，究竟是阿霞有一个病态的神经呢，还是我们原本就是一个病态的人群？而没有什么文化修养的阿霞，显得特立独行，她很认真地面对一切人、一切事情，经常发出理直气壮的声音，"一种孩童式的理直气壮"的声音，包括她不够斯文地大口吃饭、喝汤的声音，都显示出她一种游戏的性质。一个小餐馆的弱者，她在人群里却能以某种规则建立起自己的权威，让人无法忽略她、小视她。她可以为同伴安姐挺身而出，仗义执言，用刀砍伤虐待安姐的安姐丈夫，但也会对安姐无奈的偷窃行为丝毫不留情面。仔细想想，究竟是谁不正常呢？至少，我们现在不该完全用对待正常人的标准来判断阿霞，可是，我们有多少所谓正常人，能够像阿霞那样明了是非曲直，并且敢于担当呢？至于阿霞的偏执倾向，她缺乏主体意识，我们可以暂且不论，仅就她内心的善良、直率、勇敢和仗义，不计得失而言，我们正常的心理健全者，也是应该感到汗颜的。

《洪才》也是我非常喜爱的一个短篇。表面上看，小说描写两个孩子天真、自然、没有任何功利性的友情，更多地连带出两个家庭大人间的交往，却款款地叙写出人情世故，生老病死，家庭琐事，几代人在漫长光景里，感受着人情冷暖和沧桑变迁。时代的变迁会给人情、人性带来什么样的改变，人与人之间最真切、最朴素和最有意义的东西究竟是什么？一个城市里面到底埋藏了多少如烟的往事？在这个短篇小说里，同样出现了不同声音的碰撞和交汇。我们通常会以为，从六合郊县迁移来大都市南京的成洪才一家，几代人生活在一种重伦理、讲传统习俗、朴素的日常生活状态里，与知书达理、知识分子家庭出身的毛果的交往，会出现较大的"落差"，而实际的情形是，尽管他们之间有不同的生活方式和理念，但是，厚道和朴实，使人与人之间实现了一种彻底的沟通。阿婆这个人物，成为了这篇小说最具生命力的内核，她待人接物的自然、耐心、通达、深明事理，不执不固，很难想象一个年届九旬的老人会如此清明，尽管她并没有读过什么书。显然，她也是一个有自己独特声音的人物，我想，这是我在近些年的小说里所看到的不多见的一个人物。我也感觉得到，葛亮在写这位老人的时候，内心涌动着无限的深情。

我在另一个短篇《琴瑟》里，读到了一种绵长、悠远的声音。表面上看，这是一则写老夫老妻恩爱相伴，安度幸福晚年的故事。对于早年的外公外婆，究竟有怎样的情景，过怎样的生活，小说只做简单的交代，叙述的重心定然是要放在主人公生命的后半段旅程。特别是在进入老迈之年，外婆生病之后，外公如舐犊般的精心呵护，正是人间的大暖，外婆的身体虽每况愈下，但外公的耐心和乐观积极的心态，成为人生路上美好、难忘的风景。这种平和、默契的爱，被葛亮细腻地描摹，小心翼翼且游刃有余。读到这样的爱情故事，尽管平凡，没有特别的新奇，但仍会觉得了不起，令人敬畏和欣慰。一个男人和一个女人的一生，如果是美满和谐、默契恩爱的话，可以用很多事物进行比喻，古今中外佳句佳话数不胜数，但细想想，实在是没有比"琴瑟"这个词更贴切的了，因为，唯有这两种事物之间，才可能一起奏出不离不弃的和声。

葛亮自己也说："这样的声音，来自这世上的大多数人。他们淹没于日常，又在不经意间回响于侧畔，与我们不离不弃。这声音里，有着艰辛的内容，却也听得到祥和平静的基调。而主旋律，是对生活的一种执着的信念。因为时代的缘故，这世上少了传奇与神话。大约人生的悲喜，也不会有大开大阖的面目。生活的强大与薄弱处，皆有了人之常情作底，人于是学会不奢望，只保留了本能的执着"。[①] 尹师傅是执着的，阿霞也是执着的，《琴瑟》里的外公和外婆也是执着的，只是他们每个人又都兼有别样。也许，正是在这许多种执着里，才有了多姿多彩的人生和生态。虽然，葛亮的文字后面很少形而上的意味，但却蕴蓄着一股强大的、与生俱来的生命力量，而小说也就是在这个时候开始叙述，开始让那些无声的文字说话，显示这种力量。

三

我始终对短篇小说情有独钟，尤其敬畏那些优秀的短篇小说家。我对短篇的理解是，它的写作难度远远大于长篇。就像是我在前面说过的，短篇小说这种文体，因为容量与体裁、题材、故事、人物的紧张关系，可能很难将事物或生活界定为某种形状。美国年轻的短篇小说家威尔斯·陶尔，在接受采访时被问到这样的问题：从短篇小说到长篇小说的转换是不是一个作家创作生涯的必由之路？陶尔的回答是："不。我知道一般人都看重长篇小说，说如果你是一个真正的作家，你最好着手写长篇小说吧。但我认为，在某种程度上，写一篇成功的短篇小说更为困难。"[②] 我们这个时代似乎也更加青睐长篇小说，热闹非凡，许多人情绪高涨地写作长篇。我常常想，究竟是谁更聪明、更智慧？一个用心选择并认真写作短篇小说的作家，一定是一

---

① 葛亮：《七声》自序，作家出版社 2011 年版，第 3 页。
② 陈安：《短篇小说——美国对世界文学的独特贡献》，《书城》2012 年第 8 期。

位对文学怀有敬畏和朴质之心，能够沉潜文本的作家，他也必然会在文本中追求小说精微、整洁的质地。这时，他的写作也就不会畏惧"小"和"细"，深入到生活或者事物的肌理之中，让叙述形成一种很大的张力。葛亮显然是一个钟爱短篇小说，相信短篇小说可以生出巨大能量的小说家。

我记不清楚纳博科夫在什么时候，在什么情境下曾讲过的一句话："拥抱全部细节吧，那些不平凡的细节。"其实，在一个短篇里，能够拥有一两个精妙或有震撼力的细节，就已经不容易了。谁能够发现一种富于个性的细微的声音，谁能洞悉到一个个生命方向上的正路、岔路、窄路和死路，谁能在一个大的喧嚣的俗世里面，感受或者感悟到一个普通心灵的质地，就可能产生一种驾轻就熟、举重若轻的大手笔。这是一种能剔除杂质的目光，这种目光才会发现一种眼神，这是一种大音希声的声音，这种声音才能传达细节的气氛和气息，这也是一种大象无形的抚摸，这种抚摸会在一种事物上面感知大千世界、万物众生。这样的话，作家的写作，他的叙事，就不担心细小和琐屑。世界就是由无数琐碎的事物构成的，作家点石成金般的才华、质朴、心智、关怀和良知，与现实生活中无数细小的东西连起来，就会形成一个巨大的张力场，作家在这样的场域中写作，给人的感觉就会非常特别。葛亮的小说，常常有许多耐人寻味的细部和细节，这是最见作者真功夫的地方。《洪才》在写两个少年养蚕采桑时，情节从粗到细，孩子和蚕之间，仿佛正透过桑叶，亲密对话，入微入理；《琴瑟》中，外公在外婆病痛时，为转移外婆的注意力，为她清唱《三家店》，哄睡了外婆后，外公眼睛里混浊的灰，眼角荡起有些清凉的水迹；阿霞的种种"粗放"，更是通过展示、凸显她的"细"来实现的。一个年轻的小说家，一上手就注意细致地梳理生活，寻找能支撑结构的坚硬物质外壳，可谓踏实勤勉，令人钦佩。

葛亮的诸多短篇小说中，总有一个童年或者少年的影子。葛亮在小说集正文前的留言页上，写着这样一句话：给毛果及这时代的孩子们。我想，毛果，也就是葛亮这一代人，他们从十几岁开始到三十几岁，经历了历史转型期的某些变化。那么，这一代人会怎样看这个世界，判断这个时代的生活呢？这时的葛亮，似乎首先走回了童年、少年和正在蓬勃生长的青春，走回了自己所处的生活。

雷蒙德·卡佛曾经说过，所有的小说都与他自己的生活有关。其实，对于每一个作家而言，他的写作无不与其生命经验和经历存有一定的联系。葛亮在他许多小说里，都选择毛果作为一个故事的参与者，在小说里自由来去，进行着与成人世界不尽相同的种种体验。有时他作为角色在文本中发出声音，有时静静地倾听人物的声音。世道的复杂、人生的曲折、人心的幽微、人性的机变，他能听出其中的玄妙和单纯吗？葛亮不停地尝试着让毛果代替他倾听，很少让他轻易地与人物对话和交流。这个人物是个毛头少年，可是一点儿也不觉得他形同虚设，反而像是一副目光，或者两只耳朵。

在葛亮的小说里，我看不到伴随着这个时代的焦躁一起肆意生长的种种欲望，更多的是，人物的顺其自然或者任劳任怨的生活常态。即使是偶尔表现人物的欲望，葛亮似乎也能够从人性最根本、最柔软的地方入手。葛亮在将目光不断地位移到像尹师傅、阿霞、洪才等这些小人物的时候，他就是在用心地触摸那种人世间和人性中最柔软的部分，同时，他也在有意地向人物貌似熟悉，实则是新的、陌生的领域拓展开来，让人物身上最细微和羸弱的部分潜入我们的内心，这样，实际上是一位作家通过写作，通过文学的媒介，以一种对生活世界的谦逊的态度，发现生命存在的真实及其真实的声音，呼唤出生活世界和人性深处最具震撼力的真实。阿霞这个人物，在给我们以真实和感人的同时，也令我们心悸和无奈，我们的感觉，可能是来自生活，也可能是来自关于命运的猜测，在这个奇妙的过程中，完全是文本内部的力量牵动着我们激动。尹师傅的故事，跨越了几个年代，葛亮寻找着这个人物在几个不同年代里的"不变"，描摹着人性最本质的那部分。他愿意将他们的人生，他们已经是水落石出的格局，经年的快与痛，转化成一波微澜，涟漪泛起，撞击心灵。其实，一个人依赖的生命本质，只是一个点，并没有太清晰的方向，葛亮就是想把生命里最核心的部分表现出来，发掘出他们内在的力量。由此，在小说文本和生活世界之间，在写作和阅读之间，正是因为这种平实的、隐喻的、暗示的、延续的关系，才产生了种种意味。这里，叙述的个人性、"陌生化"，以及独创性和叙述、结构的相对自足性，都是有理由和出处的生活元素的再现，在任何时候，作家对生活和经验的依赖，都是写作的源泉。只有这样，通过叙述、虚构，才能真正打通文本和生活世界的真实关系，才能让我们获得对文本的信任感。这一点，也是我之所以喜欢葛亮小说的重要理由。

在《安的故事》和《英珠》里，葛亮似乎是有意暂时更换了一副笔墨，他好像加足了马力，让一种更青春的气息飞扬和旋舞起来，无论是人物的声音，还是叙事者的语气，也变得更有力量、更尖锐、更具活力。但是，由于叙事节奏的加快和变换，文本的语境里就显得情绪凸凹，许多意绪轻松掠过，容不得慢下来深思。看得出，葛亮无意在这类作品里呈现舒缓光景里的绵密、沉郁的生活。所以，我认为，这几篇小说，并没有像前面谈到的那些篇章，人物的灵性和作家的祈愿，并没有互动起来，也就没有活起来。

无疑，葛亮是一个让我们信任的作家。看得出来，他在写作小说时用力的方向与众不同。他聚焦小人物，耐心倾听他们的声音，倾听来自生活世界里说话的声音。他没有心高气傲和自以为是地对待他笔下的人物，对人物的角度也是平起平坐的，是平视或者仰视的，另外，他没有对文本之外的小算计，很早就学会降低自己的调子，很谦卑地叙述。让我们听到说话的声音，这本身就是一种角度的选择，现在很多小说为什么难以卒读，一个很重要的原因，就是我们听不到人物说话的声音，也听不到作家与人物之间内在的交流的声音，而只是作家一个人喋喋不休、自以为是、非常霸权地叙述，文本变成话语的肆意泛滥。我非常赞同批评家张新颖的一个观点，他认为，说话和写作之间的差别很大，说话基本上是一种民间性很强的表达，就连每一个农民都会；而写作，是一种知识制度里面的规范行为。我们有时候将这个问题看得太简单了，以为从说话到写作可以很自然地跨越过去，其实存在一条鸿沟，知识分子写作，农民说话，如果农民要写作就一定要转换身份，需要一个基本的文字训练，但经过这样的转变以后，写作已经不是说话了。① 不错，在小说文本里，声音和文字，说话和写作，在它们之间应该自然、默契地有交流，有过渡，有交叉，有影响，我们应该在文本中听到丰富的、各种说话的声音，时而舒缓，时而急促，时而清凉，时而喧嚣，当然，有时也会寂静无声。

我们在年轻的小说家葛亮的文本世界里，从其中呈现的一个个光景里，清晰地听到了丰富、细腻而逼真，令人心动又感动，充满了回响的声音。这个回响里面，呈现出一个更年轻的南方作家在"更南方"的地域，也呈现出与苏童那一代作家相承接的"南方想象"形态，这种形态包括文化上的、地理上的，还饱含日常的生活状态，每一个生活的细节，以及与之相映的美学风范，这种气质和风范，也成为贯注葛亮写作的内在基调和底色，形成别具风貌的文学叙事。我们期待，也相信葛亮，在彻底地度过了写作的"青春期"和"膜拜期"之后，将会在未来的写作中，衍生出一个自由宽广的创造领域，建立起自己不同凡响、日臻至境的小说世界。

---

① 张新颖：《此生》，上海书店出版社 2012 年版，第 81—82 页。

如何穿越短篇小说的"窄门"
——蒋一谈短篇小说论

一

蒋一谈算是冷不丁冒出来的小说家。他的出场方式和写作，着实有些与众不同。他的三本短篇小说集里，有三十几个短篇，在成书出版前，几乎都没有在杂志刊物载体上先行公开发表过。这样，先后推出的三本小说集，仿佛三组完整的方阵，可谓有秩序、有规模、有力度、有气势，引人注目。

从一定意义上讲，我们应该感谢近年来现代传媒技术和印刷技术的迅猛变化、发展，特别是，图书的装帧设计和独特构想等文字以外的部分因素，已经对图书的销售和阅读构成了很大程度的影响，这已然是毋庸置疑的事实。一本书整体的装帧，不仅体现着一本书自身所具有的精神气质和品貌，甚至，它与文本内在的意蕴和肌理也可能构成某种"互文"。我手边的这三本蒋一谈的短篇小说集，就给我很大触动，使我的阅读产生更多的联想和引申。

这三本分别以伊斯特伍德、鲁迅、赫本来命名的小说集《伊斯特伍德的雕像》《鲁迅的胡子》和《赫本啊赫本》，都以这三位大师的绘画或摄影头像作为封面。从接受美学的视野看，这几部与中外杰出人物密切相关的文本，会立即引发我们的阅读兴趣。很快，我就被小说集封面的人物影像所吸引、震慑。《鲁迅的胡子》选择的是鲁迅的半身画像，神态沉静而刚毅，向上耸立的毛发，呼应着眉宇间的宽阔，硬朗独特的胡须，牵动着嘴角的一丝惆怅、几丝坚毅，给人一种无声的力量。无疑，这是我所见过的众多鲁迅影像中不同凡响的一幅。这时，我还无法想象，这位影响了中国半个多世纪的杰出人物，会使蒋一谈的短篇小说发生怎样的内爆力？他与小说中的虚构人物，又会发生怎样的联系？对于《赫本啊赫本》，仅仅这个书名、篇名，就会使那些二十世纪五十、六十乃至七十年代出生的读者发出怀旧之感。面对赫本，人们容易想起的，就不只是赫本清纯、姣好、圣洁的星光，恐怕还有她在影片拍摄的年代和拍摄影片的年代，还有我们至今仍无限缅怀的，一代人欣赏《罗马假日》和《战争与和平》的那些纯真岁月。这部小说集的装帧，弥漫着略带当代"小资"的绵密意味。看来，生活中有些情绪、情感、色调，是可以穿越时空国界的，可能是人类的某种必需。而集演员和导演于一身的伊斯特伍德，二十世纪九十年代凭借《廊桥遗梦》所掀起的一次"廊桥遗梦"浪潮，曾使无数人沉醉和耳熟能详。我同样难以猜想，这两位影响世界电影艺术的重要人物，会在蒋一谈的小说里再次扮演何种角色？这些真实的人物，早已为我们创造或演绎了许多不朽的故事，现在，我们感兴趣的是，他们如何被蒋一谈大胆而巧妙地赋予某种意象或寓意，进而成为其短篇小说不可替代的标志。蒋一谈如此选择，如此喜爱、迷恋这样的命意、呈现方式，的确需要一种不同寻常的精神气质和写作气度。

当我将这三部短篇小说集放在一起、集中阅读的时候，我开始意识到，蒋一谈绝非简单以几位重要人物作为压题作品，制造猎奇或熟悉的"陌生化"效果，而是试图在短篇小说的写作中，探寻一种新的小说叙述方式和结构方法，发现短篇小说写作新的元素。事实上，一部小说的写作发生，并非只是一个作家经验、技术、情感的集大成，或叙述的"加减法"，它必定源于一种力量，决定于某种必须。这种必须是什么呢？也许是一种宿命，一个作家的宿命，一个人与一种事物、一群人、与存在世界之间的机缘和宿命。在一定意义上讲，小说永远是超现实的极为纯粹的精神产物，它必定是与一个作家的内心冲动和精神渴望有关。对于短篇小说写作而言，尤其如此。

坦率地讲，短篇小说写作，在我们这个时代其实是一扇"窄门"。一方面，它是一种寂寞、孤独的文体，是一种接近纯粹精神信仰的艺术活动，在这个喧嚣、功利和物质化时代写作短篇小说，是一件极端奢侈的事业，以它给写作者可能带来的收入看，它就无法作为一种职业选择；另一方面，短篇小说世界中，已经有无数中外短篇小说大师的身影和盖世的经典力作，像一座座山峰耸立在这一文体的前面，如何才能超越前辈，是只有那些具有强大使命感的写作者，才会有的倔强的选择。这时，我又不免想起美国当代短篇小说大师雷蒙德·卡佛的话："我开始写东西的时候，期望值很低。在这个国家里，选择当一个短篇小说家或者一个诗人，基本就等于让自己生活在阴影里，不会有人注意。"① 显然，蒋一谈对短篇小说写作的选择，蕴含着精神深处丰沛的庄重感，这已经算是一个难得的存在。就在我读完这三部小说集的时候，我进一步意识到，蒋一谈的短篇小说已经是一个不可忽视的存在。我没有在他的小说里，看出任何自我的阴影、沉郁和消沉；相反，他在表现生活、存在世界的沉郁、驳杂和苍凉的时候，给我们的则是积极、宽阔而慷慨的姿态。

那么，蒋一谈究竟是谁？他的独特性在哪儿？到底是什么力量驱动他如此执着于短篇小说写作？是什么决定了他的精神走向？他在短篇小说里终究要实现一个怎样的梦想？蒋一谈短篇小说的价值何在？他为什么在最初的这三本短篇集里，勇敢而小心翼翼地、充满激情地将包括鲁迅、赫本、马克·吕布、吴冠中在内的真实人物植入小说？这些，真的构成了蒋一谈小说独特的生长点吗？或许，这是蒋一谈试图摆脱现实题材处理上的乏力和尴尬，让历史和这些依然闪烁的智慧、文化星光，唤醒现实的苍白或空洞。除此，蒋一谈还在不断地调整自己的写作方位，营构着属于自己的短篇小说格局。难道他与短篇小说之间确有某种神秘的联系吗？特别是，近年来，短篇小说正日益面临写作危机，写作能力下降，许多小说家开始渐行渐远地疏离短篇这种文体的时候，蒋一谈缘何对短篇的写作满怀激情，又淡定、从容，并且，耐心地开始规划自己漫长的短篇小说写作旅程？谁的心里都清楚，一篇严肃认真创作的小说，对作家的心灵是严重的消耗，因

---

① 雷蒙德·卡佛：《大教堂》，译林出版社 2009 年版，第 233 页。

为这样的文学世界，一定是从他的精神世界和心理空间衍生出来的图像，而蒋一谈又是如何不知疲倦，保持信念，施展自己虚构的魔杖，穿越短篇小说这个"窄门"的？

二

到目前为止，对于尚处于探索期、发展期或爆发期的作家蒋一谈而言，全面、清晰地梳理他的走向，对他立即作出"总结性"的美学判断也许是困难的，也为时尚早。但是，有一点至少是非常清楚的，他一上手短篇写作，就表现出出色的才华，无论对不同题材的处理的灵动，叙事的语境语态的营构，还是作品的形式感，显然，从他既有的小说文本看，他是一位懂得短篇小说的作家，他还能够借助一个资深出版人的出版经验，对写作、作者与读者、接受美学作有条理的分析、揣摩和考量。他既能聪明而智慧地深入探索短篇小说的技术，又能清醒地透过表象，踏实、朴素地去发现和表现生活。

他首先是一个小说隐喻的精心设计者，他将对历史和现实人物的理解巧妙地意象化了。鲁迅、伊斯特伍德、赫本、马克·吕布，在很大程度上已经部分脱离了表象的真实，而进入到一个饱含精神意念的层面。他所关心的，已经不是与人物密切相关的故事自身和现象界的外在过程，他在一个别出心裁的动机和幻想里，使旧人物焕发出更为巨大的内爆力。这些人物曾有的文化认同感，转化成新的艺术驱动力和精神佐证。从这个视角看，蒋一谈的短篇小说构思，呈现给我们一条智慧的通道。那么，这组小说，似乎也将成为蒋一谈短篇小说创作的一个标志性成果。

《鲁迅的胡子》是一篇给我们带来巨大文化伤痛感、惊悚感的小说。我是一口气读完这篇小说的，在这个过程里，感受和思考不敢有半点儿懈怠和迟钝。那种感受从最初的兴趣、猜测，到复杂和犹疑，直到结尾处，陡生出难以名状的混合着伤感、苍凉、沉重的撕裂般的疼痛。因为与一个二流星探的邂逅，四十岁的沈全，被发现其形象与大师鲁迅惟妙惟肖地相似，特别是被化装之后，俨然鲁迅再世。原本做过中学语文教师、讲授过鲁迅、正在经营足疗店的沈全，无论如何也想不到，自己在这样一个喧嚣的商业化的时代，会以这种方式与鲁迅相遇。在这个时代，还有多少人怀念鲁迅、知道鲁迅？沈全的演员造型让鲁迅的外在形象清晰起来，可是，人们与鲁迅精神世界的隔膜、模糊令人惊悸。无疑，在一定程度上，鲁迅已经成为一种巨型的文化符号，在被严重神化的同时，也被世俗社会的驳杂所遮蔽。仅仅因为足疗师可能成为扮演鲁迅的特型演员，上演一场"模仿秀"，足疗店因此而生意火爆。让"鲁迅"给自己做足底按摩，得到的是怎样的满足呢？难道连鲁迅的幻影，也真的变成"俯首甘为孺子牛"的当代公仆了吗？我不知道，这是一个时代的悲哀、困惑，对一种精神和文明的亵渎、伤害，还是一种难以抵御的孤寂、无奈？鲁迅在天有知，一定会感动于这个叫沈全的青年，一位一心想演好他的后来者，怀有一颗善良、慈悲的心，给鲁迅研究者以巨大的鼓舞和慰藉，同时，也会感知到人无法在现实中把握自身的窘境。我们看到，谋求生计并遭遇挫折的沈全没有绝望和崩溃，他不能容忍自己依赖扮演"山寨版"的鲁迅而获得存在的依据，他选择了回到自己生活的原点，"想实实在在地生活"。在这里，我们尚能够看到，时过境迁的当代，鲁迅精神，作为一种文化精神，深深地潜伏着、积淀着、传承着，也在顽强地挣扎着。似乎在不经意间，小说的穿透力由此而显现出来，以鲁迅为代表的现代精英文化，正在经受现代世俗社会的考验、洗礼，甚或逼迫。无论是沈全、苏洱、苏洱的父亲——那位患有妄想症的鲁迅研究者、周宜，还是那些络绎不绝在足疗店等待"鲁迅"按摩的人们，他们是"底层"，还是那些可以被鲁迅当年誉为"民族脊梁"的人们？今天，我们仍然"无法直面"这样的现实。在这里，虚构与真实、形象与意念相连通，温暖和感伤交集于一体，带出了几分素朴的、哲学的幻影。

这个时候，我们可以欣慰地说，是鲁迅帮助我们留住了一个时代，及其那个时代曾经存在的一种不屈不挠的精神和魂灵。尽管，在阅读这篇《鲁迅的胡子》的时候，我会感到阵阵酸楚。精神的缺失，神圣的衰颓，心理的失衡，使这个时代充斥着不堪入目的病象。沈全嘴巴上那块粘贴的胡须，伪装了每一个人的目光和真实，也掩抑了一个时代的良知和人性的善良，伪装了真诚和真实。

相对于《鲁迅的胡子》，《赫本啊赫本》则呈现出另一种沉重和沉痛，因为战争的惨烈和不幸婚姻的双重故事背景，整篇小说的悲剧色调，难以摆脱掉的伤感、虚无感，浓郁地笼罩着作者有节制的叙述。如果说前者"鲁迅的胡子"是一种精神的符码和表征，而这个短篇，安静、纯粹的赫本，则对不同民族和不同时代人的情感和心理，构成强大的辐射。只要仔细探究这个文本就会发现，赫本与小说的情节和人物之间，竟然潜伏、隐含着人性深处固执的、不可更改的积淀。

蒋一谈为什么会使这样一位女性与自己的一部短篇小说密切相连？我感觉蒋一谈试图表现人类的某种宿命，这是一篇有关宿命的小说。在《赫本啊赫本》这部小说集的扉页上印有："人生充满痛苦，我们有幸来过"，这是小说结尾中的"父亲"在信中写给女儿的一句话，表现了人生故事的沉重。"父亲"人性的煎熬，战争留在身心深处的重创，梦魇和现实的双重折磨，构成"父亲"存在的焦灼与紧张。我们可以很自然地将这句话视为一个"审父""代沟"或者爱情悲剧。但一个更深刻的问题，引发了我在另一层面的联想和思考。奥黛丽·赫本，被誉为"完全构筑了一个神话和一种别人无法替代的风范"的一代奥斯卡巨星，不仅是欧美也是中国、亚洲男性的"梦中情人"。"父亲"对赫本的迷恋，很大程度上是由于赫本东方的古典美与情人安慧的"不谋而合"。从时间上看，她早在二十世纪五十年代就风靡世界，但中国男人却是在八十年代的中越战场发现、知道赫本的。足见中国文化封闭给我们带来的精神、文化之"痒"。宿命，成为战争背景和爱情、婚姻悲剧的一个坚硬外壳，爱情是一种机缘和宿命，战争也是不可抗拒的宿命，文化也是一种宿命。而需要我们清醒的是，文化的宿命，却会使一个民族的人性在自我封闭中丧失自由的天性，变得更加沉重、扭曲起来。我想，这个短篇小说的深意恐怕就在于此吧。

说实话，我无法掩饰对这组小说的喜爱，因为它流溢出一种短篇小说写作新的美学倾向，新的短篇小说理念。小说的本质是虚构，小说的品质也是通过虚构的力量显现出来的。这两者决定了小说的话语方式、基本成分或元素的比例，以及叙事策略选择。说到底，写作需要才华、智慧，需要一种状态和具体方法，需要虚构能力。但是，一个作家的灵感，却往往是决定一篇或一部小说走向的关键，是启动叙事可能性的第一推动力。从短篇小说的结构功能角度考量蒋一谈的写作，可以深刻地感觉到，他是一位对短篇小说技术有较高要求的作家。在思考和写作的途中，始终有着极其明晰的方向感。在写作中，他不仅重视作品内在力量和外部形态之间的关系，努力发掘、探索小说结构可能产生的弹性和张力，而且，他在不断地摸索、寻找一种短篇小说新的构思、虚构方法，试图在这种新的虚构可能性中，改变短篇小说的面貌。蒋一谈的可贵，尤其在于他能够在寻找模式和方法的同时，不断移步换形，切中肯綮。《马克·吕布或吴冠中先生》和《中国鲤》就是这种尝试和变化的结果。

《马克·吕布或吴冠中先生》，选择了两位当代具有极高艺术造诣的大师级人物，著名画家吴冠中和法国摄影大师马克·吕布作为小说叙述的引线，通过两位大师短暂的交往和相互间所发生的错位和龃龉，引申出何西递和艾树两位当代文化青年关于艺术观、价值观、道德感的差异、碰撞。两位来自不同国度的老艺术家之间的故事直接影响和导致了"后来者"的爱情发生和情感变化。吴冠中的坦诚、坚执，马克·吕布的沉默、神秘，使这段往事成为一个悬疑的"公案"。都是终生以艺术为生命和使命的艺术大师，他们有意和无意间产生的"僵滞"、沟通的困难，竟然影响、关涉到另一代人对艺术伦理的选择取向，"蝴蝶效应"般地成为另一个故事的拐点。问题在于，对于这样将真实事件和人物的植入，蒋一谈的叙述目的是"借鸡生蛋""移花接木"，还是想"把水搅浑"呢？毫无疑问，这是一篇很地道的现代小说，人物关系、故事情节简洁、工整，尤其是雅致、微妙的小说结构，人物转瞬即逝的变化、冲动，还有在马克·吕布的那些画面前，主人公游移的眼神中难以盛放的疑惑和不安，多多少少地隐匿着内心的暗影和纠缠。

如果说，《赫本啊赫本》具有"审父"的意味，那么，《中国鲤》则有"审族""审祖"的情结和蓄意。《中国鲤》的创作构思或灵感来源于一则纪录片报道，作者就将这个真实事件，变换视角之后直接写入了小说。这个真实事件立即就由"非虚构文本"衍变为一个"虚构文本"。起初，美国人为了解决自己水域内藻类可能造成的污染，大量引进喜食藻类的中国鲤鱼来吞食这些藻类，净化河流湖泊，但当他们意识到它超强的繁殖力和生存能力之后，开始忧虑中国鲤会影响美国原生鱼类、古老鱼种的生长，以及水域的整体生态保持。于是，他们便产生巨大恐惧，开始大力捕杀。小说细致地描述了美国人举办捕杀中国鲤鱼大赛的激烈场景，会令每一位中国人撕心裂肺。很显然，这个故事情节的题旨，具有很广义的开放性。所以，这篇小说的寓意和引申义，远远超出了作家写作的动机和初衷。具有了虚构品质的新文本，让我们体会到的已经不仅仅是诸如环境保护、人类群族之间的竞争和搏杀的关系，也不仅仅是千百万中国人移民在他乡的命运隐喻；我更看重的是，小说中那个美国人的父亲，与作为叙述者"我"的那个父亲，各自在面对新生代的儿女们的时候，有怎样的策略，才会缩短"他们"的文化和"我们"的文化的巨大差异，"异质性"如何磨合成"一致性"。因为，人类发展到一定的状态时，文化的跨界、对特殊性的尊重，避免不同种族在文明的掘进中由于局部的"乡愿"而发生根部的深层断裂，这些，都是人类必须面对和解决的悖论。正如美国人类学家威廉·A.哈维兰所说的："我们总倾向于把由一个统一国家所维持的和平与社会秩序理想化，而同时又往往把由于对文化独特性和地方自治的宽容带给其他民族的危险夸大了。"[1]蒋一谈所描述的文明进程中民族间的文化、利益碰撞，像一阵"现实的风暴或历史的细雨"，在这里，叙事使小说的内涵已经越出人性的层面，伸展到文化人类学的范畴。

　　可见，蒋一谈总是喜欢将事实、叙事、虚构的最大值，整合、铺

---

① 威廉·A.哈维兰：《文化人类学》，瞿铁鹏、张钰译，上海社会科学院出版社2006年版，第510页。

张为具有现实感、历史感和道德感的隐晦而复杂的情境。作家虽然没有刻意去寻找人物、事件与现实的隐喻关系，但结构的独特却开拓了小说新的表现空间和维度。可以说，这是小说写作经由"新闻故事"转向、转换为"情境叙事"的经典范例，如同给叙事文学注入一股有生机的活水，而完成这种转换的内在推动力则是新结构的支撑。进一步说，近年来，小说写作出现一股强调"非虚构"的倾向，我觉得，这种倾向的发生，是由于对既有文学写作、想象力和虚构的乏力状态不满意而产生的新的写作诉求。因为，新世纪以来十余年，文学正渐渐失去对生活、对人的精神和灵魂的干预能力，失去对生活和人心的介入、影响能力，恢复或者说重建这种能力，在今天尤为迫切。或许，蒋一谈也正是在这方面想作出自己的努力。

但是，这类小说存在着另一个不容忽视的问题，由于故事发生的逻辑起点，是一个既往存在的事实，或具有新闻报道、纪录片性质的、有案可稽的生发点，其非虚构的结构素材、原型，决定和限制了虚构文本主体的"骨骼"承载的叙述的主线，而现代小说"后现代"的写作范式，也使得文本中"做"的味道会隐隐彰显出来。所以，整体风貌也就无法做到"天然去雕饰""春梦了无痕"。但这类叙事策略却容易产生较大的冲击力、震撼力。这就要求"链接点"的自然，特别是细节的动人、真切和绵密。看得出来，蒋一谈是一位有使命感的小说家，他没有仅仅沉浸于文本间的交叉、互文，刻意设计现实与文字的纠结，而是选择了近似雷蒙德·卡佛般的简约，沉重或轻松的题材，都可能在直觉和暗示中率性地完成。这样，我们在文本中所感知到的，不仅有理性、理智的玄思，不便轻下结论的主题，可阐释的丰饶的意蕴，还有叙述的语态、人物生动的表情。

三

小说是一种生命的寄托，是精神存在的一种高级形式。作家之所以费尽心思、倾注情感和激情地要进行虚构，就是因为他对已经拥有的现实世界的不满意，他需要重建理想的世界，需要改善不堪入目的现实。所以，以虚构的方式呈现生命的真实状态，就不仅是作家的一种愿望、一种精神寄托，更是一种寻求改变的激情释放。蒋一谈的这种愿望尤为强烈。

蒋一谈进入短篇小说的写作，是有充分准备的，更是踌躇满志的。他坦言："我在文学上有野心，这野心首先是为了让自己在这个特殊的年代活得更有激情、动力和温度，也帮助我规划了十年写作计划：从四十岁到五十岁，这十年我要静心写出几百篇短篇小说，出版十几本短篇小说集和两本诗集。短篇不好写，既然选择了主攻短篇，那就必须下苦功夫钻研，一步一步地把自己想写的写出来，呈现出来。希望多年之后，自己能成为一名复杂丰富、包罗万象的短篇小说家，而不是一个在单一风格上自娱自乐荡秋千做陶醉状的写作机械手。"[①] 在我们今天这样一个时代，有人有志于在自己人生最重要的时间段落里，选择短篇小说写作，这本身就令人敬佩不已。这时，我想起短篇小说大师博尔赫斯讲过的两句话："我认为每个人总是写他所能写的，而不是他想写的东西"，"作品必须超越作者意识到的领域"。[②] 我从蒋一谈的作品中也能够看得出，他是一位具有写作使命感的作家。现在，我明白了，蒋一谈选择小说，选择短篇小说写作，就是要找到自己与现实对话的方式。他一定是感觉到短篇小说这种文体形式最为切近他对现实、存在的内在感知，适合他将对存在世界的虚构和隐喻，处理成一次记忆、一个梦境、一个情感的迷宫、一个潜意识的扩张，或一种道德和非道德的冲动。对于人心和世界的图像，放大或聚焦，象征或引申，超越或内敛，但最终都是要映现当代人的精神、情感危机，以及在危机中的迷惘、沉醉和挣扎。

最早，蒋一谈小说引起我兴趣的，除了它充满神秘和诱惑的名字，就是他小说独到的创作构思、文本创意性结构和语言。蒋一谈似乎对小说技术情有独钟，他不求叙述的精致、华丽和华美，但看得出

---

① 蒋一谈、王雪瑛：《中国需要这样的作家》，《上海文学》2011 年第 9 期。
② 《博尔赫斯文集·文论自述卷》，海南国际新闻出版中心 1996 年版，第 171 页。

来，他三个集子总共收入的近三十个短篇，每一篇都是用心、用智、用情之作。我相信，他的大部分小说，应该说像博尔赫斯说的，都是他"所能写"的，可能，只有一小部分确实是他"努力想写的"。其实，这一部分作品，更能体现他在文本中重建现实的愿望和渴望，对现实世界的谦卑和尊重，尽管其中不乏使人失于迷津、苦涩、逼仄之作。

那么，蒋一谈的另一部分短篇小说，像《七个你》《刀宴》《坐禅入门》《枯树会说话》《保佑》《公羊》《芭比娃娃》等，同样不可忽视。在这一组小说中，我们体会到蒋一谈在另一路径上的掘进。

《七个你》是一篇构思奇特的短篇小说，也是一篇信息量极大、充斥着现代感的小说。我想，蒋一谈的写作初衷或灵感，肯定来自一种形而上的理念，或者是某种生活"现场感"的刺激。因此，我相信，蒋一谈在骨子里，一定是一个清醒的理性主义者。他将这个"八〇后"抑或"九〇后"的"插画师"女孩的精神、心理和行动，聚焦或分割在一周七天内，进行了巧妙而无情的拆解。他以极细腻的情感，体察着她的行为细节和心灵深处的荒芜、冷漠，仿佛主人公与生俱来的生命的焦虑与困惑，使得这个处于青春期的少女进入一种失常的状态。这个可爱、真实又悬浮的女孩，在七个层面、七个断层、七个视角的观照之下，像散落一地、凌乱不堪的美丽花瓣儿，把自己遗失在如"燃烧的鲸鱼正在奔跑"的地铁车厢里。七个你，就是多个"你"，她时而是若干个体组合成的一个整体，时而又是一个个体，她们完整而破碎。从周一到周日，看似一个人在瞭望另一个人，自己与自己也在相互辨认、确证，结果，"你"终究还是无法知晓在哪里迷失了自己。"霍金的仆人""长翅膀的猪""女德普""丧家鸡"，到底是不是"苏城"，是不是"哑巴"，是不是"小厨娘"，这一切，都在骚动、茫然中随心所欲或随波逐流。最后"你"与一只小狗的对话和交流，直接将人抛向一个孤独的空间。蒋一谈通过对一个女孩七种可能性的叙述，呈现"万花筒"般的遐思、幻觉，是想揭示一代人在当代生活的拜金主义、享乐原则、自由伦理、信仰缺失、价值体系混乱的状态下，无法找到自己的莫名孤独、忧伤和愁思百转。这篇小说，尽管雕饰痕迹朗然在目，但这种小说布局还是凸现了富有哲理意味的命意和玄思。节制而不单调的"堆放",蕴藏了人生百态的种种况味。

《坐禅入门》则属于一篇精巧的仿话剧文本的小说。蒋一谈试图将"佛"的理念直接嵌入烦扰、喧嚣的凡尘俗世,行文的散淡、简洁,恰好契合这篇小说想表达的基本精神。生与死的抉择,被略具喜剧意味的底色的情节所包裹,"哲理语态"直接诠释出自我体验性的成分。具象的、形而下的场景,虽难免观念化,但是这种观念化由于人物的动作、身份、经历的结合,就凸显出形而上的寓言品质。《刀宴》是一篇写得非常精致,有古典意味的小说。小说以一次世界名刀博览会为背景,通过追踪一把古刀的沉浮,思索一个民族、一个国家内在的精神血液和阳刚之气,以此引发我们对道与器关系的重新慎思,生命主体对自身价值系统的质疑和反省。"刀宴"上,沈家轮先生和老刀终究没有现身,有着千年沧桑的宝刀,沉入了湖底。老刀的存留或消失,可以视为作家对一个国家"宏大问题"的伤痛、遗憾和困惑,也喻示着一种精神的衰颓和传统文化的失传。

王安忆说:"好的短篇小说就是精灵,它们极具弹性,就像物理范畴中的软物质。它们的活力并不决定于量的多少,而在于内部的结构。作为叙事艺术,跑不了是要结构一个故事,在短篇小说这样的逼仄空间里,就更是无可逃避讲故事的职责。"[1] 作为短篇小说的身体力行者,王安忆对现代短篇小说的理解,显示出迥然不同的见地。故事是小说存在的坚硬内核,而灵动、飘逸的思绪和精神是牵动叙述行走的灵魂。蒋一谈短篇小说在这方面已经作出了很大的努力。

蒋一谈很会讲故事,而且,能够赋予故事以新的结构形态,而且,他常常以一种老实的"拙态"的扎实描述,显示出叙述的强悍力量。《枯树会说话》《公羊》和《芭比娃娃》,就是这方面的代表作。前两者的叙述过程,都更像是作者在完成一次"扭转"生活、重新调整自我灵魂坐标的过程。其实,这两个短篇都是关于思念的故事。《枯树会说话》,是在写生的同时,延伸了死的长度。阿霞对丈夫黑头的想念顽强、倔强,如此刻骨铭心的情感,仿佛中国当代版的《人鬼

---

① 王安忆:《短篇小说的物理》,《书城》2011 年第 6 期。

情未了》，善良、穷困和志气，弥漫在字里行间。《公羊》这个故事的表层涵义是写对母亲的思念和纪念，其中实则隐含着更深远的意蕴：一个外乡人进入城市后，处在人生的临界点上。在娶妻生子、事业爬坡、需要赡养照顾老人的中年时期，他所需要面临、担当的承载，难以跨越的精神痛觉，这让我们看到了这一代人的苦境。柳河就像一只公羊，他的命运和几近崩溃的精神，使他只能隐忍生活的煎熬。而《芭比娃娃》讲述的，是地道的当代"底层"故事。在一个喧嚣、浮躁、人性迷失的生态环境里，生存和欲望、绝望和失望、柔软和暴力、善良和扭曲、城市和乡村、今天和未来，聚焦在一种叫作"芭比娃娃"的玩具上。蒋一谈细致而无奈地触摸着这个时代的伤痛，把笔触伸到对人的存在意义的审问之中。在这篇小说里，他已经无法与主人公保持距离，审美的姿态还原为"原生态"的非虚构冲动，这部作品的色调愈发地冷酷、惨烈，以致令人窒息。对弱者的同情、对善的认识和表现，最可以看出作家的文化态度和修养层次，而蒋一谈对现实的审视和思索，则交织着现代痛苦的理性主义的声音。

枯树、公羊、芭比娃娃，分别是关于情感、伦理和苦难的象征指涉。如余华所言："一部真正的小说应该无处不洋溢着象征，即我们寓居世界方式的象征，我们理解世界并且与世界打交道的方式的象征。"[1] 我认为，善于发现世界及人与世界的象征、隐喻关系，并且在故事的层面再进一步超越故事，这是一个小说家应有的本领。

另外，有关小说的语言和节奏，汪曾祺曾有非常坦率而简洁的表述："一个作家的语言表现了作家的全部文化素质"，"语言的粗俗就是思想的粗俗，语言的鄙陋就是内容的鄙陋"。而且，汪曾祺还用"揉面"的比喻，来形容小说的写作："面要揉到了，才软熟，筋道，有劲儿。"[2] 一直以来，语言和结构在很多写作者和读者那里，始终是一个形式问题，实际上，它直接关系到一部作品或文本的内在质

---

① 余华：《我能否相信自己》，人民日报出版社 1998 年版，第 172 页。

② 汪曾祺：《晚翠文谈新编》，生活·读书·新知三联书店 2002 年版，第 83、89、109 页。

地和灵魂。蒋一谈格外注意，在不同题材和意蕴的小说中，使用不同的叙述话语、叙述节奏，选择适当的文本结构。蒋一谈不追逐语言的喧嚣、吊诡或华丽，不喜欢感官的过度反射，虽然，他喜爱"故事创意＋语感＋叙事节奏＋阅读后的想象空间"这样的叙事美学法则，但他还是能够非常理智地处理感性经验、直觉与事物之间在语言、词语维度的合理性。蒋一谈笃信："词语是空间。找到属于自己的词语，你才能感知与这个世界的连接距离。空间的大与小，光线的明与暗，语意的明快与晦涩，都是你自己的选择，找到选择就好。"①蒋一谈似乎深谙汪曾祺的那句"有多少篇小说就有多少种结构方法"，《鲁迅的胡子》那种无法摆脱的沉郁、感伤的基调，规定了小说的基本语言风格；对于《中国鲤》穿越国界、民族的题意，结构上就呈现出开放、洒脱的气度；《芭比娃娃》和《枯树会说话》的世俗悲剧，使语言厚实而素朴；《刀宴》的语言轻灵、雅致；《赫本啊赫本》选择书信体、第一人称，避免了在一个沉痛的叙述里，让冷漠和距离控制整个小说的氛围；《伊斯特伍德的雕像》的语言是自然流淌的，意绪是起伏的，而结构是散漫的……可以说，这三本小说里的几十篇小说，既让我们感觉到他探索小说艺术的浓厚兴趣，对丰富性的追求，也让我们体察到，他警惕、摆脱一味沉陷于短篇小说写作虚弱"幻象"的不懈努力。

　　作家东西在谈论纳博科夫小说《洛丽塔》命运的时候，仔细分析了一部经典存在的可能性，他得出的结论是："真正的经典都曾九死一生。"②我在想，哪一位作家不期待自己的作品能够成为跨世的经典呢？那么，即使你小说的故事、你的人物、你的语言和结构，与你所处的时代和这个时代的精神状况，与读者、与出版方式和契机等等，都已经很完备了，你的作品就能够超越时空，开始几十年、几百年甚至上千年的跋涉吗？但是，一个真正的作家，他首先就该有这样的信念："人生就是从摇篮到坟墓的旅行，而我想在这个旅行中给自己寻找那份内省、温暖和自由"，"想在文学上取得大的成就，需要才华和

①　蒋一谈：《点点滴滴·后记》，《赫本啊赫本》，新星出版社2011年版，第209页。
②　东西：《真正的经典都曾九死一生》，《当代作家评论》2010年第4期。

严肃认真的写作精神，需要命运的支持"，"我不是天生的作家，我要靠后天的训练和勤奋完成写作，我不知道我能创造出什么样的文学世界，但到今天，我还有心、有力追寻文学，已是幸运……我希望能够用中年人的心、男人的心、女人的心、青少年的心、儿童的心写出不同风格的中国人的故事和命运"。[1]

　　蒋一谈准备好了，他踌躇满志地携带着他的短篇小说写作计划，进行十年、二十年的短篇小说的远征。毕竟，写作不是一厢情愿的事情，我前面提到，写作的发生和成败，不仅取决于某种不懈的努力和才华，它还是一种机缘或宿命。而且，也并非投身于短篇小说写作，就显得精神上有多么高尚和优越。但至少，如果有一种"纯粹"的文学存在的话，如果有人愿意用掉自己半生的时间长度，致力于一种被时代，甚至被"圈子"所"边缘化"的文体，愿意以自己的文字作一次破茧之旅，而且，可能为了一种信仰或信念，也可能为了短篇小说的不朽，有足够的叙事耐心，九死不悔；那么，我有理由坚信，这个人的身后一定会留下真正的短篇小说的经典。

---

①　蒋一谈、王雪瑛:《中国需要这样的作家》,《上海文学》2011 年第 9 期。

存在的悖谬和小说的宿命

——朱辉短篇小说论

一

文学阅读活动，在理论上被升华、命意为"接受美学"，确实有一定的道理。文学阅读接受，作为一个审美活动过程，其间，会令我们产生出许多不同层面意想不到的感受、体悟，这些感受可能超出我们的常识、认知甚至逻辑，生发出无数曾有的和不曾有的生命体验。我相信，文学作品的阅读和接受，一定有某种神奇的品质或"特性"在其中，它直接或间接地影响我们的感受、理解和判断。那么，这个"特性"自身是什么呢？我觉得，它就是文学作品尤其小说的叙述所蕴藉和呈示出来的不确定性。正是这个不确定性，为我们的阅读提供了无尽的可阐释性，小说的魅力也正在于此。小说叙述的涵盖，小说叙事的格局，小说语言本身的多义性，承载小说文本主体的故事、人物及其命运，它们常常是共同辐射出若干不可思议的理念或意念，构成它们之间隐秘的悖论。在小说的内部，现实的和非现实的、真实的和虚假的、正义的和邪恶的、逻辑的和反逻辑的、表象的和本质的、表层的和隐含的，诸多元素相互摩擦和博弈，形成小说文本独特、奇异、复杂的美学情境。在这里，作家之于小说叙述，一方面可能"机关算尽"，人情世故，竭尽虚构之能事；另一方面，故事、情节、人物可能水随天去，顺水推舟，浑然天成，以致最终成就一部小说叙事的经典文本。前面提及的"悖论""不确定性""表象""隐含"等元素，就成为小说能够超越时空以及"可持续性"阅读的根本原因，这是检验一个小说文本能否成为经典的重要方面。因此，一篇（部）小说的命运以及它的生命力，或有无成为经典的可能，除了它的思想、精神维度之外，主要取决于叙事所隐含的"微言大义"，取决于象征、寓言意义的显示，在一个极长的时间长度内，它与持续性的阅读能否形成想象、语言、语式方面的默契和启发有关。

在这里，我之所以想重新梳理有关文学接受美学的理念，是因为我最近阅读朱辉的小说时，有一种特别深刻的感受和体会。这种感受，虽然在以往的阅读中早有体验，但这一次尤其强烈。我手上有两本朱辉的短篇小说集，一本是作为"21世纪文学之星"丛书之一的《红口白牙》，出版时间是1998年，共收入十三篇小说；另一本是2018年出版的"小说精选集"《看蛇展去》，收入十一篇小说。两本小说集的出版时间相隔整整二十年。我发现两本集子里的收入篇目，有四篇是重复的：《对方》《游刃》《暗红与枯白》《变脸》。我深深地感觉到朱辉对自己这几篇小说特别的偏爱。这几篇写于二十几年前的中、短篇小说，依然给我以极大的震撼，我没有感觉到这些小说文本有丝毫的"陈旧"之感。它们仍一如既往地具有极强的耐读性，而文本叙述所蕴藉的时代、生活、人生、人性和命运，它们所给予我们的精神性认同，既超出了虚拟世界产生的应有的丰厚和深刻，也远远超出这两本小说集之间所饱经的二十余年的世事沧桑。正是因为朱辉小说所具有的"悖论""不确定性""表象""隐含""寓言性"等元素，以及它所生成的隐喻、寓言品质，构成其文本的可阐释性和"重读"的必要，给我们带来了特定文本的审美愉悦。当然，还构成这些篇章成为经典短篇小说文本的可能性，而仅仅这些小说，就足以让我们看到朱辉写作的实力和潜力。

二十年前，朱辉发表这些作品的时候，我还不太熟悉他。这些年，朱辉写作了大量的中、短篇小说和几部长篇小说，毫不避讳地说，与他的几部长篇小说相比较，我更喜欢他的中、短篇小说。当然，不可忽略的还有他的长篇小说《我的表情》《白驹》等，它们也充分体现出朱辉驾驭长篇叙事结构的能力。这几部长篇小说篇幅都不长，但其中积聚着的深厚情怀，所具有沉实的精神含量和叙事感染力，同样引人注目。从这个角度看，我们对朱辉短篇小说叙事所具有的凝练品质和精神"浓度"，也就丝毫不觉得奇怪。所以，我更加坚信，一个作家能够通过自己的文本，为我们提供什么，与他的经历、经验、知识储备、智慧和思考密切相关，这些一定会起很大的积极作用，是一位作家获取创造力的基础和前提。但是，当作家写到一定的"份儿上"，能够使其形成较高精神品质和诗学层次的关键，则建立在对人的关爱，对生命的理解，对人的同情，及其对人的日常生活、俗世人生的从大到小的精确描述上，这样，才能够真实地呈现人性和心灵的历史。我感到，朱辉是一位有自己世界观和坚实信念的作家，他已经将自己的情感诉诸文本之中，从自我的状态进入到自觉的层面，而且，从已有的文本看，他正在接近写作的自在之境。

二

王安忆认为："好的短篇小说就是精灵，它们极具弹性，就像物理范畴中的软物质。它们的活力并不决定于量的多少，而在于内部的结构。作为叙事艺术，跑不了是要结构一个故事，在短篇小说这样的逼仄空间里，就更是无处可逃避讲故事的职责。"[①] 多年以来，作为短篇小说的身体力行者，王安忆对现代短篇小说的理解，显示出迥然不同的见地。故事是小说存在的坚硬内核，而灵动、飘逸的思绪和精神，是牵动叙述行走的灵魂。可以看出朱辉的小说在这方面已经做出很大的努力。朱辉是一位非常会讲故事的作家，能够赋予故事以新的结构形态，而且，他常常以一种平静、老实的"拙态"扎实地描述世事百态、人间冷暖，显示其朴素而强悍的叙述力量。这种"拙态"，在很大程度上，表面淡化了技术和叙述策略，实则隐含着强大的伦理力量和结构张力。

有人提出要"让文学沿着生活的足迹起舞"，我倒是觉得应该

---

① 王安忆：《短篇小说的物理》，《书城》2011 年 6 月号。

是"让文学沿着灵魂的方向骤然升华"。如果小说仅仅局限在对现实本身的打量、揣度和判断，必然会窒息作家的想象力，他也就很难发现存在世界里隐藏的秘密和人性、命运的诸多变数及其可能性。因此，小说写作所需要的，就是伸展到超出具象世界的边界，呈现出另一种逼近灵魂的叙事走向。所以，真正试图超越现实的作家，才可能摆脱具体"写实"的压力，虚构、升华出变奏、"飞翔"的隐喻或寓言。我一直坚信，一个作家之所以要写作，其内在的主要动因，无疑是源于他对存在世界"现状"的不满足或不甚满意。因此，他要通过自己的文本写作，重新建立起与存在世界对话和思考的方式，而一个作家所选择的文体、形式和叙述策略，往往需要作家能够建立起文本与他所感受到的现实之间的隐喻、象征或精神确证。如果作家能让叙事文本从具体的现实迈向某种精神的、灵魂的高蹈，文本的价值和意义就会自然呈现出来。最早，我在读朱辉的《鼻血》《变脸》时，就一直在思考这样的问题：为什么我们的写作总是喜欢在对生动、具体、鲜活的生活现场进行描摹时，更愿意将世界做抽象的把握？同样，我们凭借经验、经历审慎地思考和磨砺，所抽象出的那些云谲波诡的事物理念，为什么又确实难以覆盖存在世界本相或真实图像？当作家贴近生活，叙述沉醉其中，孜孜不倦地表达现实的时候，你可能突然意识到这个空间竟然如此朦胧、模糊、幽暗。但小说的叙述就是这样义无反顾般前行的。也许，虚构的发生和魔力，就在无中生有或者有中却无之间的转换时，才使小说衍生成艺术的冲动，蜕变成为有含金量的、动人而精致的细节，直至生成简洁而令人意外的事实。而实现这些的途径或方式，就是作家是否能够让自己的想象贴地飞翔，现实、事实、世事，都可能经由想象和虚构结晶为深沉的隐喻或象征。

我能感觉到，《鼻血》是朱辉格外喜爱的短篇小说。二十多年前，何志云在为朱辉的小说集《红口白牙》写的序言里，曾坦诚地盛赞这篇小说："平心而论，在这本集子里，《鼻血》不是最出色的作品。但在我看来，这篇不足三千字的小说，称得上是真正的短篇小说，原因就在它含纳的容量——那隐藏在文字后面的一进进院落。"[1] 这篇确实像王安忆描述的好的短篇小说。应该说，简单的故事，可能蕴含深刻的构思，关键在于，文本是否具备张力和弹性，叙事是否能生成深沉的结构感，这是文本生命力的保证。像鲁迅的短篇小说《孔乙己》，它所聚积的容量、能量如同"核能"，驱动着叙述在前行的过程中形成一个灵魂的、结构的、文化的"道场"，并且发散出波涛汹涌、撼人心魄的力量。这种力量或"劲道"，是由叙述的故事、情境整体性隐喻的引申义完成和实现的，文字讲述的故事的表象，与隐喻义，宛如一枚硬币的两面，互相支持互相渗透互相完成着。小说《鼻血》主要聚焦在主人公——在校学生孔阳在大学生活中的几个片断：一是在院运动会五千米比赛时，即将冲向终点获得冠军的刹那，他因为突然涌出鼻血而前功尽弃，冠军被竞争对手桑所获；二是孔阳在与女友约会时，也是因为鼻血两人不欢而散，就此分手；三是在两年一度的六级英语考试中再次因流鼻血而影响成绩；四是孔阳在与桑面对面交锋中，鼻血再一次成为对手的帮凶，使得孔阳失去报考研究生的机会。鼻血，貌似一个专门有意毁损孔阳存在感和人生发展的幽灵，它谜一样缠绕着他，不断地、刻意地改变着他的专业、事业、爱情和未来的轨迹。那么，鼻血为何每每突如其来地搅乱孔阳的正常生活？缘何反反复复地颠覆理应属于自己的美好人生？其中，有无关涉心理感应或超验的维度存在？在这里，朱辉只是让鼻血流淌的孔阳，站在水汽模糊的镜子前，进入似真似幻的玄思状态：

孔阳从医院回到宿舍，一直处于神思恍惚的状态之中，他草草吃了晚饭，躺到床上，不一会儿就坠入了一个噩梦翻跹的黑夜。一个白色的影子伸出它冰凉的触角缠住了孔阳的左手腕。孔阳仿佛被浸泡在某种滑腻怪异的涎液之中。半空中传来了一阵苍老幽远的声音："脾呈于唇，心呈于面，肾开窍于耳，而肺主鼻。肺内虚燥，肺火上延则灼伤血脉，而致鼻衄。"故而孔子曰："君子不忧不惧。死生有命，富贵在天。无欲无求，不疾不徐，是为化境。"白影的话语字字如石，

① 朱辉：《红口白牙·序》，百花文艺出版社 1998 年版，第 2 页。

垒在孔阳的身上，他努力张大嘴声嘶力竭地喊着什么，声音连绵起伏形成冲击波，却又立即消失得无声无息。在一片黑沉沉的旷野上，白色的影子幻化成父亲的形象。孔阳似醒非醒，他看见一个陌生的少年满脸血污，得意扬扬地接连打倒了好几个孩子，其中包括村上臭名昭著的"霸王"。英勇的少年扭头冲父亲炫耀地一笑，却招来了迎面而来的恶毒一拳！一股腥热的液体顿时如泉而涌。迷蒙中，孔阳大口吞咽着清凉的鼻血，这给他干燥的嗓子带来了一种妙不可言的感觉。孔阳彻底清醒过来，他一个鲤鱼打挺坐起了身。撩起枕巾蒙在脸上。然后他光着脚丫冲进了水房。

　　文本以干练的语言、精短的叙述，完成了一个巨大的隐喻。朱辉的这个短篇小说可谓是当代"极简主义"写作的代表作，这个短篇恰如汪曾祺所说，好的小说都是"以少少许胜多多许"。读朱辉这篇小说时，我还想到余华的《十八岁出门远行》。这篇小说描述的主人公，也是在初涉人生、世事时，遭遇到外部世界的复杂性和始料未及的危机，预示着人生的磨砺刚刚开始，懵懂的少年之心，必须有"生之忧患"的危机感和自我觉醒意识。而《鼻血》似乎还埋藏着更多的世间玄妙和生命隐秘，可以有不同于前者更复杂的文化阐释，这里不再赘述。《鼻血》里的这位孔阳，后来成为朱辉长篇小说《我的表情》中的主人公。在那部小说里，孔阳经历了更复杂、更纠结的情感磨砺，以及爱、死亡、别离等种种伤痛，那更是远远超越身体本身的"生命不能承受之轻"的另一种灵魂隐痛。

　　短篇小说《变脸》，也是一篇与《鼻血》近似的、具有"变形"和"灵异"之气的寓意深厚的小说，是朱辉最重要的作品之一，也是我最喜爱的朱辉小说。这篇小说充分显示出朱辉善于"扭转"生活的天分和能力。这篇将"写实"和"魔幻"交织、融汇一体的叙述文本，试图写出一个普通人在日常生活中，因为个人所具备的某种"特异功能"，导致人生形态在发生重大改变过程中遭遇的辛酸、无奈和窘迫。或者说，这也是一个关于性格、尊严的人生故事，"变脸"仿佛一场人生仪式，无论朱辉叙述中虚拟的成分在多大程度上越出了现实的边界，文本本身生成、扩张出的隐喻和引申义，都显示出作家"扭转"生活的胆识和勇气。我们所处的时代，就像朱辉在文中描述的："在这个人才辈出、群星荟萃的时代，所有人都感到眼花缭乱，目迷五色，我们的视听器官都差不多麻木了。但这种麻木是相对的，一旦一个异常人物真正出现在我们的身边，我们还是抑制不住内心的激动。"可见，朱辉较早地意识到我们时代生活发展中，必然会出现诸多令人猝不及防、难掩耳目的吊诡事件，包括其中所压抑的莫名的激情和浮躁。这些，统统构成社会生活似真似幻、我们的日常经验难以把握的或游移不定的事物。它不仅考验我们的视听感受器官，而且挑战我们对现实与自身的意志力、辨识力和控制力，这是避免虚妄和眩惑的前提。

　　小人物何雨，在某一天突然向人们展示了他的变脸技艺，他的脸，可以变化出种种表情，甚至可以变出一些人物的脸相、声音和神态。当这张迥异于他本相的脸展现在众人面前时，不能不令人目瞪口呆，因此，立即呈现出叙述学的"看"与"被看"的那种情境和场域，何雨的"处境"和性格也随之发生许多重大变化。这时，我们必然会猜想，何雨意外的"变脸"，将会给他接下来的生活带来怎样的变化？生活本身的魔幻无处不在，人们的情感的复杂性及其随即而发生的心理变化，其实就是一场引起诸多因素连锁反应的精神"变形记"，在这里，"变脸"就是"变形"。"人体'变形'的隐喻，从身体的变形延伸到自我的变形，再延伸到自我与他者关系的变形，包含着深刻的关于存在主义的哲学问题的思考"，"'变形'这一美学表现手法，无论在古典文学还是现当代文学中，都以其丰富的想象力和创造力获得独特的生命"。① 刘剑梅在分析卡夫卡的《变形记》时，谈到这种"从身体的变形延伸到自我的变形，再延伸到自我与他者关系的变形"，非常适用于朱辉的《变脸》。姑且不问"小人物"何雨"是如何掌握这项技术的"，"是天生禀赋而后自我修炼，还是机缘垂青得异人传授抑或是某一日突然间福至心灵？"这似乎并不重要，就是说，朱辉所看重的并不是"因"，而是"果"，这与卡夫卡的《变形记》一

<hr>

① 刘剑梅：《"变形"的文学变奏曲》，《中国比较文学》2020 年第 1 期。

样，属于"零因果"的事件发生。这个以虚拟的"零因果"开始的叙述，所生成的则是一个现实的、人性的"黑洞"。何雨"无中生有"地突然"变脸"，一下子搅乱了以往处于惯性中的生活秩序，立刻产生了有别于俗世生活的"陌生化"效果，这也从文本品质层面构成了存在世界的荒诞和悖论。"单位里着实热闹了好些天，从上到下"，何雨给人们带来了惊奇和快乐，他自己的情绪、工作态度、生活习惯和行为方式也发生了出人意料的改变，在工作和待人接物方面，何雨做得得体而有尊严。

何雨的变脸技艺如果只运用在改变他的寻常形象上，那确实是屈才了。别忘了，他只要简单地运用他的变脸本领就可以随时随地地变换表情：喜怒哀乐，威严或是卑微，他说来就来，随心所欲。何雨很恰当地运用着他的技艺。在不同的场合和不同的对象面前，他会准确地把握自己所应处的位置，恰如其分地做出相应的表情。如果说何雨正常的表情是一条水平线，那他在聆听"头儿"的指示时姿态就往下低一低，而当外面来了客人，而且这个客人是有求于我们单位的，他的姿态又会适当地抬一抬，处于水平线以上。一段时期以来，何雨把他的技艺运用得恰到好处。如果我们把他的这种变化像剪胶片似的各自剪开来看，就会发现，每一段胶片都恰如其分，何雨既不僭越倨傲，又不低三下四。这种变化对何雨来说游刃有余，但要是把各段胶片接好，连起来放，别人就有点眼花缭乱了。有人对此颇有微词，说何雨的脸像夏天的天气，说变就变，是一张鬼脸。但我注意到何雨实际上很有分寸，他表现得相当得体。他对同事们很有礼貌，说到底，他得罪过你我吗？我看没有；他模仿谁的面容勾引过谁的老婆吗？那更是没有！

简洁而精准的描述，像浓缩出人物魂魄的"动画"，呈现出人在瞬间生发的表情扭变，以及这种诡异的突变对"他者"好奇心理的满足，可以说，朱辉将这一"意象"发挥到了极致。"变脸"使得何雨成为"焦点人物"，但是，朱辉终究还是需要对其作出身份、角色的彻底调整，因为何雨在"被看"的路径上引发了"身份"和角色的自我割裂，而且，他的变脸技艺直接"毁损"到恋爱对象和单位的"头儿"。难以想象的是，作为专业演员的女友，竟然因为无法接受他醉酒之后令其猝不及防的"变脸"，终结了一场尚未真正开始、颇为吊诡的恋爱；单位聚餐时，"头儿"喝醉后让何雨变脸自己，何雨在醉态里变得与"头儿"形神兼备，几可乱真。而此刻的"头儿"心理遽然发生裂变，出手一个耳光令何雨无法再变回他自己的容颜。于是，荒诞由此发生，单位里一个"头儿"竟然有两张脸。在这里，初识的女友和单位的"头儿"，不能接受"替换"——"被取代"的事实，一个富于戏剧性的感性事实，被一种潜在的、积淀的、根深蒂固的理性经验所压制。这里面隐含着人性的机枢，人是无法接受何雨这种"建构"暧昧现实的能力，无法接受这样颠覆生活本身的多层繁复的结构状态的。小说具有的浑然规整的戏剧性，竟会因为充满游戏性的暗示而改变叙述本身和人物的存在感、人生路径。何雨最后选择了辞职、离去。虽然，他的脸调整、治好并恢复了，但是他的命运却发生了重大改变。"我们至今没有得到何雨的确切消息"，对于主人公来说，这究竟是悲是喜，莫衷一是。另外，"道高一尺，魔高一丈"，那个老相士关于何雨"运道"的预测和占卜，竟然惊人地变为现实，这也给文本增添些许神秘色彩，就如同"变脸"本身，并非都是无中生有的炫技，它启示我们如何在表情的翻转腾挪中，去辨识人性的维度。人不是仅仅依赖本能存在的动物，更多的是需要生命主体意识的自觉或不断觉醒。所以，一旦"变脸"这种"技能"偏离世俗的、社会性的规约，必然会在一定的社会政治、人文环境内"发酵"，同时，衍生出不信任、交流的怀疑、沟通的滞涩和绝望。

　　另一篇短篇小说《午时三刻》，是朱辉小说创作最重要的文本之一。我猜测，这篇小说或许是朱辉刻意对"变脸"意象或隐喻的精神性延伸、拓展。"整容"是一种借助外部力量的"变脸"，小说描述的秦梦媞，是一个整日为"整容"而奔波、痛苦甚至因此充满着内心挣扎的女性。她以为一个女人，一生的发展和未来都取决于容颜，因此，"修改"、整饬自己的姿色，也就成为她孜孜以求的"心结"和强烈冲动。这个本科学习播音主持专业的女人，毕业前后近乎病态地将一切都寄托于"整容"，将其视为能"扼住命运的咽喉"的救命稻草和希望所在。"颜值"成为秦梦媞的命运之值,她一次次想竭力改变宿命,包括父母在内的所有人都不能扭转她的执拗。如果从另一个视域,即广义残疾的角度考察人的命运的局限,"残疾"或生理缺憾,经常被视为一种激发人性中生命潜力的原动力。阿德勒著名的"自卑与补偿"理论认为,身体缺陷或其他原因引起的自卑,在一定条件下可以转化为使人卧薪尝胆、自强不息的动力。胡河清曾在分析史铁生的创作时特别强调:"在东方古老的历史循环论与人生宿命论传统中,倒确实有把'命运的局限'比作广义残疾的。"[①] 在秦梦媞这里,她走进了一个巨大的人生误区,她要冲出"容颜的局限"以改变自己的命运,这就意味着她已经先期设定自身的残疾性,拟定了一个虚假的承诺作为决定前程的唯一途径。她甚至不顾婚姻的龃龉和不幸,始终逡巡在空虚的精神和情感世界,在虚悬的人生状态里,寻求制造出一个"假面人生"。她说"我要新生",她将"整容"视为存在的依据和理由,达到了近乎歇斯底里和疯癫的程度,实质上,这是一次自我分裂式的肉体和灵魂的"阉割"。我们会注意到,小说文本的叙事刻意埋藏着一根暗线,直到结尾处,才交代秦梦媞与父母亲的真实血缘、伦理关系。父亲是她的亲生父亲,可生母早已离世,当秦梦媞再赴韩国整容回来之后,养母向她说出真相的那一刻,现实和情感都彰显出决绝的伦理"霸道"。可以说,这条线索,隐喻着更大的现实的荒诞和滑稽,秦梦媞所抱怨和嗔怪的父母基因遗传纠结,立即变成一个巨大的伦理"空缺",秦梦媞顷刻间就丧失掉一切的"来路"。这个生命之"结"被养母瞬间打开时,秦梦媞对自己生命无法把持的黯然,訇然突现。表面看,朱辉在从容地、漫不经心地讲述一个为改变自身命运的"悦己"故事,实质上,叙事已经将人生的荒诞、虚像的窘境,推向残酷的伦理层面。最终,朱辉叙事陡然转折的力度,似乎在模仿枪弹出膛、击石飞溅的弹道轨迹,冷酷的"轻"。故事裸露出坚实的外壳之后,隐藏的张力,一如花开展示了树的张力,这如同"笑里藏刀"的技艺和手段,无论如何都是无法轻看的。

---

① 胡河清:《灵地的缅想》,学林出版社 1994 年版,第 35 页。

这篇小说以"午时三刻"命名，倘若这不是生父杜撰的一个虚拟的时间，那本身就暗喻宿命的强大和不可违抗。秦梦媞某年某月某日的"午时三刻"，仿佛命中注定，她的容颜，也一如无法逃脱这个宿命的、民间认为"不吉利"的杀人时刻，无法更改。她试图通过"整容"改变现实，无疑形成对既存事实的颠覆或"解构"的虚妄，因此就必然构成现实存在的悖谬。

可以说，以上两篇小说所描述的"变脸"和"整容"，构成叙述文本中的意象或隐喻，这种"象"的凸出，是作家隐喻思维、隐喻能力在叙述方式上的反映。而"象"所造成叙事文本的不确定性和多义性，生成文本意义的可增生性，成为叙述抵达事物本相的重要艺术途径之一。一般地说，无论一部文本的长度如何，重要的是其文本的意义能指，它体现着小说的容量和纵深度，这是一个小说文本最重要的审美价值所在。所以，我认为："一部（篇）杰出的小说文本，无不洋溢着象征和宽广的寓意，或奇崛瑰伟，或朴实无华，或虚拟抒情，或语言迷狂，或写实，或魔幻，在文本复杂或简洁的叙事平面上，都会涨溢、蔓延着词语生长出来的隐喻意义和寓意修辞。这样的文本，古今中外，并不多见。"① 卡夫卡的《变形记》、海明威的《老人与海》、博尔赫斯的《小径分岔的花园》、贾平凹的《废都》、莫言的《生死疲劳》、余华的《活着》、苏童的《米》等等，它们无处不洋溢着象征，无一不是巨大的隐喻和引人深思的寓言，当然，它们更是一个个令人终生难忘的故事。朱辉的《变脸》和《午时三刻》这两篇小说，没有刻意模仿卡夫卡《变形记》等经典文本的叙事策略，而是在原创性和深度方面做出了自己的尝试和努力。朱辉的叙述很有节制力，文字里隐藏着貌似平淡、实则深邃的理念，透射着他对生活、人性的沉思，并含蓄地呈现出存在之虞和不可避免的悖论。尽管，叙述结构里辩证张力的平衡模糊了情感、伦理锋芒，但叙事诉求的终极指向从来不落俗套。

---

① 张学昕：《小说是如何变成寓言的——东西的短篇小说》，《长城》2019 年第 5 期。

三

从尊重生命本身的角度，不断地在文本中叩问人性和灵魂的现状，尽可能地获取现实生活、存在世界以及人性的隐秘，是一个严肃作家孜孜以求的责任。当代小说写作的困境，主要在于怎样面对人性本身的状况并且深度发掘，而不单单是题材的选择问题。只有深入洞悉、发现人性中最幽暗的部分，审视人性里自我封闭或无限度地自我扩张的一面，追踪一切尴尬、不幸的境遇和根源，厘清人的心理、道德、伦理诸多层面的多元性及其变化，才能呈现人究竟为何如此矛盾地自我对抗、自我纠结的现实。而这些，也最能见出一位作家的思想功力和审美判断力。二十世纪以来百余年的风风雨雨，使人的问题变得越来越复杂，写出人的真实痛感，就是写出一个时代的精神痛感和灵魂缺失。我始终认为，文学终究无法阻止一个时代的惶惑，但却可以在相当大的程度上使人的内心变得平静。无疑，作家朱辉，就善于触摸这种幽微而粗粝的存在。在这里，我们如果用"写实""细雕""隐喻""暗示"和"凸现"这些词语，来形容其感知和表现人性品质或者瞬间变化的方式，似乎都还不够准确。说到底，作家的气魄和小说的功能，就是在写作中"触摸"到未知的、沉默的甚至幽暗的领域，用心智倾听、辨认事物，尤其面对那些暂时性哑然、黯淡的事物，并且不惜在存在的悖论中探索因果。这时候，我能感受到，作家以善良、虔诚之心和温暖轻柔的爱意，对抗着世俗、人性的荒谬的必要。人有的时候需要寻找一种东西来自律，不同的人就会有不同的选择。有人会很理性地选择一种信仰，来支撑自己的灵魂，因为精神终究要穿越肉体和欲望的原始森林；而一定会有另一些人，由于历史地形成的逼仄，扭曲人性。作家只有发现人在现实中的困境的同时，并且注意到人的这种"纠结"与社会一般道德、伦理和欲望之间的相互冲突和摩擦，才可能将个人的道德观隐居于审美的背后，让叙述本身"发声"。所以说，朱辉的叙事既不武断地"干预"、主导人物的选择，也从不掩饰、遮蔽人性和世俗人心的晦暗，而是不加粉饰和"修缮"

地原生态地"裸露"。从这个角度讲，朱辉的写作是直面现实的叙述，而且，在叙事的终结处，朱辉还是将人性、存在世界的扭变、无奈和"疯癫"，都交付给我们来阅读和判断。很明显，这是朱辉小说具有舒展的内在张力的重要原因。说到底，只有作家的思想和叙述，具有超现实的虚构力、穿透力和表现力，才可能把握住时空跨度，抵达人心世相的最深处。

我们从朱辉早期的短篇《暗红与枯白》和近期的《七层宝塔》，可以看出朱辉的写作对文化、伦理和人性的持续性追问。一位作家，唯有叩问人性最幽暗的部分，通过自己的文本反思现实与传统文化的深层落差，展开对人物道德内蕴的深层评判，才能找到测试人性的升降浮沉、揣摩现实生活何以发生巨大变故的密钥，才可能"历史地"审视并表现人性、人格的变迁史，显示出其惊人的洞见力。《暗红与枯白》是一篇充满"冷硬与荒寒"美学意味的小说。所谓"冷硬"，当然是来自世道人心中最令人体味的道德困窘、砭骨的感受，它压抑心灵，滋生焦虑和隐痛；"荒寒"，则是一种浸染着悲凉、孤寂、无助的旷野般的氛围、环境。这篇小说讲述的故事，围绕一个家族两代人在"宅基地"建造房屋引起的远亲近族的纠纷，发掘出人性深处的令人心悸和颤动的隐秘。难以想象，为了那条夹在另一家族房屋主体建筑中央的"通向河边的道路"，他们的堂兄天忠并不"忠"，坚持以祖上分家时的一纸文书为准，以至于家族几代人不依不饶地、不顾空间位移变化、无情而冷寂地"锁定"那一线狭小的空间，永远地占有那条早已失去方位的"过道"。可见，乡村、家族、伦理的复杂关系及其纷扰、冲突，在当代仍然是一个沉重的负载。具有宽厚、悲悯情怀的朱辉，对乡村文化中的残忍和凉薄表现出深刻的惶惑和无奈。

这篇小说中的"暗红"和"枯白"都是具有深刻隐喻意味的意象。那张宅基地契约上爷爷的手印，在四十年岁月的销蚀下已成"暗红"，寓示着乡里、家族的亲情，稀薄如纸。一家人清明祭扫时，孙子惊悸地看到风雨蚕食坟茔，爷爷的白骨裸露出来的惨相，联想到辛亥革命兵荒马乱年代出生的爷爷，被曾祖父无奈地遗落乡间，不知根在何处，一生也没有一个宁静的、可以植根的家园来安居，不免陡然生出"我从哪里来"的追问。小说叙述刻意安排两家人在墓地相遇，不是冤家不聚头，别有一番用意。生者依然嘈杂、纷扰，恩怨纠缠，悬而未决，无法息事宁人，逝者不能安息，惊魂出离愤怒。我们又不免联想到鲁迅那篇著名的小说《药》。同样是两家人的不幸邂逅，墓地、旷野的荒寒和寂寥，生发出犀利的、凄楚的咏叹。小说呈现出的"人间失格"，不仅仅由欲望、贪婪、自私构成，还是真实与虚假、冲决与委顿、善良与恶意的五味杂陈的交织和对抗，它们相互关联，构成人们灵魂和现实无法缓解和冰释的激烈冲突。在叙事中，朱辉已经为我们复刻了人们萎缩困顿、纷繁芜杂的内心图景和灵魂形态，他仍不断地试图找出内心扭结、变形、撕裂的根源之所在。家族、文化、乡土和俗世的复杂性，被朱辉的叙述拉回到潮湿、隔阂、僵硬、阴郁的地面，几近死寂和绝望。

若从社会学层面看，《七层宝塔》触及城乡之间人文性的历史性断裂，凸显诸多元素和俗世背景下的存在龃龉，折射出更广义的乡村伦理和人性冲突，还牵涉到权力在社会、文化转型期对畸形人格形成的忧患。乡村在城市化进程中，迁移的对象主体，尚未来得及做好心理、精神、生活惯性等的调整，牢固的属于乡村的价值观还未接纳城市化的诸多观念。也就是，田园无法靠近市井，水流无痕，没有生硬混凝土材料建筑的乡居，乡野生活因素和流风余韵，仍挥之不去。坚硬的钢筋混凝土楼房构筑的新的生活格局，强大的现代性导致乡间因素无法被带入楼盘居所，迥异于乡村意识的新型价值观，在迁移者内心暧昧不明。异质性元素擦去了唐老爹这个人物淳厚的情感，也消解掉其存在的自主性、对神圣的道德化的守望。他依恋的千年"七层宝塔"的消失，实质上就是古老传统伦理的最后的毁损。唐老爹无法忍耐内心的凄恻，也不可能"眺望"到历史的来路和嬗变的方式，主要是因为他们的存在理念，就如同宝塔的根基，不能承受被挖掘掉的现实。象征传统文化和道德高地的宝塔，被人为地拆除和消失，无异于支撑唐老爹精神的最后一块灵地的消弭。而阿虎这一代人，却能够迅速适应新的生存环境，找到新的生存生长点。"新村"在某种意义上，不仅满足阿虎所渴求的生活状态，而且提供给他新的机遇和可能性。

所以说，唐老爹和阿虎的冲突，已经不是简单的邻里之间的琐屑纠纷，而是深层的文化对峙和碰撞。朱辉说："《暗红与枯白》写的是我不知道从哪里来；《七层宝塔》涉及了不知道往哪里去。"[1] 这足以见出朱辉写作中对"家族史"的眷顾，这是个人生活史在小说叙事里的"重构"、记忆和反省。

朱辉信服福楼拜的说法："我们通过裂隙发现深渊。"这里所谓的裂隙，就是距离，是两个个体间的关系及其互为角度。人的一切感受，哪怕是人对物的触觉，归根结底都可以归因于人与人的关系。也可以理解为：外界即他人。人与外界的联系，或涉及两个对象主体，或只是人作为主体之于物化的客体的关系。唯有进入人或事物整体性的内部，让叙述张力迸发出的"裂隙"，才会挤压、撞击出人与事物最富本质意味的"意义"。

短篇小说《红口白牙》，就是一篇在一个人的生活中发现裂隙、发现深渊的小说。虽然这不是一个离奇的故事，小说人物也没有隐含任何存在世界的隐秘，但是它不仅写出了人内在的孤独和寂寞，还写出这个人"死后"所"遭遇"的情形。现在，这个文本所提出的问题是，在日常生活的固有秩序里，我们该如何评价一个人的一生？这里究竟是谁的"红口"？谁的"白牙"？萧老师的人生裂隙、生活的裂隙，究竟是怎样的呢？

这篇小说的叙述，一开始是以"一个人没有任何波澜的平凡的一生"的叙事姿态，作为"几乎无事的悲剧"进入故事层面的。萧老师一出场，就是他在人生事业层面上的悄然谢幕，就处于人生舞台谢幕后无所事事的逡巡状态。他退休后，养花、养鸟、养动植物竟然都无法成活，大多因为他的机械的、僵化的思维方式，这一点追溯到他作为系主任工作时，诸多事宜他都极度"认真"和坚执，怀着善良的初衷，却都不被人所理解，处境十分尴尬。在这个过程里，我们也看到萧老师这样一位有原则的好人，他的"一根筋"、迂讷和不活泛的个

---

[1] 朱辉、何平：《我如果不当作家一定能成为一个好侦探》，《青年报·上海访谈》2018年9月30日第3版。

性，小说写出了他隐忍的生命形态、人生况味。如果萧老师一直"平静"下去，叙述本身的意义也许便不复存在。偏偏是萧老师的死，引发人们的震惊、狐疑、好奇、猜忌，倒有些石破天惊之感，生出许多无法消除的问号。命运总是具有极其强大的反讽意味，一个在现实中永远处于缄默状态、一生都没有玩过几次麻将牌的人，却意外在牌桌上心脏病发作，离开人世，不免成为俗世生活中的大事。接下来的问题是，人们开始纠结只有几十个字的"讣告"的措辞，这是对萧老师最后的"盖棺论定"，这仿佛已衍变成一种谈资，人们不能"接受"他人的意外状况，于是，人们与死者一起陷入一种摆脱不掉的荒谬。陶渊明的那句"亲戚或余悲，他人亦已歌"，正应对"看客"眼中萧老师的命运。萧老师的性格，决定其一生都身陷于一种"不自觉"的孤独里，他无法摆脱孤独，包括儿子在内没有人能够走进萧老师的内心。最重要也最值得我们反思的是，无论萧老师的人性晦暗或明亮，在这样多变、扭结的尘世，自觉人性的建立，才是超越现实的、有活力的人生要素。因此，萧老师的人生"裂隙"，就在于他的自我和自我意识的世界是过于"平衡的"，没有冲突的。只是在小说的结尾处，萧老师的"不务正业""吊儿郎当"的儿子，才顿悟般地发现自己父亲的极其平淡的一生。然而，谁又能真正地说清楚一个人的一生呢？

短篇小说《然后果然》，与前文论及的文本相近，这是一篇在一个人的生活中，发现裂隙、发现深渊、洞悉生存和命运的小说。这个小说充满"戏剧人生"的味道。我能够感觉到，朱辉写这篇小说时那种难以遏制、挥之不去的感伤和隐忍。难以想象，一个貌似完美、温馨、安宁的和谐之家，背后隐藏的、支撑其存在的，竟然是虚假和蒙蔽，是主人之间的谎言，以及男主人公代人体检的"替身"角色，还有彼此无法察觉的夫妻之间相互的"欺骗"。可见，这里面埋藏着一个巨大的伦理的陷阱，具有深刻的悲剧性且不可告人。在这里，体现为两个层面的现实残酷性：一是在男主人公王弘毅身上，有着一种不可遏制的自我牺牲精神，但是，一种没有安定感和充满欺骗性的"兼职"始终让他忍耐着精神的重压。虽然，支撑家庭的男性尊严是其唯一的动力，而道德感令扭曲的心理无法平复。二是在机关单位工作的妻子，贤妻良母的表现背后，还隐藏着对丈夫的"不忠"。在王弘毅最后一次代人"尿检"时竟然发现自己染上性病，隐约透露出妻子为了"升官"提职所付出的"代价"。这是叙述最令人惊骇的细部，此前模范家庭的一切温文尔雅，竟是建立在表象的虚幻之中。在此，仿佛唯一安定的因素就是不安定。我们看到，朱辉在叙述中表现出极大的克制力和控制力，一方面他要将王弘毅作为人本性的质朴擦拭出来，小心翼翼地扼住情节骤然起伏的震荡；另一方面，他还要撕裂生活的残酷和人性内在质地的粗糙品质，这是叙述的平衡力，我在朱辉小说里看到了事物表里之间的巨大落差和错位。无疑，这又是存在的荒谬与悖论，心灵的自省依然难以获救的怅然或绝望，充斥在字里行间。尽管，对于小人物王弘毅来说，这一切都不是毁灭性的存在，但终究是对尊严的一场浩劫。记得陀思妥耶夫斯基有这样一句话：用彻底的现实主义，在人身上发现人。我认为，这篇小说的叙述，在尊严、内心的困窘和现实的对峙中，充满超越表达的张力。

这是几篇极其富有叙事结构感的文本，它们通过对"命运"的考量，进入人性的最深处。像《暗红与枯白》和《红口白牙》，还有《鼻血》和《变脸》，这些叙事对人与事物具有深刻象征性隐喻色彩、色调的凸显，均带有心理、精神的暗示性和神秘学意味。在此我无意过度阐释，朱辉是否刻意建立起小说文本与存在世界之间的对应关系，梳理个体人生的疼痛感及其命运的嬗变，呈示人和事物冷峻且隐秘的存在场域，但写作主体潜在表现出的中立性审美观照状态，无意间却为我们提供了多层次、多维度意义解码的文本空间。无论怎样，朱辉这类小说的文本气质，可谓皆有"灵异之光"。尽管他的叙事和隐喻不免有一定的"坚硬度"，但是，无法掩饰朱辉试图摄尽凡人俗世间一切因缘的叙事"野心"。从这个角度上说，朱辉所"暴露"出的人性与事物的残缺、遗憾、荒谬和不完美性，存在世界的真相，记叙和评判精神秩序和价值系统的公平、正义和"罪与罚"，直接指涉我们这个时代普遍面临的精神症候、法理、世道人心和伦理困境。

四

无疑，朱辉是一位难以"归类"、不能够轻易界定其风格的小说家。他作品涉及的题材范畴、主题取向、叙述结构、文体面貌和话语情境，既迥异于许多同代作家，也很难追索其承传的脉络、由来。在他略显"驳杂""斑斓"的叙事体貌和精神形态下，我们的描述难免是徒劳的。我们素来喜欢将一位作家肆意归类，作"类型化"处理，竭力地想描述、概括其整体特征，有时不免武断而且偏颇。无疑，这样的审美判断是一种话语暴力，也许，它距离作家的写作及其发生有十万八千里之遥。像贾平凹、苏童、阿来、迟子建等，都是这类难以轻易厘定、判断的作家，朱辉也是如此。

另外，我们也无法忽视朱辉的长篇小说，这呈现出朱辉写作的另一面向。从中，我们或许能窥见他真实的写作发生，能深入理解朱辉从长篇写作到 2008 年之后的中短篇小说，爬梳出朱辉"中年写作"的内在隐秘。第一个长篇《我的表情》写的是初恋和初恋的"复辟"。关于初恋，朱辉虔诚、诚挚地认为，这样的小说一个人只能写一部，写多了必然掺水，也就是说，感情无法被反复"稀释"。第二部长篇《白驹》是关于抗战和家族史题材，朱辉的初衷或夙愿是想让他的祖辈"在小说中复活"。我们可以将《白驹》看作是其代表作。《牛角梳》写的是"阴谋与爱情"，女人的渴望、欲望和策略在纯真爱情的反衬下极为突出，富有强劲的灵魂冲击力。我们能够感到这部长篇小说他写得恣意而畅快，他已经抛开自我束缚，将自己对语言特性的理解呈现出来，充满叙述的快感。长达三十万字的《天知道》，用朱辉自己的话说，是一部"戴着侦探小说面具的社会小说"。传统的侦探小说将杀人的暴力变成了叙事美学，而杀手的驱动力，要么是金钱，要么是情爱，要么是仇恨、嫉恨、虐杀之类的变态心理。而《天知道》则不同，这个杀手的心理动因，确实具有社会复杂性，甚至是正义感长久沉淀使然，就是说，他的杀人甚至具有某种神圣的意味。正是这部写了两年多的长篇小说《天知道》，让朱辉体会到长篇小说叙事过程中可怕的消耗：智力、体力几近"镂空"的状态。我知道，我无法在这篇文字里展开对朱辉长篇小说的判断和阐释，但是，我们已经看到，这个不算短暂的时期，朱辉真诚、明朗的天性，被一点点地消耗着，但是叙述本身的冲动和活力，特有的"朱辉式"小说语言、节奏、时空展示方式，以及对历史、社会现实和人生的考量，都以相同的振幅，尽管驳杂却是不拘一格地凸显出来。

的确，2008年之后的这十二年，朱辉只写作了大量的中、短篇。自觉或不自觉地进入"中年写作"的感觉和情境，富有象征意味的文体变化正是他调整自己的审美方位、重新整饬自己的叙述规划的重要选择。其实，每一位作家的写作，在一定程度上都具有"宿命"的意味。最初，对于理工科出身的朱辉而言，科学思维让他明白很多事不可以想当然，唯有文学创作可以让他获得更多自由的想象，即"可以写自己从未干过的事"。他居然认为自己如果不当作家，一定能成为一个好侦探。他在逼近中年的时候，恰逢其时、茅塞顿开地找到了写作的"腰眼"。我一直以为，小说家写作的"黄金时段"，必然是四十五岁前后至六十五岁的二十年。尽管不乏托尔斯泰、歌德这样的大师，可以写到八十岁，但是，好的文运，大体上都在作家的生命阅历、经验和思维水准，抵达一个平静而高远的境界之后，再由平远秀丽之境而转入深邃宽厚。说到底，就是积淀、底蕴和格局可以让生活和现实真正"发酵"。所以，他能坚实地透过日常生活的"俗世"表象，深入发掘情感、欲望和人性诸多层面的纠结和存在悖论。

论及朱辉的中年写作，他的最基本的小说理念，是异常清晰的："小说的深度，是常见的概念。但我更愿意说'小说的厚度'。厚度包括两个向度：向上和向下。向上是辽阔，是超拔，是飘逸；向下是深入，是挖掘，是洞幽烛微。……向上，可能会失之于凌空蹈虚；向下，也可能会陷入琐碎芜杂。这两个向度，都可能会写砸，也都诞生过好作品，大可不必彼此轻视。中国文学，也许比较缺乏向上的力度和意愿，但是向人情和人性的深度掘进，也未必就天生低人一等。马尔克斯踩着毯子飞行，卡夫卡钻地洞。一花一世界，一叶一菩提，向下的深度也是厚度。"① 我们从三千余字的《鼻血》里，就看到了鲜见的"厚度"；从《七层宝塔》里，我们体味到那种"向上的"凌空蹈虚的高度；从《暗红与枯白》中，我们洞悉到"向下的"的芜杂和深邃。《变脸》和《午时三刻》则有着洞幽烛微、深入肌理的疼痛感。简言之，朱辉的叙述具有一种强大的小说引力，这种"引力"，源自他的想象力和结构力的不断拓展。

朱辉中年之后的创作立场非常清晰，那就是专注于"痛点"："不再年轻的人，荷尔蒙减少，不会也不应再那么快活得没处抓痒的样子，一双视力减退的眼睛反倒具备了更锐利的洞察力。世事急剧变化，人心如鼓，满街的汽车载着企求和欲望在狂奔。写作者所面对的外界，变幻万象，其实也可看作一个生命，一具身体。我专注于身体上的那些痛点，因为我自己其实也在疼。我希望我的小说能准确找到那些要害处，精准下笔。"② 现在，我们看到朱辉已告别所谓"抓痒式"写作，真正地进入了"新状态"，这也让我们更进一步感受到作家朱辉的可敬可爱。

① 朱辉：《告别或重逢（创作谈）》，《长江文艺》2019 年第 10 期。
② 朱辉：《要你好看·从抓痒到点穴（代序）》，江苏凤凰文艺出版社 2018 年版，第 4 页。

丹麦奶糖和画像的迷局

——刘建东的两个短篇小说

在"河北四侠"中，刘建东是一位创作量不算太大，但质量和水准都保持着较高和稳定状态的小说家。他始终在寻找自己能够更好地捕捉、切入生活和时代的视角和叙事方位，勘察历史、现实和人性深处的隐秘。他有着较为鲜明的审美趣味和叙事选择，也一直都在寻找新的高度，每一篇小说，都力图有所突破，表现出写作者的真诚和谦卑。我们看到，刘建东对知识分子题材小说的写作，可谓情有独钟。可以说，这是刘建东近年来潜心经营的一块"熟地"。他以"董仙生"（或许是"董先生"的谐音）这个人物，来贯穿其若干个短篇小说，形成"董仙生"人物形象系列。现在看，这个短篇小说系列，构成了刘建东小说叙事的重要方面，也是他在短篇小说这种文体的探索中，试图拆除叙事中种种隐蔽的预设或约定，从而让经验能够真实地获得另一种显现的形式。人们可能从这个系列里找到、指出种种生涩之处，但是，它们背后直击生活的坦诚和叙事的情致都格外耐人寻味，值得深思和细细品味。

一

《丹麦奶糖》是这个系列小说的第一篇。在这里，他就开始尝试以叙事再现现实和人性的可能性，以及可能遇到的种种阻遏。可以说，《丹麦奶糖》是刘建东较早试图直面时代人心、发掘人性的作品。

在这篇小说中，"我"既是这个世界的观察者、故事的讲述者，也是被作者和隐含作者观照、审视的核心对象。"我"——董仙生，省社科院文学所所长，他没有学者、读书人的迂腐之气，而是一个熟谙俗世、人际关系练达的学者，一个掌握了大量行业资源和社会资源的成功人士。在文本中，这个人物不断转换着自己的角度，打量自己也注视所有，双向地"补充"各自的细节，不断地触动生活和灵魂深处隐秘的心弦，文本难以估量的张力也由此产生。可以说，刘建东就是要在人物的现实选择和行为方式中，呈现时代、生活和人性的变与不变，以及人性、精神维度的种种错置、错位和荒诞，个人与社会、时代的冲撞及由此生成的自我困顿和焦虑。我感觉，这也许就是他最终的叙事目的，他要表达一个人与现实的紧张关系，灵魂的困顿、觉醒和自我救赎，由此，来呈现一个时代生活的真实样貌。"董老师"——董仙生在接自己最要好的同学曲辰刑满出狱时，面对曲辰二十余年狱中生活与现实的落差，产生的恍惚，拍着曲辰摇晃的身体，讲出了自己对生活和时代的判断："老曲，还有，不过二十年，时代还是那个时代，没有任何变化。""实际上，在随后的生活中，曲辰会日益感觉到，对他来说，这句话不过是安慰而已。"

> 我试图向他解释时，感觉自己就像是这个时代的代言人一样，"时代在变化，单一的思维模式，单一的对事物的判断，现在都已经失效了。"
>
> "那么，这是好还是坏呢？"曲辰问了一个非常尖锐的问题。
>
> 我没想到，他的思想还是那么直接，那么天真。"我没法给你答案，你自己去判断吧。但是我提醒你，你的思维得跟得上时代，不要再用二十年前的思想去评判一切。"

董仙生前后的话语貌似充满矛盾性，但却充分展示出他的思维方式与人生哲学。我们知道，人所赖以生存的空间环境是随着时间的推移而不断变化的，而时间与空间则形成互构关系。对于多数人来说，有时是在空间中感受时间，有时则在时间中感受空间，从而形成正常的时空关系。而曲辰由春风得意的曾经的现实空间，到监狱空间，再回到现实空间，一切都发生了变化。于他而言，时空错位之下形成巨大的落差与困境、不适。年轻时的冲动和不理智，让曲辰付出了一生的代价，对他而言，现实早已是一个回不去的世界，他无法克服自己精神、心理上的自卑，更难以再奢谈梦想。为此，在监狱里，曲辰一次次故意滋事，不断延宕自己的刑期。他恐惧出狱，在漫长的时间捆绑中，他意识到自己只有在这个空间中才能够自如生存。而董仙生的问题在于，作为自我生命主体，如何在时代的变化中保持自己的独立思考和判断的状态及其维度，能否葆有自己的初心和梦想，都已经成为他的人生困扰和难题。当然，以董仙生的角度，虽然他十分清楚并理解曲辰的感受，却无法调整自己的时空关系和精神维度。"你的思维得跟得上时代"，这是董仙生始终告诫曲辰的"箴言"，而他本人却因过于"跟得上时代"而陷入了精神窘境。他在试图拯救曲辰，带他融入这个时代、社会时，自己却常常无所适从，仿佛刚刚开始思考生命的意义和价值。妻子肖燕质疑他的人生取向是否已经偏离正常的轨道：

"真的是如此吗？你的官位，你的社会地位。除了这两样，你还有什么？"

我辩解道："这不是一个男人成功的标志吗？你以前不也是这么认为的吗？"

肖燕翻了个身说："反正我不喜欢。我感觉不像是一个有个性的人，而是被驯化出来的产品，好像这个社会是个庞大的机器，专门生产你们这样的人。你和那些人一样，留恋自己的成绩，沾沾自喜，喜欢被捧上天，有天生的优越感，觉得这个时代就是你们的。你们变得自私、高傲。你们更像是守财奴，固守着自己那份累积起来的财富，守着自己已经获取的地盘，小心翼翼地看护着它。容不得别人觊觎，容不得别人批评，容不得被超越，容不得被遗忘。有时候，我教育学生，让他们畅想他们的未来，当有学生说起想做你们这样的人时，我都觉得心虚。"

　　刘建东借肖燕之口，犀利地为"董仙生"们勾勒出一幅肖像，嘲讽的笔锋直指当下中年知识分子的精神困境。当知识分子的理想和价值选择，抑或一个时代的人文精神遭到质疑的时候，一切都会变得令人忧虑和惶惑。我想起，今年是"人文精神大讨论"三十周年，刘建东的这篇小说，恰好与那场"大讨论"形成某种呼应。那场"大讨论"尽管在概念、讨论的方向和意图等层面颇显驳杂，但终究是知识分子试图重塑自身形象和确认自身价值的思想行动。一个时代个体性价值观的衍化，需要我们重新检视其意义和人生定位，人的尊严也需要在复杂的社会现实中得到恢复、重建。我们在反思当代生活中出现的价值危机和精神迷失时，更应该重视转型期现实存在状态的复杂性、悖论性，尤其是心理的乖张、人性的裂变、精神坐标的倾斜。1990 年代以来，社会主义市场经济带来的当代生活的突变，令我们无法忽视其对人性的冲击和摇撼。而强调、呼唤人的理想、信念、精神与现实生活的相互协调，则是抵制物质欲望狂热的有效路径。现在看，这也是从根本上勘察、考量当代社会核心价值观的重要选择。现在，回到这篇小说，我们更能体味到刘建东的良苦用心所在。

　　这篇《丹麦奶糖》描述社科院里，知识精英们依然在进行无休止的博弈，对权力的角逐，他们对知识的敬畏之心已经大打折扣，而对庸俗、虚荣却趋之若鹜。对于不断给自己邮寄的不明来源的丹麦奶糖，董仙生怀疑是业务能力根本无法与自己抗衡的老焦所为，是在以此做出某种诡秘的暗示。但直到最后，邮寄丹麦奶糖的那个人都没有现身。董仙生对丹麦奶糖来源的"追踪"贯穿叙事的始终，但最终无果。显然，这也是一种现实的、文化的尴尬。在这里，充满了人性的迷雾，像罗网一样成为理想的羁绊，人们深陷其中，迷失了自我。

　　也许，我们无法判断文本里的董仙生或孙尔雅，还有曲辰、肖燕、孟夏、何小麦这些人，对他们的理想我们该如何界定、评判？他们是成功者还是失败者？何谓成功？怎样才能真正地属于自己所处的时代？这似乎已经成为我们时代生活的难题。肖燕曾经问远赴云南勐海偏僻小山村支教且获得诸多荣誉和光环的孙尔雅：

"……为何选择如此的方式去挥霍自己的青春。那个姑娘的回答让肖燕一辈子都记得，她说，没什么特别的理由，就是在网上看到一张一个旅行人拍的那所山村小学的照片，便有了去教书的冲动。她很佩服小孙老师的行为，这让她觉得自己非常无能。她这种想法很奇怪呀。我觉得她很好啊，特级教师，十大名师。可她怎么就觉得自己是个理想幻灭者呢？"

我摇摇头，"我也在想，这是怎么回事呢？"

在这里，或许我们难以相信，虚无主义、浪漫主义，竟然会成为左右一个人行为的助力器和行动指南。理想主义可能会被扭转至另一个现实的维度上。这时，我们能意识到，相同或不同空间里，时间令人物的认识和判断力发生了变化或弯曲。

有些词，在我们的成长过程中正在慢慢地发生着变化，比如"梦想"，它缓慢而毫无察觉地变得模糊，变得暧昧，变得面目全非。这个词，最初根植在我们头脑中的含义是单纯的，最令人激动、感动、冲动，它遥不可及却又令人向往。但是慢慢地，人生中有太多的破碎、太多的不如意、太多的失败经验、太多的悔恨与醒悟、太多的无奈与妥协，人生变得冗长而琐碎，梦想变得实际而物化。而"梦想"这个词，也开始蜕变，它可能变成一次实现现实目标的小小欢愉，也可能变成一次不达目的永不罢休的小小的阴谋。其实，梦想与我们这一代人一起来到了一个十字路口，我们需要停下来，回头望一望，向前看一看。到底是世界在慢慢地改变着我们，还是我们已经成了一个共谋的集体，在残忍地改变着世界？我们需要审视一下自己，我们所坚持的究竟是不是美好的；审视一些词，"梦想"到底应该是个什么模样。

上面刘建东在接受采访时的这段话，充分诠释了《丹麦奶糖》的叙事意图。在我们的时代，理想、梦想到底应该是个什么模样，这是作家审视、探寻的一个终极性命题。为此，他设置的小说的叙事链，始终是围绕曲辰的入狱、出狱和再次入狱，以及董仙生、肖燕夫妇的价值观冲突充分地展开。关键是，前文曾提到的这些人物的时间和空间及其"无法回到从前"的怀旧，"复原"过往，不仅是人物无法冲破时间之维和命运樊篱，而且更在于理想主义被悬浮于功利主义和种种物质欲望之上，并且丧失掉理性、纠结于现实的既得利益而难以自拔于名利场。曲辰为证明狱友小张的无罪，执着地寻找当事人，以求证真相，这样的诉求无可厚非。而小张在出狱后对印彩霞选择的绝望，导致了"十几年前他没做过却背负了十几年的事，今天做了"，从而走上了不归路。因此，他既无法忏悔，也无力再进行自我救赎。黄莺儿的论文抄袭，不仅仅是因急功近利拖累导师董仙生的问题，而是她对专业的随意、功利和精神恍惚。诗人何小麦、主持人孟夏，她们与董仙生之间的纠缠和暧昧，也显现出当代知识分子内心的凌乱和理性的偏离。他们在生活和情感的世界里狼奔豕突，不能自已。这些，可谓是我们时代生活中的乱象。

　　那么，刘建东写作这篇小说的初衷或目的我们愈发清楚了。时代的变局，对于生命个体而言，常常是猝不及防。时代的碎片散落在每一个人身上，对于某些人而言，可能是缓释胶囊，但对更多的人而言，也可能是某种重负，甚至可能被击碎灵魂。他们无法宽宥自己，也不能找到真正的归宿和人生回返地。

　　那么，我们再回到小说的迷局，究竟又是谁不断地邮寄着一模一样的丹麦奶糖？在董仙生看来，每一个人都可能是那个寄糖果的人，当然，这些已经不再重要了。人生充满了各种可能性，而叙事是无法穷尽的。在叙事中，生活有可能永远都是一个迷局，也许，对人性闪烁迷离的呈现，正是对存在世界更多可能性进行审视、判断的重要叙事手段。

二

　　小说《无法完成的画像》，无疑是刘建东近年最优秀的短篇小说。从这篇作品，我们感受到其叙事注重历史纵深度和情感厚度发掘的努力，以及历史进入作家的内心并燃烧其叙事的冲动和激情。

　　一直以来，文学与历史之间的彼此缠绕和彼此互证，或显或隐。就两种不同品质、性质的文本而言，两者之间在"接受美学"的层面，之所以能构成巨大的张力和魅力，主要是因为对"事实"的真伪难以识别。而这种有关"历史观"的纠结，恰恰成为叙述中可以生成的一个巨大的想象性场域。对于事实、真实的辩证和差异性的认知，生成了二者叙事的不同维度。无论是小说这种所谓"虚构"文本，还是"非虚构"的历史文本，它们对于事物、经验和过往值得存档的叙述，都有着各自的理解和叙述逻辑。而话语则是在某种意志、理性和情感的制约下，在经验的既定编码和诸多现象之间，拒绝融入约定俗成的"现实""真理"或多种可能性，进而做出某种阐释。这个时候，"虚构"和"非虚构"都需要发现、识别、揭示、重演非虚构编年史中被掩藏的"故事"。刘建东作为一位长时间专注于现实的作家，以这篇《无法完成的画像》的叙述，将中国现代史带入文学叙事，令我们眼前一亮。我们从中确能深切地感受到刘建东以叙述进入革命史的强烈冲动。并且，作者赋予了这种革命叙事以鲜明、独特的审美外形。小说结构精致而内敛，具有强烈的内爆力，始终牵引着阅读者的好奇心与情思。

　　这是一个关于革命历史和个人"双重记忆"的故事。这个故事，在很大程度上，延续了"小人生，大历史"的叙事策略，或者说，它的叙事是从个人走向历史，走向生命、人性、命运的深处。无疑，文本由内外两个叙述层叠套在一起，讲述着记忆与生命、记忆与创伤、记忆与现实、记忆与历史之间复杂的隐秘联系。进入新世纪以来，"记忆"问题，愈发受到学界的广泛关注。即面对个人记忆、家族记忆、民族记忆、历史记忆、国家记忆互相缠绕的二十世纪，身处二十一世纪的我们该如何复现记忆、进行重述？诺拉曾说："我们如此热衷地谈论记忆，因为记忆所剩无几。"当时间逐渐愈合伤口，对于过往的创伤，我们是否还有去记忆、重述的必要呢？如果有的话，那么，在我们当下的现实语境中，又应该如何去记忆、复现历史曾有的伤痛？伤痛结束之后我们如何以文字来"重构"、整饬这些创伤性记忆？这些记忆到底留给了我们什么？在当代，革命史的书写如何才能另辟蹊径，让历史的回响与现实不构成些许的疏离？我想，这些问题，足以引发我们的诸多深思。

　　《无法完成的画像》将时间置于1944年至1951年之间，抗战尚未结束，接下来的是解放战争和新中国伊始。"时间停留在1944年的春末。这一年我十五岁，我师傅大约四十岁。我师傅杨宝丰是城里唯一的炭精画画师。三年前，他来到城里，在南关开了家画像馆，专门给人画像。"叙述从年代背景的交代，直接切入到人物和故事，可见，刘建东在文本叙述时自觉的伦理承载和某种精神的压力。小说叙述的主体构成，就是一个一波三折的画像过程。开始，由女孩的舅妈的讲述引出女孩小卿的家事：三年前小卿妈妈的神秘失踪，经历了三年的寻找而无果后，家里萌生请画师为她画一幅"遗像"的想法。而画像的过程，则充满悬疑和波澜。"我"作为画师的徒弟，是整个画像过程的见证者、参与者，也是整个故事的叙事者。借助"我"的视角，我们看到，画师在绘画过程中的种种一反常态，内心被虔敬和苦痛所撕扯。小说集中笔墨，细描出画师画像过程中的神色凝重、心理缠绕和精神纠结。画师对这幅肖像的绘制缘何会如此艰难？为何他绘画时的神情、情绪会如此敏感而不同以往？这一切都牵动着读者的心弦。一波三折的过程里，场面不乏尴尬和无奈，画师既然充满良苦用心，为什么绘画最终又被画师亲手焚毁而功亏一篑？为什么每个人物都像是满腹狐疑、思绪纷纭、忧心忡忡？叙事所制造出的氛围衍生出些许滞涩，令人惶恐和压抑，看上去情节也不流畅，但也正是如此，文本结构和美学形态才能够产生巨大的张力和引力。

　　　　我放下笔，把铅笔放在打好格的素描纸旁，放大镜放在打好格的照片上，压好素描纸，看着师傅。师傅缓缓睁开眼，目光在纸上扫视一遍。阳光正好照在密密麻麻、方方正正的格子上，那格子犹如一个个开着天窗的房间，敞亮而温暖。师傅起身，净手，擦干，揉揉眼睛，松松筋骨，然后端坐在桌子前，拿起铅笔开始画头像的轮廓。他画得很慢，比平时要慢许多。我从来没有见他如此小心谨慎、畏首畏尾。铅笔拉成的浅浅的线在一个一个的格子间缓慢地前行，犹疑不定地寻找着方向。平时干净利落的线条也显得笨拙而胆怯。我站在旁边，感觉特别紧张，仿佛这不是平日里的一次寻常的画像，而是一次艰难的在丛林中的探险。我暗暗地捏着一把汗，开始为师傅担忧，不知道师傅是不是能够把人物肖像画好，是不是能得到亲属的首肯。这还是我学徒以来，第一次为师傅忧虑。

应该说，《无法完成的画像》，以独特的方式将我们导引、沉潜至历史的深处。整个叙事，就仿佛一个起伏跌宕和艰难的"破译"过程，它引领我们进入一个开放性的历史空间。女孩小卿的母亲到底是谁？她丢弃女儿究竟去了哪里？她失踪三年没有任何音讯，先是绘制肖像之前，已有的人物照片竟然不翼而飞；用时五天，绘制大半、几近完成的画像也离奇失踪；第二次重新绘制出的肖像，竟又莫名地被画师亲手烧掉了。

我屏气凝神，躲在黑暗处，观察着前方的人。夜晚仿佛是由无数黑色方格组成的世界，每一个方格里都藏着一个妖怪。我缩成一团，想赶快回去。前边那人终于有了动静，他打着了火，他在烧什么东西。他点了几次，才点着，我立即闻到了燃烧的味道。燃烧的面积越来越大，被火映照的地方也扩展得越来越大，我的视线顺着火光向上移动，一屁股坐到了地上。那个人竟是师傅。我的脑子瞬间便凝固了。

我不知道自己是怎么回到店里的。我躺着，眼睛闭着，能听到轻微的脚步声由远而近，关门，上锁，从我身边过去，在柜台边停留片刻，折进了里屋，然后一切归于宁静。夜晚再也无眠。泪水从我的眼角慢慢地滑落，在等待黎明的过程中，变成干枯的泪痕。

"画像的事就此结束。师傅彻底放弃了为小卿母亲画像。我和师傅，谁也没有再提画像的事。一年之后的某一天我在店里等着师傅，等了一天、两天、一个月、两个月，没有等到他。师傅杨宝丰再也没有出现，我不死心，走遍了整个城里，也没有见到他的踪影。没有人告诉我发生了什么。"这样的情节设计，尽管稍显悬疑、突兀，却为后面埋下偌大的伏笔。直到 1951 年，小卿再次出现在"我"的画店并请我为母亲画像时，"谜底"才真正被揭开。烈士陵园中，"黄姨"揭开了小卿母亲烈士身份的秘密。原来，母亲和画像师傅杨宝丰（本名宋咸德）是在革命战争中并肩作战的从事地下工作的革命者。文章就此戛然而止，烈士们为信仰、为大爱的出生入死、义无反顾，隐藏在悠然不尽的空白之中，比正面的书写更引人遐思，更加给我们以强烈的悲壮之感和苍凉之气。

这幅最终没能完成的人物画像，就像落不定的尘埃，永远飘浮于我们的内心，作家也由此完成了对历史深情、凝重的打捞。它的叙事无论对于国家、民族、革命，还是个人生命、命运及其选择，都具有深层的文学、历史发掘价值和现实反思意义。可以说，刘建东在这篇小说里，是笃定要追求一种叙事的"纯粹感"。可以这样讲，"纯粹"也只是相对的一种写作状态或叙事境界，它不是作家一厢情愿的诉求，而是他呈现历史、现实和存在世界时，要竭力保持超越世俗、超越思维惯性和现实逻辑的审美理想。在叙事的冲动下，作家也必须挖掘世界的可能性状态，同时，让既有的、未知的存在世界的可能性潜伏下来，哪怕是呈现给我们某种历史、现实的模糊性、不确定性，而这种不确定性、模糊性就是叙事的端口，就是发现、呈现生活的可能性、人的可能性的开始。而一个短篇究竟能蕴含多少有价值、有意义的人物、故事、情节，再借助语言的功能和魔力，传导出语言所暗示、隐喻和象征及其指涉的文本之外的"有意味"的世界，这不仅与短篇小说这种文体的要求有直接关系，更与作家赋予生活或经验以多大的想象力密切相关。在这里，与长篇小说不同，短篇小说叙事虽然呈示出的，只是某个或几个生活片断、横切面、局部，看上去是一个不完整的存在世界，但它却通过这样有限的叙述，引申、隐喻出一个完整的世界，一个可能性的或者充满迷局的、模糊性的世界。当然，这是对历史、革命史的另一种"钩沉"，也是另一种历史想象。进一步说，所谓"大历史，小人物"，就是"大写历史"和"小写历史"的叙述具体所指。"大写历史"指的是对历史进程的思考和总结，而"小写历史"与历史叙述有重合的地方，但是不完全一样。它常常书写的是大历史进程中，从历史主体—生命个体的层面或视角，呈现历史发生、发展中的律动，进而凸显历史发展进程中那些默默奉献出鲜血和生命的细部的形态。

我相信，刘建东的小说所叙述的故事，之所以格外引人入胜，并且将我们带进一个异常陌生和神秘的历史空间，正是他发掘、捕捉到了大历史背后无数"小人物"行走于刀尖之上的大义与大爱，让安享岁月静好的我们更加深刻地体味到革命历史的艰辛和残酷性。

表面上看，这篇小说的容量有限，却仿佛贯注着充沛的精力、气力和情感。这种"精力"和"气力"来自人物，来自叙事的跌宕、细腻、缓滞，它们以慢的形态构成一股冲击力量。当然，这种力量，也来自作家对生活的控制能力、扭转能力，以及对生活的独特认识、判断和选择的自信——这是小说叙事最重要的支配力量。从文体的内在机制方面考虑，无疑，短篇小说是最接近诗歌的具有那种高度凝练品质的文体，它也被誉为"戴着镣铐舞蹈"的技术性含量极高的话语叙述体式。那么，努力地彰显短篇小说中的每一个叙事元素，创造独特的艺术形态，是对作家包括控制力、想象力、叙述能力在内的所有功力的最大考验。因此，敢于非常自信地在短篇小说文体方面不断探索的作家，一定是"经验"和艺术感都相当好的作家。所以，一位好的短篇小说家，必然是对短篇文体的艺术写作水准和境界都有自觉追求的作家。

三

《丹麦奶糖》和《无法完成的画像》两篇，恰好是《无法完成的画像》这本集子的开卷和压轴之作，相互对照，我感觉它们可以构成一个独立的文本的"闭环"逻辑。两个文本，均为对历史、现实、理想、人性、精神内涵的审美呈现，在历史和现实的两翼，沉潜着灵魂的紧张和冲撞。两个文本，形成"镜与灯"般的张力与寓意。其基本形态，都是一种反逻辑、反因果组织的推断和呈现，通过这些来引导出特别的精神紧张状态，从而显示出小说叙事的开阔和纵深度。作家需要让生活中的可能性潜伏下来，哪怕是呈现给我们一种模糊性，这种模糊性就是叙事的可能性，也是生活的可能性、人的可能性。必须承认，所有人对世界的审视、描述都是局部的描述，再完美的呈现也有放射性的覆盖和意识所无法抵达的盲区，在这里，必定隐藏着某种逻辑的动力，有着一种甚至是作者都难以把持的让叙事前行的动力，有时捉摸不定，难以驾驭而又必须驾驭。

可以说，写作每一篇小说，都是作家与世界的一次对视，也是作家与自己的内心和灵魂的对峙。这涉及到作家叙事内在动机，这个问题不解决，所有的叙述都可能处于一种虚空或悬浮的状态。因此，作家刘建东十分清楚自己写作的出发地和回返地。除了使自己的文字和结构尽可能地接近存在世界的维度，作家还要不断地克服自己的某种惯性，不断地重新出发，去拓展自己写作新的可能性，而不是简单地复制经验。一个人，尤其一个作家，只有在清楚自己的来龙去脉之后，才可能不会计较任何写作内外的得失，尤其文学之外的俗世的恩惠、种种欲求，在沉重的历史或喧嚣的现实之间，映照存在世界的真实镜像、洞察人心、事物的种种盲点。当然，这也正是刘建东写作总能不断厚积薄发、佳作迭出的主要原因。

世界上唯有小说家无法 "空缺"

——格非小说《迷舟》及其先锋性 "考古"

一

　　格非是谁？小说家兼学者，或者是学者兼小说家。近三十年来，格非一直在叙述和讲授中游弋，在讲坛和文坛之间，难分主次。后来，格非曾被喧嚣的文坛誉为 "中国的博尔赫斯"，这个称谓，让格非又被认为是一位最 "接近" 知识的小说家。因为对博尔赫斯叙述 "迷宫" 的精致模拟，也陡增了格非小说文本的神秘性色彩。但是，令人费解和疑惑的，可能是他在虚构自己的文本时，时常在经意或不经意间，颠覆他在课堂上向学生谈论、讲授的 "小说叙事学"，演绎出颇具行为艺术的现实版 "迷舟"。多年以来，我感到，格非似乎始终在叙述的深处徘徊和徜徉，尽管，他略显疲惫的神情，掩饰不住岁月的 "青黄" 带来的沉重，但是，像充满悬疑意味的《戒指花》，格非的写作，同样让我们猜不到他的未来。

　　1987 年，这位二十三岁就发表了小说处女作《追忆乌攸先生》的格非，很快，在 1988 年，又迅速地写出了具有浓郁抒情风格的小说成名作《迷舟》。不同凡响的是，这个小说所讲述的故事，在叙述的最关键性的 "节点"，竟然出现了逻辑性的 "空缺"，极其霸道的 "中断"，使得阅读发生了令人难以忍耐的迷茫。从叙事学的角度讲，可以说，这简直就是中国小说史上前所未有的一次 "革命" 和 "起义"。一个原本极其写实、老实地讲述故事的小说，人物及其活动，在叙述的关键环节上突然消失了，故事，虽然没有 "死亡"，可是，因为这个"空缺"的出现，叙述所本该抵达的目的无法实现，小说完成了一次自我性的虚无。一切，在苍茫云海间变得空空荡荡。

那么，在上世纪八十年代末，为什么会出现这样一篇小说呢？就像《迷舟》这个小说的名字一样，年轻的格非，为什么执意要将我们引入不可思议的"迷舟"？此后，格非的一系列短篇小说的叙述，继续沿着这个惯性不断地向前推进，使得他的"先锋"气质，即使在"先锋群落"里也独具一格，而且，三十余年经久不衰。骨子里的先锋精神，不断地在大量的中、短篇以及长篇小说文本里悠然重现，精致、优雅的叙述，宿命般地伴随着这位学者型小说家，滋生出舒缓、起伏的汉字的风韵，在经常性的细节的休止符间隙，偶尔就会令人柔肠寸断。我们从格非几十年的小说创作中，深刻体悟到了吴亮那句经典之语"真正的先锋一如既往"。

从写作发生学的角度看，回想那时的历史语境，其实，八十年代的中后期，是最宜于文学叙述的时代。那也是许多写作者和阅读者感慨系之的"黄金时代"。几十年来的文学"一体化"格局结束了，在一阵思想界对文学自觉的强力介入之后，在不可避免的浮躁和喧嚣消散后，文学开始渐渐以文学应有的发生、生产方式，用心地打量、思考和呈现这个世界，文学重新找到了出路。作家开始在冷静地思考世界的同时，也开始思考究竟要"写什么"和应该"怎么写"的问题。对于任何一位作家而言，作为写作主体，能真正地回到写作本身的审美轨道，都会欣喜若狂。所以，那个阶段的文学，出现了一大批"有意味的文本"，以极端形式主义的呈现方式，开始了一场叙事学的革命。实际上，这场看似文学本体层面的革命，蕴含着更内在的社会、精神和心理价值成因。包括苏童、余华、格非、孙甘露、吕新、北村在内的一大批年轻的写作者，在八十年代中后期"汹涌"而来，虽有复杂的外部现实的影响和"催生"，但是，更为主要的原因，恐怕还在于这些写作者内心的文学诉求和冲动。真正的文学"潮流"和运动，从根本上都不是被"组织的"，而是作家独立、自由开拓出的叙述空间和方式，确切地说，应该是写作者内心的需要。可以说，余华、苏童和格非们，创造了在当时文学接受状况下一个几乎"读不懂的空间"，这无疑是挑战了当时读者的阅读惯性，令人一时无法适应。仔细想想，从"先锋小说"的内部看，格非是其中在"先锋"性方面走得最远的作家。一开始，他就没有丝毫"迁就"读者的意思，这当然不是一个简单的阅读"滞后"问题，而是叙述者实在是走得太远。《迷舟》《褐色鸟群》《唿哨》和《青黄》，一路云雾弥漫，山重水复，柳暗花明，从容的叙述中隐匿着悬疑、紧张、冲动、期待，文本所演绎的存在世界，如同充满了感性生命的"如梦的行板"，其不乏清冷、神秘的"零度色调"中，生命和时间的理性，在人物模糊的意识形态里，虚无缥缈，绰约可见。作家通过这样的叙述，究竟想呈示什么，解决什么，其中"蛰伏"着怎样的精神寓意？它试图抵达一个什么样的幽深境地？说到底，格非想让自己的叙述，将自己带到何方？格非小说叙述的"出发地"在哪里？"回返地"又在何处？"先锋"的内在涵义，在当时的特殊语境，在奇崛的文本形态中若隐若现，险云山远，机关算尽，文字中不时地透射出叙事的玄妙和乖张。

现在，回顾八十年代的思想、文化氛围，我们就会慢慢地清楚格非、余华等人的写作初衷，主要是，他们出于对"启蒙"使命的警觉和放弃，而回到生命本体，回到文学本身之魅，以纯粹"复魅"的、富于科学品质的美学立场，专注于对存在、世界、历史的重新勘查。实际上，这是一种"我思故我在"的思考维度和观察维度，在文学叙述的价值取向及其"原则"上，宣告了线性思维逻辑、叙述"因果链"及其存在世界"本质化"的终结，这是对所谓世界"本质性"怀疑的开始，这也就直接导致了文本形态的一次彻底革命，也导致了历史叙述之虚无品性的出现，它是反抗传统叙事规范的开始。这些，在几位"先锋作家"的写作追求中都普遍存在，但是格非较其他各位尤甚。而且，他以自己的文本建立起"先锋"性的合理性，重新建立了叙事的逻辑，发现存在世界及其历史的非理性状态和盲目性的一面，而重新界定文学虚构的哲学边界。因此，从这个角度讲，格非的小说，在很大程度上改变了以往我们理解和判断历史的结构图式，显然，他在努力地寻找历史与现实的隐秘关系。同时，他还借助文本发出了充满理性的追问：历史理性究竟在哪里？由谁掌控？历史如何书写的问题，实质上是一个现实的问题，那么，究竟应该依靠什么理念或者依据来判断历史与存在的真实呢？依据个人经验判断事物、叙述历史，显然是可怕而愚蠢的选择，完全是自以为是的行为。从文学叙事学的角度看，存在世界和历史都具有很大的"审美间性"，为叙述提供了巨大的弹性和张力，但是也树立了一个难度或障碍。似乎，历史的意义和存在的重现，只能由这些似真似幻的故事来决定，而根本上的问题，却在于故事与历史之间造成的"误读"，这才是先锋文学叙述的内在追求。

"先锋写作"，构成一股文学潮流，让我想起余华关于1987年至1988年间他与《收获》之间联系的美好回忆。《收获》作为中国当代文学元老级人物巴金创办、主编的文学杂志，数十年始终坚守着独特的人文和艺术的品质。正是这种坚守，才使八十年代后期，一大批年轻作家激进的文学探索，能够在当时较为复杂的政治、文化环境下得以呈现出来。1987年和1988年连续推出的几期"先锋文学"专号，宣告和催生了一种新的美学原则和写作风格的开始。可以不夸张地说，如果没有《收获》这样强力的倡导和力挺，就不会有"先锋写作"的创作实绩和经久不息的潮涌。从这个意义上讲，令余华、格非和苏童们所难忘的，不仅是自己写作过程中内心所感受的温暖，主要是写作的价值和意义，能够有可能被精英文化认可的机遇。

我之所以要努力厘清这样一个文学写作的语境，是因为这涉及一种新的叙事原则和形态的出现，以及存在的理由。唯有清楚这一点，我们也才会明白，"先锋写作"作为一股潮流在几年后为什么会终结，而它的"先锋精神"却可以持续几十年不衰。可以肯定，作家的内在需求，在很大程度上决定着文学及其精神的走向。因此，我们现在看，《迷舟》这样一篇小说在当时出现的意义，不仅在于它打破了当代文学叙述的传统时空秩序，更重要的是，它在开启一场叙事学革命的同时，生发出了由叙事多元化所带来的新的历史审美观的变化。相比《迷舟》的写作更早些时候，也就是上个世纪七十年代末、八十年代初，有王蒙等作家有意地模仿西方的乔伊斯和伍尔夫，用"意识流"的写法，表现那个年代"忽如一夜春风来"的精神、心理感受，

"旧瓶装新酒"式的艺术手法，对一个精神上正在复苏的民族心理给予了异样的呈现，着实也令人耳目一新。而格非的《迷舟》等一系列短篇小说，进一步突破了这个格局，将小说带进了叙述及其策略决定文本意义的文学时代。

二

从某种意义上讲，真正的写作，其实就是一种宿命。格非小说的叙事形态，来自于自身的宿命和诉求，更来自于文化的宿命和写作的愿景。已故评论家胡河清，对格非及其写作曾有过精到的分析和评价，我认为，这是迄今最为切近格非写作发生学意义的研究。胡河清借用《鬼谷子》和《鬼谷子命书》中关于"螣蛇"的比喻，来影射、揣摩和阐释格非的小说及其意象的生成。"螣蛇"为神蛇，"能兴云雨而游于其中，并能指示祸福。螣蛇所指，祸福立应，诚信不欺。蛇之明祸福者，鬼谋也；蛇之委曲屈伸者，人谋也"[1]。在胡河清看来，喜欢蛇的格非，恰恰就是这样一条观察、写作和叙述的"神蛇"。因为格非的小说里有大量关于蛇的隐喻，其中，"蛇在我的背上咬了一口"，构成了格非小说的基本意念。"格非的蛇会咬人，而且极其狡诈，这说明他感兴趣的是术数文化中的诡秘学成分。也许正因为深藏着这一种关于蛇的意念，格非眼中的世界是诡秘的"[2]。这当然不失为一种独到的解读。"诡秘""诡谲""水蛇般缠绕在一起""因为生病每天都要吃一副蛇胆"，这些神秘的字眼，以及蛇的意象，密布于格非的小说之中，而且，我们在他的诡秘里感受到一种文化的神韵，至少，我们能够强烈地感知到格非努力洞悉世界和存在真相时，那双如同蛇一般的目光，包括这双眼睛对世界的探究欲望和解读策略。于是，胡河清将格非描述为"蛇精格非"。这虽是一种极具隐喻色彩的

---

[1] 胡河清：《灵地的缅想》，学林出版社 1994 年版，第 174 页。

[2] 胡河清：《灵地的缅想》，学林出版社 1994 年版，第 174 页。

想象性概括和调侃，但我以为，这非常切近一个作家的本相，作家最渴望的，就是有一双与众不同的眼睛，不为已有的"框架"所束缚，就像所有人观察世界的时候，完全不受自己视网膜的影响，是一种直观，而不是反射。我们也由此体会到，像格非这样的小说家，宿命般地走上虚构的道路，而他却会为我们必然性地提供了关于这个世界真实的基本图像。

但是，即使有这样一双"鬼斧神工"般的眼睛，格非也依然无法清晰地看见一切事物的机枢，这不是一个作家自身的能力问题，这是人类认知所面临的局限和关隘。也许，只有小说这样的虚构文本，才可能大胆地肩负起猜想世界的使命。因此，就有了大量所谓"空缺"的存在。仔细想想，之所以有"隐秘"世界的存在，是由于事物整体性的不可知。不可判断和预知，这是一个本源性的问题，因此，可以说，格非的小说《迷舟》，带领我们从另一个路径进入了历史、进入存在世界，这不仅是小说叙事的革命，而且涉及美学、哲学和历史学与文学关系的深刻变革。它强调和重视的，是文学叙事，终将无法"篡改"历史命运。

若想深入阐释《迷舟》这个小说，我们依然需要从文本的几个重要元素入手：时间、历史、回忆、人物、叙述、"空缺"和隐喻。

在这里，时间，是使这个文本充满个性化的基本元素。空间是一个容器，而时间也是一个容器。所以，时间不是线性的，往往是多维的空间吞没了时间，令时间被假象所遮蔽、所忽视。叙述现实，叙述历史，讲述人在现实和历史世界中的存在形态，却是在对时间和空间的想象和回忆中完成的。记忆，同样是一个复杂的容器，其中杂陈、积淀了无数事物的因子和元素，但时间本身无法唤醒和发酵它的存在价值和能量，只有"回忆"，才有可能揭示"时间的伪形"和历史假象的虚伪，发现既有"事实"的根本性缺陷，这样，在精致、超凡脱俗的回忆过程中，发现现实、历史以至存在间隐秘的时间、空间联系。时间在叙述的关键处发生了"断裂"，这是叙述的"症结"所在。无法接续的时间链条，被抛掷进时间的深渊。于是，小说的结构，成为对历史的解构和消解，成为对历史和真实进行重构、"还原"的基本过程。这也是《迷舟》能成为"先锋小说"杰出的代表性文本的重要原因。也可以说,《迷舟》是以自己的策略和哲学,直奔历史而去的,也是间接反思现实的。

谁能拆解开时间这个容器,谁就能打开历史和现实的真正隐秘,因为这个容器里面装的就是历史。这个容器之于小说而言,就是对一个新的、属于它的叙述方法的出现。《迷舟》这个小说为什么要如此布局?为何一定要如此这般地结撰叙事文本?我想,最大的原因,还在于思想、精神或者心理容量的溢涨,已经令原有的形式无法容纳和承载存在可能性这个历史摇篮,唯有破茧而出,才能重建文本畅达的隧道。也许,这就是艺术的辩证思维。

短篇小说《迷舟》,选择的是一个开放性的叙述人"冷峻"的视角,时间,成为文本中一个明显的存在。无疑,这是马尔克斯式的时间意识引入,如同"多年以后"这样的时间状语,在几乎所有先锋作家的文本里,一开始就主宰了叙事的秩序和格局。这些年来,人们大多愿意聚焦在"形式"的层面谈论这个小说的先锋品质,认为这个如谜一样的小说,这个叙事的"迷宫",是作家营构的"形式的迷宫"、历史的迷宫。其实,在这里,格非的文本叙事,在引入特殊的叙事策略的同时,却始终牢牢地遵循着中国诗学的一个美学情境:超逸之逸,并且是"冷逸"。其中蕴含着那种空灵清润的气息,覆盖着破败衰朽的悲凉之雾。这看上去像是一种文体色调,实际上弥散出叙事的语气、趣味和精神格调,旨意遥深。所以,在《迷舟》所裹挟的南方的氤氲之气中,始终渗透、弥漫着萧索、苍茫、荫翳,也不乏透出隐隐的杀气。这仿佛对逝去的历史有种莫名的恐惧。这种语境,暗合了文本对历史乖张的假设和构想。混沌之气,搅和着历史的烟云,徐徐升腾。

小说中的几个人物,在叙述中,也几乎都是处于虚无缥缈、朦胧、模糊的状态之中。有姓无名的"萧",以及马三大婶、母亲、老道、杏、三顺,仔细感受和体悟,他们在这个故事里,仿佛都只是一个个符号而已。

那么,格非"如此"讲述"这样一个故事"的意义和目的是什么?是发现历史和时间的幽暗,感知个人与历史之间永远存在的、无法沟通的关系？若从本质上说，在这个文本里，历史也只不过是一个弱不禁风的框架，是一块早已风化的顽石而已。而"借尸还魂"永远是作家的拿手好戏，那么，历史之魂又在何处呢？一个作家，既不能肆意"俯视"历史，也不能刻意去净化历史，历史在文学叙事中可能是一种多维性的存在，只有具有清晰的叙事伦理和美学的品质，才能接近历史本身或者触及事物的可能性。

三

其实，《迷舟》里的"空缺"，就是历史的盲点和断裂之处，它也是我们在现实中回望历史时的盲点，是历史局部在我们判断中的"本质性"缺失，也是历史叙事时逻辑起点的迷失。说到底，相对于"人"这个主体，这个"空缺"，也就是存在的盲点。那么，是否可以这样理解，只有这样叙述历史的时候，小说家的谦卑也许才会尽显无遗，"全知全能"的叙事，再也无法在历史和"存在"面前大行其道。而且，在叙述中，作家已经隐藏起一个文学中至关重要的因素——情怀，像罗兰·巴特的"零度叙述"，这样"主体困顿、风格忧郁"的文本，根本就不需要作家对历史"往事"有过多的热情。因此，在小说里，"萧"是一个冰冷的、几乎没有温度的人物，这是格非的一种刻意的处理，他像某种意念、理念的影子，跟随着自己模糊的意识，在自己家乡的村落和小河里漫游，任由自己本然的欲望，信马由缰，狼奔豕突。我想，"迷舟"之意，就是迷失，是一只迷途之船，是"迷失了的水上之船"。像是迷失在迷宫之中。这个整体的意象，或许就是在隐喻历史本身的飘忽性、不确定性，如同失衡在一片复杂的水域，处处遇到玄机。到最后，甚至连人物、故事和语言也会迷失在叙述里。在描绘这个历史主体"迷失"的过程中，凸显出历史的苍凉和羸弱，而历史的"能动"的必然，因为一种偶然性，一个人的"褊狭"走入茫然无际的"黑洞"。

萧重新陷入了马三大婶早上突然来访所造成的迷惑中。他觉得马三大婶的话揭开了他心中隐藏多时的谜团，但它仿佛又成了另外一个更加深透的谜的谜面。他想象不出马三大婶怎会奇迹般地出现在鲜为人知的棋山指挥所里，她又是怎样猜出了他的心思。另外，杏是否去过那栋孤立的涟水河边的茅屋？在榆关的那个夏天的一幕又在他的意念深处重新困扰他。

这天，萧像是梦游一般地走到了杏的红屋里去。

三顺还没有回来。傍晚的时候，涟水河上突然刮起了大风。

萧的迷惑，既是格非叙述的迷惑，也是历史的迷惑。萧为现实所困惑，我们却为历史感到莫名的焦虑和惆然。历史前行的动力，在一个短篇小说的文本之中，遭受到了巨大的质疑。个人的欲望，竟会在不经意间替代了历史欲望的达成，抑或，个人的欲望，就是历史欲望的"原型"。而"空缺"到底是历史的必然，还是叙述的圈套，抑或两者的"合谋"？这的确又是一个最"本质性"的问题。显然，在这里，作家无力把握、决定这个人物的去向，不可能也不想控制他的行动，这既是对历史的包容姿态，也是隐含悲观的对存在世界不可知的消解。萧在大战在即，部队采取重大行动之前，却突然遇到家事的变故，父亲意外身亡，他要去参加父亲的葬礼。而他的家乡，正是他们需要迅即占据的军事重镇，这个地域，也正是敌人蓄意占据、攻击的要塞。其实，萧的举动本身，就是一件极其荒谬和不可思议的事情，因为常识告诉我们，一个领命正在执行军事行动的军官，根本不应该有这样肆意的选择。萧完全沉入了一个非军人的情感纠葛的境遇之中，沉浸在与战争毫无关联的、日常生活的情境里，他似乎已经生活在一种幻觉里，同时，整个情势也为其生死蒙上了一层迷惑的阴影，此时，对于生死，萧已经在冥冥之中觉察到了周遭腐朽的气息。旧情萌动，萧与杏的私通在败露之后，致使他继续沿着"错误"的方向向前滑行。"就在他站起身准备离开父亲书房的瞬间，他意念深处滑过的一个极其微弱的念头使他又一次改变了自己的初衷"，他执意要去榆关。此时的榆关，正是两军交战的要地，萧的哥哥所率领的北伐军刚刚在榆关不战而胜，那么，萧去榆关究竟是探望被三顺阉割了的杏，还是与北伐军营中的兄长会晤？叙述就在这里中断了，也被叙述者"阉割"掉了。也许,无论萧去榆关做其中的哪一件事情,即使真的仅仅只是去看望遭受"阉割"的杏,萧都逃脱不掉被警卫员杀掉的命运。可见,历史处于每一个相关者的猜测和武断中,师长给看似不谙世事的警卫员的密令,也是对可能性的一种预设,偶然性转瞬之间成为一种必然的归宿。

马三大婶的角色,也令人深感吊诡和匪夷所思,她的行为诡异,她总是在时间的关键处翩然而至,她在整个叙述中不可或缺,她穿针引线地连缀起时间和记忆的缝隙,推动着萧游弋前行。三顺"阉割"杏的行为,似乎是凭借一种直觉或第六感之类的暗示,产生的强烈的现实冲动,却铸成了萧的选择。而老道的箴语,也早早铺垫、预示出历史的残酷性和神秘色彩。从这个角度看,这篇《迷舟》从整体上讲也是一部精致、严谨和结构感极强的杰出文本。

陈晓明教授更愿意使用"阉割"一词,直接地描述格非的"空缺"对历史做出的"武断性"处理。而格非在小说中,选择让三顺对杏实施的"阉割",似乎就是一个明显的暗示。小说家还能做什么?对历史和往事最大的宽容,就是在"回忆"的途中"无藉因循,宁拘制则,挺然秀出"。格非就是要呈现历史的断裂,关键是这个断裂,竟然源出于一个中级军官的极端个人的偶然性。简直不可思议,历史的盲目性,难道就始于个人的经历和经验的一意孤行?

现在看,小说《迷舟》所承载的内涵,已经远远地超出了一个短篇小说的容量。诚然,它不仅充满对历史驾轻就熟的自信,而且,"迷舟"这个意象,构成了历史和存在世界变局的隐喻。我感到,这个小说的写作,还使格非的历史观及其审美视角的选择,或多或少地积淀了悲观主义和浪漫主义的因子。这一点,不但延续到《褐色鸟群》《青黄》《雨季的感觉》《嗯哨》《戒指花》等一系列作品,还不断地在此后的一系列长篇小说《敌人》《人面桃花》《山河入梦》和《春尽江南》中若隐若现。

这些文本里,依然不断有"空缺"出现,唯独不会缺失的,是一个小说家、一个叙述者对历史这个"灵地"无尽的缅想。

第三辑

✳

素朴的诗，或感伤的歌

——王尧《民谣》论

一

　　我认识王尧差不多已经有二十年。作为 1960 年代出生的学者，他既有作为一个学者的严谨、审慎和谦和，也有作为一位当代文学批评家的深刻、灵动和睿智。其充满令人惊羡的才情，更不乏厚实的力量，文字内外，自由腾挪，旁征博引，游刃有余。他做文学史、散文史、口述史研究，在这一领域已经取得重要的成果；他做当代文学的作家论、作品论，深入到文学文本的肌理，做出深入浅出、切中肯綮的分析和阐释，令人们对他的许多研究和评论，大都心悦诚服。近十年来，他先后在《读书》《收获》《钟山》《雨花》《小说评论》开设文化随笔和评论专栏，在《南方文坛》《扬子江文学评论》等杂志主持评论栏目。他还频繁地参与各种国内、国际学术会议和诸多的文学活动，有时客串充当主持人的角色，深受大家欢迎和喜爱。据说，那年《收获》举办创刊六十周年纪念活动，王尧担任嘉宾主持，幽默诙谐，从容自如，给所有人留下深刻印象。

　　在这里，我想探寻的是，这些年来，王尧兄从容地做这么多的事情，他的时间究竟从哪儿来？就是说，他的精力缘何如此丰沛？想到这里的时候，我不由得联想到我与王尧通过微信或电话交流时，他偶尔会提及他的血压如何高或波动不稳。其实，这也是一种代价，那种不可避免地在获得和付出之间，实在是无法摆脱的纠结和难以制衡的关系。但我想，这一点之于王尧，他可能不会计较或算计其中的得失。

作家阎连科曾这样描述王尧："在当下，做一个有人格的人是多么不真实。而王尧，给我们的印象又总是敦厚、热情和面面俱到那一类，仿佛他的人生总是风调雨顺，永带笑意样，总是没有忧伤和烦恼样。可事情怎么会是这样呢？人没有忧伤又怎么能理解这个世界并爱别人呢？对我和文学言，没有忧伤的人是可怕的人；而深有忧虑并只为自己忧虑的人，是更为难缠、可怕的人。为自己忧伤和忧虑，也为友人、他人和世事忧伤、忧虑，才是可亲近的人。王尧正是这后一类人中在笑容背后深有忧伤和忧虑的人。为自己忧伤和忧虑，也为他人忧伤和忧虑。为自己是一种本能之真实，而能为他人、他事忧伤和忧虑，则为德性和对人的基本爱意了。"① 这段话，连科不仅说出了王尧的敦厚，也说出了他内在的忧虑和忧伤。那么，王尧忧虑什么呢？我想，这一定是事关他的文学研究或写作的伦理问题。

数年前，编辑家林建法先生这样评价王尧时，我似乎在更实在的层面理解了"我的朋友胡适之"的涵义，也深感朋友之间真正的惺惺相惜是怎样的情境："在王尧的朋友中，我可能是最直截了当地提醒他不必旁骛太多而必须有所放弃的人。我觉得这些年来，在学术和其他之间，他已经有所选择和放弃，但是他做得还不够。他需要长期沉潜下来，做自己想做的事，坚决不做自己不愿做的事。王尧这些年的努力，显示了他宏大的学术抱负和具有个人特征的治学路径。但到目前为止，我所见的仍然是个大致的轮廓和轮廓中的局部。这与他自己的目标和我们这些朋友的期待，尚有距离。假以时日，王尧兄应该能够完成他的那些计划，而最终境界的高低，则取决于他到底能够放下什么。"② 那么，现在我们渐渐地清楚了，王尧放下了什么，又拿起了什么。从王尧身上，其实能看到一个时代的某种风气。我知道，那是一代人对文学的感叹和神往。1990 年代后期，王尧在评论界出名之后，脑子并不发热，而是更加勤勉、更加沉潜下来，专注文学史、散

---

① 阎连科：《成为王尧的朋友是一种幸运》，《当代作家评论》2019 年第 4 期。
② 林建法：《"我的朋友胡适之"——印象王尧》，《当代作家评论》2011 年第 4 期。

文理论，以及随笔的写作。是否可以说，王尧清醒自己该怎样盘整自身了。

历经十年的时间，王尧悄然地拿出了他的第一部长篇小说《民谣》。这或许更加令熟悉或不熟悉他的朋友和同行感到无比惊诧。这时，我不禁想起许多梦想成为作家又不能践行的人，常常会有这样的自我调侃："有的人一生没有写过一首诗，但骨子里却是一位诗人；有的人一生没有写过一篇小说，可他骨子里却是一个作家。"我认为，这一定是那种"吃不到葡萄就说葡萄酸"一类人的借口、托词和自我慰藉。写作和研究实在是两回事，能够在创作与批评的"双轨制"上擎起、负重着文学的列车，也许才是真正厘清了文学这盘灵魂围棋的超一流"九段"。或许，王尧悉心地研究和评述过许多现当代作家的创作，他从中感悟到的写作机杼自然了然于心。久而久之，他的作家梦想无疑仍在不断地蔓延滋生，最终破茧而出。实际上，学者写作小说，近些年曾出现一股小浪潮，但也遭到许多质疑。如今，虽然不能说是一个小说独尊的时代，小说家也可谓其多如鲫，跃跃欲试者不乏其人，原本不足为怪。学者小说也好，文人小说也罢，他们之于"职业小说家"而言，写作发生、身份确证或"江湖"站位，两者间的区别其实并不重要，我们大可不必过于争议学者、文人该不该写小说。而主要还是要从文本出发，切实地考量其文学价值、意义或审美创新性。中国现代小说史上，鲁迅和钱锺书就是绝好的例子。前者的身份不惟小说家，更是思想家、革命家，被誉为"民族魂"，且"弃医从文"，曾经隔行千里。虽仅有《呐喊》《彷徨》《故事新编》《野草》《朝花夕拾》，但其文学成就却执百年文学之牛耳。后者是大师级学者，且一生只有一部长篇小说《围城》和几个短篇，我们却不能妄断其属于"小说家的小说"，还是所谓"学者小说"。李健吾在论及沈从文《边城》时，认为巴尔扎克是"人的小说家"，福楼拜是"艺术家的小说家"，前者天真，后者自觉。同是小说家，却不属于同一的来源。因此说，小说文本的形态和价值，才是判断一位写作者及其文本意义的关键所在。还有，关于所谓"文人小说""学者散文"之类的提法，也不甚准确和恰当，这无异于以"出身论"衡量文本价值的大小。有否写作的天赋，取决于个人经验和才情，也取决于写作是否具有独到性和悟性。写作的诉求，断然不是书斋里的情思，或寻求个人刺激，抢个时尚、"风头"，而是内在精神的诉求和伦理的担当。我坚信，王尧当然不是凑热闹，而纯系心性和天分使然。

可以说，我"见证"了这部《民谣》的写作发生和基本的写作过程。回想起来，那是在 2010 年的深冬，我请王尧来大连讲学。那是大连和辽南地区最冷的冬天之一，这对一位"南方佬"算是一次冷峻的考验。在王尧讲座之后，我自驾车子陪他去大连附近一个叫"安波"的小镇，住在一个温泉山庄。我记得，晚饭后泡过温泉，我到他的房间聊天，他打开电脑，向我慢慢地展开十几个页面的文字，让我细读。这是几组诗意盎然的叙事性文字片断，字里行间呈现出抒情的语境。当时，无论是我还是他，其实都还不清楚这是一个长篇散文的雏形，还是一部"非虚构"的文本的肇始。我也不清楚王尧何时产生的这股强劲的写作的冲动，也无法预知这种写作冲动会延续多久。此后许多年，王尧的写作时断时续，其中有几年是"搁置"状态，我知道，他可能遇到了什么困难，或是叙事策略方面的问题，更可能是叙事伦理层面上的自我纠结。"小说家在完成故事的同时，需要完成自我的塑造，他的责任是在呈现故事的同时建构意义世界，而不是事件的简单或复杂的叙述。"[①] 近两三年来，王尧渐渐又开始恢复了这部长篇的写作，我想，这与他对于小说文体和意义的重新思考和审视密不可分。尤其是他对"故事"的理念，似乎有着极其微妙的感受和理解。直到后来我读到全部书稿时，我终于明白他在小说理论层面上的苦心孤诣和颇费思量。那段时间里，他不时地以微信方式发给我一些叙述片断，我在那些充满诗性的文字里，感受到他一直以来所保持着的那种叙事的冲动和激情。我差不多收到了他数十组千儿八百字的段落，那时候，我已经依稀感到这部小说的叙事目的和美学基调。我还意识到，他试图通过这部小说"解决"什么或者说明什么。现在，十年之后，王尧拿出了这部完整的版本。

[①]　王尧：《新"小说革命"的必要与可能》，《文学报》2020 年 9 月 24 日。

不管怎么说，这部长篇小说是"十年磨一剑"的结果。至于王尧为何要写这样一部长篇，这部长篇小说蕴含着怎样深切的情怀，支撑他积十年之力，完成这样一次漫长的叙述之潜在动力究竟是什么，这些似乎已经都不重要了。重要的是，他以这样一部文本，参与到新世纪以来的小说实践，并身体力行地将叙事的可能性诉诸个人写作，以此正视、检视和反省当代文学的真实状况，实属难能可贵。

二

表面看上去，《民谣》是一部非常单纯的小说。从叙事层面讲，这部选择第一人称"我"的文本，无疑增加了其叙事的难度。我始终认为，使用第一人称展开叙述的作家都是极其自信的作家。第一人称的"排他性"，注定会局限视角、视野的宽广度。但是，它却可以从个人性的维度上，加强叙述的独特性和清晰、单纯的叙事美学氛围。而且，第一人称更能彰显叙事的抒情性，以及作家的主体感受力、判断力的呈现。如此说来，这部小说的复杂性又是显而易见的。当然，"第一人称"叙述，也锁定了故事的"可靠性"，显示出近乎"霸气"的作家叙述的底蕴。可以说，如何叙述，永远是一个令人无比纠结、无比烦恼的难题。从某种角度看，回忆似乎是一个重要的、自我生长和自我消解的方法，它所能发酵出来的，可能是形而上和形而下的双重思考。这样的叙述，在阅读感觉上往往会"模糊"虚构和"非虚构"之间的裂隙，进而增强叙述的真实性。

近些年，哈佛大学王德威教授在许多文章以及著作中，反复论及文学叙述的"感觉结构"。王德威教授对此的论述，令人信服。他强调一部作品中隐性存在的"感觉结构"，折射出一位作家内在的灵魂的光泽。我深感王尧这部《民谣》，就是一部渗透着浓郁"感觉结构"的小说文本。而"感觉结构"的生成和抒写，与一部文本的诗性结构和"抒情声音"难以分割。其实，这也决定了王尧叙事的逻辑起点和精神基调。必须承认，历史感、历史观、历史情怀，以及"史诗性"，都直接影响着作家的历史叙事，而且，这些因素，决定着作家文学叙事的"历史选择"伦理，决定文学文本的美学价值和意义。所以，阐释王尧的这部长篇小说，我们显然无法离开文学叙事与历史、现实、社会发展变化过程中人文立场的持守问题。因为，文学毕竟不是"历史"，它一定是一种有伦理感、有情怀、有责任感的精神、心理叙事。那么，这种精神、情感叙事与"历史叙事"相比，其中必然存在着自身某种精神上、心理上和文化上的"隐秘结构"，正是因为这种"隐秘结构"的存在，作家的想象力、信念、信仰和诉求，就会令小说文本显示出"超现实"的诉求和"超历史"的品质。这里，它隐含着作家直面世界的一种目光，它揭开了事物的另一种隐秘的本质及其种种可能性，实质上，这就是一种文学经验，也是独特的、值得珍视的生命经验和永远不会失去的历史经验。正因为如此，作家在写作中对于"感觉结构"或"隐秘结构"的建立或寻找，就成为参与历史的脉动和摆脱现实律令的秘籍。情感、思想，甚至幻想，都成为探索和表现灵魂的一条通道，那些生命中幽微的经验，以及在历史长河之中的漂泊、震荡、游弋，都可能传达出一种沉思，一种极其内敛或张扬的声音和语调，它们从个人的喉咙里喷薄而出。我相信，王尧的叙事，就是建立在这种有情怀、有历史感和责任感的叙事中，破解和描述属于灵魂、伦理、精神、文化、人性的"隐秘结构"。在这里，叙述所呈现的，也许并不是什么"历史意志"，文本更深刻地凸显出来的，则是生命个体的主体性及其价值和意义。在大时代的范畴之下，每个人都可能突破其所在环境的命运局限，成为他自己时代的卓越人物，也可能作为历史的一粒尘埃，在现实的炫舞之中孤独地消隐。也许，这也是历史的必然，我们所能够做到的，就是以一种"有情"的方式，细致而耐心地处理历史、现实与人性之间不可避免的禁忌、悖论和困境。

个人命运史与国家、家族的历史之间，究竟存在怎样的隐秘联系？作者怀着怎样的心态来看我们的历史和生活，直接决定文本的艺术形态和精神层次的高下。从整部作品的叙述看，王尧在两者之间游弋和盘桓，明显存在着对历史强烈的诠释欲望，又伴随着悲悯与淡淡的寂寞，写真里面有诗，抒情里面又充满日常性的光泽。首先，我们看到历史在一个老成的少年王厚平——"王大头"的内心，如何渐渐地清晰、丰润起来。积淀的、沉寂的、变动不羁的大历史，在一代人的内心或灵魂深处，如何由混沌变得明晰。说到底，这部《民谣》所面对的就是历史。《民谣》所要解决的问题，就是如何"打捞"、讲述历史。当然，在这里，也就不可避免地涉及历史、真实和叙述意义的问题。这也是一个"记忆"和"回忆"的问题。一个小镇，一个村庄，若干个家族，四五代人之间复杂的伦理关系，在世世代代的伦常里的亲疏远近，人性的林林总总，日常的正常或异常的存在状态，都在历史、社会、时代风云际会中不断发生蜕变，或此消彼长。"王大头"这个叙述人也是文本中的重要角色，虽然王尧没有将他"塑造"成"世事沧桑心事定，胸中海岳梦中飞"的角色，但是，他作为记忆、想象见证和"重构"生活的综合体，其存在的意义，已经远远超出角色功能的范畴，具有独特的功用。因此，"王大头"——王厚平这个人物，成为贯穿整部文本的、竭力复活已经忘却的记忆的精灵。我们所读到的一切——包括乡土社会的风云、时代变迁、人生百态、人性、情感，都浸染在一片不折不扣的抒情的"生活流"之中，纯然、细密、真切，语境超脱而空灵。王厚平这个人物所面对的，不仅仅是自身成长过程的风风雨雨，还有当代历史的曲折和不确定性。那么，"反抗遗忘"则构成文本最本质的叙事向度，而且，《民谣》体现出的较大的包容性和悲悯情怀，构成这部长篇小说成为历史、现实和人性镜像的伦理学基础。

描写人物，长久以来成为传统小说叙事的重要手段，普遍认为有人物，才会有故事，主客体之间的关系才可能更清晰。但是，王尧省略了诸多例行的手段或策略，他没有刻意对人物进行客观的审视，做出俗世生活的临摹，或对大时代风云中的小人物、庸常之辈进行实录，而是通过一个处于成长中的心灵，从自我走出自我，从生命个体的心境延伸出一个时代的情境。所以，王尧小说的人物形象，就不同于以往小说那样，注重人物与人物之间的对话关系、个性冲突及其互动、变化，而是在"王大头"的自我感悟、自我判断和"诠释"中，不经由任何"中介"形成转述或"隐形叙事",而是在伦理关系和情感记忆中,重拾理性的感知力,直抵人物的精神内核。叙述完全依靠人物自身的经历,复原记忆,整饬民间"传说",彰显人物自身的传奇性。有关所有人物的叙述,都像是"白描"或"素描",人物存在的形态、性格、心理、精神、情感的各个层面,都是在一种相互缠绕、相互摆脱的状态下逐渐"完善"。个人记忆,在个性化的叙述中顽强地反抗着遗忘。这样,始终处于"我"的"重拾"记忆的讲述中的人物本身,就充满了悬置和张力。每个人物都在被讲述中逐渐清晰起来,虽然这种描述给人"删繁就简"之感,但是在时间和岁月的动荡里,人物关系错综、密集地交互碰撞,让每一个人物的命运轨迹,不自觉地深陷或镌刻在一种文化和民间的情境里。也许,还有许多记忆已经无法从历史的盲区突围,许多真实的"故事",也已无法在新的语境下被微妙地改写。虽然,上个世纪中后期的时代生活,已经成为一种消逝的历史存在,但是,传达"经验"的视角和手段,尽可纳入到新的意义能指范畴下,成为重构、重建和想象历史的方法。这样看,我们就不必纠结、质疑叙事的方法和途径,只要恪守诗学和伦理的品性,历史和记忆,虽可能发生感性化的"褪色",但不会变得虚妄和空洞。

在《民谣》完稿之后,有一天,王尧兄在短信里突然问我:"按照以往的习惯看法,《民谣》的故事性不强,但是,故事是什么?"我的回答是:"故事就是讲述的激情和被讲述的过程的完美结合。而且,这两者之间的'间离',构成叙述者拥抱世界和被世界拥抱的理由。这时,语言的角色则是充当了混凝土、清新剂或流淌的血液。"我和王尧都坚信《民谣》是一个真正完整的故事,而且它胜在叙述上。不同的是,王尧的叙述,已然溢出了我们近些年所崇尚的"讲故事的方法"的"规定性"、可能性维度。叙述视角、叙述的终极目的,以及个人、历史、记忆、时间和空间,都呈现出远远越出小说叙事秩序和规范边界的趋势。在一定程度上讲,叙述视角就是小说的政治学,它决定着叙述的精神尺度和方向,而好的小说,一定是要"自己讲述"的。我的感觉是,凡是触及历史的讲述或记忆,小说思维的惯性,就常常会出现黏滞或"失重"的状态。难道故事或故事性的强弱，一定要作为衡量、判断一部小说文本"好"或"不好"的美学尺度吗？故事本身，难道真的是一种需要严密苛求的建筑构造的"核心"吗？那么，这里又不能不涉及一个古老的话题：究竟什么是理想的小说？这部《民谣》引发争议的，或许是其对历史的回忆，或叙事层面的"碎片化"处理方式。我恰恰认为这是王尧悉心追求的叙事美学和叙事伦理。作家处理经验的策略和手段的开放性、自由度，决定着文本的精神向度和格局的开阔与否。李洱在谈到莫言小说变化时，隐讳地提出一种接受美学的新理念："阅读莫言《晚熟的人》的过程，就是感受莫言小说变化的过程。这些小说单独发表的时候，莫言小说的变化可能还不容易看得太清楚。这一点，我与格非的感受是相同的。我们会纠缠于小说在叙事上是否完整，留白是否过大，是否有足够的说服力。但是，当这些小说收到一个集子里，从头到尾看下来，我们就会获得新的阅读感受。此种情形在文学史上屡见不鲜。鲁迅的《野草》和《故事新编》，如果单篇阅读，我们会觉得篇章不够完整，个别篇章甚至显得晦涩难解，语言风格参差不齐，文体上也不够统一。但是完整地看下来，你会觉得各篇章之间构成了互文关系，最终呈现出鲁迅在某个阶段的心理世界。"[1] 如果依照李洱这样关于阅读的方法，我们看王尧的《民谣》，就可以强烈地感受到作者刻意追求文体变化的叙事雄心和苦心。这部自传性极强的文本，同样显示出王尧对记忆的打捞和对记忆的重新"赋形"。在这里，故事彻底地溶化在"记忆"深处，随着叙述的河床汩汩流淌，叙述讲述了很多很多，似乎又什么都没有讲。但文字里所蕴含的大量的个体经验，却在平实的叙述中产生出无数暗含的转义力量。那些被叙述人重新编码的充满氤氲之气的话语，延伸出文本的诗性和魅力。叙述的沉郁，或沉郁的叙事，让"我"的讲述本身构成历史的"回音壁"。一种声音唤醒更多声响的共鸣，可以音传天地、声动八方。正是王尧将自己高蹈的文化之思，重新拉回到日常。他十分清楚，一部小说的分量有多大，它能够传达出

---

① 李洱：《从〈晚熟的人〉看莫言小说的变化》,《文艺报》2020 年 11 月 6 日。

多少情感信息和灵魂之思，能够演绎出多少历史的"花腔"，勘探出风起云涌时代被遮蔽的、静默的事物和人心。

最近，王尧鲜明地提出必须要进行新"小说革命"的问题。"近二十年小说在整体上处于停滞不前的状态，无论是思想、观念、方法还是语言、叙事、文本，都表现出比较强大的惰性。我并不否认一些作家写出了优秀小说，这些优秀小说之于作家个人而言也许是重要的，但在更大的范围内其意义何在需要思考和判断。优秀小说家高水平的徘徊，在一定程度上既是惯性也是惰性。"我感到，作为批评家和文学史家的王尧，在清醒地意识到当代小说的叙事困境之后，似乎想成为小说叙事革命身体力行的践行者。这种叙事的冲动，令王尧在叙述时采取"杂糅""碾压""撕碎"的姿态，反省以往的叙事经验，甘愿遭受文体质疑的风险和悲催，自己亲自"上手"了。

当我们说小说的技术成熟甚至以为技术已经不是问题时，其实已经把技术和认识、反映世界的方法割裂开来。这是长期以来只把技术作为手段，而没有当作方法的偏颇，这是小说在形式上停滞不前的原因之一。一方面，过于沉溺于琐碎饾饤的小说技术反而会逼窄小说的格局和更其丰富的潜力，"技术中心主义"也在一定程度上悬置了作家的道德关怀和伦理介入；另一方面，我们对小说技术的浅尝辄止，又妨碍了小说尤其是长篇小说的结构能力。和想象力的丧失一样，结构力的丧失是当今文化发展的重要症候之一。结构力归根结底取决于作家的世界观和精神视域的宽度以及人文修养的厚度，十九、二十世纪的经典小说的巨大体量来自于小说家们宏阔的视野，无论是现实主义巨匠如托尔斯泰、陀思妥耶夫斯基，还是现代主义大师乔伊斯、纳博科夫，都是如此。小说家在完成故事的同时，需要完成自我的塑造，他的责任是在呈现故事时同时建构意义世界，而不是事件的简单或复杂的叙述。八十年代"小说革命"的一个重大变化是，语言不再被视为技术和工具，语言的文化属性被突出强调。我们这些年来对汪曾祺先生的推崇甚至迷恋，与此有关。我们今天面临一个常识性的问题：没有个人语言的技术，其实只是技术而已。

"没有个人语言的技术，其实只是技术而已"，这句话，可谓是一语中的，它道破了小说叙述的天机。我感到，王尧在这里所说的语言，实质上指的就是叙述。叙述的问题，就是语言的问题，选择新的话语方式，才是语言本身能够制造、产生新的文本结构方式的关键所在，它直接决定着表现力的强弱和意义、价值。因此，"个人语言的技术"，则是至关重要的。我们甚至不妨说，对以往惯性的话语方式的反叛，必定会使想象力、结构力更加丰沛，使叙述呈现出新气象。"个人语言"是抒情的，也是诗学的，它可以不必为文类学所限，也不会落入任何"他者"的伦理学、形式美学的间隙，它可以测试审美叙述的有为和无为、极限或无限。越是"不见技术"、不见策略的叙述，才越是纯熟、老到的叙述，才可能抵达事物的内在结构。

这些年，无论读中外经典还是当代新作，无论是"汉语翻译语体"的外国文学，还是当代作家的叙事文本，我都始终愿意从语言层面上考量一部作品的优劣。平心而论，《民谣》并不是那种依靠情节、细节或人物的"动作"推进叙述，从而获得阅读魅力的文本，在有些人看来，这部《民谣》还不是那种所谓"好看"的小说。它没有大开大合，没有情节的跌宕起伏，也没有悬疑或"对话"的冲击力，我清楚，这样的形态对于小说来说，也许是一种冒险的叙事选择。在《民谣》里，叙述的绵密，高度重视细部修辞而非细节、情节的转换，这样，第一人称叙述生长出的语言的"自拟性"或"沉溺感"，使文本在一种稳定的、专注的话语状态中，更容易出现结构的变体。

呼吸的不连贯让我觉得这世界存在两个空间，我一直处在饱和饿之间。你盯着路上的麦秸，眼睛会发花，霉气呛出了眼泪，时间久了，脑子像中毒一样迷乱。想来，那些在空中飞翔的鸟儿也一样闻到了霉味，它们逐渐从我的天空中消失，它们一定飞到了没有霉味的远方。如果在空中，像鸟儿一样我会怎样？爬树是升空的方式，但我不会爬树。我瘦小，可就是不会手足并用，通常是抱着树干，看同伴爬到了树尖。我崇拜杨晓勇，他以前能爬到最高的树顶上。我私下喊他勇子。勇子现在是大队干部，不爬树了。那时，看看在树上的几位同伴，很尴尬，我的目光只好盯着空中的麻雀，盯在偶尔飞来的喜鹊和在田野上空叫唤的乌鸦的羽毛上，它们是我那时见到的离开地面最高的动物。偶尔从村庄的天空中飞行而过的飞机。

我无法理解父母亲把神经衰弱的病因归为去年春天我与白胡子老头相遇。这样一个有意思的故事，他们毫无兴趣。我无法忍受，我如此真实的经历会被大人嘲笑为做梦。他们有那么多梦想我从来没有嘲笑过他们。包括他们梦想我以后如何如何，那是我要去做的梦，但他们梦想着。没有办法，我把那个春天的下午，一个拿着洋伞的老人与一个背着书包的少年，画在一张纸上，然后夹在课本里。我可以自己收藏自己。我有时候会沉湎在这张画的情境中，但我再也没有和这位老头相遇于西巷，或者其他地方。许多事情是稍纵即逝的。稍纵即逝的东西能够记住，是因为它稍纵即逝，如果能够慢慢在心里打磨，记忆的刀锋就无动于衷地迟钝了。

也就是说，在这里，写世俗又要摆脱世俗，避免掉进叙事惯性的陷阱。现实与梦境，世界之大，个人之渺小，生命如斯，岁月蹉跎。那个背着书包的少年王厚平的个人感受，对一个苦涩的年代呈现出抵抗的意味，或者说，沉潜着命运的慰藉。"收藏自己"，这是为了避免"记忆的刀锋就无动于衷地迟钝吗"？叙述一个年代的忧郁，既不能舍弃乡野间的泥土之气，民间的红黄绿蓝，又不放弃书斋里的书卷之气、素雅之色。而且，欲将日常写成"超常"，以文人的想象，民间的期许，呈现生活、存在世界的"异质性"，必然需要增加、突出新的文学元素，这也是叙事能够生长出创新性语境的前提。《民谣》发出了自己的原初之声。

三

现在，我们是否可以说，《民谣》是一部关于乡土世界"乌托邦"的祭文或"英雄史记"呢？理想主义、英雄主义和悲剧精神，悄然隐逸、回荡在字里行间，苍凉之气丝丝缕缕地弥散开来。平静的乡村伦理，在现实、政治、文化、时代变迁的多重"搅拌"和"挤对"下，使一切事物都变得不再沉寂和祥和，并且映衬出人们日常的行为、普通的姿态背后所隐藏的深邃的秘密。在世俗化的世界里，那些感伤、欲望、被窒息的激情，以及无情的命运和没有诉求的情绪，都彻底地陷入庸常的泥淖，化为虚空的无聊和惘然。在这里，我们不妨做一个不恰当的比喻，王尧的《民谣》属于静默于壶中的乌托邦，格非的"江南三部曲"是被煮沸的乌托邦。从叙事学的意义上看，《民谣》与李洱的《花腔》、刘震云的《故乡面和花朵》、普鲁斯特的《追忆似水年华》不同，后者都是典型的"狂欢化诗学"的代表。《民谣》则追求内敛，以强烈的自我意识，作为叙述人或主人公精神上、叙述上的主导因素，刻意避免陷入和沉溺于"独白型"、封闭式的叙事限定，又不超越叙事人自己的秉性、气质和心理规约，而是最大程度地呈现大历史、大时代里人内心的"众声喧哗"。同时，尽力让人物、叙事人自觉或不自觉地捕捉"意识到的历史内容"，充满现代意识和身份认同上的清醒姿态，作为乡村伦理的代言人，对人性、乡村伦理和社会生活作出冷静的判断和陈述。

近些年来，文学如何面对历史，俨然成为当代作家写作的困境或瓶颈之一。我们一旦被叙述带回到《民谣》叙述的年代时，我立刻就想到与王尧同时代的作家苏童的《河岸》和《黄雀记》，也想到余华的《活着》和《许三观卖血记》，以及格非的"江南三部曲"和东西的《后悔录》。这些 1960 年代出生的作家，在重返历史的瞬间，仿佛洗尽铅华，在文本中所表现出的求索情怀，对当代史的沉思，想象性体验和批判性质疑，兴致盎然的叙述激情，都不能不令人感到惊异。这一代作家对刚刚逝去的当代历史，既有自身充溢着"青春期"般的叙事冲动，也不乏无限缅怀、伤悼的、沉郁的美学气质。这一代作家有自己独有的东西，但也有迷惘、沮丧、疑虑和困境，不乏理想与现实的分裂，甚至不可避免的"偏见"。已有的精神、心理创伤，即使不会痊愈，但是，他们勇于担当的力量，以文学阐释历史的价值却显而易见。

从一定程度上说，《民谣》无疑是一部个人的记忆史，也是一部家族史，一部乡村简史。实质上，历史记忆终究是个人记忆，它可以在一个人的内心掀起众声喧哗的浪潮，却无法聚敛起众人来一起讨论或协商的可能，进行有关"城南旧事"的考古，更是枉然。任何超越人间烟火的虚构，都难以替代对于熙熙攘攘之芸芸众生的真切经验。所以说，《民谣》叙述的神奇和魅力，就在于叙事者应对历史复杂性的自觉和悟性，这时候，记忆和叙事伦理都在经受着视角、布局谋篇的严峻考验。当然，我们不必对这样的"故事"及其讲述故事的方法产生任何犹疑。我认为，故事就是一个人发动的一场叙述的战争，它无时无刻不以美学定力为经纬，寻找暗夜里的灵魂烛光。因此，如何讲述、如何叙述，这完全是作家个人的叙事伦理，它成为直接关系到文本意义生成的重大机杼。其实，在《民谣》中，故事是无处不在的。而且，讲述者的讲述本身也成为一个故事，融入"俄罗斯套娃"般的、抽丝剥茧样的"追忆似水年华"的叙事情境之中。毋庸置疑，一个人的成长史便是记忆史，叙述中不断地"闪回"，透视出时间延伸中时代和世道人心与传统的割裂。那个叫"王大头"——王厚平的少年，从一开始，王尧就想写出其十足的勇气和信念。在自传体记忆的讲述中，他不断地试图整饬一个村庄的历史，地理和伦理的版图，少年记忆、视角、眼光和经验，丰富的乡镇元素，出自这位"身在其中者"诚实的内心。他在不厌其烦地对村镇、旷野方位、情景的细密描述中，有意无意地传达出无数令人错愕的历史、时代、政治、个人、家族的"弦外之音"。"民谣"是什么？"无论如何，也不论我是否愿意，小镇和镇上的一些人，他们的过去多多少少定义了现在的我，这不完全与血缘有关，好像更多的时候是日常生活中的一些规矩"。奶奶最早关于"人不到齐了，不好开饭""吃饭不能有声音""早上起来要向长辈请安"诸如此类的"规矩"，作为习俗、礼仪和乡村日常伦理被接受、传承下来并不困难，这些已成为乡村"民谣"的一部分。但是，从曾祖父、曾祖母、祖父、祖母到父母亲，以及外公、外婆、外公的曾祖父，一代代人在不同年代所遭遇的"革命""斗争"的历史，以及他们面对村落、家族和个人的不同命运，则使得"民谣"的意绪、内涵变得十分驳杂。那个时代人们生存的精神力量在何处？究竟是什么信仰支撑起人们"活着"的勇气和耐性。我认为，民族文化的心理结构，可能是一股强大的心理平衡的主要力量，获得记忆的特殊保护。我们会注意到，小说多次写到人物的死亡：正常死亡和非正常死亡。无疑，对于死亡的看法，是考量作家道德感、生死观、大伦理和价值取舍的重要方面。王二大队长的牺牲，胡鹤年的自尽，三小的病死，房老头的自杀，小云的自杀，胡家大少奶奶的不明之死，根叔的死，当一次次死亡的讯息，在叙述中接踵而至的时候，天地玄黄的苦涩和惊悚，生命的脆弱的中断，生死一念，瞬间发生的、不自觉的意外，让我们感到生命形态狼藉的一面。这些事件的发生，也是需要我们进行深层文化、历史思辨的最重要的那部分。

王大头和几位年轻人组成的"村史编写组"，无疑是一个隐喻。如何撰写一部小镇上的"村史"，成为重新审视历史和现实、人性和灵魂、命运和救赎的"途径"。显然，它直接触及到的，是对叙述者的历史观、道德意识、伦理感等终极要义的考量，这容不得有丝毫的偏差和懈怠。而任何"解构"和"建构"，都难以避免自我矛盾的牵扯。我注意到，有两个人物的死，始终左右着小说的叙事方向，一个是胡鹤义，一个是王二大队长。他们来自不同的阶级阵营，前者是不明不白的"畏罪自尽"，后者是壮怀激烈的慷慨赴死。在《民谣》里，这两个人物的生死，似乎并不构成叙述的诉求，反而是外公和剃头匠老杨，成为被历史追踪和诘问的对象。在当年那场著名的游击队和"还乡团"的交战中，王二大队长和十几名队友牺牲后，掩埋烈士的遗体成为一个难题。外公救助了胡鹤义，这就成为外公后来的一个历史"疑点"、历史问题。最终，父亲历经波折，并撰写说明材料努力为外公解决历史问题。在这里，外公的问题，直接关系到一个村镇的革命史书写。"你外公的问题有了结论，我们这个大队的革命史就好写了"，同时，"写好王二大队长，也就写好了我们大队，甚至是我们公社的革命史"。显而易见，在这里，对历史的判断和记录，取决于对一两位人物的政治性诠释。或许，任何时代的人们，都无法挣脱历史的局限，每一个人都是有自己鲜明的"出身"。勇子将"舍上"和"庄上"作为判断人物阶级属性的坐标，革命烈士王二大队长是"舍上"的，而"舍上"的必然要领导"庄上"的，因为过去的穷人翻身了。这是一种新的打破了传统的、朴素的乡村伦理和逻辑，使得"原生态"生命的自然律动衍生成精神的不安和骚动，乡镇——礼仪之邦里的生命感性经验和温柔敦厚之心，也掺杂进肃杀的狂躁之气。这些，可以视为"民谣"变调的深层社会文化、政治的原因。

文学永远也绕不开历史，历史更无法避免被演绎或"演义"的命运。在这里，还涉及我们前面提及的"情感结构"与历史的"隐形结构"之间错综复杂的关系。我觉得，用文学叙述来记叙一个时代的方式，不惟以往所定义的"史诗"一种。抑或"史诗"叙述，是否也可以另有"别样"？个人如何进入历史，生命个体在社会历史进程中的原生状态，乃至个人性与历史的内在纠葛，芸芸众生的生死歌哭，沧桑变化中的真实与谎言，并不一定要以大背景来烘托或渲染。换言之，个人在大历史的动荡中，可以通过"感知者""叙述者"之间的角色转换或"合成"，叙事主体突破任何先入为主的意识形态制约，令叙述者与故事之间构成张力。《民谣》没有混淆"感知"和叙述的边界，即所谓"话语层"和"故事层"，也没有完全依靠主体感觉来判断人在社会、时代里的处境，没有让身体、欲望、感知承载全部的境遇和人生，并进行虚构，以至于凭借感受去取代理性。在此，我不知道是否可以对"王厚平"这个叙述者的名字，做一次肆意的"拆解"或者"过度阐释"："厚"和"平"，或许隐喻着某种特定的叙事姿态，从少年的懵懂，对生活的触摸、实感，到成年后对历史和生活的反思，他对整个村镇及其家族内外的细致的梳理，绝非只是"白描"出"我"所讲述的一群人的故事和命运。他在用自己的结构方式、世界观、道德价值判断、生命伦理来整理、"编排"事物的本来秩序。王尧最大的"叙事野心"，就是要写出存在世界的厚度，平实地看待历史的纠葛和冲突，虽然，那种浪漫的怀旧的情绪始终在文字里游弋，但"我"理解了叙事的复杂性和"不可逆性"之后，并未将其做"反讽"的处理。而且，王尧在让王厚平保持自身个性品质的同时，特别注意叙述的克制、审慎、细腻，从而对存在作出富于辨识力的剪辑。这是不可能回避的充满意义指涉的选择。当然，"我——王厚平"的使命，并非只是"求证"天地悠悠的季节轮转，其实，这个人物仿佛一个跻身在乡村世界、俗世苍生中的一个精灵，带着深沉的感伤，对一个小镇的历史、家族脉络、俗世人心，进行梳理、整饬，其写作诉求正像唐代张怀瓘评论王献之书法所说："挺然秀出，务于简易；情驰神纵，超逸优游；临事制宜，从意适便。"① 显然，王尧将叙述的美学意蕴，自觉地投向对人间悲欢、世情内蕴的描摹和审视，"临事制宜，从意适便"，实则就是轻松而非"轻看"大历史烟云里的人生百态、是非曲直。

小说里写了二十几个人物：曾祖父、外公、爷爷、奶奶、李先生、父亲、母亲、胡鹤义、剃头匠老杨、根叔、怀仁老头、勇子、表姐、独膀子、烂猫屎、小云、秋兰、方小朵、余三小、若鲁、余明、网小、小月，他们在"王大头"的目光和描摹里，那个年代的许多特征，一览无余地在他们的身上和内心映现、透射出来。很清楚，叙事的重心，在于那个年代的伦理、道德、民俗，以及他们存在的自然生态、地域风貌、几代人茫然的心理形态，这些实实在在的生活及其精神坐标，都在王尧叙述和描摹的每个生活细部从容地呈现出来。显然，他们的生活、事业、爱情、伦理，存在着看似波澜不惊的矛盾和纠结，真与善、美与丑、轻与重，构成叙事的"主旋律"。也许，民间自身的力量，会在一定程度上潜在地帮助人们寻求、获得更具文

---

① 转引自宗白华：《美学散步》，上海人民出版社 1981 年版，第 181 页。

化、文明的生活、存在方式，自觉或不自觉地"扬弃"旧事物，保持社会生活在乡村的那一份宁静。但是，上个世纪六七十年代，是当代中国最特殊的历史时期。那时，没有人能够在思想、精神、心理任何层面突破自己的时代。大多数人并没有意识到自身的主体性价值或存在的意义，也就是，人们缺乏存在感，大多都在不自觉地忍受着心灵上的孤独和寂寞。以前，我并不熟悉王尧所描述的台城和小镇的生活，但这部《民谣》一下子就将我引入到一个乡土的特殊情境。我感受到，这个世界的素朴和感伤，意义的缺失，道德和灵魂的追求似乎都在伦理的层面上"滑行"。这些人物，在伦理关系的黏滞状态里，每一个细小的生灵的卑微和自尊，他们在大时代的潮涌中，自由而自然地生长，存在着，直至消隐。在这部小说里，聚集着几乎所有的"乡村元素"和时代的印痕。这些元素，呈示着无数的不可思议的存在世界的坚硬，并且，统治着叙述者记忆中的每个生活片断。那么，在这些"元素"里，究竟还有多少古老乡村难以破解的密码？隐匿在存在世界深处的，除了自然秩序中的内在逻辑和可能性，人的主体意识的觉醒和发现，则是无法忽视的。

回忆是生活的隐喻。实际上，历史在后人看来，或者说，往事在后来者的记忆、"回忆"里，要么是"碎片"，要么是被重新"聚拢""整合"的情境。也许，两者可能都是对历史"修辞"的结果。海登·怀特认为，"任何特定组合的事件都不能在逻辑上论证故事所提供给它们的那种意义。这对于个体生活层面上的组合事件是真实的，而对于以世纪为时间跨度的民族进化中的事件也是真实的。任何人、任何事物都不能在故事中生活。而事件的序列则可以不偏不倚地采取罗曼司、悲剧或喜剧的诸方面，这要取决于从什么角度理解这些事件，以及历史学家为引导故事的表述而选择的故事形式。"[1] 程德培说："把小说当作历史来读是危险的：诗人把形式作为起点，历史学家则向它迈进，诗人从事生产，而历史学家从事论证，历史学家之所以要论证，是因为他们知道我们能够用其他方式来进行阐释。历史学家把

---

[1]　海登·怀特：《后现代历史叙事学》，中国社会科学出版社 2003 年版，第115页。

消除怀疑作为一种责任，而虚构要求'自愿悬置怀疑'。"① 那么，《民谣》中王厚平——"王大头"，在不断地竭力摆脱"我叙述中一直在遮蔽我的一次窥视"时，断断续续对"碎片"进行着缝补和重组。叙述中的拼贴、剪辑、闪回、插叙，那些大幅度的跳动、接续，人物和故事的间歇性"搁置"，都让我们对结构中的结构感到沉实，充满信赖。"谁都发现我的话少了，我之前是个废话很多的人。母亲很高兴，说这孩子大了，沉稳了。""即使现在，我还羞于说出具体的细节。"那个父亲因为眼睛红肿，只好戴着墨镜参与迎接省委书记视察江南大队活动的细节，以及由此引发的小风波，让我感到，从这些零星的只言片语，我们能够想象到一个乡村少年，在进入现实时小心翼翼的惶惑不宁、忧心忡忡、早熟的神情。小说中还几次写到了梦境，写到了"梦幻记忆"，王厚平病中疲弱不堪，竟然"庄生梦蝶"般地追忆起白胡子老人的"仙风道骨"，这是这部小说中少有的"超现实"成分。这样，对于少年"厚平"本身的描述和"感知"，几乎就没有"死角"了。一种冥冥之中对于"未知"世界的勘探欲望，执拗地走进少年的心。我似乎明白了，王尧为何要写作这样一部难以用传统小说叙事理念来厘定的小说。原来，世界的真相，终究也是存在于每一个人的内心和梦想之中的。

必须注意到，《民谣》里，那个时代"红色经典"的阅读和接受，也成为一个重要的仪式，它也构成少年一代精神血液里的一种重要成分，它从另一个面向淘洗着一个少年的心智，成为青春、情感、理想、革命的风向标和模拟器。这部小说"轻描淡写"地描绘了"江南大队"年轻人中所发生的几桩爱情和婚姻。那个年代的蒙昧和无视人性的规约，制约了人们真实的情感。小云和独膀子、勇子、秋兰、巧兰、阮叔叔和网小，只能在《伤逝》《青春之歌》《三家巷》《红旗谱》《红岩》《苦菜花》《钢铁是怎样炼成的》等的虚构的艺术、精神模式里，试探着情感的真实和皈依。这是否也算是那个年代的一道人文风景？

---

① 程德培：《黎明时分的拾荒者》，作家出版社 2019 年版，第 138 页。

可以说，强烈的伦理感，充溢在文本叙述中王氏家族的世代宗亲每一位生命个体血液里，也像千年虬枝，盘根错节，这是何等牢不可破的"情感共同体"。但是，这种至亲或宗族、乡党关系，一旦触及政治、阶级或立场，一切就会变得不可思议，令人忧心忡忡，这就给回忆带来了困难。"我知道我对石板街的认识有更多虚幻的成分。一个人总喜欢在时光消逝后的日子里重返他当年无法进入的场合。我和多数人一样，都夸大了自己少年时对事物的记忆。""这就是少年，他在生长着，他在哆嗦中长大成人。"于是，当回忆转化成新的"记忆"时，我们会感知旧事物在新语境中的二次发酵。"民谣"自身的朴素性和"粗粝"，也就显而易见。

四

总之，《民谣》蕴含的诗性与哲性，简洁与浩瀚，缤纷与素朴，信仰与犹疑，神秘与虚幻，使这部小说充满了想象性建构。这部长篇小说，最重要的贡献，就是书写了社会、时代、政治、文化在阔大、悠远的民间，在古老乡村的余响。民间也以自己的方式将这种余响留存下来，如生生不息的生灵，积淀在文字之中。这也许就是那个年代的真实生态。个性化的叙述语言，尤其是叙述的多维性，增强、扩容了艺术表现力。其中，最关键的问题，就是王尧睿智地"压制"住空间维度的有限性，而刻意地张扬时间对心理、精神、灵魂在存在层面的赋形。叙述，一旦走出空间的定数和樊篱，二维性的局限被打破，审视存在的眼光和能见度就会发生质的变化。这就意味着，我们以往审美维度、审美思维所能抵达的"骨密度"，也会发生增量，产生对历史、现实、存在的深度测量。当叙事的诉求和思想的引力高涨起来时，文体就必然发生程度不同的"涨溢"，历史与诗情合二为一，云谲波诡，气象万端。强烈的时间感，令王尧的叙述在记忆和回忆的"闪回"中，不断使"时光""岁月""日子"获得重生。像"现在想起来也是胆战心惊。在我出生一个月后，我就被卷进了老人们和这个村庄的是非。本来与我无关的事情，也把我牵连进去了""即使是过了一年多，我还时常停在1972年的春夏之间""如果时间回转，我期待1972年5月像1970年5月那样澄明清朗""当我和外公谈起王二大队长和他的战友时，我好像回到了一年前的那个晚上""1973年5月过去后，我还是梦到了上一年的大雨""多少年以后，我去俄罗斯访问，终于在莫斯科郊外的新圣女公墓看到了巨大墓碑上奥斯特洛夫斯基的半身浮雕""我对大雪的等待始于1973年的冬天"，诸如此类的大量的叙述起始句，不断叠加着岁月轮转中的心灵和弦和记忆的旋流。时间问题一向都是哲学层面上最艰难的问题。在《民谣》里，时间仿佛是循环的、庸常的现实，总是宿命般降临在回忆的摇篮。环绕着"江南大队"历历在目的陈年往事，让我们获得一种新的"时间感"和业已被风蚀的历史肖像。那种充满激情的怀旧心理，重新淘洗已成往事的特殊的人生阶段，写出生活的多重性、模糊性、无意识性，写出乡村世界才能"活出"的人情味、人性味、人间烟火味。也包括一代人永远无法痊愈的心理和精神的创伤记忆。归结地说，《民谣》是少年之歌，成长之谣；家族之痛，历史之殇。

而且，这部长篇小说的抒情性，在具有叙述人角色的小说人物"王厚平"近乎自传性的声音、语气和沉郁的话语方式里，呈示出时间的悠长和空间的舒展。我感觉，《民谣》这部小说，无论是整体上还是细部，都始终刻意地规避理性的张扬，而主要是在一种"超稳定"的、充满磁性的叙述节奏里，不断地释放生活中无所不在的自然性、自由性、生生不息的传承性品质。毋庸置疑，以感性的宽柔和耐心，表达人们踏实的、俗世的存在感，书写人们如何摆脱生活中诸多"意外"的羁绊，心存善良和美好，是写作者的真实初衷。坦率地说，《民谣》从叙事方式上讲，很难构成传统文学史意义上"史诗"的格局以及恢宏气势，但它可能会作为"素朴的诗"或"感伤的歌"，直抵人的内心深处。或者说，这种文体已经构成另一种文本形态和意义上的"史诗"。而且，这丝毫也不影响文本主旨价值和精神的宏大。《民谣》的叙述人从善良的旧事物和"往事"出发，通过一个人内心和身体的生长，借助无数的情景记忆，实现对历史和人性的生活化、个性化处理，揭示出乡村世界的种种悖论和人性场域的张力。它的叙事走向是绵长而阔达的，是一次真正的灵魂之约，意在弥补恬静生活时代性灵的缺失，缝合美好伦理秩序的撕裂或破碎。想起当年孔夫子的传世之作，除了《论语》之外，还有三百首民歌的整理和删定。孔子之重视民歌、民谣绝非偶然。民歌也好，民谣也好，它易于流传、播散的特性，说明流风遗韵的深入人心，体现民族古老根底里的深远传统的蕴藉。同时，民歌、民谣之"风"也透射出朴素、真实的人生体验。

无疑，《民谣》以一种极有章法的叙述，体现出叙述主体的自觉，而朴素、"和风细雨"般词语的魔力，不断地在使文本的意蕴变得更加深远。注重文本的文体形式的王尧，极其重视叙事中词语的修辞力量，语言的沉郁、清新、疏淡、富有韵致，叙述所体现出某种心性上的"超逸优游"，涤荡出极具个人性、个性化的气息。我能感觉到，王尧《民谣》写作、叙述的初衷，是沉潜于革命姿态下深藏的抒情的心灵、呈示世间的柔软和坚硬，成长过程中的感伤。其间，真切地流露出文人的浪漫情怀，并充分地显示出叙述的力量。

这类记忆无疑有误，我无法说自己在多大程度上还原了已经逝去的年代，特别是我自己内心深处的细节。坦率说，我没有什么故事，可能只有细节。据说没有故事，是写小说的大忌。我研究了很长时间，也说不清故事是什么。近几年来我自己的记忆力衰退，多数中学同学的名字我都记不清楚了。我在记忆中去虚构，在虚构中去记忆。所以，我发现我记忆是发霉了，我又回过头来，在小说开头第一节的结尾加了记忆像挂在脖子上的麦穗，发霉了。

最初，我几乎是用考证的方法来写这些注释，很快发现我的记忆确实已经十分模糊。这让我尊敬学界那些整天做笺注的学者。在我的叙述中我不仅已经无法完全证实自己一些事情，而且会怀疑作文本上的一些内容的真伪。我不得不放弃自己力图真实的想法，不得不放弃我是在叙述我自己的想法。毕竟我不是在考古，少年的我也不是一具木乃伊。最终，我还是用了注释方式来补充我的叙述。这可能给读者带来困难，但我实在想不出有更好的办法。

我只能请批评家和读者指教了。我可能因为这部小说成为小说家，不再是批评家了。现在写小说就是小说家，写散文就是散文家，写诗就是诗人。我庆幸，我赶上了这么容易命名的年代。

我感到，在《杂篇》里，王尧坦诚地说出了自己的内心诉求。《外篇》则是充满"原始性"的对正文的互补或互文。我们这个时代的文学写作，正处于一个"求变"的关键期，是寻找叙事文学新的生机和活力的"瓶颈期"，为任何事物注释，甚至为存在的理由命名，都是极其不容易的。王尧做了，而且做得出人意料之好。

迟子建的"文学东北"
——重读《额尔古纳河右岸》《伪满洲国》和《白雪乌鸦》

一

从一定意义上讲，迟子建的小说，就是一部百年东北史。

只是这部文学的百年"东北史"，充满了个性、灵性、智性以及多重的可能性。三十余年以来，她写作出绵绵五六百万言的小说、散文等叙事性作品，字里行间，深入历史与现实，重绘时间与空间地图，再现世俗人生，柔肠百结。她描摹群山之巅、白雪乌鸦，钩沉沧桑巨变，测试冷硬荒寒。那沉实的叙述，细部的修辞，可谓抽丝剥茧，探幽入微，白山黑水，波澜万状。其中，有旷世变局，有乾坤扭转；有道义，有情怀，有格局，有"江湖"；有生命之经纬，有命运之沉浮。我感到，从迟子建的笔端流淌出来的，其实更像是一部刻满万丈豪情、洒脱无羁的情感史、精神史、文化史。这些"东北故事""东北经验"以独特的结构和存在方式，无限地延展着文本自身持久的美学张力，成为中国当代文学中不可忽视的独特存在。面对迟子建的文学写作及其充满个性化的"乡愁"、情愫，我更愿谓之"文学东北"。其实，迟子建的小说，于我这样一个同样生于斯、长于斯的"东北佬"而言，从题材和地域的层面看，并无太多异质性的感性经验和"陌生化"现实语境令我惊异，但其对大历史的书写和小人物悲欢的演绎，早已超越了个人经验的告白和情感诉求，蕴含其间的万千情愫，常常让我感慨，反思，沉浸，心有戚戚焉。在迟子建的文本里，百年东北的历史，就仿佛一部流淌的文化变迁史。在这里，这种"文化"的蕴藉，承载着这幅文学版图之内的政治、经济、军事、宗教、伦理和民俗，它呈现着东北的天地万物、人间秩序、道德场域，还有人性的褶皱、生命的肌理，让我们看到"大历史"如何进入一个作家的内心，构成宏阔历史的深度。而历史、现实和时代，人性、人与自然，在迟子建的文学想象和叙事中，呈现出东北叙事的雄浑和开阔。我更愿意将其置于一个精神价值系统，从感性的体悟到理性的沉思，考量、揣度迟子建小说渗透和辐射给我们的灵魂气息。

仿佛冥冥之中的一种机缘或宿命般的默契，就在我动笔写这篇迟子建长篇小说论的时候，我读到哈佛大学王德威教授的《文学东北与中国现代性——"东北学"研究刍议》一文。王德威教授从一个新的思考和研究视域，对东北地域文化、东北文学及其相关问题做出了拓展性分析和阐释，他对迟子建的评价可谓高屋建瓴，举重若轻，其思考已经越出文学本身的边界，体现出开阔的思考、研究理路和格局。这样，我的这篇小文就与王德威教授的宏文，在讨论迟子建创作及文本的"东北性"方面，形成了文学维度上的"互文性"。

当代中国作家对东北跨族群文化的描摹也不乏有心人。迟子建第一本作品《北极村的童话》（1986）描写一位白俄老妇与当地汉人居民的互动；于是萧红式"家族以外的人"有了"民族以外的人"。同样的关怀显现在《晚安玫瑰》（2013），处理犹太难民在当代哈尔滨凋零殆尽的话题。是在《额尔古纳河右岸》（2005）里，迟子建真正展开她跨界叙事的眼光。小说描写中俄边界额尔古纳河右岸一支鄂温克族人的命运。他们数百年前自贝加尔湖畔逐驯鹿迁徙而来，信奉萨满，乐天知命。但在酷寒、瘟疫、日寇、"文革"乃至种种现代文明的挤压下，他们倍遭考验，注定式微。迟子建以一位年届九旬的女酋长的眼光，见证鄂温克族人的最后挣扎。额尔古纳河自 1689 年《尼布楚条约》后一直是中俄边界，但迟子建所思考的不仅是大历史所划定的边界，也不仅是一个少数族裔或文化的终末，而更是从东北视角对内与外、华与夷、我者与他者不断变迁的反省。

也出于类似反思，1940 年代萧红写下《生死场》，1960 年代聂绀弩写下《北荒草》，二十一世纪迟子建写下《世界上所有的夜晚》。这些文学暴露东北作为群体或个体所经历的挫折与困惑，而有了鲁迅所谓"自在暗中，看一切暗"的警醒与自觉。东北故事不再追求表象的五光十色，而致力发现潜藏的现实暗流，错过的历史机遇，还有更重要的，"豹变虎跃"的关键时刻[1]。

王德威的文章，将迟子建的创作置于"家族""国族""民族"的场域之中，考量迟子建写作"跨界叙事的眼光"，"从东北视角对内与外、华与夷、我者与他者不断变迁的反省"，评判迟子建的"文学东北"所承载的历史力量、地域经验和现代性诉求，打开了一个充分而饱满、深邃而旷达的文化及审美思辨空间。无疑，我们会想到迟子建"东北故事"的文字背后，蕴含着广阔、复杂、变动不羁的大历史积淀和沧桑。迟子建三十余年五六百万字作品的体量，其中极强的所谓"地域性""关东气息"和认知世界的图式，是如何凝聚、溶解在东北的性情、性格气质、精神心理的空间的？一部东北的文明史，是如何通过文学叙事的方式，呈现出东北心灵史的艺术形态？这种形态，会不会就是作家洞悉大历史时的一次精神、灵魂的安妥？文字后的历史，迟子建都做出了怎样沉重的精神穿越？我们所关怀的"历史的宽度、厚度"和独有的、系统的精神哲学，在迟子建这里是否开创了没有传统的传统？我能感觉到，历史和现实本身，已经无法制约迟子建文本美学力量的弥散，而它一味地推进着小说叙事活力的进射。孙郁认为："许多年过去了，民族的大迁徙与文化的融合，却未能在根本上改变东北人的性格。从现代以来的萧军、萧红，以至今日的马原、阿成、洪峰、迟子建等，你会觉得那些异样的文字，是除了东北人之外的其他任何一个地方的作家，很少写出的。艺术的优劣可以暂且不论，但那种野性的、原生态的生命意象，我以为是对中国文化不可忽略的贡献。东北文化乃至东北文学，在这样一种粗放的线条中，呈现着东北人的历史与性格。倘若没有东北、西北、大西南等少数民族文化的存在，中华文明的画轴，将显得何等单调！"[2] 这是作为学者

---

① 王德威：《文学东北与中国现代性——"东北学"研究刍议》，《吉林大学社会科学学报》，2019 年待刊（后刊发于《小说评论》2021 年第 1 期）。

② 孙郁：《文字后的历史》，春风文艺出版社 2001 年版，第 97 页。

和评论家的孙郁对东北的"凝视"，他深刻地意识到近代、现当代的东北人和东北作家，一直以不衰竭的力量，显示着自己的存在。他还注意到东北作家对自己故土"那份热诚而洒脱的审美态度，注意到了他们表现出的特有的东北人的品位"。"东北文学的魅力是外化在生命的冲动形态的。"① 可见，从穆木天、杨晦、萧军、萧红、端木蕻良，到马原、迟子建、阿成等，他们在并没有多么雄厚的地域文化史的语境中，直面现实，感悟自然，通过叙事文本体验并呈现出人的生命自身的力量，表现人间的苦难、存在的无奈和世间的百态。他们讲述着"黑土地"的故事，始终散发着生命的迷人的气息，张扬着属于这片土地的内在气韵和律动。

迟子建在1990年代中后期，写出长篇小说《伪满洲国》，后来又陆续写出《额尔古纳河右岸》《白雪乌鸦》《群山之巅》，还有大量的中短篇小说和散文随笔。迟子建文学叙述的视域和范畴，从未离开过"东北"这块土地，她以自己的文字演绎这里近百年的历史和当代现实，呈现复杂的历史真相。她十分清楚东北历史和文化的这种复杂性，面对多元文化的复杂因素，她不回避复杂，而且在漫长的文学叙述中有条不紊地呈现复杂，在扑朔迷离的历史现场，思考人的动机、冲动、局限和人性困境。记得初读《伪满洲国》时，我曾忧虑甚至质疑，那时三十几岁的迟子建是否真能驾驭得了东北如此"宏大"的历史状貌及其复杂的叙事结构。将"东北"作为考量近代、现当代中国经验和历史、现实的聚焦点，显然，这已经不仅仅是一次漫漫的文学之旅，更像是一位作家面对残酷历史和困顿的现实时，屡次出发，又一次次从容坦然而自信的历险。大小兴安岭蜿蜒的龙脉，长白山天池的奇诡，乌苏里江的孤傲，北方的旷野上多民族生活的喧嚣与骚动，环境的寒冷和粗粝，本土与异邦领地、习俗诸多方面的"犬牙交错"，在迟子建笔下，构成一部自然、社会和生命的文明变迁史。迟子建克服了东北自身文化积淀上的单薄和执拗，以审美的目光检视这块土地之上的人情、人性、情感的浩瀚。应该说，正是因为有迟子建这样的

---

① 孙郁：《文字后的历史》，春风文艺出版社2001年版，第97页。

作家，以其大量的虚构、"非虚构"文本，持续性地写下东北百年沧桑的历史和现实，才使得东北的人文面貌终成一种文化、文学的备忘。这种文学备忘，既呈现了"东北"历史、地域及其文化的特异性、完整性，也完成了一种不同凡响的"东北"精神、灵魂的修辞。

"九一八"事变之后，傅斯年曾经心焦如焚地赶写出《东北史纲初稿》。傅斯年的这部"古代之东北卷"，主要是根据历史事实，有力地证明东北属于中国，驳斥日本人的"汉蒙在历史上非支那领土"的谬论，提出"持东北以问国人，每多不知其蕴，岂仅斯文之寡陋，亦大有系于国事者焉"。[①] 傅斯年还在"卷首"的引语中，特别指出"本书用'东北'一词不用满洲一名词之义"，并细致、谨严地考辨自清代以来"满洲"一词出现的原委，凭借民族的、地理的、政治的、经济的历史依据，彻底否定外寇为侵略、瓜分中国而专门制造和"硬译"的名词。数年来，"满洲"或"满洲国"这样的概念、词语，已然隐隐约约地在光阴中随风弥散，渐渐销声，淡然退出，东北作为中华民族本土的重要版图，在共和国历史上百折不挠地存在，不断地被唤醒其应有的活力。迟子建的长篇小说《伪满洲国》，在文学叙事的场域和语境下，彰显着被历史烟云所席卷的沧桑，一个"伪"字，坚定地剥离、抖落百年尘埃，涤荡可憎的虚伪和矫饰，唯"东北"成为一个真实的存在，所谓"满洲"无非是一种军事法西斯侵略历史的话语暴力。的确，真实的历史在文字里常常被歪曲、被抹杀，但《伪满洲国》《额尔古纳河右岸》《白雪乌鸦》和《群山之巅》，这些文学叙述并非向壁虚构，它给我们巨大的历史感及现实精神，它尊重历史，想象、还原生活细部的肌理，刻画人性的褶皱，更贴近历史总体和平实的生活语境。在这里，"'东北'既是一种历史的经验，也是一种'感情结构'"[②]。比起当年"满洲国"时期的端木蕻良、萧军、萧红、山丁、古丁、爵青、梅娘、袁犀、吴瑛等作家的写作，迟子建对

---

① 傅斯年：《东北史纲初稿》，岳麓书社 2011 年版，第 1 页。

② 王德威：《文学东北与中国现代性——"东北学"研究刍议》，《吉林大学社会科学学报》，2019 年待刊（后刊发于《小说评论》2021 年第 1 期）。

远逝的历史的眺望，进入历史的超然、激情、想象力更具有精神和心理上充分的准备。而且，前者是压抑的，收束的，无奈的。他们的叙述深陷东北沉沦的泥淖，几近"噤声"的话语管控文本多有滞涩，难以剥离凄苦和通俗的哀情；后者则拉开时间的长度，玄览生灵、沉淀沧桑，奔放舒展的情思，开合有度，深沉地揭示命运不可知的悲剧本质和自然、生命的神奇力量，必然使文本拥有更大的张力。尽管这种写作的重心可能是内敛的、沉郁的，但气韵却是自由的、张扬的，最接近事物和存在本身。从《北极村童话》开始，迟子建已逐步建立起叙事的雄心，形成自己独特的"文学东北"的叙事格局，并且，日益潜在地在调整中自觉。直到她写出《雾月牛栏》《清水洗尘》《世界上所有的夜晚》《黄鸡白酒》《候鸟的勇敢》等中短篇小说及长篇小说《晨钟响彻黄昏》《树下》《伪满洲国》《额尔古纳河右岸》《白雪乌鸦》和《群山之巅》，终于形成迟子建风格的丰富的叙事形态。而这种超脱、超越性的文学语境以及经由迟子建个人主体性陶冶的叙事根源、精神、价值向度、美学气度、包容性等等，或许更贴近"东北"文学叙事的特性。在这里，不仅蕴含东北地域性、丰富的空间诗学品质，而且，迟子建植根于辽阔东北大地的写作也呈现出精神的多样性，完成了一部东北人心灵史、灵魂史的谱写。其间，叙事不乏智慧和学识、厚度和兼容性，在审美的视域下，建立起"东北形象"。我感到，迟子建不仅能把握当代现实生活"宁静的辉煌"、北方旷野的"逝川"和"格里格海"，同样，也可以驾驭历史异态时空中精神世界的"伤怀之美"。这是一种创作主体的情感的深深嵌入，也是一位作家直面这片土地的文化自觉。当然，文学永远会保持我们内心、灵魂与历史之间的密切联系，保持着历史和现实在我们内心的真实状貌。因此，迟子建的小说，就是一个巨大的关于东北的文学意象和隐喻，那些最具吸引力的历史细节，灵魂喧哗、世道人心，让岁月和时代的精髓悄然积淀下来，将这块土地的魅力和情怀，延展成人性的雄浑和美学的力量。

二

无疑，历史感、历史观、历史情怀，直接影响着作家的历史叙事，而且，这些因素决定作家文学叙事的"历史选择"伦理，决定文学文本的美学价值和意义。阐释迟子建的这几部长篇小说，定然无法离开文学叙事与历史、自然和人文立场的关系，文学毕竟不是"历史"，但它是一种有伦理感、有情怀、有责任感的叙事。那么，这种叙事与"历史叙事"相比，其中必然存在着某种精神上、心理上和文化上的"隐秘结构"，正是因为这种"隐秘结构"的存在，作家的想象力、信念、信仰和诉求，令小说文本显示出"超现实""超历史"的品质。这里，它隐含着作家对世界的一种目光，它揭开了事物的另一种隐秘的本质，这是一种文学经验，也是独特的、值得珍视的生命经验和永远不会失去的历史经验。迟子建就是在这种有情怀、有历史感和责任感的叙事中，破解和描述属于东北的精神、文化、人性的"隐秘结构"。

"我是雨和雪的老熟人了，我有九十岁了。雨雪看老了我，我也把它们给看老了。"这句素朴、简洁的话语，一开始就像一支交响乐曲的基调，引导、统摄着小说整体叙述的走向，率真而沉郁，哀而不伤。《额尔古纳河右岸》里，这位鄂温克老人，是一位阅尽沧桑的历史老人，也是一个见证了自然和人类斗转星移、兴衰变化的活化石。她在额尔古纳河右岸生活了将近一百年，最后，她自己似乎也变成了一条河流，与自然融为一体。在自然、天地和人文的大背景下，我们看到她行走的轨迹，在经历数十年风雨的洗礼之后，她幻化成大自然的精魂、活化石，因为人与自然的这种强大的亲和力，必定会使一个人的命运与世界之间浑然一体，彼此不分。在这里，迟子建借助这位鄂温克老人的目光和缅想，试想表达人类文明进程中的尴尬、悲哀、无奈，也是她站在东北大地上书写的世纪传奇和人间沧桑变奏曲。

我相信，写作这样一部具有"史诗"品质的长篇小说，写出历史的沧桑和时代的年轮，一定是迟子建长久以来的愿望。但是，"史诗性"的小说到底应该怎样写，其实这也是一个如何进入历史的过程的问题，捕捉、聚焦历史中的哪些点，又怎样构成一个打开了的时间、空间交汇的"扇面"，需要卓越的想象力。我想，小说就是要处理好历史中的俗情，写出平民生态，写出所谓"历史的褶皱"和人性的沟壑。因为，小说所能表现出来的存在世界的可能性一定大于"历史"及相关的文本本身，历史的诗意、历史的价值和意义，都是在文学"重构"历史时从作家充满情怀的书写中传达出来的。"八十年代以来的'史诗性'长篇小说更多的是对以往历史认识的补写和改写，同样是'史'大于'诗'。只要参照已有的给定的历史观，其史诗性必然只是对人所共知的重大历史进程的文学性注释和稍加细化而已，历史褶皱中的生活样态和人的存在心态等等的丰富性内藏，这些最能体现文学的艺术价值的东西一旦被抽空，就失却了活的血肉筋骨和生动的心神情。"① 在这里，施战军从"史诗性"的角度，辨析文学叙事中"史"和"诗"的权重及其关系，强调文学叙事中"诗"的成分和品质。对于作家来讲，这其实是一个巨大的叙事难题。"诗"与"史"之间的"距离"究竟有多大？尽管我们笃信"诗比历史更永久"，但作家作为创作主体，能在多大程度上超越历史"史实"的牵制或制约，则取决于是否顺应"一切历史都是当代史"式的意识形态强势力量的历史论断。《额尔古纳河右岸》从一个百岁老人的视角来贯穿、叙述一个部落、一个民族历史的兴衰，以"小人物，大历史"的理念进行叙事，这显然是迟子建倾心选择的叙事伦理。看得出来，她写这部长篇时的激情是饱满的，一定是这个民族近百年的历史，深深触动了她灵魂最深处的情感，令叙述喷薄而出。这种审美选择和气质，使《伪满洲国》《额尔古纳河右岸》和《白雪乌鸦》一起构成当代小说历史叙事的独特风貌。进一步想，历史上都曾发生过什么？还可能发生过什么？一个作家究竟应该记录下些什么？怎样记录？文学叙事是否有一个情感的"逻辑起点"？实质上，叙述视角就是小说的结构逻辑

---

① 施战军：《独特而宽厚的人文情怀——迟子建小说的文学史意义》，《当代作家评论》2006 年第 4 期。

和叙事逻辑，叙事视角的选择，就是小说的叙事"政治"。在迟子建大量的中、短篇小说中，特别是她的长篇小说中，我们能够看出其叙事视角选择的"执着"。从《伪满洲国》《额尔古纳河右岸》和《白雪乌鸦》这三部长篇小说看，叙事视角、叙事人称、叙事情境的设置和产生，在一定程度上直接影响、主导着叙事逻辑和叙事方向的稳定或变化。并且，这几个因素也决定了小说的经验处理方式和整体美学结构的价值，特别是，我们在这种结构中能够深刻地感受到叙事时间、叙事空间和叙事声音的起伏和波动。所以，我们可以先从小说叙事结构的层面，考察迟子建小说内在的精神和心理结构。

王德威说："'东北'既是一种历史的经验，也是一种'感情结构'。"[1] 我认为，这种理念或判断，实在是符合迟子建的文学写作实绩。迟子建的文学东北叙事，就是沉浸于历史、现实经验里所建立的不断丰盈的"感情结构"，这是她写作修辞学的精神逻辑起点。正是这种"感情结构"，拓展了她艺术表现的时间和空间。我相信，迟子建文学叙述的直接震撼力量，一定来自她对生命及其命运的敬畏和尊重，在于她试图在变幻不定、纷至沓来的历史、存在时空中，写出一个时代或者一个个人的生存史、命运史，写出个人历史的疼痛感和迷失、焦灼，写出每一个生命个体不可遏制的苦难、祈愿、抗争、隐忍和期冀。在《额尔古纳河右岸》里，从鄂温克老人的生命体验，迟子建就建立起一个女性视角和充满感受力、情感度的"感情结构"；在《伪满洲国》里，迟子建几乎倾其精神所有，她将青春时代所积攒的全部心力诉诸"伪满"十四年历史的描述，其中深深嵌入了一个在东北暴雪和寒冷中"逆行精灵"的遐思与感伤。在这里，"全景式"叙事，来自叙述者，也来自吉来、王亭业、杨昭、溥仪、杨靖宇、胡二、王小二、狗耳朵、羽田、北野南次郎、四喜等等人物的平视、仰视、俯视视角，构成了视角的政治，构成了存在世界真实镜像及其折光。这些人物的喜怒哀乐、细枝末节都映射着那个时代的风云变幻，

① 王德威：《文学东北与中国现代性——"东北学"研究刍议》，《吉林大学社会科学学报》，2019 年待刊（后刊发于《小说评论》2021 年第 1 期）。

斗转星移。无论是吉来、王亭业、郑家晴，还是溥仪、杨靖宇、北野南次郎，在乱象丛生、生灵罹患的岁月里，仿佛一切都在混沌的状态中苏生、麻木、辗转、挣扎、平庸、乖张和毁损。溥仪的"生之挣扎"可以是一个王朝彻底消逝后的最后妄想和苦相，杨靖宇的倔强、壮烈和最后一缕期待和忧伤，仍然可能重燃一个民族的豪迈，而吉来、王亭业和郑家晴的存在状态，他们那种没有气节和价值、道德底线的混沌人生，只能呻吟出俗世的苍凉。这是一个开放的叙事视角，政治、军事、经济、文化、商贸、教育，各种元素杂糅兼容，生态的清明上河图，人物、事物彼此交织呼应，流转蹉跎，阴森鬼魅，既有浓墨重彩，也有轻描淡写，可谓淋漓尽致、不一而足。而这些对于文学叙事来讲，无疑是智慧的、目光的、叙事的"政治"，在这样的目光下，才可能有写作主体的自由书写和精神沉淀，否则，《伪满洲国》洋洋洒洒七十万字的篇幅就难以负载十四年历史的"体量"和"容量"。这也正是迟子建文学叙述的"气力"所在，她将东北这个特定时空乱世的浮生故事，演绎、再现得深入浅出，从历史的根部刨出正义、邪恶、高尚和卑鄙的理性、非理性层面。当然，这也是迟子建对这个年代和历史的道德省察和伦理思辨，体现出她作为一个作家对故乡东北的责任和担当。

我感觉，迟子建与自己所有的小说都有着极具亲和力的、原生的、"暧昧的"精神联系，就像她的成名作《北极村童话》及其《雾月牛栏》《清水洗尘》，童年经验作为生活原型和重要叙事题材，直接进入迟子建的创作，自然有着不可替代的"原生性"价值和自传体意味。这篇小说对于迟子建和"东北文学"来说，都极具个人性价值和文学史意义，在一定程度上堪比中国现代文学史上萧红的《呼兰河传》和《生死场》。我本无意将两者做任何生硬的比照，但《北极村童话》等文本之于东北文学的"在地性"和"核心性"几乎无可争辩。此后，《格里格海的细雨黄昏》《世界上所有的夜晚》《白银那》《逝川》《鱼骨》等的出现，尽显"北国一片苍茫"的美学意蕴，成为跨越地域性边界的"东北叙事"。在这些文本里，生活、存在世界进入作家的内心时，历史、现实和人性，经由作家的坦诚、良知、宽柔的情愫过滤后，其中人的复杂关系、情感、生命本真的状态和意绪起起伏伏，充满精神的辩证。既有对困厄和绝望的超越，也有坚韧的情怀充盈于字里行间，作品显示出厚实练达、精气充盈的美学形态。情感基调深沉厚重，就像蓄满了泉池的水，小心翼翼地弥漫、荡漾开来。"童话""民族史志""风俗史""传奇"的许多特征，在叙事中衍生成迟子建叙事的文体风格。而不可泯灭的民族、文化、世俗根性和独特的北极村"边地性"，使迟子建的"感情结构"更具灵气、朴素的气度和感悟生命时的苍凉。"伤怀之美"成为我们形容和描述迟子建小说人文情怀和美学气质的关键词之一。"伤怀之美像寒冷耀目的雪橇一样无声地向你滑来，它仿佛来自银河，因为它带来了一股天堂的气息，更确切地说，为人们带来了自己扼住喉咙的勇气。"① 我们在《额尔古纳河右岸》里所看到的萨满文化信仰和民俗，鄂温克部族的生之快乐，具有原始气息和民族之间相互渗透的生活史、民俗史，现代城市文明对古老生活方式的毁损，安静、安定、安宁的生活遭遇现代性涤荡、吞噬之后，和谐被彻底打碎，命运失去根由而被同化的撕裂和疼痛。这些悲剧性的命运构成一个部族的衰落史，令人不胜唏嘘，可歌可泣。

十五六年前，戴锦华对迟子建创作的描述仍令人难忘："迟子建是一位极地之女。她带给文坛的，不仅是一脉边地风情，更是极地人生与黑土地上的生与死：是或重彩，或平淡的底景上的女人故事。尽管不再被战争、异族的虐杀所笼罩，那仍是一片'生死场'，人们在生命的链条上出生并死去；人们在灾难与劫掠中蒲草般地生存或同'消融的积雪一起消融'。"② 那个时候，迟子建刚刚写出《伪满洲国》，这部长篇小说与后来的《额尔古纳河右岸》《白雪乌鸦》，无疑构成了一个更浩瀚广袤的、东北大地上的"生死场"，它承载着这个特殊场域的"苍生"。《额尔古纳河右岸》里，尼都萨满、鲁尼、哈谢、坤

---

① 迟子建：《伤怀之美》，云南人民出版社1995年版，第1页。

② 戴锦华：《迟子建：极地之女》，迟子建小说集《格里格海的细雨黄昏》，江苏文艺出版社2003年版，第304页。

德、伊万、依芙琳、瓦罗加、拉吉达、拉吉米、伊莲娜、西班、达吉亚娜，还有迟子建始终没有给出名字的"我"，如此众多的人物，他们几代人在额尔古纳河右岸狩猎、驯鹿、迁徙、衣食住行、生老病死，神秘的萨满拯救苍生，在人神之间往来。这个弱小的、游牧的、"丛林民族"鄂温克民族，在命运的起伏兴衰和迁徙中，走出希楞柱，只能忧伤地自我面对一个部族的忧伤。可以说，这依然是迟子建式的"感情结构"，在这里，她勇于面对生死、悲欢、灾难，但始终蕴含着对美好生活、生命的渴求，坦然地背负无奈、残缺和冷酷。应该说，迟子建对生命和命运的感悟和思考，是旷达的，她敬畏自然及所有生命存在的理由和方式，那种几近宗教般的情怀和童年经验，"作为一种先在的意向结构对创作产生多方面的影响"①。迟子建曾回忆并描述童年时对鄂伦春人的认识："他们游荡在山林中，就像一股活水，总是让人感受到那股蓬勃的生命激情。他们下山定居后，在开始的岁月中还沿袭着古老的生活方式，上山打野兽，下河捕鱼。我没有见过会跳神的'萨满'，但童年的我那时对'萨满'有一种深深的崇拜，认定能用一种舞蹈把人的病医治好的人，他肯定不是肉身，他一定是由天上的云彩幻化而成的。"②东北的民俗、风俗、宗教，后来很自然地进入迟子建的文本。实质上，《额尔古纳河右岸》就是关于神灵和"最后的萨满"的史诗，神性已成为她乐于书写的对象。"通神"在迟子建的小说文本里，成为一种不可或缺的、有意味的文化存在。我们看到，《伪满洲国》里，人物的命运同样辛酸和逼仄。吉来、王亭业、杨昭、杨浩、杨靖宇、胡二、紫环、王小二、狗耳朵、羽田、北野南次郎、四喜，包括溥仪、婉容、祥贵人，他们仿佛都身处一种错位的时空，他们的抗拒倭寇，爱恨情仇，江湖恩怨，似乎根本不是在"人间的天堂"，惨烈的生活和现实遭遇，令生命充满裂痕，无法弥合。无疑，迟子建在这里所讲述的都是有关生与死、苦难与贫瘠的东北往

---

① 刘艳：《童年经验与边地人生的女性书写——萧红、迟子建创作比照探讨》，《文学评论》2015年第4期。

② 迟子建：《迟子建散文》，人民文学出版社2008年版，第127页。

事，尽管其中不乏暖色和宽柔、力量与激情，奇特而迷人，叙事始终布满沉郁的、艰涩的底色，充溢着奇诡、宿命感、灵魂无所依傍的陷落感，但生生不息的芸芸众生中隐藏的则是生之困惑与坚忍。

前文提及，孙郁所说的东北文学中那种野性的、原生态的生命意象，是对中国文化不可忽略的贡献。东北文化乃至东北文学，是在一种粗放的线条中呈现着东北人的历史与性格。在这里，孙郁从文化史、文学史和文体风格的角度，道出了他对东北文学的整体性判断。无疑，这还触及中国小说写作中"奇正相生"思想及叙事转换等美学立场。但是，我觉得迟子建的文本，并不完全是沿着"粗放的线条"的美学形态表述东北的"野性和原生态"，尤其是她的几部长篇小说。迟子建的笔触，都几乎深深地嵌进了生活的细部和肌理，她写出了东北之"野气""浩气"，也写出了东北的"霸气"和"豪气"。从叙事的层面看，迟子建小说的叙事伦理，不能说是刻意"尚奇"，但可谓"执正驭奇"，从容不迫。几部长篇小说中，"神人""畸人""病人""狂人""野人"无所不有，迟子建常常贴着人物书写，野性和欲望的冲动、扭曲的人伦、暴力的冲撞、极端的巧合和意外，最终并不趋向"志怪""演义"，而是从俗世的常理中理解和破译人物和事件，勘察和逼视历史、社会、人性、人心和良知，竭力地开掘出故事的深意。王德威认为，《伪满洲国》"回顾东北那段动荡岁月和庶民生活，思考命运对中国人和日本人的意义，平心静气"[①]。它拥有宽广的小说结构和叙事格局，叙述像花瓣般散落，落红却又精魂一样沉浸于泥土。若干人物、若干故事和情节，巨大的文本体量在一种"编年体"的历史、时间的线性叙事中逐一呈现出立体的交融，一泻千里。仔细想，置身十四年的历史空间，如何表现、叙述这种特殊的"伪"政体、"伪政治"及军事、社会、民间结构及其形态？对于这样一个具有十四年时间长度的社会、时代，一个作家选择什么样的叙事伦理来审视、表述自己的判断？对于这样一个漫漫历史长河中的"断代史"，

---

① 王德威：《文学东北与中国现代性——"东北学"研究刍议》，《吉林大学社会科学学报》，2019 年待刊（后刊发于《小说评论》2021 年第 1 期）。

该怎样处理历史史实和文学虚构之间的微妙关联？在这里，借用历史学的观念，我们可以在判断文学叙事策略和方法时，厘清"大写历史"和"小写历史"之间的迥然区别。"大写历史"认为历史是一个"有头有尾"的过程，它是一种基本的假设；而且历史的方向是进步的、积极的，是向上的、永远向前的发展过程；历史是有意义的，或者说，历史事件或历史人物的行为都是有意义的，每个历史行为都是有意义的。为什么每一个历史事件，每一个单个的、看上去偶然发生的事件都是有意义的？我们认识、思考、理解这个"有头有尾"的历史过程，能否必须对其作出理性的"历史判断"？历史有一个起点也有一个归宿，从何处开始，以何人为叙述对象或起点？历史的主导者在哪里？他在文学叙事中未必是"领衔人物"。对此，历史叙事和文学叙事恐怕面临同样的两难。像《伪满洲国》所叙述的这样一个大历史过程，究竟需要以什么人和事物作为叙事的起点，又以什么事件作为终结的代表？这是一件颇费思量的事情，实际上，人的行为和历史本身不是无序的，但是却可以有无数的切入点和视角。在《伪满洲国》里，我们所看到的"满洲国"皇帝溥仪，"抗联英雄"杨靖宇，日本人羽田、北野南次郎，与吉来、郑家晴、胡二、王小二、王亭业、杨昭等人，都被置放在一个"花开几朵，各表一枝"或"平行推进"的叙述层面上。这也绝不仅仅是为了叙事的便利和"蒙太奇"策略，我感觉，这也许就是所谓"小写的历史"，从生命个体，或从人性的角度考量历史，呈现芸芸众生的原生态存在，这正是在张扬那种"历史的"和"美学的"呈现方法，践行一种处理历史经验的隐喻结构。表面上看，在这部长篇小说里，"满洲国"作为一个伪政体仿佛是悄然而至，又"不胫而走"。但是，平静的外表下，火山喷发前地下岩浆的涌动令人惊悸而恐惧。涵盖于大东北中的"满洲"，在这个特定时空中每一个生命个体的孤独、痛苦、幽怨、死亡、离别和绝望，都似幽灵一样飘浮在这片广袤大地的上空，存在着，也隐遁着，生生不息，又稍纵即逝。

我们看到，在迟子建的这几部长篇小说中，东北特有的那种野性的、原生态的生命意象，构成她小说叙事的敏感地带和坚硬内核。

"豪放""粗犷""神性""情愫""率真""野性的诱惑"等等，这些特质都是"东北"地域可能生成的美学形态。富于地缘景观和情境的生命元素、地域性"能量"，充满生命、情感和命运的扭结，都无法摆脱乱象丛生时代"罪与罚"的纠结和残酷。我相信，迟子建多年来在这块土地上找寻的，一定是悲伤而不绝望的生存境界和价值。而历史的威力和奇崛，已经转变成她叙述的魔力，抵御着历史灾难所带来的"东北人"的创伤性经验、残酷性和心理危机的挑战，使文本显示出"东北"永不衰竭的力量。

三

填补、"修缮"历史的缺失和遗漏，保存珍贵的生命、情感记忆，反抗遗忘，这是"历史小说"的叙事梦想和终极"欲望"。迟子建对历史满怀敬畏之心，她理解、感悟着存在世界的过去、现在和未来，世界便在他们心目中充满了神力。也许，好小说就是好神话，它必定会超越历史题材本身和文献资料的限制，生发出富有现代精神和古典情怀的美学意蕴。《额尔古纳河右岸》就像一部人间神话，尽管它终究唱成了一曲挽歌，但它毕竟是一个美妙而富有魅力的生命过程，在反思人类文明进程的尴尬、悲哀和伤痛时，让我们仔细地倾听历史的回声。《伪满洲国》以中国历史上最复杂的地域性"断代史"为蓝本，超越"史诗"的叙事观念，不做英雄演义，而是捕捉生命个体在"乱世"的自在选择或茫然状态，留存那个时代值得珍惜的碎片式的斑驳记忆。长篇小说《白雪乌鸦》选择、聚焦一百年前哈尔滨的一场大瘟疫。将其作为题材或叙事的背景，对于迟子建来说，可能有她与这座城市的密切关系、特殊感情相关的原因，也有追溯城市历史的强烈愿望。在这里，她将历史推至1910年，如果联系迟子建以往的所有创作，她文学叙事所表现的时间跨度已经超过一百年，从近现代到当代，她的写作堪称"世纪写作"。而她的题材皆出于东北大地，这无疑是一场文学的东北行旅。这样的写作之于一位东北作家来说，有着不凡的意义和价值。

我们记忆中的 2003 年遍及中国的"非典"疫情，也许，在一定程度上构成她的这次写作充满宿命意味的机缘。但我想，主要的原因恐怕还在于她始终试图寻找一个历史的端口，在重现历史、描绘生命岁月沧桑时，表达人性、人的内心的坚韧与柔软，无奈与困顿。显然，迟子建是想通过重现记忆将我们带回到过去，凭借想象力和对历史与现实的缝合力，通过叙事让历史的光与影、落定的尘埃重新复活。很自然地为我们重构这个叫作哈尔滨的城市一百年前的样态。当然，如果是简单的"再现""重写"和回溯，这部作品的真正价值和意义将不复存在，而迟子建的写作诉求则是将波谲云诡、晦暗幽深的历史沉积，做出不同于历史学家所谓"辩证"选择的个人性艺术典藏，她无意对历史变异或人事偏颇做什么解释，只是更看重对历史情境中真实的世道人心和众生相的复现。重要的是，迟子建在这部《白雪乌鸦》里，写出了世纪初的沧桑。可以说，"沧桑"这个词的内涵和分量在这部小说中，或者说通过这部小说完全呈示、传达出了它独特的本意和诗意。写出了一个城市的沧桑，一个民族或国家的沧桑，那些存在于大地之上的生灵的沧桑。

傅家甸，这个在极其短暂的时间里遭遇鼠疫的城区，成为迟子建谱写另一曲生命挽歌虚拟的、重构往事的凄楚、死亡之地。在这里，竟然有那么多的生命，在这场灾难中，个个都变得像熔化了的金属，人人都在目睹着生命在瞬间的消逝和隐遁，上苍的回天乏术。虽然也有一些人，凭借着难以想象的方式和力量绝处逢生，惊人地存活、偷生，但人性的袈裟早已被剥离殆尽。我们看到，巴音的暴毙街头，吴芬旋即尾随而去，继宝、金兰、纪永和、迈尼斯、周济一家祖孙三代、谢尼科娃等等个性迥异、鲜活的生命，无论身前何等品质何种风貌，在灾难中依然无法掌控自己的命运；而像伍连德、王春申、于晴秀、傅百川、于驷兴、翟役生、翟芳桂，这些或被称为"好人"或被认定是"坏人"的角色，竟能宿命般脱离劫难。我感觉，"迟子建最在意的是，呈现灾难降临之际人们日常琐细的生活形态，以及这种形态的逐渐变形、扭结，由此在人的内心刮起灵魂的风暴。"① 在这里，我们感受得到迟子建的心是热的，尽管她所支持或努力建立的是一种超越的而非反抗的力量，迟子建并不想按某种意志力去复现自己所理解的那个时代，也没有刻意渲染那些自然的因素，灾难使原本的种种纠结、冲突、平静、常态的生活流，还有每个人的个体的气质、性格、历史环境等客观实在的东西失去了单纯的、原始的实在性，使丰富的变得芜杂，使单纯的更加混沌，但是，迟子建在处理这些生活流的时候，使用的则是最简洁、最自然干练的方法，即看似不见策略的叙述策略，而且在从容的叙述节奏中谋求着气息、感觉的变化。"迟子建业已具备了努力建立自由的内在精神秩序、文化诗性、追求和谐的宗教情怀，这种内在性和富有渗透力的自我整饬，使得她在解决了诸多的自身束缚的同时，给自己的叙述找到了方向。显然，这是没有任何意识形态刻意规约的，自由进入历史、生活的诗学选择。这样，迟子建开始在写作中更加尊重所有人的存在形态，平等地对待她选择的每一个人物，写他们几代人的生生不息，展开一个个家庭的世俗的故事，平静地写出他们的喜怒哀乐，愁肠百结，对那些生灵的生死爱恨做一次文学救助和精神安妥。"② 安妥灵魂，本身就是文学叙事中富于情感、宗教情怀的担当。

如何去写一段灾难中的历史？想要在这段历史中看到什么？这同样涉及进入历史的方式。特别是《白雪乌鸦》这部长篇小说，迟子建循着早已没有多少残余的陈年旧迹，她智慧而朴实地处理历史与虚构的关系，既没有刻意去解构历史，将历史虚无化，也没有肆意越过史料的边界，让某种意识形态的规约束缚自己的手脚。而是选择了最人性化的审美视角，在一个阔大的想象空间里，呈现一百年前哈尔滨鼠疫背景下密集的存在。我们还能感觉得到，迟子建在叙述中竭力地彰显万众生灵的日常生活形态，在她的"叙事诗学"中，在对那些日常性的、可把握的生活事物中，她所关注的外部存在世界的生活过程，并不是以现实既定的逻辑性展开并形成文本的逻辑历史，而是发现和

① 张学昕：《玄览生灵　沉淀沧桑》,《文艺争鸣》2012 年第 12 期。
② 张学昕：《玄览生灵　沉淀沧桑》,《文艺争鸣》2012 年第 12 期。

发掘切近人性、符合人性本质的意义，呈现其复杂性和可能性。她在傅家甸人很小的活动半径里，演绎无数惊心动魄的故事，写得悠扬清俊，伤感中透射着明媚，绵密而紧凑，平实的叙述中，则隐藏着内心或神经感官的惊心动魄。当然，小说不仅要写出灾难给人性造成的异化，写人的生存价值和尊严的被毁损，而且需要努力地深入到生活和人性的肌理，一个个鲜活的生命跃然纸上，演绎出人存在的孤寂、卑微、冲动、坚忍的气息和情境。小说扎实的情节、细部与气势上开阔放达，朴实、率真、富于激情和感染力。同时，叙述者站在一百年之后的时间视野里，不作冷眼旁观，而是平静地回望，表现出对生命的敬畏、对人性的热忱期待。那么，这里所需要的就绝不单单是一个小说家的使命了，而且是人文理想的注入和升华。整部小说的结构并不复杂，无论是日常生活的风云突变，还是人性纠葛的困窘，都依照"起承转合"的自然时序充分展开。可以说，像《白雪乌鸦》这样的文本，以其自然、纯熟、流畅的笔法，从容地写出了俗世人间灾难时期的日常生活，或者说，它的的确确是要呈现出平民日常生活中那股"死亡中的活力"。这也许就是一种北方的"生之呐喊"。如果真的把灾难看作是一种暴力，存在的动机一定会变得格外单纯，那就是或者向死而生，或者坐以待毙。这既是对生命本身的考量，也是对俗世的无限感慨和惆怅。我们也注意到，《白雪乌鸦》这部小说的整体意绪、文体色彩和美学感觉，就是由黑白色彩交替、转换、糅合而发散出来的明亮、独立、自由而又神秘。这也是迟子建叙述东北故事经常采取的美学基调。吴义勤在评论迟子建的另一个长篇小说《穿过云层的晴朗》时曾说："小说的魅力还来自于作家在生活的日常性、世俗性与诗性和神性之间所建构的奇妙张力。小说有广阔的时间和空间跨度，涉及了众多的人物、场景与故事，虽然整体的世界图景是一种日常化和世俗化的景观，但这并不妨碍作家在日常性的描写中灌注进文化诗情。"[①] 可以说，这段话既是对迟子建小说审美叙事策略的描述，也强

---

① 吴义勤：《狗道与人道——评迟子建长篇小说〈穿过云层的晴朗〉》，《当代作家评论》2004 年第 3 期。

调和充分肯定了迟子建写作对历史和现实的超越。

那么，我们在迟子建的小说中，究竟看到的是一个什么样的东北形象？我们也许还会不断地诘问，这是一个具有文化特异性的、不同族群交融的、兼容的东北？一个充满血性、血光、血气的、情绪的东北？一个肃杀、萧瑟、驳杂、粗犷、粗俗、寂寥的、苍白的东北？一个广阔的、阳刚的、朗然的现代的东北？一个平庸的、有"历史惰性"的东北？抑或一个性情的、豪放的、进取的、具有强健生命力的东北？一个骨骼和体魄结实的、心绪强大而单一的东北？我揣摩傅斯年在数十年前的那句"持东北事以问国人，每多不知其蕴"，"其蕴"又是什么？最近，哈佛大学王德威教授正着力进行"东北学"研究，他强调："东北"作为地理名词和文学表征，同时迸发在上个世纪之初，因此任何叙事必须把握其所代表的时代意义。"东北学"的论述必须有文学的情怀。文学不是简单的"再现""模拟"工具，以文字或其他传媒形式复印视为当然的历史，甚至揣摩人云亦云的真理。文学参与也遮蔽历史的辩证过程；文学这一形式本身已经是种创造意义的动能。

因此，"东北学"里的东北从地缘坐标的指认开始，却必须诉诸"感觉结构"的描绘与解析。召唤"东北"也同时召唤了希望与忧惧、赞叹与创伤。东北不只是地理区域的代名词，更具有群体文化的象征性，也引导我们省思其中的政治和伦理、心理动机。只有在这样的理解下，我们才能说"东北"命名的那一刻，就是文学①。

在这里，王德威想从更大的文化、历史、地理、哲学的学术层面挺进"东北"。但是，他尤为珍视的却是"文学参与也遮蔽历史的辩证过程；文学这一形式本身已经是种创造意义的动能"，也就是文学情怀的注入。那么，对于"东北"的真正命名，也应该是对迟子建文学叙事的文学的命名。

其实，文学在讲述历史的时候，它正在试图实现文学自身的可

---

① 王德威：《文学东北与中国现代性——"东北学"研究刍议》，《吉林大学社会科学学报》，2019 年待刊（后刊发于《小说评论》2021 年第 1 期）。

能性，而在历史骄傲地坚信自我表述真实性、必然性时，它却漏掉了无数存在的细节和褶皱，那些，正是曾经有生命体感和温度的鲜活存在。所以，王德威说："'东北'既是一种历史的经验，也是一种'感情结构'。"① 我想，萧红、迟子建的审美感觉、"感情结构"虽然难以覆盖全部"历史的经验"，但是，我们从她们以及近一个世纪以来中国作家的"东北文本"里，看到了东北人生命中迷人的气息，感受到他们生与死、精神、灵魂的律动。记得若干年前，作家蒋子龙曾描绘过他心中的中国当代文学版图，"当今中国，有几位台柱式的作家能够支撑起文学的希望。东北的迟子建、西北的贾平凹、北京的阎连科、山东的莫言、海南的韩少功、南京的毕飞宇。我读他们的小说，感到五体投地，非常佩服。传统文学作家代表了文坛的一种自信，他们很少被诱惑摆布，不会六神无主，专注于写自己喜欢的东西。我能够从他们的创作中感受到他们的实力，能够从他们隔三岔五推出的作品中感到力量和惊喜"②。如此说来，迟子建的百年东北的文学叙事，是关于我们民族沉重、沉郁的历史记载，也是重新寻找历史的厚度和活力、积蓄东北存在力量、整饬文化和精神哲学的叙事。这种叙事，无疑将与东北的历史进程一道，生生不息。所以，迟子建的这些文本也就可以不断地被"重读"。

---

① 王德威：《文学东北与中国现代性——"东北学"研究刍议》，《吉林大学社会科学学报》，2019 年待刊（后刊发于《小说评论》2021 年第 1 期）。

② 王研：《蒋子龙：文学的希望仍在传统作家身上》，中国文明网 2010 年 12 月 4 日。

"家山"之重，重于泰山

——王跃文长篇小说《家山》读札

一

2006 年，我读过贾平凹的长篇小说《秦腔》之后，写了《回到生活原点的写作——贾平凹〈秦腔〉的叙事形态》一文，发表在林建法先生主编的《当代作家评论》上。贾平凹的《秦腔》洋洋五十余万字的篇幅，文字及其所描述的生活，犹如林间小溪的涓涓细流，既有宁静中的流淌，也有逶迤前行中泛起的微澜，情境中虽然少有叙事的高潮，但也可谓生机处处，叙述常于平实中见奇崛，于宁静时觉得涛声阵阵。十七年前，我曾这样表述我阅读时的真切感受和体验：

> 《秦腔》这部小说以四五十万字来写一条街、一个村子的生活状貌或状态，细腻地、不厌其烦地描述一年中日复一日琐碎的乡村岁月，从时间上看并不算长，但叙述却给阅读带来了一种新的时间感。这种时间感显然最为接近小说所表现的生活本身，一年的时间涨溢出差不多十年的感觉，正是这种乡村一天天缓慢、沉寂的生活节奏，这种每日漫无际涯的变化，累积出乡村生活、人世间的沧桑沉重。相对于那些卷帙浩繁、结构宏阔的乡土叙事，贾平凹诚恳、朴实地选择简单的单向度的线性叙事结构，非作家经验化的生活的自然时间节奏，没有刻意地拟设人物、情节和故事之间清晰、递进的逻辑关系，也不张扬生活细节后面存在的历史发展的脉络，

只是平和地、坦诚而坦然地形成自己朴素的叙事，叙述本身也较少对当代乡村及其复杂状貌的主体性推测与反思性判断。细节的琐碎既构成生活的平淡或庸常，也构成了生活的真实。

也就是说，在《秦腔》中，小说的故事，始终保持着线性叙事时间的完整性，表面上看，大故事的结构，并没有被叙述任意地"切割"，虚构似乎完全隐蔽在再现、复现生活的技术中，人的存在、人与存在的关系乃至生活的细部和肌理之中，而且，它完全是自己呈现出来。所以，在《秦腔》中，乡土生活是较少戏剧性的，小说故事的叙述结构基本上就是现实生活中"事件"的结构。整个叙事结构的组成，丝毫不依赖冲突和巧合，叙述的逻辑起点和不断延展的依据，则是生活和存在世界自身的逻辑和规律。这样讲，并不武断，因为，它的叙述，从头至尾是坚实而经得起推敲的。叙事同时依赖未被"顾及"的生活本身的"空缺"产生的魅力，而不是那种偶然性累积起来的某种脆弱的巧合机制，进一步激发人们的阅读想象。并且，叙事也避免了因那种密不透风、不停顿地延展而破坏故事本身应有的张弛。也就是说，生活没有僵化在某种固化的小说叙事模式里，而是呈现出其原本的形态，令阅读者徜徉其中，不断慨然兴叹、恍然所悟。无疑，回到生活的原点，使贾平凹真正打开了新的文学叙述空间。

《秦腔》的文本形态和美学风貌，我们可以谓之为叙事中的"生活流"。实际上，这样的叙事形态，在中国当代小说创作中并不多见。若从所谓写作方法上界定，它很容易被置放到"自然主义"的窠臼之中。在此后，贾平凹分别于2013年、2018年又写出了长篇小说《古炉》和《山本》，基本延续着这样的叙事策略和美学风格。我感到这几部长篇小说，从贾平凹整体创作而言，叙事已经发生了结构性的变化。"小说故事的叙述结构往往就是现实生活事件的结构，它的组成并不依赖冲突和巧合，叙述的依据是生活和存在世界自身的逻辑和规律"①，

---

① 张学昕：《回到生活原点的写作——贾平凹〈秦腔〉的叙事形态》，《当代作家评论》2006年第3期。

如此说来，就不仅仅是小说叙事学层面的问题了，其中蕴含着某种哲学的视界。

在这里，我之所以重提贾平凹的长篇小说《秦腔》《古炉》和《山本》，不仅因为王跃文的这部《家山》在叙事形态上与前者非常接近，更重要的是，这几部长篇小说体现出一种不谋而合的、近似的叙事美学风貌。《家山》的叙述，深深地呼吸着地气，紧紧地贴着人和自然的原生态，文字切入存在世界的肌理。确切地讲，王跃文深掘"形而下"世道人心的隧道，描摹人在自然与社会、国家与家族的多重网络之中，以及人的存在状态在这个网络的限制之中的不断调节。自然属性和社会属性的矛盾，在家族、社会变革、乡土文化演变过程中相生相克，此消彼长。我深切体会到，《家山》的文学叙述，显现出作家自觉建立起来的"感觉结构"。这种所谓"感觉结构"，就是植根于生活本身的"全息"深层结构。可以说，这个"结构"源于作家对个人经验的处理，也发生于作家个人记忆的被重新唤醒。当然，个人记忆在叙事中"重组"，极大地强化了对历史、人性景观的描述能力，主题意蕴也由此呈现出包括精神深度在内的"复数性"价值。一部家族史，在被重新梳理、追忆和重构中，愈发清晰。从追忆、重构、反抗遗忘的角度感知生命在沧桑岁月里的沉浮，生死歌哭，既可以扫除某些附丽于生命本体、社会历史之外的虚假表象，更能够直接接近人性、灵魂基本的、核心的层次，令我们大有"别梦依稀"之感。进一步说，王跃文较少对于生活的净化、纯化，而是在文本中始终让人生活在各种各样鲜活的关系之中。可以说，其中的每一个具体的人都是那种能够在四通八达关系中相互关联的重要组成部分，他们共同呈现出乡村社会里从个体到整体的生存意识、生命意识的觉醒，以及具有深厚文化积淀的环境里人性的复杂性。《家山》里，前辈的"前世"经历，家谱上的名字，无论辈分，无论性别，仿佛魂魄犹在，伴随着陈年的光阴流水般无法止息的生命印迹，在王跃文的笔下重现，时光正在以某种自为的状态，缓缓地流淌、倾泻，每日漫无际涯的变化，沉淀出乡村生活的沧桑与沉重。我感觉，《家山》与《山本》，分别构成了"湘西"和"秦岭"的世纪叙事。面对《家山》这样一种没有高潮但处处生机的"慢叙述",我不由得涌动起探究王跃文叙事动力和写作发生的强烈冲动。在这里,"日子"被写长了,俗世生灵的生生不息的存在,与大历史"对冲"演绎出人世间的悲欢离合,也呈现出了乡村的逐渐苏醒。我们看到一个宗族及其谱系,其中的每一个弱小和卑微的个体生命,在大历史的风云际会中,已经或可能释放出来"山"一样的生命力量。显然,王跃文格外注意考量家族的盛衰与国运之间的隐秘联系,包括乡村世界里生命的暗角。可以说,半个世纪以来家学传统和乡村习俗,恰恰是几代人之于家国关系、时运境况以及相互关联的重要元素。无疑,《家山》是一部广阔的、浩浩汤汤的河流般的作品,故事、人,都仿佛从历史的深处渐渐浮现,一切尚未冻结和凝固,这是对过往的一次回望、探寻、沉淀,家国的记忆同时被重新找回来了。对此,我们也可以将其视为一种深情的奔赴。王跃文对历史的关怀是如此深沉,而他表述的方式又是如此地朴素、从容和含蓄,不能不让我们细思他在文本中的寄托和沉浸。我们在这里也看到了王跃文的精神激流和心理走势,他比以往更加富于情怀,更加沉郁感伤。可以毫不讳言地说,这是我读到的王跃文迄今最好的作品。十余年来,他悄然地探索乡村世界中人与社会、人的生态的暧昧而浑然的处境,对家乡文化和礼俗的关怀,以想象回归在个人记忆中行将失去的母体,赫然提醒我们远逝的时间之流。这里,矗立的是一个宿命的"家山",一个沉重的"家山",也是一个有传统、有秩序、有撞击的在沉默和压抑中抗拒衰朽的苏醒的"家山"。《家山》,并没有像有些"乡土叙事"那样信誓旦旦地要为历史作证,而是为大历史记忆中"旷野的微光"作出遥远的述怀。他的叙事语境和情境,除气势上的沉稳之外,体味乡土世界的生活的眼光,不断地做低空盘桓,竭力去理解生命、命运及其存在价值。因此,王跃文将我们带入貌似绵长、略显荒寒的时间向度,让我们细腻地咀嚼乡村、乡土、乡情里的生命况味。这些,都深入地体现着王跃文的文学叙事伦理。无论是大时代背景下乡村的微澜,还是乡土世界的奇诡或人性盲点,都嵌入到《家山》细腻的文字里,同时,让我们感悟到这个村镇,以及一个个家族的生生不息的力量,这是一种"再生性"的记忆与书写，让"家事"重新回到历史的纵深。

<h2 style="text-align:center">二</h2>

从这部近六十万字篇幅的《家山》中，我们看到王跃文超强的从整体到细部的表现俗世的能力。我相信，一个作家的成熟，必定要体现在他以积极入世的态度，对自己表现生活和人性的角度、方向、方式的选择。在这里，我们看到了王跃文叙事的耐心和精神的膂力。从容地书写大历史风云变幻中生命个体的沉浮，对社会生活层面做出深刻的揭示，对题材进行深度解析和组织编码，从独特的角度寻找题材所包容的审美价值和精神容量，在漫长的叙事中对生活进行渐进的梳理、归纳。这种"归纳"在文字中不断延展的过程，使得那些瘫倒在地上的血肉，在时间、时代生活的飓风中变成能站立起来的骨骼，呈现出生存的意义和价值。文本正文前附着的那张家族、人物关系表，罗列出"陈氏"大家族的三老四少，代表着芸芸众生之于农耕与自然，乡土与社会，历史变动，人事沧桑，悠远的往事与现实骤变。每一个家族成员的角色、位置和相互牵动着的生死歌哭，都透射出"家"对于"国"所担当的沉重、沉痛的负荷。自然与人为的种种压力，经年累月地生成包含极多人情世故的线索，在王跃文的笔下或浓郁，或冲淡，皆丝丝入扣，令人难以释怀。王跃文无意对这些小人物做自然主义的观察和烛照，但行为常见浪漫和神秘的光泽，所述故事也时时笼罩着朴素的历史辩证。

王跃文十分清楚，这样沉浸于古老乡村的文学叙事，唯有念兹在兹地心系"家国"，亲近而不疏离，由近及远，由远而近，一切才不徒然和空泛。"沙湾"的故事是过去的旧事，是虚构的事，却不是虚构的世情。七八十年前，沈从文曾经以《湘西》《湘西散记》《长河》《边城》《石子船》等一系列文字，深情描述故乡的山光水色之魅，人情风貌之美，充溢着无限留恋的绵绵乡愁。王跃文承传了自己前辈的文韵挚情，延伸了原乡想象的灵魂路径，续写乡土的奇观异象。那么，我们可以理解为这是一次奇妙的因缘际会，也是对乡土或"湘土"的重新雕塑。

我觉得不应该将《家山》简单地视为一部所谓"家族小说""史诗性文本"，也不能轻易地将其归类为"民间叙事"。其实，这更像是一部具有沉实、厚重内蕴的"地方志"。说它是"地方志"，并非意味着强调文本的"记事""本事""档案"功能和价值，作家是在一个更自在、洒脱的叙事空间里试图写出浩瀚大历史中的乡土生活流。民生、民俗、乡村、乡野，以一种自然的形态从文字里逶迤而来，表面看，日常没有惊雷，但暗流涌动，在巨大的时空间隙中，各种生命形态，各种生命力量共同搅动着人间烟火，生生不息。《家山》这部小说，启发我们从另一个维度来理解叙事的"史诗性"及其意义。一方面，小说里的故事、诸多事物和人物，都凝聚着作家对过去历史的诸多诗意想象，从生活的最细微处折射、反映出那个时代生活的深刻底蕴，让我们在今天真切地感受到历史的巨大投影；另一方面，叙事完全摒弃了理想主义的写法，而是让我们从人物的一言一行中感受一个消失了的时代的脉息，使那些隐匿已久的历史光影，构成一个大的寓言，成为一个历史的镜像，举重若轻地标识出大时代里的生命伦理刻度。实际上，当代作家的写作，近些年在所谓"史诗性"呈现上，已经表现出巨大的困难性。叙事文本中语言的隐喻性特质更显困顿、模糊。但是，王跃文似乎很清楚如何应对历史题材叙事的自我局限性和可能性。我想，这样的"史诗性"，并没有局限在"沙湾"，更不是盘桓在"佑德公屋里""逸公老儿家""祠堂"的空间，而是深藏于每一位沙湾人的心理灵地。

世界在每一个人眼里都是一个全然不同的世界，它作为整体在作家的逼视下或扩大或缩小，神秘的并不是世界缘何是怎样的，而是它是如此这般的。显然，王跃文竭力在对历史的徜徉中，以其自己的哲学给我们勾勒、深描出他所感知到的世界最基本图像。而且，我能够感觉到，他还试图在这个世界中建立一个有自身秩序和逻辑的时空场域。无疑，世界是事实的总和而不是事物的总和，但是，个人逻辑空间感知到的事实和想象，不一定就是世界的全部。或许，唯有读罢这部厚实而诚实的《家山》,方可越发清楚这个道理。

具体说,《家山》叙述的故事时间跨度是从 1927 年到 1949 年,叙写南方乡村"沙湾"数百户村民,主要是陈氏家族近半个世纪以来的兴衰起伏。表面看,叙事生发、存在于一个封闭的文本结构里,其中陈氏家族的百余号人物,男女老幼,喜怒哀乐,俗世之象,道德伦理,尽显"原生态"的乡土本色。虽然,小说并没有描摹、营构传奇,"本事"书写沿着线性的时间坐标重启记忆之门,但是,我想,现在重述百年前二十世纪二三十年代的风风雨雨,写作主体意欲彰显的,是否既遥指时间的透迤,也暗含历史之谜的偈语?换言之,王跃文为何要写作这样一个大部头的长篇?而书写古老乡土究竟如何才可能出新?近些年的所谓乡土小说,少有凸显世情驳杂,道出民生、人物心事之作。但《家山》却突破了乡土写作的瓶颈,呈现出新的历史洞见与美学魅力。

《家山》里的人物大多其来有自:"桃香的原型是我奶奶,伯父王楚伟,化为《家山》中的陈齐峰。"[①] 可见,族谱里的人物,已经一个个走进了《家山》,可谓个个有来源,人人有着落。他们历经军阀混战、国共合作、抗日战争、解放战争,在大历史的烟云里,经年累月,春种秋收,四季轮转,儿女情长,烟火日常,大历史的风云跌宕进入每个人的内心。在这里,家族的繁衍生息,代际的赓续,不可言传的隐痛,聚焦在故事的背后。这个叫"沙湾"的村落不仅自身承载着古老的往昔和风云激荡的当下,还在很大程度和意义上为国家负担着诸多有形和无形的使命。家族的传承和赓续,是乡土文化的传承和递进,也是指向民族未来的路径。乡村世界这个"超大文本",在许多时候是模糊的,甚至是难以理解的,因此,对于它的回首与展望,最好的选择就是从人入手,从每一个生命个体出发,考察、考量乡村的秩序缘何成为秩序,关系缘何成为关系。很显然,《家山》呈现的历史叙事的方向及其叙事伦理,都是由家族里重要人物的人生选择和取向决定和实现的。"世道在变。外面的世界变得快,还会变。""早

---

① 陈娟:《王跃文,湘西有一座"家山"》,《人民文娱》2023 年 5 月 29 日。

都改朝换代了，还要变到哪里去？"修根和齐峰父子俩的简短"对话"，道出了乡里乡外的动荡命运。齐峰、劭夫和贞一们，正在改变着一个庞大家族的精神选择和前景，而且这一代人已经身体力行地与整个社会和时代对话，"离岸"乡里和家族，最终彻底参与到时代剧变和革命潮流之中。

同时，我们能够意识到，王跃文的叙事有着清晰的伦理、道德边界，写作主体没有丝毫虚幻的玄思，而是通过扬卿、劭夫等人的作为，更深入地眷顾开发、启迪民智。并且，重视、强调叙事表现乡村生活和人性的深广度，从而建立起叙述的内在坚硬情感结构。

我们看到，"沙湾"陈氏家族及其若干分支，枝蔓横生，盘根错节，彼此或咬合、勾连，或若即若离，他们在如此长的岁月和时间轨迹中，都还是相互沉潜于无形的精神维度。"佑德公"和"逸公老儿"家族两脉，基本上构成小说叙事的主脉。这两位望族的"掌门""族长"，因其德高望重、伦理承载力，在整个县、乡、村里享有至高地位和影响力。佑德公和逸公两位"老儿"，仿佛是这座"家山"磐石般的底座，呈示出无法撼动的定力、凝聚力。他们的思想理路和基本伦理范畴，都十分接近中国传统思想中素朴的核心范畴，即具有人的道德内蕴和"骨、气"之韵以及人格操守。在这里，虽然王跃文并没有将"佑德公"和"逸公老儿"视奉为人格楷模，但他的确有意将两者人物性格中的"动""静"及其辩证关系彰显出来。虽然，佑德公也有"乱世，苟全性命最要紧"的生存哲学，但是，他仍存风骨而不失活气，朴素守拙又顺应天意，也显示出乡土世界中的仁爱宽厚，人性的隐忍和容纳性品质。面对劭夫和贞一兄妹两人的投笔从戎，佑德公比下一代更懂得家国之间"忠孝不能两全"，但对世相和时代仍然存有极大忧患和积虑。"佑德公听了，重重地叹气。心想，全沙湾村都没到两千人，那么多青壮劳力成年趸日扛枪杀人不做事，天下哪来好日子？"就是说，佑德公及其后裔的现实选择，已成为牵动、贯注世情和亲情的主线。两个家族的价值伦理取向虽各有不同，一族为国，一族为家：佑德公的儿子劭夫、女儿贞一，最早离家，投身革命，开始戎马生涯。但他们始终与"家"保持着血肉相连的血缘、精神依存。劭夫最早投笔从戎，置身于变动不羁的大时代风云变幻之下的潮头和革命旋流。他是潜伏于国民党军队的共产党将领，沉稳干练，智慧勇敢，深怀赤子之心，担当着振兴家国的使命。而他和妹妹贞一通过返乡，亲情处处的孝心和血缘，建立起外部世界与县里、乡里之间的政治、军事和文化联系。"逸公老儿"的后代扬卿，留学日本归乡后，学以致用。他大力兴办教育、献身教育、兴修水利，改化民风民气、兢兢业业，造福乡里。可以说，他已然成为"沙湾"以至整个"乡里"的精神、文化先声。他对乡里诸事的大胆想象和改革实践，充分显示出其情怀和魄力、能力。虽留洋归来，同时研习西学和传统文化的精要，但是，他执着持守乡土，分明是从事着另一种意义上的革命。齐峰的形象，与劭夫、扬卿相比，更具有神秘性、立体感和多层次感。这个人物的存在，使得整个叙事具有很大程度的灵动性。齐峰有着极强的革命自觉性，是"有大抱负之人"，他在乡里乡外的"游走"和乡情疏离，在沙湾人看来不乏吊诡、神秘，却喻示着革命者的另一种飘零和孤独。

沉浸于《家山》世界，更是在阅读后的掩卷沉思时，一系列的问题会在我们的脑海中奔涌而至：我们在这部跨时空的追忆和叙事中，可以获得怎样的启示？能够发现当代乡土社会怎样的精神之痒？沙湾人几个家族的人们，以怎样的个人史构成对大历史的呼应和烛照？当代乡土书写所要发掘的终极目的和意义是什么？抑或，我们长久追问的"乡关何处"的精神端口在哪里？在我看来，贯穿全书的核心人物劭夫、贞一、扬卿和齐峰，他们的情怀和精神的根系，无不扎根于故土。所以，从这个意义上讲，我们不妨将《家山》称为"新寻根小说"。乡土就像是生命停靠的港湾，既是人们的"来路"和"出路"，也是他们的"退路"和归属，是"出发地"也是"回返地"。人们可以在这块土地上谋生、建设、疗伤和休整，人人都与"沙湾"有着物质、精神和心理的共振、交集，与乡里亲情永远有着相互帮衬、援助的责任与义务。那个年代，在乡村这个相对自治的社会，没有经济层面的阶层区别，农耕社会"血缘高于一切"，唯有血缘的坚实维系，每一代人都可以在这里扎根，所以，每一个人几乎都能够在家族的庇护下获得安全的心理归属感。像劲夫、贞一和扬卿，可谓新旧兼济，虽然他们接受了新思想并投身革命，当时仍恪守着数千年的乡土规矩，不断回望、回到乡土。这才是对生命根系的维系，也是作家情感在乡土中的沉淀。我们看到，即使五疤子这样的曾经逃避从军的"混世"者，也终于醒悟，走上革命道路。当然作家也借此暗示历史、乡土和个人主体的诸多缺憾。在这个意义上讲，"生命不能承受之轻"在这个古老的乡土世界就显得更具有别样的内涵。

哪怕重新打量和整饬历史和时代的心理、精神残骸，找回家族和历史的记忆，反抗遗忘，都是一次深入发掘，一次灵魂释放，一次对于历史的重新构筑。"乡村中国是最大意义上的中国"[①]，从这个角度看，小小的沙湾，就不仅是若干家族的繁衍之地，更是展示民族深层气脉的灵魂道场。

三

倘若从大隐喻、大寓言的角度考虑，"家山"的涵义可见一斑。《家山》的隐喻义，明显超越其现实主义叙事的承载量。看得出，王跃文以工笔描摹出乡村俗世生活的绵密，叙事的黏稠度堪比贾平凹的《秦腔》和《山本》。《家山》自有属于它本身呼之欲出的应有之义，我感到《家山》里的世俗"既无悲观，亦无乐观，它其实是无观的自在"。[②] 因此，叙述就变得更为洒脱了一些。整体上看，叙事既有日常性，也有传奇性，而浓厚的"世俗性"，更能彰显一位小说家的"诗性智慧"。王跃文的小说世界里，无论是县一级官府，还是乡里、保里等最基层设置或社会元素，它们与真正的民间相互之间藕断丝连、盘根错节。于是，乡村俗事，家长里短，赋税征缴和兵役种种，家事国事形形色色，念兹在兹地呈示、敷衍开来，整个乡土世界得以充分

---

① 陈娟：《王跃文，湘西有一座"家山"》，《人民文娱》2023 年 5 月 29 日。

② 阿城：《闲话闲说——中国世俗与中国小说》，作家出版社 1997 年版，第 89 页。

展开，形成一个巨大的生命之场。那么，如此这般地展扬俗世俗事的意义何在？在中国乡村这个"官体结构"里，最难梳理的是诸多事物之间的文化关系，其中，政治文化是中国传统文化的核心。中国人的社会属性和自然属性的矛盾，在乡村文化、政治的对立中更显尖锐，在对立中也就更显复杂性。《家山》所表现出的强大的家族气势、气韵，表明了与社会整体结构的某种制衡。但是，看上去，王跃文并没有完全以个人视角对复杂的存在先验地作出界定，而十分清楚这个庞大的乡村世俗是活生生的多重存在，因此，他似乎在竭力摆脱以往"乡土叙事"的若干套路，尽力以一种"平视"的目光书写乡村这个庞大之"象"。这个大"象"，是由无数绵长、舒缓而细密的乡村日常场景构成，就像一幅"清明上河图"的长卷。而"象"背后更有着一个"意"，"意"中饱含着强大的、新的历史力量。在此，"大叙述"逻辑已然消隐，王跃文所执着的，应该是一种新的历史观念。

极力地呈现这个"象"与"意"形成的张力之"场"的元气、习气和生气，正是《家山》想极力铸造的浑然之境。这些，很自然地在叙述中或悄然或焕然地呈现出来，弥散在字里行间。乡土"沙湾"，既没有丝毫的矫情和抑郁，烟雨迷茫，也并非万里无云，只顾无风之树的轻逸。充分地呈现驳杂又包容的世俗情怀，倒是让"树欲静而风不止"的原乡情境，得以淋漓尽致地彰显出来。这些，也成为王跃文孜孜以求的原乡叙事伦理的驱动力之一。从一定意义上讲，叙述就是一切，整部作品难见作家另有审美之外的诸多功利心，而文学语言特有的诗性功能，正是《家山》所刻意追求、刻意求工的形式美学的自觉努力和自我期许。

或者可以说，文学性和"道德感"，浓郁的民间气息，也是文本能够实现"家山"本义和品质的重要因素。而且，王跃文的世俗观也在文本叙事中非常清晰地呈现出来。这主要在于，他给我们描绘出一个乡土世界"自为的空间"。这是一个浮世绘样态的空间，是一个活生生的、结结实实的存在。几代人在这片土地生生不息绵延，男耕女织，孝顺长辈，养老送终，生儿育女、繁衍后代，按照世俗的说法，"中国是经历过许多大灾大难的国度——从'春秋无义战'到'五胡乱华'，从无数宫廷政变到频繁的农民战争，何以'苟全性命于乱世'？何以平平安安过一生？确实很不容易。"① 但是，很显然，这并非《家山》这部小说叙事的终极目的。或许，乡土的匹夫父老可以充实世俗的声光色相，而文本结构里最终还是要建构出一种人文境界。这种境界既不规避周遭世界的嘈杂和变异，也不刻意加入后设情境，率真地书写，没有迁就、规避冗长中的松懈。我们看到，《家山》即便是对乡间婚丧嫁娶的场面描绘也格外精细，这些乡里的"大事件"，也能够让叙事直抵乡土的本然形态。

可以说，《家山》没有着意于诸如"苦难""革命""乡土中的粗鄙""血泪情仇""暗讽时政"等流行的乡土元素，而是用革命、爱情、婚姻等元素呈现紧适度、深广度。在这部小说中，"革命"总是隐藏在乡村故事的背后，不断激发起乡村自为状态或常态的动荡和"失态"。齐峰、劭夫、扬卿等人事业上的坚定、执着，更加厚重了沙湾几十年极其不平凡的乡村流年底蕴。应该说，《家山》里的"家山"是"重"的，不仅是沉重的，更是负重的。王跃文的感喟自在其中。革命与历史，革命与家族，人性的善良和顽疾，统统在王跃文的重组记忆中，落实了往事的妙微精深，没有虚妄的幻想，而是以"沙湾"为中心，提供 1920 年代至 1949 年代最重要的历史空间。因此，若是从革命与历史叙事的层面讲，这个"家山"的意义和价值，也实在是要重于泰山的。

另外，能否在叙事上开创新意，想必也是王跃文从构思到完成这部作品始终的情感诉求和精神牵挂。但他在行文上还是执意选择那种自然的时序，结构上也没有任何形式主义美学的扩张。王跃文的文字平淡隽永，从容不迫而少见机锋，更加彰显出其朴素、朴拙的才情。诸多平凡得不能再平凡的生活场景，不断被文字轻轻地点染，似乎在一种很缓慢的流淌的时间状态里逐渐生动起来。俗世化与抒情化、史诗化相互融合、交织，这是并不矛盾的美学选择。当然，极简的白

---

① 樊星：《从"怀一种世俗"到人情练达——漫谈阿城作品中的世俗智慧》，《当代文坛》2021 年第 5 期。

描，更能显露出作家的文字功力，发散出叙述本身的力量。可以说文学性是王跃文《家山》整体性的追求。尤其叙述语言，这种区别于任何其他语言的文学语言的本质特性，是使得文学成为文学的重要标志。《家山》悉心将我们引入文本的语言本身，刻意地引向音韵词汇、句法等形式因素，形成"王跃文式"的乡土文学变奏曲。

现在，或许我们会愈发清楚究竟是什么力量的驱使，激发出王跃文创作力和潜能，以竭力打破创作视野的局限。对于厚土的爱恋，不断地被内在的激情所撞击，使他描摹出人、事物、自然、风俗等乡村日常生活形态。前文已述，王跃文这部《家山》，乍看起来颇能呼应贾平凹那几部杰出的长篇巨构，但两相比较而言，从《家山》所呈现的叙事情境中，更能见出枯涩和孤寂的一面。这绝不仅仅是美学风格层面上的差异，更是数百年来人文生态中鼓荡着的"元气"使然。湘西"沙湾"的人文场域和地理视景，荒僻山乡既有的愚顽、不乏僵滞的习俗，上世纪二三十年代亘古难变的卑微乡村的奇诡，似乎比历史更加周折、复杂，构成乡土世界的小史。倘若以人文的温度冲破古老乡土的鬼魅阴影，也不啻是作家深深植下的自我感喟，以那种自由自在的审美风格，去捕捉大历史背景下的断壁残垣，始终保持着深描、镌刻细部的愿望和冲动。小说以坚执而朴拙的叙述，重视社会的构形与历史、时间的推演，叙述力求贴近民生的真实状态，拒绝单一的价值判断，对"民间社会"的整体性把握，容纳乡土世俗世界的千奇百怪，在粗粝中得细致，且实属止于其所当止。其实，这样的写作，看上去并不陌生，但却知易行难，其行文大巧若拙，沉潜日常，没有丝毫矫情，隐而不彰，于无明中见光彩，这正是那种需要狠下功夫的技艺。当然，这也是《家山》叙事以平易美学取胜的关键。所以，这部《家山》，让我们产生了对乡土小说更加长久的期待。

"只有实事求是地把审美活动看作生命活动系统中的一种自我鼓励、自我协调现象，才有可能破解人类的审美之谜。"[①] 我相信，王跃

---

① 潘知常：《"因审美，而生命"——再向李泽厚先生请教》，《当代文坛》2021年第2期。

文就是这样一位将审美活动视为生命活动的作家，他在历经这次自觉地与自己以往"驳杂"书写的审美"断离"之后，业已实现文学叙事的一次自我"摆渡"，完成对其小说创作行旅中的一次最大挑战。这不仅是他赋予家乡的一个新的意义，而且，让更多的人们懂得了文学视域内外"乡关何处"的精神气度和灵魂归属。

话语生活中的真相

——李洱小说的知识分子叙事

一

我始终认为李洱不仅是极其重视小说技术、颇具先锋意味的作家，而且，也是一位努力使自己尽力置身于发现之中的作家。他对生活和世界一直保持着怀疑和警惕的姿态。李洱说："我愿意从经验出发同时又与一己的经验保持距离来考察我们话语生活中的真相。在写作中，我的部分动力来自形式和故事的犯禁。"① 显然，李洱在寻找他自己体验、理解和表达当代知识分子存在的角度、方法和方式。与众不同的是，在他的写作中，他不仅发现了"话语""叙述"的表面特征及其潜在逻辑之间，语言的经验特征及思想本身之间的相互依存与分野，而且，他在所谓传统意识形态话语、语词的乌托邦，"日常生活话语"之间捕捉到或发现了知识分子特有的"存在性话语"及其困境，并使之在叙述的巧妙和机智中获得思想的张力，洞察其中不可知的内在秘密，发现知识分子自身的多重叙事可能性，发现他们赖以生存的话语的生成和失落。知识分子的公共历史或存在境遇被李洱重新编码，衍生成对知识分子个人内心生活的情感表达。我感觉到李洱在知识分子叙事上潜在的叙事雄心，他试图去写作这个时代知识分子的精神发展变化史。因此，在他的"叙事诗学"中就呈现出很大的包容性。在对个人经验、个人无法进入公共空间、个人生存方式及其困境

---

① 李洱：《夜游图书馆·自序》，浙江文艺出版社 2002 年版，第 2 页。

毫无保留的揭示中，既有对于知识分子神性、人文性、和谐性、永恒性追求的古典情结，又有对其浮躁、寻找、怪异、失落、裂痛等精神震荡、集体无意识的深刻剖析。李洱的知识分子叙事儒雅、机智、诙谐，既具有深厚、结实的古典性，又具浓厚的现代主义诗学特征。从整体上讲，李洱的知识分子叙事，基本上不关注重大的历史、生活事件，而是不断返回到个人的日常性存在，个体生命体悟，直指知识分子精神内核的蜕变。这就使李洱的叙事具有生活的刺痛感和焦虑性。从《午后的诗学》《导师死了》《悬浮》《抒情时代》等中、短篇小说到长篇《遗忘》和《花腔》，无论是人物和主题、人伦道德概念，还是不同的文本语境、各种复杂的结构形式，都围绕知识分子的话语生活，他们的"讲述话语"和自身的"被讲述"，展示他们在各种不同环境中的根本性虚空。

　　一个作家对小说叙事话语的选择，或者说其独特的话语形式和艺术质地，最终都取决于写作中的叙事倾向。李洱的知识分子小说表面上看只是知识分子日常生活、基本存在形态的描述，无论是主题，还是人物，并无明确的指向性内涵、意义，但他的话语中，包括叙事话语、叙事视角都隐含着强烈的哲理意蕴。李洱在上世纪八十年代末开始写作，九十年代中成名，李洱的写作恰恰置身于中国进入消费社会的过程及历史现场，但他却并未进入带有任何时尚性、功利性的消费写作，他格外重视对当代、现代知识分子日常生活的审美解释，并将其艺术地转化为审美图像。他很早就清醒地意识到，有关知识分子写作的经典化和浪漫化、传奇化时代已彻底终结，日常的政治、社会、历史以及经济的整个现实都与超真实的仿真维度结为一体，作家已经渐渐走出审美幻觉。李洱既不热衷于戏仿，也无意进行策略性拼贴和仿真，而是坚持从人和生活的"存在性"，尤其话语存在的现实可能性出发，在"话语""叙述"方面进行有广度、深度和复杂度的掘进，并以此为切入点，对知识分子的存在进行广泛质疑，在知识分子这个生产话语的群落的叙述中，颠覆其生存表象内在的虚伪性。

二

二十世纪九十年代，随着当代社会政治、经济文化的转型，知识分子受到市场经济现实的猛烈冲击，原来的相对安宁的体制内生活已不复存在，而被裹挟进驳杂、碎片般的社会空间，因此，当代知识分子的生活形态和精神状态也开始日趋复杂、暧昧，包蕴着多种存在的新的可能性。而精神存在方式的发生变异，表现为知识分子昔日巨型神话的坍塌，他们陷入现代生活"喧嚣的孤独"之中。可以说，李洱是较早意识到知识分子精神性存在发生重大变异的作家之一。知识分子既是文化与价值的载体，同时又是社会经济的主体，他们既有神圣性，也有凡俗性。与其他社会群体一样，他们也会出现浮躁和失态。李洱发现了并毫不掩饰地表现当代知识分子的这种精神性变异，他通过"叙述"对其"话语"变异进行了"艺术变形"，呈现出他们的各种荒诞情境，把人的精神困境推到极端，也把人物的心理状态推到极端。一般情况下，我们会更多地注意李洱叙述的反讽化和谐谑手法，和以此表达的知识分子无法真正融入当代现实环境的困窘与焦虑。实际上，李洱在写作中所刻意的是，将知识分子的存在性焦虑"话语化"。在《午后的诗学》《遗忘》《导师死了》等篇章中，现实就是话语，话语构成了一种生活，生活由话语呈现，话语同时改写了生活。在《花腔》中，历史就是话语，话语创造了历史，话语在颠覆、解构历史的同时，自身也遭遇危机和尴尬，而这正是知识分子在当下的个人历史和存在的真相。

《午后的诗学》和《导师死了》是李洱迄今除长篇小说《花腔》之外最重要也是最好的两个中篇小说代表作。值得我们注意的是，知识分子精神与话语秩序在李洱的小说中经常发生变形移位，丧失其传统的"合法性"存在。《午后的诗学》中的费边、《导师死了》中的吴之刚的生存状态首先呈现为话语道德感的迷失、人生的失败甚至生命的灾难。可以说，《午后的诗学》呈现了文学写作所能达到的极其纯粹的文学语境。这篇小说，让李洱找到了一个新的美学起点并显示了他对"存在""话语"把握的力量。在这篇小说里，宏大叙事彻底解体，对个体生命存在的确证及讲述成为有效的表达方式。很显然，这是一篇表达人的存在焦虑的小说，它从人物的"言说"出发，讲述费边生存的各要素及其细节，他的精神和话语生活在社会转型中所遭遇的多重困境。作为知识分子中较高层次的诗人费边，在自信地讲述"高贵"的同时自身却跌进了俗世的旋流，以自身的无奈演绎着马拉美《焦虑》中的罪愆、灵魂的风暴和人性的高贵。诗人的生活必然是体验着的生活，反思着自身的生活，而且，诗人与现实生活的关系或和谐、对应，或抵触、龃龉，都是通过一种内在的心灵活动的过程实现的。也就是说，费边自身的内在的生活结构本身，似乎已决定他与没有也不可能有内在精神结构的现实的对立性。而他那诗人特有的感受方式、向度和话语角色感又使他远离集体想象而进入个人玄想。这种冲突的结局呈现为费边现实生活的溃败和话语生活的盛宴的落差，他只有在消费话语中才能确认着自己的存在，最终完成人格的自我消解。费边的恋爱、婚姻、事业以及全部精神生活都转化为话语的展示或暗示，我们从话语的展示中看到，费边的主观世界决定着他主体存在的客观世界。李洱深悟现象学大师胡塞尔"回到事物本身"的理念，所以，小说中费边所直接面对的，并不简单是现实生活中的世俗、物质对象，而常常是活跃于他意识中的自我意识现象。马拉美的诗句、但丁的《神曲》、莎士比亚的戏剧、亚里士多德的哲学都成为费边存在的内在的精神性依据，费边的意义也正是在这种意识的创造性活动中建构起来的。小说呈示了费边精神活动的私人性特征：事业的郁郁不得志，友情、爱情、婚姻的困惑，精神的颓唐，但他仍对话语满怀冲动。"几年之后，当一切都分崩离析不可收拾，当各种戏剧性情景成为日常生活的写真的时候"，费边仍在朋友的婚宴上给同桌的一对恋人讲着柏拉图的爱情说，仍一如既往地构思他的诗歌《午后的诗学》，他感慨"一切都在发生从大到小的转变。诗歌呢，是从大诗到小诗，连厕所都有从大到小的转变问题——火车站的厕所从大茅坑改成了坐便"。费边在自由自在的精神漫游中找寻"经典话语"的力量和对自我的存在支撑，同时也在对"话语"的戏谑中拒绝来自心灵的拷问，以此模糊伦理的界限。一般地说，知识分子特别是诗人出于对精神生活的爱好和信奉，往往轻视甚至蔑视粗俗泛滥的物欲，在物质面前都表现出淡泊或弃绝的态度。但"现代知识分子当然也并不拒绝现代化所带来的物质上的方便，真正的弃绝主义毕竟是少数；但他们在借用现代物质手段的同时仍然保持着对理想生活模式的向往，他们对自己不得不处于其中的物化环境保留着清醒与批判态度，因而正是他们才能发现并反对工业文明下人的异化状态"①。而费边则在凌空蹈虚、精神觉悟、进行灵魂布道的同时，还有自己俗世的常识感和务实原则，同样钟情于物质并对现实具有一定的妥协性。他运用、利用话语也解构话语，在话语生活中对现实开着米兰·昆德拉式的"玩笑"，享受着"智慧的痛苦"，直到彻底凡俗化，直到诗歌的最终消失。可以说《午后的诗学》中的费边是李洱对当代知识分子人物形象画廊的一个独特贡献。

从一定程度上讲，中篇小说《导师死了》颠覆或阻隔了我们寻找终极意义的现实与理想路径。"导师"在某种意义上说是高于"诗人"的更高文明层次上的精神化身、文化语码和指代。导师之死，从本质上讲，表现为对人类生存的本源性与终极性的怀疑和无奈。导师为何而死？如何死？怎样死？导师生存的真相如何？这种追问在小说的叙述表层根本上是缺失的，因为生存的本质，生活的终极性意义在这里是不存在的。而对导师吴之刚生活中诸多迷惑、疑问、悬疑等真相的揭示，有可能是对精神真相更彻底的否定。小说叙述者通过对导师死亡过程的回忆和"讲述"，努力梳理导师精神、物质生活的种种细节，试图在情感、敬畏、高尚的意义上恢复导师的风貌。但李洱仍然是设计了将导师始终置于"话语"旅途中的方式，从文本上说，导师自身始终是被"讲述"的，是缺失的，"叙事"是对缺失的缺失性叙事，这看上去是作家的纯粹方法上的叙事策略，实际上是指向一种存在"现场"，指向一种本质是对知识分子存在真相的根本性解构。李洱扭

① 李书磊：《当前中国知识分子心态分析》，祝勇编《知识分子应该干什么》，时事出版社 1999 年版。

曲和撕碎了一些东西，也修复和还原了另一些内容。"导师死了"是否可以对应"上帝死了"已变得并不重要，关键是活在"话语生活"中的导师正渐渐地在推动话语时扭曲着话语，所以，身体的消失与否也已经不足以和精神寂灭给人的震撼相比了。李洱无所顾忌地摆脱了许多经典叙事可能给文本带来的窠臼，他完全是在一个新的叙述出发点上，在多重历史或现实关系中把握"现在"，表现当代人文知识分子文化冲动的衰竭场景。小说中所描述的是作为民俗学学术权威的吴之刚教授，为了"报答"常老，已先在学科话语内将自己的学术自主精神自戕，后来其遭遇的情感的悲凉，欲望的乖张，灵魂的孤独与绝望，更让我们看见了导师生存环境的恶化。而日常生活的庸俗化，既消灭了导师的肉体，也使人们觉得自己似乎并不需要导师，这无疑是人的存在性悲剧，是人的精神性苦难。吴之刚最终在疗养院以奇妙的方式终结肉体和精神（思考）的存在权利，也暗喻了一切话语存在的虚无。而且，终极性真理的迷失，使得知识分子对世界乃至自身产生了怀疑，在权力、经济、世俗的强力挤压下，他们的主体性逐渐走向黄昏和没落。这部小说追踪、记录了当代知识分子这个时期精神的苦难历程，体现出"话语"与"话语"之间文化逻辑的对立。李洱本人也对这篇小说钟爱有加："对它，我一直有着特殊的感情。从某种意义上说，它为我后来的写作，打开了一个全新的领域。我后来作品中的一些基本主题，比如日常生活，性与权力，知识分子的话语生活，等等，都由此而来。"[①]

中篇小说《抒情时代》《悬浮》，短篇小说《夜游图书馆》《喑哑的声音》《黝亮》《饶舌的哑巴》等在主题学上都是《导师死了》的延续和进一步充分的展开。其中《夜游图书馆》是一篇别致的小说，它以写实的笔法表现了一种荒诞。小说写几个青年知识分子深夜去大学图书馆窃书，他们惊异地发现，他们"见到的好书越多，他们就越难受，他们搞的书，虽然纸张已经发黄，但大多数都还没有人借过"，于是，他们努力想带走更多的书，他们开始撕书，将经典的篇章带

---

① 李洱：《破境而出·后记》，中国社会科学出版社 2001 年版，第 254 页。

走。小说的现实场景构成一个巨大的隐喻：在现时代，人类的知识和文明仍被闲置和废弃。主人公徐渭在其中找到了自己的小说集，并将它带走。可以想见，作为话语载体的图书的被遗弃或冷落，成为知识分子的另一种失语。

爱情和性，也一直是李洱在小说中探究的主题，而且从来都与人的存在境遇有着密切的关联，我们可将这类小说看作是他对知识分子个性存在的隐秘的揭示。《喑哑的声音》和《悬浮》都是讲述中年知识分子隐秘的内心情感生活，从性爱到精神，从世俗婚姻到反常规的情感，小说细致地刻画了其中变迁的过程，涉猎人生隐秘的角落。李洱既没有从怪异的一路去贬抑这种情感，也不做过分渲染，他的叙述还避开浪漫化的诗性铺陈，而是探寻其中一些非常个人化的情感。《喑哑的声音》中的孙良，《光和影》中的孙良、《悬浮》中的杜衡和孙良（孙良是李洱许多小说中主要人物的名字）都属人文知识分子，都遭遇了情感的迷惘和窘境，在日益变迁的当代现实生活中出现了伦理观念的错位。小说没有强调真切的同情和情景交融的人文理解，而是更多地关注一些存在真实。小说中几位女性似是而非的生活、情感经历，没有着落的、处于情感悬浮状态的心理轨迹，以及他们与她们之间、她们自身也难以达到的正常理解和沟通，注定了知识女性悲剧性角色及被扭曲、相互逃避的现实境遇，这几篇小说同样显示了李洱扎实的叙事功力，不同凡响的是，他的叙事已超出了传统的古典伦理，构建了九十年代关于情爱的叙事法则，呈现出文学写作的后现代征候。在这里，情感生活中喑哑的"声音"，话语（交谈媒体）的"悬浮"，体现出知识分子情感的失重和灵魂的无所依傍，他们在现代社会生活中的精神晕眩。孙良们和中年知识女性在精神生存临界线上的心灵挣扎和隐忍，对幸福归宿的真诚向往。李洱在发掘那种刻骨的真实性，逼近"原生态"的叙事雄心正是他写作的追求。现在的问题是，知识与性，是否构成了知识分子日常生活或精神性存在的最后支点，是否也指代生存、生活最后的希望，这种思考、艺术判断和表达的多重性在李洱一系列中、短篇小说中呈现为种种生活样态，被表达得有棱有角。扭曲与自尊，痛楚和哀怨，生长与扼制，精神与物质相互重叠，达到一种呼应，成为对知识分子已略显破败生活的重新修补。李洱尽力控制着自己个人化的文学经验，表现了一种当代人文知识分子种种生存预设和话语束缚的日常生活和精神状态，将"日常场景"和话语形态彻底地推到了知识分子叙事的中心。

三

二十世纪九十年代的文学尽管有些怪诞奇妙，混乱而不可思议，但却是一个生气勃勃的转型期。这个时候，许多作家已不再寻求共同的终极目标，而乐于以个人姿态游走于那些中间地带，李洱无疑就是其中之一，但他更愿意在写作中建立自己的文学表现方式和叙事立场。《遗忘》和《花腔》就是以相当大的艺术震撼力，继续表达着李洱对当代知识分子的独特思考，充分地显示出巨大的艺术勇气、自信心和探索精神。现在看，这两部长篇小说，已成为近二十年当代小说创作中极为重要的作品，在知识分子题材小说创作中具有革命性意义。两部小说基本上都采取写实与形而上虚构相结合的方法，无论是小说文体还是题材处理，它们都与李洱前些时候的写作有重大的区别，在这里，李洱的写作意外地接近了米兰·昆德拉的"小说是引人发笑的"文学理念，使知识分子及其"话语"在"狂欢化"的语境中走向了平民化、世俗化，滋生于多种文化形态共生与存在的土壤。他在相当深厚的层次上写出了知识分子颓败、荒诞而真实的当代图景。小说通过"话语"，包括知识分子自身的话语成分、作家的叙事话语，呈现出人物历经的种种精神苦难、生存境遇、生命求索。话语散发的不仅是幽默、反讽给阅读带来的思考气息，更多的是提供了强烈的悲剧意味，其中不仅有话语的颓败，更有精神的迷惘。

《遗忘》最初在《大家》杂志"凸凹文本"特辑中作为文体实验发表，引起的基本上都是关于小说文体革命、纯粹的文本实验的讨论和研究。我不否认小说在叙述策略和文本技术方面所做的文类创新努力，它作为一个具有多重可阐释性的"文本"给我们的阅读提供了智慧、智力的表现机遇，还有，它在一个虚构危机时代带给人们的审美上的惊异。但事隔多年，现在回头来看，这部小说之所以生命力犹在，仍能够在人的思想深处引发震动和反响，并非单纯是文本形式怪异，叙事结构和机制的魅力，而主要是文本形式背后隐含的那些本质性问题，一个时代最根本的问题：对文化、生命、精神的深刻揭示，对当代文化、人文现状、对当代人文知识分子真实的虚构，以及由此带来的尖锐感和刺痛感。小说主要表现历史学家、导师侯后毅对弟子冯蒙博士的学位论文提出了与众不同、不可理喻的荒诞要求，要冯蒙对嫦娥这个文学、神话人物进行历史学考证，并证出"嫦娥下凡"的过程，包括侯后毅本人与嫦娥之间的特殊关系，即嫦娥下凡完全是为了表示她对侯的爱恋和钟情。但研究生冯蒙根本不可能与嫦娥做任何现在时的对话和交流，更无法进行推理，论证其中的逻辑关系。加之冯蒙与曲平、与师母罗宓微妙、复杂的情感纠葛，小说中的神话传说和现实生活发生互为推动、缠绕，互为挤压，在对历史和神话的假想中表达现时存在的神秘、荒诞和悖谬。整部小说基本上是用想象性话语进行叙述，这里，故事本身是想象的，侯后毅与嫦娥的关系是想象的，现实也完全依赖神话传说被推进、被戏拟。由于侯后毅近乎走火入魔地对现实与神话，也就是存在与虚无的混淆，神话、现实的逻辑秩序被颠覆、被解构、被拆解。具体地说，一个著名的大历史学家，倾其一生的精力和生命去论证一个根本就不存在的神话、传说，仿佛已然遗忘了自己庄重而严肃的史学家身份。我们看到他生存的空间完全是"话语"的空间，而"话语"也已全然没有了实实在在的历史或现实依凭，神话可以修改增删，历史可以拼贴，现实也必然都是存在谎言的世界。侯后毅在遗忘自己生命起源的同时，任何权威话语、个人性话语也都变得更加虚妄和毫无依据，最终，想象性存在和话语一样衍生成为一种生活方式，即话语生活的方式。所以，知识分子的角色感渐显朦胧、模糊，我们在文本中已无法判断现实与虚构的本质区别，同样，我们更无法通过话语甄别知识分子存在的精神内核是否坚硬如初。我觉得，它是李洱制造的一个"现代知识分子神话"坍塌的事件。事件的导火索则是话语本身的相互引爆，因为，思维和存在的关系就是由话语建立的，在一定程度上，话语的维度决定规约着人的现实选择的方向。也就是说，知识分子在这里既丧失了话语的建立者身份，也迷失了话语的阐释途径。

如果说《遗忘》在戏谑神话传说中瓦解了知识分子的话语生态，呈示其追求神性、秩序和谐与永恒的叙事冲动，显示出喧嚣、怪异、失落、裂痛感的话，那么，《花腔》则在仿造历史的话语中揭示、暴露知识分子历史话语自身的缺陷和局限。李洱充分地发挥了他小说家的天才和机智，彻底地将主要人物葛任置于多重话语的讲述中，完全"剥夺"了他自己的话语生活，让葛任（个人）的个人生活寓居在"众声喧哗"的声浪之中。关于《花腔》，人们都非常注意小说与历史的关系，在人们的传统小说观念中，认为小说只有在与史著攀附在一起的时候，方能显示出小说"补正史之不足"的文体分量。李洱实际上是假借历史演绎知识分子在当代现实中的颓败，以此完成对知识分子心灵的解构，尤其是对种种传统意识形态话语、私人话语的解构和重构。那么是否可以说，倘若在李洱小说中文学和历史出现惊人相似，也可以权当是一个意外。说到底，小说文本反复想要在"叙述"中最终解决的问题，就是主人公葛任生和死的真相问题。其实，这是一个永远也无法回答的问题。不仅葛任的生存或终结生命都取决于话语，葛任已是"符号"、是"影子"，而且，"讲述""叙事"话语本身也不可能有确定的话语秩序。这就是说，一方面，《花腔》中的"众声喧哗"是努力向我们呈现出历史的原始质地、丰富性、多种可能性；另一方面，实质上作家是在运用一种话语（文学话语或文化话语）消解另一种话语——传统意识形态等合力构造的历史话语。这样看，主人公葛任由于双重话语的挤压而存在于话语的撞击中，让我永远无法看到他存在（或不存在）的真相。历史话语以往的坚固性也遭到毁损，在跨时代的讲述中，他的个人性、私人话语又不能获得自我确证，那么，谁又能确定一个人真正的时间和空间位置呢？辨别出知识分子最后的精神居所呢？

在知识分子问题上，毛泽东很早就曾提出过著名的"皮毛理论"，即知识分子不是一个阶级，只是一个阶层，在进入社会实践中它必须也必然像"毛"一样，要依附到某张"皮"上。"皮毛理论"有其充分的理论和现实依据，其形式和推行方式也有足够的象征意义。在这里，"皮"显然是喻指被预设的某种话语体系，知识分子这根"毛"的张扬或失落，都只能在这张"皮"的平面上获得话语的直接经验或进行精神的腾挪，这也注定了这个群落在社会、政治许多层面可能遇到的困难，以及由此带来的悲剧性。从《花腔》的文学叙事来看，李洱试图在多元文化视野中，在"叙述者"营构的时空变幻的结构中展开叙事。叙述有意让不同时代，不同身份，不同环境、背景的语言混淆杂陈，造成巨大的落差和错位感，目的是最大限度地表现时代文化的多元经验。葛任看上去像飘移的影子，像是行走在各种话语边缘的精神幽灵，他可以被任何叙事话语或个人经验进行置换，他生活在一个话语的氛围里。可以这样讲，李洱实际上是在运用近乎历史学的叙述方法进行小说写作，但其中人物、事件、诸多文字记载、记忆已变得并不重要，"真实"已彻底文学化，从另一角度讲，也可以说是小说将历史彻底文学化，或是小说使文学历史化。按照海登·怀特的观点，历史学家同样是依照情节模式对历史事件重新编码，进行改造，这种处理也与文学有异曲同工之妙，因此，小说与历史两者在"话语"叙述中词与物的对应关系上，都表现出所指的不可确定性，葛任在文本中的存在也就无法确定。葛任既属文化创造型知识分子（他是马列学院编译研究室译员、理论家），也算批判型知识分子，但在小说叙述中，在话语分析的层面，他的革命性、政治抱负、人生理想只能存在于多重讲述之中，他在现实中已无处藏身、无法想象，因为话语权丧失，连葛任自己都已无法确认自己的存在位置。李洱将关于他的自传命名为《行走的影子》，他的诗命名为《谁曾经是我》也表明葛任自我的困扰、疑惑。作家找不到他的存在真相，葛任连同他的影子已被强大的叙事话语吞噬，话语中的葛任失去了自身。即使从叙事时间上看，葛任的生命、存在时间在文本中已是不合乎自然时序或历史时间的个人时间，也不具获得结局、意义的可能。在《花腔》中，知识分子自始至终都处于话语的相互纠集、缠绕之下，其命运的无奈，宿命般的沧桑起伏不定，生命只能在汹涌的时间之流中最终渐渐隐逸、寂灭。所以说，《花腔》的叙事是关于现代知识分子的悲剧性叙事。

李洱近十几年的小说创作，专注对知识分子群体的精神考察，他通过独特的话语形态、叙事策略的不断变化和调整，面对"现在"写作，在生活的缝隙捕捉当代知识分子生存的奇观异质，表现、解析中国所谓"现代性"历史发展中知识分子被解构的"后现代"感觉和体验，显示出执着的精神性，并渐渐形成了李洱式的"叙事诗学"。不夸张地说，《午后的诗学》《遗忘》《花腔》一出，就已成为很难再对其模仿或借鉴的知识分子叙事的特色文本。他用个性叙事取代、替换了意识形态叙事，使"叙事性"向多元性的转化成为可能，这无疑是对新的小说审美表现形态的一种革命性建构。李洱小说叙述以其自由而富有穿透力的话语形式，对知识分子进行了独到的描写，他的小说不仅让生活艺术地发生变形和变异，主要是，让我们看到了知识分子存在的种种局限性，看到了事物、生命存在的真相。

班宇东北叙事的"荒寒美学"

一

难以忘记上个世纪八十年代中期，陈平原、钱理群、黄子平合作过一篇重磅文章——《论"二十世纪中国文学"》[①]。在这篇文章里，他们提出要将二十世纪中国文学作为一个整体来观照，将其放置于"世界文学"的大背景下，描述并勾勒出基本的轮廓。其中特别对于"以改造民族的灵魂"的总主题和以"悲凉"为基本核心的现代美感特征，做出精神和美学层面的判断。于是，在一个极其开放性的视域之下，他们展开了对二十世纪前八十余年中国文学的梳理、阐释，试图做出审美界定或理论定位。在讨论大量书写中华民族蜕旧变新的历史进程的文本及其总体美感特征时，文章以"焦灼""悲凉"作为核心关键词，以"悲凉"为其深层结构的美感意识，形成对近一个世纪文学的总体把握和研判。他们将美感特征描述为"悲凉"，用"悲凉之雾，遍被华林"来形容和重申民族在不断进步和艰难崛起时所面临的痛苦和曲折，用它描述以鲁迅为代表的二十世纪作家对整个中华民族的沧桑感、悲凉感。这种"悲凉"，在文本呈现的氛围层面，就形成艰涩、冷硬、荒寒的存在形态和语境。但同时，它也表现为叙述主体对现实、存在的绝望与虚无的反抗和搏斗，是文学叙事对现实、存

---

① 陈平原、钱理群、黄子平：《论"二十世纪中国文学"》，《文学评论》1985年第5期。

在、民族、人性等思考进入哲学层次的全方位呈现。

二十余年之后的 2007 年，我与作家阎连科先后在大连、沈阳和本溪，进行了近一周时间的文学对话。我们在讨论阎连科的创作时，曾经多次提及二十年前陈、钱、黄三人的这篇二十世纪中国文学"论纲"。在这次对话中，我们似乎难以轻松地走出他们概括的二十世纪"悲凉"的文本氛围和审美感受。从阎连科自身的写作出发，分析、讨论他文本中冷硬、荒寒的审美元素，似乎更能印证上述判断的准确性、合理性。并且，从文学呈现存在世界的深描维度，引申出文学叙事中的哲学意识、写作发生的精神逻辑起点等问题，由此引发了阎连科对自己的写作理想、美学追求、精神向度、美感价值和现实意义的深度反思：

　　张学昕：孤独大多是来自于生命无意义的想法。你《日光流年》里三姓村是孤独的，《受活》里受活庄是孤独的，从这个角度讲，《丁庄梦》是一种极度荒寒的孤独，其实这就是人类的一个缩影。你在写作中，是如何意识到这种存在的整体的荒寒？你是有意要在文字中张扬这种美感特征吗？

　　阎连科：我知道自己经常有神经病似的荒寒的感觉，但没有意识到世界整体的荒寒，也没有有意地在文学中整体地张扬这种荒寒。我就是感到荒寒到一定时候，到了不能给人说又特别想说的时候，就动笔去写小说。孤独也好，荒寒也好，我会去做那样的比较：一个单身，无论他如何地快乐，和一个温暖的家庭比起来它还是孤独的、荒寒的。一个幸福的家庭，和一个兴旺的家族比起来是孤独的、荒寒的；一个兴旺、发达的家族，和一个繁荣的城镇比起来是孤独的、荒寒的。如此类推，小城市和大城市比，大城市和北京、上海比，北京、上海和东京、纽约、巴黎比，小国家和大国家比，比如巴勒斯坦、塞尔维亚、冰岛、塞黑和中国、美国、印度比，还有穷国家和富国家比，如朝鲜和日本、美国、欧洲国家比。还有，把这个人类放在宇宙里比，这个星体是多么地小啊，它是多么地不堪一击哦。这样一比，就觉得怎么都没有意思了，无论你是一个人、一群人、一个民族，有谁不孤独，有谁不孤寒？其实，我们人类有个同样的不被发现的内心，那就是荒寒和孤独。[①]

由此观之，荒寒和孤独不仅是属于内心的，它更是一个环境、氛围、语境和"现实之镜"。对于阎连科这样的当代中国作家，他在出生并成长数年的北方中原，亲历并感受到历史、时代发展过程中，人直面存在、现实、命运、苦难时所亟须的执着、坚韧、隐忍和自强不息。这些，早已构成他写作的精神起点。在此后的思考和研究中，我注意到偏北方的作家在精神气质和文化积淀上，与南方作家的显著差异性。北方，或者说"东北"，作为一个特定的历史、文化和自然地理的场域，生活于其中的作家在审美叙事过程中所呈现的性格"内核"和"硬核"，在一定程度上似乎更加"率性"。而那些象征的、隐喻的物象或情境，或者说，一种隐匿在叙事里的感觉、直觉、映象，都构成叙述中"审美的第二项"，被巧妙地融入叙事的根部。其实，那种"经常有神经病似的荒寒的感觉"，就是一种大意象产生的诱因，构成阎连科叙事全部的"情感与形式"，强烈的意绪奔涌，在"坚硬如水"的结构里若隐若现、此起彼伏。此后，"冷硬与荒寒"，这样一个介乎心理感觉或美感之间的审美意识或"意念"，就成为我阅读文学作品时经常关注、用心体味的一个审美层面。我们能够意识到这种"荒寒"感，经常隐约出现在许多当代中国作家的文本中，显露出叙事对现实和人性的冲击力，逐渐成为经验世界里具有神秘、幽微、沉郁的美学元素和精神范畴。现在想，多年以来，阎连科为什么要在叙事里如此"肆意"地呈现"荒寒"呢？也许，一个杰出作家的责任担当，一定不会辜负每一个严峻环境下沉默的灵魂，他必定要尊崇弱者的尊严和信念；并同时感动于、致敬于贫弱者的不堪挤压，就像野草

---

① 阎连科、张学昕：《我的现实 我的主义》，中国人民大学出版社 2011 年版，第74—75 页。

重生，顽强地在困顿里抵抗肃杀、荒寒。文本所张扬的这种内在隐忍精神，如"疾风知劲草"，同样可以辐射出生命自带光芒的不屈品质。这种气质、气度，又仿佛灵魂的"耳语"，在风中言语，在风中倾诉，在叩问生命本质时，突显、揭示生活和人性内在的真相。

在这里，我从阎连科自我意识中强烈的"荒寒感""荒寒意绪""荒寒叙事"，也能感受到大量的东北文学、东北叙事与其极强的相似性、相近的美感特征和样貌，并从萧红、迟子建、班宇等几代作家的文本，爬梳出一条独特的审美路径。其中隐约可见的潜隐在文本深处的"骨子里"的"孤寒"，构成叙述的内在精神元素，像一束束幽光，释放出人性的、自然的，尤其高寒气候所带来的刺激和疼痛。我以为，我们能够在其间触摸、切入到人性的、生存的创痛和精神的困顿，从生活史、心灵史、地域性和灵魂的维度，体味到作家精神关怀和生存思索的深度。

二

近些年，我曾经从"东北文学"的整体视域，考量自 1970 年代末、1980 年代初改革开放时代在黑、吉、辽的文学版图上，"东北文学"作为一种整体板块，那些曾有过的"喧嚣"和繁荣的情形。那时，曾经涌现出许多在"新时期文学"产生重要影响的作家，显示出"大东北"广阔的文学视域和对 1930 年代萧红、萧军、端木蕻良时期文学传统的继承。但是，从 1990 年代后期开始至新世纪二十年代，能够持续写作的东北优秀作家已经寥寥无几。像迟子建、阿成、金仁顺这样的作家，已经成为新时期以来东北文学的旗帜和"常青树"。其实，从整体上看，东北文学的现状，着实堪忧。在这里，我不想做太多的分析和评价，因为有诸多复杂的原因，有着文学和非文学的双重因素，限定、困扰着东北作家的写作。无疑，当代东北的现实如何才能进入作家的内心，需要更高"段位"的"比拼"才可能浮出当代中国文学的地表。记得有一次与迟子建交流东北文学的现状时，我们都无限感慨和忧虑：东北作家会否在一定程度上，愧对东北这片雄浑、辽阔的土地和近百年复杂多变的历史，以及广大人民和变动不羁时代的社会生活。东北作家要具有使命感和文化担当，这应是文学写作义不容辞的责任。实际上，百年东北的历史，可以说是一部漫长、复杂的精神、文化变迁与发展的历史。东北地域及其文化精神的蕴藉，承载着这幅文学版图之内的政治、经济、军事、宗教、伦理和民俗，呈现出东北的天地万物、人间秩序、道德场域，还有人性的褶皱、生命的肌理。在许多作家的文本里，我们已经看到近现代、当代中国的"大历史"，如何进入到东北作家的内心，又是怎样地开掘出宏阔的历史深度，呈现出东北叙事的雄浑和开阔。

如果继续追溯，除了"知青"一代作家群体，东北的"本土作家"如迟子建、阿成、金仁顺、刘兆林、达理、刁斗、马晓丽、陈昌平、李铁等，在改革开放四十余年的发展历程中，尤其面对世纪之交的东北，以百年历史和现实中的故乡为创作蓝本，以历史和美学的目光，审视和描述大东北的"前世今生"，许多文本都显示出对现代化进程中东北故事的文化、心理、精神的深描。王德威教授在写于2019年的《文学东北与中国现代性》一文中，对东北地域文化、东北文学及其相关问题做出拓展性分析和阐释。他将东北作家的写作置于"家族""国族""民族"场域之中，分析文学写作中的"跨界叙事的眼光"，"从东北视角对内与外、华与夷、我者与他者不断变迁的反省"评判"文学东北"所承载的和可能承载的潜在的叙述力量、地域经验和具有中国特性的现代性诉求。他强调要打开充分而饱满、深邃而旷达的文化及审美思辨空间，进而启发我们发现、发掘出"东北故事"文字背后，所蕴含着的广阔、复杂、变动不羁的大历史积淀和沧桑。王德威认为："在如此严峻的情况下，我们如何从文学研究的角度谈'振兴'东北？方法之一就是重新讲述东北故事。我所谓故事，当然不只限于文学虚构的起承转合，也更关乎一个社会的如何经由各种对话、传播形式，凝聚想象共同体。换句话说，就是给出一个新的说法，重启大叙事。我们必须借助叙事的力量为这一地区的过去与当下重新定位，也为未来打造愿景。"① 令人忧虑的是，进入二十一世纪二十年代，除了"50后""60后"作家之外，东北作家群体甚至一度呈现严重"断档"的忧虑和"后继无人"的尴尬。而"70后""80后"作家的写作，整体上更是呈现出叙事乏力的趋势，他们对历史、现实、存在世界的理解、认知、把握，需要更清晰的审美辨识度和新叙事伦理的建立。因此，在一段时期里，东北文学的地域性特征也渐显缺失。但是，近年我们看到，来自辽宁沈阳的年轻作家班宇、双雪涛、郑执等，正可谓横空出世。在三五年的时间里，他们的文本，迅速占据国内重要期刊的显赫位置，迅猛地产生令人注目的文坛影响力和不容小视的"轰动"效应。这让我们的眼前为之一亮，感到特别的振奋和喜悦。对此，我更愿意将班宇、双雪涛、郑执等新一代东北籍作家的写作，置放在当代精神、文化的价值系统里，从感性的体悟、文本的呈现，从对特定时代人性的发掘，到不乏理性的沉思，深入考量、分析他们近年的小说创作，所渗透和辐射出来的我们时代生活的心理、精神和灵魂的气息。尤其是班宇的写作，表现出更加充分的自信和恰切的叙事紧适度，已经渐显格局，而且从他近年的两部短篇小说集《冬泳》和《逍遥游》，已足见出他对现实清醒的洞悉力和表现力。我注意到他写作的爆发力、潜质和后续发展力，更体味到他写作的价值和意义。我相信，他和双雪涛、郑执等极有希望成为新世纪以来新一代东北的最重要作家。

当下最重要的问题就是，在我们今天的时代里，如何来讲述新的东北故事，以接续《呼兰河传》《生死场》《额尔古纳河右岸》《伪满洲国》《候鸟的勇敢》《年关六赋》《索伦河谷的枪声》的东北文学的叙事传统和风格，这是新一代东北作家的责任和使命。当年，在王兵拍摄的九个多小时的"毛片"《铁西区》中，我们曾看到辽宁这个"共和国的长子"，在时代重大变革中那些令人触目惊心的创伤记忆和自我反思的图像。此后，虽然表现 1980 年代末至新世纪东北当代现实的文学作品已经不少，但是，"与时俱进""随波逐流"的"速写"、白描式文

---

① 王德威：《文学东北与中国现代性》，《小说评论》2021 年第 1 期。

本居多，少有从新的视角，或从新的叙事伦理出发，发掘大东北的当代现实，贴近当代人的命运，呈现人在这段时期的情感、心理沉浮和复杂变化。现在，我们在沈阳"铁西区"走出来的班宇等作家身上，看到了"东北叙事"的新希望。可以说，班宇的小说，一开始就让人感到出手不凡。其文本不仅他的同龄人喜欢，即使我们这些已经算得上是"叔叔辈"的读者，也倍加赞赏。在一定意义上，他的文本，表现出的不仅仅是我们时代的某种精神隐痛，而且是一种超越了"代际"的、对于整体性的时代和社会精神状况的清醒认知与深刻呈现。特别是，我还在班宇小说里，深入地意识并体验到文本所蕴含的彻骨的"荒寒"之气，这或许也是东北文学叙事，对"北方"的某种特别的情感链接。可以说，班宇在这种独特的东北语境中，感受、捕捉并表达了最具个性品质的"东北气息"，并且在这种气息的氤氲里，耐心地诊断出两代人的心理、精神痼疾。可以说，"东北故事"已在班宇这一代作家的笔下，形成了新的叙事形态，并重构时代生活的记忆，业已形成对二十世纪"荒寒""悲凉"美学特征的贴近、接续和延展。

三

我曾在另一篇关于班宇创作的文章里，描述我初次阅读班宇小说的感受："一本《冬泳》，一本《逍遥游》，虽然只是班宇写作的开始，但已经显露出不凡的实力和气度。这两本由'轻型纸'印制的小说集，在我的手上沉甸甸的，我感觉它写出的不仅仅是东北，而且是我们这个时代历史和现实的沧桑与沉重。而且，他的写作显示出一种新的气度和活力，充满青春的文学气息并显示出逐渐走向成熟的写作精神。在班宇身上，我仿佛看到了当年王朔、苏童、余华、格非严肃的'青春写作'的影子和气息，有着沉思后的成熟，没有丝毫的'少年暮气'和以及年轻写手的率性、随意和任性。"[1] 而令我特别感到惊异

---

[1]　张学昕:《盘锦豹子、冬泳、逍遥游——班宇的短篇小说，兼及"东北文学"》，《长城》2021 年第 3 期。

的，则是班宇叙事所呈现出来的整体性语境、情境、氛围的特征，包括渐显深入到文本内里的"荒寒美学"。在他的多篇小说里，还有令人惊异的意象呈现。这些意象，已成为其叙事文本破解现实之谜的隐秘偈语。试看《肃杀》中的一段对"肃杀"场景的描绘：

> 我爸下岗之后，拿着买断工龄的钱，买了台二手摩托车拉脚儿。每天早上六点出门，不锈钢盆接满温水，仔细擦一遍车，然后把头盔扣在后座上，站在轻工街的路口等活儿，没客人的时候，便会跟着几位同伴烤火取暖。他们在道边摆一只油漆桶，里面堆着废旧木头窗框，倒油点燃，火苗一下子便蹿开去，有半人多高，大家围着火焰聊天，炸裂声从中不时传出，像一场贫寒的晚会。他们的模样都很接近，戴针织帽子，穿派克服，膝盖上绑着皮护膝，在油漆桶周围不停地跺着脚，偶尔伸出两手，缓缓推向火焰，像是对着蓬勃的热量打太极，然后再缩回来捂到脸上。火焰周围的空气并不均衡，光在其中历经几度折射，人与事物均呈现出波动的轮廓，仿佛要被融化，十分梦幻，看的时间久了，视线也恍惚起来，眼里总有热浪，于是他们在放松离合器后，总要平顺地滑行一阵子，再去慢慢拧动油门，开出去几十米后，冷风唤醒精神，浪潮逐渐消退，世界一点点重新变得真实起来。

这时，我开始强烈地体会到，这是一个经典的"肃杀"意象或特殊的情境。在东北极其寒冷的冬天里，"围炉取暖""抱团取暖"，成为谋生者的街头"盛宴"。班宇泪中含笑，将其描述为"驱寒"的"贫寒的晚会"。我想，或许是班宇为这篇小说取名《肃杀》时，脑海里呈现出的最真实的情境。现实生活、人生境遇在每个人伸出双手"缓缓推向火焰"之时，融化成冰冷的梦幻。此时，我仿佛看见写作者的悲悯之心，正喷薄而出。现实是时间也是感官之旅，更是班宇一代对前辈的苦涩记忆。"下岗者"们没有蜷缩在逼仄的空间顾影自怜，而是开始夜以继日地延宕对明天的承诺。一句"冷风唤醒精神，浪潮逐渐消退，世界一点点重新变得真实起来"，班宇刹那间用文字点亮了人物内心的幽暗。无疑，我们也可以将这样的叙事冲动，理解为班宇对肃杀般困境的一次"肃杀"，一次隐忍对现实的炸裂。一伙已届中年的同伴们"像是对着蓬勃的热量打太极，然后再缩回来捂到脸上"，这个细部的描摹，让我们的阅读，在瞬间获得一丝暖意和宽慰。显然，这也是班宇对温暖的期待和善良的模拟。这些直接受到生活重创的中年人，成为班宇"肃杀"氛围的主要承受者和突围者。他在《肃杀》里描述了两个父亲的形象："我父亲"和肖树斌——两位在那个年代里很快就从"老大哥"的位置上跌落下来的"落寞者"。历史、时代、社会现实发生裂变，给一代人带来始料未及的变故，不可抗拒，也没有人可以置身事外。"买断"工龄，买断自己未来的生活，就是说，他们只有重新选择的权利，而没有自暴自弃的"勇气"。这仿佛一位老诗人的诗句：时间开始了。只不过，这样的"开始"更加具有对于生命、命运的考验性。因此，生命个体和人性自身，必然要开始以另一种身份，踽踽独行在大地斑驳、狼奔豕突的城市"荒原"之上。难道他们真的会成为这个时代的"荒原狼"吗？没有涕泪飘零，也没有绝望和颓废，既不逃避也不惊恐，就像莫言讲述"我爷爷""我奶奶""我父亲"的故事一样，班宇代表"子一代"讲述起"我父亲"那些并不如烟的往事。

我感叹班宇的胆识和勇气，驱动着他的叙述从沉重的苦涩，向着突如其来的情感裂隙逼近。最后，在人物的行为引发的心理和精神"炸裂"中，彻底地扭转事物的因果，或者，叙述的终极意义奔向另一个不可思议的灵魂向度，给我们的阅读造成一种始料未及的惊诧。《肃杀》让我们感知到一种不易被人察觉的人性的疼痛和忧伤。这种疼痛像身体某处的龟裂，充满着缓缓的、令人无奈咀嚼悲伤的苍凉况味。在这篇情节并不复杂的短篇小说中，十一岁的"我"，已开始直接目睹、见证"我爸"这一辈人不乏悲怆的命运和人生境遇。无疑，父辈的命运，客观上是由时代"决定"的，这是无法不面对的沉重现实。"我爸"凭借一辆"拿着买断工龄的钱"买来的二手摩托车，"载人送客"成为谋生手段，聊以维持一个三口之家的基本生活状态。那时，"买断"已成为特定时代的一个有特殊内涵的"专有名词"，它意指一个人与"集体"之间的一次性"了结"，疑似婴儿与母体的"断奶"。这是新中国成立以来，东北所经历的最为艰难的"阵痛期"，众多人遭遇到最真实也最压抑的生存困境。社会政治、经济的转折、转型引发的震荡，都对这些生命个体形成巨大冲击。他们默默、平静地隐忍，在焦虑、不安中承受生命赋予自己的责任。在多重的、断裂的、碎片化的现实时空中，在无法改变的处境里，保持自己的生命力和人的尊严。向死而生的风骨，在"我爸"这一辈人的身上凸显出来。这篇小说的叙事，在后半部分呈现出突兀性的变化，构成叙述的转折点。与"我爸"原本"同是天涯沦落人"的超级球迷、下岗工人肖树斌，对同是生存在社会边缘的"我爸"的欺骗，对"我"的一家仿佛是一场突如其来的重创性"偷袭"。关键在于，这完全是一次信任的危机，也是对自我尊严的冒犯。值得注意的是，班宇在处理"我"与"我爸"对待肖树斌的"态度"上，显示出不同寻常的选择。父子俩的态度惊人地一致和"默契"，令人体味到生活在同一层面的"同病相怜"者，他们的同情心和悲悯情怀。这令小说的"结局"有些出人意料，也意味深长。它祛除了叙事的因果照应，更让我们感到俗世人生中的温暖的力量。

　　　　肖树斌在桥底的隧道里，靠在弧形的一侧，头顶着或明或暗的白光灯，隔着车窗，离我咫尺，他的面目复杂衣着单薄，叼着烟的嘴不住地哆嗦着，而我爸的那辆摩托车停在一旁。十月底的风在这城市的最低处徘徊，吹散废屑、树叶与积水，他看见载满球迷的无轨电车驶过来时忽然疯狂地挥舞起手中的旗帜，像是要发起一次冲锋。

　　　　我相信我和我爸都看见了这一幕，但谁都没有说话，也没有回望。我们沉默地驶过去，之后是一个轻微的刹车，后面的人又都挤上来，如层叠的波浪，我们被压得有点喘不过气来。

"我相信我和我爸都看见了这一幕，但谁都没有说话，也没有回望。"多日遍寻不见的肖树斌，就在眼前，父子俩该做出怎样的选择呢？这分明是令人难忘的、内心遭受重创的"肃杀"情境或意象，这是另一种俗世大地上的"荒寒"和"冷硬"。实质上，这也正是对人物内心的一次凶狠的"绞杀"。这里的一切，似乎都构成一次巨大的反转的开始，同时也是情感和理性的再度调控。此前，他所发现的爸爸那只皮革公文包里的利器——在苦苦寻找肖树斌、追讨摩托车时整天带在身上——像紧紧扼住喉咙时的恐惧、愤怒的刀刃，顷刻间在"苦中作乐"般的呐喊声里，化为乌有。父子俩的沉默，支撑起巨大的同情心，失去摩托车以来所蕴含的、具有吞没性力量的报复情绪，似乎在瞬间随风飘散。《肃杀》的深层内涵，潜隐在表层故事的背后。在特殊的人生境遇下，道德的约束力出现裂隙，造成肖树斌的心理异化，构成人性的内在冲突。在这里，班宇没有张扬、放大肖树斌的"劣根性"，纠缠个人品质层面的不道德，而是聚焦个人无法冲破现实环境深植于他周遭的瓶颈，以及遁入无际晦暗的恐惧。"肃杀"这个词语，隐匿着对现实嬗变的喟叹，灵魂不断被自卑和主体性缺失所啃噬的真实情形和残酷性。可以说，班宇的每一篇小说，似乎都经过一口长长的"深呼吸"中的短暂窒息，他叙写人的情感和生存状态时，总是带有特殊的语气，也隐约总是有一种特殊的神情，让我们意识到"不羁"叙事者的存在：或窘迫，或叹息，或更有强烈的"冲动"，以及那种与存在相互"抗衡"的力量。因此，他的这种厚重的文学审美感觉，不能不让偏爱的人为之迷恋。从一定意义上讲，班宇的小说可以说是"生存小说""人生小说"或"命运小说"。这就是那种生命、人性、灵魂所遭遇的一场"肃杀"。直面时代生活、社会语境和人性，叙述揭示人性中的变与不变，呈现人性的困境、痛苦和"变形"的状态。虽然有叙事的滞重性，但是，班宇书写了人物表达内心的自然语码，深入到生活的每一个角落，颠覆了现实叙述的呆板性，饱含着深沉的艺术智性。

当然，班宇并没有摆出"审父"的姿态。他的叙述所呈现的，是父子两代人之间那种既"如影随形"又"若即若离"式的交集和"交叉分径"。或者说，"影子"无处不在，"子一代"竭力摆脱亦显无奈。我在班宇的一些小说里，还会感受到类似余华叙述的情境——梦魇般的"在细雨中呼喊"。余华所描摹出的一个孩子"对黑夜不可名状的恐惧"，需要怎样的勇气打破、击碎，并且开始"另一个记忆"。与余华对那个年代悠远的梦魇情境描述相比较，班宇的感受，显得更令人心生刻骨铭心般的沉重。现在看来，班宇所描述的"这一代"，是"少梦""缺梦"的一代。他们的成长，始终是伴随着父辈梦想与现实的坍塌，他们目睹一代人生命、生活状态由"盛"到"衰"。所以，当他们考量自己的道路时，就始终保持着特立独行的姿态，对现实采取的是很"现实"的选择。

班宇在一次发言中谈道："作为幽灵的小说艺术不依赖于印刷品呈现，它凭借着记忆、身体、技术与知觉，其传递方式像是一次群体性的感染，作者的书写则是一种哀悼，那些描摹与想象均是为了一种'不可见的可见'，无数逝去的事物及相关链接对于此刻形成反扑、追问与侵蚀，并自由建构，挑动着他者的新旧记忆，从而将未来彻底取消掉，毕竟'那是属于幽灵的'。"[1] 我们从班宇最初的十几个文本看，叙事的主要素材、题材取向和直接导致写作发生的元素，都源自他所倡导的"无数逝去的事物及相关链接对于此刻形成反扑、追问与侵蚀，并自由建构，挑动着他者的新旧记忆"，是一种"幽灵化"的记忆呈现，"一种哀悼"。但是，书写很容易形成忧伤的黑洞，明显带有自苦、煎熬甚至不惜制造放手一搏的虚空，"自传"、自怜的忧伤无以名状，忧伤的压力无所不在，文字成为叙事者的演义，像"肃杀"本身就已经成为隐喻。即使是书写现实，文本似乎也永远摆脱不掉"父一代"对"子一代"幽灵的纠缠。虽说，前者尚未映射出某种覆盖性的阴影，但生活的困窘和家族的破败早已随即在侧。

---

[1] 班宇：《幽灵、物质体与未来之书》，本文是在清华大学"小说的现状与未来"文学论坛的发言，刊载于 2021 年 11 月 26 日清华大学文学创作与研究中心公众号。

四

　　《冬泳》和《逍遥游》，在一定程度上延展着《肃杀》的内在精神余韵。我感到，这里的"余韵"，依然是叙事整体性意蕴的继续铺展，压抑、沉溺的基调再次生发开来。这也是《肃杀》所描述的艰涩生活情境、生命状态的持续"延宕"。"肃杀"不仅构成叙事氛围和语境的氤氲之气，而且浓浓地包裹着人物本身挥之不去的寒冽征候。这种"肃杀感"引发起的人的感官、心理和精神与周遭世界的嘈杂、变异、惊悸的串联，搅动起个人处境的空虚度和心灵内爆力，而人物由此滋生的"荒寒感""冷硬"，继而可能会直接导致他们在世俗空间里的尴尬和无奈。倘若进入人物的"内宇宙"层面，"肃杀"则是情感在心理空间的一次次缓慢瑟缩。那么，如何抵御外部情境的这种"肃杀"，以及人物心境的自我挫败感，确实会令"子一代"忧心忡忡，且会触动他们发生不同于前辈的人性裂变。但是，如何选择属于自己的道路，摆脱掉父辈的"原始创痛"，却成为父与子间无法回避的"连环套"。对于"子一代"来说，虽然并不需要以一场决裂或脱胎换骨的方式向前辈致敬、告别，但对于没有积淀，而且精神的脐带无法肆意剪断，尚不懂得灵魂涅槃的"十八岁"少年，却不假思索地就开始"出门远行"了。

　　显然，班宇的叙述不是某种"殇悼"，也不是事过境迁的轻薄惆怅和深情缅怀，而是直面当下现实命运的个性化"介入"和自我内心独白。班宇的文学叙事，选择东北历史上一个特殊的节点——二十一世纪初的社会经济、当代文化骤然发生激变和转换的痛点。这是曾作为东北工业重镇的"铁西区"衰颓数年之后，成为在心理、精神层面全面波及、震荡又一代人的悠远的回响。只不过，这样的"回响"常常是充满着苦涩、惆怅和怅然若失。班宇聚焦的是，在东北老工业区整体衰落的历史情境中，新老两代东北人的内心纠葛和现实境遇，他们内在的存在性的不安或恐惧，像雾霾一样笼罩着身心。班宇以新的审美叙事策略和伦理判断，挖掘两代人内心和灵魂的裂隙和撕扯，将其置入一个崭新的视觉和认知系统之中，捕捉人和事的关键因子，试图在代际之间的转换中架起一座心灵浮桥。

《冬泳》这个题目本身就充满无尽的寒意与萧瑟。我一直在揣摩"冬泳"作为一个意象所蕴含的深邃之意。这篇看上去像是一个恋爱故事的小说，实质上就是一个平凡"人生故事"，但它已经无关乎成长，只沉迷于生存世态的描摹。我感到，这篇小说具有明显的"非虚构"性，且有着强烈的消解"可能性"的叙事冲动，叙述"径直"地逼近生活"原生态"真实。这又让我们想起1990年代的"新写实主义"小说，班宇呈现给我们的，几乎就是当年刘震云、池莉等人文本里的"生活流"状态。那么，究竟什么样的叙事，才可能超越生活？这也是近年当代现实生活的复杂性给予小说写作，给作家的虚构力、想象力提出的巨大挑战。在这里，班宇"以身试法"，他像一个"影子作家"，在不同的文本间穿梭，直面两代人的俗世人生，并且保持着"炸裂"的姿态。现在看，正如王德威所言："借助叙事的力量为这一地区的过去与当下重新定位，也为未来打造愿景。"① 如此，我们若将班宇的叙事，连锁到班宇的个人经验，由此再扩展我们的眼界和阅读边界，将其附会到东北乃至家国的创伤记忆之中，无疑，在这里我们就会体味到班宇叙事的非虚拟性。这种"非虚拟性"，貌似对叙事的虚构和可能性的一种颠覆，但这种"混淆"却极大增强了叙事的深广度。那么，是否可以说，像这类通过感官记忆和精神反思同时发掘的回到生活"原点"的叙事，及其形成的"镜像"，就是"为过去与当下的重新定位"呢？至少，它是对过去的一次重构。我认为，"肃杀""冬泳"基本上奠定了班宇最早叙述文本的调性，这两个语词里，无不浸润、积淀着砭骨的寒冷。所有的"在场者"，都无法逃避这种无声的萧瑟。班宇几乎所有"故事"都沉淀着一股强烈的北方特有的"氤氲"——寒气。这样的寒气，"建构"起叙述特有的语境、情境和整体叙事氛围，"荒寒"弥漫、渗透在字里行间，刺激并激发起反抗绝望的斗志。《冬泳》涉及这一代人的爱情观、婚姻观、人生观、

---

① 王德威：《文学东北与中国现代性》，《小说评论》2021年第1期。

价值观，班宇以自己的感受力和认知力，竭力地表现出个体生命的挣扎和人物之间激烈的心灵撞击。他以最朴素、简洁的叙事手法，给我们展示出这个时代生活的基本图像。虽然，表面上还看不出来他对人和事物鲜明的态度，但充满疑虑的对命运自身和存在逻辑的思考与判断，在或平静或激烈的叙述中，如潜流涌动，貌似波澜不惊。

在《冬泳》中，"我"与隋菲之间"关系"的推进，自然源于个性趣味的相互"欣赏"和认同，更多还是价值观层面相互磨合的结果。同病相怜，息息相关，才可能心心相印，主导他们情感的还是精神逻辑的趋同所生发出的"化学反应"。

> 我走入其中，两岸坡度舒缓，水底有枯枝与碎石，十分锋利，需要小心避开，冰面之下，那些长年静止的水竟然有几分暖意，我继续向中央走去，双腿没入其中，水底变幻，仿佛有一个运转缓慢的漩涡，岸上的事物也摇晃起来。这时，我忽然听见后面声音嘈杂，有人正在呼喊我的名字，总共两个声音，一个尖锐，一个稚嫩。我想起很多年前，也有这样一个稚嫩的声音，惊慌而急促，叫着我的名字，而我扶在岸边，不知所措，眼睁睁看着他跌入冰面，沉没其中，不再出现，喊声随之消失在黑水里，变成一声呜咽，长久以来，那声音始终回荡在我耳边。我一头扎进水中，也想从此消失，出乎意料的是，明渠里的水比看起来要更加清澈，竟然有酒的味道，甘醇浓烈，直冲头顶，令人迷醉，我的双眼刺痛，不断流出泪水。黑暗极大，两侧零星有光在闪，好像又有雪落下来，池底与水面之上同色，我扎进去又出来，眼前全是幽暗的幻影，我看见岸上有人向我跑来，像是隋菲，离我越近，反而越模糊，反而是她的身后，一切清晰无比，仿佛有星系升起，璀璨而温暖，她跑到与我平齐的位置，双手拄在膝盖上，声音尖锐，哭着对我说，我怀孕了，然后有血从身体下面不断流出来。

这是一个极其"开放式"的结尾，其间仍然充满了肃杀之气。诡异的景象，是班宇刻意描摹出的具有引申意和隐喻性的画面。而且，肃杀之中的温情，已经不断地在字里行间隐隐闪烁。一个男人不乏迷茫但却坚毅的内心，呈现出一丝丝忧伤的同时，亦令人感到些许温暖。在经过这一切肃杀中的恐惧和战栗之后，"我"正摆脱"幽暗的幻影"，竭力让隐忍和希望的力量再次冉冉升起。所有至暗时刻，都有尽头。

《逍遥游》里，班宇则不断地让我们从一个女性的内心，体察出温度"内外"的荒寒之意。"荒寒""肃杀"之气，弥散在文本的字里行间。这也与《肃杀》《盘锦豹子》等文本中大量呈现的东北地域特有的"寒冷"，再次构成"呼应"。外部世界之"冰冷""寒气"，成为渲染荒寒之意的空间场域。许玲玲对冬天的记忆，更是蕴含着丝丝缕缕的恐惧感。这也是她对于世界的整体性感受。

> 凌晨温度很低，像是又回到了冬天，空气里有烧沥青的味道。我迷迷糊糊，想起以前许多个冬天，那时候我和谭娜跟现在一样，拉着手，摸黑上学，一切都是静悄悄的，但走着走着，忽然就会亮起来，毫无防备，太阳高升，街上热闹，人们全都出来了，骑车或走，卷着尘土；有时候则是阴天，世界消沉，天边有雷声，且沉且低且长，风自北方而来，拂动万物，一天又要开始了。

很难想象，一位正在接受"透析"的病人，究竟会有一个怎样的快乐的旅行？许玲玲的内心，或者说，她的身心，正在同时经受着"阵痛"和被撕裂的状态。在这里，隐忍，再次成为班宇"赋予"人物的基本面貌和特征。因此，赵东阳、谭娜和许玲玲，"一男两女"三位昔日"发小"，三人行结伴出游，这也成为病中的许玲玲人生最奢侈的一次旅行。显然，他们都不是"娇生惯养"的一代，他们的父辈没有给他们任何可以"啃老"的资本，个人发展的道路由于诸多因素，刚刚步入社会就坎坷不断，遍尝"底层"的艰辛和磨砺。赵东阳和谭娜，也都有着各自艰难的生活处境，虽然，他们对生活仍然具有那种青春余温尚存的冲击力量，但是年轻一代应有的诗意和浪漫，则与他们渐行渐远。此时许玲玲的生命处境，更是几近于人生的"至暗时刻"。这篇小说，可谓是凸显出个人孤寂、孤独和荒寒心境的力作。其中许多叙述的"细部"，我们几乎不忍卒读。班宇笔下的人物，特别是这部《逍遥游》里的东北女孩——"病女"许玲玲，虽然处于困境之中，她年轻的生命即将走到尽头，人生正在缓步奔赴死亡，个体生命的欲望还难以消解，但是，她将自己视为一个"幸存者"。她在与两位昔日"发小"出游山海关时，仍不想欠下同伴太多的"人情"，她认为大家都很不容易，总是特别清醒地处理好"人情世故"。班宇试图通过对这位处于人生、存在困境中的年轻女性的塑造，写出"子一代"生命个体在遭遇荒寒时一颗"勇敢的心"。

可见，班宇这位从"铁西区工人村"走出的青年作家，将从出生至今始终居住的区域，作为小说主要叙事背景，努力沉淀出东北之味、东北之"心"，是他具有匠心的话语选择。他的叙述，虽然冷峻、荒寒、肃杀，但是，潜隐在文字背后的却是干净、动人、温暖的内心和善良的情怀。以温情抵御"肃杀"，抚慰、缓释心理、精神创伤和人性的低迷，这也成为班宇叙事伦理和精神逻辑的起点。

五

其实，我们还应该特别注意到班宇许多小说对"结局"的处理，进一步充分地感受其叙事的收束力量。其中，总能让人感到班宇在使出浑身解数"扭转"生活，让人们意识到人物正在将一切彻骨的体验平静、平淡地隐忍，并苦涩地进行过滤。班宇擅以戏剧性的方式，激活情节的流动，以此实现能够超越庸常的安之若素的灵魂"炫舞"。显然，作家对俗世间事物的理解，是含有较大隐喻性的。他有时愿意以空幻和变形的笔法，"重构"生活的理想和信念，并不直言存在性的怪诞、隐忧和荒寒。如《冬泳》的结尾，无疑，这位青年工人的内心，正"外化"出某种不可遏制的生命之力，以内心沉潜、淬炼自身去抵抗肃杀。有时，班宇又会率性地将无尽的情思、无尽的爱恨和压抑，通过人物反常的、富于爆发力的行动，在"激荡"的叙述中显现出对常态的反拨。叙事让人的性格、冲动和隐忍生成洞开的遒劲伟力，逃离逼仄，去打碎不幸人生的荒寒。这方面，《盘锦豹子》是最好的明证。孙旭庭不知道前妻已经贷款抵押掉了他的房子，面对两个"陌生人"前来"收缴"他赖以蜗居的住屋时，腾空跃起，"从裂开的风里再次出世"，怒吼着直奔两个陌生人。虽然，这不是一个充满奇迹性的画面，但是一个人一旦拥有自己守护尊严的气度和精神出口，就显得弥足珍贵，令人振奋。而在《逍遥游》里，班宇最后描述女儿许玲玲出游归来，因尚不到告知父亲的归来时间，她看见出租屋亮着灯光，知道父亲许福明在家里，便挺着疲惫至极的身心，抗住寒冷，静静地在屋外的冷寂里，等待事先计划的回家时间降临。生活、生存的不易，消解掉许玲玲对父亲一直的怪罪，让她的内心涌动起人间的爱意和悲悯，真正的人间挚爱永远也不会"绝情"。这与《肃杀》的结尾相近，叙述在汹涌的生活激流中，瞬间获得舒缓的转向，扭结迅即打开。《肃杀》中那一对父子，对肖树斌惘然又无奈的宽容，构成一次强烈的伦理"反转"，像一股强大的暖流，覆盖并融化掉人性的冰川。这样处理，当然确需作家深藏于内心的定力，而这一定也是对生活、生命"希望之火"的再次点燃。在《枪墓》里，班宇以"元叙事"的方式，讲述一对父子的命运时，更是尽显人物的惨淡命运与环境之间交互叠加的苍凉之寒、肃杀之气。

　　三年之后，其母与一年轻医生交好，并再次怀孕，便与孙少军离婚，法院将孙程的抚养权判给孙少军，他开始跟着父亲一起生活，这一年里，孙程刚满七岁，默默目送母亲离开，没有叫喊，也没流泪。也是在此时，祖父双耳发聋，城区改造伊始，四面拆迁，他每日处于巨大的崩塌声响中，却置若罔闻，面容严峻，半年之后，祖父去世，葬礼冷清，悼者寥寥，火化前夜，孙少军彻夜赌博，输光现金，没钱买骨灰盒，只得从家中带去月饼铁盒，焚化过后，将其骨灰铲碎，再倒入其中，铁皮滚烫，盒盖上四字花好月圆，孙少军捧着返程，狼狈不堪。

小说的行文刻意简洁，内敛，但令人震撼。无论怎样讲，好的作家总是能够发现新的洞悉生活的视角，但文本形态及其叙事内涵又是生活本然的存在，所以，作家应该竭力在悖论里发现表象世界背后的残酷与美好。而这些，都成为一切值得敬畏的平凡生命摆脱人生困境的悲剧性书写。对于人性、情感书写的真实性，叙述中故事和情感逻辑，班宇都有自己独特的理解：

> 另一方面是小说的故事与情感逻辑。尽管我们在捍卫小说这一文体时，经常将新闻、影视剧等作为障碍物与对立物，因其将粗暴、蛮横的原则与立场迅速注入了社会肌体内部，而小说本应发挥着另一维度的功用，应当超越或者至少表现出不同的认知与读解空间，向着真实、真相与真理所挺进，现实情况是，无论作为作者还是读者，我们好像一直在被动地承受着某种规训，被系统所改造，总会陷落到一种显而易见的矛盾之中，即所写下来的是否符合此刻现实生活的逻辑与伦理，而非小说内部的逻辑与伦理。①

班宇还认为："结局是作者的终点，也是阅读者的终点，但并不是所有人与事物的终点。他们始终并肩，于未知的空白里，去对抗无止境的命运，比我们虔诚，也比我们勇敢……故事中的人物也好，写作者也罢，虽矗立在自身之中，其实已穿过爱与苦，荆棘与烟雾，途中的所有步伐，每一次醒来，都可以记得清楚。岔路是我们的必经之途。"在这里，我们能够体味到班宇对其文本中人物的敬畏之心。对

---

① 班宇：《幽灵、物质体与未来之书》，本文是在清华大学"小说的现状与未来"文学论坛的发言，刊载于 2021 年 11 月 26 日清华大学文学创作与研究中心公众号。

此，王学谦认为："人物也是班宇小说美感不可轻视的来源。我们所说的那些细节、语言，很大部分都集中在那些人物身上。这些人物性格及其命运往往具有很大的感染力，吸引着我们，使我们产生强烈的情感共鸣和万端思绪，从而更深刻地领悟到历史、现实重厄之下的底层人生的卑微、苦难，也看到人性的分裂、幽暗、丑陋和闪光。"[1] 而从短篇小说文体层面看，刘庆邦曾表达过他写作时内心的纠结。他说最初构思每一个小说的时候，他的初衷都是要将它们写得美一些，但是，他的笔一旦触摸到现实就会变得异常地紧张，面对现实本身，以及他对现实的深入思考，立刻让自己的写作心态变得严峻起来。而且，最终这种"紧张"的心态，几乎构成他的写作发生。那种"忧愤深广"、惶惑、焦虑，衍生成一种逼视人性和灵魂的目光，使得他直抵生活和人性中的幽暗处，同时，竭力地奔向寻找希望的道路。因而，他早期的小说在表现形态，或者说在诗学建构上，不乏"残酷"的意味，也充满执拗和勇敢。也许，这既与他小说写作的题材有关，也与他的道德承载和精神、人生信念密切相关。[2] 我不清楚，班宇在叙事的过程中，直面人物所承载的"残酷"存在困境时，是否也处于某种特别的"紧张"的状态或心境，究竟都是哪些缘由导致写作的最初发生，他的神经又是如何依赖某种信念的支撑，将这些"底层"的日常生活拉升到属于自己的叙述语境里，也就是说，班宇是怎样"淬炼"生活和经验的？但我想，一个作家的成熟，或许重要的是体现在他最初对自己表现生活的角度和叙事方向的选择上，也可能取决于个人天分在后天的发挥和施展。对于班宇来说，虽然仅仅只有几年在当代文坛崭露头角的写作经历，但其对个人经验的处理、叙述的策略，即"讲故事的方法"，已经表现得既纯粹又老到，尽量做到入俗又脱俗。文本"形而上"和"形而下"的美学形态，在叙述中已经得到很好的艺术整合。他对许多情感、心理、伦理、灵魂层面的描述，也大

---

[1] 王学谦：《渴望书写人在历史中的巨大隐喻——论班宇铁西小说的美学魅力》，《吉林大学社会科学学报》2021 年第 6 期。

[2] 张学昕、于恬：《如何淬炼短篇小说的经典——刘庆邦短篇小说阅读札记》，《当代文坛》2020 年第 6 期。

胆得很，不妨说，有些溢出俗世边界的放诞。班宇应该算是那种既有天赋又勤奋的小说家，其文本叙述介于故事和说话之间，情节上不做过分的渲染。叙述大大方方，本真而率性，舒舒展展，毫不羁绊，文字里有的是无拘无束的人性，一切都仿佛顺其自然。写生命和情感的苦楚、悲伤，也常常是饱含"含泪的微笑"，隐忍中不时渗透出人性的微光。他总是以一种坦诚的目光打量人，没有特立独行地去刻意建构所谓"叙事结构"的谨严、完整，却是保持着文本自由、自足而坦然的姿态。

由班宇"东北叙事"文本所呈现出的自由度，我们立刻就会自觉联系到班宇小说的语言问题。我始终认为，对于一个写作者来说，最重要的还是语言。一个作家无论具备怎样厚实的文学感受和生活经验，具有怎样的结构力，但最终需要或等待他的一定是某种特定话语方式的呈现。阿来就特别强调作家写作时叙述语言及其"调性"的建立，他认为语言是魔法，它充满魅力，总是令其神迷目眩。我想，那一定是写作者对事物、对生命、对现实充满朴素感知的语言方式，而语词是叙事的地基，叙述的声调，又会形成文本的质感，这些推动着叙述的踽踽独行。可以说，班宇是一上手就找到了自己叙述"调性"的作家。也许，正是叙述里东北方言的强力渗入，弥散出既粗粝又绵长的"空旷"之音，加之班宇个人经验具有一种自明性的执拗，叙事中班宇式的语式、语调、节奏，跌宕起伏，使得班宇的叙事形态不拘一格，引人入胜。对于班宇来说，虚构的只是事物和生活的表象结构，而灵魂深处的良知，却是永远真实的存在。班宇"东北叙事"所蕴含的"荒寒美学"特征，体现出其对非人道生活的尖锐审视，对诗性生活和"草根世界"的深度关怀。班宇写出了他们整整一代人的身体、心灵际遇。这里，既有青春话语特有的秉性、气息，更有立足于人道精神标尺的执着坚守。也许，正是以班宇、双雪涛、郑执为代表的年轻东北作家的崛起为起点，东北叙事必将向世人展示出"文学东北"的新风貌。

"虚构的热情"

——苏童小说的写作发生学

我相信，熟悉或喜爱苏童小说的人，都会在这个被许多人称为文学式微的时代惊异于他的写作状态或叙事立场。数年来，苏童缘何会有如此绵绵不绝的文学叙事？并且，故事或人物在他的文字里为什么始终保有旺盛的生命力而不曾枯竭？他又为什么会有这样长久的虚构的耐力和热情？不仅如此，我们还会在他近三百万字的写作中，清晰而欣慰地发现他写作的"坡度"或"弯度"，可以说，那无疑也是他在小说艺术探索上所体现出的上升的高度和难度，虽然其中难免也会有无法回避的"败笔"，但苏童对小说写作的激情，甚至某种固执，更让我们体味到一个拥有自己艺术个性追求的作家对文学的信仰、信念和敬畏。我们是否可以由此推想：一个作家，在写作中对自己的坚持和不断跨越以及他所贡献出的文学叙述和美学形态的独特性，既是对时代生活的精心雕刻，也是对他时代文学的最好贡献，更重要的是，给予了我们对文学不衰的乐观和信心。

苏童说："对于一个作家来说，虚构对于他一生的工作是至关重要的。虚构必须成为他认知事物的一种重要手段。"[①] 我们很早就已体悟到苏童是一位依靠灵感、激情和个人天赋写作的作家，他很早就充分地显示了想象、虚构和创造的能力，他之所以将虚构视为"他一生的工作"并且"成为他认识事物的一种重要手段"，是因为他早已将小说写作当作是自己的生活方式和存在方式。这无疑是他从事职业小

---

① 苏童：《虚构的热情》，江苏文艺出版社 2003 年版，第 219 页。

说写作的坚定而自觉的前提。

> 虚构不仅是一种写作技巧，它更多的是一种热情，这种
> 热情导致你对于世界和人群产生无限的欲望。按自己的方式
> 记录这个世界这些人群，从而使你的文字有别于历史学家记
> 载的历史，有别于报纸上的社会新闻或小道消息，也有别于
> 与你同时代的作家和作品。[①]

从以上的文字中，我们强烈地感到苏童写作的另外一些毫不讳言
的动因：一是"记录"人群和整个世界的强烈欲望；二是要使自己的
文字成为超越"历史"本事的叙述；三是试图摆脱所谓新闻对事物的
"真实"记载；四是使自己的叙述区别于同代作家。我在近些年对苏
童创作的思考中渐渐发现，苏童正在小说这种"虚构"的工作中实现
着他虚构的梦想和叙述的快乐，而且虚构在成为他写作技巧的同时也
成为他的精神血液，不仅为他"个人有限的思想"提供了新的增长点
和艺术思维广阔的空间，同时，虚构也使文字涉及的历史成为个人心
灵的历史，同时，也是使自己在审美回忆中建立起来的生命气量不被
吞噬。

而我们这里所感兴趣和要探讨的问题是，苏童是凭借何种艺术理
想、道德活力建立起或是说创造出了他虚构的魅力也即小说魅力的？
苏童的小说世界、叙事形式美学及其与生活的关系是怎样在他的写作
中缘起、生发和不断延宕、生生不息的？苏童又是如何将个人的生活
经验与对历史和现实的想象融为一体，呈现为种种超功利性的审美文
本的？因此，我们仍从虚构这一小说的本质出发，进入苏童小说的叙
事空间和审美视域，去寻找苏童"小说神话"的"原型"。

在苏童刚刚崭露头角的时候，季红真就曾以"极好的艺术感觉与
非意识形态化的倾向，都表现出一种极为个性化的姿态"[②]的判断评

---

① 苏童：《虚构的热情》，江苏文艺出版社 2003 年版，第 219 页。
② 季红真：《众神的肖像》，人民文学出版社 1996 年版，第 168 页。

价苏童。现在看，这种评价十分符合苏童创作的实绩。可以说，苏童的写作很少为文学潮流所裹挟，近年来，我们在他的小说中几乎看不到现实的文学潮流的流变背景。无论是长篇、中篇，还是短篇创作，都明显地保持他个人自觉选择的内在动因。小说独特的美学风格深刻地体现着个人自觉艺术追求的力量。而这种对个人创作大势的执着保持显然是由苏童特有的艺术感觉和写作心性所决定的。在这里，我无意对苏童的小说做那种索隐学、考据学的分析或统计，但寻找和发现苏童小说文本生成的创作心理机制、文化语境，梳理和辨析出作家的情感体验与表现方式及其发生学层面，爬梳苏童"想象生活的方法"肯定是一件有意义且有兴味的工作。

确切地说，苏童的小说写作是从 1983 年开始的，而且在 1989年，也就是在他三十岁以前就"写出了许多杰出的文学作品"[①]。著名的《妻妾成群》和"香椿树街系列"中的许多作品都是在这个时候完成的。许多人认为，有影响、有价值、有生命力的小说中，一定要有"哲学"，而对苏童来说，所谓"哲学"在他的作品里显然不构成叙述的动力。前文提到，苏童的艺术思维、艺术感觉中有极强的非意识形态化倾向，这似乎注定了苏童个人天赋中极好的文学感觉和想象力会发挥、体现到淋漓尽致的程度，而少有审美之外的种种束缚。所以，企图在苏童小说中搜寻当下"意义"或现实"启迪"是愚蠢的。写《妻妾成群》时二十六岁的苏童，绝少意识形态话语的缠绕，更多的是极其纯粹的虚构的热情，而这种虚构的热情则主要源于苏童个人的一种奇怪而奇妙的欲望："想闯入不属于自己的生活。"[②] 他的心理动因就是想"体会一种占有欲望，一种入侵的感觉"[③]。苏童通过他的大量小说，为自己建立了一个独特的小说空间，并在自己虚拟的世界中体验着艺术的妙处。这个虚构的、虚拟的、虚幻的空间与现实生活则有着巨大的差异。有趣的是，这个小说空间并不是苏童个人生活

---

① 《苏童王宏图对话录》，苏州大学出版社 2003 年版，第 3 页。
② 《没有预设的三人谈》，《大家》1999 年第 3 期。
③ 《没有预设的三人谈》，《大家》1999 年第 3 期。

的模拟。这样，虚构世界与现实生活产生了客观距离"而且在感情上又恰恰投合，兴趣和距离导致我去写，我觉得这样的距离正好激发我的想象力"①。二十六岁的年龄和阅历产生一种强烈愿望，这就是想到他人身上体验一种东西，这种体验写出来就是小说，也就成为创作主体对生活、对不同空间的个人占有，尤其是一种精神上的拥有。我们正是在其中看到苏童"扭转"生活的能力。不难看出，这个时期苏童的写作"资源"和"资本"主要有四个方面：一是童年、少年生活经验的回忆；二是阅读的影响；三是想象力的张扬；四是语言表现力的冲撞。这时的想象完全是建立在追忆、阅读基础之上的想象，而个人神奇的想象力越过直接的经验层面，附着于他敏感、丰富、细腻的语言载体而横空出世。

苏童的想象在写作中主要有两种具体指向：一是少年生活的整体性、结构性回忆；一是有关"历史"的虚构性、"解构性"想象。从他写作之初，这两种指向就毫不犹豫、毫不隐藏地、流畅地"扩张"着。尤其令人颇费踌躇的是，前者很难说就是小说叙述简单的背景"衬托"，后者也不能武断地确认为是为摆脱历史焦虑的有效"敷衍"。

先看前者。不可回避，一个与苏童天才想象力密切相关的因素是他的童年经验。这个因素曾一向被许多研究作家创作发生学的学者们所广泛重视。在作家这里，在他进行审美创造的时候，他会把亲身经历的东西，包括他的力量感觉，他的努力，主动或被动的感觉，移植到外在于他的事物里面去，移植到在这种事物身上发生的或和他一起发生的事件中去。也就是说，作家在面对生活或产生灵感时，他的心中不是一张白纸，而是把一个早已形成的心理图式变成了一种对未来的期待。诗意就从人化和对象化中凭借开放的心灵找到了源泉，童年经验以回忆的机制与作家的现时经验接通，这种双重的"弹性"导向衍变为新的文学存在秩序，生活被再组织和再创造，发出撼人心弦的声音。可见，童年、少年的性格特征和经验会影响作家日后的写作似乎已成某种定势，对于苏童大体也不能例外。"我从来不敢夸耀童年

---

① 《没有预设的三人谈》，《大家》1999 年第 3 期。

的幸福，事实上我的童年有点孤独，有点心事重重……在漫长的童年时光里，我不记得童话、糖果、游戏和来自大人的过分的溺爱，我记得的是清苦。""因为早熟或不合群的性格，我很少参与街头孩子的这种游戏。我经常遭遇的是这种晦暗难挨的黄昏。"①这样，童年生活就成为苏童小说题材的主要源泉和写作动力之一，事实上，也很少有作家像苏童这样在他的大量小说中不断地重拾令其别梦依稀的旧梦的感觉。关于这一点，我体会到了苏童对童年记忆与幻想的刻骨铭心，以至于在近几年若干短篇小说中仍然不断闪回已逝的童年岁月。《骑兵》《白雪猪头》《哭泣的耳朵》《小舅理生》等近几年的大量新作仍都源出于他有关少年生活的记忆库。苏童已深陷其中，寓情于里，这也恐怕不仅是童年旧事的人事风华本身的魅力使然，而时空交错带来的情绪循环、昔日的情结诉求，也许恰好构成了文学写作、心灵和个人心理传奇的神秘的对话关系。

苏童有大量散文、随笔记叙他童年生活旧事：《过去随谈》《城北的桥》《在农村边缘》《童年的一些事》《三棵树》《露天电影》。我们从中会感受到他那种强烈的怀旧、恋旧意绪。许多讲述中弥漫着浓郁的惆怅和感伤，更多的还有对过去生活、人物的珍惜、怜爱，其中也不乏大量在他后来小说中频频隐现的重要意象，我甚至怀疑，他的许多小说都是从这些感伤、珍爱和意象中衍化而来，都可能寻找到其中的必然联系，这也就在相当程度上决定了他小说的取材方向和想象源头。虽然，作家的写作出发点并非一定是现实及现实中的人，而是他的另一个自我，但这另一个自我却是现实的精神投影。同时，文学起源于心灵，心灵是人的第二个自我，而这个自我，只能以精神的方式即关于情感、生命的艺术方式到达理想的存在彼岸，重组往日生活的情境，一次次完成文学与世界、回忆与往事的双重认知。对他早期的短篇小说《桑园留念》，苏童曾多次表达珍爱有加。这篇表现少年成长的小说，浓缩了苏童少年时代的"街头"生活，可以说，它是苏童此后"香椿树街"系列小说的起点或"引子"。小说中的"我"像

---

① 苏童：《寻找灯绳》，江苏文艺出版社1995年版，第2—3页。

影子一样飘荡、隐现在《沿铁路行走一公里》《刺青时代》《回力牌球鞋》《游泳池》《舒家兄弟》《午后故事》《古巴刀》中。若干小说的故事、人物、叙述语言包括氛围构成了一个浑然一体的动态画面，给人以身临其境之感。即使其中有些作品的风格非常散文化，叙述的虽是一段童年、少年记忆，或是一些散漫、惆怅、幽怨、平淡的思绪，但它表现出少年走进现实世界时的懵懂、冲动、敏感、孤独甚至不知所措，他们在那个年代的行走路线，同时表现出他们成长途中与那个时代芜杂、零乱、荒唐的成人世界之间的隔膜和猜忌。《红桃Q》实际上就是苏童的亲身经历的文学记叙。"我"的形象明显意象化、朦胧化，在"香椿树街"这个虚拟的空间里踯躅和游荡，张扬着从"身体诉求"到"精神诉求"的主体萌动和向往。苏童坦陈这类小说共同的特点是"以毁坏作结局，所有的小说都以毁坏收场，没有一个完美的阳光式结尾……成长总是未完待续"[1]。这无疑取决于苏童所生长的六七十年代的时代处境，苏童小说虽触及到"文革"的背景，但他并不以成人视角进入那个年代，其结果是以单纯的孩子的眼光表现灾难生活中少年们些许充满阳光的岁月，这非常接近很多知青作家所描绘的对自己在"蹉跎岁月"中对青春的缅怀和留恋，在叙述上无意中构成了对当时主流、宏大叙事话语的某种反拨。由于苏童对少年生活体验的敏感与细腻，使他不经意间本然地走出了八十年代的文化想象，他从不去附着任何具有理性色彩的启蒙话语，只有存在的本身对自由、姿态、欲望和人性的感知，小说的道德向度也处于中性的摇摆状态，绝少有某种意识形态的价值判断。而他小说中的地理空间的单纯，也避免了更复杂的文化压力和现实性纠缠。

早期的"香椿树街"少年小说的背景、故事和人物都有很强的"原生态"味道，而1996年以后写作的《古巴刀》《水鬼》《独立纵队》《人民的鱼》《白雪猪头》《骑兵》《点心》等，已将"香椿树街"衍生、"预设"地确立为他小说恒久的叙述背景。回顾苏童近二十年

---

[1] 《苏童王宏图对话录》，苏州大学出版社2003年版，第80页。

的小说写作，以"香椿树街"为背景的小说近于他创作总数的一半，可以看出，苏童特别喜欢、迷恋在这个背景下展开他的文学想象，淘洗他记忆中的生活铅华，对记忆中的生活、感受进行再体验，并创造出新的有意味的世界图景。可以说，他以自己更加成熟的小说理念和心性感悟，重新照耀过去的生活。这样，他的写作也就极少为对现实的某种迫切关怀所干扰。在一个新的艺术表现层面上，通过意象、意绪、场景、人物，超越传统的写实情境而达到对现实具象的张扬与超越。在这一组小说中，记忆和想象铸就的意象已经很少在小说中有明显外在的雕琢痕迹，过去的生活、当下的故事已存在于这一重要的"背景"之中，已融进小说的灵魂之中。我们愈发感受到苏童小说观念在发展、变化、更新中走向了一种理想的悬宕，从而不断产生叙述意义上的力量。在《古巴刀》中，古巴刀成为特殊年代那一代人的记忆"见证物"，它与早期小说中经常出现的回力鞋、U形铁、滑轮车、工装裤、刺青一样，都是凭吊往昔岁月的"中介物"，蕴含着那个时代的锋利与沧桑。不同的是，以一把古巴刀引申出古巴革命者切·格瓦拉和六十、七十年代中国的街头少年三霸、陈辉的某种联系，确实会自然地衍生出一种奇特的人生经验和历史沧桑感。《独立纵队》中"独立纵队"的幻境满足了少年小堂的刚毅、冲动、英雄向往的人格选择和期待。从中我们能够想见"文革"岁月所构筑的人与人的"二元对立"，和平岁月人为制造的动荡中弥漫在灵魂深处的硝烟。少年小堂很容易让我们联想到七十年代盛极一时的长篇小说《渔岛怒潮》中的铁蛋，我猜测，苏童写这篇小说的灵感是否源自对《渔岛怒潮》的阅读记忆的碎片？《人民的鱼》讲述"香椿树街"两位女性之间发生的故事。苏童有意将视角做了一个大的变换和调整，并把故事搁置在时代转型变迁的动态背景下，这无疑增加了叙事因素的多元性和叙述效果的戏剧性。小说通过主人公柳月芳和张慧琴对"鱼头"的好恶转换，演绎着社会、时代与世俗风尚的变化。"鱼"与《白雪猪头》中的"猪头"、《点心》中的"点心"都格外独特传神，看得出苏童在小说中处置"物"的功力，这些日常生活"物象"可以说是他少年生活记忆中与生存极为关联的那一部分，它们长久而鲜活地保存在苏童的记忆深处。前文提到，关于这类小说，如果说 1996 年以前，苏童尚未彻底摆脱现代小说的实验技法包括外来影响的制约，不时陷入自我表现自我重复的困境，而后期的写作则打开了一个新的局面。感觉、意象和叙述作为流动的时间载体，以瑰丽多姿的表现形式使渐渐远去的当代生活成为可追寻的历史痕迹，也为我们自身提供了进入内心的途径。

我认为，中篇小说《南方的堕落》《舒家兄弟》和长篇小说《城北地带》是苏童"香椿树街"系列中最为有力的三部。作为"成长小说"其内蕴已达到了一定的浓度。苏童对"成长小说"的理解可以帮助我们更准确地把握他的写作，他认为："所谓成长小说大多是变相的自恋的产物，抒发个人情怀来寻求呼应，它的局限在于个人的成长经验是否一定会引起回音。"[1] 前两个中篇小说的写作源于苏童对于南方记忆的体味和认知。苏童坦言自己对南方记忆有着奇怪的情绪，甚至是不愉快的，"所有的人与故乡之间都是有亲和力的，而我感到的是我与故乡之间一种对立的情绪，很尖锐，所谓的南方并不是多么美好，我对它则怀有敌意"[2]。在这里，苏童在回忆之前已不自觉地为自己设立了一种情感立场，而且他选择了一种冷酷的、几乎像复仇者一样的回忆姿态，对这种敌意很难做某种理论上的解释，非常偏执。因此我们在小说中看到了以"香椿树街"为代表的南方生活，无论是少年还是成人，在那条记忆中的街道上的存在之"痒"。这组小说透射出一种阴郁的氛围，充满了颓败、通奸、乱伦、凶杀的气息，如苏童自己在《南方的堕落》中所表述的，"南方是一种腐败而充满魅力的存在"。因此，这些作品在叙述形式和创作视景上令人迷眩不已，这类小说更大程度上为我们提供了特殊的角度，反思我们早已熟悉的南方，作家的介于奇闻传说与高度个人想象间的描写，显示出难以比拟的与众不同。

这些也是苏童自己认为写得最满意的、带有浓郁自传色彩的小

---

[1] 《苏童王宏图对话录》，苏州大学出版社 2003 年版，第 88—89 页。

[2] 《苏童王宏图对话录》，苏州大学出版社 2003 年版，第 106 页。

说。"它们都有出处，在实际生活中都有具体的原型。我自己的写作大致采取这样的方式：从我脑子里印象深的地点、人物出发，旁生出各种枝节，并进而衍生出其他所有的东西。"① 如果说《刺青时代》通过讲述一群野性十足的街区少年的小镇传奇，表现他们在一个相对封闭的天地里演绎的闹剧、恶作剧、悲喜剧等"街头故事"，借此表达苏童对时代性的荒凉匮乏的深刻体悟，那么《南方的堕落》和《城北地带》则力图凸显南方的脆弱、虚幻和精神失落。我们会感觉到，苏童在这里绝非玩弄地域色彩，展示精心设计传奇的小伎俩，其中隐含的是作家追踪人伦关系，重现、发掘生存意义的批判态度。苏童似乎要在南方人与人虚浮无根的欲望邂逅中，凸现一个时代的飘零与无着。这时的地理、地缘关系在苏童的写作中占据极其重要的位置，它极可能就是作家叙事意义得以铺张的根源所在。苏童有篇小说就叫《平静如水》，面对记忆中的南方，在历经了身体和精神的辗转之后，在充满怀疑的猜想和虚构过程中，在回味"乡情"的同时，苏童怎么可能做到"平静如水"呢？

坦率地讲，我们无意或一定要到苏童"虚构"的世界里去找寻与他现实存在的"对应"经历，但一个作家在对世界和生命深入感知后自然生成的情结，必然在他的心理上形成某种"机制"，对写作产生各种暗示或指引。格非说过，我们必须区分"存在"与"现实"这样两个完全不同的概念。存在作为一种尚未被完全实现了的现实，它指的是一种"可能性"的现实。从某种情形上来看，现实在世界的多维结构中一直处于中心地位，而存在则处于边缘。"现实"可以为作家所复制和再现，而存在则必须去发现、勘探、捕捉和表现。"存在则是个人体验的产物，它似乎一直游离于群体经验之外。"② 像苏童这样的作家，他的写作更多的是凭借个人审美体验而不受某种意识形态支配的，这样，他就会在审美领域对存在做出超越现实伦理的非功利的美学判断，因此我们可以看出苏童对现实的怀疑姿态。长篇小说《我

① 《苏童王宏图对话录》，苏州大学出版社 2003 年版，第 105 页。
② 格非：《小说叙事研究》，清华大学出版社 2002 年版，第 15 页。

的帝王生涯》《米》和中篇《妻妾成群》《红粉》的写作，不仅可以视为苏童虚构的另一种走向——"历史想象"，也可当作是对"自我往事追述"的超越，它充分体现了作家对"审美形式意味"的自觉和幻想的经验。题材的"复古"化，使苏童想象的内驱力更为强劲。我们在苏童大量小说中已深深体会到他善于处理虚构、想象与存在关系的能力，而且对于他的审美意味的独立性、敏感性深信不疑。这就意味着，与"香椿树街"系列小说的"记忆型"比较，《我的帝王生涯》《妻妾成群》这类作品呈现出幻觉型、超验型倾向和特征。想象中的"体味"走向一种高度的语言自觉、叙述自觉，构成了近乎纯粹的审美，小说成为经验载体，并赋予这种载体"事实性存在物"的功能。在这些小说中，苏童还借助自身知觉活动与知觉经验的直观性，设定了他小说话语的情境。记忆、幻觉中的事物在叙述中极其鲜活，作家所关怀的意绪和氛围造就出一个又一个充满无限可能性的世界，这个世界就是苏童小说中的意象世界，同时也为我们建立了叙事的广阔空间，给阅读留下更大的想象性。那么，我们现在可以确定，从"香椿树街"到《我的帝王生涯》《武则天》《妻妾成群》，苏童写作的心理起点完全是超越了日常心理记忆的创造性审美回忆。苏童实在是太喜欢这种艺术表达方式了，尤其后者所述的故事，他完全可以用"呈现"的方式讲述，以进行时时态讲述，但他选择了过去的方式。苏童显然钟爱这样的心智活动，唯其如此，才能表达出自身的艺术个性。这种感觉的持续和牢固，使他的写作状态一以贯之并不断延宕。苏童说，他艺术想象方式最明显的特征是远离现实，是天马行空的幻想。具体说，他更偏爱选取一段虚拟的历史布景，展示对人性、对人类生存境遇的看法。这里的问题是，我们要看到苏童这种艺术想象方式与现实和历史的联系，是如何在它们相互间建立一种审美维度的？历史、现实在作家的凝思中幻化成动人的意象，并获得独特形式，呈现在人们的审美观照面前。作家把他内心深处幽闭的情感、记忆碎片，在回忆、幻想中整合成审美意象，并在叙述中传达出来。在这里，我们看不出"历史"和"小说"的对立，苏童也无意去挖掘"历史"的"真相"，小说产生于广阔的人生经验，它在作家"个性话语"的强力介入下摆脱了种种意识形态功用，成为对人类经验的诗性探究。可以说，我们在苏童的小说中发现了审美创造的价值，这也体现了他以虚构的方式阐释回忆、超越回忆的价值，以及他对于小说处理的强烈的自主意识。他希望在小说的每一个细节，打上他的某种特殊的审美记忆的烙印，构成与世界个性化的对话关系。在《妻妾成群》《红粉》《米》《我的帝王生涯》这类作品中，他极其耐心地用自己摸索的方法、方式组织表现每个细节，包括人物的对话，叙述者的声音。而这一切"需要孤独者的勇气和智慧。作家孤独而自傲地坐在他盖的房子里，而读者怀着好奇心在房子外面围观，我想这就是一种艺术效果，它通过间离达到了进入的目的"①。不能忽视的是，我们还要关注苏童语言形式感的生成和执着坚守。苏童在写作中能保有自己的叙事风格，一方面由个人性格天赋所定，另一方面是苏童极好的语言感觉使艺术表达的形式感具有了生命的活力，苏童对历史的想象和虚拟主要是通过"语境"的建立而达到了种种"间离"效果。但苏童自己也同时意识到，形式感尤其语感，一旦被作家创建起来也就成了一个矛盾体，它作为个体既具有别人无法替代的优势，同时又是一种潜在的危机。这种危机一方面源于读者的逆反心理和喜新厌旧的本能，另一方面也源于作家努力摆脱模式、超越自身的困惑：一名作家的写作要保持永久的魅力似乎很难，如何才能对自身的写作进行不断的超越和升华，需要作家提供某个具有征服力的精神实体，然后它才能成为形式感的化身，因为写作需要充分考虑的不仅是修辞上的装饰，而且它要表明对存在的一种理解和态度，包括对一些既成美学规矩的打破和对于自身美学的建立。新的美学原则的悄然崛起，便会是新的写作的发生。

苏童的小说从诗学的意义上讲，主要有这样几个主要特征：一是象征、意象、隐喻；二是浪漫、伤感和悲剧性；三是叙述风格的迷离、传奇、拟旧。正是这些美学功能确立了苏童小说整体形态上的审美风格。这些在他这几部"拟古拟旧"的作品中尤为明显。考察这类小说，我们会体味到苏童习惯用"间离"手法营造出"审美距离"的

① 苏童：《寻找灯绳》，江苏文艺出版社 1995 年版，第 101 页。

变化。在《我的帝王生涯》《武则天》《妻妾成群》等小说中，作家、叙述人、小说中的人物以及读者，相互间保持着一种或道德、或智力、或时间、或情感价值上的审美距离，并在叙述中透射出难以控制的"情绪"艺术氛围与情境也由此而出。这里，苏童或把我们引领进"史前史"或在"家史"中演绎、暗喻国族寓言；或表现对遥远历史的凝视，表现"一种奇异的族类在此生老病死，一种精致的文化在此萎靡凋零，苏童以他恬静的、自溺的叙述声调，为我们叙述一则又一则的故事"①。前文曾提到，苏童有着强烈的"想闯入不属于自己的生活的一种占有、入侵的感觉"的创作心理动因，加之他叙事语言的独特和艺术感觉的灵动，使苏童"出入稗官野史之间，尽情舞弄、揶揄正史的合理性甚或合法性。他批判中国人挥之不去的'皇帝癖'更要令读者发出会心的微笑。作家如此热衷于小说重写历史，以鬼魅似的虚构声音打扰历史叙述的定论俨然已为大陆小说树立一种独特风气，借古寓今、故事新编，掩于其下的政治企图"②。我觉得，王德威在这段文字后面部分所概括的"政治企图"对苏童来说有些言过其实。我们说，苏童是当代最具唯美主义精神和气质的小说家，其创作中的"非意识形态化"倾向有目共睹，苏童对写作要求最强烈、最敏感的就是"作家在写作中能不能感受到应有的乐趣，这对我是一个非常现实的问题。当我意识到我会厌倦小说的某种写作方式，如果这种厌倦伴随着我，使我厌倦写作本身的话，那么我就肯定要另起炉灶，换一种能唤起我新的写作欲望的东西，哪怕这个东西有可能是不成功的"③。苏童在完成《我的帝王生涯》之后"跋"中的表述，让我们进一步揣摩到他更为内在的创作动因："多年来我一直梦想着作等身的生活，我的所有努力都是为了接近这个梦想，《我的帝王生涯》也许是我的精神世界的一次尽情漫游。我说过我依赖梦想写作或者生

---

① 王德威：《南方的堕落与诱惑》，《中国当代作家自选集·苏童卷》，人民文学出版社 2001 年版，第 1 页。

② 王德威：《南方的堕落与诱惑》，《中国当代作家自选集·苏童卷》，人民文学出版社 2001 年版，第 17 页。

③ 《苏童王宏图对话录》，苏州大学出版社 2003 年版，第 168 页。

活，而《我的帝王生涯》则是一个梦想中的梦想。"苏童已把小说写作视为一道心灵之光、视为生存方式，他没有改写历史的非理性企图和力量，他只是想在最具抒情性的叙事中引入一种理想的人生形式，与浮躁、嘈杂、涣散的现实状况相对立，从而达到召唤人的诗性的目的。也许，作家只有把自己灵魂的一部分注入作品并使它有了血肉，才会有真正的艺术高度，所以作家需要审视自己真实的灵魂状态，并首先塑造自己，这对于一个作家的写作生命来说，恐怕是最为关键的。

归结起来说，苏童对"记忆""审美"和"想象"的迷恋，让他的写作没有那些功利的算计而显得潇洒大气，这使得他在处理小说最重要的两个因素即结构与时间的时候张弛有度，既有节奏感又有分寸感，显得从容不迫，也使他的写作从容不迫地发生而无自我沉醉、自我放纵的危险与轻浮。他让"记忆"与直觉彼此呼应，"记忆"中的事物已被想象穿透，人生的感遇幻化成纸上的风景纷至沓来，造就小说形态的复杂微妙。他小说创作中的一个最活跃的因子就是自由联想，这一点有着与童年、少年密切相关的心理学基础。所有的记忆、生活经验在意识中被调动起来，与现时感悟与艺术冲动交融，从这个角度讲小说文本已成为其心理、情感结构的摹写，叙述的过程成为一个将过去经验、记忆与现时情绪、冲动连接的过程，不断"解构"又重新"结构"的过程，"记忆""想象"成为结构小说的功能，而且，这又是一个极其自然的过程，这就呈现出苏童小说极为自然的美学形态：叙述语言的简洁、质朴，错落有致，饶有韵致，叙述形式不事雕琢，蔚为大气，智慧潜隐在文字的背后，支持着结构的坚实，以及表达的分寸感，这些，对于一个情感内倾型的作家来说的确是不同凡响。这种不断产生的"重写"记忆生活的冲动和灵感，更是蓬勃地扩散出文学创作的"神性"。

苏童在若干年前就说过，他在努力靠近文学梦想，他想趁年轻时多写些小说，多留几部长篇和短篇小说集，作为一个文学信徒对大师们最好的祭奠。对于美国作家塞林格的一度迷恋使他写下了许多短篇，包括《乘滑轮车远去》《伤心的舞蹈》《午后故事》等。"塞林格是我最痴迷的作家。我把能觅到的他的所有作品都读了。直到现在我还无法完全摆脱塞林格的阴影，我的一些短篇小说中可以看见这种柔弱的水一样的风格和语言"，"一种特殊的立体几何般的小说思维，一种简单而优雅的叙述语言，一种黑洞式的深邃无际的艺术魅力。坦率地说，我不能理解博尔赫斯，但我感觉到了博尔赫斯。我为此迷惑。我无法忘记博尔赫斯对我的冲击"[①]。我敢说，苏童是当代中国作家中最坦率而又毫不讳言受到外国作家写作影响的作家。他在前不久与学者王宏图的一次对话中，在回顾自己成长过程时谈道："我的作品中关于少年人的那种叙述的腔调受塞林格影响很大，我一直坦白交代的，哪怕好多人认为他是个二流作家。任何一个作家都会多少受到一些他人的影响，没有所谓真正横空出世的作家。受外国作家影响也好，受中国作家影响也好，都是影响，影响以后还有一个成长的过程，你的成长才是属于你自己的轨迹，对此我不忌讳。"[②]在此，我们可以首先看到苏童的个人胸襟。所以，面对苏童的小说，我们可以放心地发掘、研究他对于外国作家的阅读经验及其积淀之于他小说写作种种潜在的、暗示性、启发性影响，推测塞林格、马尔克斯们为他提供的叙述视景和"孕育"小说的可能。这也可以让我们更充分而耐心地追溯这位作家写作发生的可能。准确地说，这会使我们在苏童小说的研究中减少许多无谓而犹疑不定的障碍。

可以说，苏童小说的非意识形态化倾向或形态与塞林格、博尔赫斯、雷蒙德·卡佛的小说艺术感觉不期而遇。博尔赫斯对小说写作艺术的审视基本保持在这样的两极：古典与现代。他的小说"既有古典的幻想与理念又表达出现代的怀疑与冥思。在他的艺术精神中，就是如此奇异地熔铸着古典与现代的合金"[③]。博尔赫斯小说给我们的整体感觉就是，他努力地通过他的叙述展现一种洗尽铅华的文学语言的愿望。不夸张地说，苏童与博尔赫斯这种唯美风格有着异曲同工之妙，两者似乎在不经意间"互为照亮"。考察、梳理苏童的文学阅读

① 苏童：《寻找灯绳》，江苏文艺出版社 1995 年版，第 145 页。
② 《苏童王宏图对话录》，苏州大学出版社 2003 年版，第 45 页。
③ 《博尔赫斯文集·代序》，海南国际新闻出版中心 1996 年版，第 7 页。

与接受，苏童谈得最多的仍然是外国小说家对他的视觉冲击力和由此引发的他对小说艺术的迷恋。我们无意在这里详论博尔赫斯小说、塞林格及其《麦田里的守望者》在世界文学史上的地位和价值，但一位异国作家能对苏童产生如此深重或深入、深远的影响，肯定有其充分的理由和根据。苏童在谈起塞林格的时候，毫不吝惜地用了"钟爱""启迪"和"感染""渗入心灵和精神""无法摆脱塞林格阴影"等诸多的词语来表达自己对他的无限感激。作家格非在比较鲁迅和卡夫卡时，曾特别提到博尔赫斯关于不同时代、不同民族作家之间关系的论述：作家与他的先驱者之间的关系并非通常意义上的借鉴或经验、方法上的传承，而是一种更为神秘、隐晦的相类性[1]。苏童坦言："那段时间，塞林格是我最痴迷的作家。我把能觅到的他的所有作品都读了。我无法解释我对他的这一份钟爱。"[2]

上世纪八十年代在北师大读书，刚刚开始小说写作不久的苏童，接受了塞林格给予他的文学滋养或者说"第一线光辉"。客观上讲，塞林格的《麦田里的守望者》之于苏童，并非对于所谓"经典"的那种近似崇拜、敬畏的感觉，而完全是一种彻头彻尾的喜爱。在我看来，对于塞林格与苏童，我认为可以用布鲁姆在《影响的焦虑》中的一个著名的观点来解释：并不是前辈诗人的作品影响了后来的诗人，而是后辈诗人的成就和光辉照亮了前辈诗人。我觉得这样评价苏童并不为过。前文提到的苏童早期的若干短篇小说中，苏童直接或间接、表层或潜在所接受的，不仅是塞林格小说中的题材取向和人物存在方式、状态，而且还有塞林格创造的新颖的艺术风格，那种少年心理、颓废状态、青春启迪和自由舒畅的语感，它直接渗入其心灵和精神并在写作中呈现和张扬出来。对于塞林格这样的作家，苏童不能接受他在美国文学中被一些人定位为二流作家的现实，但苏童不必忧虑的是，二流作家所影响的绝不可能也是一个二流作家，事实已证明了苏童对塞林格的吸收、摆脱和超越。

---

① 格非:《鲁迅和卡夫卡》,《当代作家评论》2001 年第 1 期。
② 《苏童散文》,浙江文艺出版社 2000 年版, 第 191 页。

除了塞林格，对苏童小说影响较大的应该是博尔赫斯。在虚构、叙事技术、小说智性、古典气韵与现代小说技巧相和谐几个方面，我们很难在苏童小说中找到其他中国现代作家的风格痕迹。而苏童小说，特别是短篇小说的构思、表现风格、艺术体貌的形成与博氏小说在一定程度上有着密切的灵感启迪关系。可以说，后者的影响已完全渗透在艺术作品之中，经过苏童的消化、理解、吸收，已成为小说的有机组成部分，与自己的艺术感觉、表现方式，即语感、语句、遣词习惯水乳交融为一体。像《大气压力》《水鬼》《海滩上的一群羊》《白沙》《神女峰》《巨婴》《世界上最荒凉的动物园》等一批短篇小说，很有博氏《南方》《手工艺品》的神韵，充分地显示出叙事的智慧与优雅。不夸张地讲，苏童对大师博尔赫斯的学习、借鉴或写作发生可以这样概括：想象和虚构，心灵与技术，古典与现代，更具体说，包括描写的细腻柔美，构思的精巧雅致，情节的奇幻神秘，或哲理、或玄奥、或荒诞、或迷离的情境氛围，呈现出隽永、深邃、流畅、沉郁、亦真亦幻的文体风格，并且，两者表现出叙事结构工整的接近。关于写作动机和艺术思维取向，他们有着极为相近的理念。博尔赫斯说："我不认为个人作品应该使人得到教益。当我写作时，我不想教导任何人，但是我想讲，讲一个大家都感兴趣的故事、神话，讲一首动人的诗，如此而已。也就是说我的目的是抒发感情。"[①] 苏童也不止一次地表达他对小说审美性的理解和追求："我是更愿意把小说放到艺术的范畴去观察的，那种对小说的社会功能，对它的拯救灵魂、推进社会进步意义的夸大，淹没和扭曲了小说的美学功能。小说并非没有这些功能和意义，但对于一个作家来说，小说原始的动机，不可能承受这么大、这么高的要求。小说写作完全是一种生活习惯，一种生存方式。"[②] 苏童的写作，在不同阶段始终远离"当下"的写

---

① 转引自何仲生、项晓敏编《欧美现代文学史》，复旦大学出版社 2002 年版，第463 页。

② 林舟：《苏童——永远的寻找》，《中国当代作家访谈录》，海天出版社 1998 年版，第 81 页。

作潮流，坚守自己独特的美学形态，在其自由、平和、平实中衍生故事结构本身的内在张力，营造奇异的想象空间，这既有苏童个人写作的内在必然性倾向，也显然受到"大师"心智上的启迪和鼓舞，这恐怕是写作上另一种形式的发生学。通过虚构来总结人的存在经验和状态，并暗示人们关于思考、智慧和创造的意义、价值，这些，无疑是唯美主义的艺术追求。

与此同时，苏童始终非常注意在小说的阅读中获得写作的灵感和启示。他对美国作家雷蒙德·卡佛和意大利作家卡尔维诺的阅读和研究，也直接影响着他近年的小说写作，尤其在作品内蕴上更具那种小说的魔力。苏童对卡佛的文风倍加赞扬，佩服他对现代普通人生活不凡的洞察力和平等细腻的观察态度，喜爱他的同情心像文风一样毫不矫饰。苏童的《桥上的疯妈妈》《手》《二重唱》和《垂杨柳》都是表现、描写生活中的底层人物的作品。从"疯妈妈"、小武汉、垂杨柳的小雪，这几个人物身上看得出苏童开始注意在"搅拌时代与人物的混凝土"[1]，开始有意抓住现实生活，混淆虚构和现实的界限，让人物的境遇在故事的叙述中凸现。受伤害的人，敏感的人，迷惑的人都荡漾着伤感、忧郁的气息。这种艺术感觉上的变化让我们联想到苏童对卡佛的痴迷，让我们想起苏童曾经多次提到的《请你安静一点好不好》《羽毛》和《卧铺车厢》等一些小说。我们会对苏童的小说发问：苏童是对自己笔下的人物有兴趣，还是对卡佛小说是否真的影响了他小说的人物而更加疑惑和警觉呢？

苏童一直很推崇吴亮的一句话：真正的先锋一如既往。当苏童被认为是"先锋小说作家"的时候，他并不否认自己的写作与当时文学叙事语境、文学话语背景的一致或背离，或许是不经意的裹挟。正如陈晓明对包括苏童、格非、余华、孙甘露、北村在内同代作家的分析和判断，"我们时代的晚生代面对的是'卡里斯马'解体的现实，处在文化溃败的历史境遇，他们没有现实的神话可讲，他们没有历史、没有现实、没有大众，只有孤零零的自我""他们从自己生存的文明

---

① 苏童：《去小城寻找红木家具》，《小说选刊》2003 年第 10 期。

现实中体悟到特殊的记忆形式，并且以此表达对语言异化和历史困厄的反抗"①。我觉得，苏童虽然经历了近二十年的写作生活，但终究处于所谓"主流化写作"之外，处于"文化焦虑"之外。在他的写作中，以自由而洒脱的文学理念，搁置"道德化诉求"的写作姿态，使虚构逃避或遗忘掉种种文化上的困境，建立起自己的美学叙事。以苏童目前的状态看，他仍然能不断给我们贡献迷人的故事、有趣的人物和纯粹的小说结构风貌，叙事的自由张力，富于现代感的小说策略，这对于一位作家来说已令人注目。与苏童同时代的另一位作家余华由衷地赞叹苏童短篇小说写作所达到的艺术高度。这些，似乎已完全与苏童近于宿命的小说写作融为一体。

有人嗔怪苏童的小说创作长期沉醉于唯美状态，甚至称其有"中产阶级情结"。这的确是与苏童的写作风马牛不相及的一种联系。苏童毕竟不是那种想振臂一呼、应者云集，披肝沥胆、血染精神战袍的壮烈写手或时代的呐喊者，当然，像苏童这样的作家，也不会像卡夫卡那样喜欢在晦暗中掩抑心灵、自我煎熬，做一个苦斗士。苏童有自己的方式领略生活，体验生命和世界的风景与沉重，他有自己抵达心灵、表现精神的方式和通道。他擅长的是在时移事往所留下的空间确立想象和存在微妙的平衡，而不愿刻意去"捕捉"现实的机锋。他幽雅宁静地行走，慢慢体味、感悟存在的美好与沧桑，虽没有冒险也少有刺激，但无可厚非。因为世界的存在本身就是多元的，人们的艺术选择和需要也是多元的，作家需要的是富有自己个性的选择和追求。他写作，表达美好和思考，表现人的种种存在，那就是他在用自己的良知审视自己的心灵，回味生命，为人们贡献着独到的、用心用力的艺术文本。正如歌德在回忆自己小说写作时所说："在这个躁动的时代，能够躲进静谧的激情深处的人确实是幸福的。"②

我们可以坚信，苏童的艺术矿藏还远未开采穷尽，还有更深层的特别之处，对他自身还会有更多重、多元的小说写作发生，从而在时

---

① 陈晓明：《无边的挑战》，广西师范大学出版社 2004 年版，第 39—41 页。
② 转引自本雅明《本雅明文选》，中国社会科学出版社 1999 年版，第 97 页。

间的长河中，避免写作上精致的重复和空洞，避免世界与文本之间情感联系的缺失和"短路"。这是苏童最要注意的方面。因为每一篇小说都源于一种事物或作家心性的被感召、被"唤醒"，都源于新的动机或过程的发生和开始，以及由此促成的写作力量的产生。

细部修辞的力量

——当代小说叙事研究

一

我们在阅读小说、研究和分析文学文本的时候，可能常常会思考这样的问题：我们究竟是怎样从作品中体味到了文学的美好？究竟是从哪些具体的方面，获得了深刻的感动和持久的精神力量？我们需要珍视好的文学、热爱好的文学，我们更需要懂得好的文学。那么，一部好的文学作品，一部好的小说，真正能够体现出其独特价值的地方在哪里呢？衡量作家和文本的坐标或天平究竟是什么？

其实，多年以来，这些貌似老话题的问题，却始终被我们所忽视，而缠绕着我们的，往往是那些很宏观、十分富于理论感的大问题。正是这些似是而非的"问题"和理论规约，束缚、遮蔽着我们的阅读，也禁锢了那些我们原本会极其生动体验的艺术感受。一方面，从比较"职业的"阅读角度，我们可能会更多地考虑作家的文学成就，考察作家的文学史地位，很"学术"地研究其当下的理论意义和价值；另一方面，个人的文学阅读和审美判断，也会掺杂、渗透出个性好恶，以及潜藏在内心深处强烈的道德评价。当然，这些都没有问题，而我的想法是，当我们面对作家、作品的时候，我们在注意或重视理论的把握、概括作家创作宏大意义的同时，在文本阅读中，不惜"牺牲"形而下的"原生态"面貌，不遗余力地挖掘文本形而上本质的时候，是否更需要关注文本的"意义生成"过程，更竭力地去发现叙述的魅力在哪里闪现呢？我认为，这恰恰应该是走进文本、走近作家本身的一个重要窗口。就是说，我们不能忽略作家写作的姿态和叙事策略，以及由此在文本中呈现出的小说"细部的力量"。这种力量可能来自一个小说人物的表情或动作，来自一个蕴含了特别氛围的场景，一件生活中琐碎之事的回顾，来自一段充满浓郁日常性的话语，也许是一段类似"闲笔"的不经意的叙述。说它是细节也行，说它是细部也罢，它必然是文学叙事的精要所在，是触动心灵的切实要素或原点。一个好的叙述，它的精华之处，一定在细部。仔细想想，任何一部杰出、伟大的作品，无不是无数精彩细部浑然天成的组合。在这里，细部所产生和具有的力量，一定会远远覆盖人物、情节、故事本身，而且，它所提供的生活经验、生命体验和艺术含量，既诉诸了一个杰出作家的美学理想和写作抱负，也能够体现出一个作家的哲学、内在精神向度和生活信仰。

说到底，作家在发现生活和表现生活的时候，是不需要虚张声势地给生活、时代命名的。也许，我们的时代，根本就不需要那么大的声音，能够发现生活真正价值和美好的人，如同挖掘到黄金一样，他是不会虚张声势、大声喊叫的。人人都在生活，在每一位行路者的旅途中，最终留下的，都是自己独特而鲜明的印迹；他们所发出的声音，也不一定都要遵循某种固定的样式和模板。因此，谁能够发现一种富于个性的细微的声音，谁能洞悉到一个个生命方向上的正路、岔路、窄路和死路，谁能在一个大的喧嚣的俗世里面，感受或者感悟到一个普通心灵的质地，就可能产生一种驾轻就熟、举重若轻的大手笔。这是一种能剔除杂质的目光，这种目光才会发现一种眼神，这是一种大音希声的声音，这种声音才能传达细节的气氛和气息，这也是一种大象无形的抚摸，这种抚摸会在一种事物上面感知大千世界、万物众生。这样的话，作家的写作，他的叙事，就不担心细小和琐屑。世界就是由无数琐碎的事物构成的，作家点石成金般的才华、质朴、心智、关怀和良知，与现实生活中无数细小的东西连起来，就会形成一个巨大的张力场，作家在这样的场域中写作，给人的感觉就会非常特别。可以这么说，从某种意义上讲，作品中充满生活细节的文本，都与作家对生活的感情和爱密切相关。

这时候，最需要的，或许就是一个作家的平常心、朴素的情怀。其实，平常心是一种大境界。那是一种不坚执、不冥顽、不刻意的心境或者心态，不躁不厉，那是阅尽人间或生命万象之后的坦然和坦荡。我相信，任何好的书写和叙述都会从这样的写作心态出发，而不是那种自命不凡、可以纵览世间沧桑的高屋建瓴。这是一个作家的创作心态问题。日本著名导演小津安二郎，在电影创作中始终坚持这样的理念，让生活自身呈现，他将摄像机固定在与人一样的高度，让其处于一个倾听者的正面的位置，直抵情景的细部。而且，他不会用任何不礼貌的角度来拍摄自己的人物，永远选择平视或仰视，而不是俯拍。因此，在小津安二郎的作品中，有散发着日常生活的芳香，有对人的充分尊重，又有宗教的平等、庄严和宽广，质朴和细腻中弥漫着诗意和忧伤。

莫言强调，一个作家不应该总是宣称自己是"为老百姓写作"，而应该是"作为老百姓写作"，他说："'为老百姓写作'，听起来是一个很谦虚很卑微的口号，听起来有为人民做牛马的意思，但深究起来，这其实是一种居高临下的态度。其骨子里的东西，还是作家是'人类灵魂的工程师''人民代言人''时代良心'这种狂妄自大的、自以为是的玩意儿在作怪。"[①] 这里，莫言所强调的是，"作为老百姓写作"，就是不会把自己置于比老百姓高明的位置上，而且，他在写作的时候，不会也不必去考虑这些问题，他没有想要用小说来揭露什么，来鞭挞什么，来提倡什么，来教化什么，因此他在写作的时候，就可以用一种平等的心态来对待小说中的人物。这种写作姿态，也决定了作家的价值取向，还有写作方式，包括作家对细部的兴趣和关注，摆脱"大"的题意或主旨对写作的规约，并由此决定如何选择写作修辞策略。

一般地说，修辞被视为话语的技术层面要求。在炼字、遣词造句，搭建情节、细节和结构故事过程中，作者处心积虑，殚精竭虑，

---

① 莫言：《作为老百姓写作》，林建法、徐连源主编《中国当代作家面面观——寻找文学的魂灵》，春风文艺出版社 2003 年版，第 4 页。

这是谋篇布局的心智体现。我想，在一个较大的叙述里，修辞绝不仅仅只是一个技术层面的要求，更是一种在思想和精神上具有文化意味的选择。就像亚里士多德讲的那样，"只知道应当讲些什么是不够的，还须知道怎样讲"①，就是说，当一个作家知道自己写什么的时候，他在一定程度上就已经拟定或预设了叙事的空间维度，而发现应该聚焦的生活，洞悉其间或背后潜藏的价值体系，对时代生活做出深刻判断，可以视为从整体到细部最基本的文本编码。这里面，其实就埋藏着"怎样讲"的倾向。修辞是一种发现，是一种能力，"细部修辞"，则是那种用心的发现，是很少整饬生活的独到选择和朴素的叙述策略，虽然细部无处不在，却不只是作为语言层面的问题来加以讨论的。因此，作家的修辞，在生活面前并不是无处不在的，经意或不经意的遗漏和空缺，往往也可能是最重要的细部修辞。

二

余华在被问及在写作中会碰到哪些困难时，他直言不讳地说，困难非常多，尤其是"有很多都是细部的问题。这是小说家必须去考虑的，虽然诗人可以对此不屑一顾，然而小说家却无法回避。所以说，小说家就是一个村长，什么事都要去管"②。此外，余华还谈及几位对他写作有重要影响的作家，特别是川端康成，而这位作家恰恰是极为重视细部的杰出作家。"川端康成对我的帮助仍然是至关重要的。在川端康成做我导师的五六年里，我学会了如何去表现细部，而且是用一种感受的方式去表现。感受，这非常重要，这样的方式会使细部异常丰厚。川端康成是一个非常细腻的作家。就像是练书法先练正楷一样，那个五六年的时间我打下了一个坚实的写作基础，就是对细部的关注。现在不管我小说的节奏有多快，我都不会忘了细

---

① 亚里士多德：《修辞学》，生活·读书·新知三联书店 1991 年版，第 147 页。

② 余华：《我能否相信自己》，人民日报出版社 1998 年版，第 252—253 页。

部。"[1]在这里，余华坦然地道出了他最初的文学训练，来自对川端康成的学习和模仿。余华领悟了川端康成作品的精髓：细部是叙述之母。在他的长篇小说《活着》中，有一个经典的细部描述：福贵的儿子有庆死后，福贵瞒着家珍将有庆埋在一棵树下，然后他哭着站起来，他看到那条通往城里的小路，想到有庆生前每天都在这条小路上奔跑着去学校的情形。后来，福贵陪着家珍去有庆的坟前，再次看到这条月光下的小路。写到这里的时候，余华感到他必须要写出此时福贵内心最真实和细腻的感受。他反复斟酌这个细小的感受应该怎样表现。最后，他选择了一个意象——盐。"我看着那条弯曲着通向城里的小路，听不到我儿子赤脚跑来的声音，月光照在路上，像是撒满了盐。"[2]余华意识到，他必须写出这种感受，这是一个优秀作家的责任。一个人，当自己的亲人离去，那种难以控制的思念和伤痛该怎样表现，并不是一个可以轻易摆脱俗套的细节。余华没有造势，没有选择一个很大的动作，只是给这种情感、情绪选择了一个意象，一下子就攫住了人的心，一个常情，一个普通的事物——盐，却构成了一个有震撼力的细部。没有更好的比喻或象征，或者是细致的心理描写能够取代这个短小、简洁的叙述，这个细部，体现出余华的敏感，它从小说的整个叙述中突然溢出，明亮，闪着光泽，照亮了全部的叙述：活着所承载的，是不能承受之轻。这是一个作家从人物内心的情感出发所做的细部的修辞。

我这里要特别提到，现代作家重视文本细部修辞的经典个案。这就是伟大的作家鲁迅。鲁迅是中国现代小说的开山鼻祖，鲁迅就是一个极为重视细部呈现和修辞的作家。他的著名短篇小说《孔乙己》，就是细部修辞的经典之作。鲁迅在孔乙己的腿没有被打断、几次去咸亨酒店的时候，从来没有写他是怎么来的，只是描述他是"站着喝酒穿长衫的唯一的人"。可是，当孔乙己的腿被打断了，他就必须要写他是怎么来的。鲁迅先让他的声音从柜台下飘上来，然后，让没有柜

① 余华：《我能否相信自己》，人民日报出版社 1998 年版，第 252—253 页。

② 余华：《活着》，南海出版公司 1998 年版，第 134 页。

台高的小伙计端着酒从柜台绕过去，接过孔乙己从破衣服里摸出的四文大钱。叙述，就在此时抵达了细部：孔乙己两手都是泥，原来他是用这手走来的。鲁迅十分简洁、干净地交代这个现象的同时，完成了对孔乙己人生变故的含蓄表达。细部，在这里呈现出了一种宽广和宽柔。鲁迅没有选择对孔乙己的内心进行评价，或者运用"他者"的目光逼视人物的心态，而是自由地书写了一个小人物的生存细部。

鲁迅在给《呐喊》写自序的时候，写到他的朋友金心异来看望他，在这样一篇小说集的序言中，鲁迅竟然写到了金心异走进屋子后脱下长衫。可以说这是一处闲笔，也可以当作是一个细部的修辞，像鲁迅这样一个杰出的作家，约朋友谈话的时候，或者说，在自己一部重要的小说集的序言里，还会注意到并且提及朋友的衣着，朋友细微的动作和神态，这里，一定蕴含着深厚而朴素的友情。只有这样的情怀和本真情感，叙述，才会于字里行间散发出自然、平易和质朴的气息。

即使在今天，我们的写作，笔触所及，也不能不虑及细微、细小和细部。难道我们还需要那么多惊心动魄的故事吗？或者说，我们一定要依赖大的人物形象或者能显示时代力量、宏大命题的叙述吗？一些作家在叙事上开始向下看，开始从小处着眼。我想，一个作家不能总是随波逐流地去感受、渲染和记录一个时代的兴奋，兴奋之后还会留下一些什么呢？我们还需要将目光投向最朴素和实在的精神命意：生活。在《秦腔》和《古炉》中，贾平凹选择了细部的修辞策略，选择了日常生活形态中普通、平实的"生活流"，选择以碎片式、花瓣式的细部，聚集一部更具整体性的文本结构。这时的贾平凹，没有再像以往那样，通过整体的、自我的、带有某种意识指归的形象，而是让整合后的对记忆的叙述，呈现生活的"细部的真实"。贾平凹选择的视角，也给叙述提供了从不同方位进入细部的可能性。"细部"，已经完全嵌入叙述中的生活，故事像经验，或者说经验像故事一样被传达出来的同时，尽管仍然有"叙述"的痕迹，但作家作为创作主体所经验所感悟的内容与回忆、记忆，与聚合起来的生活融为一体，"还原"或者说创造出独特的氛围与情境。确切地说，贾平凹《秦腔》的叙述，在努力回到最基本的叙述形式——细部，如同被坚硬的物质外壳包裹的内核，可摸可触，人物的行为、动作在特定的时空中充满质感。也许，贾平凹在叙事观念上，想解决虚构叙事与历史的叙述，或者说，写实性话语与想象性话语之间存在的紧张关系。但是，他更加倾向将具有经验性、事实性内容的历史话语与叙述形式融会起来，在文字中再现世界的浑然难辨的存在形态。只不过，这一次，贾平凹没有利用叙事形式本身的乖张和力量，更看重对创作主体的个人经验的有效表达，追求"个别的真实"而非虚构叙述所表现的普遍的真空。这时，"细部"，呈现出它非凡的力量。

令人惊异的是，"贾平凹从容地选择了如此绵密甚至琐碎的叙述形态，大胆地将必须表现的人的命运融化在结构中，对于像贾平凹这样一位有成就的重要作家来说，这无疑是一种近于冒险的写法。但他凭借执着而独特的文学结构、叙事方式追求文体的简洁，而恰恰是这种简洁而有力的话语方式，在很大程度上改变了以往长篇小说的写作惯性，重新扩张了许多小说文体的新元素，改变了传统小说的叙事形态。同时，我们也从这部长篇小说看到贾平凹小说写作更为内在的变化"[1]。具体地说，《秦腔》这部小说，以四五十万字来写一条街、一个村子的生活状貌或状态，细腻地、不厌其烦地描述一年中日复一日琐碎的乡村岁月，从时间上看并不算长，但叙述却给阅读带来了一种新的时间感。这种时间感显然最为接近小说所表现的生活本身，一年的时间涨溢出差不多十年的感觉，正是这种乡村一天天缓慢、沉寂的生活节奏，这种每日漫无际涯的变化，累积出乡村生活、人世间的沧桑沉重。相对于那些卷帙浩繁、结构宏阔的乡土叙事，贾平凹用心、朴实地选择简单的单向度的线性叙事结构，非作家经验化的生活的自然时间节奏，没有刻意地拟设人物、情节和故事之间清晰、递进的逻辑关系，也不张扬生活细节后面存在的历史发展的脉络，只是平和地、坦诚而坦然地形成自己朴素的叙事，叙述本身也较少对当代乡

---

[1]　张学昕：《回到生活原点的写作——贾平凹〈秦腔〉的叙事形态》，《当代作家评论》2006 年第 3 期。

村及其复杂状貌的主体性推测与反思性判断。这样，细节的琐碎，既构成生活的平淡或庸常，也构成了生活的真实。细部，再现或复现了生活的肌理。也许，我们应该仔细地反省一下：难道平淡、庸常的生活就不是生活吗？生活本身就是不完整的，破碎的，我们一定要依据某种现实的逻辑或意识形态的意志力，去拼凑一种像模像样的完成结构，又有多大意义呢？

巴赫金认为："长篇小说是用艺术方法组织起来的社会性的杂语现象，偶尔还是多语种现象，又是独特的多声现象。小说正是通过社会性杂语现象以及以此为基础的个人独特的多声现象，来驾驭自己所有的题材、自己所描绘和表现的整个事物和文意世界。作者语言、叙述人语言、穿插的文体、人物语言——这都只不过是杂语借以进入小说的一些基本布局结构统一体。"[1] 在这里，巴赫金把长篇小说看作一个整体，一个"多语体"和"多声部"现象，即小说话语是彼此不同的叙述语言组合的体系，而不是单一叙述主体的话语。在《秦腔》中，小说叙述话语及其所呈现出的存在世界就是一个多维的话语、结构形态。这时，叙述主体已摆脱了种种可能的观念、理念的预设，远离了以往小说的"社会—历史"结构形态，即不是从历史结构中去观察和描述日常生活并形成具有现实感的叙事形式，而是尽力写出生活的本色和原生态质地，又避免对人物个性或典型性的过分强调而造成人物与存在世界的分裂。在一定意义上讲，小说的结构，就是生活的一种存在结构，它所提供的人物、情景、绵密的生活流程，可以让我们去感知、触摸生活的构成，揣摩生活更大的可能性。贾平凹所采取的是一种"反逻辑"的叙述，是对既往文学、写作观念的颠覆。无逻辑的生活秩序正是生活与存在的本质，因为生活的秩序和形态绝不是作家所给定的，也不是由某种特定观念所统一的，而所谓的"逻辑"则是人对现象的恣意的主观梳理、强制性限定，那么，决定小说结构的叙述话语就绝不是一种独立的声音，而小说话语或小说智慧则在于

---

[1] 巴赫金：《小说理论》，白春仁、晓河译，河北教育出版社 1988 年版，第 40—41 页。

呈现由不同的社会杂语构成的混沌的、多元的、对话的形态，以及非个人的内在的非统一性的多声现象。这种多维、多元的话语结构，造就了小说看似芜杂的、多层次的、流动的意识形态，这也正是贾平凹试图以"细部"的真实，把握乡村、时代、人性及精神文化宿命的途径和方法。

2011年的《古炉》基本延续了《秦腔》的话语风格和修辞策略。这里面有作家一种强烈的、勇敢的、大的担当。整部作品的叙事都极其自由，开阖有度。与六年前的《秦腔》比较，从他写当代、当下中国乡村的裂变，敏感、敏锐地洞悉了中国社会整体性、实质性的转变，《古炉》则选择回到上世纪六十年代的中国乡村，回到当代史最激烈、最残酷、最令人惊悚的那段历史。这一次，从叙述方式上讲，与《秦腔》没有什么大的不同，但作家更像是从自己内心出发来写历史、写记忆、写自己、写命运。说到底，作家写作最重要的动力和初衷，就是源于对自己所经历和面对的世界的不满意，他要以自己的文字建立起自己的世界和图像，也建立自己的尊严。《古炉》就是通过回到历史、回到另一个时间的原点，书写贾平凹记忆的经验，表现一种命运，大到民族国家，小到渺小的个人。《古炉》所要表达的，是中国人在"文革"前后的命运。但贾平凹最终想找到或想找回的，是"世道人心"。因此，他的文字聚焦生活的细部，细致、精细，像流水一样，仿佛一切都是流淌出来的。半个世纪前的中国形象、民族形象，在一个古老村落的形态变迁中，淋漓尽致地被呈现出来。贾平凹刻意地写"众生相"，写出"世心"的变化，写人的存在生态的变化。小说写出了乡村最基本的、亘古不变的东西，无论历史怎样动荡，人心深处，都应该有这种不变的伦常。这可能是一种整个人类的积淀，或者是人类文明的可能性支撑点。但是，"文革"政治的外力改变了这里的一切，社会政治、无事生非的阴谋，改变了人生活和生存的本质的、基本的图像。准确地说，剧烈地改变了天地的灵魂——世心。于是，一代人，一个民族，在这个时段里，宿命般地改变了命运，改变了一切。人心的正气，惯性、常态，都突然坍塌了。能够维持世道的人心变形扭曲了，脱轨了。所以，《古炉》的目的或叙事野心，根本就不是所谓一段"文革"记忆，而是一部中国人命运、人心的变迁史和巨大隐喻。"文革"背景，只是一个背景，贾平凹写的，也根本不仅是一个小小的踏实的村落，而是整个中国；他写的也不仅是农民，写的也是知识分子；他写的也不只是历史，而是今天中国的现在进行时态。贾平凹的叙事信心、耐心、功力，直逼汉语写作的极致。这种叙述，貌似波澜不惊，似乎有一种强劲的力量，持久地支持着他。叙事的耐心，所体现出的气度，已然不是一种姿态，而是一种心态和心境，这是今天的写作最为珍贵的地方。《古炉》的细节或细部，被批评家南帆称为"细节的洪流"。这完全基于贾平凹卓越的写实功力。他是在用手抚摸生活，梳理自己的记忆，再用属于自己也属于这段生活的文字、话语，小心翼翼地呈现着这种生活和生命。作家自己不表示出自己的种种欲望，因此写得很轻松。更主要的是，他对历史不做判断。就是靠安排若干小人物在不引人注目的地方从容地演绎生活，没有任何雕琢造作气息。在生活的细部逡巡，这是一种"大拙"的智慧。贾平凹的这种没有策略的策略，就是简单、简洁、裸露所谓"经验"，回到生活的原点、回到细节。漫长的叙述，时间和空间，能够那么自由地转换。飘逸、洒脱。其实，若想实现小说真正的现代性，通过叙事来发现、表现某种存在逻辑，没有比老老实实、干脆用写实手法，尽可能地回到生活本身、回到细部更自由、更得体，其实，这么做，更有挑战性。六十七万字密集的流水式的生活细节，包容性地描述一个时代，也领悟了一个时代。从这个角度说，小说写作最终还既是依赖小说精神性价值而存在，也需要依靠文体和修辞的冲动来实现的，更关键的还在于气度和耐心。

三

一个作家如何对待、处理生活，如何理解生活与文学之间的关系，并使文学能够以自己的方式，在变动不羁、"日新月异"的时代变动中，在复杂历史和现实面前站立起来，成为一种实实在在的文存，这是一个作家必须考虑的。那么，作家源于生活的经验，有多少是可以进入文本的资源，有多少能够在其中映衬出一个时代的颜色？哪些事物和人，可以进入审美化的范畴？在充满梦想的虚构的文学之中，最可靠、最基本的材料是什么呢？如果无法从我们生活其中的现实层面撤回，文学叙事的任务和出发点是什么？我不想让自己关于写作、关于形象思维的思考，陷入任何形而上缠绕的怪圈。生活就是生活，写作就是写作，这两者相对独立，又相互支撑，相互交错。好的作家，会从最平常的事物、物象中获得灵感和叙述的动力，并产生不可思议的力量。

张新颖在一篇名为《生活从来不是需要去加工的材料》[①]的文章里，特别提到和分析了帕斯捷尔纳克著名的《日瓦戈医生》，他仔细分析帕斯捷尔纳克如何借主人公日瓦戈的话，说出了对生活本质的最基本和中肯的看法。他认为，生活从来不是什么材料，不是什么物质，生活是个不断自我更新、总在自我加工的因素，它从来都是自己改造自己，它本身比任何蹩脚的理论都要高超得多。的确，在很大程度上，生活本身是很难依赖外力改变的。像日瓦戈说的那样，那些应运而生的观念、理论和种种潮流，它们已经损害而且还会继续损害生活。多少人的生活就是被这些貌似正经的名堂淹没的，甚至就是词语，也很容易就被变成了伤害生活的最简便的武器。帕斯捷尔纳克喜欢普希金和契诃夫，他认为契诃夫终生把自己美好的才华赋予现实的"细事"上。在现实的细事的交替中不知不觉地度完一生。这不是伟大的人物容易做到的，也不是平凡的普通人容易做到的。而且，在帕斯捷尔纳克看来，几乎所有的俄国作家都对读者说教，契诃夫却是例外。在文学写作中，生活可能会被作家重新虚构，已有的生活方向也可能被作家肆意扭转。这些，当然是虚构和叙事文学所允许或乐此不疲的。那么，作家在加工生活的同时，势必要按照某种意志重构生活，甚至刻意去超越生活本身，而不是"还原"生活。也许，在作家那里，还原生活也就是再创造一种生活。以往，我们对生活本身可能

---

① 张新颖：《生活从来不是需要去加工的材料》，《长城》2012 年第 4 期。

存有非常顽固的理解：只要面对生活，就是要担负起改造生活的责任和使命，总是要奔向理想的、革命的、积极的、兴高采烈的那一面向，而回避现实的、平淡的、低调的、落寞的层面。即使没有这些事物，也会对生活进行升华、加工。我们的作家，真的就不会暂时放下向上的姿势和高昂的口气，蹲下身来，触摸一下生活的糙面吗？能否耐心、细心地观察一些细部和细小的存在呢？看似无关大局、无关紧要的细节和细部的存在，可能恰恰透射或隐藏着关键的信息。珍视细部，也是珍视个性，珍视生命本身，而不要凌驾于人性和生活之上，"把它们当作粗糙的材料进行加工改造，不过是可怜的杜撰，以高调形式表现出来的致命平庸"[1]。这里，我想到了两个与日常生活有关的写作的例子，就是中国诗人海子和奥地利作家卡夫卡。诗人海子有一首名为《日记》的诗，其中有这样的句子："姐姐，今夜我在德令哈，夜色笼罩／姐姐，今夜我只有戈壁。我把石头还给石头／让胜利的胜利／今夜青稞只属于她自己／一切都在生长／今夜我只有美丽的戈壁／空空／姐姐，今夜我不关心人类，我只想你。"海子的这首诗，是他在乘火车经过青海德令哈戈壁时的有感而发。这句"姐姐，今夜我不关心人类，我只想你"，是一个极具个人性的、释放着强烈个人情感的诗句。像面对浩渺无际的宇宙一样，我们只能看到眼前夜空的繁星点点，一个男人的旅程里，对一个人最朴素的思念，在此刻，完全可以控制住或暂时压抑掉那些无边的梦幻。现实的情境，让内心直抵现实，直抵内心最柔软的细部。我们不必用一种高调的人生哲学和社会、人类的使命感，来要求海子，朴素、真实的个人诉求在这一刻放在了个体生命的第一位，这没什么不好。对个体需要的否定和对个体生命的虐杀，本来就是违背人的一般本性的。海子源于生命本体的呼唤和诉求，就是生命中一个重要的细节或细部，令人珍惜，也令人感伤。这时，我们看到的是，海子对个人情感的肯定和追问，让我们体验到了生命的真实温度，这是人类空间中最个人、最内部的东西。写作不能远离自己当下的生活境遇，不能一味地追逐凌空蹈虚，对个

---

[1]　张新颖：《生活从来不是需要去加工的材料》，《长城》2012 年第 4 期。

人的生活熟视无睹，无所事事，那不会是真正的文学。只有尊重人内心生活和生命本色的文字才会是感人的文字，而这种文字所呈现的大多是个人内心的愿景。卡夫卡不是一个只关注形而上问题的作家，他的写作注意力始终投诸自身，迷恋最琐细的日常生活，也就是细部。谢有顺在分析卡夫卡写作的价值和意义的时候，搜索到一个至关重要的细节："1914年4月2日，卡夫卡日记里只有两句话'德国向俄国宣战。——下午游泳'。这是非常奇特的，他把一个无关紧要的个人细节与重要的世界崩溃的事件联系在一起，有力地体现出卡夫卡的写作与生存不被集体记忆和社会公论所左右，他坚守的是个人面对世界的立场。"① 个人的生活，与时代的命题相比一定是细小的形态，但是，它是构成生活的因子或元素，卡夫卡在日记和小说中书写的是个人的记忆，他没有把眼光转向大而无当的革命、理想、人类未来和土地、祖国等抽象的外在视界，相反，他捕捉到的，却是个人内心细部的、未加任何掩饰的最真实风景。还有一个经典的描绘生活细部的例子，就是余华的《许三观卖血记》。这部小说写中国上世纪六七十年代普通中国人的日常生活，因为物质匮乏，许三观的三个正处于成长期的孩子经常吃不饱饭，缺乏营养，甚至饥饿难耐。为了缓解孩子们的饥饿，许三观发明了一种近似"望梅止渴"的方法。

这天晚上，一家人躺在床上时，许三观对儿子们说："我知道你们心里最想的是什么，就是吃，你们想吃米饭，想吃用油炒出来的菜，想吃鱼啊肉啊的。今天我过生日，你们都跟着享福了，连糖都吃到了，可我知道你们心里还想吃，还想吃什么？看在我过生日的分上，今天我就辛苦一下，我用嘴给你们每人炒一道菜，你们就用耳朵听着吃了，你们别用嘴，用嘴连个屁都吃不到，都把耳朵竖起来，我马上就要炒菜了。想吃什么，你们自己点。一个一个来，先从三乐开始。三乐，你想吃什么？

于是，许三观就绘声绘色地分别给大乐、二乐、三乐详尽地描述烹制红烧肉、清炖鲫鱼、爆炒猪肝三道菜的整个过程，让三个孩子

---

① 谢有顺：《我们内心的冲突》，广州出版社2000年版，第130页。

闭紧眼睛，在想象中陶醉其中，获得巨大的心理、生理的满足。在这里，余华没有在作品中站出来借人物之口进行说教，也没有选择惊心动魄的大场面，来状写、升华、夸张一个时代的贫困，而是选择人们在走投无路中寻找新的生存的可能性。他选择这样一个令人忍俊不禁的细部，呈示出普通人在那个时代，或者那个时代普通人的艰辛生活，叙述幽默又调侃，酸楚又沉重。当读到"屋子里吞口水的声音这时又响成一片"时，我们突然意识到，余华所呈现出的那个时代的细部，实在是太残酷了。这些，在今天可以说早已被生活淹没了，却留给我们许多难以承载的疼痛。余华的一个细节，或者说，一个细部，浓缩了一个时代的生活形态和实际样貌。思考当代小说叙事的一些最基本的问题时，我们总是不愿放弃从精神和物质或者说内容和形式两个层面，来考虑和寻找衡量文学价值的一座合理的天平。也许，我们还会诘问自己：我们的小说叙事真的需要什么技术力量的支持吗？小说中的修辞成分究竟应该有多少？我们究竟会被怎样的生活所打动？继而，会在这些叙事中回味，并且感到踏实、舒展和坦然。我想，小说虽然不会轻易地就从细部捕捉到一鳞半爪的所谓生活意义和本质，但生活的内在质地一定会潜隐在细枝末节中发酵，这样，就可能产生新的叙事美学。我们还会进一步思考，一个作家，他感受生活和叙述生活的时候，有没有想到，若干年后，我们即使没有记住小说文本中种种精神和理想层面的东西，但我们却牢牢地记住了一个情节，一个细节，一个永远也忘不掉的细部，它总是不断地使人们在记忆中产生无尽的回味。这个细部，也可能会彻底地照亮我们那些黯淡的生活。

辩证看待地方性写作风潮的价值

在当下，关于当代文学写作"地方性叙事"的研讨一下子"火"了起来。"新东北文学""新南方写作""新浙派写作"等成为这股潮流的标志。相关的概念界定、作家和文本划分，成为研讨会和杂志版面的焦点，热度居高不下。对此，一方面，我们为文学写作与研究新现象的出现，油然生发出参与建构的激情与冲动；另一方面，我们还需要进入"冷"思考的层面，回溯、检视其中深层的学理问题，只有这样才能够推动地方性写作和研究走得更远、更扎实，从而更好地审视当代文学的发展进程。

"新东北文学""新南方写作""新浙派写作"之"新"究竟在哪里？是否有着新的叙事理念、审美思维和叙事新气象？作家作为写作主体，在文本中到底建立起什么样的文学精神？新"地方性叙事"各自有着什么样的"出世"路径和样貌？其概念界定的学理性何在，有无合法性？其总体热度缘何而起？它生发了什么，遮蔽了什么，接续的走向又该如何？以上一系列问题都亟待爬梳、辨析与审视。

当下地方性写作呈现新的面貌

近几年来，"新东北文学"或"新东北作家群"特别活跃。辽宁的班宇、双雪涛、郑执，稍晚出场的黑龙江的杨知寒，他们的出现，在很大程度上打破了至少近十几年东北文学创作相对沉寂、沉闷的状态。他们的写作呈现出新的气息，为东北文坛乃至当代中国小说界带来新的活力。仔细探究，他们在叙事伦理层面，具有较新的文学理念和叙事的自觉性、执着性，为当下的文学写作增添了新的元素，进而也成为"东北叙事"新的生长点。

在文学的意义上，"东北"作为文学书写的"地界"，并非仅仅是一个地域性的"地方"概念。对于"新东北作家群"，华东师范大学教授黄平更强调其"东北往事"叙事的独特视角，认为双雪涛和班宇们所讲述的"是一个迟到的故事"：以二十世纪九十年代下岗为标志的"东北往事"，不是由下岗工人一代而是由他们的后代来讲述。因此，这就决定着"新东北作家群"的小说，主要是从"子一代"视角出发讲述父辈的故事。从这个角度看，"新东北文学"有着更清晰的叙事伦理和切入生活的新角度。

相对于"新东北作家群"或"新东北文学"，"新南方写作"和"新浙派"这两个概念，其所指和涵盖范围呈现出更加复杂的情况。

"新南方写作"这个提法或概念，最早出现在广东的一些文学研讨会上和批评家们的文章中。"新南方写作"的叙事"地理"，被有些倡导者认定为海南、福建、广西、广东，还包括香港和澳门，并进一步辐射到马来西亚、新加坡等曾被称为"南洋"的区域，尤其强调其主要特质是"地理性、海洋性、临界性、经典性"。被"圈定"的"新南方写作"的作家主要有黄锦树、黎紫书、葛亮、林森、朱山坡、王威廉、陈崇正、陈春成、林棹等。福建师范大学教授陈培浩认为："新南方代表着崭新的经济生活及其催生的全新生活样式，代表着高科技、新城市与人类生活所形成的巨大张力，代表着南方以南诸多尚未被主流化的地方性叙事。""'新南方写作'是一个召唤性的概念，而不是一种现成的、等待被完美描述、打包送入历史的概念。"也就是说，对于"新南方写作"，尚有诸多"还没有来得及"考察和认定的因素，尚未树立起它的标志性作家和代表性文本，甚至还来不及梳理能够被普遍认可的"新南方写作"的基本特点和美学风貌。这个概念提出的意义，似乎主要在于以"理论先行"来引领"新南方"区域作家的写作，提示他们更加关注地方性现实、历史和记忆，彰显地域写作的独特审美个性和精神内涵。因此，"新南方写作"并非一个总结性的理论概念，而是一个具有生长性、提示性甚至催生性的整体写作期待。这种文学现象，颇像二十世纪八十年代的"寻根小说""新写实主义"，具有理论、概念先行的特点，目的在于有意识引导作家不断努力，积极生产出创新性文本。《青年文学》杂志主编张菁认为，"新南方写作"其实早已存在，只是以往未能很好地总结，这源于它自身"地域特色"和"整体性"并不是特别鲜明的缘故。实际上，在"南方以南"，始终有诸多的作家在耕耘，不断呈现出新的气象与生机，在当代文学史中占有重要的位置，如韩少功、刘斯奋、林白、东西、凡一平等。其中部分作家是从其他省份迁居过来的，在他们身上我们所期望见到的新南方的"南方"性并不强健，且并未形成标识。也有部分作家积极汇入"寻根文学""先锋写作"的洪流并成为主将。值得注意的是，他们在文学写作中的视域，已超越一般的乡土意义，上升到民族性、人性、人类终极思考的境界，从而成为乡土中国乃至人类的镜像与符号。因此，我们说地域性或地方性写作，最终都是要越过叙事边界，通向民族性与世界性，呈现出具有个性品质、超越性精神内涵的文本面貌和美学维度。只有这样，作家才能既保持自己的个性，又不失贴近叙事地域的地气，而且拥有世界性格局和叙事气魄。

对于"新浙派"，《江南》杂志在 2023 年首次提出，主编在"邀语"中并未阐释其内涵，而是列出一长串从"50 后"到"90 后"的浙江小说家名单。青年评论家行超认为，当下提出"新浙派"这个概念，并不在于创造出一种浙江文学新风貌，而在于呼唤浙江出现大批颇具影响力的重要作家，并在这个时期内形成互相砥砺、彼此促进的写作新生态。其实，"新浙派"同样是一种召唤或"聚集"，号召更多作家创作更多更好、区别于其他地域作家、充满异质性的作品，形成独有的"浙派"风格。由此可见，"新浙派"的提出，并不是对作家叙事风格和叙事伦理的统一，而是试图寻求建立几代浙江籍作家的精神"共同体"。

比较而言，相对于"新南方写作""新浙派"，"新东北文学"或"新东北作家群"的概念、命名、创作实绩显得更为成熟。

一位作家审美维度的建立，无法离开他所处的
地域、地理和文化环境

"新东北作家群""新东北文学""新南方写作"和"新浙派"这些较为难以界定的概念，其实还涉及南北文化的差异和风貌。实际上，这是一个古老的话题，尤其关于"南学北学""诗眼文心"等问题，在近现代就有许多学者有过充分的论述。如果从文学写作发生学的角度对这个问题进行考察，更需要注重从文化、文学的传统渊源，人文地理的沿革方位，以及言与思的品质等诸多方面入手，沉潜到文学叙事的内部结构。其中最具个性的文学魅力在于，作家的写作中呈现出的语言气质、审美想象形态和与之相映的美学风范。这种气质和风范，也成为文学作品的内在底色和基调，进而形成各自别具风貌的文学叙事。

或许，我们以往都是望文生义地理解"地方文学"或文学的地域性特征，过于简单地将文学命名泛地方化、地域化，过度强调"地方性"因素的同时，可能忽略了作家主体写作的个性和自主性。

作家写作的主体性和自觉性，常常体现在他们的地域性和地缘愿景，这是作家叙事的地理基点和视角，在一定程度上，它链接着叙事主体的写作气质和写作风格。地缘性在很大程度上决定写作者不同的审美选择，也就决定了他在审视存在世界时，如何发掘出隐藏于地理与时间背后的规则。就是说，一位作家审美维度的建立，的确无法离开他所处的地域、地理和文化环境。

美国诗人弗罗斯特说："人的个性的一半是地域性。"显然，地域性对于作家的个性形成和塑造至关重要。对写作而言，地域性经验可能会构成叙事的源头性力量。任何一个人从他出生开始直到生命的终结，无不带有其出生地和成长地的印记。作家的人生"出发地"，往往就是他写作的"回返地"。对作家而言，地域性早已不仅仅是一个简单的物理空间概念，其中独特的地理风貌、世情习俗、历史、现实和文化积淀，已经融入他的生命肌理之中，成为滋养个体生命与写作

生命的精神空间。而作家对这个精神空间的感悟，就是对世界、存在深度的体认，具有个性化的、深层的温度和气息。

地域性可能会给作家带来某些尴尬和制约

空间作为地域性的显现方式，在宿命般地馈赠给作家丰厚写作资源的同时，也常常会在一定程度上剥夺作家的个性优势和审美独特性。"地域性"或"地方性"能在多大程度上给作家以自信，就能在多大程度上限制写作的自由。这是一个两难的悖论性问题。

无论是"新东北文学"，还是"新南方写作""新浙派"，既是作家独特的写作起点，也可能成为惯性叙述的囚笼，使作家沉浸于曾经的"乡土"。当然，也可能由地方性通达世界性，成为想象的"风之子"，这些都需要在对作家的具体创作和文本阐释中进行辨析，进行文学价值判断。

实际上，作家与地域关系的研究早已有之，但为什么现在"地方性写作"会如此之热？一个重要原因或许是当下文学界试图调节文学生产方式，推动地方文学的生产，期待召唤出更多优秀作家和杰出作品，并由此引发整个社会对文学更大的关注。这些有助于作家以中国经验更好地讲述中国故事，有助于文学的"破圈"。同时，就文学研究而言，地方性叙事作为一种方法，为不断拓展研究视域增加了新维度。

需要注意的是，现在的讨论和研究，倘若没有严格的学理边界，这些论题能否沉淀为一个共识性的概念？是否会引发同质性写作的滥觞？甚或，能否真的构成新的叙事原则的崛起？总之，将文学叙事的"地方性"及其阅读、阐释，深植于当代生活和历史的聚合点，已经成为我们把握文学与现实关系的重要坐标。